JAMES CLAVELL

Ouragan

tome II

Sharazad

TRADUIT DE L'ANGLAIS
PAR SACHA REINS

STOCK

Titre original :

WHIRLWIND

(Hodder & Stoughton, Londres)

OURAGAN
Sharazad

Né en Australie en 1927, d'un père anglais, officier dans la Royal Navy, James Clavell a grandi en Angleterre où il a également fait ses études.
S'étant engagé très jeune dans l'artillerie, il se bat en Extrême-Orient; fait prisonnier par les Japonais en 1941, il n'est libéré qu'en 1945.
Vers le milieu des années 50, il s'installe en Californie où son talent de réalisateur est rapidement établi. Citons, parmi bien d'autres films, quelques-uns de ses grands succès : The Fly, Five Gates To Hell, Walk Like A Dragon, The Last Valley, *sans oublier* La Grande Evasion. *Et, grâce au cinéma, qui lui donne les moyens financiers d'écrire, en 1962, il publie son premier livre,* King Rat *(en France en 1964 sous le titre* Un Caïd, *aux Éditions Stock). Ont été publiés depuis* Taï-pan *(1966),* Shōgun *(1977),* La Noble Maison *(1982),* Ouragan : « *Azadeh* » *et* Ouragan : « *Sharazad* » *(1987). James Clavell partage aujourd'hui son temps entre les Etats-Unis, la Suisse et la France.*

L'Iran, février 1979. Le Shah est en exil, Khomeiny vient de rentrer à Téhéran.
Dans tout le pays règne la plus grande confusion, et c'est dans ces affrontements constants que se trouvent pris les personnels de S-G Helicopters, une Société d'hélicoptères de service qui assurent la liaison entre les différentes installations pétrolières en Iran et sur le golfe Persique. C'est une grosse compagnie qui a son siège en Écosse, d'où elle est dirigée par Andrew Gavallan représenté à Téhéran par Duncan McIver.
Devant la menace d'une nationalisation de sa compagnie, Gavallan décide une évacuation éclair des pilotes, des techniciens et des appareils. C'est le plan Ouragan que tous ne vont pas accepter avec le même enthousiasme. Certains ont en Iran de solides attaches : des amis, une maîtresse, parfois même une famille. Erikki, le pilote finlandais, a épousé Azadeh, une Iranienne dont le père est un notable de Tabriz. Quand le plan Ouragan se déclenche, Tom Lochart, le pilote canadien, va tout faire pour emmener avec lui sa femme, la belle Sharazad.
En même temps, des quatre coins du pays, des femmes et des hommes gagnent les bases où les attendent des hélicoptères prêts à décoller pour quitter l'Iran.
Tout va se jouer en quelques heures : au bout du chemin, les uns trouveront le salut, les autres la mort.
Dans le cadre de cet Iran des Mille et Une Nuits déchiré maintenant par la guerre civile, une poignée d'hommes et de femmes luttent, s'aiment et s'affrontent pour la réussite du plan Ouragan. C'est la conclusion de ce passionnant roman où se mêlent l'aventure, l'amour et l'action.

DU MÊME AUTEUR

Chez Stock :

UN CAÏD.
TAÏ-PAN.
SHOGUN.
OURAGAN, tome I. Azadeh.
OURAGAN, tome II. Sharazad.

Aux Presses de la Cité :

LA NOBLE MAISON.

Paru dans Le Livre de Poche :

SHOGUN, tome I.
SHOGUN, tome II.
CAÏD.
TAÏ-PAN.
OURAGAN, tome I : Azadeh.

L'action de ce roman d'aventures se situe entre le 9 février et le 3 mars, pendant la révolution iranienne de 1979, bien avant que ne se déclenche la crise des otages. J'ai essayé que ce récit paraisse aussi réel que possible – mais c'est une œuvre de fiction, peuplée de personnages imaginaires. Bien sûr, l'ombre des géants ennemis, Sa Majesté le Shah Muhammad Pahlavi (et son père Rizah Shah) et l'imam Khomeiny, qui se profile sur mes héros tient un rôle vital dans cette histoire. Mais ils ne sont pas directement décrits ou mis en scène bien que j'aie essayé de présenter une image ressemblante de cette époque, des gens qui l'avaient vécue et endurée, des opinions qui existaient et qui y étaient exprimées. Rien dans ce livre ne se veut irrespectueux envers qui que ce soit.

C'est une histoire qui ne raconte pas les événements tels qu'ils se sont effectivement passés sur une période de vingt-quatre jours, mais tels que je les ai imaginés...

Pour Shigatsu.

LIVRE I

TURQUIE
U.R.S.S.
Mer Caspienne
U.R.S.S.
Bell 212
SYRIE
Bandar-e Pahlavi
TABRIZ
Qazvin
Monts Elburz
TEHERAN
Sabzevar
Meshed
IRAN
AFGHANISTAN
Bagdad
Dez Dam
Ispahan
BANDAR DELAM
KOWISS
ZAGROS
LENGEH
KOWEIT
Chatt-El-Arab
Kharg
Monts Zagros
PAKISTAN
Golfe Persique
ARABIE SAOUDITE
BAHREIN
Sirri
Détroit d'Ormuz
Golfe d'Oman
Al Shargaz
EMIRATS ARABES UNIS
OMAN
Champs pétrolifères
0
200
400
600
kilomètres
Bell 206

Jeudi 22 février

CHAPITRE 1

Nord-ouest de Tabriz : 11 h 20. D'où il était assis, sur les marches d'accès à la cabine de son 212 posé très haut au flanc de la montagne, Erikki plongeait son regard sur la Russie soviétique. Tout en bas, la rivière Aras coulait vers l'est, en direction de la Caspienne, serpentant à travers des gorges étroites et marquant une bonne partie de la frontière irano-soviétique. A sa gauche, c'était la Turquie qu'il apercevait, jusqu'au mont Ararat dont le sommet culminait à plus de quatre mille sept cents mètres, et l'hélicoptère était garé non loin de l'entrée de la grotte où se trouvait caché le poste d'écoute américain. Où se trouvait, en effet, songea-t-il avec amusement. Lorsqu'il s'était posé là l'après-midi précédent – l'altimètre indiquant une altitude de deux mille cinq cent soixante-dix mètres –, le groupe hétéroclite de fedayin gauchistes qu'il avait amenés s'étaient précipités dans la grotte, mais il n'y restait pas un seul Américain et, quand Cimtarga avait inspecté les lieux, il avait constaté que tout le matériel important avait été détruit et qu'on n'avait laissé sur place aucun code. Tout indiquait un départ précipité, mais il n'y avait rien de réelle valeur à récupérer. « Nous allons quand même faire le nettoyage, avait annoncé Cimtarga à ses hommes, faire le nettoyage comme ailleurs. » A l'intention d'Erikki, il avait ajouté : « Vous pouvez vous poser là? » Il désignait un emplacement bien plus élevé, où se dressaient l'ensemble des mâts de radar. « Je veux les démanteler.

– Je ne sais pas », avait dit Erikki. La grenade que Ross lui avait donnée était toujours fixée sous son aisselle gauche – Cimtarga et ses hommes ne l'avaient pas fouillé – et son poignard finlandais était toujours dans sa gaine, derrière sa ceinture. « Je vais aller regarder.

– *Nous* allons regarder, capitaine. Nous allons regarder tous les deux, avait dit Cimtarga en riant. Comme ça, vous ne serez pas tenté de nous quitter. »

Il l'avait emmené là-haut avec l'hélicoptère. Les mâts étaient solidement ancrés dans des piètements de béton, sur le versant nord de la montagne, et devant eux il y avait une petite zone plate. « Si le temps reste comme aujourd'hui, aucun problème, mais pas si le vent se lève. Je pourrais faire du surplace et vous descendre avec un treuil, avait-il ajouté avec un grand sourire.

– Non, merci, avait fait Cimtarga en riant. Je n'ai pas envie d'une mort précoce.

– Pour un Soviétique, et surtout un Soviétique du KGB, vous n'êtes pas un mauvais bougre.

– Vous non plus... pour un Finlandais. »

Depuis dimanche, quand Erikki avait commencé à piloter pour Cimtarga, il en était arrivé à le trouver sympathique – non qu'on puisse vraiment bien aimer un type du KGB ni se fier à lui, songea-t-il. Mais l'homme s'était montré juste et poli, il lui avait donné une part correcte de tous les vivres. La nuit dernière, il avait partagé avec lui une bouteille de vodka et lui avait laissé le meilleur emplacement pour dormir. Ils avaient passé la nuit dans un village à vingt kilomètres au sud, allongés sur des tapis jetés à même un sol de terre battue. Cimtarga avait affirmé que, bien qu'en territoire kurde, le village soutenait secrètement les fedayin et qu'il était sûr. « Alors, pourquoi nous surveiller?

– Il est sûr pour nous, capitaine, pas pour vous. »

L'avant-veille au soir, au palais du khan, lorsque Cimtarga et ses gardes étaient venus le chercher après le départ de Ross, on l'avait conduit en voiture jusqu'à la base aérienne et, en pleine nuit et au mépris de tous les règlements de la sécurité aérienne, ils s'étaient rendus en hélicoptère jusqu'au village dans les montagnes au nord de Khoi. Là, à l'aube, ils avaient embarqué tout un chargement d'hommes armés et étaient allés jusqu'au premier des deux postes de radar américains. Comme ici, les installations étaient détruites et il ne restait personne. « Quelqu'un a dû les prévenir que nous arrivions, dit Cimtarga écœuré. *Matyeryebyets*, des espions! » Cimtarga lui avait confié plus tard que, d'après les récits des villageois, les Américains avaient évacué le poste l'avant-veille au soir, emmenés en hélicoptère, de très gros appareils qui ne portaient aucune marque. « Ç'aurait été bien de les surprendre en train d'espionner, très bien. Il paraît que ces salauds peuvent voir à plus de quinze cents kilomètres à l'intérieur de nos frontières.

– Vous avez de la chance qu'ils n'aient pas été là, il aurait pu y avoir une bataille et cela aurait provoqué un incident international. »

Cimtarga avait éclaté de rire. « Rien à voir avec nous... absolument rien. Encore un coup des Kurdes, une de ces bandes sans foi ni loi, hein? C'est eux qu'on aurait accusés. Saleté de *yezdvas,* hein? Et pour finir on aurait retrouvé les corps... en territoire kurde. Ce serait une preuve suffisante pour Carter et sa CIA. »

Erikki changea de position sur les marches métalliques : le froid lui gelait les fesses, il était fatigué et déprimé. La nuit dernière il avait encore mal dormi : il avait fait des cauchemars à propos d'Azadeh. Il n'avait jamais bien dormi depuis l'arrivée de Ross.

Tu es un imbécile, se répéta-t-il pour la millième fois. Je sais, mais ça ne change rien. Rien ne change rien. C'est peut-être de voler qui te fatigue. Tu as fait trop d'heures dans de mauvaises conditions, trop de vols de nuit. Et puis il s'inquiétait du sort de Nogger, il pensait à Rakoczy et aux massacres. Et à Ross. Et, plus que tout, à Azadeh. Est-elle en sûreté?

Le lendemain matin, il avait essayé de faire la paix avec elle à propos de son Johnny les Beaux Yeux. « Je reconnais que j'étais jaloux. C'est stupide d'être jaloux. J'ai juré par les vénérables Dieux de mes ancêtres que je pourrais supporter que tu penses encore à lui : je le peux et je le ferai », avait-il dit, mais le fait de prononcer les mots ne l'avait pas complètement apaisé. « Seulement je ne pensais pas qu'il serait si... si viril et si... si dangereux.

– Jamais de la vie, mon chéri, jamais. Je suis si heureuse que tu sois toi et que je sois moi et que nous soyons ensemble. Comment allons-nous pouvoir sortir d'ici?

– Pas tous ensemble, pas tous à la fois, lui avait-il avoué franchement. Les soldats feraient mieux de filer pendant qu'ils le peuvent encore. Mais, pour nous, je ne vois pas comment nous pouvons nous échapper pour l'instant. Il va falloir attendre. Nous pourrions peut-être gagner la Turquie... »

Il tournait maintenant ses regards vers l'est, vers la Turquie, si proche et si lointaine en même temps, avec Azadeh toujours à Tabriz – à trente minutes de vol. Mais quand? Si nous parvenions jusqu'en Turquie et si l'hélico n'était pas saisi, si je pouvais refaire le plein, nous pourrions poursuivre jusqu'à Al Shargaz, en suivant la frontière. Si si si! Dieux de mes ancêtres, aidez-moi!

Cimtarga, la veille au soir, s'était montré aussi taciturne que jamais malgré la vodka, mais c'était un solide buveur et ils avaient partagé la bouteille équitablement jusqu'à la dernière goutte. « J'en ai une autre pour demain soir, capitaine.

– Bon. Quand en aurez-vous fini avec moi?

– Il va me falloir deux ou trois jours pour terminer ici, et puis on rentre à Tabriz.

– Et ensuite?

– Ensuite, j'y verrai plus clair. »

Sans la vodka, Erikki l'aurait maudit. Il se leva et regarda les Iraniens rassembler le matériel qu'ils s'apprêtaient à charger. Comme il arpentait le terrain inégal, la neige crissant sous la semelle de ses bottes, son garde le suivait comme son ombre : aucune chance de s'échapper. En cinq jours, il n'avait jamais eu la moindre chance. « Nous apprécions votre compagnie », lui avait dit une fois Cimtarga, comme s'il lisait dans ses pensées.

Plus haut, il apercevait des hommes qui travaillaient sur les mâts du radar, pour les démanteler.

Une perte de temps, songea-t-il. Même moi, je sais qu'ils n'ont rien d'extraordinaire. « Ça n'a pas d'importance, capitaine, avait dit Cimtarga. Mon maître aime l'impression de masse. Il a dit : Prenez tout. Plus vaut mieux que moins. Pourquoi vous inquiéter? Vous êtes payé à l'heure. » Et une fois de plus il avait ri.

Sentant la raideur des muscles de son cou, Erikki s'étira pour aller toucher ses doigts de pied et, dans cette position, laissa le haut de son corps pendre librement, puis fit tourner sa tête en décrivant un demi-cercle aussi large que possible, en laissant son poids agir sur les tendons, les ligaments et les muscles et dissiper les crampes sans rien forcer. « Qu'est-ce que vous faites? demanda Cimtarga en s'approchant.

– C'est formidable pour les crampes du cou. » Il remit ses lunettes de soleil : sans elles, la réflexion de la lumière sur la neige était difficile à supporter. « Si vous faites ça deux fois par jour, vous n'aurez jamais de crampes.

– Ah! Vous avez des courbatures dans le cou vous aussi? Moi, j'en ai constamment : il faut que j'aille chez un chiropracteur trois fois par an. Et ça fait du bien?

– Garanti. C'est une serveuse qui m'a donné le truc : porter des plateaux toute la journée leur donne des courbatures dans le cou et dans le dos, comme les pilotes. Essayez et vous verrez. » Cimtarga se pencha comme l'avait fait Erikki et remua la tête. « Non, pas comme ça. Laissez votre tête, vos bras et vos épaules pendre librement, vous êtes trop raide. »

Cimtarga suivit son conseil et sentit ses articulations craquer. Quand il se redressa, il dit : « C'est merveilleux. Capitaine, je vous revaudrai ça.

– C'est pour vous remercier de la vodka.

– Ça vaut mieux qu'une bouteille de vod... »

Erikki resta bouche bée à regarder le sang jaillir de la poitrine de Cimtarga, là où une balle tirée par-derrière l'avait transpercé, puis il y eut un nouveau coup de feu suivi de nombreux autres tandis que des villageois en embuscade jaillissaient de derrière les rochers et les arbres, poussant des cris de guerre et des « *Allah-ou Akbar* », faisant feu tout en courant. L'attaque fut brève et violente et Erikki vit les hommes de Cimtarga, très vite dominés, joncher bientôt le plateau. Son garde, un des rares à porter une arme, avait ouvert le feu dès la première balle mais fut touché aussitôt, et un villageois barbu planté sur lui l'acheva avec entrain à coups de crosse. D'autres s'engouffrèrent dans la grotte. Il y eut encore des coups de feu, puis le silence retomba.

Deux hommes se précipitèrent vers lui et il leva les mains, se sentant désarmé et stupide, le cœur battant. L'un d'eux retourna Cimtarga sur le dos et lui donna le coup de grâce. L'autre passa devant Erikki et entra dans la cabine de l'hélicoptère pour s'assurer que personne ne se cachait là. L'homme qui venait d'abattre Cimtarga se planta devant Erikki, hors d'haleine. Il était petit, il avait une barbe, le teint olivâtre, des yeux et des cheveux sombres, il portait des vêtements en haillons et sentait mauvais.

« Baissez les mains, dit-il en anglais avec un fort accent. Je suis Sheik Bayazid, le chef du village. Nous avons besoin de vous et de votre hélicoptère.

– Que voulez-vous de moi? »

Autour d'eux, ses hommes achevaient les blessés et dépouillaient les morts de tout ce qui avait un peu de valeur. « Une évacuation d'urgence, fit Bayazid avec un pâle sourire en voyant l'expression d'Erikki. Beaucoup d'entre nous travaillent dans le pétrole. Qui est ce chien? fit-il en désignant du pied Cimtarga.

– Il disait s'appeler Cimtarga. C'était un Soviétique. Du KGB, je crois.

– Bien sûr, Soviétique, fit l'homme. Bien sûr, KGB : tous les Soviétiques en Iran sont du KGB. Papiers, je vous prie. » Erikki lui donna sa carte d'identité. L'homme la lut et hocha la tête. Puis, à la grande surprise d'Erikki, il la lui rendit. « Pourquoi volez-vous pour ce chien soviétique? » Il écouta en silence, son visage s'assombrissant tandis qu'Erikki lui racontait comment Abdollah Khan l'avait pris au piège. « Abdollah Khan n'est pas un homme qu'il faut offenser. Abdollah le Cruel a le bras très long, même sur les terres des Kurdes.

– Vous êtes des Kurdes?

– Des Kurdes », répondit Bayazid, que ce mensonge arrangeait. Il s'agenouilla et fouilla les poches de Cimtarga. Pas de papiers, un peu d'argent dont il s'empara, rien d'autre. A part le pistolet dans son étui et des munitions qu'il rafla également. « Vous avez le plein d'essence?

– Le réservoir est aux trois quarts.

– Je veux aller à trente kilomètres au sud. Je vous dirige. Là, il faut prendre le blessé à évacuer, puis aller à Rezaiyeh, à l'hôpital.

– Pourquoi pas Tabriz? C'est bien plus près.

– Rezaiyeh, c'est au Kurdistan. En général, les Kurdes sont en sûreté là-bas. Tabriz appartient à nos ennemis : les Iraniens, le shah ou Khomeiny, pas de différence. Il faut aller à Rezaiyeh.

– Très bien. Le mieux, ce serait l'hôpital d'Outremer. J'y suis déjà allé. Ils ont une plate-forme d'atterrissage et sont habitués aux évacuations d'urgence. Nous pourrons refaire le plein là-bas : ils ont du carburant pour hélico, en tout cas ils en avaient... autrefois. »

Bayazid hésita. « Bon. Entendu. Nous partons tout de suite.

– Et après Rezaiyeh, qu'est-ce qu'on fait?

– Après, si vous nous servez bien, peut-être vous serez relâché pour emmener votre femme de chez Gorgon Khan. » Sheik Bayazid détourna la tête et cria à ses hommes de se dépêcher d'embarquer. « Démarrez.

– Et lui? fit Erikki en désignant Cimtarga. Et les autres?

– Les bêtes sauvages et les oiseaux auront vite fait de nettoyer. »

Il leur fallut peu de temps pour embarquer et décoller. Erikki était empli maintenant d'un nouvel espoir. Pas de problèmes pour trouver le petit village. Le malade à évacuer d'urgence était une vieille femme. « C'est notre chef, expliqua Bayazid.

– Je ne savais pas que des femmes pouvaient être chef.

– Pourquoi pas, si elles sont assez sages, assez fortes et assez habiles, et si elles viennent d'une famille convenable? Nous, musulmans sunnites – pas des gauchistes ni de la racaille chiite qui mettent des mollahs entre l'homme et Dieu. Dieu est Dieu. Nous partons tout de suite.

– Est-ce qu'elle parle anglais?

– Non.

– Elle paraît très malade. Elle ne tiendra peut-être pas le voyage.

– A la grâce de Dieu. »

Mais elle supporta l'heure de trajet et Erikki se posa sur l'aire d'atterrissage. L'hôpital d'Outremer avait été construit par les compagnies pétrolières étrangères qui avaient également fourni le personnel et les subventions nécessaires. Pendant tout le voyage Erikki avait volé à basse altitude, évitant Tabriz et les terrains militaires. Bayazid était assis devant avec lui, six gardes armés derrière avec la vieille femme.

Elle gisait sur la civière, consciente mais immobile. Elle souffrait beaucoup mais sans se plaindre.

Un médecin et des infirmiers accoururent quelques secondes après leur atterrissage. Le docteur portait par-dessus de gros chandails une blouse blanche avec une grande croix rouge sur la manche, il avait une trentaine d'années, il était américain et de grands cernes entouraient ses yeux injectés de sang. Il s'agenouilla auprès du brancard tandis que les autres attendaient en silence. Elle poussa un petit gémissement lorsqu'il lui palpa l'abdomen, bien qu'il l'eût fait avec délicatesse. Puis il lui parla doucement dans un turc hésitant. Un petit sourire éclaira le visage de la vieille femme, elle hocha la tête et le remercia. Il fit un signe aux infirmiers qui soulevèrent le brancard et l'emmenèrent. Sur l'ordre de Bayazid, deux de ses hommes l'accompagnèrent.

Le docteur s'adressa à Bayazid en dialecte, cherchant ses mots : « Excellence, il me faut son nom et son âge, et... son histoire, son histoire médicale.

– Parlez anglais.

– Oh! Merci, *agha*. Je suis le Dr Newbegg. J'ai peur qu'elle ne soit près de la fin, *agha,* son pouls est très faible. Elle est âgée et, à mon avis, elle a une hémorragie interne : elle saigne à l'intérieur. A-t-elle fait une chute récemment?

– Parlez plus lentement, je vous prie. Une chute? Oui, oui, il y a deux jours. » Bayazid s'interrompit au bruit tout proche d'une fusillade et puis reprit : « Oui, il y a deux jours. Elle a glissé dans la neige et elle est tombée contre un rocher, sur le côté contre un rocher.

– Je crois qu'elle saigne à l'intérieur. Je ferai ce que je pourrai... Je suis navré mais je ne peux pas promettre de bonnes nouvelles.

– *Inch' Allah.*

– Vous êtes kurdes?

– Oui, kurdes. » La fusillade maintenant se rapprochait. Ils tournèrent tous la tête du côté d'où venaient les coups de feu. « Qui est-ce?

– Je ne sais pas, toujours la même chose, j'en ai peur, fit le docteur mal à l'aise. Des Brassards verts contre des gauchistes, des gauchistes contre des Brassards verts, contre des Kurdes – il y a tant de factions – et ils sont tous armés. » Il se frotta les yeux. « Je ferai ce que je pourrai pour la vieille dame... Il vaudrait peut-être mieux que vous veniez avec moi, *agha,* vous pourrez me donner les détails. » Il s'éloigna à grands pas.

« Docteur, avez-vous encore du carburant? » lui lança Erikki.

Le docteur s'arrêta et le regarda, interloqué. « Du carburant? Pour l'hélicoptère? Je ne sais pas. Le réservoir est là derrière. » Il grimpa les marches qui menaient à l'entrée principale, les pans de sa blouse blanche flottant au vent.

« Capitaine, dit Bayazid, attendez que je revienne. Ici.

– Mais l'essence... je peux...

– Attendez ici. Ici. » Bayazid emboîta le pas au médecin. Deux de ses hommes l'accompagnèrent. Deux restèrent avec Erikki.

En attendant, Erikki vérifia tout. Les réservoirs étaient presque vides. De temps en temps, des voitures et des camions arrivaient avec des blessés qu'accueillaient médecins et infirmiers. Nombre d'entre eux jetaient des regards curieux à l'hélico, mais aucun n'approcha. Les gardes y veillaient.

Pendant le vol, Bayazid avait dit : « Depuis des siècles, nous, Kurdes, essayons d'être indépendants. Nous, peuple différent, langue différente, coutumes différentes. Aujourd'hui peut-être six millions de Kurdes en Azerbaïdjan, au Kurdistan, sur la frontière soviétique, en Irak et en Turquie. Depuis des siècles nous les combattons tous, ensemble ou séparément. Nous tenons les montagnes. Nous sommes de bons soldats. Salah al-Din, il était kurde. Vous avez entendu parler? » Salah al-Din – Saladin – était le chevaleresque adversaire musulman de Richard Cœur de Lion durant la croisade du XIIe siècle, qui s'était couronné sultan d'Egypte et de Syrie et s'était emparé du royaume de Jérusalem en 1187 après avoir écrasé les croisés.

« Oui, j'ai entendu parler de lui.

– Aujourd'hui, d'autres Salah al-Din parmi nous. Un jour, nous reprendrons tous les lieux saints – une fois que Khomeiny, ce traître à l'islam, aura été écrasé.

– Vous avez tendu une embuscade à Cimtarga et aux autres, vous les avez anéantis juste pour cette évacuation d'urgence? avait demandé Erikki.

– Bien sûr. Eux, c'est l'ennemi : le vôtre et le nôtre. » Bayazid avait eu son petit sourire narquois. « Rien ne se passe dans nos montagnes sans que nous ne le sachions. Notre chef est malade... vous dans les parages. Nous voyons les Américains partir, les pillards arriver et on vous a reconnu.

– Oh? Comment?

– Le rouquin au poignard? L'Infidèle qui tue les assassins comme de la vermine et à qui l'on donne un petit du khan en récompense? Le pilote des évacuations d'urgence? » Une lueur amusée brillait dans les yeux sombres. « Oh oui, capitaine, on vous connaît bien.

– Après l'évacuation, vos hommes et vous m'aideront-ils contre Gorgon Khan?

– C'est votre querelle, avait répondu Bayazid en riant, pas la nôtre. Pour l'instant, Abdollah Khan est pour nous. Nous n'irons pas contre lui. Ce que vous faites concerne Dieu. »

Il faisait froid dans la cour de l'hôpital, et un peu

de vent n'arrangeait pas les choses. Erikki marchait de long en large pour se réchauffer. Il faut que je rentre à Tabriz. Il faut que je retourne là-bas et d'une façon ou d'une autre j'emmènerai Azadeh et nous partirons pour toujours.

Des coups de feu tirés à proximité le firent sursauter ainsi que les gardes. Devant la grille de l'hôpital, la circulation ralentit, il y eut des coups de klaxon agacés, puis très vite ce fut l'embouteillage. Des gens se mirent à courir. La fusillade reprit et ceux qui se trouvaient bloqués dans leur véhicule en sortirent pour aller se mettre à l'abri ou s'enfuir. De ce côté-ci des grilles, il y avait un grand espace découvert où, sur un côté, l'hélicoptère était garé. Les coups de feu redoublaient, bien plus proches. Des vitres se brisèrent au dernier étage de l'hôpital. Les deux gardes étaient blottis dans la neige sous les patins de l'appareil. Erikki enrageait de voir son hélicoptère si exposé sans savoir où courir ni que faire, sans avoir le temps de décoller ni assez d'essence pour aller nulle part. Quelques balles ricochèrent et il baissa la tête tandis que de l'autre côté des murs la bataille prenait de l'ampleur. Puis elle s'arrêta aussi brusquement qu'elle avait commencé. Des gens sortirent de leur abri, les coups de klaxon reprirent et la circulation retrouva bientôt son rythme normal.

« *Inch' Allah* », dit un des villageois, puis il arma son fusil en voyant approcher de derrière l'hôpital un petit camion-citerne, conduit par un jeune Iranien arborant un grand sourire. Erikki s'avança à sa rencontre.

« Salut, capitaine, fit le conducteur avec un fort accent new-yorkais. Je viens vous faire le plein. Votre chef sans peur, Sheik Bayazid, a arrangé ça. » Il salua les gardes dans un dialecte turc; aussitôt ils se détendirent et répondirent à son salut. « Capitaine, on fait le plein à ras bord, vous n'avez pas de réservoirs supplémentaires?

– Non. Rien que le normal. Je suis Erikki Yokkonen.

– Mais oui, le rouquin au poignard, fit l'homme avec un sourire. Vous êtes une sorte de légende dans le coin. Je vous ai fait le plein une fois, il y a peut-être un an. » Il tendit la main. « Je suis Ali " Super " – enfin Ali Reza. »

Ils échangèrent une poignée de main et, tout en bavardant, le jeune homme commença à faire le plein. « Vous êtes allé dans une école américaine? demanda Erikki.

– Oh non! J'ai été un peu adopté par l'hôpital, il y a des années, bien avant qu'on construise ces bâtiments, quand j'étais gosse. Autrefois, l'hôpital était dans un des ghettos dorés des quartiers est; vous savez, capitaine, " réservés au personnel américain ". » Le jeune homme sourit, referma avec soin le bouchon du réservoir et entreprit d'emplir le second. « Le premier toubib qui m'a fait venir était Abe Weiss. Un type formidable. Il m'a engagé, il m'a appris à me servir du savon, des cuillères et des toilettes – vous savez, tout un tas de trucs absolument nouveaux pour un garçon de la rue comme moi, sans famille, sans foyer, sans nom ni rien. Il m'appelait son passe-temps. C'est même lui qui m'a donné mon nom. Et puis un jour il est parti. »

Erikki vit passer dans les yeux du jeune homme un chagrin vite dissimulé. « Il m'a refilé au Dr Templeton qui a fait pareil. Par moments, c'est un peu dur de trouver ce que je suis. Un peu kurde, mais pas tout à fait, un peu amerloque mais pas complètement – un peu iranien mais pas non plus, un peu juif, un peu musulman. » Il haussa les épaules. « Ça fait un drôle de mélange, capitaine. Vous ne trouvez pas?

– Si. » Erikki jeta un coup d'œil en direction de

l'hôpital. Bayazid descendait les marches avec ses deux gardes encadrant des infirmiers qui portaient un brancard. La vieille femme était maintenant enveloppée dans une couverture.

« Nous partirons dès que le plein sera fait, lança Bayazid.

– Je suis navré, fit Erikki.

– *Inch' Allah.* » Ils regardèrent les infirmiers déposer le brancard dans la cabine. Bayazid les remercia et ils repartirent. Bientôt le plein fut terminé.

« Merci, monsieur Reza, fit Erikki en lui tendant la main. Merci. »

Le jeune homme le dévisagea, bouche bée. « Personne ne m'a jamais appelé monsieur, capitaine, jamais. » Il serra énergiquement la main d'Erikki. « Merci... Chaque fois que vous voudrez de l'essence, adressez-vous à moi. »

Bayazid s'installa auprès d'Erikki, boucla sa ceinture et coiffa le casque, pendant que les moteurs commençaient à tourner. « Maintenant nous allons au village d'où nous sommes venus.

– Et ensuite? demanda Erikki.

– Je consulte le nouveau chef », dit Bayazid, mais il pensait : cet homme et l'hélicoptère rapporteront une belle rançon, peut-être du khan, peut-être des Soviétiques, ou même des siens. Mon peuple a besoin de chaque rial qu'on peut trouver.

Près de Tabriz 1. Village d'Abu-Mard : 18 h 16. Azadeh ramassa le bol de riz et le bol de *horisht*, remercia l'épouse du chef et, traversant le champ de neige parsemé d'ordures et de déchets, regagna la hutte un peu à l'écart. Elle avait les traits tirés et une vilaine toux. Elle frappa, puis se courba pour franchir le seuil. « Bonjour, Johnny. Comment te senstu? Un peu mieux?

– Je vais très bien », dit-il. Mais ce n'était pas vrai.

La première nuit, ils l'avaient passée dans une grotte non loin de là, blottis l'un contre l'autre, frissonnant de froid. « Nous ne pouvons pas rester ici, Azadeh, avait-il dit à l'aube. Nous allons mourir de froid. Il faut essayer la base. » Ils avaient suivi les sentiers enneigés et, en se cachant, avaient observé la scène. Ils aperçurent les deux mécaniciens et même de temps en temps Nogger Lane – et le 206 – mais sur toute la base circulaient des hommes en armes. Dayati, le directeur de la base, s'était installé dans le bungalow d'Azadeh et d'Erikki : lui, sa femme et ses enfants. « Fils et filles de chiens, avait sifflé Azadeh, en voyant la femme arborer une paire de bottes qui lui appartenaient. Nous pourrions peut-être nous glisser dans la cabane des mécaniciens. Nous nous cacherons.

– Ils sont escortés partout; je parierais qu'ils ont même des gardes de nuit. Mais qui sont les gardes, des Brassards verts, des hommes du khan, qui ça?

– Je n'en reconnais aucun, Johnny.

– Ils sont après nous », dit-il, très déprimé, encore accablé par la mort de Gueng. Gueng, comme Tenzing, était avec lui depuis le début. Et puis il y avait Rosemont. Et maintenant Azadeh. « Encore une nuit en plein air et on sera bons, tous les deux.

– Johnny, il y a notre village : Abu-Mard. Il est dans notre famille depuis plus d'un siècle. Les villageois sont loyaux, je le sais. Nous serions en sécurité là pour un jour ou deux.

– Avec ma tête mise à prix? Et toi? Ils préviendraient ton père.

– Je leur demanderais de ne pas le faire. Je dirais que des Soviétiques essayaient de m'enlever et que tu m'as aidée. C'est vrai. Je dirais que nous avons besoin de nous cacher jusqu'au retour de mon mari : il a toujours été très populaire, Johnny, ses évacuations en hélicoptère ont sauvé bien des vies. »

Il la regarda, trouvant une douzaine de raisons pour refuser. « Le village est sur la route, presque en plein sur la route...

– Oui, bien sûr, tu as raison et nous ferons tout ce que tu voudras mais le village s'étend jusque dans la forêt, nous pourrions nous cacher là : personne ne s'y attendrait. »

Il vit combien elle était épuisée. « Comment te sens-tu?

– Pas très vaillante, mais bien.

– Nous pourrions continuer à pied, suivre la route quelques kilomètres – en évitant le barrage, c'est bien moins dangereux que le village. Qu'en dis-tu?

– Je... je préférerais ne pas le faire. Je pourrais essayer. » Elle hésita puis reprit : « Je préférerais ne pas le faire, pas aujourd'hui. Continue, toi. J'attendrai. Erikki va peut-être revenir aujourd'hui.

– Et sinon?

– Je ne sais pas. Continue. »

Il se retourna pour regarder la base. Un nœud de vipères. Ce serait un suicide d'aller là-bas. De l'éminence sur laquelle ils étaient, ils voyaient jusqu'à la grand-route. Des hommes gardaient toujours le barrage – sans doute des Brassards verts et de la police –, une file de voitures attendait le passage. Aucun d'eux ne nous prendra maintenant, songea-t-il. Sauf pour toucher la récompense. « Va jusqu'au village. J'attendrai dans la forêt.

– Sans toi, ils vont me rendre à mon père. Je les connais, Johnny.

– Peut-être qu'ils te trahiront de toute façon.

– Comme Dieu le veut. Mais nous pourrions manger un peu, nous réchauffer, peut-être même avoir un abri pour la nuit. A l'aube, nous pourrions repartir. Peut-être que nous pourrions même obtenir d'eux une voiture ou une camionnette : le *kalandar* a une vieille Ford. » Elle étouffa un éternuement. Les hommes en armes n'étaient pas loin. Il y avait sûrement des patrouilles dans la forêt : pour arriver jusqu'ici ils avaient dû faire un détour pour en éviter une. C'est de la folie d'aller au village, se dit-il, mais éviter le barrage nous prendra des heures de jour, et de nuit... nous ne pouvons pas passer une nuit de plus dehors.

« Allons au village », dit-il.

C'était donc ce qu'ils avaient fait la veille et Mostafa, le *kalandar,* avait écouté le récit d'Azadeh tout en évitant de regarder Ross. L'annonce de leur arrivée s'était répandue, en quelques instants tout le village était au courant et on savait aussi qu'il y avait une récompense pour qui arrêterait le saboteur et l'homme qui avait enlevé la fille du khan. Le *kalandar* avait offert à Ross une petite cabane au sol en terre battue recouvert de vieux tapis moisis. Quant à Azadeh, il l'avait invitée chez lui : c'était un taudis de deux pièces sans électricité ni eau courante.

La veille, à la tombée de la nuit, une vieille femme avait apporté à Ross de la nourriture chaude et une bouteille d'eau.

« Merci, dit-il, tenaillé par la migraine et un début de fièvre. Où est Son Altesse? » La vieille haussa les épaules. Elle avait la peau ridée, grêlée, et des chicots marron en guise de dents. « Voulez-vous lui demander de me recevoir? »

On vint le chercher un peu plus tard. Dans la chambre du chef de tribu, surveillé par lui, par sa femme, une partie de ses enfants et quelques anciens, il salua Azadeh avec prudence – comme un étranger pourrait se comporter devant quelqu'un de haute naissance. Elle portait un tchador, bien sûr, et était agenouillée sur des tapis face à la porte. Son visage était d'une pâleur malsaine, mais il se dit que c'était peut-être l'éclairage de la lampe à pétrole. « *Salam,* Votre Altesse, votre santé est-elle bonne?

– Salam, *agha,* oui, merci, et la vôtre?

– Un peu de fièvre, je crois. » Il vit Azadeh lever un instant les yeux. « J'ai des médicaments. En avez-vous besoin?

– Non. Non, merci. »

Avec tant de regards fixés sur eux et d'oreilles aux aguets, ce qu'il voulait dire était impossible. « Peut-être pourrai-je vous saluer demain, dit-il. La paix soit avec vous, Votre Altesse.

– Et avec vous. »

Il avait mis du temps à s'endormir. A l'aube, le village s'éveilla, on ranima les feux, on se mit à traire les chèvres, à faire cuire le *horisht,* le bouillon de légumes auquel ne s'ajoutait guère qu'un morceau de poulet et chez certains un bout de chèvre ou de mouton. Il y avait des bols de riz, mais jamais assez. Deux fois par jour, on leur donnait à manger, le matin et avant la fin du jour. Azadeh avait de l'argent et elle payait. On le remarqua. Elle demanda que ce soir on mît un poulet entier dans le *horisht* qui serait partagé par toute la maisonnée : elle paya. Et cela aussi, on le remarqua.

A la tombée du jour, elle avait dit : « Je vais lui porter à manger.

– Mais, Votre Altesse, ce n'est pas à vous de le servir, répondit la femme du *kalandar*. Je porterai les bols. Nous pouvons y aller ensemble, si vous voulez.

– Non, il vaut mieux que j'y aille seule parce que...

– Dieu nous protège, Votre Altesse. Seule? Voir un homme qui n'est pas votre mari? Oh non! Ce ne serait pas convenable, pas du tout convenable. Laissez, je vais le porter.

– Merci. Comme Dieu le veut. Merci beaucoup. Hier soir il a parlé de fièvre, ce pourrait être la peste. Je sais combien les infidèles transportent d'horribles maladies auxquelles nous ne sommes pas habitués. Je voulais simplement vous épargner ce risque. Merci de me l'éviter. »

La veille au soir, tout le monde dans la pièce avait vu la sueur sur le visage de l'Infidèle. On savait à quel point les Infidèles étaient horribles, pour la plupart des adorateurs de Satan et des sorciers. Presque tout le monde croyait en secret qu'Azadeh avait été ensorcelée, d'abord par le géant au poignard, et maintenant par le saboteur. Sans un mot, la femme du chef avait tendu les bols à Azadeh et celle-ci s'était éloignée dans la neige.

Elle le regardait maintenant, dans la pénombre de la pièce qui n'avait pour fenêtre qu'un trou dans le mur en terre battue, sans vitre, avec juste un sac qui le masquait presque en entier. L'air était lourd d'une odeur d'urine et de déchets venant du ruisseau dehors.

« Mange, mange pendant que c'est chaud. Je ne peux pas rester longtemps.

– Tu vas bien? » Il était allongé sous une couverture, tout habillé, assoupi, mais maintenant il s'était assis en tailleur. La fièvre était un peu tombée grâce aux médicaments qu'il avait dans sa trousse, mais il avait l'estomac barbouillé. « Tu n'as pas l'air brillante. »

Elle sourit. « Toi non plus. Je vais bien. Mange. »

Il avait faim. La soupe était claire mais il savait que c'était mieux pour son estomac. « Tu crois que nous pourrions nous échapper? dit-il entre deux bouchées.

– Toi, tu pourrais, pas moi. »

Tout en sommeillant dans la journée pour reprendre des forces, il avait essayé de dresser un plan. Une fois, il s'était mis à déambuler dans le village. Une centaine de regards étaient braqués sur lui. Il avait continué jusqu'au bout du village, puis était revenu. Mais il avait vu le vieux camion. « Et le camion?

– J'ai demandé au chef. Il a dit qu'il était en panne. Mentait-il ou non, je ne sais pas.

– Nous ne pouvons pas rester ici beaucoup plus longtemps. Une patrouille va finir par arriver. Ou bien ton père va entendre parler de nous, ou bien on va le prévenir. Notre seul espoir c'est de filer.

– Ou de nous emparer du 206 avec Nogger. »

Il la regarda. « Avec tous ces hommes qui sont là?

– Un des enfants m'a dit qu'ils étaient retournés aujourd'hui à Tabriz.

– Tu es sûre?

– Non, Johnny. Mais il n'y a aucune raison pour que cet enfant me mente. J'enseignais ici avant mon mariage : j'étais la seule institutrice qu'ils aient jamais eue et je sais qu'ils m'aimaient bien. L'enfant m'a dit qu'il ne restait qu'un ou deux hommes. »

Il termina le bouillon et le riz jusqu'au dernier grain, tout en essayant de faire un plan. Elle était agenouillée en face de lui et elle voyait ses cheveux emmêlés et gras, son épuisement. « Pauvre Johnny, murmura-t-elle en lui touchant la tête. Je ne t'ai guère porté chance, n'est-ce pas?

– Ne sois pas stupide. Ce n'est pas ta faute. » Il secoua la tête. « Tu n'y es pour rien. Ecoute, voici ce que nous allons faire : nous allons rester ici ce soir, et demain, au lever du jour, nous allons partir. Nous essayerons la base : si ça ne marche pas, alors nous continuerons à pied. Tâche d'obtenir l'aide du chef de village : qu'il la boucle et sa femme aussi. Le reste des villageois devrait rester tranquille s'il l'ordonne, tout au moins nous donner une certaine avance.

Promets-leur une grosse récompense quand les choses redeviendront normales, et, tiens... » Il fouilla dans la poche secrète de son paquetage, trouva les roupies d'or et en compta dix. « Donne-lui-en cinq, garde les cinq autres pour les urgences.

– Mais... mais et toi? dit-elle, pleine d'espoir devant de telles possibilités, de *pishkesh*.

– J'en ai dix autres, déclara-t-il, mentant sans effort. Des fonds d'urgence, fournis par le gouvernement de Sa Gracieuse Majesté.

– Oh! Johnny, je crois que maintenant nous avons une chance... Ça représente tant d'argent pour eux. »

Leurs regards se tournèrent vers la fenêtre car le vent se levait et agitait la toile de sac. Elle se redressa et l'ajusta du mieux qu'elle put. Mais ça ne fermait pas complètement. « Peu importe, dit-il. Assieds-toi là. » Elle obéit. « Tiens. A tout hasard. » Il lui tendit la grenade. « Tu n'as qu'à abaisser la cuiller, sortir la goupille, compter jusqu'à trois et lancer. Trois, pas quatre. »

Elle hocha la tête, remit son tchador et glissa avec soin la grenade dans une des poches de son blouson. « Merci. Maintenant je me sens mieux. Plus en sécurité. » D'un geste machinal, elle le toucha et le regretta aussitôt, car elle sentit comme un feu s'allumer en elle. « Il faut... il faut que je parte. Je t'apporterai à manger au lever du jour. Et puis nous partirons. »

Il se leva et lui ouvrit la porte. Dehors, il faisait nuit. Aucun d'eux ne vit la silhouette qui s'éloignait de la fenêtre, mais ils sentirent tous deux des regards braqués sur eux de tous les côtés.

« Et Gueng? Tu crois qu'il nous trouvera?

– Où qu'il soit, il doit être aux aguets. » Il sentit un frisson de fièvre qui arrivait. « Bonne nuit, fais de beaux rêves.

– Toi aussi. »

Autrefois, ils se disaient toujours ça. Leurs regards se croisèrent et tous deux se sentirent réchauffés et en même temps pleins d'appréhension. Puis elle tourna les talons, la couleur sombre de son tchador la rendant aussitôt presque invisible. Il vit la porte de la cabane du chef s'ouvrir, elle entra, puis la porte se referma. Il entendit un camion peiner sur la route, pas très loin, puis le klaxon d'une voiture qui passait. Un spasme le secoua, si violent qu'il dut s'accroupir. La douleur était aiguë et il était content qu'Azadeh fût partie. Il prit un peu de neige pour se nettoyer. Des yeux l'observaient, partout. Les salauds, se dit-il, puis il rentra dans la cabane et s'assit sur la paillasse.

Dans l'obscurité, il graissa le *kukri*. Inutile de l'aiguiser. Il l'avait déjà fait. Des reflets étincelaient sur la lame. Il s'endormit avec le poignard dégainé.

Palais du Khan : 23 h 19. Le docteur prit le poignet du khan et vérifia de nouveau son pouls. « Il faut vous reposer, Votre Altesse, dit-il d'un ton soucieux, et prendre un de ces comprimés toutes les trois heures.

– Toutes les trois heures... oui », dit Abdollah Khan d'une petite voix, le souffle court. Il était adossé sur des coussins dans le lit dressé sur d'épais tapis. A côté de lui se trouvait Najoud, sa fille aînée, trente-cinq ans, et Aysha, sa troisième épouse, dix-sept ans. Les deux femmes étaient blêmes. Deux gardes se tenaient à la porte et Ahmed était agenouillé auprès du docteur. « Maintenant... laissez-moi.

– Je reviendrai à l'aube avec l'ambulance...

– Pas d'ambulance! Je reste ici! » Le visage du khan s'empourpra, une nouvelle douleur lui déchira la poitrine. Ils le regardaient, retenant leur souffle. Lorsqu'il put parler, il dit d'une voix rauque : « Je reste... ici.

– Mais, Altesse, vous avez déjà eu une crise cardiaque, Dieu soit loué, pas trop forte, dit le docteur d'une voix tremblante. Impossible de prévoir quand vous pourriez en avoir une autre... Je n'ai aucun équipement ici; vous devriez être traité tout de suite et mis en observation.

– Ce qu'il... ce qu'il vous faut, amenez-le ici. Ahmed, occupe-t'en!

– Oui, Altesse. » Ahmed regarda le docteur.

Ce dernier rangea son stéthoscope et son appareil à prendre la tension dans sa vieille trousse en cuir. Sur le seuil, il enfila ses chaussures et sortit. Najoud et Ahmed le suivirent. Aysha hésita. Toute menue, elle était mariée depuis deux ans et elle avait un fils et une fille. Le visage du khan était d'une pâleur inquiétante et il avait le souffle rauque. Elle s'agenouilla plus près et lui prit la main mais il se dégagea avec rage, se frottant la poitrine et la maudissant.

Dehors, le docteur s'arrêta dans le vestibule. Son visage était vieux et ridé, il paraissait plus que son âge et il avait les cheveux blancs. « Altesse, dit-il à Najoud, il vaudrait mieux qu'il soit à l'hôpital. Tabriz n'est pas assez bien. Téhéran serait préférable. Il faudrait le transporter à Téhéran, même si le voyage... Téhéran, c'est mieux qu'ici. Il a trop de tension, c'est comme ça depuis des années, mais, eh bien, comme Dieu le voudra.

– Ce qu'il vous faut, nous l'apporterons ici », déclara Ahmed.

Furieux, le docteur répliqua : « Imbécile, je ne peux pas apporter une salle d'opération, un dispensaire et un environnement aseptisé!

– Il va mourir? fit Najoud en ouvrant de grands yeux...

– A l'heure prévue par Dieu, seulement à l'heure prévue par Dieu. Il a une tension beaucoup trop forte... Je ne suis pas un magicien et nous sommes à court de médicaments. Avez-vous une idée de ce qui a provoqué la crise... Y a-t-il eu une dispute ou quelque chose?

– Non, pas de dispute, mais c'est sûrement à cause d'Azadeh. Encore elle, ma demi-sœur, reprit Najoud en se tordant les mains. C'est elle, elle est partie hier matin avec un saboteur, c'est elle...

– Quel saboteur? interrogea le docteur, étonné.

– Le saboteur que tout le monde recherche, l'ennemi de l'Iran. Mais je suis certaine qu'il ne l'a pas enlevée. Je suis sûre qu'elle s'est enfuie avec lui. Comment aurait-il pu l'enlever à l'intérieur du palais? C'est elle qui a mis Son Altesse dans une telle rage... Nous sommes tous terrifiés depuis hier matin... »

Idiote! songea Ahmed. Toute cette scène stupide avait éclaté à cause des hommes de Téhéran, Hashemi Fazir et cet Infidèle qui parlait farsi, à cause de ce qu'ils demandaient à mon maître et de ce que mon maître n'avait pas accepté de faire. C'était si peu de chose : leur remettre un Soviétique, un prétendu ami qui était un ennemi, ça n'était sûrement pas une raison pour se mettre dans un tel état? Ç'avait été habile de la part de mon maître de tout préparer; bientôt mon maître décidera et alors j'agirai. En attendant, Azadeh et le saboteur sont soigneusement parqués dans un village, sur l'ordre de mon maître. Peu d'hommes sur terre sont aussi habiles qu'Abdollah Khan, et seul Dieu décidera quand il doit mourir, et non ce chien de docteur. « Veuillez m'excuser, Altesse, mais nous devrions aller chercher une infirmière, des médicaments et de l'équipement. Docteur, il faut faire vite. »

La porte au bout du couloir s'ouvrit. Aysha était

encore plus pâle. « Ahmed, Son Altesse te réclame un moment. »

Quand ils furent seuls, Najoud prit le médecin par la manche et murmura : « L'état de Son Altesse est vraiment grave? Il faut me dire la vérité. Il faut que je sache. »

Le docteur eut un geste d'impuissance. « Je ne sais pas, je ne sais pas. Je m'attendais à pire que cela depuis... depuis un an ou davantage. La crise n'a pas été forte. La prochaine pourrait être massive ou légère, dans une heure ou dans un an, je ne sais pas. »

Najoud était affolée depuis l'instant où le khan s'était effondré deux heures auparavant. Si le khan mourait, alors Hakim, le frère d'Azadeh, était son héritier légitime : les deux frères de Najoud étaient morts tout enfants. Le fils d'Aysha avait à peine un an. Le khan n'avait plus de frère, son héritier devrait donc être Hakim. Mais Hakim était en disgrâce et déshérité; il devrait donc y avoir une régence. Son mari, Mahmud, était l'aîné de ses gendres. Il serait régent, à moins que le khan ne donnât d'autres instructions.

Pourquoi le ferait-il? se dit-elle, l'estomac serré. Le khan sait que je peux guider mon mari et nous rendre tous forts. Le fils d'Aysha... pfut, un enfant maladif, tout comme sa mère. Comme Dieu le voudra, mais il arrive que de jeunes enfants meurent. Il n'est pas une menace, mais Hakim... Hakim en est une.

Elle se souvint d'être allée trouver le khan quand Azadeh était rentrée de son école en Suisse : « Père, je t'apporte de mauvaises nouvelles, mais tu dois savoir la vérité. J'ai surpris une conversation entre Hakim et Azadeh. Altesse, elle lui a raconté qu'elle était enceinte mais qu'avec l'aide d'un médecin elle s'était débarrassée de l'enfant.

– *Quoi?*

– Oui... oui, je l'ai entendue le dire.

– *Azadeh n'a pas pu... Azadeh n'aurait pas, elle n'aurait pas pu faire ça!*

– Interrogez-la – je vous supplie de ne pas dire comment vous l'avez appris –, demandez-lui devant Dieu, questionnez-la, faites-la examiner par un médecin, mais, attendez, ce n'est pas tout. Contre votre volonté, Hakim est toujours déterminé à devenir pianiste et il lui a dit qu'il allait s'enfuir en demandant à Azadeh de l'accompagner à Paris, " et alors tu pourras épouser ton amant ", a-t-il dit, mais elle a répondu, Azadeh a répondu : " Père te ramènera, il te ramènera de force. Il ne nous laissera jamais partir sans sa permission, jamais. " Hakim a dit : " J'irai quand même. Je ne vais pas rester ici à gâcher ma vie. Je pars! " Alors elle a dit : " Père ne permettra jamais, jamais. – Alors, mieux vaut qu'il meure ", a dit Hakim et elle a dit : " Je suis d'accord. "

– *Je... je ne le crois pas!* »

Najoud se rappela le visage devenu tout rouge et combien elle avait été terrifiée. « Devant Dieu, avait-elle dit, je l'ai entendue le dire, Altesse, devant Dieu. Alors ils ont dit qu'il fallait faire un plan, qu'il fallait... » Elle avait défailli en l'entendant crier, pour lui dire de raconter exactement ce qu'ils avaient dit.

« Il a dit exactement, Hakim a dit : " Un peu de poison dans son *halva,* ou dans une boisson, nous pouvons corrompre un serviteur, nous pourrions peut-être acheter un de ses gardes pour le tuer ou nous pourrions laisser les grilles ouvertes la nuit pour laisser entrer des assassins – il y a cent façons pour n'importe lequel d'un millier d'ennemis de le faire pour nous, tout le monde le déteste. Il faut réfléchir et être patient... " »

Elle n'avait plus aucun mal à raconter son histoire, plongeant de plus en plus dans l'invention si bien que très vite elle y croyait comme il y croyait maintenant. A part l'affirmation « devant Dieu », ce serait la vérité.

Dieu me pardonnera, se dit-elle avec assurance comme elle se le répétait toujours. Dieu me pardonnera. Azadeh et Hakim nous ont toujours détestés, nous, le reste de la famille. Ils ont toujours souhaité notre mort, notre exil, pour s'emparer de tout notre héritage, eux et leur sorcière de mère qui a jeté un mauvais sort sur père pour qu'il se détourne de nous pendant tant d'années. Pendant huit années il a vécu dans cette obsession : Azadeh ceci, Azadeh cela, Hakim par-ci, Hakim par-là. Pendant huit ans il nous a écartés, notre mère, sa première épouse, ne s'occupait pas de moi, elle m'a mariée sans y penser à ce rustre de Mahmud, cet abominable rustre puant et aujourd'hui impuissant, et elle a ruiné ma vie. J'espère que mon mari mourra et que les vers le dévoreront, mais pas avant qu'il ne devienne khan pour que mon fils devienne khan après lui.

Père doit se débarrasser de Hakim avant de mourir. Que Dieu le garde en vie pour y parvenir – il doit le faire avant de mourir – et Azadeh doit être humiliée, évincée, détruite – encore mieux, surprise dans son adultère avec le saboteur, oh oui! alors ma vengeance serait complète.

Vendredi 23 février

CHAPITRE 2

Près de Tabriz. Village d'Abu-Mard : 6 h 17. A l'aube, le visage d'un autre Mahmud, le mollah islamique-marxiste, était crispé par la rage. « As-tu partagé la couche de cet homme? cria-t-il. Devant Dieu, as-tu partagé sa couche? »

Azadeh était à genoux devant lui, affolée. « Tu n'as pas le droit d'entrer comme...

– As-tu partagé sa couche?

– Je... je suis fidèle à mon... mon mari », fit-elle, haletante. Quelques secondes plus tôt, Ross et elle étaient assis sur les tapis dans la cabane, dévorant avec avidité le repas qu'elle lui avait apporté, heureux d'être ensemble, prêts à partir. Le chef de village avait accepté avec gratitude et reconnaissance son *pishkesh* – quatre roupies d'or pour lui et une qu'elle avait en secret donnée à sa femme – en leur disant de quitter le village par la forêt dès l'instant où ils auraient fini de manger, la bénissant – puis la porte s'était ouverte toute grande, les étrangers étaient entrés en trombe, s'emparant de Ross et les tirant tous les deux dehors, pour la jeter aux pieds de Mahmud et rouer Ross de coups. « Je suis fidèle, je le jure. Je suis fid...

– Fidèle? Pourquoi ne portes-tu pas un tchador? » lui avait-il crié. La plupart des gens du village faisaient maintenant cercle autour d'eux, silencieux et effrayés. Une demi-douzaine d'hommes armés étaient là, appuyés sur leurs fusils, deux plantés auprès de Ross qui était allongé, le visage dans la neige, inconscient, le front ruisselant de sang.

« Je... je portais un tchador mais je... je l'ai ôté pour manger...

– Tu as ôté ton tchador dans une cabane avec la porte fermée alors que tu mangeais avec un étranger? Quoi d'autre avais-tu ôté?

– Rien, rien, dit-elle, de plus en plus affolée, serrant autour d'elle son blouson entrouvert. J'étais juste en train de manger et ce n'est pas un étranger, mais un vieil ami... un vieil ami de mon mari », reprit-elle précipitamment, mais le lapsus n'était pas passé inaperçu. « Abdollah Khan est mon père et tu n'as aucun d...

– Un vieil ami? Si tu n'es pas coupable, tu n'as rien à craindre! Devant Dieu, as-tu partagé sa couche? Jure-le!

– *Kalandar*, va chercher mon père, va le chercher! » Le *kalandar* ne broncha pas. Tous les regards la fixaient. Désemparée, elle vit le sang sur la neige, et Johnny qui reprenait connaissance en gémissant. « Je jure devant Dieu que je suis fidèle à mon mari! »

hurla-t-elle. Son cri se vrilla dans l'esprit de Ross et le fit reprendre conscience. « Réponds à la question, femme! Est-ce oui ou non? Au nom de Dieu, as-tu partagé sa couche? » Le mollah était planté devant elle comme un corbeau malade, les villageois attendaient, tout comme les arbres et le vent – et même Dieu.

Inch' Allah.

Sa peur la quitta, remplacée par la haine. En se relevant, elle regarda Mahmud droit dans les yeux. « Au nom de Dieu, je suis et j'ai toujours été fidèle à mon mari, déclara-t-elle. Au nom de Dieu, oui, oui, j'ai aimé cet homme, voilà des années et des années. »

Ses paroles firent frissonner nombre d'assistants et Ross était horrifié de cet aveu.

« Traînée! Femme perdue! Tu te reconnais ouvertement coupable. Tu seras punie en conséq...

– Non », cria Ross en l'interrompant. Il se remit à genoux et, malgré les deux moudjahidin qui braquaient leurs fusils sur sa tête, il poursuivit : « Ce n'était pas la faute de Son Altesse. C'est moi... c'est moi qui suis à blâmer, moi seul!

– Tu seras puni, Infidèle, ne crains rien, dit Mahmud, puis il se tourna vers les villageois. Vous avez tous entendu cette traînée faire aveu de fornication, vous avez tous entendu l'Infidèle faire le même aveu. Pour elle, il n'y a qu'un châtiment – pour l'Infidèle... que doit-il arriver à l'Infidèle? »

Les villageois attendaient. Le mollah n'était pas leur mollah, il n'était pas de leur village, ce n'était même pas un vrai mollah mais un islamique-marxiste. Personne ne savait pourquoi il était venu ici, mais seulement qu'il avait surgi soudain comme la colère de Dieu avec des gauchistes – qui eux non plus n'étaient pas de leur village. Pas de vrais chiites, mais des fous. L'imam n'avait-il pas répété cinquante fois que de pareils hommes étaient des fous qui faisaient seulement semblant de vénérer Dieu en adorant en secret le Satan marxiste-léniniste?

« Eh bien? Devrait-il partager le châtiment que nous lui infligerons à elle? »

Personne ne lui répondit. Le mollah et ses hommes étaient armés.

Azadeh sentit tous les regards fixés sur elle, mais elle était incapable de faire un geste ni de dire un mot. Elle restait plantée là, les genoux tremblants et les voix lui paraissaient lointaines, même celle de Ross qui criait : « Vous n'avez aucun droit sur moi... ni sur elle. Vous déshonorez le nom de Dieu... » Sur quoi l'un des hommes plantés auprès de lui le poussa brutalement pour le faire tomber, puis posa un pied botté sur son cou pour l'immobiliser. « Qu'on le châtre et qu'on en finisse », dit l'homme, et un autre ajouta : « Non, c'est la femme qui l'a tenté : ne l'ai-je pas vue soulever son tchador devant lui hier soir? Regarde-la maintenant qui nous tente tous. Le châtiment pour lui n'est-il pas cent coups de fouet? »

Un autre dit : « Il a posé les mains sur elle, coupons-lui les mains.

– Bien, fit Mahmud, d'abord les mains puis le fouet. Attachez-le! »

Azadeh voulut protester, mais aucun son ne sortit de ses lèvres pendant qu'elle les voyait remettre debout Johnny qui se débattait et donnait des coups de pied avant qu'on ne l'attachât bras et jambes en croix aux chevrons de la cabane. Elle se précipita sur Mahmud en hurlant, le menaçant de ses ongles, mais elle défaillit et s'évanouit.

Mahmud la regarda. « Placez-la contre ce mur, dit-il à deux de ses hommes, puis apportez-lui son tchador. » Il se retourna vers les villageois. « Qui est le boucher ici? Qui est le boucher du village? »

Comme personne ne répondait, son ton se durcit. « *Kalandar*, qui est ton boucher? »

Le chef de village s'empressa de désigner un homme dans la foule, un petit homme mal habillé. « Abrim, Abrim est notre boucher.

– Va-t'en chercher ton couteau le mieux aiguisé, lui dit Mahmud. Vous autres, ramassez des pierres. »

Abrim s'éloigna docilement. Comme Dieu le veut, murmurèrent les autres. « As-tu jamais vu lapider quelqu'un? » demanda une voix. Une très vieille femme répondit : « J'ai vu ça une fois. C'était à Tabriz, quand j'étais petite fille. » Sa voix tremblait. « La femme adultère était l'épouse d'un commerçant du souk, je m'en souviens. Son amant était aussi un commerçant du souk et ils l'ont décapité devant la mosquée, puis les hommes l'ont lapidée, elle. Les femmes pouvaient jeter des pierres aussi si elles voulaient, mais je n'en ai vu aucune le faire. Le supplice a duré longtemps et, pendant des années, j'ai entendu les cris de la femme.

– L'adultère est un grand péché qui doit être puni, quel que soit le pécheur, même *elle*. Le Coran dit cent coups de fouet pour l'homme... C'est le mollah qui fait la loi, pas nous, dit le *kalandar*.

– Mais il n'est pas un vrai mollah et l'imam nous a mis en garde contre eux!

– Le mollah est le mollah, la loi est la loi », dit le *kalandar* qui dans le secret de son âme voulait voir le khan humilié et cette femme, qui avait enseigné à leurs enfants des idées neuves et perturbatrices, détruite. « Ramassez les pierres. »

Mahmud attendait dans la neige, sans se soucier du froid ni des villageois, ni du saboteur qui jurait et geignait tout en essayant de se débarrasser de ses liens, ni de la femme qui gisait inerte au pied du mur.

Ce matin-là, avant l'aube, alors qu'il venait s'emparer de la base, il avait entendu dire que le saboteur et elle se trouvaient au village. Elle, la femme du sauna, avait-il pensé, sentant monter sa colère, elle, la fille du maudit khan qui prétend être notre protecteur mais qui nous a trahis et qui m'a trahi, en préparant déjà une tentative d'assassinat contre moi hier soir, une rafale de mitrailleuse devant la mosquée après la dernière prière qui a fait bien des victimes mais qui m'a épargné. Le khan a essayé de me faire tuer, moi qui suis protégé par la Sainte Parole qui dit que l'islam allié au marxisme-léninisme est la seule façon d'aider le monde à se redresser.

Son regard s'attarda sur elle, sur les longues jambes enfermées dans le pantalon de ski bleu, sur les cheveux qui flottaient au vent, sur les seins qui gonflaient le blouson de ski bleu et blanc. Putain, songea-t-il, méprisant. Un de ses hommes jeta le tchador sur elle. Elle poussa un petit gémissement mais sans sortir de sa stupeur.

« Je suis prêt, dit le boucher, en brandissant son couteau.

– D'abord la main droite, annonça Mahmud à ses hommes. Ligotez-le au-dessus des poignets. »

Ils lui firent des liens serrés avec des morceaux de toile de sac arrachés à la fenêtre, les villageois se pressant pour mieux voir; Ross essayait de toutes ses forces d'empêcher sa terreur de déferler, il ne voyait que le visage grêlé au-dessus du couteau, la moustache et la barbe hirsutes, le regard vide et l'homme qui du pouce tâtait la lame d'un air absent. Il vit Azadeh reprendre ses esprits et il se souvint.

« La grenade! cria-t-il. Azadeh, la grenade! »

Elle entendit et elle fouilla dans sa poche tandis qu'il continuait à crier pour attirer l'attention sur lui. Le boucher s'avança, lui prit fermement la main droite et s'approcha, le couteau levé, pour décider où il allait lui trancher la main, laissant à Azadeh juste le temps de se relever et de se précipiter pour le pousser dans le dos, le projetant dans la neige avec son couteau, puis de se tourner vers Mahmud, et de se planter là, tremblante, la grenade dégoupillée dans sa petite main.

« Lâchez-le, hurla-t-elle. Lâchez-le! »

Mahmud ne bougea pas. Tous les autres se dispersèrent dans une folle bousculade pour se mettre à l'abri.

« Vite, par ici, Azadeh, cria Ross. Azadeh! » Elle l'entendit dans une sorte de brume et revint vers lui, sans quitter des yeux Mahmud. Puis Ross vit Mahmud tourner les talons et rejoindre un de ses hommes, et il poussa un gémissement, sachant ce qui allait se passer maintenant. « Vite, ramasse le couteau et libère-moi, dit-il. Ne lâche pas la goupille... Je les surveille. » Derrière elle, il vit le mollah prendre le fusil d'un de ses hommes, l'armer et le braquer sur eux. Elle, cependant, avait ramassé le couteau du boucher et elle s'apprêtait à couper les liens qui enserraient les mains de Ross; il savait que la balle allait la tuer ou la blesser, qu'elle allait lâcher la grenade, quatre secondes d'attente et puis une balle pour eux deux – mais cela se passerait vite et sans souffrance. « Je t'ai toujours aimée, Azadeh », murmura-t-il en souriant et elle leva les yeux, étonnée, et sourit à son tour.

Le coup de feu claqua, Ross sentit son cœur s'arrêter, il y eut un autre coup de feu, encore un autre; pourtant ils ne venaient pas du côté de Mahmud mais de la forêt et Mahmud, lui, hurlait en se tordant dans la neige. Puis une voix retentit : « *Allah-ou Akbar!* Mort à tous les ennemis de Dieu! Mort aux gauchistes, mort à tous les ennemis de l'imam! »

Avec un rugissement de rage, un des moudjahidin chargea vers la forêt et s'écroula. Aussitôt les autres s'enfuirent, trébuchant dans leur course. En quelques secondes, il ne restait sur la place du village que Mahmud qui râlait dans la neige et qui n'avait plus son turban. De la forêt, le chef de la petite équipe de quatre tudehs qui le traquait depuis l'aube le fit taire d'une rafale de mitrailleuse, puis les quatre hommes se retirèrent aussi silencieusement qu'ils étaient arrivés.

Abasourdis, Ross et Azadeh contemplaient le village désert. « Ce n'est pas possible... pas possible... murmura-t-elle.

– Ne lâche pas la goupille, dit-il d'une voix rauque. Ne la lâche pas. Vite, coupe le dernier lien... vite! »

Le couteau était très affûté. Elle avait les mains qui tremblaient et elle le coupa une fois mais pas profondément. Dès l'instant qu'il fut libre, il saisit la grenade, ses mains étaient engourdies mais il maintint la goupille en place et recommença à respirer. Il entra dans la hutte, reprit son *kukri* qui, dans la bousculade, s'était trouvé dans les plis de la couverture, le remit dans sa gaine et ramassa sa carabine. Sur le seuil il s'arrêta : « Azadeh, vite, prends ton tchador et le paquetage et suis-moi. » Elle le regarda avec de grands yeux. « Vite! »

Elle obéit comme une automate et il l'entraîna dans la forêt, tenant la grenade dans sa main droite et son fusil dans la gauche. Après une course haletante d'un quart d'heure, il s'arrêta et tendit l'oreille. Personne ne les suivait. Azadeh était derrière lui, hors d'haleine. Il vit qu'elle avait pris le paquetage mais oublié le tchador. Sa tenue de ski bleu pâle se détachait nettement sur la neige et les arbres. Il reprit sa course. Elle le suivit en trébuchant, incapable de parler. Cent mètres encore et toujours rien.

Il était encore trop tôt pour s'arrêter. Ross continua, ralentissant le pas, il avait une violente douleur au côté, il était au bord de la nausée, Azadeh suivait tant bien que mal. Il trouva le sentier qui conduisait à l'arrière de la base. Toujours pas trace de poursuivants. Près de la crête, derrière le bungalow d'Erikki, il s'arrêta pour attendre Azadeh, puis une nausée le prit, il trébucha et dut s'agenouiller pour vomir. Il se releva les jambes molles et reprit son ascension. Quand Azadeh le rejoignit, elle peinait et avait le souffle court. Elle s'effondra dans la neige auprès de lui, secouée de nausées.

A côté du hangar, il apercevait le 206 et un des mécaniciens en train de le laver. Bon, songea-t-il, peut-être qu'on le prépare pour un vol. Trois révolutionnaires en armes étaient accroupis sur une véranda non loin de là, et ils fumaient à l'abri du vent. Aucun signe de vie sur le reste de la base, sauf de la fumée qui sortait par la cheminée du bungalow d'Erikki et de celle qu'occupaient les mécaniciens ainsi que de la cuisine. Il voyait jusqu'à la route. Le barrage était toujours là, des hommes le gardaient, des camions et des voitures attendaient.

Son regard revint aux hommes installés sur la véranda et il pensa à Gueng, il se rappelait la façon dont on avait jeté son corps comme un sac de vieux ossements parmi les déchets de la camionnette : c'étaient peut-être ces hommes, peut-être pas. Un moment, la rage lui serra les tempes. il se tourna vers Azadeh. Son spasme passé, elle était encore un peu secouée, ne semblant pas vraiment le voir, un filet de bave mêlé de vomissures coulait sur son menton. De sa manche, il lui essuya le visage. « Tout va bien maintenant, repose-toi un moment, ensuite nous repartirons. » Elle acquiesça de la tête et il concentra de nouveau son attention sur la base.

Dix minutes s'écoulèrent sans grand changement. Au-dessus d'eux, le plafond de nuages était comme une couverture sale, lourde de neige. Deux des hommes armés entrèrent dans le bureau et il les apercevait de temps en temps derrière les fenêtres. Le troisième homme ne s'occupait guère du 206. Puis un cuistot sortit de la cuisine, urina dans la neige et rentra. Du temps passa encore. Puis un des gardes sortit du bureau et se fit un chemin dans la neige jusqu'à la caravane des mécaniciens, un M16 en bandoulière. Il ouvrit la porte et entra; un instant plus tard, il ressortit. Il y avait avec lui un grand Européen en tenue de vol et un autre homme. Ross reconnut le pilote Nogger Lane et l'autre mécanicien. Ce dernier dit quelque chose à Lane, puis fit un geste d'adieu et rentra dans sa caravane. Le garde et le pilote se dirigèrent vers le 206.

Nous voilà à égalité, songea Ross, le cœur battant. Il vérifia sa carabine, gêné par la grenade dans sa main droite puis prit dans sa poche les deux derniers chargeurs et la dernière grenade qu'il avait dans son havresac. La peur soudain déferla sur lui et l'envie le prit de courir, oh! mon Dieu, de s'enfuir, de se cacher, de pleurer, d'être en sûreté chez lui, n'importe où mais pas ici...

« Azadeh, j'y vais, se força-t-il à dire. Prépare-toi à courir vers l'hélico quand je te ferai signe ou que je crierai. Prête? » Il la vit le regarder et faire oui de la tête et des lèvres mais il n'était pas sûr qu'elle avait compris. Il répéta sa phrase avec un sourire encourageant. « Ne t'inquiéte pas. » Elle hocha la tête sans rien dire.

Il desserra la gaine de son *kukri* et franchit la crête comme une bête sauvage en quête de nourriture.

Il se glissa derrière le bungalow d'Erikki, protégé par le sauna. A l'intérieur on entendait des rires d'enfants et une voix de femme. La bouche sèche, il sentait la grenade toute tiède dans sa main. Se coulant d'un abri à l'autre, des grands barils, des amas de tuyaux, de scies et de matériel, il approchait de la caravane où se trouvait le bureau. Il vit le garde et le pilote approcher du hangar, sous l'œil indifférent de l'homme sur la véranda. La porte du bureau s'ouvrit, un autre garde sortit et auprès de lui un homme plus âgé, plus grand, rasé de près, peut-être un Européen, portant des vêtements de meilleure qualité et armé d'une mitraillette Sten. A son gros ceinturon était accrochée la gaine d'un *kukri*.

Ross lâcha la goupille qui se redressa. « Un, deux, trois », et s'avança à découvert, lança la grenade sur les hommes de la véranda à une quarantaine de mètres et replongea derrière le réservoir, en préparant déjà une autre.

Ils l'avaient vu. Un instant, ils restèrent pétrifiés puis, comme ils essayaient de se mettre à l'abri, la grenade explosa, faisant sauter presque toute la véranda, tuant l'un des hommes, en assommant un autre et estropiant le troisième. Ross aussitôt se précipita, carabine au poing, la seconde grenade dans sa main droite, son index sur la détente. Rien ne bougeait sur la véranda, mais près de la porte du hangar le mécanicien et le pilote se laissèrent tomber sur la neige, levant les bras, le garde se précipita vers le hangar et apparut un instant à découvert. Ross tira et le manqua, chargea en direction du hangar, aperçut une porte de derrière et s'engouffra par là. L'homme était tapi derrière un moteur, son fusil braqué sur l'autre porte. Ross lui fit sauter la tête, le bruit de la détonation se répercutant entre les murs de tôle ondulée, puis se précipita vers l'autre porte. Là il aperçut le mécanicien et Nogger Lane aplatis sur la neige près du 206. Toujours à couvert, il leur cria : « Vite! Combien d'ennemis y a-t-il ici? » Pas de réponse. « Bon sang, répondez-moi! »

Nogger Lane leva la tête, très pâle. « Ne tirez pas, nous sommes des civils, des Anglais! Ne tirez pas!

– Combien d'autres ennemis y a-t-il ici?
– Ils étaient... ils étaient cinq... cinq... celui-ci et les autres dans... dans le bureau... je crois dans le bureau... »

Ross courut jusqu'à la porte de derrière, s'aplatit par terre et regarda devant lui. Aucun mouvement. Le bureau était à une cinquantaine de mètres, la seule possibilité de s'abriter était de passer derrière le camion. Il bondit sur ses pieds et chargea. Des balles vinrent s'aplatir sur le métal, puis plus rien. Il avait vu tirer d'une fenêtre cassée du bureau.

Par-delà le camion, il y avait un peu de terrain découvert et, là, un fossé d'où il serait à portée. S'ils restent à couvert, ils sont à moi. S'ils se montrent, et ils le devraient sachant que je suis seul, les chances sont de leur côté.

Il se coula à plat ventre pour attaquer. Tout était silencieux, le vent, les oiseaux, l'ennemi. Tout attendait. Il était dans le fossé maintenant, progressant lentement. Un bruit de voix, une porte qui grinçait, de nouveau le silence. Encore un mètre. Puis un autre. Maintenant! Il banda ses muscles, enfonça ses orteils dans la neige, ôta la goupille de la grenade, compta jusqu'à trois et bondit sur ses pieds, dérapa mais parvint à retrouver son équilibre et lança la grenade par le carreau cassé, derrière l'homme qui était planté là, fusil braqué sur lui, puis se laissa de nouveau tomber dans la neige. L'explosion fit taire la fusillade, faillit presque lui crever les tympans et il se retrouva debout, partant à l'assaut de la caravane et tirant tout en courant. Il enjamba un corps et continua, tirant toujours. Sa carabine soudain s'arrêta et il sentit son estomac se serrer jusqu'au moment où il put éjecter le chargeur vide et en enclencher un autre. Il abattit le servant de la mitrailleuse et s'arrêta.

Le silence. Puis un hurlement tout proche. Prudemment, il ouvrit d'un coup de pied la porte brisée et sortit sur la véranda. L'homme qui hurlait n'avait plus de jambes, il était fou de douleur, mais encore en vie. Il avait à la taille le ceinturon et le *kukri* qui avaient appartenu à Gueng. Aveuglé de fureur, Ross arracha le poignard de sa gaine. « C'est au barrage routier que tu as trouvé ça? cria-t-il en farsi.

– Au secours, au secours, au secours... » Il y eut un déluge en langue étrangère, puis « ... Je vous en supplie, au secours... » L'homme continuait à hurler tout en disant « ... Au secours, au secours, oui, j'ai tué le saboteur... Au secours... » Avec un cri à glacer le sang, Ross abattit son poignard et, quand sa vision redevint nette, il contemplait la tête qu'il tenait dans sa main gauche. Révolté, il la lâcha et tourna les talons. Un moment, il ne savait plus où il était, puis ses idées s'éclaircirent, il se retrouva parmi les restes de la caravane et regarda autour de lui.

Rien ne bougeait dans la base, mais des hommes accouraient du barrage. Près de l'hélico, Lane et le mécanicien étaient toujours immobiles dans la neige. Il se précipita vers eux.

Nogger Lane et Arberry, le mécanicien, le virent arriver, affolés : ce moudjahidin ou ce fedayin barbu, aux cheveux emmêlés, à l'œil fou, qui parlait un anglais parfait, dont les mains et les manches étaient tachées du sang de la tête que quelques instants plus tôt ils l'avaient vu couper d'un seul coup de poignard, de ce poignard ensanglanté qu'il tenait toujours à la main; un couteau à la ceinture et sa carabine dans l'autre main, il se précipitait vers eux. Ils se remirent à genoux, les mains en l'air. « Ne nous tuez pas... nous sommes des amis, des civils, ne nous tu...

– Taisez-vous! Préparez-vous à décoller. Vite! »
Nogger Lane était abasourdi. « Quoi?

– Bon sang, dépêchez-vous », fit Ross exaspéré par leur expression hagarde et ne se rendant absolument pas compte de l'air qu'il avait. « Vous, fit-il en braquant sur le mécanicien le *kukri* de Gueng. Vous voyez cette crête là-bas?

– Oui... oui, monsieur, fit Arberry d'une voix à peine audible.

– Filez là-bas le plus vite possible, il y a une femme là-bas, amenez-la... » Il s'interrompit, en voyant Azadeh déboucher à la lisière de la forêt et dévaler la pente vers eux. « Laissez tomber, allez chercher l'autre mécanicien, dépêchez-vous, bon sang, ces salopards du barrage vont être ici d'une minute à l'autre. Vite! » Arberry partit en courant et Ross pivota vers Nogger Lane. « Je vous ai dit de démarrer.

– Oui... oui, monsieur... Ce... cette femme... ce n'est pas Azadeh, l'Azadeh d'Erikki?

– Si... je vous ai dit de démarrer! »

Jamais Nogger Lane n'avait exécuté plus vite une procédure de démarrage, jamais les mécaniciens n'avaient agi aussi rapidement. Azadeh avait encore cent mètres à faire et déjà les ennemis étaient trop près. Alors Ross plongea sous les pales qui commençaient à tourner et, s'interposant entre elle et eux, vida le chargeur dans leur direction. Ils courbèrent la tête, se dispersèrent et il lança vers eux le chargeur vide. Quelques têtes se redressèrent. Une autre rafale, une autre encore, il fallait ménager les munitions, cela suffit à les tenir en respect et Azadeh était tout près maintenant, mais ralentissait. Au prix d'un dernier effort elle passa devant lui, s'approchant d'un pas vacillant du siège arrière où les mécaniciens la hissèrent à moitié. Ross tira une autre brève rafale tout en reculant, se hissa sur le siège avant et ils décollèrent.

Base aérienne de Kowiss : 17 h 20. Starke ramassa la carte qu'on venait de lui distribuer et la regarda. L'as de pique. Il grommela, superstitieux comme la plupart des pilotes, mais la glissa parmi les autres. Ils étaient tous les cinq dans son bungalow à jouer au poker : Freddy Ayre, Doc Nutt, Pop Kelly et Tom Lochart qui était arrivé tard la veille de Zagros 3 avec un autre chargement de pièces détachées, poursuivant l'évacuation mais à une heure trop tardive pour retourner là-bas. A cause des ordres interdisant tout vol aujourd'hui, jour férié, il était bloqué ici jusqu'à l'aube du lendemain. Il y avait un feu de bois dans la cheminée, car l'après-midi était frais. Devant eux s'entassaient des tas de rials, le plus gros devant Kelly, le plus petit devant Doc Nutt.

« Combien de cartes, Pop? demanda Ayre.

– Une », dit Kelly sans hésitation; il écarta et posa devant lui un quatre la face cachée. C'était un grand gaillard un peu maigre au visage fripé, aux cheveux blonds clairsemés, un ancien de la RAF, d'une quarantaine d'années. On le surnommait « Pop » parce qu'il avait sept enfants et un autre en route.

Ayre distribua la carte avec un grand geste. Kelly la contempla un moment puis, sans la regarder, la mélangea aux autres, puis ramassa très lentement sa main, se mit à filer ses cartes et poussa un soupir ravi.

« Mon œil! » dit Ayre, et ils se mirent tous à rire, à l'exception de Lochart qui considérait ses cartes avec un regard sans joie. Starke fronça les sourcils, un peu inquiet à son sujet mais très heureux qu'il fût là aujourd'hui. Ils devaient discuter de la lettre confidentielle de Gavallan que John Hogg avait apportée sur le 125.

« J'ouvre de mille rials », dit Doc Nutt et tout le monde le regarda. Il jouait rarement plus de cent rials.

Lochart étudiait sa main d'un air absent, ne pensant qu'à Zagros... et qu'à Sharazad. Hier soir, la BBC avait signalé des heurts violents lors des marches de protestation des femmes à Téhéran, Ispahan et Meshed, et annoncé que d'autres marches étaient prévues pour aujourd'hui et demain. « C'est trop haut pour moi, dit-il en jetant ses cartes.

– Je te vois, Doc, et deux mille de mieux », fit Starke et Doc Nutt sentit sa confiance s'évanouir. Nutt avait tiré deux cartes, Starke une et Ayre trois.

Kelly regarda sa quinte, 4-5-6-7-8. « Tes deux mille, Duke, et trois de mieux!

– Sans moi, dit aussitôt Ayre en jetant deux paires au roi et au dix.

– Sans moi », fit Doc Nutt avec un soupir de soulagement, étonné de sa propre audace et il jeta les trois dames qu'on lui avait données, persuadé que Starke avait tiré une quinte floche ou un full.

– Tes trois, Pop, et trente de mieux », fit doucement Starke, très content de lui. Il avait cassé une paire de dix pour garder quatre cœurs en cherchant une quinte floche. L'as de pique était venu anéantir ses espoirs mais il espérait par son bluff écarter Kelly.

Tous les regards restaient fixés sur celui-ci. La pièce était silencieuse. Lochart soudain s'intéressa à la partie.

Starke attendit patiemment, s'efforçant de garder un visage impassible, mais mal à l'aise devant l'air assuré de Kelly et se demandant ce qu'il ferait si ce dernier relançait, sachant ce que Manuela dirait si elle apprenait qu'il était prêt à risquer une semaine de salaire sur une quinte floche manquée.

Qu'est-ce que j'entendrais! songea-t-il en souriant.

Kelly transpirait. Il avait vu le brusque sourire de Starke. Il l'avait une fois surpris à bluffer, mais il y avait des semaines de cela et il ne s'agissait pas de trente mille rials mais seulement de quatre. Je ne peux pas me permettre de perdre une semaine de paye, mais quand même, ce salaud pourrait bluffer. Quelque chose me dit que ce vieux Duke bluffe, et une semaine de paye supplémentaire, ça ferait du bien. Kelly revérifia ses cartes pour s'assurer que sa quinte était bien une quinte : bien sûr que c'est une quinte, bon sang, et Duke bluffe! Il sentit ses lèvres commencer à dire : « Je vois tes trente mille », mais il s'arrêta et dit : « Va te faire voir, Duke », jeta ses cartes sur la table et tout le monde éclata de rire.

Sauf Starke. Il ramassa le pot, remit ses cartes dans le jeu, et les battit pour s'assurer qu'on ne pourrait pas les voir.

« Je parierais que tu bluffais, Duke, dit Lochart en souriant.

– Moi? avec une quinte floche? » dit Starke d'un air innocent au milieu des ricanements. Il jeta un coup d'œil à sa montre. « Il faut que je fasse ma ronde. On arrête et on continue après le dîner, d'accord? Tom, tu veux venir?

– Bien sûr. » Lochart enfila sa parka et suivit Starke dehors.

En temps normal, c'était le meilleur moment de la journée : juste avant le coucher du soleil, les vols terminés, tous les appareils lavés et le plein refait, prêts pour le lendemain, avec la perspective d'un verre, du temps pour lire un peu, pour écrire quelques lettres, écouter de la musique, dîner, téléphoner à la maison, et puis au lit.

Tout allait bien sur la base. « Marchons un peu, Tom, dit Starke. Quand retournes-tu à Téhéran?

– Pourquoi pas ce soir?

– Ça va mal, hein?

– Pire que ça. Je sais que Sharazad participait à la marche des femmes bien que je lui aie dit de ne pas le faire, et puis il y a tout le reste. »

La veille au soir, Lochart lui avait parlé du père de Sharazad et lui avait tout raconté sur la perte de HBC. Starke avait été horrifié, il l'était encore, et une fois de plus il bénissait sa chance de ne pas avoir su cela quand il avait été emmené par Hussain et ses Brassards verts pour être interrogé.

« Mac a dû retrouver Sharazad maintenant, Tom. Il va veiller à ce qu'il ne lui arrive rien. » Quand Lochart était arrivé, ils avaient contacté McIver par radio; pour une fois la réception était bonne, et ils lui avaient demandé de veiller sur Sharazad. Dans quelques minutes, ils auraient de nouveau leur unique liaison radio quotidienne autorisée avec le QG de Téhéran : « Les communications ne sont limitées qu'en attendant le retour à la normale – d'un jour à l'autre maintenant », avait dit le major Changiz, le commandant de la base. Et, bien qu'on les écoutât de la tour de contrôle, la liaison radio les réconfortait et donnait une apparence de normalité.

« Une fois l'évacuation de Zagros 3 terminée dimanche, dit Starke, et quand vous serez tous ici, pourquoi ne pas prendre dès lundi matin le 206? J'arrangerai ça avec Mac.

– Merci, ce serait formidable. » Maintenant que sa propre base était fermée, Lochart était théoriquement sous le commandement de Starke.

« As-tu songé à foutre le camp d'ici et à prendre le 212 au lieu de Scot? Une fois qu'il aura quitté Zagros, il devrait être tiré d'affaire. Ou, mieux encore, pourquoi ne pas partir tous les deux? Je vais en parler à Mac.

– Non, merci. Sharazad ne peut pas quitter sa famille pour l'instant. »

Ils continuèrent leur promenade. La nuit tombait vite, le froid était vif, l'air chargé des relents de pétrole de la grande raffinerie voisine presque totalement fermée et plongée dans l'obscurité, à part les hautes cheminées qui brûlaient les vapeurs de pétrole. Sur la base, les lumières étaient déjà allumées dans la plupart des bungalows, des hangars et à la cuisine : ils avaient leurs propres générateurs au cas où le courant serait coupé. Le major Changiz avait affirmé à Starke qu'il n'y avait aucun risque qu'on intervînt sur le système de générateurs de la base maintenant : « La révolution est complètement terminée, capitaine, l'imam contrôle tout.

– Et les gauchistes?

– L'imam a ordonné qu'on les élimine, à moins

qu'ils ne se conforment à notre Etat islamique, avait dit le major Changiz, d'un ton menaçant. Les gauchistes, les Kurdes, les Baha'is, les étrangers... tous les ennemis. L'imam sait ce qu'il faut faire. »

Imam. C'était lui qui assistait à l'interrogatoire de Starke devant le *komiteh* de Hussain. Un peu comme s'il était à demi divin. Hussain était le principal juge et le procureur et la salle, qui faisait partie de la mosquée, était pleine d'hommes hostiles de tous âges, tous des Brassards verts, plus cinq juges; pas de public. « Que savez-vous de l'évasion d'Ispahan des ennemis de l'islam par hélicoptère?

– Rien. »

Aussitôt l'un des quatre autres juges, tous des jeunes gens, des brutes presque illettrées, avait dit : « Il est coupable de crime contre Dieu et de crime contre l'Iran comme exploiteur à la solde des satanistes américains. Coupable.

– Non, avait dit Hussain. C'est un tribunal ici, selon la loi coranique. Il est ici pour répondre à des questions, pas encore de crimes, pas encore. Il n'est accusé d'aucun crime. Capitaine, racontez-nous tout ce que vous avez entendu sur le crime d'Ispahan. »

L'atmosphère dans la salle était fétide. Starke ne voyait pas un visage amical, et pourtant tous savaient qui il était, tous étaient au courant de la bataille contre le fedayin à Bandar Delam. Il prit une profonde inspiration et choisit ses mots avec soin. « Au nom de Dieu le Compatissant, le Miséricordieux », dit-il, commençant comme toutes les sourates du Coran, ce qui provoqua dans l'assistance un frémissement de surprise. « Je ne sais rien moi-même, je n'ai assisté à rien de cette affaire pas plus que je n'y ai participé. J'étais à l'époque à Bandar Delam. A ma connaissance, personne de mon peuple n'est pour rien dans cette affaire. Je sais seulement ce que

Zataki d'Abadan m'a dit en rentrant d'Ispahan. Il m'a dit exactement : " Nous avons appris que mardi des partisans du shah, tous des officiers, se sont envolés vers le sud à bord d'un hélicoptère piloté par un Américain. Dieu maudisse tous les satanistes. " C'est tout ce qu'il a dit. C'est tout ce que je sais.

– Vous êtes un sataniste, interrompit l'un des autres juges d'un ton triomphant. Vous êtes américain. Vous êtes coupable.

– Je suis un homme de la Bible et j'ai déjà prouvé que je ne suis pas sataniste. Aujourd'hui, sans moi, nombre de ceux qui sont ici seraient morts.

– Si nous étions morts à la base, nous serions maintenant au paradis, lança un Brassard vert au fond de la salle. Nous accomplissions l'Ordre de Dieu. Ça n'avait rien à voir avec toi, Infidèle. »

Clameurs d'applaudissements. Starke soudain poussa un cri de rage : « Par Dieu et par le Prophète de Dieu, cria-t-il, je suis un homme de la Bible et le Prophète nous a accordé des privilèges et des protections spéciaux! » Il tremblait de rage maintenant, sa peur dissipée, il détestait ce simulacre de tribunal, sa stupidité aveugle, son ignorance et son fanatisme. « Le Coran dit : " Ô peuple de la Bible, ne franchissez pas dans votre religion les limites de la vérité; ne suivez pas non plus les désirs de ceux qui se sont déjà égarés et qui en ont déjà amené bien d'autres à s'égarer du droit chemin. " Ce n'est pas mon cas, conclut-il violemment en serrant les poings, et que Dieu maudisse quiconque dit autrement. »

Stupéfaits, ils le dévisageaient tous, même Hussain.

Un des juges rompit le silence. « Vous... vous citez le Coran? Vous lisez l'arabe aussi bien que vous parlez le farsi?

– Non, non... mais...

– Alors vous aviez un professeur, un mollah?

– Non. Non, j'ai lu...

– Alors tu es un sorcier! cria un autre. Comment peux-tu connaître le Coran si tu n'avais pas de professeur, si tu ne lis pas l'arabe, la sainte langue du Coran?

– Je l'ai lu en anglais, dans ma propre langue. »

La stupeur se fit encore plus grande jusqu'au moment où Hussain reprit : « Ce qu'il dit est vrai. Le Coran est traduit dans de nombreuses langues étrangères. »

Renouveau d'étonnement. Un jeune homme fixa sur lui son regard de myope à travers d'épaisses lunettes aux verres fendus. « S'il est traduit dans d'autres langues, Excellence, alors pourquoi ne l'est-il pas en farsi pour que nous puissions le lire... si nous savons lire?

– La langue du Saint Coran, répondit Hussain, est l'arabe. Pour bien connaître le Saint Coran, le Croyant doit lire l'arabe. C'est pour cette raison que les mollahs de tout le pays apprennent l'arabe. Le Prophète, que Son Nom soit loué, était arabe. Dieu s'est adressé à Lui dans cette langue pour que d'autres écrivent. Pour connaître vraiment le Saint Livre, il faut le lire comme il a été écrit. » Hussain tourna ses yeux noirs vers Starke. « Une traduction est toujours moins que l'original, n'est-ce pas? »

Starke perçut son expression curieuse. « Oui, dit-il, son intuition lui disant d'acquiescer. Oui, oui, absolument. J'aimerais pouvoir lire l'original. »

Nouveau silence. Le jeune homme aux lunettes dit : « Si vous connaissez le Coran si bien que vous pouvez nous en citer des passages comme un mollah, pourquoi n'êtes-vous pas musulman, pourquoi n'êtes-vous pas un Croyant? »

Un frémissement parcourut la salle. Starke hésita, au bord de l'affolement, ne sachant comment répondre, mais certain qu'une mauvaise réponse le ferait pendre. Le silence s'amplifia, puis il s'entendit déclarer : « Parce que Dieu n'a pas encore ôté la peau qui recouvre mes oreilles ni encore ouvert mon esprit. » Puis il ajouta : « Je ne résiste pas et j'attends. J'attends avec patience. »

L'humeur dans la salle changea. Le silence maintenant était bienveillant. Compatissant. Hussain reprit doucement : « Va trouver l'imam et ton attente s'achèvera. L'imam ouvrira ton esprit à la gloire de Dieu. Je sais, je me suis assis aux pieds de l'imam, j'ai entendu l'imam prêcher le Verbe, rendre la Loi, répandre le Calme de Dieu. » Un soupir parcourut l'assistance et tous les regards maintenant se concentrèrent sur le mollah – même celui de Starke qui se sentait glacé et en même temps plein d'enthousiasme. « L'imam n'est-il pas venu pour ouvrir l'esprit du monde? L'imam n'est-il pas apparu parmi nous pour purger l'islam du mal et pour répandre l'islam dans le monde, pour transmettre le message de Dieu... comme on nous l'a promis? L'imam est là. »

Ces paroles retentirent dans la salle. Ils avaient tous compris. Starke aussi. *Mahdi!* songea-t-il en dissimulant sa surprise. Hussain laisse entendre que Khomeiny est en réalité le *Mahdi,* le douzième imam légendaire qui a disparu voilà des siècles et dont les chiites croient qu'il est juste caché aux yeux des humains – l'Immortel, dont Dieu a promis qu'il réapparaîtrait un jour pour régner sur un monde amélioré.

Il les vit tous dévisager le mollah. Beaucoup hochaient la tête, des larmes ruisselaient sur le visage de quelques autres. Bonté divine, songea-t-il, abasourdi, si les Iraniens revêtent Khomeiny de ce manteau, il n'y aura pas de limites à son pouvoir, il se trouvera vingt, trente millions d'hommes, de femmes et d'enfants empressés à lui obéir et qui courront tout heureux vers la mort sur un signe de lui – et pourquoi non? *Mahdi* leur garantirait une place au paradis!

Quelqu'un dit : « Dieu est grand », d'autres lui firent écho, puis un autre encore, Hussain psalmodiant avec eux, Starke oublié. Ils finirent quand même par se rappeler sa présence et le laissèrent partir en disant : « Va voir l'imam, va le voir et crois... »

Il était rentré au camp d'un pas étrangement léger et il se souvenait maintenant comme l'air ne lui avait jamais semblé plus doux, comme jamais il n'avait été empli d'une telle joie de vivre. Peut-être est-ce parce que j'étais si proche de la mort, se dit-il. J'étais un homme mort et je ne sais comment on m'a rendu la vie. Pourquoi? Et Tom, pourquoi a-t-il échappé à Ispahan, à Dez Dam, à HBC soi-même? Y a-t-il une raison? Où était-ce simplement la chance?

Et maintenant, dans le crépuscule, il regardait Lochart et s'inquiétait pour lui. C'était terrible, ce qui était arrivé à HBC, terrible le sort du père de Sharazad, terrible que Tom et Sharazad se trouvent pris dans un tourbillon dont on ne s'échappait pas. Il leur faudra bientôt choisir : l'exil ensemble, sans doute pour ne jamais revenir ici; ou la séparation, sans doute définitive.

« Tom, il y a quelque chose que je dois te dire. Un grand secret qui doit rester entre nous. Johnny Hogg a apporté une lettre d'Andy Gavallan. » Ils étaient à distance suffisante de la base, à déambuler sur la route, le long de la clôture des barbelés, sans crainte de voir personne surprendre leur conversation. Malgré cela, ils parlaient à voix basse. « Au fond, Andy est très pessimiste sur notre avenir ici et dit qu'il envisage une évacuation totale pour limiter les pertes.

– Ça n'est pas la peine, répondit aussitôt Lochart d'un ton mordant. La situation va redevenir normale : il le faut. Il faut qu'Andy tienne le coup : nous le faisons bien, alors il le peut.

– Il tient le coup, Tom. C'est un simple problème économique, tu le sais bien. Nous ne sommes pas payés pour du travail effectué depuis des mois, nous n'avons plus assez de travail pour les appareils ni pour les pilotes qu'ils paient depuis Aberdeen. L'Iran est en plein chaos et nous traversons une période difficile.

– Tu veux dire que parce qu'on a fermé Zagros 3 il va y avoir une grosse perte à passer dans les comptes? Je n'y suis foutrement pour rien...

– Du calme, Tom. Andy a appris par le téléphone arabe que toutes les compagnies étrangères, les entreprises en participation et tout le tremblement, surtout les compagnies d'hélicoptères, vont être nationalisées très bientôt. »

Lochart se sentit envahi d'un soudain espoir. Cela ne me donnerait-il pas une parfaite excuse pour rester? S'ils volent – s'ils nationalisent nos appareils, ils auront toujours besoin de pilotes entraînés, je parle farsi, je pourrai former des Iraniens, ce qui doit être leur objectif final – et HBC? Encore HBC, songea-t-il avec désespoir, toujours HBC. « Comment le sait-il, Duke?

– D'après Andy, il s'agissait d'une source " hautement crédible ". Ce qu'il nous demande – à toi, à Scrag, à Rudi et à moi – c'est, si lui et Mac peuvent mettre au point un plan réalisable, nous serions prêts, nous et le nombre de pilotes qu'il faudra, à emmener tous nos apparcils de l'autre côté du Golfe? »

Lochart le regarda bouche bée. « Seigneur, tu veux dire simplement décoller, sans autorisations ni rien?

– Absolument – mais parle plus bas.
– Il est fou! Comment pourrions-nous coordonner Lengeh, Bandar Delam, Kowiss et Téhéran? Tout le monde devrait partir à la même heure et les distances sont différentes.
– Il va quand même bien falloir le faire, Tom. Andy assure que c'est ça ou fermer.
– Je ne le crois pas! La compagnie opère dans le monde entier.
– Il affirme que, si nous perdons l'Iran, nous sommes fichus.
– C'est facile pour lui, fit Lochart avec amertume. Il s'agit simplement d'argent. C'est facile de nous forcer la main quand on est bien au chaud et que tout ce qu'on risque, c'est son argent. Il dit que, s'il se contente d'évacuer le personnel et d'abandonner tout le reste, S-G va se retrouver le ventre en l'air?
– Oui. C'est ce qu'il dit.
– Je n'en crois pas un mot. »
Starke haussa les épaules. Le faible gémissement des cornemuses parvenait jusqu'à leurs oreilles et ils se tournèrent pour regarder au-delà de la base, tout au bout du terrain. Dans la lumière déclinante, ils apercevaient à peine Freddy Ayre avec ses Ecossais là où, d'un commun accord, on les laissait s'entraîner. « Bon Dieu, fit Starke avec humeur, ce bruit me rend fou. »
Lochart l'ignora. « Tu ne vas tout de même pas te lancer dans une opération de piraterie, parce que c'est à ça que ça va parvenir! Pas question pour moi d'en être. » Il vit Starke hausser les épaules. « Que disent les autres?
– Ils ne savent pas encore et je ne leur ai pas encore demandé. Comme je te l'ai dit, c'est pour l'instant juste entre nous. » Starke jeta un coup d'œil à sa montre. « Il est presque l'heure d'appeler Mac. » Il vit Lochart frémir. La plainte des cornemuses

arrivait, portée par la brise. « Comment peut-on prétendre que c'est de la musique, du diable si je le sais, dit-il. Le projet d'Andy vaut la peine qu'on l'examine, Tom. En dernier ressort. »

Lochart ne lui répondit pas; il se sentait de mauvaise humeur, tout lui déplaisait : le crépuscule, cet air pollué par la raffinerie toute proche. Il aurait voulu se retrouver à Zagros, près des étoiles, là où l'air et la terre n'étaient pas pollués, tout en brûlant de l'envie d'être à Téhéran où tout était encore plus pollué – seulement c'est là qu'elle était.

« Ne compte pas sur moi, dit-il.

– Réfléchis, Tom.

– C'est fait, je ne suis pas dans le coup, toute cette idée est folle. Dès que tu réfléchiras, tu verras que c'est un plan insensé.

– Bien sûr, mon vieux. » Starke se demanda quand son ami se rendrait compte que – d'une façon ou d'une autre – on comptait sur lui, Lochart, surtout sur lui.

Hôtel International. Al Shargaz : 18 h 42. « Tu pourrais y arriver, Scrag? dit Gavallan.

– Ce serait facile pour moi de faire filer mes cinq appareils de Lengeh, Andy, fit Scragger. Il suffirait de bien choisir le jour et de se glisser sous le radar de Kish; ce serait faisable – à condition que les gars acceptent de jouer le jeu. Mais avec toutes nos pièces détachées aussi? Ça, ce n'est pas possible.

– Tu le ferais si c'était possible? » demanda Gavallan. Il était arrivé par le vol de Londres, et toutes les nouvelles qu'il apportait d'Aberdeen étaient consternantes : Imperial Air mettant la pression, lui coupant l'herbe sous le pied en mer du

Nord, les compagnies pétrolières le coinçant, Linbar convoquant un conseil d'administration extraordinaire pour enquêter sur les « possibilités » de mauvaise gestion de la S-G. « Vous le feriez, Scrag?

– Moi tout seul et tous les autres en sûreté? Pas de problème.

– Et tes gars, ils le feraient? »

Scragger réfléchit un moment en sirotant sa bière. Ils étaient assis à une table sur une des terrasses immaculées entourant la piscine de l'hôtel, un des plus modernes du petit émirat, avec d'autres clients installés çà et là mais aucun à proximité, et juste assez de brise pour agiter les frondaisons des palmiers et annoncer une soirée parfaite et pas trop chaude. « Ed Vossi le ferait », dit-il en souriant. Il en a assez du côté casse-cou des Australiens et de l'indécision des Américains. « Je ne crois pas que Willi Neuchtreiter le ferait. Ce serait dur pour lui d'enfreindre tant de règlements tant qu'il ne risque pas sa peau. Qu'est-ce que dit Duke Starke? Et Tom Lochart, et Rudi?

– Je ne sais pas encore. J'ai envoyé une lettre à Duke que j'ai confiée à Johnny Hogg mercredi.

– C'est un peu dangereux, non?

– Oui et non, Johnny Hogg est un courrier sûr, mais c'est un gros problème en effet que la sécurité des communications. Tom Lochart sera bientôt à Kowiss... Tu as appris pour Zagros?

– Je pense bien! Ils sont tous dans un état! Et Rudi?

– Je ne sais pas encore comment communiquer avec lui sans risque. Peut-être que Mac aura une idée. Je prends lc 125 du matin pour Téhéran et nous devons discuter à l'aéroport. Ensuite je reviendrai ici et j'ai une place sur le vol de nuit pour Londres.

– C'est beaucoup, tu ne trouves pas, mon vieux?

– J'ai quelques problèmes, Scrag. »

Gavallan fixa son verre en faisant tourner d'un air absent le whisky autour des cubes de glace. D'autres clients de l'hôtel passaient. Parmi eux, trois filles, en bikini, à la peau dorée, aux longs cheveux noirs, une serviette nonchalamment jetée sur les épaules. Scragger les remarqua, poussa un soupir, puis son attention revint à Gavallan.

« Andy, il va peut-être falloir que, dans un jour ou deux, je ramène Kasigi à Toda-Iran : le vieux George ne se sent plus depuis que Kasigi a accepté de lui payer un bonus de deux dollars. Kasigi est persuadé qu'on arrivera à vingt dollars le baril pour Noël. »

Gavallan prit un air soucieux. « Si c'est le cas, ça enverra une onde de choc à toutes les nations industrialisées : l'inflation va repartir en flèche. J'imagine que si quelqu'un doit le savoir, c'est bien eux. » Un instant plus tôt, quand Scragger avait parlé de Kasigi et de Toda, il avait réagi aussitôt. La Struan fournissait des équipages et des bases à bon nombre des bateaux construits par Toda, tous deux étaient de vieux associés. « Il y a des années, je connaissais ce patron de Kasigi, un nommé Hiro Toda. Il n'en a jamais parlé?

– Non, non, jamais. Où l'as-tu connu? Au Japon?

– Non, à Hong-Kong. Toda était en affaire avec la Struan – la compagnie pour laquelle je travaillais – en ce temps-là c'était les Chantiers navals Toda, essentiellement de la construction navale, pas l'énorme conglomérat d'aujourd'hui. » Le visage de Gavallan se durcit. « Les gens de ma famille ont toujours été des négociants installés à Shanghai, notre compagnie a plus ou moins fait naufrage lors de la Première Guerre mondiale, et ensuite nous nous sommes associés à la Struan. Mon père était à Nankin en 31 quand les Japs s'en sont emparés, il a été pris à Shanghai juste après Pearl Harbor et il n'est jamais revenu de son camp de prisonniers. » Il contempla les reflets de son verre, le visage assombri. « Nous avons perdu pas mal de braves types à Shanghai et à Nankin. Je ne pourrai jamais pardonner aux Japs ce qu'ils ont fait en Chine, jamais, mais il faut vivre avec son temps, n'est-ce pas? Il faut bien un jour enterrer la hache de guerre, même si on garde l'œil ouvert.

– C'est la même chose pour moi, dit Scragger en haussant les épaules. Kasigi a l'air bien.

– Où est-il maintenant?

– Au Koweit. Il revient demain et je dois l'emmener à Lengeh pour des consultations le matin.

– Si tu vas à Toda-Iran, tu crois que tu pourrais réussir à voir Rudi? Peut-être à le sonder?

– Absolument. C'est une bonne idée, Andy.

– Quand tu verras Kasigi, dis-lui que je connais son président.

– Bien sûr. Je pourrais lui demander s'il... » Il s'arrêta et jeta un coup d'œil par-dessus l'épaule de Gavallan. « Regardez, Andy, voilà un spectacle qui nous console de bien des choses! »

Gavallan se tourna vers l'ouest. Le coucher de soleil était irréel : des rouges, des violets, des bruns, des ors coloraient les nuages au loin, le soleil, déjà près des trois quarts au-dessous de l'horizon, ensanglantait les eaux du Golfe, une légère brise agitait la flamme des bougies sur les nappes empesées déjà disposées pour le dîner sur la terrasse. « Tu as raison, Scrag, dit-il. Ça n'est pas le moment d'être sérieux, ça peut attendre. Il n'y a rien au monde qui vaille un coucher de soleil.

– Quoi? dit Stragger, qui le regardait bouche bée. Bon sang, je ne parlais pas du coucher de soleil... je parlais de la Sheila. »

Gavallan poussa un soupir. La Sheila était Paula

Giancani, qui sortait tout juste de la piscine en dessous d'eux, en bikini plus mini que mini, les gouttes d'eau sur sa peau olivâtre étincelant comme des joyaux dans les rayons du couchant; elle s'essuyait les jambes, les bras et le dos, puis revenait à ses jambes, enfilait une sortie de bain arachnéenne, parfaitement et joyeusement consciente du fait qu'il n'y avait pas un homme à la ronde qui n'appréciât son numéro – nulle femme qui ne fût pas envieuse. « Tu es un vieux satyre, Scrag. »

Scragger éclata de rire et força un peu sur son accent écossais. « C'est ma seule joie dans la vie, mon vieux! Cor', cette Paula, c'est quelque chose.

– Il est vrai, dit Gavallan en l'examinant, que les Italiennes ont un je ne sais quoi... Cette jeune personne n'est pas une beauté comme Sharazad, elle n'a pas le mystère exotique d'Azadeh, mais, j'en conviens, Paula c'est autre chose. »

Comme tout le monde, ils la regardèrent passer entre les tables, dans un sillage de désir et d'envie, jusqu'au moment où elle disparut dans le grand hall de l'hôtel. Ils devaient tous se retrouver plus tard pour dîner, Paula, Genny, Manuella, Scragger, Gavallan, Sandor Petrofi et John Hogg. Le 747 d'Alitalia de Paula était de nouveau à Dubaï, à quelques kilomètres plus loin sur la grand-route, attendant l'autorisation de se rendre à Téhéran pour prendre un nouveau chargement de ressortissants italiens, et Genny McIver l'avait rencontrée en faisant des courses.

« Andy, mon vieux, soupira Scragger, je me l'enverrais bien, je te le dis!

– Ça ne t'avancerait pas beaucoup, Scrag. » Gavallan se mit à rire et commanda un autre whisky à un serveur pakistanais qui arriva aussitôt; quelques clients de l'hôtel étaient déjà élégamment vêtus pour la soirée, la dernière mode de Paris, de nombreux décolletés, des vestes de smoking blanches, et aussi des tenues décontractées mais de chez le bon faiseur. Gavallan portait un costume tropical beige de bonne coupe, Scragger un uniforme réglementaire, chemise blanche à manches courtes avec épaulettes et galons, pantalon et chaussures noirs. « Une bière, Scrag?

– Non, merci, mon vieux. Je vais terminer celle-ci et me préparer pour la vibrante Paula.

– Rêveur! » Gavallan se retourna vers le coucher de soleil, réconforté par les propos de son vieil ami. Le soleil était déjà presque sous la ligne d'horizon, et cela lui rappelait les crépuscules de Chine autrefois, cela le ramenait à Hong-kong, à Kathy et Ian, aux rires dans la grande maison sur le Pic, à leur maison à eux sur un promontoire à Shek-o, quand ils étaient tous jeunes et réunis, Melinda et Scot encore enfants, entourés d'*amahs* affairées, des sampans, des jonques et des embarcations de toutes tailles naviguant à leurs pieds dans le soleil qui se couchait sur une mer calme.

Le soleil disparut sous la mer. Avec une grande solennité, Gavallan applaudit doucement.

« Pourquoi fais-tu ça, Andy?

– Oh! Pardon, Scrag. Autrefois, nous applaudissions toujours le soleil, Kathy et moi, dès l'instant où il disparaissait. Pour remercier le soleil d'être là et nous d'être en vie pour pouvoir en profiter : c'était la dernière fois qu'on voyait ce coucher de soleil-là. Comme ce soir. Tu ne le reverras jamais. » Gavallan but une gorgée de whisky, le regard perdu à l'horizon. « La première personne qui m'a expliqué cette idée était un type merveilleux avec qui nous sommes devenus bons amis – avec qui nous le sommes encore –, un type très bien, et sa femme aussi. Je te parlerai d'eux un jour. » Il tourna le dos au couchant et se pencha vers son ami : « Lengeh. Tu crois que c'est possible?

– Oh oui!... S'il n'y avait que nous à Lengeh. Il faudrait encore bien préparer notre coup, le radar de Kish est plus nerveux que jamais, mais nous pourrions dans de bonnes conditions passer dessous. Le gros problème, c'est notre personnel au sol et notre équipage iraniens, tout comme notre *komiteh* aujourd'hui, amical mais plein de zèle, et notre nouveau zozo totalement inamical d'IranOil : ils seraient au courant en quelques minutes, ce serait inévitable. Ils préviendraient aussitôt le contrôle aérien iranien et enverraient des alertes radio à Dubaï, à Abou Dhabi, ici – en fait d'Oman à l'Arabie Saoudite et au Koweit et jusqu'à Bagdad – pour leur dire de saisir nos appareils à l'arrivée. Et même si nous parvenions tous ici... certes le vieux sheik est un brave type, un libéral et un ami, mais quand même il ne pourrait pas s'opposer au contrôle aérien iranien quand ces gens-là invoqueraient leurs droits – même s'ils n'en ont aucun. Ils ne pourraient pas se permettre une lutte ouverte avec l'Iran, on compte un bon pourcentage de chiites parmi ces sunnites, pas aussi fort que dans certains Emirats du Golfe, mais plus que dans d'autres. »

Gavallan se leva, s'approcha du bord de la terrasse et contempla la vieille ville : jadis un grand port perlier, repaire de pirates et marché d'esclaves, centre commercial et, comme Sohar à Oman, baptisée Porte de la Chine. Depuis l'Antiquité, le Golfe était la liaison maritime privilégiée entre la Méditerranée – alors le centre du monde – et l'Asie. Les navigateurs phéniciens, venus à l'origine d'Oman, régnaient sur cette route commerciale d'une incroyable richesse, débarquant les marchandises d'Asie et d'Inde à Chatt al-Arab d'où des caravanes les acheminaient jusqu'aux marchés voisins; ils avaient fini par se tailler leur empire maritime en Méditerranée, fondant des cités comme Carthage qui menaçaient Rome elle-même.

La vieille ville entourée de murs était magnifique dans le jour déclinant, avec ses toits plats, son architecture pas encore gâchée par des constructions modernes, dominée par le fort du sheik. Au long des années, Gavallan en était venu à bien connaître le vieux sheik et à l'admirer. Son territoire était entouré par les Emirats mais restait indépendant, une enclave souveraine profonde d'à peine une trentaine de kilomètres avec un peu plus de dix kilomètres de côtes. Mais à l'intérieur et en mer sur plus de cent cinquante kilomètres jusqu'aux eaux iraniennes, facile à forer, s'étendait une nappe pétrolière de plusieurs milliards de barils. Al Shargaz comprenait donc la vieille ville et des quartiers neufs à part avec une douzaine d'hôtels modernes et des gratte-ciel ainsi qu'un aéroport où pouvait tout juste se poser un 747. Pas de richesses comparables à celles des Emirats, à celles de l'Arabie Saoudite ou du Koweit, mais il y avait assez de tout en abondance, à condition de bien choisir. Le sheik était aussi sage que ses ancêtres phéniciens, aussi farouchement indépendant et, même s'il ne savait ni lire ni écrire, ses fils étaient diplômés des meilleures universités du monde. Lui-même, sa famille et sa tribu possédaient tout, sa parole faisait loi, c'était un sunnite, pas un fondamentaliste, et il se montrait tolérant avec ses sujets et ses hôtes étrangers, s'ils savaient se tenir.

« Il déteste aussi Khomeiny et tous les fondamentalistes, Scrag.

– Oui. Mais il n'osera quand même pas entrer en lutte avec Khomeiny... et ça ne nous aidera pas.

– Ça ne nous fera pas de mal non plus. Je compte louer deux 747 cargos, les amener ici et, sitôt nos hélicos arrivés, nous démontons les rotors, nous bourrons les cabines et on file. Le point capital, c'est la rapidité. Et un plan solide. »

Scragger eut un petit sifflement. « Tu comptes vraiment le faire?

– Je compte vraiment voir si nous pouvons le faire, Scrag, et quelles sont les chances. C'est un gros coup, si nous perdons tous nos hélicos iraniens, notre équipement et nos pièces détachées, nous n'avons plus qu'à fermer boutique. Aucune assurance ne nous couvre et nous sommes quand même tenus de payer ce que nous devons. Tu es un associé, tu peux voir les chiffres ce soir. Je te les ai apportés, pour toi – et pour Mac. »

Scragger songea aux intérêts qu'il avait dans la compagnie, toute sa fortune, il pensa à Nell, à ses enfants et à leurs gosses là-bas à Sydney, et à la ferme de Baldoon où sa famille pendant un siècle avait élevé bétail et moutons avant que tout ne fût perdu dans la grande sécheresse, cette ferme que depuis des années et des années il rêvait de reconstituer pour eux.

« Je n'ai pas besoin de regarder les chiffres, Andy. Si tu dis que c'est aussi grave que ça, je te crois. » Il regardait le ciel. « Je vais te dire, je m'occuperai de Lengeh si tu peux mettre au point un plan et si les autres sont dans le coup. Après le dîner on pourrait peut-être discuter logistique pendant une heure et terminer au petit déjeuner. Kasigi n'arrivera pas du Koweit avant 9 heures.

– Merci, Scrag, fit Gavallan en lui donnant une tape sur l'épaule. Je suis rudement content que tu sois ici, que tu aies été avec nous toutes ces années. Pour la première fois je crois que nous avons une chance et je ne rêve pas.

– A une condition, mon vieux », ajouta Scragger.

Gavallan aussitôt fut sur ses gardes. « Je ne peux

pas arranger ton dossier médical s'il n'est pas en ordre. Il n'y a pas moyen de...

– Tu permets? l'interrompit Scragger, peiné. Ça n'a aucun rapport avec mon dossier médical... il tiendra jusqu'à ce que j'aie soixante-treize ans. Non, la condition c'est qu'au dîner tu t'asseyes entre la vibrante Paula et Genny. Manuela auprès de moi et ce satyre de Sandor le Hongrois à l'autre bout de la table avec Johnny Hogg.

– Entendu!

– Bravo! Alors, ne t'inquiète pas. Je me suis fait rouler par assez de généraux dans cinq guerres pour apprendre quelque chose. Il est l'heure d'aller se changer pour dîner. Je commençais à m'ennuyer à Lengeh, tu sais. » Il s'éloigna, mince et droit, le pas plein d'allant.

Gavallan signa l'addition et partit à son tour.

De l'autre côté de la terrasse, deux hommes le regardèrent s'éloigner. Tous deux étaient bien habillés, la quarantaine, l'un américain, l'autre levantin. Tous deux portaient de minuscules appareils pour sourds. Le Levantin jouait avec un vieux stylo à plume et, comme Gavallan passait devant un Arabe élégamment vêtu et une jeune Européenne fort séduisante en grande conversation, ce qui éveilla sa curiosité, l'homme au stylo le braqua vers eux. Aussitôt les deux hommes purent entendre les voix dans les écouteurs : « Ma chère, cinq cents dollars américains, c'est bien plus que le prix du marché, disait l'homme.

– Tout dépend de quels aspects du marché vous parlez, mon cher, répliqua-t-elle avec un charmant accent d'Europe Centrale et ils la virent sourire doucement. Mes honoraires comprennent les dessous de soie les plus fins que vous voudrez déchirer en pièces et la sonde que vous souhaitez qu'on vous insère au moment de vérité. La compétence, ça se paye, les services particuliers exigent un traitement particulier et si votre emploi du temps ne vous laisse qu'entre 6 et 8 demain soir... »

Les voix disparurent tandis que l'homme remettait le capuchon et reposait le stylo sur la table avec un sourire narquois. C'était un bel homme au teint olivâtre, qui travaillait dans l'import-export de tapis comme des générations de ses ancêtres. Il avait fait ses études en Amérique et s'appelait Aaron ben Aaron, et de son état il était commandant dans les services de renseignement israéliens. « Je n'aurais jamais cru qu'Abbou ben Talak avait des goûts aussi bizarres, observa-t-il sèchement.

– Ils sont tous bizarres, grommela l'autre. Je n'aurais pas pris cette fille pour une prostituée. »

Les longs doigts d'Aaron jouaient avec le stylo. « Un remarquable gadget, Glenn, à t'épargner tellement de temps. Je regrette de ne pas en avoir un depuis des années.

– Le KGB a sorti un nouveau modèle cette année, qui a une portée de cent mètres. » Glenn Wesson sirotait son bourbon. C'était un Américain, depuis longtemps courtier en pétrole. Sa vraie profession : agent de la CIA. « Il n'est pas aussi petit que celui-ci, mais très efficace.

– Vous pouvez nous en procurer?

– C'est plus facile pour vous, dites à vos gens de demander à Washington. Ils virent Gavallan disparaître dans le hall. « Intéressant.

– Qu'en pensez-vous? demanda Aaron.

– Que nous pourrions jeter aux loups de Khomeiny une compagnie d'hélicoptères britanniques quand nous voudrons – pilotes compris. Ça ferait péter un vaisseau à Talbot, à Robert Armstrong et à tout le MI6, ce qui ne serait pas une mauvaise idée, ajouta Wesson avec un petit rire. Talbot a besoin d'un bon coup de pied dans le cul de temps en temps. Qu'est-ce qui se passe avec S-G, vous croyez que c'est une couverture pour le MI6?

– Nous ne sommes pas sûrs de ce qu'ils mijotent, Glenn. Nous nous disons que c'est peut-être juste le contraire, c'est pourquoi j'ai pensé que vous devriez écouter. Trop de coïncidences. En surface, ils sont réguliers, et pourtant ils ont un pilote français, Sessonne, qui protège et qui couche avec un courrier de l'OLP, une nommée Sayada Bertolin; ils ont un Finlandais, Erikki Yokkonen, étroitement lié à Abdollah Khan, qui est certainement un agent double penchant plus vers le KGB que de notre côté et ouvertement et violemment antisémite; Yokkonen est très proche de Christian Tollonen, un agent de renseignement finlandais, ce qui est suspect par définition, les relations de la famille de Yokkonen en Finlande lui permettraient d'être un parfait agent dormant soviétique. D'après un tuyau que nous venons de recevoir, il serait dans le Sabalan avec son 212, en train d'aider les Soviétiques à démanteler vos stations radar clandestines dans toute la région.

– Seigneur. Vous êtes sûr?

– Non... j'ai dit que c'était un tuyau. Nous vérifions. Ensuite, il y a le Canadien Lochart : Lochart est marié à une fille d'une famille connue du bazar antisioniste. En ce moment même des agents de l'OLP occupent son appartement. Ils...

– Oui, mais nous avons appris que son appartement avait été réquisitionné et n'oubliez pas qu'il a essayé d'aider ces officiers favorables au shah et pro-israéliens à s'échapper.

– D'accord, seulement ils se sont fait canarder en plein ciel, ils sont tous morts et étrangement pas lui. Valik et le général Seladi auraient certainement fait partie ou été proches d'un cabinet en exil : nous avons donc perdu encore deux atouts très importants. Lochart est un suspect, sa femme et la famille de celle-ci sont pro-Khomeiny, ce qui veut dire contre nous. » Aaron eut un sourire sardonique. « Ça n'est pas tout : l'Américain Starke aide à repousser une attaque des fedayin à Bandar Delam, devient très copain avec un autre fanatique violemment antishah et anti-israélien qui...

– Qui ça?

– Un intellectuel ennemi du shah, un musulman sunnite qui a organisé les grèves dans le champ pétrolier d'Abadan, qui a fait sauter trois commissariats de police, qui dirige actuellement le *komiteh* révolutionnaire d'Abadan et qui ne va pas faire de vieux os sur cette terre. Un verre?

– Oui, merci. La même chose. Vous avez parlé de Sayada Bertolin : nous l'avons repérée aussi, vous croyez qu'on pourrait la retourner?

– Je ne me fierais pas à elle. La meilleure chose à faire avec elle, c'est de voir à qui elle nous mène. Nous recherchons son officier traitant : on n'a pas encore mis le grappin dessus. » Aaron demanda un bourbon pour Wesson et une vodka pour lui. « Revenons à S-G. Et à l'ennemi de Zataki. Starke parle le farsi, comme Lochart. Tous deux ont de drôles de relations. Ensuite Sandor Petrofi : un dissident hongrois avec de la famille encore en Hongrie, une autre taupe éventuelle du KGB ou du moins un instrument du KGB. Rudi Lutz, un Allemand avec de la famille proche de l'autre côté du rideau de fer, ce qui est toujours suspect, et même chose pour Neuchtreiter à Lengeh. » Il désigna de la tête la table où était quelques instants plus tôt Scragger. « Ce vieux type n'est qu'un tueur professionnel. Un mercenaire. Gavallan? Vous devriez mettre vos gens de Londres dessus : n'oubliez pas que c'est lui qui a engagé tous les autres, n'oubliez pas qu'il est anglais, peut-être que toute son opération n'est qu'une couverture du KGB...

– Sûrement pas », dit Wesson, soudain agacé. Bon sang, songea-t-il, pourquoi ces types sont-ils à ce point paranoïaques, même ce vieil Aaron qui est pourtant mieux que les autres? « Tout ça colle trop bien. Non.

– Pourquoi non? Peut-être qu'ils vous roulent. Les Anglais sont passés maîtres dans cet art-là : comme Philby, McLean, Blake et tout le reste.

– Comme Crosse, ajouta Wesson en serrant les lèvres. Là, vous avez raison, mon vieux.

– Qui ça?

– Roger Crosse – voilà dix ans, maître espion, enterré et camouflé avec toute l'habileté des British – mais un membre du même club.

– Qui était Crosse?

– L'ancien patron et ami d'Armstrong dans les services spéciaux de Hong-kong au bon vieux temps. Officiellement un simple directeur adjoint du MI6, mais en fait à la tête de leur service d'élite, un traître, liquidé par le KGB sur sa demande juste alors que nous nous apprêtions à coincer ce salopard.

– Vous en avez la preuve? Qu'ils l'ont liquidé?

– Bien sûr. Une fléchette empoisonnée à bout portant, c'est ce qui l'a abattu. Nous l'avions coincé, il ne pouvait pas s'en tirer comme les autres. C'était un agent triple. A cette époque-là nous avions un contact à l'intérieur de l'ambassade soviétique à Londres, un nommé Brodnine. Il nous a donné Crosse puis a disparu, le pauvre diable, quelqu'un a dû lui faire son affaire.

– Ces maudits Anglais, chez eux les espions se reproduisent comme la vermine.

– Inexact, ils ont quelques grands chasseurs aussi : nous, nous avons tous les traîtres.

– Pas du tout.

– Ne pariez pas là-dessus, Aaron, dit Wesson en soupirant. Il y a des traîtres partout. Avec toutes les fuites à Téhéran avant et depuis le départ du shah, il doit bien y avoir un traître de haut niveau dans notre camp.

– Talbot ou Armstrong? »

Wesson tressaillit. « Si c'est l'un d'eux, on ferait bien de renoncer.

– C'est ce que l'ennemi veut, que vous renonciez et que vous quittiez le Moyen-Orient. Pour nous, ça n'est pas possible, alors nous ne sommes pas du même avis », dit Aaron, le regard froid et sombre, le visage fermé, l'observant avec soin. « A propos, pourquoi notre vieil ami le colonel Hashemi Fazir s'en tirerait-il bien qu'il ait assassiné le nouvel homme de main de la SAVAMA, le général Janan? »

Wesson pâlit. « Janan est mort, vous êtes sûr?

– Une voiture piégée, lundi soir. » Le regard d'Aaron se durcit. « Pourquoi avez-vous l'air si navré? C'était l'un des vôtres?

– Ça aurait pu. Nous... nous étions en train de négocier. » Wesson hésita, puis soupira. « Mais Hashemi est toujours vivant? Je croyais qu'il était sur la liste des condamnés prioritaires du *komiteh* révolutionnaire.

– Il l'était, plus maintenant. J'ai appris ce matin qu'on avait barré son nom, confirmé son grade, rétabli la Sécurité intérieure – tout cela sans doute avec l'approbation des plus hautes autorités. »

Aaron but une gorgée de vodka. « S'il est de nouveau bien en cour après tout ce qu'il a fait pour le shah et pour nous, il doit avoir un très haut protecteur.

– Qui donc? » Wesson vit son interlocuteur hausser les épaules, son regard parcourir les terrasses.

Son sourire disparut. « Cela pourrait vouloir dire qu'il a toujours travaillé pour l'ayatollah.

– Peut-être, fit Aaron en se remettant à jouer avec son stylo. Une autre curiosité : mardi, on a vu Hashemi monter à bord du S-G 125 à l'aéroport de Téhéran avec Armstrong, ils sont allés à Tabriz et sont rentrés au bout de trois heures.

– Ça alors!

– Qu'est-ce que tout ça veut dire?

– Seigneur, je n'en sais rien... mais je pense que nous ferions mieux de le trouver. » Wesson baissa la voix. « Une chose est certaine, pour que Hashemi soit de nouveau bien en cour, il doit savoir où sont enterrés des cadavres très importants, vous ne croyez pas? De tels renseignements seraient extrêmement précieux... extrêmement précieux, par exemple pour le shah.

– Le shah? » Aaron esquissa un sourire, qui se figea dès qu'il vit l'expression de Wesson. « Vous ne vous imaginez pas sérieusement que le shah a une chance de revenir?

– On a vu des choses plus étranges, mon vieux », dit Wesson avec assurance en terminant son verre. Comment se fait-il que ces types ne comprennent pas ce qui se passe dans le monde? songeait-il. Il serait temps qu'ils se dégourdissent un peu, qu'ils cessent d'être obsédés par Israël, l'OLP et tout le Moyen-Orient et qu'ils nous laissent la place de manœuvrer. « Bien sûr que le shah a une chance, encore que son fils en ait davantage : sitôt Khomeiny mort et enterré, ce sera la guerre civile, l'armée prendra le pouvoir et il leur faudra une figure de proue. Reza serait un grand monarque constitutionnel. »

Aaron ben Aaron avait du mal à dissimuler son incrédulité, il était stupéfait que Wesson pût encore être aussi naïf. Après toutes ces années passées en Iran et dans le Golfe, se disait-il, comment pouvez-vous encore vous méprendre sur les forces explosives qui déchirent l'Iran? S'il avait été un autre homme, il aurait maudit Wesson pour la stupidité qu'il représentait, pour les centaines de signaux d'alarme qu'il n'avait pas vus, pour les montagnes de rapports secrets rassemblés au prix de tant de sang versé et écartés sans être lus, pour toutes les années passées à supplier des politiciens, des généraux et des services de renseignement – américains et iraniens – pour les prévenir du conflit qui se préparait.

Tout cela pour rien. Des années et des années. La volonté de Dieu, songea-t-il. Dieu ne veut pas nous faciliter les choses. Nous faciliter? Dans toute l'histoire, ça n'a jamais été facile pour nous. Jamais jamais jamais.

Il vit Wesson qui l'observait. « Quoi?

– Attendez un peu. Khomeiny est un vieil homme, il ne tiendra pas l'année. Il est vieux et le temps travaille pour nous. Attendez un peu.

– C'est ce que je ferai, dit Aaron, renonçant à se lancer dans une discussion violente. En attendant, le problème qui se pose à nous c'est : S-G pourrait être une façade dissimulant des cellules ennemies. Quand on y pense, des pilotes d'hélicos spécialisés dans le matériel d'extraction pétrolière seraient des atouts précieux pour toute une sorte de sabotages, si la situation empire.

– Bien sûr. Mais Gavallan veut évacuer l'Iran. Vous l'avez entendu.

– Peut-être savait-il que nous les écoutions, ou bien c'est une ruse.

– Allons donc, Aaron. Je crois qu'il est régulier, tout le reste n'est que coïncidences, fit-il en soupirant. Bon, je vais le faire surveiller, il n'ira pas chier sans que vous le sachiez, mais bon sang, mon vieux, vous autres voyez des ennemis sous le lit, au plafond et sous le tapis.

– Pourquoi pas? Il y en a plein : des connus, des inconnus, des actifs ou des passifs. » Aaron regardait méthodiquement autour de lui, inspectant les nouveaux venus, attendant des ennemis, conscient de la multitude d'agents ennemis qui se trouvaient à Al Shargaz et dans tout le Golfe. « Nous savons qu'il y a des ennemis ici, dans la vieille ville et dans les quartiers modernes, jusqu'à Oman et Dubaï et Bagdad et Damas, Moscou, Paris et Londres, de l'autre côté de l'Océan à New York, au sud jusqu'au Cap et au nord jusqu'au cercle arctique, partout où il y a des gens qui ne sont pas juifs. Il n'y a que les Juifs qui ne soient pas automatiquement suspects et encore, de nos jours, il faut être prudent.

« Il y en a beaucoup parmi les Elus qui ne veulent pas de Sion, qui ne veulent pas faire la guerre ni payer pour la guerre, qui ne veulent pas comprendre que le sort d'Israël est lié à celui du shah, notre seul allié au Moyen-Orient, le seul pays de l'OPEP à fournir du pétrole pour nos chars et pour nos avions, qui ne veulent pas savoir que nous avons le dos au mur des Lamentations et qu'il faut nous battre et mourir pour protéger la terre d'Israël que Dieu nous a donnée et que nous avons reprise avec l'aide de Dieu et à quel prix! »

Il leva les yeux vers Wesson, il l'aimait bien au fond, il lui pardonnait ses défauts, il l'admirait en tant que professionnel, mais il le plaignait : il n'était pas juif et par là même il était suspect. « Je suis content d'être né juif, Glenn, ça simplifie tellement la vie.

– Comment ça?

– On sait où on en est. »

Disco Tex Hotel. Al Shargaz : 23 h 52. Il y avait là surtout des Américains, des Anglais et des Français –

quelques Japonais et d'autres Asiatiques. Des Européens dans la majorité, beaucoup, beaucoup plus d'hommes que de femmes, entre vingt-cinq et quarante-cinq ans : les expatriés qui travaillaient dans le Golfe devaient être jeunes, vigoureux, de préférence pas mariés, pour supporter la rude vie de célibataire. Quelques ivrognes aussi, dont certains bruyants. Quelques habitants d'Al Shargaz et d'autres pays du Golfe, mais seulement les riches, les occidentalisés, les sophistiqués et uniquement des hommes. La plupart d'entre eux étaient installés à l'étage supérieur à boire des boissons non alcoolisées et à regarder, et les rares à danser sur la petite piste en bas le faisaient avec des Européennes : des secrétaires, des employées d'ambassade, de compagnies aériennes, des infirmières, du personnel de l'hôtel. Pas une Shargazi, pas une femme arabe.

Paula dansait avec Sandor Petrofi, Genny avec Scragger, et Johnny Hogg évoluait joue contre joue avec la fille qui tout à l'heure était en grande conversation sur la terrasse.

« Combien de temps restez-vous encore, Alexandra? murmura-t-il.

– La semaine prochaine, juste la semaine prochaine. Ensuite je dois rejoindre mon mari à Rio.

– Oh! Mais vous êtes si jeune pour être mariée! Vous êtes toute seule jusque-là?

– Oui, Johnny, toute seule. C'est triste, non? »

Sans répondre, il la serra un peu plus fort en bénissant sa chance qui l'avait amené à ramasser le livre qu'elle avait fait tomber dans le hall. Le clignotement des projecteurs l'éblouit un moment, puis il aperçut Gavallan dans la mezzanine, debout auprès de la balustrade, l'air grave et perdu dans ses pensées, et de nouveau il le plaignit. Quelques heures plus tôt, il avait à regret réservé pour lui une place dans le vol du lendemain soir pour Londres, tout en essayant de le persuader de prolonger d'une journée pour se reposer. « Je sais ce que c'est que le décalage horaire, monsieur.

– Pas de problème, Johnny, merci. Nous partons bien pour Téhéran à 10 heures du matin?

– Oui, monsieur. Nous avons toujours une priorité – et ensuite le charter pour Tabriz – espérons que tout ira bien. »

John Hogg sentit le ventre de la fille se presser contre lui. « Voulez-vous dîner demain? Je devrais être de retour vers 6 heures.

– Peut-être... mais pas avant 9 heures.

– Parfait. »

Gavallan d'en haut regardait les danseurs sans vraiment les voir, puis il tourna les talons, prit l'escalier et sortit sur la terrasse. La nuit était magnifique, avec une pleine lune et pas de nuages. Alentour s'étendaient des hectares de jardins savamment éclairés et entretenus avec soin derrière les hauts murs, et çà et là le système d'arrosage fonctionnait déjà.

Le Shargaz était le plus grand hôtel du pays, donnant d'un côté sur la mer, de l'autre sur le désert, sa tour de dix-huit étages abritant cinq restaurants, trois bars, une cafétéria, la discothèque, deux piscines, des saunas, des bains de vapeur, des courts de tennis, une salle de gymnastique, un centre commercial avec une douzaine de boutiques et des magasins d'antiquaires, un magasin de tapis Aaron, des salons de coiffure, une vidéothèque, une boulangerie, un télex, un secrétariat avec, comme tous les hôtels modernes d'Europe, la climatisation dans toutes les chambres, un service vingt-quatre heures sur vingt-quatre – assuré par des Pakistanais souriants –, nettoyage express et repassage, un poste de télé couleur dans chaque chambre, une chaîne réservée aux cours de la bourse et des liaisons téléphoniques instantanées par satellite avec toutes les capitales du monde.

C'est vrai, songea Gavallan, mais c'est quand même un ghetto. Et, même si les dirigeants d'Al Shargaz, de Dubaï et de Sharjah sont assez libéraux et tolérants pour que les expatriés puissent boire dans les hôtels et puissent même acheter de l'alcool, mais que Dieu vous aide si l'on en revend à un musulman, même si nos femmes peuvent conduire, faire leurs courses et se promener, rien ne garantit que ça durera. A quelques centaines de mètres de là, les Shargazis vivent comme ils le font depuis des siècles, à quelques kilomètres de là, de l'autre côté de la frontière, l'alcool est interdit, une femme ne peut pas conduire, aller seule dans la rue, elle doit se couvrir les cheveux, les bras et les épaules et porter des pantalons flottants, et là-bas, dans le vrai désert, les gens survivent dans des conditions pitoyables.

Quelques années auparavant, il avait loué une Range Rover et un guide et, avec McIver, Genny et sa nouvelle épouse Maureen, ils étaient partis dans le désert passer la nuit dans une de ces oasis à la lisière du Rub al-Khali, le Grand Désert. C'était une parfaite journée de printemps. Quelques minutes après l'aéroport, la route devenait une piste qui ne tardait pas à disparaître et ils progressaient dans la pierraille sous la voûte du ciel. Ils avaient pique-niqué, puis avaient repris la route, tantôt dans le sable, tantôt dans la rocaille, à travers ce désert où il ne pleuvait jamais et où rien ne poussait. Rien. Lorsqu'ils s'arrêtèrent et coupèrent le moteur, le silence les frappa comme une présence physique, le soleil était comme du plomb et l'espace les enveloppait.

Cette nuit-là était d'un bleu-noir, les étoiles semblaient énormes, les tapis paraissaient doux sous les grandes tentes et le silence plus profond, l'espace plus immense, presque inconcevable. « J'ai horreur de ça, Andy, avait murmuré Maureen. Ça m'affole.

– Moi aussi. Je ne sais pas pourquoi, mais c'est vrai. » Autour des palmiers de l'oasis, le désert s'étendait jusqu'à tous les horizons, accablant et irréel. « On dirait que toute cette immensité vous pompe la vie. Imagine ce que ça doit être en été! »

Elle trembla. « Ça me donne l'impression d'être moins qu'un grain de sable. Ça m'écrase... Je te dis, une expérience me suffit. Pour moi, c'est le retour en Ecosse et plus jamais ici. »

Elle n'était jamais revenue. Comme la Nell de Scrag, songea-t-il. Il ne faut pas leur en vouloir. C'est assez dur dans le Golfe pour les hommes, mais pour les femmes... Il jeta un coup d'œil autour de lui. En s'éventant, Genny arrivait par une des portes-fenêtres, l'air beaucoup plus jeune qu'à Téhéran. « Salut, Andy. C'est vous qui avez raison, il fait étouffant là-dedans et toute cette fumée!

– Je n'ai jamais été un grand danseur.

– Les seules fois où j'arrive à danser, c'est quand Duncan n'est pas avec moi. Il est si collet monté. » Elle marqua un temps. « Sur le vol de demain, vous croyez que je pour...

– Non, fit-il doucement. Pas encore. Dans une semaine ou deux... Laissez les choses se calmer. »

Elle acquiesça, mais sans dissimuler sa déception. « Qu'est-ce qu'a dit Scrag?

– Oui... si les autres sont dans le coup et que c'est faisable. Nous avons eu toute une conversation et reprendrons ça au petit déjeuner. » Gavallan la prit par la taille et l'embrassa. « Ne vous inquiétez pas pour Mac, je m'assurerai qu'il va bien.

– J'ai une autre bouteille de whisky pour lui, ça ne vous ennuie pas?

– Je la mettrai dans mon porte-documents; nous

avons des instructions du contrôle aérien iranien de ne pas avoir d'alcool à bord, mais pas de problème, je mettrai ça dans mon bagage à main.

– Alors peut-être qu'il vaudrait mieux pas, pas cette fois. » Elle était déconcertée par son air grave, inhabituel. Pauvre Andy, on voit qu'il est rongé d'inquiétude.

« Andy, je peux vous donner un conseil?

– Bien sûr, Genny.

– Servez-vous de ce colonel et de Robert, les gros bonnets que vous devez convoyer à Tabriz, pas d'Armstrong. Pourquoi ne pas leur demander de vous faire passer au retour par Kowiss, en disant que vous avez besoin de prendre des moteurs à réparer, hein? Comme ça, vous pourrez parler à Duke directement.

– Excellente idée. »

Elle se dressa sur la pointe des pieds et lui planta un baiser sur la joue. « Vous n'êtes pas mal, vous non plus. Allons, je retourne à mes admirateurs. » Elle se mit à rire et il l'imita. « Bonsoir, Andy. »

Gavallan regagna son hôtel un peu plus loin sur la route. Il ne remarqua pas les hommes qui le suivaient, il ne s'aperçut pas non plus qu'on avait fouillé sa chambre, lu ses papiers, ni que maintenant il y avait des micros cachés, ni que le téléphone était sur écoute.

Samedi 24 février

CHAPITRE 5

Aéroport international de Téhéran : 11 h 58. La cabine du 125 se referma derrière Robert Armstrong et le colonel Hashemi Fazir. Du poste de pilotage, John Hogg fit signe à Gavallan et McIver debout sur la piste que tout allait bien et s'éloigna, destination Tabriz. Gavallan venait d'arriver d'Al Shargaz et c'était le premier moment où McIver et lui étaient seuls.

« Qu'est-ce qui se passe, Mac? dit-il, le vent aigre fouettant leurs vêtements d'hiver et faisant tournoyer la neige autour d'eux.

– Des ennuis, Andy.

– Je le sais. Dis-le-moi vite. »

McIver se pencha vers lui. « Il paraît que nous avons à peine une semaine avant d'être interdits de vol en attendant la nationalisation.

– Quoi? fit Gavallan abasourdi. C'est Talbot qui te l'a dit?

– Non, c'est Armstrong, il y a quelques minutes, quand le colonel était aux toilettes et que nous nous sommes trouvés seuls. » McIver avait le visage crispé, il en bégayait presque. « Le salaud m'a dit ça avec ses airs suaves et polis : " Je ne compterais pas sur plus de dix jours si j'étais vous. Une semaine, ce serait plus sûr – et n'oubliez pas, monsieur McIver, quand on garde la bouche fermée on n'avale pas de mouches. "

– Mon Dieu, est-ce qu'il se doute que nous préparons quelque chose?

– Je ne sais pas. Je ne sais vraiment pas, Andy.

– Et HBC? Il en a parlé?

– Non. Quand je l'ai interrogé à propos des papiers, tout ce qu'il m'a dit, ça a été : " Ils sont en sûreté. "

– A-t-il dit quand nous devions nous rencontrer aujourd'hui? »

McIver secoua la tête. « " Si je rentre à temps, je vous appellerai ". Salaud! » Il ouvrit la portière de sa voiture.

Gavallan se brossa pour faire tomber la neige de son manteau et se glissa dans la chaleur de la voiture. Les vitres étaient embuées. McIver poussa à fond le dégivrage et le ventilateur – le chauffage était déjà au maximum – il inséra une cassette de musique, monta le son, puis le baissa en jurant.

« Quoi d'autre, Mac?

– A peu près tout va mal, lança McIver. Erikki a été enlevé par les Soviétiques ou par le KGB et il est quelque part près de la frontière turque avec son 212 à faire Dieu sait quoi! Nogger croit qu'on le force à aider les Russes à nettoyer les stations radars améri caines clandestines. Nogger, Azadeh, deux de nos mécaniciens et un capitaine anglais sont miraculeusement sortis vivants de Tabriz, ils sont arrivés hier et pour l'instant ils sont chez moi – ou du moins ils y étaient quand je suis parti ce matin. Mon dieu, Andy, tu aurais dû voir l'état dans lequel ils étaient en arrivant. Le capitaine, c'est celui qui a sauvé Charlie à Doshan Tappeh et que Charlie a déposé à Bandar-e-Pahlavi...

– Qu'est-ce qu'il fait?

– Agent secret. C'est un capitaine des Gurkhas... un nommé Ross, John Ross, Azadeh et lui étaient assez incohérents, Nogger aussi et plutôt excités, enfin, maintenant ils sont en sûreté. Je suis navré de te dire, reprit McIver d'une voix qui tremblait un peu, que nous avons perdu un mécanicien à Zagros, Effer Jordon, il a été abattu...

– Seigneur! Le vieil Effer est mort?

– Oui... oui, malheureusement et ton fils a été blessé... Pas grièvement, s'empressa d'ajouter McIver en voyant Gavallan pâlir. Scot va bien, il...

– Quel genre de blessure?

– Une balle lui a traversé le gras de l'épaule droite. Pas d'os d'atteint, juste une blessure dans les chairs : Jean-Luc a dit qu'ils avaient de la pénicilline, un infirmier, la plaie est propre. Scot ne pourra pas piloter le 212 demain pour Al Shargaz, alors j'ai demandé à Jean-Luc de le faire et d'emmener Scot avec lui, puis de rentrer à Téhéran par le vol du 125 suivant et nous le ramènerons à Kowiss.

– Tu es sûr que c'est juste une blessure sans gravité?

– Oui, Andy. Sûr.

– Mais qu'est-ce qui est arrivé?

– Je ne sais pas exactement. J'ai eu ce matin un message relayé par Starke qui l'avait reçu de Jean-

Luc. Il semble que des terroristes opèrent à Zagros, la même bande, j'imagine, qui a attaqué Bellissima et Rosa, ils ont dû tendre une embuscade dans les bois qui entourent notre base. Effer Jordon et Scot chargeaient des pièces détachées dans le 212 juste au lever du jour ce matin-là et ils se sont fait canarder. Ce pauvre vieil Effer a reçu presque toutes les balles et Scot juste une... » De nouveau McIver s'empressa d'ajouter en voyant le visage de Gavallan : « Jean-Luc m'a assuré que Scot va bien, Andy, je te jure!

– Je ne pensais pas seulement à Scot, fit Gavallan. Effer est avec nous presque depuis le début... Est-ce qu'il n'a pas trois gosses?

– Si, si. Terrible. » McIver passa en première et reprit dans la neige le chemin du bureau. « Ils vont encore tous à l'école, je crois.

– Je ferai quelque chose pour eux dès mon retour. Continue, pour Zagros.

– Il n'y a pas grand-chose d'autre. Tom n'était pas là : il a passé la nuit à Kowiss vendredi. Jean-Luc a dit qu'ils n'avaient vu aucun des attaquants, personne ne les a vus, les coups de feu sortaient de la forêt : de toute façon, c'est le bordel à la base avec nos appareils qui travaillent tout le temps pour amener des hommes de tous les puits écartés et les regrouper à Chiraz, avec tout le monde qui en met un coup pour évacuer avant l'heure limite de demain au coucher du soleil.

– Ils y arriveront?

– Plus ou moins. Nous allons évacuer tous nos pétroliers et tous nos gars, l'essentiel de nos précieuses pièces détachées et tous les hélicos à Kowiss. Il faudra laisser le matériel d'entretien des puits, mais ça n'est pas notre problème. Dieu sait ce qui va arriver à la base et aux puits sans entretien.

– Tout ça va revenir à l'état sauvage.

– Sûrement, quel stupide gaspillage! Vraiment

stupide! J'ai demandé au colonel Fazir s'il ne pouvait pas faire quelque chose. Ce salopard s'est contenté de me sourire avec ses dents pourries en disant que c'était déjà assez difficile de savoir ce qui se passait dans le bureau d'à côté à Téhéran, alors si loin au sud... Je lui ai demandé : " Et le *komiteh* de l'aéroport... il ne pourrait pas aider? " Il m'a répondu que non, que les *komitehs* n'ont pratiquement de liaison avec personne, même à Téhéran. A Zagros, au milieu des nomades, il vaut mieux faire ce qu'ils disent. » McIver toussa et se moucha avec agacement. « Ce salopard parlait sérieusement. Quand même, Andy, il n'était pas mécontent non plus. »

Gavallan était consterné : tant de problèmes qui se posaient, tout était menacé, ici et en Ecosse. Une semaine jusqu'au Jugement dernier? Dieu soit loué que Scot... Pauvre vieil Effer... Bonté divine. Scot blessé! Il regarda par le pare-brise et vit qu'ils approchaient de la zone de fret. « Arrête la voiture une minute, Mac, mieux vaut parler en privé, non?

– Oui, bien sûr. Je n'ai pas les idées trop nettes.

– Ça va bien? Je veux dire : ta santé?

– Oh! Très bien, à condition de me débarrasser de cette toux... C'est seulement... c'est seulement que j'ai peur. » McIver avait lâché cet aveu sans emphase, mais cela fit frémir Gavallan. « Je ne contrôle plus rien, j'ai déjà perdu un homme, la menace de HBC plane sur nous, ce vieil Erikki est en danger, nous sommes tous en danger, S-G et tout ce pour quoi nous avons travaillé. » Ses mains jouèrent avec le volant. « Gen va bien?

– Oui, très bien », répondit Gavallan avec patience. C'était la seconde fois qu'il répondait à cette question. McIver la lui avait posée dès l'instant où il était arrivé en bas des marches du 125. « Genny va très bien, Mac, assura-t-il, répétant ce qu'il avait dit auparavant, j'ai des lettres d'elle, elle a parlé à

Hamish et à Sarah, ils vont tous très bien et le jeune Angus a fait sa première dent. Tout le monde va bien au pays et j'ai mis dans mon porte-documents une bouteille de Loch Vay de sa part. Elle a essayé de persuader Johnny Hogg de la prendre dans le 125 comme passager clandestin dans les toilettes, même après que j'ai dit non, je regrette. » Pour la première fois, il vit l'ébauche d'un sourire sur les lèvres de McIver.

« Gen n'est pas commode, il n'y a pas de doute. Je suis content qu'elle soit là-bas et pas ici, très content. C'est curieux, pourtant elle me manque. » McIver regardait devant lui. « Merci, Andy.

– De rien. » Gavallan réfléchit un moment. « Pourquoi demander à Jean-Luc de prendre le 212? Pourquoi pas Tom Lochart? Est-ce qu'il ne vaudrait pas mieux l'évacuer?

– Bien sûr, mais il ne veut pas quitter l'Iran sans Sharazad... C'est un autre problème. » La musique de la cassette s'arrêta, il enclencha l'autre face. « Je n'arrive pas à la retrouver. Tom s'inquiétait pour elle, il m'a demandé d'aller jusqu'à la maison près du bazar, ce que j'ai fait. Pas de réponse, il semblait n'y avoir personne là-bas. Tom est sûr qu'elle a participé à la marche de protestation des femmes.

– Seigneur! Nous avons entendu à la BBC parler des émeutes et des arrestations – et des attaques de fanatiques contre certaines des femmes. Tu crois qu'elle est en prison?

– J'espère bien que non... Tu as appris, pour son père?

– Bien sûr, je te l'ai annoncé moi-même la dernière fois que tu étais ici, n'est-ce pas? » McIver essuya le pare-brise d'un air absent. « Qu'est-ce que tu veux faire... attendre ici jusqu'à ce que l'appareil revienne?

– Non. Allons à Téhéran... Nous avons le

temps? » fit Gavallan en jetant un coup d'œil à sa montre. Elle indiquait 12 h 25.

« Oh oui! Nous avons un tas de stocks en surnombre à charger. Nous aurons le temps en partant maintenant.

– Bon. J'aimerais voir Azadeh et Nogger et ce Ross – et surtout Talbot. Nous pourrions à tout hasard passer par la maison Bakravan. Hein?

– Bonne idée. Je suis content que tu sois là, Andy, rudement content. » Il passa une vitesse, les roues patinèrent sur le sol gelé.

« Moi aussi, Mac. En fait, je n'ai jamais été si déprimé non plus. »

McIver s'éclaircit la voix. « Les nouvelles d'Ecosse sont mauvaises?

– Oui. » D'un geste machinal, Gavallan de son gant essuya la condensation sur sa vitre. « Il y a une réunion spéciale du conseil d'administration de la Struan lundi. Il va falloir que je réponde aux questions qu'on me posera sur l'Iran. C'est bien embêtant!

– Linbar sera là?

– Oui. Ce connard va ruiner la Noble Maison avant d'en avoir fini. C'est stupide de vouloir se développer en Amérique du Sud au moment où la Chine est sur le point de s'ouvrir. »

McIver fronça les sourcils en entendant le ton amer de Gavallan, mais il ne dit rien. Il connaissait depuis bien des années leur rivalité et la haine qui les opposait, les circonstances de la mort de David Mac-Struan et la surprise générale à Hong-kong quand Linbar s'était retrouvé à la tête de la société. Il avait encore de nombreux amis dans la Colonie qui lui envoyaient des coupures de presse ou bien le dernier potin concernant la Noble Maison et ses rivaux. Mais il n'en discutait jamais avec son vieil ami.

« Désolé, Mac, avait dit Gavallan d'un ton rogue, je n'ai pas envie de discuter de ces choses-là, ni de ce qui se passe avec Ian, Quillan, Linbar ou personne d'autre qui ait un rapport avec la Struan. Officiellement, je n'appartiens plus à la Noble Maison. Restons-en là. »

Très bien, avait songé McIver à l'époque, et il avait continué à garder le silence. Il jeta un coup d'œil à Gavallan. Les années ont ménagé Andy, se dit-il, il a toujours aussi grande allure, même avec tous ses ennuis. « Ne t'inquiète pas, Andy. Ça s'arrangera.

– Je voudrais bien le croire, Mac. Sept jours, ça pose un énorme problème, n'est-ce pas?

– C'est le moins qu'on puisse d... » McIver s'aperçut que sa jauge d'essence était à zéro et il explosa : « Quelqu'un a dû siphonner mon réservoir pendant que j'étais garé. » Il s'arrêta, sortit un moment puis revint et claqua la portière. « Le salopard a forcé la serrure du bouchon. Il va falloir que je fasse le plein : heureusement que nous avons encore quelques barils d'essence et que le réservoir souterrain est encore à moitié plein de carburant pour les urgences. » Il retomba dans le silence, il pensait à Jordon, à Zagros, à HBC et aux sept jours de délai. Quel est le prochain qu'on va perdre? Il se mit à jurer sous cape, puis il crut entendre la voix de Genny qui disait : Nous pouvons le faire si nous voulons. Je sais que nous pouvons, je sais que nous pouvons...

Gavallan pensait à son fils. Je ne trouverai pas de repos avant de l'avoir vu de mes propres yeux. Demain, avec un peu de chance. Si Scot n'est pas rentré avant le départ de mon avion pour Londres, j'annulerai et je partirai dimanche. Il faut aussi que je voie Talbot. Peut-être qu'il peut m'aider. Mon Dieu, sept jours seulement...

Il ne fallut pas longtemps à McIver pour refaire le

plein, puis il quitta l'aéroport pour se lancer dans la circulation. Un gros appareil à réaction de l'aviation américaine arriva à faible altitude, se préparant à atterrir. « Ils font la maintenance d'environ cinq gros jets par jour, avec des contrôleurs militaires et la " supervision " de Brassards verts, chacun donnant des ordres, des contrordres et personne n'écoutant de toute façon, expliqua McIver. La British Airways m'a promis trois places sur chacun des vols en partance pour nos ressortissants, avec bagages. Ils espèrent avoir un 747 tous les deux jours.

– Qu'est-ce qu'ils demandent en retour?

– Les joyaux de la Couronne! fit McIver pour essayer de détendre l'atmosphère. Non, rien, Andy. Le directeur de British Airways, Bill Shoesmith, est un type formidable qui fait un sacré boulot. » Il évita l'épave d'un bus couché sur le côté au milieu de la route, comme s'il était garé là. « Les femmes refont une marche aujourd'hui : on raconte qu'elles vont continuer jusqu'à ce que Khomeiny cède.

– Si elles restent unies, il y sera bien obligé.

– Je ne sais trop que penser ces jours-ci. » McIver roula un moment en silence, puis du pouce désigna par les vitres les piétons qui passaient. « Ils ont l'air de savoir que tout va bien dans le monde. Que les mosquées sont bourrées, les marches pour soutenir Khomeiny attirent des foules, les Brassards verts combattent courageusement les gauchistes qui ripostent tout aussi courageusement. » Il eut une petite quinte de toux. « Quant à nos employés, ma foi, ils me gratifient de la flatterie et de la politesse habituelles des Persans et on ne sait jamais ce qu'ils pensent vraiment. Sauf qu'on est sûr qu'ils veulent nous voir partir! » Il fit une embardée pour éviter une collision de plein fouet avec une voiture venant en sens inverse qui circulait du mauvais côté de la chaussée – klaxon bloqué et roulant beaucoup trop vite sur la chaussée enneigée –, puis il poursuivit sa route. « Connard, dit-il. Si je n'aimais pas tellement la vieille Lulu, je l'échangerais contre un half-track pour leur apprendre à vivre! » Il jeta un coup d'œil à Gavallan et sourit. « Andy, je suis si content que tu sois ici. Merci. Je me sens mieux maintenant. Désolé.

– Pas de problème, dit Gavallan d'un ton calme. Qu'est-ce que tu penses d'Ouragan? demanda-t-il, incapable de se contenir plus longtemps.

– Bah! Que ce soient sept jours ou soixante-dix... » McIver fit une embardée pour éviter un nouvel accident, répliqua au geste obscène de l'autre conducteur et continua sa route. « Supposons que nous soyons tous d'accord et que nous puissions presser le bouton si nous le voulions au jour J, dans sept jours... Non, Armstrong a dit qu'il valait mieux ne pas compter sur plus d'une semaine, alors disons six, six jours à compter d'aujourd'hui, vendredi prochain : un vendredi, d'ailleurs, ce serait le meilleur jour, d'accord?

– Parce que c'est leur jour férié, oui, j'y ai pensé aussi.

– Alors, si nous faisons le point... Phase un : à dater d'aujourd'hui, nous évacuons tous les expatriés, toutes les pièces détachées que nous pouvons, par tous les moyens possibles, par le 125, par camions vers l'Irak ou la Turquie, ou comme bagages ou bagages en excédent par la British Airways. Je déciderai Bill Shoesmith à augmenter notre quota de places et j'obtiendrai une priorité sur le fret. Nous avons déjà deux de nos 212 qui sont partis " pour réparations " et celui de Zagros doit décoller demain. Il nous reste cinq hélicos ici à Téhéran, un 212, deux 206 et deux Alouette. Nous envoyons le 212 et les Alouette à Kowiss sous prétexte de satisfaire à la demande d'hélico de Coup d'Enfer même si

Dieu seul sait pourquoi il les veut : Duke affirme que ses appareils ne sont pas tous employés actuellement. En tout cas, nous laissons nos 206 ici comme camouflage.

– Nous les laissons?

– Il n'y a aucun moyen d'évacuer tous les hélicos, Andy, quels que soient nos délais. Ensuite, jour J moins deux, mercredi prochain, nous évacuons le dernier carré de notre QG – Charlie, Nogger, nos pilotes et mécaniciens qui restent et moi. Nous embarquons sur le 125 mercredi et filons sur Al Shargaz, à moins bien sûr que nous puissions en faire partir quelques-uns avant par British Airways. N'oublie pas que nous sommes censés maintenir les effectifs... Ensuite nous...

– Qu'est-ce que tu fais des papiers, des permis de sortie?

– J'essayerai de me procurer des formulaires près d'Ali Kia : il me faudra quelques chèques en blanc sur des banques suisses, il comprend le *pishkesh,* mais il est aussi membre du conseil d'administration, très malin, très avide; pourtant il ne tient pas à risquer sa peau. Si ça ne marche pas, alors nous arriverons à coups de *pishkeshs* pour filer avec le 125. Notre prétexte vis-à-vis de nos partenaires, Kia ou un autre, lorsqu'ils découvriront que nous sommes partis, c'est que tu as convoqué une conférence urgente à Al Shargaz. Ça n'est pas très brillant, mais peu importe. Fin de la phase un. Si l'on nous empêche de partir, alors ça met un terme à l'opération Ouragan, parce qu'on nous utiliserait comme otages pour le retour de tous les appareils et je sais que tu n'accepteras pas de nous sacrifier. Phase deux : nous installons une base...

– Et toutes tes affaires? Et toutes celles des types qui ont des appartements ou des résidences à Téhéran?

– Il faudra que la compagnie leur verse des dédommagements. Ça devrait faire partie du compte profits et pertes d'Ouragan. D'accord?

– Les sommes se monteront à combien, Mac?

– Pas des masses. Nous n'avons pas d'autre choix que de les dédommager.

– Oui, oui, je suis d'accord.

– Phase deux : nous installons une base à Al Shargaz, et à ce moment-là il se sera passé plusieurs choses. Tu t'es arrangé pour que les 747 cargo arrivent à Al Shargaz l'après-midi du jour J moins un. D'ici là, Starke a réussi à cacher assez de barils de cent quatre-vingts litres pour leur faire traverser le Golfe. Quelqu'un d'autre aura planqué d'autre carburant sur Dieu sait quelle île perdue au large de l'Arabie Saoudite ou des Emirats pour Starke s'il en a besoin, et pour Rudi et ses gars de Bandar Delam qui, eux, en auront sûrement besoin. Scrag n'a pas de problème de carburant. En attendant, tu te seras procuré une immatriculation britannique pour tous les appareils que nous comptons " exporter " et tu auras obtenu l'autorisation de traverser l'espace aérien du Koweit, de l'Arabie Saoudite et des Emirats. Je suis chargé du déclenchement de l'opération Ouragan. A l'aube du jour J, tu me dis : vas-y ou n'y va pas. Si c'est : n'y va pas, c'est définitif. Si c'est : vas-y, je peux annuler l'ordre d'y aller si j'estime que c'est plus prudent, et alors ça deviendra définitif aussi. D'accord?

– A deux conditions, Mac : tu me consultes avant d'annuler, comme je te consulterai avant de te dire : vas-y ou n'y va pas, et deuxièmement, si nous n'y arrivons pas pour le jour J, nous essayerons encore J plus un et J plus deux.

– Entendu. » McIver prit une profonde inspiration. « Phase trois : à l'aube du jour J, ou du jour J plus un ou J plus deux – trois jours, c'est le maximum à mon avis que nous pourrions tirer –, nous envoyons par radio un message codé qui dit : Go! Les trois bases accusent réception et aussitôt tous les appareils qui doivent filer décollent cap sur Al Shargaz. Il y aura sans doute une différence de quatre heures entre l'arrivée de Scrag et celles des derniers, sans doute Duke – si tout se passe bien. Dès l'instant où les appareils se posent n'importe où hors du territoire iranien, nous remplaçons les numéros d'immatriculation iraniens par des numéros britanniques et ça nous met en partie dans la légalité. Dès l'instant où ils atterrissent à Al Shargaz, on charge les 747 et on décolle avec tout le monde à bord. » McIver poussa un grand soupir. « Simple, non? »

Gavallan ne répondit pas tout de suite, évaluant le plan, estimant les lacunes, toute l'étendue des dangers. « C'est bon, Mac.

– Mais non, Andy, ça n'est pas bon du tout.

– J'ai vu Scrag hier et nous avons eu une longue conversation. Il affirme qu'Ouragan est possible pour lui et il est dans le coup si on y va. Il m'a dit qu'il sonderait les autres pendant le week-end et qu'il me le ferait savoir, mais il était certain qu'au jour donné il pourrait évacuer ses appareils et ses gars. »

McIver acquiesça mais n'ajouta rien, se contentant de rouler sur la chaussée verglacée, passant par les petites rues pour éviter les grandes artères qui, il le savait, seraient encombrées. « Nous ne sommes pas loin du bazar maintenant.

– Scrag a dit qu'il parviendrait peut-être à se rendre à Bandar Delam d'ici quelques jours pour voir Rudi et lui demander son avis. Les lettres, c'est trop risqué. Au fait, il m'a donné un mot pour toi.

– Qu'est-ce qu'il dit, Andy? »

Gavallan prit son porte-documents sur la banquette arrière. Il trouva l'enveloppe et chaussa ses lunettes. « C'est adressé à : " C.D. Capitaine McIver ".

– C.D. Je lui ferai ravaler un jour son " cochon de Duncan ", dit McIver. Lis-la-moi. »

Gavallan ouvrit l'enveloppe, en tira le papier agrafé à un autre et grommela : « La lettre dit simplement : " Va te faire voir. " Il y a avec un rapport médical... signé du Dr G. Gernin, consulat d'Australie, Al Shargaz. Cholestérol normal, tension 10/15, sucre normal... Tout est normal et il y a un post-scriptum de l'écriture de Scrag : " Rendez-vous pour mon soixante-treizième anniversaire, vieux shnock ! "

– J'espère bien qu'il le fera, le salopard, mais ça m'étonnerait, le temps ne travaille pas pour lui. Il va... » McIver freina brusquement. La rue débouchait sur la place devant la mosquée du bazar, mais l'extrémité en était bloquée par des hommes vociférants dont beaucoup brandissaient des fusils. Pas moyen de faire demi-tour ni de prendre une autre rue, aussi McIver se contenta-t-il de ralentir, puis de stopper. « C'est encore les femmes », dit-il en apercevant le flot de la manifestation un peu plus loin, les cris hostiles et les acclamations se faisant de plus en plus violents. La circulation s'immobilisa très brusquement, dans des hurlements de klaxons. Il n'y avait pas de chaussée, rien que les ornières habituelles pleines de détritus et des banquettes de neige sur les côtés, quelques étals çà et là et des piétons. Ils étaient coincés de tous côtés. Des badauds vinrent rejoindre ceux qui bloquaient la rue, se pressant autour des voitures et des camions. Parmi eux des gamins des rues et des jeunes gens, dont l'un fit un geste obscène à Gavallan, un autre donna un coup de pied dans le garde-boue, puis un autre, et tous s'enfuirent en courant.

« Graine de petits salopards. » McIver les apercevait dans le rétroviseur. Des hommes passèrent encore, de nouveaux regards hostiles, quelques-uns en passant heurtèrent avec la crosse de leurs fusils les flancs de la voiture. Devant, le gros du cortège des femmes où dominaient des « *Allah-ou Akbar* » franchissait le carrefour.

Un choc brusque les surprit : une pierre vint frapper la voiture, manquant de peu la vitre, puis toute la carrosserie fut agitée de soubresauts tandis que des gamins et des jeunes gens se pressaient autour d'eux, sautant sur les pare-chocs, multipliant les gestes obscènes. Fou de rage, McIver ouvrit toute grande la portière, expédiant dans la boue deux jeunes. Il bondit dehors et se précipita vers le groupe qui se dispersa aussitôt. Gavallan sortit non moins vite pour attaquer ceux qui essayaient de renverser la voiture par-derrière. Il en attrapa un qu'il projeta dans le fossé. La plupart des autres battirent en retraite au milieu des injures des piétons, mais deux, plus forts que les autres, se précipitèrent sur Gavallan par-derrière. Il les vit arriver, il en bloqua un d'un coup de poing en pleine poitrine et envoya l'autre contre un camion, ce qui l'assomma, tandis que le chauffeur éclatait de rire en frappant du poing sur sa portière. McIver était essoufflé. De leur côté, les jeunes, hors de portée, criaient des injures.

« Attention, Mac! »

McIver plongea. La pierre manqua de peu sa tête et vint frapper le côté d'un camion tandis que les jeunes, dix ou douze, fonçaient en avant. McIver ne pouvait pas reculer, alors il se planta près du capot et Gavallan s'adossa à la voiture, lui aussi acculé. Un des jeunes chargea Gavallan avec un morceau de bois brandi comme une matraque, pendant que trois autres l'attaquaient de côté. Il esquiva le coup, mais la planche le toucha au bord de l'épaule et, le souffle coupé, il plongea sur son jeune agresseur, le frappa en pleine figure, perdit l'équilibre, glissa et s'étala dans la neige. Les autres se précipitèrent pour la mise à mort. Tout d'un coup, au lieu de se retrouver sur la neige entouré de pieds prêts à frapper, voilà qu'on l'aidait à se relever. Un Brassard vert armé lui tendait la main, les jeunes étaient tapis contre le mur sous la menace du fusil d'un de ses collègues braqué sur eux, un vieux mollah arrivé sur les lieux les interpellait d'un ton furieux, des passants les encerclaient. Il vit que McIver, lui aussi, était plus ou moins indemne près du capot, puis le mollah s'approcha et s'adressa à lui en farsi.

« *Nam zaban-e shoma ra khooh namu danan, agha* – Désolé, je ne parle pas votre langue, Excellence », articula tant bien que mal Gavallan. Le mollah, un vieil homme à la barbe blanche, au turban blanc et à la robe noire se retourna et au-dessus du vacarme interpella les badauds et les occupants des autres voitures.

Sans entrain, un conducteur sortit et s'approcha du mollah qu'il salua avec déférence, l'écouta, puis s'adressa à Gavallan dans un anglais passable encore un peu guindé : « Le mollah vous informe que les jeunes ont eu tort de vous attaquer, *agha,* ils ont enfreint la loi, alors que de toute évidence vous n'enfreigniez aucune loi et que vous ne les provoquiez pas. »

Il écouta de nouveau le mollah, puis se retourna vers Gavallan et McIver : « Il tient à ce que vous sachiez que la République islamique obéit aux lois immuables de Dieu. Les jeunes ont violé la loi qui interdit d'attaquer des étrangers désarmés vaquant paisiblement à leurs affaires. » L'homme, un barbu d'un certain âge, aux vêtements élimés, se retourna vers le mollah qui maintenant haranguait la foule et les jeunes et recueillait l'approbation unanime.

« Vous allez constater que la loi est respectée, les coupables punis et la justice aussitôt rendue. Le châtiment est cinquante coups de fouet, mais tout d'abord les jeunes vont implorer votre pardon et le pardon de tous les autres. »

Au milieu du brouhaha de la manifestation qui continuait à se dérouler dans la rue voisine, les jeunes terrifiés furent poussés à coups de poing et à coups de pied devant McIver et Gavallan, et tombèrent à genoux en implorant pardon. Puis on les repoussa contre le mur et l'on se mit à les frapper à coups de fouet de mule que la foule ravie avait aussitôt proposés. Le mollah, les deux Brassards verts et d'autres choisis par le mollah faisaient respecter la loi. Sans pitié.

« Mon Dieu, murmura Gavallan, écœuré.

– C'est l'islam, dit sèchement l'automobiliste traducteur. L'islam n'a qu'une loi pour tous, un châtiment pour chaque crime et veut la justice immédiate. La loi est la Loi de Dieu, intouchable, éternelle, pas comme dans votre Occident corrompu où les lois peuvent être détournées, la justice déformée et retardée au bénéfice des avocats qui s'engraissent sur la corruption, la vilenie ou les infortunes d'autrui... » Les hurlements des jeunes l'interrompirent. « Ces fils de chiens n'ont pas d'orgueil », observa l'homme avec mépris, en regagnant sa voiture.

Une fois le châtiment terminé, le mollah admonesta avec douceur ceux qui étaient encore conscients, puis les congédia et reprit sa route avec ses Brassards verts. La foule se dispersa, laissant McIver et Gavallan auprès de la voiture. Leurs agresseurs étaient maintenant de pitoyables tas de haillons ensanglantés et de gamins gémissants qui essayaient de se remettre debout. Gavallan s'approcha pour aider l'un d'eux, mais l'adolescent s'enfuit, terrorisé, alors il s'arrêta et revint sur ses pas. Les pare-chocs étaient un peu tordus, il y avait de profondes entailles dans la peinture. McIver paraissait plus vieux.

« Je crois qu'ils le méritaient, dit Gavallan.

– Nous aurions été piétinés et salement amochés si le mollah n'était pas arrivé », fit McIver d'une voix rauque, ravi de penser que Genny n'était pas là. Elle aurait ressenti chaque coup de fouet qu'ils avaient reçu, songea-t-il. Détournant les yeux de sa voiture, il aperçut l'homme qui avait traduit pour eux, dans une voiture voisine toujours bloquée dans l'encombrement et il se fraya un chemin jusqu'à lui.

« Merci, merci de nous avoir aidés, *agha* », lui dit-il en criant pour dominer le bruit de la rue. C'était une vieille voiture cahotante et quatre autres passagers s'entassaient à l'intérieur.

L'homme abaissa sa vitre. « Le mollah a demandé un traducteur, c'est *lui* que j'aidais, pas vous, dit-il, l'air mauvais. Si vous n'étiez pas venus en Iran, ces jeunes idiots n'auraient pas été tentés par votre écœurant étalage de richesses matérielles.

– Désolé, je voulais simplement vous rem...

– Et sans vos films tout aussi dégoûtants et votre télévision qui glorifient des bandes de voyous sans Dieu, que le shah a importés à la demande de ses maîtres pour corrompre notre jeunesse – y compris mon propre fils et mes élèves –, ces pauvres imbéciles respecteraient la loi. Vous feriez mieux de partir avant que vous aussi soyez pris à violer la loi. » Il remonta sa vitre et se mit à klaxonner furieusement.

Appartement de Lochart : 14 h 37. Elle frappa à la porte un nombre convenu de coups. Elle portait un voile et un tchador maculé de boue. Une série de coups lui répondit. Elle frappa de nouveau, quatre coups rapides et un plus lent. Aussitôt la porte s'entrouvrit, Teymour était là, un fusil braqué sur elle, et elle éclata de rire : « Tu ne te fies plus à personne, mon chéri? dit-elle en dialecte palestinien.

– Non, Sayada, pas même à toi », répondit-il, et, lorsqu'il fut sûr qu'elle était bien Sayada Bertolin et qu'elle était seule, il ouvrit la porte plus grand, elle ôta son voile et son écharpe et se jeta dans ses bras. Il referma la porte du pied et remit le verrou. « Pas même à toi. » Ils s'embrassèrent avec avidité. « Tu es en retard.

– Non, c'est toi qui es en avance. » Elle rit de nouveau et se dégagea en lui tendant le sac. « Il y a là environ la moitié, j'apporterai le reste demain.

– Où l'as-tu laissé?

– Dans un vestiaire au club français. » Sayada Bertolin écarta son tchador : c'était une transformation, elle portait un blouson de ski, un chandail de cachemire à col roulé, une jupe écossaise, de grosses chaussettes et de hautes bottes fourrées, tout cela venant d'un grand couturier : « Où sont les autres? demanda-t-elle.

– Je les ai envoyés dehors, dit-il en souriant.

– Ah! L'amour dans l'après-midi. Quand reviennent-ils?

– Au coucher du soleil.

– Parfait. D'abord une douche... l'eau est encore chaude?

– Oh oui! Le chauffage marche, et la couverture électrique. Quel luxe! Lochart et sa femme savaient vivre, c'est une véritable... quel est le mot français?... ah oui! une véritable garçonnière de pacha. »

Le rire de la jeune femme le réchauffa. « Tu n'as pas idée du *pishkesh* que peut être une douche chaude, mon chéri, c'est tellement mieux qu'un bain... sans parler du reste. » Elle s'assit sur une chaise pour ôter ses bottes. « Mais c'était ce vieux bouc de Jared Bakravan, pas Lochart, qui savait vivre... à l'origine, cet appartement était pour sa maîtresse.

– Toi? demanda-t-il sans malice.

– Non, mon chéri, il les voulait jeunes, très jeunes. Je ne suis la maîtresse de personne, pas même de mon mari. C'est Sharazad qui me l'a dit. Le vieux Jared savait vivre, dommage qu'il n'ait pas eu plus de chance en mourant.

– Il avait rempli son but.

– Un homme comme ça ne servait à rien. Stupide!

– C'était un usurier connu et un suppôt du shah, même s'il donnait beaucoup d'argent à Khomeiny. Il avait offensé les lois de Dieu et...

– Les lois des fanatiques, mon chéri, des fanatiques – alors que toi et moi nous violons toute sorte de lois, hein? » Elle se leva, lui donna un baiser au passage, s'engagea dans le couloir sur les épais tapis, passa dans la chambre de Sharazad et de Lochart, la traversa pour aller jusqu'à la somptueuse salle de bain et ouvrit la douche, puis resta là à attendre que l'eau chauffe.

« J'ai toujours adoré cet appartement. »

Il s'appuya contre le chambranle. « Mes supérieurs te remercient de l'avoir indiqué. Comment était ta marche?

– Horrible. Les Iraniens sont de telles brutes, ils nous crient des injures et des abominations, tout cela parce que nous voulons un peu d'égalité, que nous voulons nous habiller comme nous l'entendons, essayer d'être belles pour si peu de temps, car nous sommes si peu de temps jeunes. » De nouveau elle tâta l'eau. « Il va falloir que votre Khomeiny cède.

– Jamais, fit-il en riant. Tu sais, Sayada, certains seulement sont des brutes. Les autres sont simplement idiots. Où est la tolérance palestinienne?

– Si tu étais une femme, Teymour, tu comprendrais. » Elle tendit la main : l'eau cette fois commençait à chauffer. « Il est temps que je rentre à Beyrouth : je ne me sens jamais propre ici.

– Je serai content de rentrer aussi. La guerre ici est finie, mais pas en Palestine, au Liban ni en Jordanie : ils ont besoin de combattants entraînés là-bas. Il y a des Juifs à tuer, la malédiction de Sion à arracher et les lieux saints à reprendre.

– Je suis contente que tu retournes à Beyrouth, dit-elle, une lueur d'invite dans les yeux. On m'a dit de rentrer aussi dans une quinzaine de jours, ce qui me convient parfaitement : jusque-là je peux continuer à faire des marches. La manifestation prévue pour jeudi va être la plus importante qu'on ait jamais vue!

– Je ne comprends pas pourquoi tu te donnes cette peine, l'Iran n'est pas ton problème et toutes tes marches et manifestations n'aboutiront à rien.

– Tu as tort : Khomeiny n'est pas un imbécile; je participe aux marches pour la même raison qui me fait servir l'OLP. Pour notre foyer, pour l'égalité, l'égalité des femmes de Palestine... et, oui, pour les femmes du monde entier. » Ses yeux bruns brillaient soudain d'une lueur farouche : jamais il ne l'avait vue plus belle. « Les femmes sont en marche, mon chéri, et par le Dieu des Coptes, par ton Lénine marxiste que tu admires en secret, le temps de la domination masculine est passé!

– D'accord », dit-il et il éclata de rire.

Elle se mit à rire aussi. « Tu es un misogyne. » La température de l'eau était parfaite. Elle ôta son blouson de ski. « Prenons notre douche ensemble.

– Très bien, parle-moi des papiers.

– Après. » Elle se déshabilla sans honte et lui aussi, tous deux excités mais patients car ils étaient amants depuis trois ans, au Liban, en Palestine puis ici à Téhéran; il la savonna et elle le savonna et ils commencèrent à jouer avec leurs corps, leurs caresses devenant peu à peu plus intimes, plus sensuelles et plus érotiques jusqu'au moment où elle se mit à crier et à crier encore; puis, dès l'instant où il l'eut pénétrée, ils se fondirent parfaitement et leur désir grandit encore jusqu'à l'explosion finale... Plus tard ils se retrouvèrent en paix tous les deux allongés dans le lit, réchauffés par la couverture électrique.

« Quelle heure est-il? dit-elle, ensommeillée.

– L'heure de l'amour. »

Doucement elle tendit le bras et il sursauta, pris au dépourvu, et recula en protestant, puis il lui prit la main en la serrant contre lui « Pas encore, même pas toi, mon amour! dit-elle, heureuse dans ses bras.

– Cinq minutes.

– Pas plus de cinq heures, Teymour.

– Une heure...

– Deux heures, dit-elle en souriant. Dans deux heures, tu seras de nouveau prêt, mais alors je ne serai plus ici. Il faudra que tu couches avec une putain de ton armée. » Elle étouffa un bâillement, puis s'étira comme une chatte. « Oh! Teymour, tu es un merveilleux amant. » Elle perçut un son. « C'est la douche?

– Oui. Je l'ai laissée couler. Quel luxe, hein?

– Oui, c'est vrai, mais quel gaspillage. »

Elle se glissa hors du lit et ferma la porte de la salle de bain, puis elle passa sous la douche et se mit à chanter en se lavant les cheveux; elle se drapa ensuite dans une épaisse serviette, se sécha les cheveux avec un séchoir électrique et, lorsqu'elle revint dans la chambre, elle s'attendait à trouver Teymour béatement endormi. Mais non. Il gisait sur le lit, la gorge tranchée. La couverture qui ne dissimulait qu'à demi son corps était trempée de sang, ses organes génitaux soigneusement posés sur l'oreiller auprès de lui et deux hommes étaient plantés là à l'observer. Tous deux armés de revolvers munis de silencieux. Par la porte de la chambre, elle vit un autre homme qui montait la garde dans l'entrée.

« Où est le reste des papiers? dit un des hommes en anglais mais avec un accent curieux, le revolver braqué sur elle.

– Au... au Club français.

– Où ça, au Club français?

– Dans une armoire du vestaire. » Elle avait passé trop d'années dans la clandestinité de l'OLP, elle connaissait trop la vie pour s'affoler. Elle essayait de décider quoi faire avant de mourir. Il y avait bien un couteau dans son sac à main, mais elle avait laissé le sac sur la table de chevet et maintenant il était sur le lit, son contenu répandu sur les draps, et il n'y avait pas de couteau. Pas d'arme à portée de la main. Rien que le temps : au coucher du soleil, les autres revenaient. Mais le soleil n'était pas près de se coucher. « Dans le vestiaire des femmes, précisa-t-elle.

– Quelle armoire?

– Je ne sais pas : il n'y a pas de numéro et c'est l'habitude de donner ce qu'on veut mettre en sûreté à la surveillante, on signe son nom dans le livre, elle appose ses initiales et elle vous redonne le tout quand on le demande – mais à personne d'autre. »

L'homme jeta un coup d'œil à son compagnon qui eut un bref hochement de tête. Tous deux avaient les cheveux noirs, comme les yeux et la moustache, et elle n'arrivait pas à situer leur accent. Ils pouvaient être iraniens, arabes ou juifs – ils pouvaient être originaires de n'importe où, de l'Egype à la Syrie, au sud jusqu'au Yémen. « Habille-toi. Si tu tentes quelque chose, tu n'iras pas en enfer sans douleur, comme cet homme : nous ne l'avons pas réveillé. C'est clair?

– Oui. » Sayada revint sur ses pas et commença à s'habiller, elle n'essayait pas de se cacher. L'homme planté sur le seuil la regardait attentivement, pas son corps mais ses mains. Ce sont des professionnels, songea-t-elle, écœurée.

« Où t'es-tu procuré les papiers?

– Auprès d'un nommé Ali. Je ne l'ai jamais vu...

– Assez! La prochaine fois que tu nous mens, je coupe ce beau téton et je te le fais manger, Sayada Bertolin. Un mensonge, à titre d'expérience, ça se pardonne, mais jamais plus. Continue. »

La peur maintenant l'envahissait. « L'homme s'appelait Abdollah ben Ali Siba, et ce matin il est allé avec moi jusqu'au vieil immeuble près de l'université. Il m'a conduite jusqu'à l'appartement et nous avons cherché là où l'on nous avait dit et...

– Qui t'avait dit?

– La " Voix ", la Voix au téléphone : je ne connais que sa voix. De... de temps en temps, il m'appelle pour me donner des instructions.

– Comment le reconnais-tu?

– Par sa voix, bien sûr, et il y a toujours un code. » Elle enfila son chandail et maintenant elle était habillée, sauf ses bottes. L'automatique avec le silencieux était toujours braqué sur elle. « Le code, c'est que dans les premières minutes d'une façon ou d'une autre, il parle toujours du jour précédent, quel que soit le jour.

– Continue.

– Nous avons fouillé sous le plancher et nous avons trouvé le matériel, les lettres, les dossiers et des livres. J'ai tout mis dans mon sac, je suis allée au Club français et... et alors, comme la courroie du sac a cassé, j'en ai laissé la moitié là-bas et je suis venue ici.

– Où as-tu rencontré cet homme, Dimitri Yazernov?

– Je ne l'ai jamais vu, on m'a simplement dit d'aller là-bas avec Abdollah, de m'assurer que personne ne nous voyait, de trouver les papiers et de les remettre à Teymour.

– Pourquoi Teymour?

– Je n'ai pas demandé. Je ne demande jamais.

– C'est sage. Que fait – que faisait Teymour?

– Je ne sais pas exactement, sinon qu'il est... qu'il était un Iranien formé comme Combattant de la Liberté par l'OLP, dit-elle.

– Quelle branche?

– Je ne sais pas. » Derrière lui, elle apercevait la chambre, mais elle évitait de regarder le lit et cet homme qui en savait trop. D'après les questions, ce pouvaient être des agents de la SAVAMA, du KGB, de la CIA, du MI6, d'Israël, de Jordanie, de Syrie, d'Irak, même d'un des groupes extrémistes de l'OLP qui ne reconnaissaient pas l'autorité d'Arafat : mais tous aimeraient avoir en leur possession le contenu du coffre de l'ambassadeur des Etats-Unis.

« Quand revient ton amant, le Français?

– Je ne sais pas, répondit-elle aussitôt, manifestant sa surprise.

– Où est-il maintenant?

– A sa base de Zagros. Ça s'appelle Zagros 3.

– Où est le pilote Lochart?

– Je crois qu'il est aussi à Zagros.

– Quand revient-il ici?

– Vous voulez dire ici, dans cet appartement? Je ne pense pas qu'il revienne jamais ici.

– Et à Téhéran? »

Malgré ses efforts pour s'en empêcher, son regard s'égara vers la chambre et elle aperçut Teymour. Son estomac se révolta, elle se précipita vers les toilettes et fut violemment malade. L'homme l'observait sans émotion, satisfait de voir une de ses barrières brisée.

Il avait l'habitude des corps qui réagissaient spontanément à la terreur.

Le spasme passé, elle se rinça la bouche avec un peu d'eau, essayant de maîtriser sa nausée, maudissant Teymour d'avoir été assez stupide pour renvoyer les autres. Imbécile! aurait-elle voulu crier, imbécile, quand tu es entouré d'ennemis de tous côtés... est-ce que ça m'a jamais gênée de faire l'amour quand il y en avait d'autres dans les parages, dès l'instant que la porte était fermée?

Elle s'adossa au lavabo, affrontant ses ennemis.

« Nous allons d'abord au Club français, dit-il. Tu vas prendre le reste du matériel et me le remettre. C'est clair?

– Oui.

– Désormais tu vas travailler pour nous. En secret. Tu vas travailler pour nous. D'accord?

– Est-ce que j'ai le choix?

– Oui. Tu peux mourir. Vilainement. » L'homme serra les lèvres encore plus et ses yeux eurent un regard de reptile. « Après ta mort, nous nous occuperons d'un enfant du nom de Yassar Bialik. »

Elle devint blême.

« Ah! Bien! Alors tu te souviens de ton jeune fils qui vit dans la famille de ton oncle, rue des Marchands-de-fleurs à Beyrouth? » Il la dévisagea puis reprit : « Alors, tu t'en souviens?

– Oui, bien sûr », fit-elle, à peine capable de parler. C'est impossible qu'ils sachent pour mon Yassar chéri, même mon mari ne sait...

« Qu'est-il arrivé au père de l'enfant?

– Il... il a été tué...

– Où ça?

– Dans... les hauteurs du Golan.

– C'est triste de perdre un jeune mari après juste

quelques mois de mariage, observa l'homme. Quel âge avais-tu alors?

– Dix... dix-sept ans.

– Ta mémoire ne te fait pas défaut. Bien. Maintenant que tu as choisi de travailler pour nous, toi, ton fils, ton oncle et sa famille êtes en sûreté. Si tu ne nous obéis pas à la perfection, si tu essaies de nous trahir ou de te suicider, le petit Yassar cessera d'être un homme et cessera de voir. C'est clair? »

Désemparée, elle hocha la tête, toujours aussi pâle.

« Si nous mourons, d'autres s'assureront que nous sommes vengés, n'en doute pas. Alors, quel est ton choix?

– Je vous servirai pour que mon fils soit en sûreté et soit vengé, mais comment, *comment*?

– Sur les yeux, les couilles et le membre de ton fils, tu nous serviras?

– Oui... Je vous... je vous en prie, qui... qui est-ce que je dois servir? »

Les deux hommes eurent un sourire sans humour. « Ne redemande jamais, n'essaie pas de savoir. Nous te le dirons quand ce sera nécessaire, si c'est nécessaire. C'est clair?

– Oui. »

L'homme au pistolet dévissa le silencieux et le mit dans sa poche avec son arme. « Nous voulons savoir immédiatement quand revient soit le Français soit Lochart. Tu t'arrangeras pour le savoir – et aussi combien d'hélicoptères ils ont à Téhéran et où. C'est clair?

– Oui. Comment vais-je vous contacter?

– On te donnera un numéro de téléphone. » Le regard se durcit encore. « Pour ton seul usage. C'est clair?

– Oui.

– Où habite Armstrong? Robert Armstrong?

– Je ne sais pas. » Des signaux d'alarme retentissaient dans sa tête. Ils disaient qu'Armstrong était un tueur professionnel employé par le MI6.

« Qui est Talbot?

– Talbot? C'est un fonctionnaire de l'ambassade britannique.

– Quel fonctionnaire? Qu'est-ce qu'il fait?

– Je ne sais pas, il travaille là.

– Est-ce que l'un ou l'autre est ton amant?

– Non. Ils... ils vont parfois au Club français. Je les connais de vue.

– Tu vas devenir la maîtresse d'Armstrong. C'est clair?

– Je... je vais essayer.

– Tu as deux semaines. Où est la femme de Lochart?

– Je... je crois qu'elle est dans la maison de famille des Bakravan, près du bazar.

– Tu vas t'en assurer. Et te procurer une clé de la porte d'entrée. » L'homme la vit tressaillir et dissimula son amusement. Si c'est à l'encontre de tes scrupules, songea-t-il, peu importe. « Prends ton manteau, on s'en va. »

Les genoux tremblants, elle traversa la chambre, se dirigeant vers la porte d'entrée.

« Attends! » L'homme remit ce qu'il y avait dans son sac, puis, comme à la réflexion, il enveloppa dans un de ses Kleenex ce qui se trouvait sur l'oreiller et le mit aussi dans le sac. « Pour te rappeler d'obéir.

– Non, je vous en prie, fit-elle en sanglotant. Je ne peux pas... pas ça. »

L'homme lui fourra le sac entre les mains. « Alors débarrasse-t'en. » Elle revint en trébuchant dans la salle de bains et le jeta dans les toilettes, secouée de nausées encore plus violentes que tout à l'heure.

« Fais vite! »

Lorsqu'elle retrouva l'usage de ses jambes, elle se tourna vers lui. « Quand les autres... quand ils vont revenir et trouver... si je ne suis pas ici, ils... ils vont savoir que... que je suis avec ceux qui... qui ont fait ça et...

– Bien sûr. Tu nous prends pour des imbéciles? Tu crois que nous sommes seuls? Dès l'instant où ils reviennent tous les quatre, ils sont morts et l'appartement explose ».

Appartement de McIver : 16 h 20. « Je ne sais pas, monsieur Gavallan, dit Ross, je ne me souviens pas de grand-chose après avoir quitté Azadeh sur la colline et être arrivé à la base, jusqu'au moment à peu près où nous sommes arrivés ici. » Il portait une des chemises d'uniforme de Pettikin, un chandail noir, un pantalon et des chaussures noires, il était rasé et coiffé, on lisait pourtant sur son visage un total épuisement. « Mais avant cela, tout s'est passé comme... comme je vous l'ai dit.

– C'est terrible, fit Gavallan. Et heureusement que vous étiez là, capitaine. Sans vous, les autres seraient morts. Prenons un verre, il fait si froid. Nous avons du whisky. » Il se tourna vers Pettikin. « Charlie? »

Pettikin s'approcha et fit : « Bien sûr, Andy.

– Non, merci, monsieur McIver, dit Ross.

– Moi si, et le soleil n'est pas encore couché, soupira McIver.

– Je t'accompagne », dit Gavallan. Ils n'étaient pas là tous les deux depuis longtemps, encore secoués par le désastre auquel ils avaient échappé et inquiets parce que, à la maison de Sharazad, ils avaient frappé et frappé encore la porte de fer avec le heurtoir, mais en vain. Puis ils étaient venus ici. Ross, assoupi sur le sofa, s'était levé d'un bond quand la porte d'entrée s'était ouverte, brandissant son *kukri* d'un geste menaçant.

« Pardonnez-moi, avait-il dit d'une voix tremblante en rengainant son arme.

– Ça n'est rien, avait protesté Gavallan, encore mal remis de sa frayeur. Je suis Andrew Gavallan. Salut, Charlie! Où est Azadeh?

– Elle dort encore dans la chambre d'ami, répondit Pettikin.

– Désolé de vous avoir fait sursauter, dit Gavallan. Capitaine, que s'est-il passé à Tabriz? »

Alors Ross leur avait raconté un récit chaotique où il revenait en arrière, puis repartait jusqu'à ce qu'il eût terminé. Il avait mal à la tête, il avait mal partout, mais il était content de raconter ce qui s'était passé, de tout reconstruire, de combler peu à peu les blancs, de remettre chaque pièce à sa place. Sauf Azadeh. Elle, je n'arrive pas encore à lui trouver une place.

Ce matin-là, lorsqu'il était sorti d'une sorte d'horrible rêve éveillé, où tout se mêlait, le fracas des réacteurs et des fusils, les pierres et les explosions, le froid, il avait regardé ses mains pour voir ce qui était rêve et ce qui était réalité. Puis il avait vu un homme qui le dévisageait et il avait crié : « Où est Azadeh?

– Elle dort encore, capitaine Ross, elle est dans la chambre d'ami au bout du couloir, lui avait dit Pettikin pour le calmer. Vous vous souvenez de moi? Charlie Pettikin... Doshan Tappeh? »

Il avait fouillé sa mémoire. Les choses revenaient lentement, des choses horribles. Il y avait de grands blancs. Doshan Tappeh? Qu'est-ce que c'était que Doshan Tappeh? Il était allé là pour trouver un hélico qui devait l'emmener et... « Ah oui! Capitaine, comment allez-vous? Ravi de... de vous voir. Elle dort?

Oui, comme un bébé.

– C'est ce qu'il y a de mieux, de mieux pour elle, avait-il dit, le cerveau encore embrumé.

– D'abord un thé. Puis un bain, je vais vous trouver un rasoir et des vêtements. Vous avez à peu près ma taille. Vous avez faim? Nous avons des œufs et du pain, le pain est un peu rassis.

– Oh non! Merci, non, je n'ai pas faim... Vous êtes très gentil.

– Je vous dois bien ça... au moins. Ecoutez, c'est vrai que j'aimerais savoir ce qui s'est passé... mais McIver est parti pour l'aéroport chercher notre patron Andy Gavallan. Ils vont être bientôt de retour et, comme il faudra que vous leur racontiez, je peux attendre... Pas de questions d'ici là, vous devez être épuisé.

– Merci, tout ça... tout ça est encore un peu... Je me souviens d'avoir laissé Azadeh sur la colline, puis presque plus rien, des images brèves, jusqu'au moment où je me suis réveillé il y a quelques instants. J'ai dormi combien de temps?

– A peu près seize heures. Nous, c'est-à-dire Nogger et nos deux mécanos, nous vous avons à moitié porté ici et ensuite vous avez tous les deux sombré. On vous a mis au lit, Azadeh et vous, comme des bébés. Nous vous avons déshabillés, un peu nettoyés, portés jusqu'aux lits... et vous ne vous êtes pas réveillés.

– Elle va bien, Azadeh?

– Oh oui! Je suis allé voir deux ou trois fois, mais elle est encore dans les vaps. Qu'est-ce... Pardonnez-moi, pas de questions! D'abord un bain et un rasoir. J'ai peur que l'eau soit à peine tiède mais j'ai mis le radiateur électrique dans la salle de bains, ça peut aller... »

Ross maintenant regardait Pettikin qui tendait un

verre de whisky à McIver et à Gavallan. « Vous êtes sûr que vous n'en voulez pas, capitaine?

– Non, non, merci. » Il sentait son énergie se dissiper rapidement. Gavallan vit qu'il était épuisé et comprit qu'ils n'avaient pas beaucoup de temps. « Pour Erikki, vous ne vous rappelez rien d'autre qui puisse nous donner l'idée de l'endroit où il pourrait être?

– Pas plus que ce que je vous ai dit. Azadeh pourra peut-être vous aider : le Soviétique avait un nom comme Certaga, c'est l'homme pour lequel Erikki a été obligé de travailler à la frontière – je vous l'ai dit, ils se servaient d'elle pour le menacer. Il y avait quelque chose aussi à propos de son père et d'un voyage qu'ils devaient faire ensemble. Désolé, je ne me rappelle pas exactement. L'autre homme, celui qui était ami d'Abdollah Khan, s'appelait Mzytryk, Petr Oleg. » Cela rappela à Ross le message codé de Vien Rosemont pour le khan, mais il décida que ça ne regardait pas Gavallan, pas plus que tout le massacre, pas plus que le vieil homme qu'on avait poussé dans le canyon sur la colline, ni le fait qu'un jour il retournerait au village pour couper la tête du boucher du *kalandar* qui, sans la grâce de Dieu ou des esprits des Hautes Terres, l'aurait lapidée, elle, et l'aurait mutilé, lui. Il ferait ça après, quand il aurait vu Armstrong, Talbot, le colonel américain, mais avant cela il leur demanderait qui les avait trahis à La Mecque. Car on les avait trahis. Pendant un moment, le souvenir de Rosemont, de Tenzing et de Gueng l'aveugla. Quand la brume se dissipa, il aperçut la pendule sur la cheminée. « Il faut que je me rende à un immeuble près de l'ambassade britannique. C'est loin d'ici?

– Non, nous pourrions vous conduire si vous voulez. » Gavallan lança un coup d'œil à McIver. « Mac, allons-y maintenant... Je pourrai peut-être trouver Talbot. Nous aurons encore le temps de revenir ici pour voir Azadeh et Nogger s'il y est.

– Bonne idée.

– On pourrait y aller tout de suite? Je suis navré, mais, si je ne le fais pas, j'ai peur de retomber dans les pommes. »

Gavallan se leva et passa son gros manteau.

« Je vais vous prêter un manteau et des gants », dit Pettikin à Ross. Il vit son regard se tourner vers le couloir. « Vous voulez que je réveille Azadeh?

– Non, merci. Je vais... je vais juste jeter un coup d'œil.

– C'est la seconde porte à gauche. »

Ils le regardèrent s'engager dans le couloir d'un pas silencieux, ouvrir la porte sans bruit et rester là un moment, puis la refermer. Il prit son fusil d'assaut et les deux *kukris,* le sien et celui de Gueng. Il réfléchit un moment, puis posa le sien sur la cheminée.

« Au cas où je ne reviendrais pas, lança-t-il, dites-lui que c'est un cadeau, un cadeau pour Erikki. Pour Erikki et pour elle. »

CHAPITRE 6

Palais du khan : 17 h 19. Le *kalandar* d'Abu-Mard était à genoux et pétrifié. « Non, non, Altesse, je jure que c'était le mollah Mahmud qui nous a dit...

– Ce n'est pas un vrai mollah, fils de chien, tout le monde le sait! Par Dieu... tu... tu allais lapider ma fille? cria le khan, le visage tout rouge, le souffle rauque. C'est *toi* qui as décidé? C'est toi qui as décidé que tu allais lapider *ma* fille?

– C'est lui, Altesse, murmura le *kalandar*, c'est le mollah Mahmud après qu'elle eut avoué avoir commis l'adultère avec le saboteur...

– Fils de chien! Tu as aidé ce faux mollah et tu t'es fait son complice... Menteur! Ahmed m'a raconté ce qui s'est passé! » Le khan se redressa sur ses coussins, un garde derrière lui; Ahmed et les autres gardes étaient près du *kalandar,* debout devant le lit; Najoud, sa fille aînée, et Aysha, sa jeune épouse, assises sur le côté et s'efforçant de dissimuler leur terreur devant sa rage, pétrifiées à l'idée qu'il allait peut-être la tourner contre elles. Agenouillé près de la porte, ses vêtements encore salis par le voyage et empli d'appréhension se trouvait Hakim, le frère d'Azadeh, qui venait d'arriver. On l'avait amené ici sous escorte à la demande du khan et il avait écouté avec la même rage Ahmed raconter ce qui s'était passé au village.

« Fils de chien, reprit le khan, la bave aux lèvres. Tu as laissé... tu as laissé ce chien de saboteur s'échapper... Tu l'as laissé entraîner ma fille avec lui... Tu abrites le saboteur et puis... et puis tu oses juger quelqu'un de ma – MA – famille, et tu voudrais la lapider... sans demander mon – MON – approbation?

– C'est le mollah... cria de nouveau le *kalandar.*

– Qu'on le fasse taire! »

Ahmed lui donna un grand coup sur l'une des oreilles, ce qui l'assomma momentanément. Puis il le remit sans douceur à genoux et siffla : « Un mot de plus et je te coupe la langue. »

Le khan essayait de reprendre son souffle. « Aysha, donne-moi... donne-moi une de ces pilules... » Elle se précipita, toujours à genoux, ouvrit le flacon et lui glissa une pilule dans la bouche. Le khan garda le comprimé sous sa langue comme le lui avait dit le docteur et, au bout d'un moment, le spasme passa, le tonnerre qui lui grondait aux oreilles s'apaisa et la pièce cessa d'osciller. Ses yeux injectés de sang revinrent au vieil homme qui geignait en tremblant de tous ses membres. « Fils de chien! Ainsi tu oses mordre la main qui te possède –

toi, ton boucher et ton village empesté? Ibrim, dit le khan à l'un des gardes, ramène-le à Abu-Mard et qu'on le lapide, que les villageois le lapident, puis coupent les mains du boucher. »

Ibrim, aidé d'un autre garde, remit l'homme debout, le frappa pour le faire taire, puis il ouvrit la porte et s'arrêta tandis que Hakim lançait : « Ensuite brûle le village! »

Le khan le regarda, les yeux durs. « Oui, ensuite brûle le village », répéta-t-il sans quitter des yeux Hakim qui soutenait son regard en essayant d'être brave. La porte se referma et le silence s'épaissit, rompu seulement par le souffle d'Abdollah. « Najoud, Aysha, sortez! » dit-il.

Najoud hésita, elle aurait voulu rester, entendre la sentence prononcée contre Hakim, ravie à l'idée qu'Azadeh avait été surprise en adultère et qu'elle devrait donc subir le châtiment quand elle serait reprise. Bien, bien, bien. Avec Azadeh, c'est leur perte à tous les deux, à Hakim et au rouquin au poignard. « Je serai à ta disposition, Altesse, dit-elle.

– Tu peux regagner tes appartements. Aysha, attends au bout du couloir. » Les deux femmes sortirent. Ahmed ferma la porte avec satisfaction, tout se passait comme prévu. Les deux autres gardes attendaient en silence.

Le khan se redressa sur ses coussins et leur fit signe. « Attendez dehors. Ahmed, tu restes. » Lorsqu'ils furent sortis et qu'ils ne furent plus que tous les trois dans la grande pièce glacée, il tourna son regard vers Hakim. « Brûle le village, as-tu dit. Une bonne idée. Mais ça n'excuse pas ta traîtrise ni celle de ta sœur.

– Rien n'excuse la traîtrise contre un père, Altesse. Mais ni Azadeh ni moi ne t'avons trahi.

– Menteur! Tu as entendu Ahmed! Elle a avoué avoir forniqué avec le saboteur, elle a avoué.

– Elle a avoué l'avoir " aimé ", Altesse, voilà des années. Elle a juré devant Dieu qu'elle n'avait jamais commis l'adultère ni trahi son mari. Jamais! Devant ces chiens et ces fils de chiens, ce mollah de la main gauche, que devrait dire la fille d'un khan? N'a-t-elle pas essayé de protéger ton nom devant cette foule impie de merde?

– Tu continues à déformer les mots, à protéger la prostituée qu'elle est devenue? »

Hakim devint très pâle. « Azadeh est tombée amoureuse, tout comme ma mère. Si c'est une prostituée, alors tu as fait de ma mère une prostituée! »

Le visage du khan s'empourpra. « Comment oses-tu dire une chose pareille?

– C'est la vérité. Tu as partagé sa couche avant votre mariage. Parce qu'elle t'aimait elle t'a laissé venir en secret dans sa chambre, risquant ainsi la mort. Elle a risqué la mort parce qu'elle t'aimait et que tu la suppliais. N'est-ce pas notre mère qui a persuadé son père de t'accepter, qui a persuadé ton père de te permettre de l'épouser, au lieu de ton frère aîné qui la voulait comme seconde épouse pour lui-même? » La voix de Hakim se brisa, il se souvenait d'elle agonisante, lui sept ans, Azadeh six, ne comprenant pas grand-chose, seulement qu'elle souffrait terriblement de quelque chose qu'on appelait une « tumeur » et dehors, dans la cour, leur père Abdollah accablé de chagrin. « Ne t'a-t-elle pas toujours défendu contre ton père et ton frère aîné et puis, quand ton frère a été tué et que tu es devenu héritier, n'a-t-elle pas fait la paix entre ton père et toi?

– Tu ne peux pas... tu ne peux pas connaître ces choses-là. Tu étais... tu étais trop jeune!

– La vieille nounou Fatemeh nous a raconté, elle nous a raconté avant de mourir, elle nous a raconté tout ce qu'elle pouvait se rappeler... »

Le khan écoutait à peine, se souvenant aussi, se souvenant de l'accident de chasse de son frère qu'il avait si habilement provoqué – la vieille nounou avait peut-être su cela aussi et, dans ce cas, alors Hakim sait et Azadeh sait, raison de plus pour les faire taire. Il se rappelait aussi les moments magiques qu'il avait connus avec Napthala la blonde, avant et après leur mariage et durant tout le temps jusqu'aux débuts de la maladie. Ils n'étaient même pas mariés depuis un an quand Hakim était né, deux ans quand Azadeh était arrivée. Napthala n'avait que seize ans alors, elle était menue, une réplique d'Aysha, mais mille fois plus belle, avec ses longs cheveux comme des fils d'or. Encore cinq années de paradis, plus d'enfants, mais peu importait, n'avait-il pas enfin un fils, fort et vigoureux – alors que les trois fils de sa première épouse étaient tous nés maladifs et n'avaient pas vécu longtemps, et que ses quatre filles étaient laides et querelleuses? Sa femme n'avait-elle pas vingt-deux ans à peine? Elle était en bonne santé, aussi forte et merveilleuse que les deux enfants qu'elle avait déjà engendrés. Il y avait le temps encore d'avoir d'autres fils.

Puis la souffrance avait commencé. Et l'agonie. Tous les médecins de Téhéran n'y avaient rien pu.

« *Inch' Allah* », dit-il.

Pas d'autre soulagement que les médicaments, toujours plus forts, tandis qu'elle dépérissait. Que Dieu lui accorde la paix du paradis et me laisse la retrouver là-bas. Il observait Hakim, retrouvant chez lui les traits d'Azadeh qui avait les traits de sa mère, il l'écoutait qui continuait : « Azadeh est seulement tombée amoureuse, Altesse. Si elle aimait cet homme, ne peux-tu lui pardonner? N'avait-elle pas seulement seize ans et n'était-elle pas exilée dans une école en Suisse comme plus tard j'ai été banni à Khoi?

– Parce que vous étiez tous deux traîtres, ingrats et empoisonnés! cria le khan tandis que le tonnerre retentissait de nouveau à ses oreilles. Va-t'en! Tu vas... rester à l'écart des autres, sous bonne garde, jusqu'à ce que je te convoque. Ahmed, veilles-y, puis reviens ici. »

Hakim se leva, au bord des larmes, sachant ce qui allait arriver et impuissant à l'empêcher. Il sortit en trébuchant. Ahmed donna les ordres aux gardes et revint dans la salle. Le khan avait les yeux fermés, son visage était gris, il respirait encore plus difficilement qu'avant. Dieu, ne le laissez pas encore mourir, pria Ahmed.

Le khan ouvrit les yeux. « Il faut que je prenne une décision à son sujet, Ahmed. Vite.

– Oui, Altesse, commença son conseiller, choisissant ses mots avec soin. Tu n'as que deux fils, Hakim et le bébé. Si Hakim venait à mourir ou, ajouta-t-il avec un étrange sourire, si d'aventure il devenait aveugle et infirme, alors c'est Mahmud, le mari de Son Altesse Najoud, qui serait régent jusqu'à ce que...

– Cet imbécile? En un an nous aurions perdu nos terres et notre puissance! » Des taches rouges apparaissaient sur le visage du khan et il avait de plus en plus de mal à penser clairement. « Donne-moi un autre comprimé. »

Ahmed obéit et lui tendit un verre d'eau. « Tu es dans les mains de Dieu, tu te remettras, ne t'inquiète pas.

– Ne t'inquiète pas, murmura le khan. Par la volonté de Dieu, le mollah est mort à temps! C'est étrange. Petr Oleg a tenu sa parole... mais... le mollah est mort trop vite... trop vite.

– Oui, Altesse. » Le spasme de nouveau passa. « Que... que conseilles-tu... pour Hakim? »

Ahmed fit semblant de réfléchir un moment. « Ton fils Hakim est un bon musulman, il pourrait être formé, il a bien géré tes affaires à Khoi et ne s'est pas enfui comme peut-être il aurait pu le faire. Ce n'est pas homme violent – sauf pour protéger sa sœur. Mais c'est très important, car c'est là la clé. » Il s'approcha du lit et murmura : « Déclare-le ton héritier, Alt...

– Jamais!

– A condition qu'il jure devant Dieu de protéger son jeune frère comme il le ferait de sa sœur, à condition qu'en outre sa sœur revienne aussitôt de son plein gré à Tabriz. En vérité, Altesse, tu n'as aucune vraie preuve contre eux, rien que des on-dit. Confie-moi le soin de trouver la vérité sur lui et sur elle – et de te faire un rapport secret. »

Le khan se concentrait, écoutait avec attention bien que l'effort l'épuisât. « Ah! Le frère est l'appât pour attirer la sœur... comme elle a été l'appât pour attirer le mari?

– Comme ils sont tous deux l'appât de l'autre! Oui, Altesse, bien sûr, tu y as pensé avant moi. En échange du pardon que tu accordes au frère, elle doit jurer devant Dieu de rester ici pour l'aider.

– Elle le fera, oh oui! elle le fera!

– Alors ils seront tous deux à ta portée et tu pourras jouer d'eux à ton plaisir, donnant et reprenant à ton gré, qu'ils soient coupables ou non.

– Ils sont coupables.

– S'ils sont coupables, et je le saurai vite si tu me donnes pleine autorité pour enquêter, alors c'est la volonté de Dieu qu'ils meurent lentement et que tu déclares qu'après toi c'est le mari de Fazulia qui sera khan, ce qui ne vaut guère mieux que Mahmud. S'ils ne sont pas coupables, alors que Hakim reste ton héritier, à condition qu'elle ne parte pas. Et s'il devait arriver, si Dieu le veut, qu'elle soit veuve, qu'elle prenne alors un époux de ton choix, Altesse, pour que Hakim reste ton héritier – même un Soviétique, s'il échappait au piège, non? »

Pour la première fois de la journée, le khan sourit. Ce matin-là, quand Armstrong et le colonel Hashemi Fazir étaient arrivés pour prendre livraison de Petr Oleg Mzytryk, ils avaient fait semblant d'être convenablement inquiets de la santé du khan et il avait prétendu être plus malade qu'il ne se sentait alors. « Petr Oleg vient ici aujourd'hui. Je devais aller le voir, mais je lui ai demandé de venir ici à cause de ma... parce que je suis malade. Il devrait être à la frontière au coucher du soleil. A Julfa. Si tu pars tout de suite, tu arriveras bien à temps... Il passe la frontière à bord d'un hélicoptère soviétique et vient se poser près d'un petit chemin, non loin de la route de Julfa à Tabriz, où sa voiture l'attend... Tu ne risques pas de manquer le carrefour, c'est le seul... à quelques kilomètres au nord de la ville... c'est la seule petite route, à peine plus qu'une piste. Comment tu t'empares de lui, c'est ton affaire et... comme je ne pourrai être présent, tu me donneras un enregistrement de... de l'enquête?

– Oui, Altesse, avait dit Hashemi. Comment nous conseillerais-tu de le faire prisonnier?

– Bloquez la route des deux côtés du carrefour avec deux vieux camions lourdement chargés... de bûches ou de cageots de poissons... La route est étroite, tortueuse, défoncée, aussi une embuscade devrait être facile. Mais... mais sois prudent, il y a toujours des voitures tudehs pour venir à son secours, c'est un homme avisé et sans peur... Il a une capsule de poison dans le revers de sa tunique.

– Lequel?

– Je ne sais pas... je ne sais pas. Il atterrira vers le

coucher du soleil. Tu ne peux pas manquer le carrefour, c'est le seul. »

Abdollah Khan soupira, perdu dans ses pensées. Bien des fois, le même hélicoptère était venu le prendre pour l'emmener à la datcha de Tbilissi. Il avait passé de bons moments là-bas, la chère était abondante, les femmes jeunes et faciles, aux lèvres pleines et avides de plaire – et puis, s'il avait de la chance, il y avait Vertinskia, la diablesse, pour un surcroît de distraction.

Il vit Ahmed qui l'observait. « J'espère que Petr échappera au piège. Oui, ce serait bon pour lui de... de l'avoir, elle. » La fatigue l'envahissait. « Je vais dormir maintenant. Fais revenir mon garde et, quand j'aurai soupé ce soir, rassemble ma " dévouée " famille et nous ferons comme tu le conseilles. » Il eut un sourire cynique. « Il est sage de ne pas avoir d'illusions.

– Oui, Altesse. » Ahmed se leva. Le khan lui enviait son corps souple et puissant.

« Attends, il y avait quelque chose... quelque chose d'autre. » Le khan réfléchit un moment, et cette réflexion était étrangement fatigante. « Ah oui ! Où est le rouquin au poignard ?

– Avec Cimtarga, là-haut près de la frontière, Altesse. Cimtarga a dit qu'ils seraient peut-être absents quelques jours. Ils sont partis mardi soir.

– Mardi ? Quel jour est-on ?

– Samedi, Altesse, répondit Ahmed, dissimulant son inquiétude.

– Ah oui ! Samedi. » Une nouvelle vague de fatigue déferla sur lui. Son visage lui semblait bizarre et il souleva la main pour le frictionner mais c'était trop d'efforts. « Ahmed, trouve où il est. S'il arrive quelque chose... si j'ai une autre attaque et que je... eh bien, veille à ce qu'on m'emmène tout de suite à

Téhéran, à l'hôpital International. Tout de suite. Compris?
– Oui, Altesse.
– Trouve où il est et pendant quelques jours surveille-le de près... Ne t'occupe pas de Cimtarga. Suis de près celui au couteau.
– Oui, Altesse. »
Quand le garde revint dans la pièce, le khan ferma les yeux et se sentit sombrer dans les profondeurs. « Il n'y a pas d'autre Dieu que Dieu... », murmura-t-il, très effrayé.

Près de la frontière nord, à l'est de Julfa : 18 h 05. On approchait du crépuscule et le 212 d'Erikki était sous un appentis rudimentaire hâtivement construit, le toit déjà couvert d'une trentaine de centimètres de neige après la tempête de la nuit précédente, et il savait qu'une trop longue exposition à cette température glaciale allait abîmer l'appareil. « Vous ne pouvez pas me donner des couvertures, de la paille ou quelque chose pour le garder au chaud? » avait-il demandé à Sheik Bayazid, dès l'instant où ils étaient arrivés à Rezaiyeh avec le corps de la vieille femme, le chef de village, deux jours plus tôt. « L'hélico a besoin de chaleur.
– Nous n'en avons pas assez pour les vivants.
– Si l'appareil gèle, il ne marchera pas », avait-il dit, agacé à l'idée que le sheik n'allait pas le laisser partir aussitôt pour Tabriz, à moins de cent kilomètres de là – très inquiet sur le sort d'Azadeh et se demandant ce qu'il était advenu de Ross et de Gueng. « S'il ne marche pas, comment allons-nous sortir de ces montagnes? »
A contrecœur, le sheik avait ordonné à ses gens de construire l'abri et il lui avait donné des peaux de chèvre et de mouton qu'il avait disposées là où il

pensait qu'elles seraient le plus utiles. La veille, juste après l'aube, il avait essayé de partir. A sa consternation, Bayazid lui avait dit que le 212 et lui seraient libérés contre une rançon.

« Vous pouvez être patient, capitaine, libre de circuler dans notre village sous la surveillance d'un garde, de bricoler votre aéroplane, avait expliqué Bayazid, ou bien vous pouvez vous impatienter, vous mettre en colère et on vous enchaînera comme une bête sauvage. Je ne cherche pas d'ennuis, capitaine, je n'en veux pas, ni de discussions. Nous exigeons une rançon d'Abdollah Khan.

– Mais je vous ai dit qu'il me déteste et qu'il ne voudra pas m'aider en payant une ran...

– S'il dit non, nous chercherons ailleurs. Nous nous adresserons à votre compagnie à Téhéran, ou à votre gouvernement – peut-être à vos employeurs soviétiques. En attendant, vous restez ici comme notre hôte, en mangeant comme nous, en dormant comme nous, en partageant tout équitablement. Ou bien en étant enchaîné et affamé. Dans les deux cas vous restez jusqu'à ce que la rançon soit payée.

– Mais ça pourrait prendre des mois et...

– *Inch' Allah!* »

Toute la journée de la veille et pendant la moitié de la nuit, Erikki avait essayé de trouver un moyen de sortir du piège. Ils lui avaient pris sa grenade, mais lui avaient laissé son poignard. Ses gardes pourtant étaient aux aguets. Dans cette neige épaisse, il lui serait pratiquement impossible en bottes fourrées et sans équipement d'hiver de descendre jusqu'à la vallée en bas, et même alors il serait en pays hostile. Tabriz était à moins de trente minutes d'hélicoptère, mais à pied?

« Il va neiger ce soir, capitaine. »

Erikki se retourna. Bayazid était à un pas de lui et il ne l'avait pas entendu approcher. « Oui, encore quelques jours de ce temps-là et mon appareil ne volera pas : la batterie sera morte et la plupart des instruments hors d'usage. Il faut que je commence à charger la batterie et à réchauffer le moteur, il le faut. Qui va payer une rançon pour un 212 hors d'usage au milieu de ces collines? »

Bayazid réfléchit un moment. « Combien de temps les moteurs doivent-ils tourner?

– Dix minutes par jour... C'est un minimum absolu.

– Très bien. Juste après la tombée de la nuit, chaque jour vous pouvez le faire, mais d'abord vous me demandez. Nous vous aiderons à tirer l'appareil à découvert, vous le ferez démarrer et pendant que les moteurs tourneront, il y aura cinq fusils à moins de deux mètres, au cas où vous seriez tenté.

– Alors, fit Erikki en riant, je ne serai pas tenté.

– Bon », fit Bayazid en souriant. Il était bel homme même si ses dents étaient abîmées.

« Quand ferez-vous prévenir le khan?

– C'est déjà fait. Dans cette neige, il faut un jour pour descendre jusqu'à la route, même à cheval, mais pas longtemps pour atteindre Tabriz. Si le khan répond favorablement, tout de suite, nous aurons peut-être des nouvelles demain, après-demain, ça dépend de la neige.

– Peut-être jamais. Combien de temps attendrez-vous?

– Est-ce que tous les gens du Grand Nord sont aussi impatients? »

Erikki se redressa. « Les anciens Dieux étaient très impatients quand on les retenait contre leur gré. Ils nous ont transmis cela. C'est mal d'être retenu contre son gré, très mal.

– Nous sommes un peuple pauvre et en guerre. Nous devons prendre ce que le Dieu unique nous donne. Etre rançonné est une coutume ancienne. » Il ajouta avec un pâle sourire : « Nous avons appris de Saladin à être chevaleresques avec nos captifs, contrairement à bien des chrétiens. Les chrétiens ne sont pas connus pour leur chevalerie. Nous traitons... » Il avait l'ouïe plus fine qu'Erikki et la vue plus perçante. « Là, en bas, dans la vallée! »

A son tour Erikki alors entendit le moteur. Il lui fallut un moment pour repérer l'hélicoptère camouflé qui, à basse altitude, arrivait du nord. « Un Kajychokiv 16. Un hélicoptère militaire soviétique de support tactique... Qu'est-ce qu'il fait là?

– Il va vers Julfa, dit le sheik en crachant par terre. Ces fils de chiens vont et viennent comme ils veulent.

– Est-ce qu'il s'en infiltre beaucoup ces temps-ci?

– Beaucoup, non... mais un seul c'est déjà trop. »

Près de l'embranchement de Julfa : 18 h 15. La petite route qui sinuait à travers la forêt était envahie de neige. Quelques ornières de charrettes et de camions, et celles aussi laissées par la vieille Chevrolet garée sous des pins à quelques mètres en retrait de la grand-route. Dans leurs jumelles, Armstrong et Hashemi apercevaient deux hommes gantés et vêtus de gros manteaux, assis sur la banquette avant, les vitres ouvertes et l'oreille aux aguets.

« Il n'a pas beaucoup de temps, murmura Armstrong.

– Peut-être qu'après tout il ne vient pas. » Voilà une demi-heure qu'ils faisaient le guet d'une petite butte au milieu des arbres qui dominaient l'aire d'atterrissage. Leur voiture et le reste des hommes de Hashemi étaient planqués discrètement sur la grand-route en bas et derrière eux. Tout était très silencieux, peu de vent. Des oiseaux passaient en piaillant plaintivement.

« Alleluia », murmura Armstrong. Un homme avait ouvert la portière pour descendre. Il scrutait maintenant le ciel en direction du nord. Le conducteur mit le moteur en marche. Alors, dominant le bruit du moteur, ils entendirent l'hélicoptère qui arrivait, ils le virent passer au-dessus de la crête et plonger dans la vallée, raser le faîte des arbres, son moteur tournant bien rond. L'appareil fit un atterrissage parfait dans un nuage de neige. Ils apercevaient le pilote et quelqu'un d'autre auprès de lui. Le passager, un homme de petite taille, descendit et vint à la rencontre de l'autre. Armstrong jura.

« Vous le reconnaissez, Robert?

– Non. Ce n'est pas Souslev – Petr Oleg Mzytryk. J'en suis certain, fit Armstrong, très déçu.

– Pas de chirurgie esthétique?

– Non, pas question. C'était un grand gaillard, costaud, aussi grand que moi. » Ils le regardèrent accueillir l'autre, puis lui tendre quelque chose.

« C'était une lettre? Qu'est-ce qu'il lui a donné, Robert?

– On aurait dit un paquet, mais ça pouvait être une lettre, marmonna Armstrong, en suivant le mouvement de leurs lèvres.

– Qu'est-ce qu'ils disent? demanda Hashemi, qui savait qu'Armstrong pouvait lire les mouvements des lèvres.

– Je ne sais pas : ce n'est pas du farsi ni de l'anglais. »

Hashemi jura et régla ses jumelles déjà parfaitement au point. « Ça m'a donné l'impression d'être une lettre. » L'homme dit encore quelques mots, puis revint à l'hélicoptère. Le pilote aussitôt remit les gaz et décolla. L'autre homme alors s'avança dans la neige jusqu'à la Chevrolet. « Et maintenant? » dit Hashemi, exaspéré.

Armstrong regardait l'homme se diriger vers la voiture. « Deux options : intercepter la voiture comme prévu et découvrir ce que contient l'enveloppe, à condition de pouvoir neutraliser ces deux salopards avant qu'ils aient le temps de la détruire, mais ça nous empêcherait de connaître le point d'arrivée du Grand Patron – ou bien nous contenter de les filer, en supposant qu'il s'agit d'un message pour le khan, lui fixant une nouvelle date. » Il s'était remis de sa déception de voir Mzytryk éviter le piège. Il faut avoir de la chance dans ce jeu-là, se rappela-t-il. Peu importe, la prochaine fois nous l'aurons et il nous mènera jusqu'à notre traître, jusqu'au quatrième, au cinquième, au sixième homme et j'irai pisser sur leurs tombes et sur celle de Souslev – quel que soit le nom que prenne Petr Oleg Mzytryk – si la chance est avec moi. « Nous n'avons même pas besoin de les filer... il va aller droit chez le khan.

– Pourquoi?

– Parce que c'est un pivot essentiel en Azerbaïdjan, soit pour les Soviétiques, soit contre eux, alors ils vont vouloir savoir directement si son cœur est vraiment fatigué – et qui il a choisi comme régent en attendant que le petit soit majeur, ou plus probablement liquidé. Est-ce que le pouvoir ne va pas avec les titres, tout comme les terres et la fortune?

– Et les comptes numérotés en Suisse : raison de plus pour se dépêcher.

– Oui, mais n'oubliez pas qu'il est peut-être arrivé quelque chose de grave à Tbilissi pour expliquer le retard : les Soviétiques sont tout aussi inquiets que nous à propos de l'Iran. » Ils virent l'homme remonter dans la Chevrolet se mettre à parler avec animation. Le conducteur embraya et fit demi-tour vers la grand-route. « Retournons à notre voiture. »

Pour descendre du haut de la colline, ça roulait assez bien, mais le trafic était intense sur la route Julfa-Tabriz en bas. Quelques voitures avaient déjà allumé leurs phares et pas question pour leur proie d'échapper à l'embuscade s'ils décidaient de l'attendre. « Hashemi, une autre possibilité c'est que Mzytryk aurait pu découvrir à la dernière minute qu'il a été trahi par son fils, alors il a envoyé un message pour prévenir le khan dont la couverture aurait sauté par la même occasion. N'oubliez pas que nous n'avons toujours pas découvert ce qui était arrivé à Rakoczy depuis que votre défunt ami le général Janan l'a laissé partir.

– Ce chien ne prendra jamais d'initiative », dit Hashemi avec un sourire torve, se souvenant de son immense joie lorsqu'il avait pressé le bouton et vu l'explosion de la voiture piégée anéantir cet ennemi, avec sa maison, son avenir et son passé. « Ce devrait être sur l'ordre d'Abrim Pahmudi.

– Pourquoi? »

Hashemi jeta un bref regard à Armstrong, mais ne vit chez lui aucune ruse. Vous connaissez trop de secrets, Robert, vous connaissez l'existence des enregistrements de Rakoczy et, ce qui est plus grave que tout, l'existence de mon groupe Quatre et le fait que j'ai aidé Janan à gagner l'enfer – où le khan ne tardera pas à le rejoindre, tout comme Talbot d'ici quelques heures et vous, mon vieil ami, selon mon bon plaisir. Devrais-je vous dire que Pahmudi a ordonné que Talbot soit puni pour ses crimes contre l'Iran? Devrais-je vous dire que je me ferais un plaisir d'obéir? Voilà des années que je veux supprimer Talbot, mais je n'ai jamais osé m'attaquer à lui seul. Maintenant, c'est la responsabilité de Pahmudi, que Dieu le fasse brûler en enfer, et je serai débarrassé d'un autre agacement. Ah oui! Et Pahmudi lui-même la semaine qui vient – mais c'est vous,

Robert, l'assassin choisi pour cela, et sans doute y laisserez-vous votre vie. Pahmudi ne vaut pas celle d'un de mes vrais assassins.

Il riait sous cape en descendant la colline, il ne sentait pas le froid. Il n'était pas inquiet de ne pas avoir vu Mzytryk arriver. J'ai d'autres soucis, songeait-il. Il faut à tout prix que je protège les assassins de mon groupe Quatre, c'est ma garantie pour un paradis sur terre avec du pouvoir sur Khomeiny lui-même.

« Pahmudi est le seul qui aurait pu ordonner qu'on libère Rakoczy, dit-il. Je saurai bientôt pourquoi et où il est. Il se trouve soit à l'ambassade soviétique, soit dans une planque des Russes, ou dans un cachot d'interrogatoires de la SAVAMA.

– Ou maintenant tranquillement hors du pays.

– Alors, il est tranquillement mort : le KGB ne supporte pas les traîtres, fit Hashemi avec un sourire sardonique. Qu'est-ce que vous pariez? »

Armstrong ne répondit pas tout de suite, démonté par cette question insolite de la part de Hashemi qui, comme lui, désapprouvait les paris. Aujourd'hui. La dernière fois qu'il avait parié, c'était à Hong-kong en 1963 avec de l'argent de pots-de-vin qu'on avait mis dans un tiroir de son bureau quand il était commissaire du CID. Quarante mille dollars de Hong-kong – environ sept mille dollars américains de l'époque. Contre tous ses principes, il avait pris dans le tiroir le *heung yau,* la Graisse embaumée comme on l'appelait alors, et, aux courses cet après-midi-là, il avait tout parié sur un cheval du nom de Poisson-Pilote, dans une folle tentative pour récupérer ses pertes au jeu : les chevaux et la Bourse.

C'était la première fois en dix-huit ans de service qu'il avait pioché dans la caisse noire, bien qu'il y eût toujours là des fonds disponibles en abondance. Cet après-midi-là, il avait gagné gros et avait remis l'argent en place avant que le contrôleur ait rien remarqué – et il lui en était resté encore plus qu'assez pour régler ses dettes. Malgré cela, il avait été écœuré de son geste et consterné de sa stupidité. Jamais il n'avait recommencé à parier, jamais non plus il n'avait touché au *heung yau,* bien que la possibilité de le faire existât toujours. « Tu es un fichu crétin, Robert, lui disaient certains de ses collègues, il n'y a pas de mal à se faire une petite pelote pour la retraite. »

La retraite? Quelle retraite? Seigneur, vingt ans flic à Hong-kong, onze ans ici, à aider ces crétins sanguinaires, et tout ça pour des prunes. Dieu merci, je n'ai à me soucier que de moi, plus de femme maintenant, pas de gosses ni de proches parents, rien que moi. Si je mets la main sur cette ordure de Souslev qui vous conduira jusqu'à un de nos traîtres de haut rang, ça en aura valu la peine.

« Comme vous, je n'aime pas les paris, Hashemi, mais si j'étais... » Il s'arrêta et lui tendit son paquet de cigarettes; tous deux tirèrent une bouffée, la fumée se mêlant dans l'air glacé, bien visible dans la lumière déclinante. « Si j'étais joueur, je dirais qu'il y a de grosses chances que Rakoczy ait servi de *pishkesh* à Pahmudi pour un gros bonnet soviétique, juste pour ne pas prendre de risque.

– Vous devenez tous les jours plus iranien, fit Hashemi en riant. Il faudra que je sois plus prudent. » Ils étaient presque à la voiture et son adjoint sortit pour lui ouvrir la portière. « Robert, nous rentrons directement chez le khan.

– Et la Chevrolet?

– Nous laissons les autres la filer, je veux arriver d'abord chez le khan. » Le visage du colonel s'assombrit. « Juste pour m'assurer que le traître est plus de votre côté que du leur. »

CHAPITRE 7

Base aérienne de Kowiss : 18 h 35. Starke considéra Gavallan avec ahurissement. « Ouragan dans six jours?

– J'en ai peur, Duke. » Gavallan ouvrit la fermeture de sa parka et accrocha son chapeau au portemanteau. « Je voulais vous le dire moi-même... Navré, mais c'est comme ça. » Les deux hommes étaient dans le bungalow de Starke, et il avait posté Freddy Ayre dehors pour s'assurer qu'on ne les entendrait pas. « J'ai appris ce matin que tous nos appareils vont être interdits de vol, en attendant la nationalisation. Nous avons six jours pour préparer et réaliser l'opération Ouragan – si nous décidons de la lancer. Ça nous mène à vendredi prochain. A partir de samedi, nous ne sommes plus sûrs de rien.

– Seigneur ! » D'un geste machinal, Starke ouvrit la fermeture de son blouson de vol et s'approcha du buffet, ses bottes fourrées laissant sur la moquette des traces de neige et d'eau. Au fond du dernier tiroir, se trouvait sa dernière bouteille de bière. Il la décapsula, en versa la moitié dans un verre et le tendit à Gavallan. « Santé », dit-il en buvant au goulot, puis il s'assit sur le divan.

« Santé.

– Qui est dans le coup, Andy?

– Scrag. Je ne sais pas encore pour le reste de ses gars, mais je le saurai demain. Mac a conçu un horaire et un plan complet en trois phases, plein de trous mais réalisable. Disons que c'est possible. Qu'est-ce que vous en pensez, vous et vos gars?

– Quel est le plan de Mac? »

Gavallan le lui expliqua.

« Vous avez raison, Andy. C'est plein de trous.

– Si vous deviez tenter le coup, comment vous y prendriez-vous d'ici? C'est vous qui avez les plus longues distances à couvrir et les plus grandes difficultés? »

Starke s'approcha de la carte des vols épinglée au mur et désigna une ligne qui allait de Kowiss jusqu'à une croix à quelques kilomètres au large dans le Golfe, et qui indiquait une plate-forme pétrolière. « Cette plate-forme s'appelle le Flotteur, c'est un de nos vols réguliers », dit-il, et Gavallan remarqua combien son ton était tendu. « Il nous faut environ dix minutes pour atteindre la côte et dix de plus pour aller jusqu'à la plate-forme. Je planquerais du carburant sur la côte juste en face. Je crois que ça pourrait se faire sans éveiller trop de soupçons, il n'y a que des dunes de sable, pas de cabanes à des kilomètres et nombre d'entre nous pique-niquaient souvent là. Un atterrissage " d'urgence " pour vérifier l'équipement de flottaison avant de survoler la mer ne devrait pas trop énerver les radars, même s'ils sont chaque jour plus pointilleux. Il faudrait planquer deux barils de cent quatre-vingts litres par hélico pour nous faire traverser le Golfe et il faudrait refaire le plein en vol. »

La nuit était presque tombée. Les fenêtres donnaient sur la piste et, plus loin, vers la base aérienne. Le 125 était garé sur l'aire de manœuvres, en attendant l'arrivée du camion-citerne. Des Brassards verts l'entouraient, nerveux. Avec une autorisation de vol prioritaire à destination d'Al Shargaz, ce ravitaillement n'était pas vraiment nécessaire mais Gavallan avait dit à John Hogg de le demander de toute façon pour lui laisser plus de temps avec Starke. Les deux autres passagers, Arberry et Dibble, qui partaient en permission après leur évasion de Tabriz, n'avaient pas le droit de descendre, même pour se dégourdir les jambes. Pas plus que les pilotes, sauf pour vérifier l'appareil et superviser le plein quand le camion-citerne arriverait.

« Vous mettriez le cap sur le Koweit? demanda Gavallan, rompant le silence.

– Bien sûr. Le Koweit serait notre meilleure chance, Andy. Il faudrait refaire le plein au Koweit, puis descendre la côte jusqu'à Al Shargaz. Si ça dépendait de moi, je crois que je ferais des réserves de carburant plus importantes en cas de pépin. » Starke désigna une toute petite île au large de la côte saoudienne. « Ici, ce serait bien : il vaut mieux éviter les eaux saoudiennes. » Il examina toutes les distances. « L'île s'appelle Jellet-le-Crapaud, car c'est la forme qu'elle a. Pas de cabanes, rien, mais d'excellents lieux de pêche. Manuela et moi y sommes allés une ou deux fois quand j'étais en poste à Bahrein. Je planquerais du carburant là-bas. »

Il ôta sa casquette d'aviateur, s'épongea le front, puis remit sa casquette, le visage plus tiré et plus fatigué que d'habitude, épuisé par tous ces vols annulés puis rétablis pour être de nouveau annulés; Esvandiary était de plus méchante humeur que d'habitude, tout le monde était nerveux et irritable; depuis des semaines on n'avait pas de courrier ni de contact avec le pays. La plupart de ses gens, y compris lui-même, avaient des permissions de retard. Et puis il y a par-dessus tout le problème de l'arrivée du personnel et des appareils de Zagros 3 et ce qu'il va falloir faire du corps du vieil Effer Jordon quand il arrivera le lendemain. Ç'avait été la première question de Starke lorsqu'il avait accueilli Gavallan au pied du 125.

« J'ai réglé ça, Duke, avait dit Gavallan. J'ai l'autorisation du contrôle aérien pour que le 125 retourne demain chercher le cercueil. Je l'expédierai en Angleterre par le premier vol disponible. C'est terrible. Je verrai sa femme dès mon retour et je ferai ce que je pourrai.

– Sale coup... heureusement que le jeune Scot n'a rien, hein?

– Oui, mais c'est moche quand même chaque fois que quelqu'un écope. » Et si c'était le corps de Scot et le cercueil de Scot? songeait Gavallan. Et si ç'avait été Scot, pourrais-tu si facilement ranger le meurtre dans un coin de ta mémoire? Non, bien sûr que non. Tout ce que tu peux faire, c'est bénir ta chance cette fois-ci et faire de ton mieux. « Bizarrement, le contrôle aérien de Téhéran et le *komiteh* de l'aéroport ont été aussi choqués que nous, et très compréhensifs. Sortons bavarder un peu... je n'ai pas beaucoup de temps. Voici du courrier pour quelques gars, une lettre de Manuela, elle va bien, Duke. Elle a dit de ne pas s'inquiéter. Les enfants vont bien et veulent rester au Texas. Vos parents vont bien aussi : elle m'a demandé de vous le dire dès que je vous verrais... »

Là-dessus Gavallan avait parlé du délai de six jours, qui lui avait fait l'effet d'une bombe, et Starke était encore dans le brouillard. « Avec les appareils de Zagros ici, ça me fera trois 212, un Alouette et trois 206, plus un tas de pièces détachées. Neuf pilotes, y compris Tom Lochart et Jean-Luc, et douze mécaniciens. Ça fait beaucoup trop pour une opération comme Ouragan, Andy.

– Je sais. » Gavallan regarda par la fenêtre. Le camion-citerne se garait auprès du 125 et il vit Johnny Hogg descendre les marches. « Combien de temps pour faire le plein?

– Si Johnny ne les presse pas, trois quarts d'heure, facile.

– Ça ne fait pas beaucoup de temps pour faire un plan », dit Gavallan. Son regard revint à la carte. « Mais, de toute façon, il n'y en aurait jamais assez. Y a-t-il une plate-forme proche de ce point qui soit abandonnée?

– Des douzaines. Il y en a des douzaines qui sont fermées depuis que les foreurs sont partis, voilà des mois. Pourquoi?

– Scrag disait que l'une d'elles pourrait être l'endroit idéal pour planquer du carburant et refaire le plein.

– Pas dans notre secteur, Andy, répondit Starke. Lui a quelques grandes plates-formes : la plupart des nôtres sont toutes petites. Nous n'en avons aucune qui pourrait accueillir plus d'un hélico à la fois et nous n'aurions sûrement pas envie de faire la queue. Qu'est-ce qu'a dit le vieux Scrag? »

Gavallan lui raconta.

« Vous croyez qu'il réussira à aller voir Rudi?

– Il a dit dans quelques jours. Je ne peux pas attendre aussi longtemps. Pourriez-vous trouver une excuse pour descendre à Bandar Delam?

– Bien sûr, répondit Starke, songeur. Nous pourrions peut-être expédier deux ou trois appareils là-bas et dire que nous les redéployons – ce qui serait mieux encore, dire à Coup d'Enfer que nous les prêtons pour une semaine. Nous pouvons encore obtenir des autorisations de vol, par-ci, par-là – dès l'instant que cet enfant de salaud n'est pas dans nos pattes.

– Nous ne pouvons plus opérer en Iran. L'histoire de ce pauvre vieux Jordon n'aurait jamais dû arriver, et je me mords les doigts de ne pas avoir donné l'ordre d'évacuer voilà des semaines.

– Ce n'était pas votre faute, Andy.

– Dans une certaine mesure, si. En tout cas, il va falloir filer. Avec ou sans nos appareils. Il faut essayer de sauver ce qu'on peut – sans risquer le personnel.

– Une opération comme cela sera forcément risquée, Andy, fit doucement Starke.

– Je sais. J'aimerais que vous demandiez à vos gars s'ils sont prêts à participer à l'opération Ouragan.

– Il n'y a aucun moyen de faire sortir tous nos hélicos. Aucun.

– Je sais, alors je propose que nous nous concentrions sur nos 212. » Gavallan vit Starke le regarder avec un intérêt renouvelé. « Mac était d'accord. Pourriez-vous faire partir les trois que vous avez? »

Starke réfléchit un moment. « Deux, c'est le maximum que je pourrais faire : il nous faudrait deux pilotes, avec mettons un mécanicien par hélico pour les urgences et quelques bras pour charger les barils de secours ou le ravitaillement en vol, ce serait un minimum. Ce serait risqué, mais avec un peu de chance... Peut-être pourrions-nous envoyer l'autre 212 à Rudi, à Bandar Delam? Bien sûr, pourquoi pas? Je dirais qu'on lui prête l'appareil pour dix jours. Vous pourriez m'envoyer un télex de confirmation demandant le transfert. Mais, Andy, nous aurions encore trois pilotes ici et... »

Le téléphone intérieur se mit à sonner. « Bon sang, fit-il en se levant avec agacement pour aller répondre. J'ai tellement l'habitude de voir les téléphones en panne que chaque fois qu'il y en a un qui sonne, je sursaute. Allô, ici Starke. Oui? »

Gavallan regardait Starke, grand, mince et si costaud. Je voudrais bien être aussi fort, songea-t-il.

« Ah! Merci, disait Starke. D'accord... entendu, merci, Sergent. Qui ça?... Bien sûr, passez-le-moi. » Gavallan remarqua le changement de ton et tendit l'oreille. « Bonsoir... Non, ça n'est pas possible, pas maintenant... Non! Nous ne pouvons pas! Pas maintenant, nous sommes occupés. » Il raccrocha en marmonnant une injure. « Le Caïd qui veut nous voir. Trou du cul! " Je vous veux tous les deux dans mon bureau immédiatement! " » Il but une gorgée de bière et se sentit mieux. « Et puis Wazari dans la tour annonçait que le dernier de nos appareils venait d'atterrir.

– Qui ça?

– Pop Kelly, il vient de convoyer quelques pétroliers d'une plate-forme à l'autre. Ils manquent de personnel, à part des *komitehs* de mes deux qui s'intéressent plus aux réunions de prière et aux tribunaux du peuple qu'à pomper le pétrole. Je te le dis, Andy, reprit-il en frissonnant, les *komitehs* sont patronnés par Satan. » Gavallan remarqua le mot mais ne dit rien et Starke poursuivit : « C'est une vraie plaie.

– Oui. Azadeh a failli se faire tuer... par lapidation.

– Quoi? »

Gavallan lui raconta l'histoire. « Nous ne savons toujours pas où est passé Erikki : j'ai vu Azadeh avant de partir et elle était... Pétrifiée est à peu près le mot qui convient. »

Le visage de Starke se rembrunit encore. Au prix d'un effort, il secoua sa colère. « Imaginons que nous puissions évacuer le 212, qu'est-ce qu'on fait des types? Il nous reste encore trois pilotes et peut-être dix mécanos à évacuer. Et les pièces détachées? Nous laisserions trois 206 et l'Alouette... et toutes nos affaires personnelles, nos comptes en banque, les appartements à Téhéran, les affaires des gosses : il n'y a pas que nous, mais tous les autres types, ceux que nous avons entraînés dans l'exode? Si nous évacuons, tout sera perdu. Tout.

– La compagnie remboursera tout le monde. Je ne peux pas me charger du bric-à-brac, nous paierons le montant des comptes en banque et nous couvrirons le reste. Ça ne chiffre pas tellement car la plupart d'entre vous gardez vos fonds en Angleterre et vous tirez sur vos comptes quand vous en avez besoin. Depuis ces derniers mois – en tout cas depuis que les banques se sont mises en grève –, nous créditons tout à Aberdeen. Nous dédommagerons les gens pour le mobilier et les affaires personnelles. De toute façon, il me semble que nous ne pourrions pas en évacuer la plus grande partie : les ports sont encore encombrés, il n'y a pratiquement pas de camions, les chemins de fer ne fonctionnent pas et le fret aérien est presque inexistant. Tout le monde sera remboursé. »

Starke hocha lentement la tête. Il termina sa bière. « Même si nous évacuons les 212, vous allez quand même prendre un bouillon.

– Non, répondit Gavallan avec patience. Faites

l'addition. Un 212 vaut un million de dollars, chaque 206 cent cinquante mille et une Alouette cinq cent mille. Nous avons douze 212 en Iran. Si nous pouvions les faire sortir, ça irait et je pourrais absorber les pertes en Iran. Tout juste. Les affaires sont en plein boum et les 212 nous permettraient de tenir. Tout ce que nous pourrions évacuer comme pièces détachées serait un bonus supplémentaire : là encore, nous pourrions nous concentrer sur les pièces détachées de 212 seulement. Avec nos 212, nous continuons à travailler. »

Il essayait de garder sa confiance, mais elle déclinait. Tant d'obstacles à franchir, de montagnes à escalader, de gorges à passer. Oui, mais n'oublie pas qu'un voyage de dix mille lieues commence par un seul pas. Sois un peu chinois, se dit-il. Rappelle-toi ton enfance à Shanghai, ta vieille nounou Ah Soong, ce qu'elle te disait du *joss :* un peu de chance, un peu de karma. « Bien sûr, nous évacuerons les types, jusqu'au dernier. En attendant, voudriez-vous demander des volontaires pour piloter nos deux appareils si, *si,* je déclenche l'opération Ouragan? »

Starke regarda la carte. Puis il dit : « Bien sûr. Ce sera moi ou bien Freddy ou Pop Kelly, l'autre peut amener le 212 à Rudi pour qu'il participe à l'opération, ça ne fait pas bien loin à aller. » Il eut un petit sourire. « D'accord?

– Merci, dit Gavallan, qui se sentait réconforté. Merci. Avez-vous parlé d'Ouragan à Tom Lochart quand il était ici?

– Bien sûr. Il a dit de ne pas compter sur lui, Andy.

– Ah! fit-il, l'estomac serré. Alors, c'est foutu. S'il reste, nous ne pouvons pas aller de l'avant.

– Il est sacrifié, Andy, que ça lui plaise ou non, explique Starke. Il est coincé – avec ou sans Sharazad. C'est ça qui est moche : avec ou sans. Il ne peut pas échapper à HBC, à Valik et à Ispahan. »

Au bout d'un moment, Gavallan dit : « Vous avez sans doute raison. Quand même, ce n'est pas juste.

– C'est vrai. Mais Tom comprendra. Je ne suis pas si sûr pour Sharazad.

– Mac et moi avons essayé de la voir à Téhéran. Nous sommes allés chez elle et nous avons frappé dix minutes. Pas de réponse. Mac y est passé hier soir. Peut-être qu'ils ne répondent tout simplement pas à la porte.

– Ce n'est pas le genre des Iraniens. » Starke ôta son blouson de vol et l'accrocha dans le petit vestibule. « Dès que Tom sera de retour ici demain, je l'enverrai à Téhéran s'il fait encore assez jour – au plus tard lundi matin.

– Bonne idée. » Gavallan passa au problème suivant. « Du diable si je sais quoi faire pour Erikki aussi. J'ai vu Talbot et il m'a dit qu'il verrait ce qu'il pourrait tenter, puis je suis allé à l'ambassade de Finlande, j'ai vu un premier secrétaire du nom de Tollonen et je lui ai parlé aussi. Il avait l'air très préoccupé – mais tout aussi impuissant. " C'est un pays assez désertique, la frontière est aussi fluide que la rébellion, l'insurrection ou les combats qui se déroulent là-bas. Si le KGB est dans le coup... " Il n'a pas terminé sa phrase. C'étaient ses propres mots, Duke : " Si le KGB est dans le coup... "

– Et Azadeh, son papa le khan ne peut pas l'aider?

– On dirait qu'ils ont eu une grande querelle. Elle était très secouée. Je lui ai demandé de laisser tomber ses papiers iraniens, d'embarquer sur le 125 et d'attendre Erikki à Al Shargaz, mais elle n'a rien voulu entendre. Elle ne veut pas bouger avant qu'Erikki ne refasse surface. Je lui ai fait remarquer que le khan fait sa loi tout seul : il a des antennes jusqu'à

Téhéran et il peut l'enlever sans problèmes s'il en a envie. Elle m'a répondu : *" Inch' Allah. "*

– Erikki s'en tirera. Je le parierais, fit Starke avec assurance. Ses dieux le protègent.

– Je l'espère. » Gavallan avait gardé sa parka. Malgré cela, il avait froid. Il voyait par la fenêtre que le ravitaillement de l'hélico se poursuivait : « Si on prenait une tasse de café avant que je parte?

– Bien sûr. » Starke passa dans la cuisine. Au-dessus de l'évier, il y avait un miroir et, au-dessous du réchaud à butane de l'autre côté, une vieille broderie au canevas dans un cadre, cadeau de mariage à Manuela d'une amie de Falls Church : « Au diable la cuisine comme chez soi. » Il sourit en se rappelant comme ils avaient ri en recevant ce paquet, puis il vit dans le miroir le reflet de Gavallan qui contemplait la carte d'un air sombre. Il faut que je sois fou, songea-t-il, fou d'accepter ce délai de six jours pour évacuer deux hélicos, fou d'être volontaire. Mais, après tout, on ne peut pas demander à un de ses hommes d'être volontaire si on ne l'est pas soi-même. Oui, mais...

On frappa à la porte qui s'ouvrit aussitôt. Freddy Ayre murmura : « Le Caïd arrive avec un Brassard vert.

– Entre, Freddy, et ferme la porte », dit Starke. Ils attendirent en silence. Quelques coups autoritaires à la porte. Il alla ouvrir et vit l'air arrogant d'Esvandiary, en même temps qu'il reconnaissait le jeune Brassard vert : c'était un des hommes du mollah Hussain, et il faisait partie du *komiteh* quand on l'avait interrogé. « *Salam,* dit-il poliment.

– *Salam, agha* », dit le Brassard vert avec un sourire timide.

Brusquement, Starke se sentit en surcharge et il s'entendit annoncer : « Monsieur Gavallan, je crois que vous connaissez Coup d'Enfer.

– Je m'appelle Esvandiary... M. Esvandiary! fit l'homme avec colère. Combien de fois faudra-t-il vous le dire? Gavallan, votre compagnie serait bien avisée de se débarrasser de cet homme avant que nous ne l'expulsions comme indésirable! »

Gavallan s'empourpra. « Attendez un peu, le capitaine Starke est le meilleur officier...

– Vous êtes Coup d'Enfer, vous êtes aussi un enfant de salaud », explosa Starke en serrant les poings, l'air soudain si dangereux qu'Ayre et Gavallan en restèrent sans voix, qu'Esvandiary recula d'un pas et que le jeune Brassard vert en resta bouche bée. « Vous avez toujours été Coup d'Enfer et je vous appellerais Esvandiary ou peu importe quel nom vous voulez s'il n'y avait pas eu ce que vous avez fait au *capitaine* Ayre. Vous êtes un fils de pute qui n'a pas de couilles, vous méritez une correction et je vous assure que très bientôt vous allez l'avoir!

– Je vais vous faire traduire devant le *komiteh* dès dem...

– Vous n'êtes qu'un mangeur de chiures de chameaux aux ventres jaunis, alors tâchez donc de les digérer. » Starke se tourna vers le Brassard vert, et, sans la moindre pause, il passa au farsi, ton maintenant courtois et déférent. « Excellence, j'ai dit à ce chien, reprit-il en désignant grossièrement du pouce Esvandiary, qu'il est un mangeur de chiures de chameaux sans courage, qui a besoin d'hommes avec des fusils pour le protéger pendant qu'il ordonne à d'autres hommes de battre et de menacer de paisibles membres de ma tribu désarmée en violation de la loi... »

Etouffant de rage, Esvandiary essaya de l'interrompre, mais Starke poursuivit : « Il n'est pas capable de m'affronter en homme – avec un couteau, une épée, un fusil ou ses poings – selon la coutume des bédouins pour éviter une vendetta, et selon la coutume des miens aussi.

– Une vendetta? Vous êtes devenu fou! Au nom de Dieu, quelle vendetta? Les vendettas sont illégales... », cria Esvandiary sous les yeux stupéfaits de Gavallan et d'Ayre qui ne comprenaient pas le farsi et qui étaient complètement démontés par la sortie de Starke.

Mais le jeune Brassard vert n'écoutait pas Esvandiary. « Je vous en prie, Excellence Esvandiary », dit-il et, quand le calme fut revenu, il dit à Starke : « Vous invoquez l'antique droit de la vendetta contre cet homme? »

Starke sentait son cœur battre à tout rompre et il s'entendit répondre d'un ton ferme : « Oui », sachant que c'était un grand risque, mais qu'il fallait le prendre. « Oui.

– Comment un Infidèle peut-il prétendre à un pareil droit? lança Esvandiary, furieux. Nous ne sommes pas dans le désert saoudien, nos lois interdisent la ven...

– Je revendique ce droit!

– Comme Dieu le veut, dit le Brassard vert en regardant Esvandiary. Peut-être cet homme n'est-il pas un Infidèle, pas vraiment. Cet homme peut revendiquer ce qu'il veut, Excellence.

– Tu es fou? Bien sûr que c'est un Infidèle. Et ne sais-tu pas que les vendettas sont illégales? Pauvre idiot, c'est illégal, ill...

– Tu n'es pas un mollah! répliqua le jeune homme, furieux maintenant. Tu n'es pas un mollah pour dire ce qu'est la loi et ce qu'elle n'est pas! Tais-toi! Je ne suis pas un paysan illettré, je sais lire et écrire et j'appartiens au *komiteh* chargé de maintenir ici la paix et voilà que tu la menaces. » Il foudroya du regard Esvandiary qui recula de nouveau. « Je vais poser la question au *komiteh* et au mollah Hussain, dit-il à Starke. Il est peu probable qu'ils soient d'accord, mais... comme Dieu le veut. Je reconnais que la loi est la loi et qu'un homme n'a pas besoin d'autres hommes armés pour battre des innocents désarmés – ni même pour punir le mal – mais seulement de la force de Dieu. Je te laisse à Dieu, conclut-il en tournant les talons.

– Un moment, *agha* », dit Starke. Il tendit le bras et prit une parka accrochée à un portemanteau. « Tiens, dit-il en lui offrant le manteau, accepte, je te prie, ce modeste cadeau.

– Je ne pourrais pas, dit le jeune homme, ouvrant de grands yeux pleins de convoitise.

– Je t'en prie, Excellence, c'est un cadeau si insignifiant qu'il ne mérite pas qu'on y prête attention. »

Esvandiary allait dire quelque chose mais s'interrompit en voyant le jeune homme le regarder puis reporter son attention sur Starke. « Je ne pourrais pas l'accepter... C'est si somptueux... Et je ne pourrais pas l'accepter de Son Excellence.

– Je t'en prie, insista Starke, continuant à respecter les formes, puis finissant par tendre le manteau au jeune homme pour qu'il le passe.

– Si vous insistez... », fit le jeune homme, avec l'air de vaincre sa répugnance. Il donna son fusil à Ayre tout en enfilant le manteau; les autres ne comprenaient pas très bien ce qui se passait, sauf Esvandiary qui observait la scène en jurant de se venger. « Il est merveilleux », dit le jeune homme qui remontait la fermeture à glissière, et se sentait au chaud pour la première fois depuis des mois. Jamais de toute sa vie il n'avait eu un pareil manteau. « Merci, *agha*. » Il vit l'expression d'Esvandiary et son antipathie pour lui s'accrut : n'acceptait-il pas tout simplement un *pishkesh* comme c'était son droit? « Je m'efforcerai de persuader le *komiteh* d'accorder à Son Excellence le droit qu'elle demande », dit-il, puis il sortit, ravi, dans le crépuscule.

Starke aussitôt se retourna vers Esvandiary. « Maintenant qu'est-ce que vous vouliez?

– Nombre de licences de pilotes et de permis de résidents sont périmés et...

– Aucune licence de pilote anglais ni américain n'est périmée : seulement celles des Iraniens et elles sont automatiquement renouvelées si les autres sont en ordre! Bien sûr qu'elles sont périmées! Est-ce que les bureaux ne sont pas fermés depuis des mois? Secouez-vous un peu! »

Esvandiary rougit violemment; au moment où il allait répondre, Starke lui tourna le dos et pour la première fois regarda Gavallan. « De toute évidence, monsieur Gavallan, il est impossible de fonctionner plus longtemps ici : vous l'avez vu par vous-même, nous sommes harcelés, Freddy ici présent a été rossé, on passe outre à nos décisions et il n'y a pas moyen de travailler dans ces conditions. Je pense que vous devriez fermer la base pour deux mois. Immédiatement! » ajouta-t-il.

Gavallan comprit soudain. « Je suis d'accord », dit-il en saisissant l'occasion. Starke poussa un soupir de soulagement, passa devant lui et vint s'asseoir, l'air faussement maussade, le cœur battant. « Je ferme la base avec effet immédiat. Nous allons expédier ailleurs tous nos appareils et nos personnels. Freddy, prenez-moi cinq hommes qui ont des permissions en retard et faites-les embarquer immédiatement sur le 125 avec leurs bagages, immédiatement et...

– Vous ne pouvez pas fermer la base, protesta Esvandiary. Pas plus que...

– Elle est pourtant fermée, déclara Gavallan en s'efforçant de faire monter sa colère. Ce sont mes apparcils et mon personnel, et nous n'allons pas supporter ces harcèlements et ces mauvais traitement. Freddy, qui a des permissions de retard? »

Impassible, Ayre se mit à donner des noms, à la consternation d'Esvandiary. Fermer la base ne lui convenait pas du tout. Le ministre Ali Kia ne venait-il pas en visite jeudi et ne devait-il pas alors lui offrir un extraordinaire *pishkesh*? Si la base était fermée, cela anéantirait tous ses plans.

« Vous ne pouvez pas faire sortir vos hélicoptères de cette zone sans mon approbation, cria-t-il. Ils sont propriété iranienne!

– Ils sont propriété de la société commune quand ils sont payés, riposta Gavallan, impressionnant. Je m'en vais me plaindre aux autorités supérieures que vous refusez d'obéir aux ordres de l'imam de reprendre une production normale. C'est le cas! Vous...

– Je vous interdis de fermer. Je ferai jeter Starke en prison par le *komiteh* si vous...

– Foutaises! Starke, je vous ordonne de fermer la base. Caïd, vous avez l'air d'oublier que nous avons des relations. Je me plaindrai directement au ministre Ali Kia. Il est aujourd'hui membre de notre Conseil et il s'occupera de vous et d'IranOil! »

Esvandiary pâlit. « Le ministre Kia fait... fait partie... de votre Conseil?

– Oui, parfaitement. » Un instant, Gavallan fut déconcerté. Il avait lancé le nom de Kia car c'était le seul qu'il connaissait dans le gouvernement actuel et il était stupéfait de l'effet produit sur Esvandiary. Mais il profita aussitôt de son avantage. « Mon excellent ami Ali Kia va régler tout cela! Et votre compte aussi. Vous êtes un traître à l'Iran! Freddy, faites embarquer cinq hommes sur le 125 immédiatement! Et, Starke, envoyez tous les appareils que nous avons à Bandar Delam dès le lever du jour... dès le lever du jour!

– A vos ordres!

– Attendez, dit Esvandiary, voyant tous ses projets s'effondrer. Il est inutile de fermer la base, monsieur Gavallan. Il y a peut-être eu des malentendus, dus pour la plupart à Petrofi et à ce nommé Zataki. Mais je ne suis pas responsable des mauvais traitements infligés à M. Ayre! » Il s'efforçait de garder un ton raisonnable, mais, en lui-même, il aurait voulu hurler de rage, et les voir tous jetés en prison, fouettés et implorant une miséricorde qu'ils n'obtiendraient jamais. « Pas de raison de fermer la base, monsieur Gavallan. Les vols peuvent rester normaux!

– Elle est fermée, déclara Gavallan d'un ton impérieux tout en quêtant du regard un conseil de Starke. Et je le fais bien à contrecœur.

– Parfaitement, monsieur, vous avez raison, fit Starke, très déférent. Bien sûr que vous pouvez fermer la base. Nous pouvons redéployer les appareils ou les mettre dans la naphtaline. Bandar Delam a besoin tout de suite d'un 212 pour... pour le contrat Toda-Iran. Nous pourrions peut-être leur envoyer un des nôtres et arrêter les vols des autres. »

Esvandiary s'empressa d'intervenir. « Monsieur Gavallan, les conditions de travail deviennent chaque jour plus normales. La révolution a triomphé, l'imam est au pouvoir. Les *komitehs*... les *komitehs* ne vont pas tarder à disparaître. Il y aura tous les contrats Guerney à exécuter, il faudra le double de ce que nous avons de 212. Quant aux licences de pilote périmées... *Inch' Allah!* Nous attendrons trente jours. Inutile d'interrompre les opérations. Inutile de nous précipiter, monsieur Gavallan, vous êtes sur cette base depuis longtemps, vous avez ici un important investissement et...

– Je sais ce qu'est notre investissement, répliqua

Gavallan exaspéré par ces sous-entendus honteux. Eh bien, capitaine Starke, je vais suivre vos conseils et j'espère qu'ils sont bons. Embarquez deux hommes sur le 125 ce soir, leurs remplaçants seront de retour la semaine prochaine. Envoyez le 212 à Bandar Delam demain... Combien de temps doivent-ils nous l'emprunter?

– Six jours, monsieur, ils nous le rendent dimanche prochain. »

Gavallan se tourna vers Esvandiary. « L'appareil reviendra ici, à condition que la situation soit améliorée.

– Le 212 est à nous... le 212 fait partie de l'équipement de cette base, monsieur Gavallan, se reprit aussitôt Esvandiary. Il figure sur mon manifeste. Il doit revenir ici. Quant au personnel, le règlement veut que pilotes et mécaniciens arrivent d'abord pour remplacer ceux qui partent en permission...

– Alors, il nous faudra modifier le règlement, monsieur Esvandiary, ou bien je ferme la base tout de suite, fit sèchement Gavallan. Starke, mettez deux hommes sur le vol de ce soir, le reste sauf une équipe réduite sur le vol de jeudi et nous expédierons des remplaçants vendredi, à condition que la situation soit redevenue normale. »

Starke vit la rage d'Esvandiary revenir, et il intervint aussitôt. « Nous ne sommes pas autorisés à voler le jour du Seigneur, monsieur. L'équipage au complet devra revenir dès samedi matin. » Il jeta un coup d'œil à Esvandiay. « Vous n'êtes pas d'accord? »

Un instant, Esvandiary crut qu'il allait exploser. « Si vous... si vous vous excusez pour vos grossièretés et vos mauvaises manières. »

Il y eut un grand silence, la porte était restée ouverte, il faisait froid dans la pièce mais Starke sentait la sueur le long de son dos tandis qu'il pesait sa réponse. Ils en avaient tant obtenu – si Ouragan devait se réaliser –, mais Esvandiary n'était pas un imbécile et acquiescer trop vite le rendrait méfiant, tout comme un refus pourrait compromettre leurs gains. « Je ne m'excuse pour rien du tout... mais désormais je vous appellerai M. Esvandiary », dit-il.

Sans un mot, Esvandiary tourna les talons et sortit à grands pas. Starke referma la porte, trempé de sueur.

« Qu'est-ce que c'était que tout ça, Duke? demanda Ayre, furieux. Tu es devenu dingue?

– Un instant, Freddy, dit Gavallan. Duke, est-ce que le Caïd va marcher?

– Je... je ne sais pas. » Starke s'assit, les genoux tremblants. « Seigneur!

– S'il marche... s'il marche... Duke, tu as été brillant! C'était une idée géniale, géniale.

– Vous avez saisi la balle au vol, Andy, c'est vous qui avez marqué l'essai.

– Si c'est un essai. » Gavallan essuya la sueur de son front. Il commença à expliquer les choses à Ayre, mais s'interrompit quand le téléphone sonna. « Allô? Ici Starke... bien sûr, ne quittez pas... Andy, c'est la tour. McIver est sur le radio-téléphone pour vous. Wazari demande si vous voulez venir tout de suite ou le rappeler... McIver m'a prié de vous dire qu'il a un message d'un nommé Avisyard. »

Dans la salle de contrôle, Gavallan presque malade d'inquiétude, appuya sur la touche « émission », sous l'œil attentif de Wazari et d'un autre Brassard vert qui parlait anglais. « Oui, capitaine McIver?

– Bonsoir, monsieur Gavallan, heureux de vous

avoir trouvé, fit McIver d'un ton neutre et au milieu des parasites. Comment m'entendez-vous?

– Trois sur cinq, capitaine McIver, allez-y.

– Je viens de recevoir un télex de Liz Chen. Il dit : Veuillez transmettre à M. Gavallan le télex suivant daté du 25 février qui vient d'arriver. " Votre demande est approuvée, signé : Masson Avisyard. " Une copie a été expédiée à Al Shargaz. Fin de message. »

Un moment, Gavallan n'en crut pas ses oreilles. « Approuvée?

– Oui. Je répète : " Votre demande est approuvée. " Le télex est signé Masson Avisyard. Que dois-je répondre? »

Gavallan avait du mal à cacher sa jubilation. Masson était le nom de son ami au bureau des immatriculations de l'aviation à Londres auquel il avait demandé de remettre provisoirement tous les appareils basés en Iran sous immatriculation britannique. « Vous n'avez qu'à accuser réception, capitaine McIver.

– Nous pouvons donc poursuivre conformément au plan?

– Oui, tout à fait d'accord. Je pars dans deux minutes, il y a autre chose?

– Pas pour le moment... rien que des problèmes de routine. Je mettrai le capitaine Starke au courant ce soir à notre heure habituelle. Très heureux pour Masson, bon vol.

– Merci, Mac, vous aussi. » Gavallan coupa la communication et rendit le micro au jeune Wazari. Il avait remarqué la vilaine contusion, le nez cassé et la disparition de quelques dents. Il ne dit rien. Qu'y avait-il à dire? « Merci, sergent. »

Wazari désigna par la fenêtre l'aire de stationnement où l'équipe de ravitaillement commençait à enrouler les longs tuyaux. « Le plein est fait. M... »

(Il avala de justesse le « monsieur » automatique.) « Nous n'avons, nous n'avons pas d'éclairage de piste, alors vous feriez mieux d'embarquer le plus vite possible.

– Merci. » Gavallan se dirigea vers l'escalier, marchant sur des nuages. La radio de la base se mit à crépiter. « Ici le commandant de la base. Passez-moi M. Gavallan. »

Wazari aussitôt passa sur émission. « A vos ordres. » D'une main nerveuse, il tendit le micro à Gavallan, de nouveau sur ses gardes. « C'est le comman... pardon, il est maintenant colonel Changiz.

– Oui, colonel? Ici Andrew Gavallan.

– Les étrangers ne sont pas autorisés à utiliser la radio pour les messages codés : qui est Masson Avisyard?

– Un ingénieur dessinateur », dit Gavallan. C'était la première idée qui lui passait par la tête. Attention, ce salopard est malin. « Je n'essayais absolument pas de...

– Quelle était votre " demande " et qui est... » Il y eut une brève pause et la voix reprit : « ... Liz Chen?

– Liz Chen est ma secrétaire, colonel. Ma demande était de... » De quoi? aurait-il voulu crier, puis tout d'un coup la réponse lui vint. « ... De limiter les sièges à six rangées de deux places de chaque côté de l'allée centrale d'un nouvel hélicoptère, le X63. Les fabricants veulent une disposition différente, mais nos ingénieurs estiment que cette disposition augmenterait la sécurité et permettrait une évacuation rapide en cas d'urgence. Cela ferait également des économies...

– Très bien, fit le colonel en l'interrompant avec agacement. Je répète, la radio ne doit pas être utilisée sans approbation préalable tant que l'état d'urgence n'est pas levé et certainement pas pour les messages codés. Votre plein est fait, vous avez l'autorisation de décoller immédiatement. L'atterrissage de demain pour aller chercher le corps de la victime de Zagros n'est pas approuvé. EchoTangoLimaLima peut atterrir lundi entre 11 heures et 12 heures, après confirmation du QG qui sera envoyé au radar de Kish. Bonsoir.

– Mais nous avons déjà l'approbation officielle de Téhéran, colonel. Mon pilote l'a remise à votre chef de terrain dès son arrivée. »

La voix du colonel se durcit encore. « L'autorisation de lundi est sujette à confirmation par le QG de l'aviation iranienne. *Le QG de l'aviation iranienne*. Ici, c'est une base de l'aviation iranienne, vous êtes soumis aux règlements et à la discipline de l'aviation iranienne et vous allez les respecter. Vous comprenez? »

Après un silence, Gavallan répondit : « Oui, colonel, je comprends, mais nous sommes un opérateur civ...

– Vous êtes en Iran, sur une base de l'aviation iranienne et donc soumis aux règlements et à la discipline de l'aviation iranienne. » L'émission s'interrompit. Wazari se mit à ranger nerveusement son bureau déjà impeccablement en ordre.

Dimanche 25 février

CHAPITRE 8

Zagros – Plate-forme Bellissima : 11 h 05. Dans le froid mordant, Tom Lochart regardait Jesper Almqvist, le technicien, manier la grosse bonde suspendue à un fil au-dessus du puits de forage dénudé. Tout autour gisaient les débris du derrick et des caravanes dévastées par l'attaque aux bombes incendiaires, déjà à demi enfouis sous une nouvelle couche de neige.

« Baisse », cria le jeune Suédois. Aussitôt son assistant dans la petite cabane, leva le treuil. Luttant comme il pouvait contre le vent, Jesper fit descendre la bonde dans le coffrage métallique du puits. Elle se composait d'une charge explosive disposée sur deux demi-coupes en métal fixées autour d'un joint en caoutchouc. Lochart devinait l'épuisement des deux hommes. C'était le quatorzième puits qu'ils bouchaient depuis les trois derniers jours : il en restait encore cinq, dans sept heures le coucher de soleil interromprait les opérations, qui chacune demandait deux à trois heures dans de bonnes conditions – dès l'instant où ils étaient sur le site.

« Foutues conditions », murmura Lochart, tout aussi fatigué qu'eux. Trop d'heures de vol depuis que le Brassard vert du *komiteh* avait fixé une limite dans le temps, trop de problèmes : se dépêcher de fermer tout le champ avec ses onze lieux de forage, se précipiter à Chiraz pour aller chercher Jesper, organiser un pont aérien vers Chiraz pour évacuer les équipes, de l'aube au crépuscule, les pièces détachées à Kowiss, en décidant ce qu'il fallait prendre et ce qu'il fallait laisser, il était impossible de tout faire dans des délais aussi brefs. Et puis la mort de Jordon et la blessure de Scot.

« Ça y est, laisse-la là ! » cria Jesper, et il courut dans la neige jusqu'à la cabane. Lochart le regarda vérifier la profondeur puis presser un bouton. Il y eut une explosion sourde. Un petit nuage de fumée sortit du puits. Aussitôt son assistant remonta les restes du câble tandis que Jesper revenait, repoussait les bouts de tuyaux par-dessus l'orifice du puits : c'était fini. « La charge explosive rapproche les deux coupes, avait expliqué Jesper. Ça bloque le joint contre le coffrage d'acier et le puits est bouché, ça tient deux ans. Quant on veut le rouvrir, on revient et, avec un autre instrument spécial, on retire la bonde et le puits est comme neuf. Enfin, peut-être. »

Il s'essuya le visage avec sa manche. « Foutons le camp, Tom ! » Il revint jusqu'à la cabane, coupa le courant, fourra toutes les feuilles d'imprimante dans un porte-documents, ferma la porte et mit le verrou.

« Et tout le matériel?

– Il reste là. La cabane tiendra. Remontons, je suis gelé. » Jesper se dirigea vers le 206 garé sur l'aire d'atterrissage. « Dès mon retour à Chiraz, j'irai voir les gens d'IranOil et je leur demanderai de nous obtenir l'autorisation de revenir récupérer la cabane avec les autres. Onze bungalows comme ça, c'est un foutu investissement à laisser traîner sans servir à rien. Côté intempéries, bien fermé, ça peut tenir un an. Ces constructions sont conçues pour supporter le mauvais temps, mais pas le vandalisme. » D'un geste, il désigna le saccage autour d'eux. « Stupide!

– Oui.

– Stupide! Tom, vous auriez dû voir les patrons d'IranOil quand je leur ai dit qu'on vous expulsait et que M. Sera fermait l'exploitation, fit Jesper en souriant. Ils hurlaient comme des cochons qu'on égorge en jurant qu'il n'y avait pas d'ordres du *komiteh* d'arrêter la production.

– Je ne vois toujours pas pourquoi ils ne sont pas revenus avec vous pour s'opposer aux salopards d'ici.

– Je leur ai proposé et ils ont dit la semaine prochaine. C'est l'Iran : ils ne viendront jamais. » Son regard revint au site. « Ce puits à lui tout seul représente seize mille barils par jour. » Il s'installa sur le siège gauche à côté de Lochart, et l'assistant, un Breton taciturne, grimpa derrière et ferma la portière. Lochart mit le moteur en route et le chauffage au maximum.

« Etape suivante : le puits Maria, d'accord? »

Jesper réfléchit un moment. « Il vaut mieux le garder pour la fin. Le puits Rosa est plus important, ajouta-t-il en étouffant un nouveau bâillement. Nous avons deux puits qui produisent à boucher là-bas et celui qui est encore en forage. Les pauvres diables n'ont pas eu le temps de retirer plus de deux mille mètres de canalisations, il va donc falloir le boucher avec tout ça dedans. Quel gâchis! » Il boucla sa ceinture et se blottit près du ventilateur.

« Qu'est-ce qui se passe alors?

– La routine, fit le jeune homme en riant. Quand on veut rouvrir le puits, on évide le bouchon et on repêche les canalisations morceau par morceau. C'est lent, assommant et coûteux. » Il eut un nouveau bâillement, puis ferma les yeux et s'endormit presque aussitôt.

Ce fut Mimmo Sera qui accueillit le 206 au puits Rosa. Il y avait déjà un 212 de garé, moteurs tournant au ralenti, Jean-Luc aux commandes, des hommes occupés à charger des bagages et à embarquer. « *Buon'giorno,* Tom.

– Salut, Mimmo. Comment ça va? fit Lochart en saluant Jean-Luc de la main.

– Ce sont les derniers de mon équipe, sauf un manœuvre pour aider Jesper. » Mimmo Sera avait l'air épuisé. « Nous n'avons pas eu le temps de retirer les canalisations du 3.

– Pas de problèmes : nous le boucherons comme ça.

– *Si,* dit-il avec un sourire las. Pense à tout l'argent que tu vas te faire en sortant les tuyaux.

– Sept mille huit cent soixante pieds à..., dit Jesper en riant. Peut-être qu'on te fera un prix.

– Je vais vous laisser vous en occuper tous les deux, fit Lochart. Quand voulez-vous que je revienne vous chercher? »

Jesper regarda sa montre. Il était près de midi. « Passez nous prendre à 4 heures et demie. Ça va?

– 4 h 30 pile. Le soleil se couche à 6 h 37. » Lochart se dirigea vers le 212.

Jean-Luc était emmitouflé pour se protéger du froid mais parvenait quand même à garder son élégance. « Je vais emmener tout ce petit monde droit à Chiraz – ce sont les derniers, sauf Mimmo et ton équipage.

– Bon. Comment ça va en bas?

– Le chaos, fit Jean-Luc avec force. Je sens venir le désastre, plus que le désastre.

– Tu t'attends toujours au désastre – sauf quand tu lèves une fille. Ne t'inquiète pas, Jean-Luc.

– Bien sûr que si. » Jean-Luc surveilla un moment le chargement – presque achevé maintenant, valises, sacs, deux chiens, deux chats et tout un groupe d'hommes qui attendaient, impatients –, puis il se retourna, baissa la voix et dit d'un ton grave : « Tom, plus tôt on sera partis d'Iran, mieux ça vaudra.

– Non. Zagros est un cas isolé. J'espère toujours que l'Iran va s'en sortir. » Les images tourbillonnaient dans sa tête : HBC, Sharazad et Ouragan. Il n'avait parlé à personne ici d'Ouragan ni de sa conversation avec Starke : « Je t'en laisserai le soin, Duke, avait-il dit avant de partir. Tu présenteras le dossier mieux que moi : je suis totalement contre.

– Bien sûr. C'est ton droit. Mac a donné son accord pour que tu ailles à Téhéran lundi.

– Merci. Il a vu Sharazad?

– Non, Tom, pas encore. »

Où diable est-elle? songea-t-il, le cœur serré. « Je te verrai à la base, Jean-Luc. Bon voyage.

– Assure-toi que Scot et Rodriguez seront prêts quand je reviendrai. Il faudra que je fasse un aller-retour rapide si je dois être à Al Shargaz ce soir. » La portière de la cabine claqua, Jean-Luc regarda autour de lui et on lui donna le feu vert. Il répondit en levant le pouce, puis se retourna encore une fois. « Je pars... Tâche que Scot se glisse à bord discrètement, hein? Je ne veux pas me faire canarder en plein ciel. Je continue à dire que Scot était leur cible et personne d'autre. »

Lochart acquiesça et se dirigea vers son 206. Il rentrait la veille de Kowiss quand la catastrophe s'était produite. Jean-Luc se levait à cette heure-là et, tout à fait par hasard, regardait par la fenêtre. « Tous les deux, Jordon et Scot, ils étaient très près l'un de l'autre, ils transportaient des pièces détachées, avait-il raconté à Lochart dès son atterrissage. Je n'ai pas vu les premiers coups de feu, je les ai juste entendus, mais j'ai vu Jordon trébucher et se mettre à crier, atteint à la tête, et Scot se tourner vers les arbres derrière le hangar. Il s'est baissé pour essayer d'aider Jordon : j'ai vu assez d'hommes se faire descendre pour savoir que le pauvre Effer était mort avant de toucher la neige. Puis il y a eu d'autres coups de feu, trois ou quatre, mais ce n'était pas une mitrailleuse, plutôt un M16 en automatique. Cette fois, Scot a pris une balle dans l'épaule, ça l'a fait pivoter et il est tombé dans la neige auprès de Jordon qui le protégeait à moitié : Jordon était entre lui et les arbres. Et puis on a recommencé à tirer... sur Scot, Tom, j'en suis sûr.

– Comment peux-tu être sûr, Jean-Luc?

– J'en suis certain. Effer était directement dans la ligne de feu, et il a tout reçu : les attaquants n'arrosaient pas la base, ils visaient simplement Scot. J'ai pris mon pistolet Verey et je me suis précipité dehors; je n'ai vu personne mais j'ai tiré quand même en direction des arbres. Quand je suis arrivé auprès de Scot, il tremblait de tous ses membres et Jordon était dans un triste état : il avait peut-être été touché huit fois. Nous avons amené Scot à l'infirmerie : il va bien, Tom, une blessure à l'épaule. Je l'ai vu se faire panser, la plaie est bien propre et la balle a traversé. »

Lochart était aussitôt allé voir Scot dans la caravane qu'ils appelaient l'infirmerie. Kevin O'Sweeney, l'infirmier, avait dit : « Il va bien, capitaine.

– Oui, répondit Scot, tout pâle et encore secoué. Vraiment bien, Tom.

– Laissez-moi parler un moment à Scot. » Quand ils furent seuls, il demanda doucement : « Qu'est-ce qui s'est passé pendant mon absence, Scot? Tu as vu Nitchak Khan? Quelqu'un du village?

– Non. Personne.

– Et tu n'as parlé à personne de ce qui s'est passé sur la place?

– Non, absolument pas. Pourquoi, de quoi s'agit-il, Tom?

– Jean-Luc pense que c'était toi la cible, pas Jordon ni la base, mais toi.

– Oh! Seigneur! Le vieil Effer s'est fait descendre à cause de moi? »

Lochart se souvenait du désarroi dans lequel était Scot. Personne n'était bien gai à la base; le seul bon moment, ç'avait été le dîner. Un cuissot de chèvre sauvage grillé sur les braises, que Jean-Luc avait accommodé avec du riz iranien et du *horisht*.

« Superbe barbecue, Jean-Luc, avait-il dit.

– Sans ail français et sans mon talent, ça n'aurait goût que de vieux mouton anglais!

– Le cuistot l'a acheté au village?

– Non, c'était un cadeau. Le jeune Darius – celui qui parle anglais – nous a apporté la bête entière vendredi : un cadeau de la femme de Nitchak.

– De sa femme? fit Lochart, la bouche soudain sèche.

– Oui. Le jeune Darius a dit qu'elle l'avait abattue ce matin. Je ne savais pas qu'elle chassait. Qu'est-ce qu'il y a, Tom?

– C'était un cadeau pour qui? »

Jean-Luc fronça les sourcils. « Pour moi et pour

la base. En fait, Darius a dit : “ C’est de la part du *kalandar* pour la base et en remerciement de l’aide de la France à l’imam, que Dieu le protège. ” Pourquoi?

– Pour rien », avait dit Lochart, mais plus tard il avait pris Scot à part. « Tu étais là quand Darius a apporté la chèvre?

– Oui, j’étais là. Je me trouvais dans le bureau alors je l’ai remercié et... » Scot était devenu tout pâle. « Maintenant que j’y pense, Darius a dit en partant : “ C’est heureux que le *kalandar* soit si bon tireur, n’est-ce pas? ” Je crois... je crois avoir répondu : “ Oui, c’est formidable. ” C’est presque un aveu, non?

– Oui... si tu y ajoutes ma glissade, dont je pense maintenant que c’était un piège délibéré. Nitchak doit donc savoir que nous sommes deux qui pourrions être témoins contre le village. »

La veille au soir et toute la journée, Lochart s’était demandé que faire, comment se tirer de là, Scot et lui, et il n’avait toujours pas de solution.

Il monta dans le 206, attendit le départ de Jean-Luc et décolla à son tour. Il survolait maintenant le ravin des Chameaux brisés. La route qui menait au village était encore enfouie sous des tonnes de neige apportées par l’avalanche. Ils ne dégageront jamais ça, se dit-il. Il apercevait sur le plateau des troupeaux de chèvres et de moutons avec leurs bergers. Devant lui se dressait le village de Yazdek. Il l’évita. Le col faisait comme une cicatrice noire parmi toute cette blancheur. Des villageois étaient sur la place. Ils levèrent un instant les yeux, puis retournèrent à leurs affaires. Je ne regretterai pas de partir, songea-t-il. Avec le meurtre de Jordon, Zagros 3 ne sera plus jamais pareil.

La base était en plein chaos, des hommes circulaient en tous sens : les derniers de ceux amenés d'autres puits et qui devaient se rendre à Chiraz, et de là quitter l'Iran. Les mécaniciens épuisés continuaient en jurant à empaqueter des pièces détachées, à entasser des caisses et des bagages pour être transportés à Kowiss. Il n'était pas encore sorti du cockpit que le camion-citerne arrivait avec Freddy Ayre juché sur le capot. La veille, sur le conseil de Starke, Lochart avait amené Ayre et un autre pilote, Claus Schwartenegger, pour remplacer Scot. « Je m'en occupe maintenant, Tom, avait dit Ayre. Va déjeuner.

– Merci, Freddy. Comment ça va?

– Pas fameux. Claus a transporté une nouvelle cargaison de pièces à Kowiss et il sera de retour à temps pour la dernière cargaison. Au coucher du soleil, je prendrai l'Alouette : elle est chargée à mort. Avec quoi veux-tu repartir?

– Le 212. J'aurai Jordon à bord. Claus peut prendre le 206. Tu vas à Chiraz?

– Oui. Nous avons encore dix types à transporter là-bas... je... je pensais prendre cinq passagers au lieu de quatre pour ne faire que deux voyages. D'accord?

– S'ils ne sont pas trop lourds – pas de bagages – et dès l'instant que je ne te vois pas. D'accord. »

Ayre se mit à rire. « Ils sont tous si anxieux que je ne crois pas qu'ils se préoccupent beaucoup de bagages : l'un des types du puits Maria dit qu'ils ont entendu tirer par là.

– Un des villageois qui chassaient, sans doute. » Le spectre de la chasseresse avec son fusil à longue portée et d'ailleurs celui de n'importe lequel des Kash'kais – tous tireurs d'élite – l'emplissaient d'appréhension. Nous sommes si désarmés, songea-t-il, mais il n'en montra rien. « Bon voyage, Freddy. » Il se rendit à la cambuse pour prendre un peu de *horisht* chaud.

« *Agha,* dit le cuistot d'un ton nerveux, on nous doit deux mois de paye : qu'est-ce qui va arriver à note paye et à nous?

– Je t'ai déjà dit, Ali. Nous te ramènerons à Chiraz d'où tu es venu. Cet après-midi. Là nous te payons et, dès que je pourrai, je t'enverrai le mois d'indemnité qu'on te doit. Tu resteras en contact comme d'habitude avec IranOil. Quand nous reviendrons, vous retrouverez vos emplois.

– Merci, *agha.* » Le cuistot était avec eux depuis un an. C'était un homme maigre et pâle avec un ulcère à l'estomac. « Je ne tiens pas à rester parmi ces barbares, dit-il. A quelle heure, cet après-midi?

– Avant le coucher du soleil. A 4 heures, tu commences à nettoyer et à tout ranger.

– Mais, *agha,* à quoi bon? Dès l'instant où nous serons partis, les Yazdeks couverts de vermine viendront tout voler.

– Je sais, fit Lochart d'un ton las. Mais tu laisseras tout bien en ordre, je fermerai la porte à clé et peut-être qu'ils ne le feront pas. »

Lochart termina son repas et se dirigea vers le bureau. Scot Gavallan était là, les traits tirés, son bras douloureux en écharpe. La porte s'ouvrit. Rod Rodriguez entra, des cernes sombres autour des yeux et le visage blême. « Salut, Tom, tu n'as pas oublié, hein? demanda-t-il avec inquiétude. Je ne suis pas sur le manifeste.

– Pas de problèmes. Scot, Rod part avec HJX. Il part avec toi et Jean-Luc pour Al Shargaz.

– Parfait, mais ça va bien, Tom. Je préférerais aller à Kowiss. Le vieux Doc Nutt est là-bas...

– Bon sang, tu vas à Al Shargaz et c'est comme ça! »

Scot rougit devant cette explosion de colère. « Oui. D'accord, Tom. » Il sortit.

Rodriguez rompit le silence. « Tom, qu'est-ce que tu veux expédier avec le HJX?

– Comment veux-tu que je le sache? Bon... » Lochart s'interrompit. « Pardon, je suis crevé. Excuse-moi.

– Je t'en prie, Tom, on est tous comme ça. Peut-être qu'on l'envoie à vide? »

Au prix d'un effort, Lochart domina sa fatigue. « Non, charge le moteur de rechange à bord... et tout ce que tu pourras comme pièces de 212 pour faire le chargement.

– D'accord. Peut-être que tu... » La porte s'ouvrit et Scot entra en courant. « Nitchak Khan! Regardez par la fenêtre! »

Une vingtaine d'hommes remontaient le sentier depuis le village. Tous étaient armés. D'autres se déployaient déjà sur la base, Nitchak Khan se dirigeant vers la caravane des bureaux. Lochart alla jusqu'à la fenêtre de derrière et l'ouvrit toute grande. « Scot, va jusqu'à mon bungalow, éloigne-toi des fenêtres, que personne ne te voie, et ne bouge pas avant que je vienne te chercher. Vite! »

Scot partit en courant. Lochart referma la fenêtre.

La porte s'ouvrit. Lochart se leva. « *Salam, kalandar*.

– *Salam*. On a vu des étrangers dans les bois. Les terroristes doivent être de retour, alors je suis venu te protéger. » Le regard de Nitchak Khan était sans douceur. « Comme Dieu le veut, mais je regretterais qu'il y ait d'autres morts avant ton départ. Nous serons ici jusqu'au coucher du soleil. » Là-dessus, il partit.

« Qu'est-ce qu'il a dit? » demanda Rodriguez, qui ne comprenait pas le farsi.

Lochart traduisit et le vit trembler. « Pas de problèmes, Rod », dit-il, dissimulant sa propre peur.

Aucun moyen de décoller ni d'atterrir sans survoler les bois, à faible vitesse et à petite altitude, en offrant une cible de rêve. Des terroristes? Allons donc! Nitchak sait pour Scot, il sait pour moi, je parierais qu'il a des tireurs postés partout et, s'il est ici jusqu'au coucher du soleil, pas moyen de filer discrètement, il saura dans quel hélico nous sommes. *Inch' Allah. Inch' Allah*, mais en attendant qu'est-ce que tu vas faire?

« Nitchak Khan connaît la région, dit-il d'un ton détaché, ne voulant pas affoler Rod. Il va nous protéger, Rod... s'ils sont là. Le moteur de rechange est en caisse?

– Hein? Bien sûr, Tom, bien sûr qu'il est en caisse.

– Va surveiller le chargement. A tout à l'heure. Ne t'inquiète pas. »

Lochart resta un bon moment à fixer le mur. Quand l'heure fut venue de revenir au puits Rosa, Lochart alla trouver Nitchak Khan. « Tu voudras sans doute t'assurer que le puits Rosa a été convenablement fermé, *kalandar*, puisqu'il est sur ton territoire? » dit-il, et, malgré la répugnance du vieil homme, il réussit à son grand soulagement à le persuader de l'accompagner. Avec le khan à bord, Lochart savait que pour l'instant il ne risquait rien.

Jusqu'à maintenant, songea-t-il, ça va. Il faudra que je sois le dernier à partir. Tant que nous ne serons pas à bonne distance, Scot et moi, il faudra que je fasse très attention. J'ai trop à perdre maintenant : Scot, les gars, Sharazad, tout.

Puits Rosa : 17 heures. Jesper conduisait à vive allure le camion sur la piste tracée au milieu des pins, qui menait au dernier puits à boucher. Auprès de lui se trouvait Mimmo Sera, le manœuvre et son assistant étaient derrière et il fredonnait tout seul, surtout pour ne pas s'endormir. Le plateau était vaste, il y avait presque huit cents mètres entre les puits, le paysage était sauvage et magnifique. « Nous sommes en retard, dit Mimmo d'un ton las en regardant le soleil qui déclinait. *Stronzo!*

– On va tenter le coup », dit Jesper. Dans sa poche de côté se trouvait la dernière tablette de chocolat vitaminé. Les deux hommes la partagèrent. « Ça ressemble beaucoup à la Suède, dit Jesper, dérapant dans un virage, grisé qu'il était par la vitesse.

– Je ne suis jamais allé en Suède. Nous y voilà », dit Mimmo. Le puits était dans une clairière, il fonctionnait déjà et produisait environ douze mille barils par jour, sur une nappe extrêmement riche. Le puits était surmonté d'une gigantesque colonne de valves et de tuyaux qu'on appelait l'arbre de Noël et qui le reliait au pipeline principal. « C'est le premier qu'on a foré ici, dit-il d'un ton rêveur. Avant votre arrivée. »

Quand Jesper arrêta le moteur, le silence était fantomatique : on n'avait pas besoin de pompes ici pour amener le pétrole à la surface; la pression des gaz enfermés dans le dôme pétrolifère à des centaines de mètres sous terre suffisait et suffirait pendant des années encore. « Nous n'avons pas le temps de la boucher convenablement, monsieur Sera... à moins que vous ne vouliez prolonger votre hospitalité. »

L'Italien secoua la tête et rabattit sa casquette de laine sur ses oreilles. « Combien de temps les valves tiendront-elles?

– En principe, aussi longtemps que vous voulez, dit Jesper en haussant les épaules, mais, sans entretien, je ne sais pas. Indéfiniment... à moins qu'une poussée de gaz... ou qu'une des valves ou des joints ne soient défectueux.

– *Stronzo!*

– *Stronzo* », répéta Jesper, puis il s'avança, suivi de son assistant et du manœuvre. « Nous allons juste le fermer sans visser le couvercle. » La neige crissait sous leurs pas. Le vent bruissait dans les arbres et ils entendirent le moteur de l'hélico qui revenait de la base pour les chercher. « Allons-y. »

Ils ne voyaient plus l'aire de stationnement ni les baraquements de Rosa, à huit cents mètres de là. Agacé, Mimmo alluma une cigarette et s'adossa au capot en regardant les trois hommes s'affairer pour fermer les valves : certaines étaient bloquées et ils durent aller prendre l'énorme clé pour les débloquer; ce fut alors que la balle ricocha sur l'arbre de Noël pendant que le claquement de la détonation retentissait dans la forêt. Ils s'immobilisèrent. Ils attendirent. Rien.

« Vous avez vu d'où ça venait? » murmura Jesper. Personne ne lui répondit. Ils attendirent encore. Rien. « Finissons », dit-il, et il se remit à peser de tout son poids sur la clé. Les autres vinrent l'aider. Il y eut un autre coup de feu, la balle traversa le pare-brise du camion, perça un trou dans la paroi de la cabine et fit voler en éclats un écran d'ordinateur et du matériel électrique avant de ressortir de l'autre côté. Puis le silence.

Pas un mouvement nulle part. Rien que le vent et un peu de neige qui tombait. On entendait très bien maintenant les réacteurs de l'hélico.

Mimmo Sera cria en farsi : « Nous fermons simplement le puits, Excellence, par sécurité. Nous le fermons et puis nous partons. » Ils attendirent encore. Pas de réponse. Il reprit : « C'est simplement par sécurité pour le puits! Par sécurité pour l'Iran...

pas pour nous! Pour l'Iran et pour l'imam : c'est votre pétrole, pas le nôtre! »

Ils attendirent encore sans rien entendre que les bruits de la forêt. Les branches qui craquaient. Quelque part au loin un animal cria. « *Mamma mia* », dit Mimmo, la voix éraillée d'avoir crié, puis il alla ramasser la grosse clé et la balle lui siffla si près du visage qu'il en sentit le passage. Il lâcha la clé. « Tout le monde dans le camion. On s'en va. »

Il battit en retraite et grimpa sur le siège avant. Les autres suivirent. Sauf Jesper. Il ramassa la clé et, lorsqu'il vit les dégâts que la balle perdue avait causés à *sa* cabane, à *son* équipement, sa colère explosa et il lança d'un geste impuissant la clé vers la forêt en jurant. Il resta planté là un moment, les pieds un peu écartés, sachant qu'il offrait une cible facile mais s'en moquant soudain.

« *Forbannades shitjauler!*

– Montez, cria Mimmo.

– *Forbannades shitjauler* », murmura Jesper, ravi de ce juron suédois, puis il se remit au volant. Le camion reprit la route par laquelle ils étaient arrivés et, lorsqu'il disparut, une grêle de balles partant des deux côtés du bois s'abattit sur l'arbre de Noël, faisant voler des éclats de métal, ou bien sifflant dans la neige ou le ciel. Puis ce fut le silence. Puis quelqu'un se mit à rire et cria : « *Allah-ou Akbar...* »

L'écho répéta le cri. Puis le silence retomba.

Zagros 3 : 18 h 38. Le soleil effleurait l'horizon. On avait embarqué les dernières pièces détachées, les derniers bagages. Les quatre hélicos étaient alignés, deux 212, le 206 et l'Alouette, les pilotes étaient prêts, Jean-Luc marchait de long en large – mais le départ avait été retardé par Nitchak Khan qui, quelques instants plus tôt, avait décrété que tous les appareils devaient partir ensemble, ce qui ne permettait plus à Jean-Luc de gagner Al Shargaz ce soir, mais seulement Chiraz pour passer la nuit là, puisque tout vol de nuit était interdit dans l'espace aérien iranien.

« Explique-lui encore, Tom, fit Jean-Luc, furieux.

– Il a déjà dit non, il m'a dit non, alors c'est non, de toute façon il est trop tard! Tout est prêt, Freddy?

– Oui, lança Ayre, agacé. Ça fait plus d'une heure qu'on attend! »

Il se dirigea vers Nitchak Khan, qui avait entendu la colère dans la voix des étrangers et avec un secret ravissement observé leur déconfiture. Auprès de Nitchak Khan, se trouvait le Brassard vert qui, supposait Lochart, appartenait au *komiteh,* et quelques villageois. Les autres s'étaient dispersés dans l'après-midi. Sans doute dans la forêt, songea-t-il, la bouche sèche. « *Kalandar,* nous sommes prêts.

– Comme Dieu le veut. »

Lochart cria : « Freddy, dernier chargement maintenant! » Il ôta sa casquette à visière et les autres l'imitèrent tandis qu'Ayre, Rodriguez et les deux mécanos sortaient le cercueil improvisé du hangar et, marchant avec précautions dans la neige, le chargeaient dans le 212 de Jean-Luc. L'opération terminée, Lochart s'écarta. « Groupe de Chiraz à bord. » Il serra la main de Mimmo, de Jesper, du manœuvre et de l'assistant de Jesper et ils embarquèrent, s'installant parmi les bagages, les pièces détachées et le cercueil. Mal à l'aise, Mimmo Sera et son manœuvre italien se signèrent, puis bouclèrent leur ceinture.

Jean-Luc s'assit à la place du pilote, Rodriguez auprès de lui. Lochart se retourna vers le reste des hommes. « Embarquez! »

Sous l'œil attentif de Nitchak Khan et du Brassard

vert, les autres obéirent, Ayre aux commandes de l'Alouette, Claus Schwartenegger pilotant le 206, tous les sièges occupés, les réservoirs pleins, la soute bourrée, les patins extérieurs chargés de pales de rotors de rechange. Le 212 de Lochart était surchargé. « Le temps d'arriver à Kowiss, nous aurons consommé beaucoup de carburant, alors nous serons dans la légalité : de toute façon, ça descend tout le temps », avait-il dit aux pilotes lorsqu'il leur avait donné ses instructions.

Il était seul maintenant sur la neige de Zagros 3, tout le monde avait embarqué et les portières étaient fermées. « Démarrez! » ordonna-t-il. Il avait expliqué à Nitchak Khan qu'il avait décidé de tenir le rôle d'officier de décollage.

Nitchak Khan et le Brassard vert s'approchèrent de Lochart. « Le jeune pilote, celui qui a été blessé, où est-il?

– Qui ça? Oh! Scot? S'il n'est pas ici, il est à Chiraz, *kalandar* », répondit Lochart, et il vit la colère envahir le visage du vieil homme et le Brassard vert ouvrir toute grande la bouche. « Pourquoi?

– Ce n'est pas possible! fit le Brassard vert.

– Je ne l'ai pas vu embarquer, alors il a dû partir par un vol précédent... »

Lochart devait élever la voix pour dominer le hurlement de plus en plus fort des réacteurs, tous les moteurs tournant maintenant à plein régime. « ... Sur un vol précédent, quand nous étions aux puits Maria et Rosa, *kalandar*. Pourquoi?

– Ce n'est pas possible, *kalandar*, répéta le Brassard vert, effrayé, tandis que le vieil homme se tournait vers lui. Je surveillais! »

Lochart se pencha sous les pales qui tournoyaient et s'approcha du hublot avant du 212 de Jean-Luc, en brandissant une épaisse enveloppe blanche. « Tiens, Jean-Luc, bonne chance, dit-il en la lui remettant. Décolle! » Un instant, il aperçut une esquisse de sourire, puis Jean-Luc mit les gaz à fond pour décoller rapidement et l'appareil s'éleva, le remous des pales giflant ses vêtements et ceux des villageois, le fracas des réacteurs noyant ce que criait Nitchak Khan.

Simultanément – comme ils en étaient convenus – Ayre et Schwartenegger poussèrent leurs moteurs à fond, s'éloignant l'un de l'autre avant de s'élever péniblement vers les arbres. Lochart se cramponnait à son espoir. Le Brassard vert furieux le saisit par la manche et le fit pivoter vers lui.

« Tu as menti, criait l'homme, tu as menti au *kalandar :* le jeune pilote n'est pas parti plus tôt! Je l'aurais vu, j'ai surveillé... Dis au *kalandar* que tu as menti! »

Lochart se libéra brutalement, sachant que chaque seconde signifiait quelques pieds d'altitude gagnés, quelques mètres de plus vers la sécurité. « Pourquoi mentirais-je? Si le jeune pilote n'est pas à Chiraz, alors il est encore ici! Fouille le camp, fouille mon appareil... Allons, commençons par fouiller mon appareil! » Il se dirigea vers son 212 et se planta devant la portière ouverte, apercevant du coin de l'œil le 212 de Jean-Luc qui se trouvait maintenant au-dessus de la ligne des arbres, l'appareil de Ayre si surchargé qu'il y parvenait à peine et le 206 gagnant encore de la hauteur. « Par tous les noms de Dieu, fouillons », dit-il, s'efforçant d'attirer leur attention sur lui et de la détourner des hélicos en train de s'enfuir, soucieux non de les voir inspecter son appareil mais le camp. « Comment un homme peut-il se cacher ici? Impossible. Il faut voir le bureau ou les caravanes, peut-être se cache-t-il... »

Le Brassard vert prit son fusil et le braqua sur lui. « Dis au *kalandar* que tu as menti ou tu meurs! »

Presque sans effort, Nitchak Khan arracha le fusil

des mains du jeune homme et le jeta dans la neige. « C'est moi la loi à Zagros... pas toi! Retourne au village! » Empli de terreur, le Brassard vert obéit aussitôt.

Les villageois attendaient en observant la scène. Le visage de Nitchak Khan était grave et ses petits yeux allaient d'un hélicoptère à l'autre. Ils étaient loin maintenant, mais pas encore hors de portée de ceux qu'il avait postés autour de la base – et qui ne devaient faire feu qu'à son signal, uniquement à son signal. L'un des petits appareils tournait encore pour gagner de l'altitude. Pour nous observer, songea Nitchak Khan, et pour voir ce qui se passe. Comme Dieu le veut.

« C'est dangereux d'abattre les machines volantes, avait dit sa femme. Cela amènera sur nous la colère de Dieu.

– Ce sont les terroristes qui le feront... pas nous. Le jeune pilote nous a vus, et le pilote qui parle farsi sait. Ils ne doivent pas s'échapper. Les terroristes sont sans pitié, ils se moquent de la loi et de l'ordre, et comment peut-on mettre en doute leur existence? Ces montagnes n'ont-elles pas été de tout temps le repaire de brigands? N'avons-nous pas chassé ces terroristes comme nous l'avons pu? Que pourrions-nous faire pour prévenir cette tragédie? Rien. »

Et maintenant devant lui se trouvait le dernier des Infidèles, son ennemi juré, celui qui l'avait trompé, qui avait menti et réussi à faire évader l'autre démon. Du moins celui-ci n'échappera-t-il pas, songea-t-il. Un tout petit bout du disque solaire était encore juste au-dessus de l'horizon. Puis il disparut. « La paix soit avec toi, pilote.

– Et avec toi, *kalandar,* Dieu t'observe, fit sèchement Lochart. Cette enveloppe que j'ai donnée à mon pilote français. Tu m'as vu la lui donner?

– Oui, oui, je t'ai vu.

– C'était une lettre adressée au *komiteh* révolutionnaire de Chiraz, avec une copie pour le *kalandar* iranien de Dubaï de l'autre côté de la grande mer, signée du jeune pilote, certifiée par moi, et racontant exactement ce qui s'est passé sur la place du village, ce qui a été fait, par qui, à qui, qui a été abattu, le nombre d'hommes qui se trouvaient dans le camion des Brassards verts avant qu'il s'engage dans le ravin des Chameaux brisés, les circonstances du meurtre de Nasiri, tes terr...

– Mensonges, mensonges que tout cela! Par le Prophète, qu'est-ce que ce mot de meurtre? Meurtre? C'est pour les bandits. L'homme est mort... comme Dieu le veut », fit le vieil homme d'un ton morne, s'apercevant que les villageois dévisageaient Lochart. « C'était un partisan connu du satanique shah, que sûrement tu vas bientôt rencontrer en enfer.

– Peut-être oui, peut-être non. Peut-être que mon loyal serviteur qui a été assassiné ici par de lâches fils de chiens a-t-il déjà parlé au Dieu unique et le Dieu unique sait-il qu'il dit la vérité!

– Il n'était pas musulman, il ne servait pas l'islam et...

– Mais il était chrétien et les chrétiens servent le Dieu unique et l'homme de ma tribu a été pris en embuscade par des lâches, des fils de chiens sans courage... assurément des mangeurs de merde, des hommes de la Main gauche et qu'ils soient maudits! Il est vrai qu'il a été assassiné comme l'autre chrétien près du puits. Par Dieu et par le prophète de Dieu, leurs morts seront vengées! »

Nitchak Khan haussa les épaules. « Des terroristes, balbutia-t-il, affolé, ce sont des terroristes qui ont fait ça, bien sûr que c'étaient des terroristes! Quant à la lettre, ça n'est que mensonges, mensonges, le pilote était un menteur, nous savons tous ce qui s'est passé au village.

– Raison de plus pour que la lettre ne soit pas remise. » Lochart choisissait ses mots avec le plus grand soin. « Veuille donc me protéger des “ terroristes ” pendant mon vol. Moi seul peux empêcher la lettre d'être remise. » Son cœur battait fort quand il vit le vieil homme prendre une cigarette, pesant le pour et le contre, puis l'allumer avec le briquet de Jordon, et il se demanda de nouveau comment il pourrait venger le meurtre de Jordon, mais c'était dans le plan qui jusque-là avait fonctionné à la perfection une partie non encore résolue : il avait entraîné à l'écart le trop vigilant Nitchak Khan, Scot Gavallan s'était glissé dans le cercueil improvisé embarqué à bord du 212 de Jean-Luc, le corps de Jordon dans son linceul reposant déjà dans la longue caisse qui abritait les rotors qu'on devait charger dans son 212, puis la lettre et les trois hélicos qui partaient ensemble, tout cela comme prévu.

Et maintenant il était temps d'en finir. Ayre dans l'Alouette tournait autour de la station, hors de portée. « *Salam, kalandar,* que la justice de Dieu soit avec toi, dit-il en se dirigeant vers son cockpit.

– Je n'ai aucun contrôle sur les terroristes! » Et, comme Lochart ne s'arrêtait pas, Nitchak Khan cria plus fort : « Pourquoi empêcherais-tu qu'on remette cette lettre pleine de mensonges, hein? »

Lochart monta dans le cockpit, il avait envie d'être loin, il avait en horreur maintenant cet endroit et ce vieil homme. « Parce que, devant Dieu, je déplore les mensonges.

– Devant Dieu, tu empêcherais que l'on remette à leurs destinataires ces mensonges?

– Devant Dieu je veillerai à ce que cette lettre soit brûlée. La justice de Dieu soit avec toi, *kalandar,* et avec les Yazdeks. » Il pressa le démarreur. Le premier réacteur se mit en marche. Au-dessus de lui, les pales commencèrent à tourner. Il abaissa d'autres manettes, le second moteur se mit en route et pendant tout ce temps Lochart surveillait le vieil homme. Pourris en enfer, vieillard, songea-t-il, le sang de Jordon est sur ta tête, et celui de Gianni, j'en suis sûr, bien que je ne puisse pas le prouver. Peut-être le mien aussi.

Il attendait. Les aiguilles maintenant étaient dans le vert. Décollage.

Nitchak Khan regarda l'hélicoptére s'élever en frémissant, hésiter, puis pivoter lentement et amorcer son départ. Ce serait si facile de lever la main, pensa-t-il, et que bientôt l'Infidèle et ce monstre hurlant deviennent un bûcher funéraire qui tombe du ciel. Quant à la lettre, mensonges, rien que des mensonges.

Deux hommes meurent? Tous savent que c'est leur faute s'ils sont morts. Est-ce que nous les avons invités ici? Non, ils sont venus exploiter notre terre. S'ils n'étaient pas venus ici, ils seraient encore en vie, qui est leur dû.

Il fumait lentement, savourant la cigarette, savourant cette certitude qu'il pourrait anéantir une aussi grande machine rien qu'en levant la main. Mais il n'en fit rien. Il se souvint du conseil de la *kalandaran* et alluma une autre cigarette au mégot de la première et la fuma, en attendant avec patience. Bientôt le bruit détestable des moteurs était lointain, diminuant rapidement, et puis, au-dessus de lui, il aperçut l'autre appareil plus petit qui cessait de tourner et qui lui aussi se dirigeait vers le sud-ouest.

Quand tout bruit des Infidèles eut disparu, il estima que la paix une fois de plus était revenue à Zagros. « Mettez le feu à la base », dit-il aux autres. Les flammes bientôt s'élevèrent. Sans regret, il lança le briquet dans le foyer et, d'un pas satisfait, il rentra chez lui.

Lundi 26 février

CHAPITRE 9

Près de la base de Bandar Delam : 9 h 16. Sous une pluie torrentielle, le break Subaru, arborant sur les portières l'insigne de Toda-Iran, fonçait sur la route, les essuie-glaces fonctionnant à pleine vitesse; la chaussée était défoncée, inondée par endroits et pour tout arranger un Iranien tenait le volant. Scragger était assis crispé auprès de lui, sa ceinture de sécurité bien serrée et, à l'arrière, un mécanicien radio japonais se cramponnait à ce qu'il pouvait. Devant eux, à travers les rafales de pluie, Scragger aperçut un vieux car qui occupait presque toute la largeur de la route et, non loin de là, des voitures arrivant en sens inverse.

« Minoru, dites-lui de ralentir, fit-il. Il est dément. »

Le jeune Japonais se pencha en avant et adressa sèchement quelques mots en farsi au chauffeur qui hocha la tête mais n'en tint aucun compte, pressa la main sur le klaxon et la laissa là tout en doublant le car dans des conditions acrobatiques; il accéléra, alors qu'il aurait dû freiner, dérapa et, d'une glissade, se faufila dans l'étroit espace libre entre le car et la voiture arrivant en sens inverse, les trois véhicules klaxonnant tous sans arrêt.

Scragger marmonna un autre juron. Radieux, le chauffeur, un jeune homme barbu, murmura quelque chose en farsi tout en franchissant dans un jaillissement d'eau un grand nid de poule. Minoru traduisit : « Il dit qu'avec l'aide de Dieu nous serons à l'aéroport en quelques minutes, capitaine Scragger.

– Avec l'aide de Dieu, nous y arriverons entiers et non pas en morceaux. » Scragger aurait préféré conduire, mais on ne l'y avait pas autorisé, pas plus qu'on ne laissait le personnel de Toda-Iran conduire. « Nous avons constaté que c'était une bonne politique, capitaine Scragger, les routes, le code des Iraniens étant ce qu'ils sont, avait dit Watanabe, l'ingénieur en chef. Mais Mohammed est un de nos meilleurs chauffeurs. A ce soir. »

A son grand soulagement, Scragger aperçut le terrain. Des Brassards verts gardaient l'entrée. Sans même les regarder, le conducteur passa en trombe et s'arrêta dans une gerbe d'eau devant le bâtiment de deux étages où se trouvait le bureau. « *Allah-ou Akbar* », dit-il fièrement.

Scragger soupira. « *Allah-ou Akbar,* en effet », dit-il en débouclant sa ceinture et en regardant les lieux; c'était la première fois qu'il venait ici : une grande aire de stationnement, une petite tour de contrôle, quelques carreaux cassés, d'autres remplacés par des planches; les bureaux avaient l'air abandonnés, on voyait des caravanes de la société S-G, on apercevait sur les murs des hangars des traces de balles comme sur les flancs des caravanes. Il se rappela ce qu'on lui avait dit du combat qui s'était déroulé ici entre les Brassards verts et les moudjahidin. Ça a dû être bien pire que ce qu'a raconté le Duke, songea-t-il.

Deux biréacteurs de la Royal Iran Air étaient garés n'importe comment – le *Royal* barbouillé de peinture noire –, les pneus à plat, les hublots du poste de pilotage cassés. « Quel gâchis », marmonna-t-il en voyant la pluie ruisseler dans les cockpits.

« Minoru, mon garçon, dites à Mohammed de ne pas bouger avant que nous soyons prêts à partir, d'accord? »

Minoru obéit, puis suivit Scragger sous la pluie. Scragger attendait près de la voiture ne sachant pas où aller. Là-dessus, une portière s'ouvrit dans une des caravanes.

« *Mein Gott,* Scrag! Je pensais que c'était toi... qu'est-ce que tu fous ici? » C'était Rudi Lutz, rayonnant. Là-dessus, Starke vint le rejoindre.

« Salut, mes enfants! » Il leur serra la main vigoureusement. « Eh bien, Duke, en voilà une bonne surprise!

– Qu'est-ce que tu fous ici, Scrag?

– Attends une seconde. Je te présente Minoru Fuyama, mécanicien radio de Toda-Iran. Ma radio a fait des siennes à l'aller : je suis sur un charter qui vient de Lengeh. Minoru l'a démontée; elle est dans la voiture, tu peux la remplacer?

– Pas de problème. Venez, monsieur Fuyama. » Rudi s'en alla chercher Fowler Joines pour qu'il s'en occupe.

« Je suis réellement content de te voir, Scrag : on a à parler de tas de choses, fit Starke.

– Comme de problèmes météo et de cyclones?

– Oui, oui, je dois dire que le temps me préoccupe beaucoup. » Starke semblait vieilli, son regard parcourait la base où la pluie tombait plus fort que jamais.

« J'ai vu Manuela à Al Shargaz : elle est toujours la même, jolie comme une image – inquiète, mais ça va. »

Rudi les rejoignit, pataugeant sous la pluie, et les ramena jusqu'à son bureau. « Tu ne vas pas voler par ce temps-là, Scrag. Une bière?

– Non, merci, mais je prendrais bien une tasse de thé. » Scragger avait dit cela machinalement bien qu'il eût une envie terrible d'une bière fraîche. Mais, depuis sa première visite médicale chez le Dr Nutt, juste après qu'il eut vendu Sheik Aviation à Gavallan et que le Dr Nutt lui eut dit : « Scrag, si vous n'arrêtez pas de fumer et que vous n'y allez pas plus doucement sur la bière, dans deux ans vous serez interdit de vol », il avait été très prudent. Il a raison, s'était-il dit : plus de clopes, plus d'alcool, plus de bons repas et plein de Sheilas. « Tu as encore du ravitaillement, Rudi? A Lengeh, ça commence à être dur; heureusement qu'il y a Plessey et son vin.

– J'ai obtenu quelques provisions d'un pétrolier à l'aéroport, lança Rudi de la petite cuisine où il mettait de l'eau à chauffer. Une évacuation, un matelot qui a le crâne et le visage en bouillie. Le capitaine dit qu'il a fait une chute, mais ça m'a plutôt l'air d'une bagarre. Ce n'est pas étonnant, le navire est coincé là depuis trois mois. *Mein Gott,* Scrag, tu as vu ce qui s'entassait dans le port quand tu es arrivé? Il doit y avoir une centaine de bateaux qui attendent de décharger ou de charger du pétrole.

– C'est la même chose à Kharg et tout le long de la côte, Rudi. Les quais sont encombrés de caisses, de ballots et de Dieu sait quoi, qui restent à pourrir au soleil ou sous la pluie. Mais assez parlé de ça, qu'est-ce que tu fais ici, Duke?

– J'ai convoyé un 212 de Kowiss hier. Sans le mauvais temps, je serais parti à l'aube : je suis content de ne pas l'avoir fait. »

Scragger perçut une note de prudence dans sa voix et regarda autour de lui. Il ne voyait personne susceptible d'écouter. « Un problème? » Il vit Starke secouer la tête. Rudi mit une cassette. Du Wagner. Scragger avait horreur de Wagner. « Qu'est-ce qui se passe?

– Simple prudence – ces foutues cloisons sont trop minces et j'ai surpris un des domestiques qui écoutait aux portes. Je crois que la plupart sont des espions. Et puis nous avons un nouveau directeur de la base, Numir, nous l'appelons Numir le Salopard, il est de congé aujourd'hui, sinon tu lui expliquerais pourquoi tu es ici en triple exemplaire. » Rudi baissa encore le ton. « Il faut parler d'Ouragan, Scrag. Mais qu'est-ce que tu fous ici, pourquoi ne nous a-t-on pas prévenus?

– Je suis arrivé à Toda-Iran hier à bord d'un avion-taxi frété par un nommé Kasigi qui est un gros acheteur du brut de Siri : c'est Georges de Plessey qui a arrangé ça. Je suis ici pour la journée, je repars demain de bonne heure. Andy m'a demandé de te voir pour discuter avec toi et je n'ai pas pu le faire plus tôt. Impossible de te joindre par radio en venant : c'était peut-être la tempête. Duke, Andy t'a dit de quoi nous avons parlé à Al Shargaz?

– Oui, oui, il me l'a dit. Et autant que tu saches qu'il y a un nouveau pépin. On a annoncé à Andy qu'en attendant la nationalisation on allait interdire le vol et il ne nous reste que cinq jours. Seulement cinq jours. Si nous devions le faire, ce devrait être vendredi au plus tard.

– Nom de Dieu! Duke, il n'y a aucun moyen d'être prêt pour vendredi.

– Andy a décidé qu'on évacuerait seulement les 212.

– Quoi? »

Starke expliqua ce qui était arrivé à Kowiss et ce qui, si tout se passait bien, arriverait « à condition qu'Andy presse le bouton ».

« Allons donc... Ce n'est pas si, c'est quand. Andy doit le faire. La question est : faut-il risquer le coup?

– Pour toi, fit Starke en riant, c'est déjà fait. J'ai dit que j'étais dans le coup si tout le monde y était : avec deux 212, c'est possible pour moi. Et maintenant que nos appareils sont de nouveau sous immatriculation britannique, une fois partis, plus de problème.

– Ce n'est tout bonnement pas légal. Pop est ici?

– Bien sûr, dit Starke. Il est venu avec moi. » Il expliqua pourquoi puis ajouta : « Le Caïd a approuvé cet " emprunt ", nous avons expédié deux types par le 125 et le reste est prévu pour jeudi, mais ça je n'en suis pas sûr. Le colonel Changiz a dit qu'à l'avenir tous les mouvements de personnel doivent être approuvés par lui, pas seulement par le Caïd.

– Comment rentres-tu?

– Je vais prendre un 206.

– Il sera prêt ce soir, Duke, assura Scragger.

– Comment vas-tu évacuer tes hommes, Scrag? fit Rudi.

– S'il s'agit seulement de mes deux 212, ça facilite les choses. Vendredi serait un bon jour, parce que les Iraniens seront tous à des réunions de prières ou je ne sais quoi.

– Je n'en suis pas si sûr, Scrag, dit Rudi. Le vendredi, il y a quand même des hommes aux radars : ils doivent se douter que quelque chose se prépare, avec mes quatre appareils qui traversent le Golfe, sans parler de tes trois et des deux de Duke. A Abadan, ils sont très nerveux à propos des hélicos... surtout après l'histoire de HBC.

– Il y a eu d'autres questions à ce propos, Rudi?

– Oui. La semaine dernière, Abbasi est passé, c'est le pilote qui l'a descendu. Mêmes questions, rien de plus.

– Sait-il que c'était son frère qui pilotait le HBC?

– Pas encore, Scrag.

– Tom Lochart a eu une sacrée chance, une sacrée chance.

– Nous avons tous eu une " sacrée chance ". Pour l'instant, dit Starke. Sauf Erikki. » Il mit Scragger au courant du peu qu'il savait.

« Bon sang, voilà autre chose. Comment allons-nous lancer notre opération Ouragan avec lui encore en Iran?

– On ne peut pas, Scrag... C'est ce que je pense, dit Rudi, on ne peut pas le laisser.

– C'est vrai, mais peut-être... » Starke but un peu de café, son angoisse le mettant d'encore plus méchante humeur. « Peut-être qu'Andy ne pressera pas le bouton. Espérons en attendant qu'Erikki va s'en tirer, ou qu'on le relâchera d'ici vendredi. Merde, si c'était moi, rien que moi, je tenterais quand même l'opération Ouragan.

– Pas moi, dit Rudi, tout aussi agressif.

– S'il s'agissait de tes appareils, de ta compagnie et de ton avenir, je parie que si. Je sais que je le ferais. Moi, poursuivit Scragger, je suis pour Ouragan. J'y suis bien obligé, mon vieux, il n'y a pas une boîte qui m'emploiera à mon âge. Alors il faut bien que je veille sur les intérêts de Duke, d'Andy et de

Gav si je veux continuer à voler. » La bouilloire se mit à chanter. Il se leva. « Je vais le faire, Rudi. Et toi? Tu en es ou pas?

– Moi, j'en suis si vous en êtes et si c'est faisable – mais ça ne me plaît pas du tout et je vous le dis tout net, je n'évacuerai mes quatre appareils que si je crois vraiment que nous avons une chance.

– Nous avons parlé aux autres pilotes hier soir, Scrag. Marc Dubois et Pop Kelly m'ont dit d'accord. Block et Forsyth m'ont dit : non merci, alors ça nous fait trois pilotes pour quatre 212. J'ai demandé à Andy de m'envoyer un volontaire. Mais, *scheissen mit reissen,* j'arriverai bien à en trouver quatre pour décoller; ça va être une vraie partie de plaisir avec les Brassards verts partout dans la base, notre radio Jahan qui n'est pas idiot, sans parler de cet emmerdeur de Numir... » Il leva les yeux au ciel.

« Pas de problème, mon vieux, fit Scragger d'un ton désinvolte. Dis-leur que tu vas organiser un défilé de victoire au-dessus d'Abadan pour Khomeiny!

– Va te faire voir, Scrag! » La musique s'arrêta et Rudi retourna la cassette. « Mais je pense comme toi qu'Andy pressera bien le bouton et que le jour J c'est vendredi. Pour ma part, je dis que, si l'un de nous renonce, nous renonçons tous. D'accord? »

Ce fut Scragger qui rompit le silence. « Si Andy donne le signal, j'y vais. Il le faudra bien. »

Port de Bandar Delam : 15 h 17. Le break de Scragger quitta une grande avenue pour s'engager dans une petite rue, puis déboucha sur une place devant une mosquée. Mohammed conduisait comme d'habitude, le doigt sur le klaxon. La pluie s'était un peu calmée mais il faisait quand même mauvais temps. A l'arrière, Minoru sommeillait, serrant contre lui la radio de remplacement. Scragger regardait devant lui sans rien voir. Il y avait tant de choses à régler, les plans, les codes et Erikki. Pauvre vieux! Mais si quelqu'un peut s'en tirer, c'est bien lui. Je parierais que ce vieil Erikki s'en tirera. Et, s'il n'y arrive pas ou qu'Andy ne presse pas le bouton, qu'est-ce que tu vas faire? Bah! J'y penserai la semaine prochaine.

Il ne vit pas la voiture de police déboucher d'une rue latérale, déraper sur la chaussée glissante et les emboutir à l'arrière. Mohammed n'aurait pas pu éviter l'accident et la vitesse de la voiture de police, ajoutée à la sienne, les projeta en travers de la route sur un éventaire et dans la foule : le break vint tuer une vieille femme, en décapita une autre et fit de nombreux blessés tandis que le véhicule emporté par son élan, se retournait sur le toit pour aller s'écraser contre le mur dans un fracas de métal.

Instinctivement, Scragger avait mis les mains sur son visage mais le dernier choc lui projeta la tête contre le côté de la carrosserie, ce qui l'assomma un moment, la ceinture de sécurité lui évitant quand même une blessure sérieuse. Le chauffeur était passé à travers le pare-brise et gisait maintenant à moitié sur le capot, grièvement blessé. A l'arrière, la banquette avait protégé Minoru et il fut le premier à retrouver ses esprits, la radio toujours serrée contre lui. Au milieu des hurlements et de l'affolement, il réussit à ouvrir sa portière et à sortir dans la foule des piétons et des blessés au milieu de laquelle il se fondit, car personne ne s'étonnait de voir un Japonais de Toda-Iran dans la rue.

Là-dessus, les occupants de la voiture de police, qui avait fait un tête-à-queue au milieu de la rue, arrivèrent en courant. Ils se frayèrent un chemin jusqu'au break, jetèrent un coup d'œil au chauffeur, puis ouvrirent la portière et traînèrent Scragger dehors.

Des cris furieux d'« *Américains!* » retentirent; Scragger, encore à demi assommé, murmura : « Mer... merci, je... je crois que ça va... » Mais ils le maintenaient fermement en l'invectivant.

« Bon sang... articula-t-il, ce n'est pas moi qui conduisait... Qu'est-ce qui s'est... » Tout autour de lui, c'était la panique et la fureur, un des policiers lui passa les menottes et l'entraîna sans douceur jusqu'à l'autre voiture, le poussa à l'arrière et monta, l'injuriant toujours. Le chauffeur démarra.

De l'autre côté de la rue, Minoru essayait en vain de se frayer un chemin dans la foule pour venir au secours de Scragger. Il s'arrêta, désespéré, en voyant la voiture de police s'éloigner.

CHAPITRE 10

Près de Doshan Tappeh : 15 h 30. McIver roulait sur la route circulaire qui longeait à l'extérieur la clôture de barbelés du terrain d'aviation. Les pare-chocs étaient cabossés et la carrosserie portait des traces de chocs plus fréquentes qu'autrefois. Un phare avait une vitre cassée qu'on avait recollée tant bien que mal, il manquait le cabochon rouge d'un feu arrière, mais le moteur continuait à tourner rond et les pneus neige agrippaient solidement la surface. La neige recouvrait les talus. Le soleil ne traversait pas le plafond de nuages, à moins de quatre cents mètres d'altitude, il faisait froid et McIver était en retard.

Un grand laissez-passer vert était collé sur le pare-brise et, en le voyant, le groupe bigarré de Brassards verts et de gardes postés près de l'entrée lui fit signe de passer, puis les hommes se regroupèrent autour du feu allumé en plein air pour se réchauffer. Il se dirigea vers le hangar S-G. Il n'y était pas encore que Tom Lochart sortit par une porte de côté.

« Salut, Mac », dit-il en s'empressant de monter. Il était en combinaison de vol, il avait pris son sac et venait d'arriver de Kowiss. « Comment va Sharazad?

– Désolé d'avoir mis si longtemps, la circulation est épouvantable.

– Vous l'avez vue?

– Non, pas encore. Désolé. » Il sentit l'inquiétude de Lochart. « J'y suis repassé de bonne heure ce matin. Un domestique m'a ouvert mais n'a pas eu l'air de me comprendre. Je vous emmènerai là-bas dès que possible. » Il embraya et repartit vers la grille. « C'était comment, à Zagros?

– La merde, je vous raconterai ça dans une seconde, fit Lochart. Avant de pouvoir partir, nous devons nous présenter au commandant de la base.

– Oh? Pourquoi? fit McIver en freinant.

– Ils n'ont pas dit. Ils ont simplement laissé un message. Un problème?

– Pas que je sache, dit McIver en faisant demi-tour.

– Ça pourrait être pour HBC?

– Espérons que non.

– Qu'est-il arrivé à Lulu? Vous avez eu un accident?

– Non, des vandales dans la rue, dit McIver, qui pensait toujours à HBC.

– Ça devient plus dur tous les jours. Pas de nouvelles d'Erikki?

– Rien. Il a complètement disparu. Azadeh est très inquiète. Toute la journée, au bureau, elle reste assise près du téléphone.

– Elle habite toujours avec vous?

– Non, elle est retournée chez elle samedi. Mon appartement, voyez-vous, est un peu encombré. » McIver se dirigeait vers les bâtiments de l'autre côté de la piste, évoluant prudemment parmi les débris des récents combats : camions calcinés, chars à moitié renversés, hangars et constructions criblées de balles. « Parlez-moi de Zagros. » Il écouta Lochart sans l'interrompre. « Quel salaud!

– Oui, mais ce n'est pas Nitchak Khan qui a donné le signal de me tirer dessus – ni sur aucun de nous. Nous étions désarmés. S'il l'avait fait, il n'aurait eu aucun problème. C'est fichtrement difficile de démolir l'histoire des « terroristes ». Je crois qu'il s'en serait tiré, Mac. D'ailleurs, quand nous sommes arrivés à Kowiss, Duke et Andy avaient eu une scène avec le Caïd. » Lochart la lui raconta, « Mais la ruse a l'air de marcher. Hier Duke et Pop ont convoyé le 212 chez Rudi et ce matin EchoTangoLimaLima est venu chercher le corps de Jordon.

– C'est terrible. Je me sens très responsable pour le vieil Effer.

– Nous tous, je crois. » Devant eux, ils apercevaient le bâtiment de la direction, gardé par des sentinelles. « Nous étions tous là pour l'embarquement du cercueil à bord, le jeune Freddy a joué une complainte à la cornemuse, on ne pouvait pas faire grand-chose. Bizarrement, le colonel Changiz a envoyé un détachement de l'aviation et nous a donné un cercueil convenable. Les Iraniens sont étranges. Ils avaient l'air sincèrement navrés. » Lochart parlait d'un ton machinal, malade d'angoisse à cause de tous ces retards. Obligé d'attendre à Kowiss, puis de venir ici et de supporter les tracasseries du contrôle aérien, attendre ensuite interminablement McIver et maintenant encore un retard. Qu'était-il arrivé à Sharazad?

Ils étaient près des bureaux où se trouvait l'appartement du commandant et le mess des officiers où tous deux avaient passé de si bons moments autrefois. Doshan Tappeh était une base d'élite : le shah y avait une partie de sa flotte d'avions à réacteurs et son Fokker personnel. Maintenant les murs du bâtiment étaient éraflés par des traces de balles et écornés ici et là par des obus, la plupart des fenêtres n'existaient plus, quelques-unes avaient été remplacées par des planches clouées. Dehors, quelques Brassards verts et des aviateurs nonchalants faisaient vaguement office de sentinelles.

« La paix soit avec vous! Son Excellence McIver et Lochart désirent voir le commandant du camp », dit Lochart en farsi. Un des Brassards verts leur désigna le bâtiment. « Où est le bureau, je vous prie?

– A l'intérieur. »

Ils gravirent les marches qui montaient à la grande porte, parmi des relents de feu, de poudre et d'égout. Au moment où ils arrivaient sur le palier, la porte s'ouvrit toute grande et un mollah sortit, escorté de quelques Brassards verts traînant deux jeunes officiers d'aviation, les mains liées, leur uniforme sali et déchiré. Lochart tressaillit en reconnaissant l'un d'eux. « Karim! » cria-t-il, et McIver le reconnut à son tour : c'était Karim Peshadi, le cousin adoré de Sharazad, l'homme à qui il avait demandé d'essayer de récupérer le plan de vol du HBC de la tour de contrôle.

« Au nom de Dieu, cria Karim en anglais, dites-leur que je ne suis pas un espion ni un traître. Dites-leur, Tom!

– Excellence, dit Lochart en farsi au mollah, il y a

sûrement une erreur. Cet homme est le capitaine d'aviation Peshadi, un loyal partisan de l'ayatollah, un...

– Qui êtes-vous, Excellence? demanda le mollah, petit, trapu, l'œil sombre. Un Américain?

– Mon nom est Lochart, Excellence, je suis canadien, pilote de l'IranOil, et voici le directeur de notre compagnie, le capitaine McIver, et...

– Comment connaissez-vous ce traître?

– Excellence, je suis sûr qu'il y a une erreur, il ne peut pas être un traître, je le connais parce que c'est un cousin de ma femme et le...

– Votre femme est iranienne?

– Oui, Excell...

– Vous êtes musulman?

– Non, Excellen...

– Alors elle ferait mieux de divorcer et de sauver ainsi son âme de la pollution. Comme Dieu le veut. Il n'y a pas d'erreur à propos de ces traîtres. Occupez-vous de vos affaires, Excellence. » Le mollah fit un signe aux Brassards verts. Ils reprirent aussitôt leur descente, moitié portant, moitié traînant les deux jeunes officiers qui criaient en protestant de leur innocence, puis il revint vers la grande porte.

« Excellence, insista Lochart en le rattrapant, je vous en prie, au nom du seul Dieu, je sais que ce jeune homme est loyal à l'imam, bon musulman, patriote. Je sais qu'il était de ceux qui se sont battus contre les Immortels ici, à Doshan Tappeh, et qui ont aidé les révolu...

– Assez! » Le regard du mollah se durcit encore. « Ce n'est pas votre affaire, étranger. Ce ne sont plus les étrangers, ni les lois étrangères, ni le shah dominé par les étrangers qui nous gouvernent. Vous n'êtes pas iranien, vous n'êtes pas un juge ni un juriste. Ces hommes ont été jugés et condamnés.

– J'implore votre patience, Excellence, il doit y avoir une erreur, il doit y... »

Lochart pivota sur ses talons en entendant une rafale de coups de feu retentir dehors. Puis les Brassards verts réapparurent derrière un casernement, l'arme à l'épaule. Ils remontèrent les marches. Le mollah leur fit signe de rentrer.

« La Loi est la Loi, dit le mollah en regardant Lochart. Il faut arracher l'hérésie. Puisque vous connaissez sa famille, vous pouvez leur dire d'implorer le pardon de Dieu pour avoir engendré un tel fils.

– De quoi était-il censé être coupable?

– Pas " censé ", Excellence, dit le mollah, une nuance de colère dans la voix. Karim Peshadi a avoué avoir volé un camion et quitté la base sans autorisation, il a avoué avoir participé à des manifestations interdites, reconnu qu'il était opposé à notre Etat islamique absolu, qu'il était opposé à l'abolition de la loi sur le mariage qui est contraire à l'esprit de l'islam, il a soutenu des actes contraires à la loi islamique, il a été pris en flagrant délit de sabotage, il a décrié le caractère absolu du Coran, il a contesté le droit pour l'iman d'être *faquira* – lui qui est au-dessus de la Loi et l'arbitre final de la Loi. » Il drapa sa robe autour de lui pour se protéger du froid. « La paix soit avec vous », puis il rentra dans le bâtiment.

Lochart un moment fut incapable de parler. Puis il expliqua à McIver ce qui s'était dit. « Coupable d'actes de sabotage, Tom? A-t-il été surpris dans la cour?

– Quelle importance? fit Lochart d'un ton amer. Karim est mort... coupable de crimes contre Dieu.

– Non, mon garçon, répondit McIver, pas contre Dieu, contre leur version de la vérité émise au nom de Dieu qu'ils ne connaîtront jamais. » Il redressa les épaules et entra le premier dans le bâtiment. Ils finirent par trouver le bureau du commandant de la base et on les fit entrer.

Un commandant était assis derrière le bureau, un mollah à côté de lui. Au-dessus d'eux, la seule décoration de la petite pièce en désordre était une grande photographie de Khomeiny. « McIver, fit l'homme sèchement en anglais, je suis le commandant Betami, voici le mollah Tehrani. » Puis il jeta un coup d'œil à Lochart et reprit en farsi : « Comme Son Excellence Tehrani ne parle pas anglais, je ferai l'interprète. Votre nom, je vous prie.

– Lochart, capitaine Lochart.

– Veuillez vous asseoir, tous les deux. Son Excellence dit que vous êtes marié à une Iranienne. Quel était son nom de jeune fille? »

Le regard de Lochart s'assombrit. « Ma vie privée est ma vie privée, Excellence.

– Pas pour un pilote d'hélicoptère étranger au milieu de notre révolution islamique contre la domination étrangère, fit le commandant avec colère, ni pour quelqu'un qui connaît des traîtres à l'Etat. Avez-vous quelque chose à cacher, capitaine?

– Non, bien sûr que non.

– Alors veuillez répondre à la question.

– Etes-vous de la police? Au nom de quelle autorité est-ce que...

– Je suis membre du *komiteh* de Doshan Tappeh, dit le mollah. Vous préférez être convoqué officiellement? Maintenant? A l'instant même?

– Je préfère ne pas être questionné sur ma vie privée.

– Si vous n'avez rien à cacher, vous pouvez répondre à ma question. Choisissez.

– Bakravan. » Lochart vit les deux hommes réagir à ce mot. Son estomac se serra encore plus.

« Jared Bakravan... le prêteur sur gages du bazar? C'est une de ses filles?

– Oui.

– Son nom, je vous prie. »

Lochart était toujours en proie à une rage aveugle, attisée par le meurtre de Karim. C'est bien un meurtre, aurait-il voulu crier, malgré tout ce que vous dites. « Sharazad, Excellence. »

McIver avait suivi la scène avec attention. « Qu'est-ce qui se passe, Tom?

– Rien. Rien, je te raconterai plus tard. »

Le major nota quelque chose sur un bout de papier. « Quels sont vos rapports avec le traître Karim Peshadi?

– Je le connais depuis environ deux ans, c'était un de mes élèves pilotes. Il est cousin de ma femme – il était cousin de ma femme – et je ne peux que répéter que je trouve inconcevable qu'il ait pu être traître à l'Iran ou à l'Islam. »

Le major nota encore autre chose. « Où séjournez-vous, capitaine?

– Je... je ne sais pas très bien. J'étais descendu chez les Bakravan près du bazar. Notre... notre appartement a été réquisitionné. »

Le silence s'alourdit dans la pièce. Le major cessa d'écrire, puis prit une page de notes et se tourna vers McIver. « Premièrement, aucun hélicoptère étranger ne peut entrer dans l'espace aérien de Téhéran ni en sortir sans l'autorisation du QG de l'aviation. » Lochart traduisit et McIver acquiesça distraitement. Rien de nouveau là-dedans sauf que le *komiteh* de l'aéroport international de Téhéran venait de donner des instructions officielles par écrit au nom du tout-puissant *komiteh* révolutionnaire précisant que seul ce dernier pouvait accorder ces autorisations. McIver avait obtenu la permission d'envoyer le 212 qui lui restait et une de ses Alouette à Kowiss « en prêt provisoire » juste à temps, songea-t-il.

« Deuxièmement : il me faut une liste complète de tous les hélicoptères actuellement sous votre contrôle, avec l'endroit où ils sont en Iran, leur numéro de moteur, la quantité et le type de pièces détachées que vous transportez par hélicoptère. »

Lochart vit McIver ouvrir de grands yeux, mais lui ne pensait qu'à Sharazad et il se demandait pourquoi ils voulaient savoir où il habitait et quels étaient ses rapports avec Karim, bien qu'il écoutât à peine les mots à mesure qu'il traduisait. Le capitaine McIver dit : « Très bien. Cela me prendra un peu de temps à cause des communications, mais je vous donnerai cela dès que possible.

– Je voudrais demain.

– Si je peux me le procurer demain, Excellence, soyez assuré que vous l'aurez. Vous l'aurez dès que possible.

– Troisièmement : tous vos hélicoptères se trouvant dans la région de Téhéran seront rassemblés ici à partir de demain et n'opéreront désormais qu'à partir d'ici.

– J'informerai certainement mes supérieurs d'Iran-Oil de votre requête, major. Immédiatement. »

Le visage du major se rembrunit. « C'est l'aviation qui décide dans cette affaire.

– Bien sûr. J'informerai aussitôt mes supérieurs. C'était tout, major? »

Le mollah intervint : « Pour l'hélicoptère, fit-il en consultant une note posée devant lui sur le bureau , HBC. Nous...

– HBC! » McIver laissa son affolement se cacher sous une vertueuse colère que Lochart avait du mal à suivre : « La sécurité est la responsabilité de l'aviation sur la base : comment a-t-elle pu se relâcher au point de laisser HBC être ainsi détourné, je n'en sais rien ! Plusieurs fois je me suis plaint du relâchement, des sentinelles qui n'arrivaient jamais, pas de gardes la nuit. Un million de dollars volés ! Un matériel irremplaçable ! Je porte plainte contre l'aviation pour négligence et...

– Ce n'était pas notre faute », commença le major, mais McIver, sans faire attention à lui, poursuivit l'offensive, ne lui laissant aucune ouverture, pas plus que Lochart qui traduisait la tirade de McIver en mots et en phrases iraniens par une attaque encore plus cinglante contre l'aviation.

« ... Incroyable négligence – je pourrais même dire une traîtrise délibérée avec la collusion d'autres officiers – de laisser des Américains inconnus pénétrer dans notre hangar sous le nez même des prétendus gardes, de voir nos prétendus protecteurs leur donner l'autorisation de décoller et de les laisser nuire au grand Etat Iranien ! Impardonnable ! C'était évidemment de la traîtrise, préparée par des " individus inconnus ayant rang d'officier " et je dois insister...

– Comment osez-vous insinuer...

– Bien sûr que cela a dû se faire avec la complicité d'un officier d'aviation : qui contrôle la base ? Qui contrôle les fréquences radio, qui se trouve dans la tour de contrôle ? Nous tenons l'aviation pour responsable et je porte plainte au niveau le plus élevé d'IranOil en exigeant restitution et... et la semaine prochaine, parfaitement, la semaine prochaine, je demanderai réparation à l'illustre *komiteh* révolutionnaire et à l'imam lui-même, que Dieu le protège ! Maintenant, Excellence, si vous voulez bien nous excuser, nous allons vaquer à nos affaires. La paix soit avec vous ! »

McIver se dirigea vers la porte, Lochart sur ses talons.

« Attendez ! ordonna le mollah.

– Oui, Excellence?

– Comment expliquez-vous que le traître Valik – qui se “ trouve ” être un associé de votre société, un parrain de l'usurier et du partisan du shah, Bakravan – soit arrivé à Ispahan dans cet hélicoptère pour emmener d'autres traîtres, dont l'un était le général Seladi, un autre parrain de Jared Bakravan – beau-père d'un de vos principaux pilotes? »

Lochart avait la bouche très sèche lorsqu'il traduisit ces paroles accusatrices, mais McIver sans hésiter revint à l'attaque. « Ce n'est pas moi qui ai nommé le général Valik à notre conseil, il a été désigné par des Iraniens de haut rang, conformément à la loi que vous aviez alors : nous ne cherchions pas des associés iraniens, c'était la loi iranienne qui voulait nous en imposer. Je n'y suis pour rien. Quant au reste, *Inch' Allah* – c'est la volonté de Dieu! » Le cœur battant, il ouvrit la porte et sortit à grands pas, pendant que Lochart finissait de traduire. « *Salam* », lança-t-il, et il le suivit.

« Nous en reparlerons », cria le major.

Près de l'université : 18 h 07. Ils étaient allongés côte à côte sur d'épais tapis devant le feu de bois qui crépitait dans la cheminée. Sharazad et Ibrahim Kyabi. Sans se toucher, ils regardaient le feu en écoutant une cassette de musique moderne, perdus dans leurs pensées, chacun trop conscient de la présence de l'autre.

« Toi, don de l'univers, murmura-t-il, toi aux lèvres purpurines et au souffle enivrant comme du vin, langue du paradis...

– Oh! Ibrahim, dit-elle en riant. Qu'est-ce que c'est que cette “ langue de paradis ”? »

Il se souleva sur un coude et la regarda, bénissant le destin qui lui avait permis de la sauver de ce dément fanatique lors de la marche des femmes, le même destin qui bientôt le guiderait jusqu'à Kowiss pour venger le meurtre de son père. « Je citais le *Rubaiyat*, dit-il en lui souriant.

– Je n'en crois rien! Je pense que c'est toi qui l'as inventé. » Elle lui rendit son sourire, puis abrita ses yeux du regard intense qu'il fixait sur elle et se tourna de nouveau vers les braises.

Après la première marche de protestation, cela faisait maintenant six jours, ils avaient longuement discuté ce soir-là, parlant de la révolution et trouvant une cause commune aux meurtres de son père à elle et de son père à lui, tous deux maintenant enfants de la solitude, avec des mères qui ne comprenaient pas, qui se contentaient de pleurer, de crier *Inch' Allah* sans éprouver le besoin de se venger. Leurs vies avaient été bouleversées comme leur pays, Ibrahim n'était plus un croyant – il ne croyait plus qu'à la force de la volonté du peuple – ses croyances à elle étaient ébranlées : pour la première fois, elle se demandait comment Dieu pouvait permettre un tel mal et tous les autres maux qui s'étaient abattus sur eux, la corruption du pays et de son âme. « Je reconnais, Ibrahim, que tu as raison. Nous ne nous sommes pas débarrassés d'un despote pour en trouver un autre, le despotisme des mollahs devient chaque jour plus évident, avait-elle dit. Mais pourquoi Khomeiny s'oppose-t-il aux droits que le shah nous avait accordés, des droits raisonnables?

– Ce sont les droits inaliénables de l'être humain, ça n'est pas au shah ni à personne de te les donner : de même que ton corps est à toi et que n'es pas un champ à labourer.

– Mais pourquoi l'imam s'y oppose-t-il?

– Ce n'est pas un imam, Sharazad, rien qu'un ayatollah, un homme et un fanatique. C'est parce qu'il fait ce que les prêtres ont toujours fait dans l'histoire : il utilise sa version de la religion pour abrutir le peuple, pour le maintenir dans la dépendance, sans éducation, pour assurer le pouvoir des mollahs. Il veut que seuls les mollahs soient responsables de l'éducation. Il prétend que les mollahs seuls " comprennent la loi ", " étudient la loi ", " connaissent la loi "! A croire qu'ils sont seuls à tout savoir!

– Je n'ai jamais pensé comme ça, j'acceptais tant, tant de choses. Mais tu as raison, Ibrahim, tout devient si clair grâce à toi. Tu as raison, les mollahs ne croient que ce qu'il y a dans le Coran : comme si ce qui était vrai du temps du Prophète, la paix soit avec lui, s'appliquait encore aujourd'hui! Je refuse de n'être qu'un objet, sans le droit de voter ou de choisir... »

Ils avaient trouvé tant de points communs, lui, garçon moderne formé à l'université, elle avec l'envie d'être moderne mais pas sûre d'elle. Ils partageaient des secrets et des désirs, chacun comprenant l'autre aussitôt, enfants du même héritage : lui ressemblant si fort à Karim dans ses propos et dans ses gestes qu'ils auraient pu être frères.

Cette nuit-là, elle avait dormi divinement et le lendemain matin elle était sortie de bonne heure pour le retrouver dans un petit café, elle portant le tchador pour plus de sûreté et pour garder le secret; ils avaient tant ri tous les deux, avec aussi des moments de sérieux. Et puis il y avait eu la seconde marche de protestation, plus importante que la première, plus forte et avec peu d'opposition.

« Quand faut-il que tu sois de retour, Sharazad?

– Je... j'ai dit à ma mère que je rentrerai tard, que j'allais voir une amie de l'autre côté de la ville.

– Je vais t'accompagner là-bas, maintenant, rapidement et tu pourras partir vite et puis, si tu veux, nous pourrons discuter encore, ou même mieux, j'ai un ami qui a un appartement et des disques merveilleux... »

Il y avait cinq jours de cela. Parfois son ami, un autre dirigeant des étudiants tudehs, était là, parfois d'autres étudiants, de jeunes hommes et de jeunes femmes, pas tous communistes, mais avec des idées neuves, des idées grisantes sur la vie, l'amour et la liberté. Parfois ils étaient seuls. C'étaient des jours merveilleux, où ils défilaient et bavardaient et riaient et écoutaient des disques en savourant les nuits paisibles près du bazar.

Hier, ç'avait était la victoire. Khomeiny avait cédé, en public, déclarant que les femmes n'étaient pas obligées de porter le tchador, à condition de se couvrir les cheveux et d'avoir une tenue modeste. Ils avaient fêté cela hier soir, en dansant de joie dans l'appartement, tous des jeunes, s'embrassant et puis chacun repartant chez soi. Mais la nuit dernière, son sommeil n'était peuplé que de lui et d'elle ensemble. De rêves érotiques. Et ce matin elle était allongée là, à demi endormie, effrayée et pourtant si excitée.

La cassette se termina. C'était un enregistrement des Carpenters, lent et romantique. Il la retourna pour mettre l'autre face. Est-ce que j'ose? se demanda-t-elle rêveusement, en sentant ses yeux sur elle. Par l'entrebâillement des rideaux, elle constatait que le ciel s'assombrissait. « Il est presque l'heure de partir, dit-elle sans bouger, d'une voix mal assurée.

– Jari peut attendre », dit-il tendrement. Jari, la servante de Sharazad, était complice de leurs secrètes rencontres. « Il vaut mieux que personne ne sache, avait-il dit le second jour, même elle.

– Il faut qu'elle sache, Ibrahim, sinon je ne pourrai jamais sortir seule, jamais te voir. Je n'ai rien à cacher, mais je suis mariée et c'est... » Inutile de préciser « dangereux ». Chaque moment où ils étaient seuls, c'était le danger.

Il avait haussé les épaules en suppliant le destin de les protéger, comme maintenant.

« Jari peut attendre.

– Oui, oui, elle le peut, mais nous devons d'abord faire quelques courses et mon cher frère Meshang ne les fera pas : ce soir je dois dîner avec lui et Zarah.

– Qu'est-ce qu'il veut? fit Ibrahim, surpris. Il ne te soupçonne pas?

– Oh non! C'est juste la famille. » Elle le regarda d'un air alangui. « Et ton voyage à Kowiss? Vas-tu attendre encore un jour ou partiras-tu demain?

– Ce n'est pas urgent », dit-il nonchalamment. Il avait reculé et reculé le moment de son départ, malgré son contrôleur tudeh qui disait que chaque jour de plus passé à Téhéran était dangereux. « As-tu oublié ce qui est arrivé au camarade Yazernov? Il paraît que le service de renseignement était dans le coup! Ils ont dû te repérer quand tu entrais dans l'immeuble avec lui ou lorsque tu en sortais.

– Je me suis rasé la barbe, je ne suis pas rentré chez moi et j'évite l'université. Au fait, camarade, il vaut mieux que nous ne nous voyions pas pendant un jour ou deux : je crois qu'on me suit. » Il sourit tout seul en se rappelant la rapidité avec laquelle son compagnon, un vieux partisan tudeh, avait disparu au coin de la rue.

« Pourquoi ce sourire, mon chéri?

– Pour rien. Je t'aime, Sharazad », dit-il simplement, sa main enfermant la forme de son sein tandis qu'il l'embrassait.

Elle lui rendit son baiser, mais pas complètement. Leur passion à tous deux montait et, bien qu'elle essayât de se retenir, elle se sentait prête à basculer, avec ses mains qu'elle sentait sur elle, et qui l'enflammaient.

« Je t'aime, Sharazad... aime-moi. »

Elle ne voulait pas s'arracher à la chaleur, ni à ses mains, ni à la pression de ses membres, ni au martèlement de son cœur. Mais elle le fit quand même, sans savoir pourquoi. « Pas maintenant, mon chéri », murmura-t-elle, et, une fois le tonnerre apaisé, elle leva les yeux vers lui, cherchant son regard. Elle vit la déception, mais pas la colère. « Je... je ne suis pas prête, pas pour l'amour, pas maintenant...

– L'amour arrive. On ne risque rien, Sharazad, ton amour ne risquera rien avec moi.

– Je sais. Oh oui ! Je sais cela. Je... » Elle fronça les sourcils, sans bien se comprendre elle-même, mais en sachant seulement que ce n'était pas le moment. « Il faut que je sois sûre de ce que je fais. Je ne le suis pas maintenant. »

Il s'interrogea, puis se pencha pour l'embrasser, mais sans la forcer, persuadé que bientôt ils seraient amants. Demain. Le jour d'après. « Tu es sage comme toujours, dit-il. Demain, nous aurons l'appartement pour nous, je te le promets. Rendez-vous comme d'habitude, pour le café à l'endroit habituel. » Il se leva et l'aida à se redresser. Elle s'accrocha à lui et l'embrassa et le remercia, et il ouvrit la porte d'entrée. Sans un mot, elle se drapa dans le tchador, lui donna encore un baiser et partit dans un sillage de parfum.

La porte refermée, il alla remettre ses chaussures. Songeur, il ramassa son M16 posé dans un coin de la pièce, vérifia le mécanisme et le chargeur. Quand elle n'était plus là, il n'avait pas d'illusions sur les dangers et les réalités de sa vie – sur les perspectives d'une mort prochaine.

La mort, songea-t-il. Le martyre. Donner ma vie pour une juste cause, m'abandonner librement à ma mort, l'accueillir avec bonheur. Oh ! Je le ferai, je le ferai. Je ne peux pas mener une armée comme le

Seigneur des martyrs, mais je peux me révolter contre les satanistes qui s'appellent mollahs et me venger du mollah Hussain de Kowiss pour avoir assassiné mon père au nom de faux dieux et déshonoré la révolution du peuple!

Il sentait son extase monter. Comme tout à l'heure. Plus fort que tout à l'heure.

Je l'aime de toute mon âme mais il faut que je parte demain. Je n'ai pas besoin d'une équipe, je serai plus en sûreté tout seul. Je peux facilement prendre un car. Je devrais partir demain. Je devrais, mais je ne le peux pas, pas encore. Quand nous aurons fait l'amour...

Aéroport d'Al Shargaz : 18 h 17. A près de treize cents kilomètres au sud-est de là, de l'autre côté du Golfe, Gavallan, sur l'héliport, regardait l'approche du 212 s'apprêtant à atterrir. La soirée était embaumée, le soleil était presque à l'horizon. Il apercevait Jean-Luc aux commandes, avec un autre pilote auprès de lui, pas Scot comme il s'y attendait. Son angoisse s'accrut. Il fit signe de la main puis, dès que les patins touchèrent le sol, il se précipita avec impatience vers la porte de la cabine. Elle s'ouvrit toute grande. Il vit Scot qui d'une main débouclait sa ceinture, son autre bras en écharpe, le visage tendu et pâle, mais quand même en un seul morceau. « Oh! Mon fils », dit-il, le cœur battant de soulagement. Il aurait voulu courir pour le serrer dans ses bras, mais il resta là à attendre que Scot eût descendu les marches et qu'il fût là, sur la piste, auprès de lui.

« Oh! Mon garçon, j'étais tellement inquiet...

– Il n'y avait pas de raisons, papa. Ça va, ça va bien. Bon sang, je suis si content de te voir. Je croyais que tu devais être à Londres aujourd'hui.

– En effet. Je prends l'avion de nuit dans une heure. » Maintenant je peux rentrer, maintenant que tu es ici et en sûreté. « J'y serai dès demain matin. » Il essuya une larme, comme s'il avait une poussière dans l'œil et désigna une voiture toute proche. Genny était au volant. « Je ne veux pas t'embêter, mais Genny va t'emmener tout de suite à l'hôpital, juste pour faire des radios, Scot, tout est arrangé. Pas d'histoires, je te le promets. Tu as une chambre retenue auprès de la mienne à l'hôtel. D'accord?

– D'accord, papa. Je... je prendrais bien une aspirine. Je dois reconnaître que je ne me sens pas très frais... On a été très secoués pendant le vol. Je... je... Tu prends l'avion de nuit? Quand reviens-tu?

– Dès que je pourrai. D'ici un jour ou deux. Je t'appellerai demain. »

Scot hésita. « Pourrais-tu... peut-être que tu pourrais venir avec moi : je peux t'expliquer pour Zagros, si tu as le temps?

– Bien sûr. C'était dur?

– Non et oui. Nous sommes tous partis... sauf Jordon, mais il a été abattu à cause de moi, papa, il... » Les yeux de Scot s'emplirent de larmes, même si sa voix restait ferme. « On n'y peut rien... on ne peut pas. » Il essuya ses larmes, étouffa un juron et poursuivit. « Rien à faire... je ne sais pas comment...

– Ce n'est pas ta faute, Scot, dit Gavallan, remué par le désespoir de son fils. Viens, nous allons... on va t'emmener. » Il cria à Jean-Luc : « J'emmène Scot se faire faire des radios. Je reviens tout de suite. »

Téhéran. L'appartement de McIver : 18 h 35. A la lueur des bougies Charlie Pettikin et Paula étaient installés à la table de la salle à manger, trinquant avec Sayada Bertolin. Il y avait une grande bouteille de chianti ouverte, des assiettes avec deux grands salamis, dont l'un en partie dévoré, une grande tranche de fromage et deux baguettes que Sayada avait apportées du Club français, l'une presque terminée : « Il y a peut-être une guerre », avait-elle dit avec une gaieté forcée lorsqu'elle était arrivée inopinément une demi-heure plus tôt. « Mais, quoi qu'il arrive, les Français tiennent à leur pain.

– Vive la France et *viva Italia* », avait dit Pettikin, l'invitant à regret à entrer, car il n'avait aucune envie de partager Paula avec qui que ce fût. Depuis que Paula ne manifestait plus aucun intérêt à l'égard de Nogger Lane, il s'était précipité dans la brèche, espérant contre tout espoir.

« Paula est arrivée par le vol de cet après-midi, et a apporté toute cette bouffe en contrebande au risque de sa vie et... n'est-ce pas qu'elle a l'air superissima ?

– C'est du gorgonzola, Sayada, fit Paula en riant. Charlie m'a dit que c'était son fromage préféré.

– Est-ce que ce n'est pas le meilleur fromage au monde ? Y a-t-il rien de mieux sur terre que ce qui est italien ? »

Paula prit le tire-bouchon et le lui tendit, le regard de ses yeux pailletés de vert le faisant frissonner. « Pour toi, *caro* !

– *Magnifico !* Est-ce que toutes les jeunes femmes d'Alitalia sont aussi prévenantes, braves, belles, efficaces, tendres, parfumées, aimantes et photogéniques ?

– Bien sûr.

– Joignez-vous à la fête, Sayada », avait-il dit. Comme elle approchait de la lumière, il la vit mieux et lui trouva un air étrange. « Ça va ?

– Oh, oui ! Ce... ce n'est rien, fit Sayada heureuse de pouvoir se dissimuler derrière la lueur de la bougie. Je... merci, je ne vais pas rester, j'ai... j'ai juste manqué Jean-Luc, je voulais savoir quand il revenait, et je me suis dit que vous auriez l'usage des baguettes.

– Ravi que vous soyez venue... Nous n'avons pas eu de pain convenable depuis des semaines, merci, mais restez. Mac est parti pour Doshan Tappeh pour chercher Tom. Tom aura des nouvelles de Jean-Luc : ils devraient revenir d'un instant à l'autre.

– Comment ça va à Zagros?

– Nous avons dû fermer la base. » Tout en s'affairant à apporter des verres et à dresser le couvert, avec l'aide de Paula, il leur raconta l'attaque des terroristes sur le puits Bellissima, la mort de Gianni, et puis ensuite celle de Jordon et comment Scot Gavallan avait été blessé. « Sale histoire, mais c'est comme ça.

– Terrible, fit Paula. Ça explique pourquoi on nous a déviés sur Chiraz en nous demandant de garder cinquante places disponibles. Ce doit être pour nos ressortissants de la région de Zagros.

– C'est moche », dit Sayada tout en se demandant si c'était un renseignement qu'elle devait transmettre. *A eux...* et à *lui*. La Voix avait appelé la veille, de bonne heure, en demandant à quelle heure elle avait quitté Teymour samedi. « Vers 5 heures, peut-être 5 heures et quart, pourquoi?

– Ce maudit immeuble a pris feu juste après la tombée de la nuit : quelque part au troisième étage, ce qui a bloqué les deux ètages du dessus. Tout l'immeuble est en ruine, il y a beaucoup de morts et pas trace de Teymour ni des autres. Bien entendu, les pompiers sont arrivés trop tard... »

Elle n'avait eu aucun mal à trouver de vraies larmes et à laisser son angoisse se déverser. Plus tard dans la journée, la Voix avait rappelé : « As-tu donné les papiers à Teymour?

– Oui... oui, je l'ai fait. »

Il y avait eu un juron étouffé. « Va au Club français demain après-midi. Je laisserai les instructions dans ta boîte. » Mais il n'y avait aucun message, alors elle avait pris les baguettes dans la cuisine et était venue ici : car elle n'avait nulle part où aller et elle avait encore très peur.

« C'est triste, disait Paula.

– Oui, mais n'en parlons plus, dit Pettikin. Mangeons, buvons et soyons gais.

– Car demain nous mourrons? fit Sayada.

– Non, dit Pettikin en levant son verre et en souriant à Paula. Car demain nous vivrons. Santé! » Il trinqua avec elle, puis avec Sayada et il se dit : jolies filles mais Paula est de loin la plus...

Sayada pensait : Charlie est amoureux de cette harpie enjôleuse qui le dévorera quand elle en aura envie et recrachera les morceaux sans même un rot, mais pourquoi *eux* – mes nouveaux maîtres, quels qu'ils soient – pourquoi veulent-ils des renseignements sur Jean-Luc et sur Tom et veulent-ils que je devienne la maîtresse d'Armstrong et comment connaissent-ils l'existence de mon fils, Dieu les maudisse.

Paula pensait : je déteste cette ville de merde où tout est si sinistre comme cette pauvre femme qui de toute évidence a des peines de cœur, alors qu'il y a Rome et le soleil et l'Italie et la vie agréable où l'on peut boire, s'enivrer de vin, de rires et d'amour, avec des enfants et un mari mais seulement dès l'instant que le diable se retient : pourquoi tous les hommes sont-ils pourris, pourquoi est-ce que j'aime bien ce Charlie qui est trop vieux sans l'être tout à fait, trop pauvre sans l'être complètement, trop masculin et pourtant...

« *Allora*, dit-elle, ses lèvres rendues plus succulentes encore par le vin, Charlie, *amore*, il faut qu'on se revoie à Rome. Téhéran est si... si dépression, *scusa*, déprimant.

– Pas quand vous êtes là », dit-il.

Sayada les vit échanger un sourire et les envia. « Je crois que je vais revenir plus tard », annonça-t-elle en se levant. Pettikin n'avait pas eu le temps de répondre qu'une clé tourna dans la serrure et que McIver entra.

« Oh! Bonjour, fit-il en essayant d'oublier sa fatigue. Salut, Paula, salut, Sayada... Quelle bonne surprise! » Puis il aperçut la table. « Qu'est-ce que c'est que ça? Noël? » Il ôta son lourd manteau et ses gants.

« C'est Paula qui a apporté ça... et Sayada le pain. Où est Tom? demanda Pettikin, sentant aussitôt que quelque chose n'allait pas.

– Je l'ai déposé chez les Bakravan, près du bazar.

– Comment va-t-elle? demanda Sayada. Je ne l'ai pas vue depuis... depuis le jour de la marche, de la première marche.

– Je ne sais pas, ma petite, je l'ai juste déposé et j'ai continué. » McIver accepta un verre de vin et se tourna vers Pettikin. « La circulation était épouvantable. J'ai mis une heure à arriver ici. Santé! Paula, vous êtes un réconfort pour l'œil. Vous restez ici cette nuit?

– Si ça ne vous dérange pas? Je pars de bonne heure demain matin, personne n'a à s'occuper de mon transport, *caro*. Un des membres de l'équipage m'a déposée et passera me reprendre. Genny a dit que je pouvais utiliser la chambre d'amis : elle pensait qu'elle aurait besoin d'un nettoyage de printemps, mais elle m'a l'air parfaite. » Paula se leva et les deux hommes, sans même s'en rendre compte, furent aussitôt hypnotisés par la sensualité de ses gestes. Sayada la maudissait, l'enviait, se demandait à quoi ça tenait : certainement pas à l'uniforme qui était très sévère, même s'il était admirablement coupé, sachant qu'elle-même était bien plus belle, bien mieux habillée – mais pas de la même race.

Paula fouilla dans son sac, y prit deux lettres et les remit à McIver. « Une de Genny et une d'Andy.

– Oh! Merci, merci beaucoup, dit McIver.

– Je partais, Mac, dit Sayada. Je voulais simplement demander quand Jean-Luc serait de retour.

– Sans doute mercredi... Il convoie un 212 à Al Shargaz. Il devrait être là-bas aujourd'hui et rentrer mercredi. » McIver jeta un coup d'œil aux lettres. « Vous n'avez pas besoin de partir, Sayada... Excusez-moi une seconde. »

Il s'assit dans le fauteuil auprès du radiateur électrique et alluma une lampe. La lumière vint dissiper en grande partie l'atmosphère romantique de la pièce. La lettre de Gavallan disait : « Salut, Mac, je t'écris en hâte, et je remets cette lettre à la plus belle de toutes! J'attends Scot. Puis l'avion de nuit pour Londres ce soir s'il va bien, mais je reviendrai dans deux jours, trois tout au plus. J'ai réussi à faire partir Duke de Kowiss pour qu'il aille chez Rudi au cas où Scrag serait retardé – il devrait être de retour mardi, mais la situation à Kowiss est délicate – j'ai eu une grande discussion avec Coup d'Enfer – et à Zagros aussi. Je viens de parler à Masson et ça ne s'arrange pas. Alors je hâte les préparatifs. J'ai appuyé sur le bouton. A mercredi. Embrasse Paula pour moi même si Genny dit : A aucun prix! »

Il regarda la lettre, puis resta assis un moment, écoutant d'une oreille une histoire que Paula racontait à propos de leur vol vers Téhéran. Alors, il a pressé le bouton. Ne te fais pas d'illusions, Andy, je savais depuis le début que tu le presserais : c'est pour ça que j'ai dit d'accord, à condition de pouvoir arrêter Ouragan si je trouve que c'est trop risqué et je ne reviens pas sur ma décision. Je crois que tu dois pousser le bouton à fond : pas d'autre solution si tu veux que S-G survive.

Le vin était très bon. Il vida le verre, puis ouvrit la lettre de Genny. Ce n'étaient que des nouvelles de la maison et des enfants, tous en bonne santé, mais il la connaissait trop bien pour ne pas percevoir son inquiétude latente : « Ne t'inquiète pas, Duncan, et ne crois pas que je compte sur une chaumière couverte de roses en Angleterre. Pour nous, c'est la casbah, et pour moi un *yashmak* et je m'entraîne à la danse du ventre, alors tu ferais bien de te dépêcher. Je t'embrasse, Gen. »

McIver sourit, il se leva et se versa un nouveau verre de vin; il était plus calme maintenant. « Aux femmes. » Il trinqua avec Pettikin. « Excellent vin, Paula. Andy vous embrasse... » Elle sourit aussitôt et tendit la main pour le toucher et il sentit comme une décharge électrique sur son bras. Qu'est-ce qu'elle a donc? se demanda-t-il, troublé. Il s'empressa de dire à Sayada : « Il aurait dit de vous embrasser aussi s'il avait su que vous étiez là. » Une bougie sur la cheminée se mettait à couler. « Je m'en occupe. Pas de messages?

– Un de Talbot. Il fait tout son possible pour retrouver Erikki. Duke est retardé à Bandar Delam par une tempête, mais il devrait être de retour à Kowiss demain.

– Et Azadeh?

– Aujourd'hui elle va mieux. Paula et moi l'avons raccompagnée chez elle. Elle va bien, Mac. Tu ferais mieux de manger un morceau.

– Si on allait dîner au Club français? proposa Sayada. La nourriture est encore passable.

– J'adorerais », dit aussitôt Paula et Pettikin jura sous cape. « Quelle merveilleuse idée, Sayada! Charlie?

– Merveilleux. Mac?
– Bien sûr, si c'est moi qui vous invite et si ça ne vous ennuie pas qu'on se couche tôt. » McIver leva son verre à la lumière pour admirer la couleur du vin. « Charlie, je veux que demain matin à l'aube tu emmènes le 212 à Kowiss, Nogger prendra l'Alouette : vous pourrez donner un coup de main à Duke pour deux jours. J'enverrai Shoesmith dans un 206 pour vous ramener samedi. D'accord?
– Bien sûr », dit Pettikin, se demandant pourquoi changer le plan qui prévoyait que McIver, Nogger et lui prenaient le vol de mercredi, et que deux autres pilotes partaient pour Kowiss demain. Pourquoi? Ça devait être la lettre d'Andy. L'opération Ouragan? Est-ce que Mac renonce?

Dans les faubourgs de Jaleh : 18 h 50. La vieille voiture s'arrêta dans une ruelle. Un homme en descendit et examina les lieux. L'impasse était déserte, bordée de hauts murs, avec d'un côté un *joub* depuis longtemps enfoui sous la neige et les ordures. En face de l'endroit où la voiture s'était arrêtée, on apercevait vaguement dans le reflet des phares une place en ruine. L'homme donna un coup sur le toit : Il éteignit les phares. Le chauffeur descendit pour aider l'autre homme qui venait d'ouvrir le coffre. A eux deux ils portèrent le corps, enveloppé et ficelé dans une couverture sombre, de l'autre côté de la place.
« Attends un instant », dit le conducteur en russe. Il prit sa torche électrique et l'alluma brièvement. Le faisceau lumineux balaya l'ouverture qu'il cherchait dans le mur du fond.
« Bon », dit l'autre et ils s'y engouffrèrent, ils s'arrêtèrent de nouveau pour s'orienter. Ils se trouvaient dans un cimetière, un vieux cimetière presque

abandonné. Le faisceau de la torche allait de tombe en tombe – les unes avec des inscriptions en russe, les autres en caractères romains – pour trouver la fosse ouverte qu'on venait de creuser. Une pelle était plantée dans le monticule de terre à côté.

Ils s'approchèrent et s'arrêtèrent au bord du trou. Le plus grand des deux, le chauffeur, dit : « Prêt?

– Oui. » Ils laissèrent le corps tomber dans le trou. Le chauffeur braqua sur lui le faisceau lumineux. « Redresse-le.

– Qu'est-ce que tu veux que ça lui foute? » dit l'autre homme en prenant la pelle. Il était costaud, avec les épaules larges, et il se mit à combler la tombe. Le chauffeur alluma une cigarette d'un geste irrité et jeta l'allumette dans la fosse. « On pourrait peut-être dire une prière pour lui.

– Marx-Lénine n'approuveraient pas, ni le vieux Staline.

– Cette vieille pute... qu'il pourrisse en enfer!

– Regarde ce qu'il a fait pour la Russie! Il nous a fait un empire, le plus grand du monde, il a baisé les Anglais, roulé les Américains, bâti la plus grande et la meilleure armée du monde, une marine, une aviation, il a rendu le KGB tout-puissant.

– Ça a coûté presque tous les roubles qu'on avait et vingt millions de vies. Des vies russes.

– Bah! Des vies pareilles! de la racaille, des imbéciles, des déchets, il en reste encore pas mal. » L'homme transpirait maintenant et il passa la pelle à son compagnon. « Qu'est-ce que tu as aujourd'hui? Tu n'as pas arrêté de faire la gueule.

– Je suis simplement claqué, claqué. Désolé.

– Tout le monde est crevé. Tu as besoin de quelques jours de perm. Pose une demande pour Al Shargaz : j'ai passé trois jours formidables là-bas, je ne voulais pas revenir. J'ai demandé à y être muté : nous avons toute une antenne maintenant qui se développe tous les jours, les Israéliens ont développé leur base, tout comme la CIA. Qu'est-ce qui s'est passé pendant que je n'étais pas là?

– Azerbaïdjan chauffe doucement. On dit que le vieil Abdollah Khan est mourant, même mort.

– Section 16/a?

– Non, crise cardiaque. Tout le reste est normal. Tu t'es vraiment bien amusé? »

L'autre se mit à rire. « Il y avait une secrétaire de l'Intourist qui est très arrangeante, fit-il en se grattant l'entrejambe. Qui est ce pauvre type, au fait?

– Il n'y avait pas son nom, dit le chauffeur.

– Jamais. C'était qui?

– Un agent du nom de Yazernov, Dimitri Yazernov.

– Ça ne me dit rien. Et toi?

– C'était un agent de la désinformation détaché à l'université, j'ai travaillé avec lui un moment, il y a un an. Un petit malin, le genre étudiant, la tête pleine de foutaises. Il paraît qu'il s'est fait prendre par le service secret et qu'on l'a interrogé sérieusement.

– Salauds! Ils l'ont tué, hein?

– Non. » Le plus grand des deux hommes s'arrêta un moment et regarda autour de lui en s'appuyant sur la pelle. Aucun risque qu'on surprît leur conversation et, s'il ne croyait pas aux fantômes, ni à Dieu ni à rien d'autre qu'au Parti et au KGB – le fer de lance du Parti –, cet endroit ne lui plaisait pas. Il baissa la voix. « Quand il s'est fait prendre, il y a près d'une semaine, il était en mauvaise forme, il avait perdu connaissance : on n'aurait jamais dû le déplacer, pas dans son état. La SAVAMA l'a récupéré auprès des services secrets, le directeur pense que la SAVAMA l'a travaillé aussi avant de le rendre. La SAVAMA nous l'a refilé avec un rapport disant qu'il avait été lessivé jusqu'au troisième niveau. Le directeur m'a donné l'ordre de trouver qui il était, s'il avait accès à d'autres sources, s'il était un espion interne ou installé là par la hiérarchie, et ce qu'il leur avait raconté : bref, dans nos dossiers il n'est rien d'autre qu'un agent détaché à l'université. » Il s'essuya le front et se remit à manier la pelle. « Il paraît que l'équipe a attendu et attendu encore qu'il reprenne connaissance, et qu'aujourd'hui ils ont cessé d'attendre et ont essayé de le ranimer.

– Une erreur? On lui a donné une dose trop forte?

– Qui sait... Le pauvre type est mort.

– C'est ça qui me fait peur, dit l'autre avec un frisson. Qu'on vous donne une dose trop forte. On ne peut rien faire. Il ne s'est jamais réveillé? Il n'a jamais rien dit?

– Non. Absolument rien. La merde, c'est qu'il se soit fait prendre. C'était sa faute : le connard travaillait pour son compte.

– Comment s'en est-il tiré?

– Je n'en ai aucune idée. Je me souviens de lui comme d'un de ceux qui croient tout savoir. Un petit malin! Ces salauds causent plus d'ennuis qu'ils n'en valent la peine. » L'homme travaillait avec énergie. Quand il se fatigua, l'autre le remplaça. La tombe fut bientôt comblée. L'homme aplatit la terre, le souffle court.

« Si ce connard s'est fait prendre, pourquoi nous donnons-nous tout ce mal?

– Si le corps ne peut pas être rapatrié, un camarade a droit à un enterrement convenable, le Livre le dit. C'est un cimetière russe, non?

– Bien sûr, mais je n'aimerais sûrement pas être enterré ici. » L'homme essuya la terre de ses mains, puis se retourna et se soulagea sur la pierre tombale la plus proche.

Son compagnon s'affairait à déterrer une stèle. « Donne-moi un coup de main. » Ils soulevèrent la pierre et la replantèrent à la tête de la tombe.

Il avait bien besoin de mourir, ce petit salaud, songea-t-il. Ça n'est pas ma faute. Il aurait dû supporter la dose. Connards de médecins! Ils devraient quand même savoir! Je n'avais pas le choix, ce petit salaud était en train de couler et il y avait trop de questions sans réponse, par exemple, qu'y avait-il de si important pour que cet archisalaud de Hashemi Fazir procède lui-même à l'interrogatoire, avec ce fils de pute d'Armstrong? Ces deux grands pros ne perdent pas leur temps avec du menu fretin. Et pourquoi Yazernov a-t-il dit « Fedor... » juste avant de clamser? Qu'est-ce que ça veut dire?

« Rentrons, dit l'autre homme. Cet endroit est dégueulasse, et ça pue, ça pue plus qu'il n'est normal. » Il ramassa la pelle et s'enfonça dans la nuit.

Juste à ce moment, les caractères gravés sur la pierre attirèrent le regard du chauffeur, mais il faisait trop sombre. Il alluma un instant sa torche. L'inscription disait : « Comte Alexis Pokenov, ministre plénipotentiaire auprès du shah Nasir ed-Din, 1830-1862. »

Yazernov aimerait ça, songea-t-il, avec un sourire narquois.

Maison Bakravan, près du bazar : 19 h 15. La porte qui donnait sur la rue s'ouvrit toute grande. « *Salam*, Altesse. » Le domestique regarda Sharazad passer d'un pas léger, suivie de Jari, entrer dans la cour et ôter son tchador; elle secouait la tête et de ses doigts regonflait ses mèches.

« Le... votre mari est de retour, Altesse; il est revenu juste après le coucher du soleil. »

Un instant Sharazad s'immobilisa à la lueur des

lampes à huile dont la flamme dansait dans la cour enneigée qui menait à la porte d'entrée.

Alors c'est fini, se dit-elle. Fini avant d'avoir commencé. Presque commencé aujourd'hui. J'étais prête et pourtant pas... Et maintenant, maintenant me voilà sauvée de... de mon désir ou de mon amour, était-ce cela que j'essayais de décider? Je ne sais pas, je ne sais pas, mais... mais demain je le verrai une dernière fois, il faut que je le voie encore une fois, il le faut... rien qu'une fois... juste pour dire adieu...

Les yeux pleins de larmes, elle se précipita dans la maison, traversant les salles et les salons, monta l'escalier, s'engouffra dans leur appartement et se jeta dans ses bras. « Oh! Tommy, ça fait si longtemps!

– Que tu m'as manqué... ne pleure pas, ma chérie, inutile de pleurer... »

Il l'entourait de ses bras et elle sentit la légère odeur familière d'huile et d'essence qui venait de sa tenue de vol accrochée à une patère. Sans lui laisser une seconde, elle se leva sur la pointe des pieds, l'embrassa et dit aussitôt : « J'ai de si merveilleuses nouvelles, j'attends un enfant, oui, c'est vrai, j'ai vu un médecin et demain j'aurai les résultats du test, mais je sais! fit-elle avec un grand sourire. Oh! Tommy, continua-t-elle avec la même précipitation. Peux-tu m'épouser, s'il te plaît, s'il te plaît?

– Mais nous sommes mar...

– Dis-le, oh! je t'en prie, je t'en prie, dis-le! » Elle leva les yeux et vit qu'il était encore pâle et qu'il souriait à peine, mais c'était assez pour le moment, et elle l'entendit dire : « Bien sûr que je t'épouserai.

– Non, dis-le bien, je t'épouserai, Sharazad Bakravan. Je vais t'épouser, je vais t'épouser, je vais t'épouser. » Puis elle l'entendit le dire. « Parfait », s'exclama-t-elle en le serrant à son tour, puis elle le repoussa et se précipita vers le miroir pour refaire son maquillage. Elle aperçut Lochart dans la glace, le visage si sévère, l'air troublé. « Qu'y a-t-il?

– Tu es sûre, sûre pour l'enfant?

– Oh! Je suis absolument sûre, fit-elle en riant, mais le médecin a besoin de preuves, les maris ont besoin de preuves. N'est-ce pas que c'est merveilleux?

– Oui... oui, merveilleux. » Il posa les mains sur son épaule. « Je t'aime! »

Dans sa tête, elle entendit l'autre « Je t'aime » qu'on lui avait dit avec tant de passion et de nostalgie, et elle pensa comme c'était étrange : l'amour de son mari était sûr et avait fait ses preuves, ce n'était pas le cas de celui d'Ibrahim – et pourtant je crois que le sien était sans réserve alors que, même après l'annonce de cette merveilleuse nouvelle, mon mari me regarde en fronçant les sourcils.

« Un an et un jour ont passé, Tommy, comme tu le voulais », fit-elle avec douceur; puis elle quitta la coiffeuse, passa les mains autour du cou de Tom en souriant, sachant que c'était à elle de l'aider. « Les étrangers ne sont pas comme nous, princesse, avait dit Jari. Leurs réactions sont différentes, mais ne t'inquiète pas, sois délicieuse comme tu sais l'être et il sera comme de l'argile entre tes mains... » Tommy sera le meilleur père qu'on ait jamais vu, se promit-elle, si heureuse de ne pas avoir cédé cet après-midi, d'avoir annoncé cette nouvelle, de savoir que maintenant ils allaient vivre toujours heureux. « Nous allons, Tommy, n'est-ce pas?

– Quoi donc?

– Vivre toujours heureux. »

Un instant la joie qu'elle manifestait lui fit oublier son chagrin à propos de Karim Peshadi, son inquiétude sur ce qu'il allait falloir faire et comment le faire. Il la prit dans ses bras et alla s'asseoir dans le fauteuil en la berçant. « Oh oui! Oh oui! Nous allons vivre heureux. J'ai tant de choses à te rac... » Jari qui frappait à la porte l'interrompit.

« Entre, Jari.

– Excusez-moi, Excellences, Son Excellence Meshang et Son Altesse sont arrivées et attendent d'avoir le plaisir de vous voir tous les deux à votre convenance.

– Dis à Son Excellence que nous viendrons dès que nous nous serons changés. » Lochart ne remarqua pas le soulagement de Jari en voyant Sharazad lui faire un signe de tête avec un sourire rayonnant.

« Je vais faire couler votre bain, Altesse, dit Jari en passant dans la salle de bains. N'est-ce pas merveilleux pour Son Altesse, Excellence? Oh! Toutes mes félicitations, Excellence, toutes mes félicitations...

– Merci, Jari », dit Lochart sans l'écouter, pensant à l'enfant à naître, à Sharazad, partagé entre le bonheur et l'inquiétude. Tout était si compliqué maintenant et si difficile.

« Pas difficile », dit Meshang après le dîner.

La conversation avait été assommante, dominée par Meshang, comme toujours maintenant qu'il était le chef de la maison, Sharazad et Zarah ouvrant à peine la bouche, Lochart ne disant pas grand-chose : inutile de parler de Zagros car Meshang ne s'était jamais le moins du monde intéressé à son opinion ni à ce qu'il faisait. A deux reprises il avait failli parler de Karim : pas de raison de leur dire encore, avait-il pensé, en masquant son désespoir. Pourquoi être le messager de mauvaises nouvelles?

« Vous ne trouvez pas la vie à Téhéran difficile maintenant? » demanda-t-il. Meshang n'avait cessé de gémir à propos de tous les nouveaux règlements imposés au bazar.

« La vie est toujours difficile, dit Meshang, mais, si vous êtes iranien, un commerçant entraîné, avec du soin et de la compréhension, du travail et de la logique, même le *komiteh* révolutionnaire peut être apprivoisé. Nous avons toujours maté les collecteurs d'impôts et les seigneurs, les shahs, les commissaires, les pachas yankees et britanniques.

– Je suis heureux de l'entendre, très heureux.

– Et je suis très heureux que vous soyez de retour, je voulais vous parler, dit Meshang. Ma sœur vous a dit qu'elle attendait un enfant?

– Oui, bien sûr. N'est-ce pas merveilleux?

– Oui, tout à fait. Dieu soit loué. Quels sont vos projets?

– Que voulez-vous dire?

– Où allez-vous vivre? Comment allez-vous tout payer maintenant? »

Un grand silence. « Nous nous débrouillerons, fit Lochart, je compte...

– Je ne vois pas comment vous pourrez, logiquement. J'ai examiné vos notes de l'année dernière et... » Meshang s'interrompit en voyant Zarah se lever.

« Je ne pense pas que ce soit le moment de parler de notes, dit-elle, soudain très pâle, tout comme Sharazad.

– Moi, si, fit Meshang sans ménagements. Comment ma sœur va-t-elle survivre? Assieds-toi, Zarah, et écoute! Assieds-toi! Et je dis que tu ne participeras pas à une marche de protestation ni à une autre manifestation, que désormais tu m'obéiras ou bien je te fouetterai! *Assieds-toi!* » Zarah obéit, choquée de ses mauvaises manières et de sa violence. Sharazad était abasourdie, son monde s'écroulait. Elle vit son frère se tourner vers Lochart. « Voyons, capitaine, vos factures de l'année dernière, les factures payées par mon père, sans compter celles qui sont encore impayées, représentent sensiblement plus que votre salaire. Est-ce vrai? »

Sharazad était rouge de honte et de colère et, sans laisser à Lochart le temps de répondre, elle dit de sa voix la plus suave : « Meshang chéri, tu as tout à fait raison de t'inquiéter de nous, mais la part...

– Aie la bonté de te taire! Il faut que j'interroge ton mari, pas toi, c'est son problème, pas le tien. Alors, cap...

– Mais, Meshang chér...

– Silence! Alors, capitaine, est-ce vrai ou non?

– Oui, c'est vrai, répondit Lochart, cherchant désespérément une issue. Mais, eh, vous vous rappellerez que Son Excellence m'a offert l'appartement, tout l'immeuble en fait, si bien que les autres loyers ont payé les factures et que le reste était une pension destinée à Sharazad pour laquelle je lui en étais éternellement reconnaissant. Quant à l'avenir, je m'occuperai de Sharazad, bien sûr.

– Avec quoi? J'ai lu votre jugement de divorce et il est clair qu'avec les versements que vous faites à votre ancienne femme et à votre enfant, je ne vois pas comment vous pouvez sauver ma sœur de la pénurie. »

Lochart étouffait de rage. Sharazad s'agitait sur son siège. Lochart vit sa frayeur et réprima l'envie qu'il avait d'envoyer son poing dans la figure de Meshang. « C'est très bien, Sharazad. Ton frère a le droit de poser la question. C'est juste, il a le droit. » Il lut l'expression satisfaite sur le beau visage buriné et comprit que la lutte s'engageait. « Nous nous débrouillerons, Meshang, je me débrouillerai. Notre appartement ne va pas être réquisitionné éternellement, sinon nous pourrons en prendre un autre. Nous...

– Il n'y a plus d'appartement ni d'immeuble. Tout a brûlé samedi. Il ne reste rien, rien. »

Sharazad était la plus bouleversée. « Oh! Meshang, tu es sûr? Pourquoi ne m'as-tu rien dit? Pourquoi...

– Vos biens sont-ils si nombreux que vous ne vérifiiez pas de temps en temps? Il ne reste absolument plus rien!

– Oh! Bon Dieu! murmura Lochart.

– Vous feriez mieux de ne pas blasphémer, dit Meshang qui avait du mal à ne pas triompher ouvertement. Il n'y a donc plus d'appartement, plus d'immeuble, rien. *Inch' Allah.* Alors, maintenant, comment comptez-vous payer vos factures?

– Les assurances! lança Lochart. Il doit y avoir une ass... »

Un énorme rire déferla sur lui, Sharazad renversa un verre d'eau sans que personne s'en aperçût. « Vous croyez que l'assurance va payer? ricana Meshang. Maintenant? En admettant qu'il y en ait une? Vous n'avez plus votre tête, il n'y a pas d'assurance, il n'y en a jamais eu. Alors, capitaine : beaucoup de dettes, pas d'argent, pas de capital, pas d'immeuble : d'ailleurs il n'était même pas légalement à vous, c'était seulement un arrangement conçu par mon père pour vous sauver la face en vous fournissant les moyens de vous occuper de Sharazad. » Il prit un morceau de *halva* qu'il engloutit. « Alors qu'est-ce que vous proposez?

– Je m'arrangerai.

– Comment, dites-moi, je vous en prie... et Sharazad, bien sûr, elle a le droit, le droit légal, de savoir. Comment?

– J'ai des bijoux, Tommy, murmura Sharazad. On peut vendre ça. »

Cruellement, Meshang laissa les mots flotter dans l'air, ravi de voir Lochart aux abois et humilié.

Chien d'Infidèle! Sans les Lochart dans notre monde, sans les rapaces étrangers, les exploiteurs de l'Iran, nous n'aurions pas Khomeiny et ses mollahs, mon père serait encore en vie et Sharazad convenablement mariée. « Alors?

– Que suggérez-vous? dit Lochart.

– Que suggérez-vous, vous?

– Je ne sais pas.

– En attendant, vous n'avez pas de maison, une note très substantielle et vous serez bientôt sans travail : je doute que votre compagnie soit autorisée à fonctionner ici encore longtemps, il est bien normal que les compagnies étrangères soient persona non grata, fit Meshang, très fier de se rappeler l'expression latine.

– Si ça arrive, je donnerai ma démission et je demanderai à piloter des hélicos pour des compagnies iraniennes. Ils auront besoin de pilotes. Je parle farsi, je suis un pilote expérimenté et un bon instructeur. Khomeiny... L'imam veut que la production de pétrole revienne immédiatement à la normale, alors bien sûr ils auront besoin de pilotes entraînés. »

Meshang rit sous cape. La veille, le ministre Ali Kia était venu au bazar, humble comme il se devait et soucieux de plaire, apportant un merveilleux *pishkesh* – ces « honoraires de consultant » annuels n'étaient-ils pas bientôt dus! –, et il lui avait parlé de ses plans de mettre la main sur tous les appareils possédés en association et de geler tous les comptes bancaires. « Nous n'aurons pas de problèmes à trouver tous les mercenaires qu'il nous faut pour piloter *nos hélicoptères*. Excellence Meshang, avait dit Kia. Ils se précipiteront vers nous à la moitié de leurs salaires habituels. »

Oui, sûrement, mais pas toi, mari provisoire de ma sœur, même pas pour le dixième de ton salaire. « Je vous conseille d'être plus pratique. » Meshang examina ses ongles soigneusement manucurés qui cet après-midi avaient caressé la fille de quatorze ans qu'Ali Kia lui avait offerte : « La première parmi bien d'autres, Excellence! » Une ravissante peau blanche de Circassienne, et le mariage provisoire de l'après-midi qu'il s'était fait un plaisir de prolonger pour la semaine. « Les actuels dirigeants de l'Iran sont xénophobes, surtout en ce qui concerne les Américains.

– Je suis canadien.

– Je doute que cela compte. Il est logique de présumer qu'on ne vous autorisera pas à rester. » Il lança un bref regard à Sharazad. « Ni à revenir.

– Supposition, dit Lochart entre ses dents.

– Capitaine, on ne peut prolonger plus longtemps la charité de mon défunt père : les temps sont durs. Je veux savoir comment vous comptez entretenir ma sœur et son enfant à naître, où vous avez l'intention de vivre et comment. »

Lochart se leva brusquement, à la stupéfaction générale. « Vous vous êtes expliqué clairement, Excellence Meshang. Je vous répondrai demain.

– Je veux une réponse maintenant. » Le visage de Lochart se durcit. « Je vais d'abord en parler à ma femme et ensuite je vous parlerai demain. Viens, Sharazad. » Il sortit à grands pas. En larmes, elle se précipita derrière lui et referma la porte.

Meshang eut un sourire sardonique, prit une autre confiserie et se mit à la mâcher.

Zarah, furieuse, lança : « Mais au nom du Seign... »

Il se pencha et la gifla. « Tais-toi! » cria-t-il. Ce n'était pas la première fois qu'il la battait, mais jamais avec une telle violence. « Tais-toi, ou je divorce! Je divorce, tu entends? D'ailleurs, je m'en vais prendre une autre femme : quelqu'un de jeune, pas une vieille haridelle desséchée comme toi. Tu ne comprends pas que Sharazad est en danger, que nous sommes tous en danger à cause de cet homme? Va implorer le pardon de Dieu pour tes mauvaises manières! Sors! » Elle s'enfuit. Il lança une tasse derrière elle.

Dans les faubourgs Nord : 21 h 14. Au volant de la petite voiture à la carrosserie bosselée, Azadeh roulait à vive allure dans la rue bordée de belles demeures et de grands immeubles – la plupart d'entre eux sans lumière et quelques-uns dévastés par des vandales –, tous phares allumés, éblouissant les voitures arrivant en sens inverse, et klaxon bloqué. Elle freina, dérapa en coupant sans ménagement plusieurs files, évita de peu un accident, et s'engouffra dans le garage d'un des grands immeubles dans un grand crissement de pneus.

Le garage était plongé dans l'obscurité. Dans la poche de la portière il y avait une torche. Elle l'alluma, descendit et ferma la voiture à clé. De l'autre côté du garage, il y avait un escalier et un commutateur. Au premier essai, l'ampoule la plus proche eut une brève lueur et s'éteignit. Elle monta les marches d'un pas lourd. Il y avait quatre appartements sur chaque palier. L'appartement que son père lui avait prêté, à Erikki et à elle, était au troisième palier et donnait sur la rue. Aujourd'hui on était lundi. Elle était ici depuis samedi. « C'est sans risques, Mac », avait-elle dit en annonçant qu'elle partait, alors qu'il essayait de la persuader de rester dans son appartement, « mais, si mon père veut que je retourne à Tabriz, rester ici avec vous ne m'aidera pas. Dans l'appartement, j'ai un téléphone, je suis à moins d'un kilomètre, je peux faire sans mal le trajet à pied, j'ai des vêtements de rechange et un domestique. Tous les jours j'irai prendre des nouvelles au bureau, je vous attendrai, c'est tout ce que je peux faire. »

Elle n'avait pas dit qu'elle préférait être loin de lui et de Charlie Pettikin. Je les aime bien tous les deux, songea-t-elle, mais ils sont un peu vieux et pédants, pas du tout comme Erikki. Ni comme Johnny. Ah! Johnny, que faire avec toi, est-ce que j'oserai te revoir?

Le troisième étage était sombre, mais avec sa torche elle trouva sa clé, l'introduisit dans la serrure, puis elle sentit des yeux sur elle et se retourna, affolée. Le vagabond basané et mal rasé avait sa braguette ouverte et brandissait vers elle un pénis en pleine érection. « Je t'attendais, princesse de toutes les putes, les dieux me damnent s'il n'est pas prêt à te prendre, par-devant ou par-derrière... » Il s'avança en proférant des obscénités et elle recula, terrifiée, puis saisit la clé, la tourna et ouvrit toute grande la porte.

Le chien de garde, un doberman, était là. L'homme s'immobilisa. Un grognement menaçant, puis le chien chargea. Affolé, l'homme poussa un cri et essaya de repousser le chien, puis il dévala les marches, le chien grognant, montrant les dents et le mordant aux jambes et dans le dos, lacérant ses vêtements pendant qu'Azadeh lui criait : « Alors, montre-le-moi donc! »

« Oh! Altesse, je ne vous ai pas entendue frapper, qu'est-ce qui se passe? » cria le vieux domestique en se précipitant de la cuisine.

Furieuse, elle essuya la sueur sur son visage et lui dit : « Dieu te maudisse, Ali, je t'ai demandé vingt fois de me retrouver en bas avec le chien. Je suis à l'heure, je suis toujours à l'heure. Tu n'as donc pas de tête? »

Le vieil homme se mit à marmonner des excuses, mais une voix brutale derrière elle l'interrompit. « Va chercher le chien! » Elle se retourna, l'estomac crispé.

« Bonsoir, Altesse. » C'était Ahmed Dursak, grand, barbu, terrifiant, planté sur le seuil du salon. *Inch' Allah*, se dit-elle, fini d'attendre. « Bonsoir, Ahmed.

– Altesse, excusez-moi, je vous prie, je ne me rendais pas compte de ce qu'étaient les gens à Téhéran, sinon je vous aurais attendu en bas moi-même. Ali, va chercher le chien! »

Terrifié et se confondant toujours en excuses, le domestique descendit précipitamment l'escalier. Ahmed referma la porte et regarda Azadeh ôter ses bottes et glisser ses pieds menus dans des pantoufles turques incurvées. Passant devant lui, elle entra dans le salon meublé à l'occidentale et s'assit, le cœur battant. Du feu flambait dans la cheminée. Çà et là des tapis sans prix, d'autres pendus aux murs. Auprès d'elle, une petite table. Sur la table, le *kukri* que Ross lui avait laissé. « Tu as des nouvelles de mon père et de mon mari?

– Son Altesse le khan est malade, très malade, et...

– De quoi souffre-t-il? demanda Azadeh, sincèrement préoccupée.

– Une crise cardiaque.

– Dieu le protège... Quand est-ce arrivé?

– Jeudi dernier. » Il devina ses pensées. « C'était le jour où vous et... le saboteur étiez au village d'Abu-Mard. N'est-ce pas?

– Sans doute. Les derniers jours avaient été assez confus, dit-elle d'un ton glacial. Comment va mon père?

– L'attaque de jeudi a été bénigne, Dieu soit loué. Samedi, juste avant minuit, il en a eu une autre : beaucoup plus grave. » Il l'observait.

« Plus grave comment? Je t'en prie, ne joue pas avec moi! Dis-moi tout!

– Je suis désolé, Altesse, je n'avais pas l'intention de me jouer de vous. » Il gardait un ton poli et détourna son regard des jambes de la jeune femme, admirant son ardeur et son orgueil et brûlant d'envie en effet de se jouer d'elle. « Le docteur a dit que c'était une attaque et maintenant le côté gauche de Son Altesse est en partie paralysé; il peut encore parler avec quelques difficultés – mais il a l'esprit aussi solide que jamais. Le médecin a dit qu'il se remettrait beaucoup plus vite à Téhéran, mais le voyage n'est pas encore possible.

– Il va se remettre? interrogea-t-elle.

– Je ne sais pas, Altesse. Si Dieu le veut. A moi, il paraît très malade. Le docteur, je n'ai guère confiance en lui, tout ce qu'il a dit c'était que les chances de Son Altesse seraient meilleures s'il était ici, à Téhéran.

– Alors, amène-le ici dès que possible.

– Je le ferai, Altesse, n'ayez crainte. En attendant, j'ai un message pour vous. Le khan votre père dit : " Je souhaite te voir tout de suite. Je ne sais pas combien de temps je vais vivre encore mais certaines dispositions doivent être prises et confirmées. Ton frère Hakim est avec moi maintenant et... "

– Dieu le protège, s'écria Azadeh. Mon père s'est réconcilié avec Hakim?

– Son Altesse a fait de lui son héritier. Mais...

– Oh! C'est merveilleux, merveilleux, Dieu soit loué! Mais il...

– Soyez patiente et laissez-moi terminer son message : " Ton frère Hakim est avec moi maintenant et j'ai fait de lui mon héritier, sous certaines conditions, qui te concernent et qui le concernent. " » Ahmed hésita et Azadeh aurait voulu se précipiter dans la brèche ainsi ouverte, débordante qu'elle était de bonheur et toute prudence oubliée. Ce fut son orgueil qui l'arrêta.

« " Il est donc nécessaire que tu repartes tout de suite avec Ahmed. " C'est la fin du message, Altesse. »

La porte du palier s'ouvrit. Ali la referma. Il détacha le chien qui bondit aussitôt dans le salon et vint poser sa tête sur les genoux d'Azadeh. « C'est bien, Reza, dit-elle en le caressant, heureuse de ce répit qui lui permettait de reprendre ses esprits. Assis. Allons, assis! Assis! » Le chien obéit et se coucha à ses pieds, guettant la porte et surveillant Ahmed debout près de l'autre divan. Machinalement, la main d'Azadeh jouait avec le manche du *kukri*, et ce contact la rassurait. Ahmed en était tout à fait conscient. « Devant Dieu, tu m'as dit la vérité?

– Oui, Altesse, devant Dieu.

– Alors nous allons partir aussitôt, fit-elle en se levant. Tu es venu en voiture?

– Oui, Altesse. J'ai amené une limousine et un chauffeur. Mais il y a encore d'autres nouvelles, bonnes et mauvaises. Une demande de rançon est parvenue dimanche à Son Altesse. Son Excellence votre mari est entre les mains de bandits... » Elle s'efforça de garder son calme, mais ses genoux soudain se dérobaient sous elle. « ... Quelque part près de la frontière soviétique. Lui et son hélicoptère. Il semble que... que ces bandits affirment être des Kurdes, mais le khan en doute. Ils ont surpris de bonne heure jeudi le Soviétique Cimtarga et ses hommes, ils les ont tous tués et se sont emparés de Son Excellence et de l'hélicoptère. Puis ils ont gagné Rezaiyed où on l'a vu apparemment indemne avant que l'hélicoptère ne reparte.

– Dieu soit loué, murmura-t-elle. Exige-t-on une rançon pour libérer mon mari?

– La demande de rançon est arrivée tard samedi, apportée par des intermédiaires. Dès que Son Altesse a repris connaissance hier, il m'a chargé de vous transmettre le message et m'a envoyé vous chercher. »

Au mot « chercher », elle comprit que l'affaire était grave; Ahmed fouilla dans sa poche. « Son Altesse Hakim m'a donné ceci pour vous. » Il lui tendit une enveloppe cachetée. Elle l'ouvrit; le billet était de l'écriture de Hakim : « Ma chérie, Son Altesse a fait de moi son héritier et nous a rendu nos privilèges à tous les deux, sous certaines conditions, qu'il est facile d'accepter. Reviens vite, il est très malade et ne s'occupera pas de la rançon avant de t'avoir vue. *Salam.* »

Débordante de bonheur, elle sortit en courant, prépara en quelques instants un sac de voyage, puis griffonna un mot pour McIver en demandant à Ali de le lui remettre le lendemain. A la réflexion, elle prit le *kukri* et sortit en le serrant contre sa poitrine. Ahmed la suivit sans rien dire.

Mardi 27 février

CHAPITRE 11

Bandar Delam : 8 h 15. Kasigi suivait à grands pas l'officier de police au long des couloirs sinistres et encombrés de l'hôpital, le mécanicien radio Minoru à quelques pas derrière lui. Des malades et des blessés, des hommes, des femmes, des enfants, étaient allongés sur des brancards, affalés sur des chaises, debout ou simplement étendus par terre, attendant qu'on vienne leur porter secours, les grands malades mêlés à ceux qui n'avaient pas grand-chose, les uns se soulageant où ils étaient, les autres mangeant et buvant ce que des parents en visite leur avaient apporté – et tous ceux qui en avaient la force se plaignaient à grands cris. Des médecins et des infirmières harassés entraient dans les chambres et en sortaient. Les femmes portaient le tchador, à l'exception de quelques Anglaises dont le voile sévère paraissait acceptable.

Le policier finit par trouver la porte qu'il cherchait et se fraya un chemin dans la salle grouillante de monde. Des lits étaient alignés contre chaque cloison et il y avait une autre rangée au milieu, tous occupés par des hommes; leurs familles en visite pépiaient ou se plaignaient, les enfants jouaient, et même dans un coin une vieille femme faisait la cuisine sur un réchaud portatif. Scragger avait un poignet et une cheville attachés par des menottes aux barreaux d'un vieux lit de fer. Il était allongé sur une paillasse, tout habillé, avec ses chaussures, un bandage autour de la tête, il était sale et pas rasé. Quand il aperçut Kasigi et Minoru derrière le policier, son regard s'éclaira. « Salut, les copains, dit-il d'une voix éraillée.

– Comment allez-vous, capitaine? dit Kasigi, horrifié à la vue des menottes.

– Si j'étais libre, je serais très bien. »

Agacé, le policier les interrompit brutalement, lançant en farsi à l'intention des curieux : « C'est l'homme que vous vouliez voir?

– Oui, Excellence, répondit Minoru pour Kasigi.

– Alors maintenant vous l'avez vu. Vous pouvez signaler à votre gouvernement ou à qui vous voudrez que de toute évidence on l'a soigné. Il sera jugé par le *komiteh* de la circulation. » Puis, en grande pompe, il tourna les talons.

« Mais le capitaine pilote n'était pas au volant », dit patiemment Kasigi en anglais; Minoru traduisait pour lui, répétant ce qu'il avait expliqué une partie de la nuit et depuis l'aube à divers policiers de rangs divers, obtenant toujours à quelques variantes près la même réponse : « Si l'étranger n'était pas en Iran, l'accident n'aurait jamais eu lieu, bien sûr qu'il est responsable. »

« Peu importe s'il n'était pas au volant, il est quand même responsable! fit le policier d'un ton furieux. Combien de fois faut-il vous le dire? Il avait la responsabilité de la voiture. C'est lui qui l'avait commandée. S'il ne l'avait pas fait, l'accident ne se serait jamais produit, des gens ont été tués et blessés, bien sûr qu'il est responsable!

– Mais, je vous le répète, mon assistant ici présent témoignera que l'accident a été provoqué par l'autre voiture.

– Il est grave de mentir devant le *komiteh*, dit l'homme d'un ton sévère.

– Ce ne sont pas des mensonges, *agha*. Il y a d'autres témoins, affirma Kasigi, bien qu'il n'en eût aucun. J'insiste pour qu'on relâche cet homme. C'est un employé de mon gouvernement qui a investi des milliards de dollars dans notre usine pétrochimique Toda-Iran, au bénéfice de l'Iran et particulièrement de tous les gens de Bandar Delam. S'il n'est pas relâché aussitôt, je donnerai l'ordre à tous les Japonais d'évacuer les lieux et de cesser le travail! » Il était d'autant plus violent qu'il n'avait pas l'autorité pour le faire, et que bien entendu il ne donnerait jamais un ordre pareil. « Tout s'arrêtera!

– Par le Prophète, nous ne sommes plus soumis au chantage des étrangers, riposta l'homme en tournant les talons. Vous devrez en discuter avec le *komiteh*!

– S'il n'est pas relâché tout de suite, le travail va s'arrêter et il n'y en aura plus pour personne. Pour personne! » A mesure que Minoru traduisait, Kasigi remarquait une différence dans le silence et dans l'ambiance de la salle. Même chez le policier, conscient que tous les regards étaient sur lui et sensible à la soudaine hostilité dont il était l'objet. Un jeune homme portant un brassard vert sur un pyjama crasseux dit d'une voix rauque : « Tu veux nous faire perdre nos places, hein? Qui es-tu? Qu'est-ce qui nous dit que tu n'es pas un homme du shah? As-tu été interrogé par le *komiteh*?

– Bien sûr que oui! Par le Dieu unique, voilà des années que je suis pour l'imam! » riposta l'homme avec colère, mais une vague de peur montait en lui. « J'ai aidé la révolution, tout le monde le sait. Vous, dit-il à Kasigi en braquant un doigt sur lui, vous allez me suivre! » Il se fraya un chemin parmi les badauds.

« Je reviendrai, capitaine Scragger, ne vous inquiétez pas. » Kasigi et Minoru se précipitèrent derrière le policier.

Celui-ci descendit un escalier, prit un couloir, un autre escalier, grouillant de monde. La nervosité de Kasigi s'accentuait à mesure qu'il descendait plus bas dans les profondeurs de l'hôpital. L'homme enfin ouvrit une porte sur laquelle il y avait une inscription en farsi.

Kasigi sentit perler sur lui une sueur froide : ils étaient dans la morgue. Des dalles de marbre et, dessus, des corps recouverts de linceuls maculés. Il y en avait beaucoup. Une odeur de produits chimiques, de sang séché, d'ordures et d'excréments. « Tenez! » fit le policier en tirant un drap. Il découvrit le corps décapité d'une femme. Sa tête était posée près du tronc, les yeux ouverts. « C'est votre voiture qui a causé sa mort, qu'allez-vous faire pour elle et sa famille? » Kasigi entendit le « votre » et un frisson le parcourut. « Et ici! » Il tira sur un autre linceul. Une femme en bouillie, méconnaissable. « Alors?

– Nous... nous sommes bien sûr profondément désolés... nous sommes profondément désolés qu'il y ait eu des blessés, vraiment désolés, mais c'est le karma, *Inch' Allah*, ça n'est pas notre faute ni la faute du pilote qui est là-haut. » Kasigi avait du mal à maîtriser sa nausée. « Profondément désolés. »

Minoru traduisit, l'officier de police appuyé à la dalle dans une attitude insolente. Puis il dit quelque chose et les yeux du jeune Japonais s'ouvrirent tout grands. « Il dit... il dit que la caution, l'amende pour libérer tout de suite M. Scragger est d'un million de rials. Tout de suite. Ce que le *komiteh* décide n'a rien à voir avec lui. »

Un million de rials, c'étaient à peu près douze mille dollars. « Ce n'est pas possible, mais nous pourrions certainement payer cent mille rials dans l'heure.

– Un million », cria l'homme. Il saisit la tête de la femme par les cheveux et la brandit devant Kasigi qui avait du mal à rester debout. « Et ses enfants qui sont maintenant condamnés à jamais à être orphelins? Est-ce qu'ils ne méritent pas une compensation? Hein?

– Il... il n'y a pas cette somme en espèces dans... dans toute l'usine, désolé. » Le policier jura et continua à discuter, mais là-dessus la porte s'ouvrit. Des infirmiers arrivaient avec un chariot et un autre cadavre. Le policier dit brusquement : « Très bien, nous allons tout de suite à votre bureau. »

Ils y allèrent et prirent le dernier montant qu'avait proposé Kasigi, deux cent cinquante mille rials – environ trois mille dollars – mais pas de reçu, rien que la promesse verbale que Scragger pourrait partir. N'ayant aucune confiance dans le policier, Kasigi lui donna la moitié de la somme au bureau et mit le reste dans une enveloppe qu'il fourra dans sa poche. Ils retournèrent à l'hôpital. Là, il attendit dans la voiture pendant que Minoru et l'homme entraient. L'attente parut interminable, mais Minoru et Scragger finirent par descendre les marches avec le policier. Kasigi sortit de voiture et donna l'enveloppe au policier. L'homme maudit tous les étrangers et s'en alla à grands pas.

« Voilà », fit Kasigi en souriant à Scragger. Ils se serrèrent la main, Scragger se répandit en remerciements, s'excusa pour tout le mal qu'il leur avait donné. Les deux hommes maudirent le sort, puis le bénirent, et ils s'empressèrent de remonter dans la voiture. Le chauffeur iranien se lança dans la circulation, faillit emboutir une voiture qui avait la priorité et se mit à klaxonner comme un fou.

« Dites-lui de ralentir, Minoru », fit Kasigi. Minoru obéit, le chauffeur acquiesça en souriant et obéit à son tour. Il ne ralentit que quelques secondes.

« Ça va, capitaine?

– Oh oui! Une migraine du tonnerre, mais ça va. Le pire, c'était d'avoir envie de pisser.

– Comment?

– Les salauds m'ont gardé enchaîné au lit et ne voulaient pas me laisser aller aux toilettes. Je ne pouvais quand même pas pisser dans mon froc ni sur le lit, et c'est seulement de bonne heure ce matin qu'une infirmière m'a apporté un urinoir. Seigneur, j'ai cru que ma vessie allait éclater. » Scragger se frotta les yeux. « Bon, mon vieux, je vous dois ma liberté. Plus ma rançon! Ça faisait combien?

– Ce n'est rien, rien du tout. Nous avons des fonds pour ce genre de risques.

– Pas de problème. Andy Gavallan paiera. Oh! Ça me rappelle qu'il m'a dit avoir connu votre patron il y a quelques années, Toda, Hiro Toda.

– *Ah so desu ka?* fit Kasigi, sincèrement surpris. Gavallan a des hélicoptères au Japon?

– Oh non! C'était quand il était négociant en Chine, à Hong-kong, lorsqu'il travaillait pour la Struan. » Le nom donna un frisson à Kasigi mais il se maîtrisa. « Vous connaissez?

– Oui, une belle société. Toda fait, ou a fait, des affaires avec la Struan », dit Kasigi d'un ton détaché, mais il nota le renseignement pour l'avenir : n'était-ce pas Linbar Struan qui unilatéralement avait annulé cinq contrats d'affrètement voilà deux ans, ce qui avait failli nous mettre sur le sable? Peut-être Gavallan pourrait-il les aider à rattraper cela d'une façon ou d'une autre. « Désolé que vous ayez passé un si mauvais moment.

– Ce n'est pas votre faute, mon vieux. Andy voudra payer la rançon. A combien nous ont-ils évalués?

– C'était très modeste. Je vous en prie, que ce soit un cadeau... Vous avez sauvé mon bateau. »

Après un silence, Scragger reprit : « Alors je vous suis doublement redevable, mon vieux.

– C'est nous qui avions choisi le chauffeur... c'était notre faute.

– Où est-il, où est Mohammed?

– Désolé, il est mort. »

Scragger jura. « Ce n'était pas sa faute, il n'y était pour rien.

– Oui, oui, je le sais bien. Nous avons dédommagé sa famille et nous en ferons autant pour la victime. » Kasigi s'efforçait d'estimer à quel point Scragger était secoué, il aurait bien voulu savoir quand il serait prêt à voler et il était fort agacé de tous ces retards. Il avait absolument besoin de revenir à Al Shargaz le plus tôt possible, et de là rentrer au Japon. Son travail ici était fini. Le chef mécanicien Watanabe était totalement de son côté, les copies de ses rapports confidentiels consolideraient sa position dans la société et l'aideraient beaucoup – ainsi que Hiro Toda – à essayer de persuader le gouvernement de déclarer Toda-Iran projet national.

Il le fallait absolument, songea-t-il, plus confiant que jamais. Nous allons éviter la faillite, nous allons enterrer nos ennemis, les Mitsuwari et les Gyokotomo, et faire des bénéfices, des bénéfices énormes! Oh oui! Et autre coup de chance, songea Kasigi en se permettant un sourire cynique : la copie d'une importance explosive du défunt chef mécanicien Kasusaka à Gyokotomo, datée et signée, et que Watanabe avait miraculeusement « trouvée » dans un dossier oublié pendant que j'étais à Al Shargaz! Il va falloir que je l'utilise avec les plus grandes précautions. Oh oui! Les plus grandes précautions. Raison de plus pour rentrer le plus tôt possible.

Les rues étaient extrêmement encombrées. Audessus d'eux, le ciel était couvert, mais la tempête avait passé et il savait qu'avec ce temps-là on pouvait voler. Ah! Comme je regrette de ne pas avoir mon avion personnel, se dit-il.

Il se laissa aller à ses rêves, savourant son impression de réussite et de puissance. « Il semble que nous allons pouvoir commencer très bientôt maintenant les constructions, capitaine.

– Ah oui?

– Parfaitement. Le chef du nouveau *komiteh* nous a assurés de leur coopération. Il semble connaître un de vos pilotes, un certain capitaine Starke : il s'appelle Zataki. »

Scragger lui jeta un bref coup d'œil. « C'est Duke, Duke Starke, il l'a sauvé des gauchistes et l'a emmené à Kowiss. Si j'étais vous, mon vieux, je... je l'aurais à l'œil. » Il expliqua à Kasigi combien l'homme était changeant. « C'est un véritable dingue.

– Il ne m'a pas donné cette impression, pas du tout. Curieux... les Iraniens sont très... très bizarres. Mais, ce qui est plus important : comment vous sentez-vous?

– En pleine forme maintenant », fit Scragger avec exubérance. La veille et toute la nuit il s'était senti très mal. Perdu. Effrayé. Souffrant beaucoup. Le temps s'écoulait avec une horrible lenteur, son espoir se dissipait, il était certain que Minoru était blessé ou mort avec le chauffeur, si bien que personne ne saurait où il était ni ce qui s'était passé.

« Rien qu'une bonne tasse de thé ne saurait guérir. Si vous voulez partir tout de suite, je suis d'accord. Un bain rapide, je me rase, une tasse de thé, je mange un morceau et on file.

– Excellent. Alors nous partirons dès que vous serez prêt : Minoru a installé la radio et l'a vérifiée. »

Durant tout le trajet jusqu'à la raffinerie et pendant le vol de retour à Lengeh, Kasigi était d'excellente humeur. Près de Kharg, ils crurent avoir repéré le grand requin marteau dont Scragger avait parlé une fois. Ils volaient à faible altitude, près des côtes, le plafond était toujours bas, des cumulo-nimbus ici et là avec de temps en temps un éclair menaçant, mais pas très grave, quelques turbulences de temps en temps. La surveillance radar et le contrôle aérien fonctionnaient bien et vite, ce qui accrut les appréhensions de Scragger. Encore deux jours jusqu'à Ouragan sans compter aujourd'hui. Il ne pensait qu'à ça. Un jour de perdu rend toute l'opération encore plus risquée, se dit-il. Que s'est-il passé pendant que je n'étais pas là?

Bien après Kharg, il se posa pour refaire le plein et souffler un peu. Il avait encore très mal à l'estomac et il remarqua un filet de sang dans ses urines. Pas de quoi s'inquiéter, se dit-il. Après un coup pareil, une petite hémorragie n'a rien d'étonnant.

Ils étaient sur un banc de sable, à terminer leur repas : du riz froid, des filets de poisson et des cornichons. Scragger dévorait un énorme morceau de pain iranien qu'il avait raflé à la cambuse, Kasigi buvait une bière japonaise que Scragger avait refusée : « Merci, mais boire et piloter, ça ne va pas ensemble. »

Kasigi mangeait sobrement, Scragger engloutissait avec avidité. « Bonne bouffe, dit-il. On ferait mieux de partir dès que vous serez prêt.

– J'ai fini. » Ils reprirent l'air. « Vous aurez le temps de me conduire jusqu'à Al Shargaz ou Dubaï aujourd'hui?

– Pas si nous allons à Lengeh, fit Scragger en réglant son casque. Je vais vous dire, quand nous serons dans la zone de contrôle de Kish, je leur demanderai si je peux faire un crochet par Bahrein. Là vous pourriez prendre un vol local ou international. Il faudra refaire le plein à Lavan, mais ils seront d'accord. Comme je vous l'ai dit, je vous suis doublement redevable.

– Vous ne me devez rien du tout, fit Kasigi en souriant. A la réunion du *komiteh*, ce nommé Zakati a demandé dans combien de temps notre flotte d'hélicoptères serait de nouveau au complet. J'ai promis des mesures immédiates. Comme vous le savez, Guerney ne travaille plus pour nous. Ce que j'aimerais, c'est trois de vos 212 et deux 206 pour les trois mois à venir, après quoi nous négocierons un contrat à l'année, suivant nos besoins, renouvelable annuellement – sous votre responsabilité. Ce serait possible? »

Scragger hésita, ne sachant que répondre. Normalement, une pareille offre serait accueillie avec joie jusqu'à Aberdeen, Gavallan décrocherait lui-même son téléphone et ça vaudrait une grosse prime à tout le monde. Mais avec Ouragan qui approchait, Guerney qui n'était plus dans le coup et personne d'autre de disponible, il n'y avait aucun moyen d'aider Kasigi. « Quand... quand auriez-vous besoin des appareils? interrogea-t-il pour se donner le temps de réfléchir.

– Immédiatement, répondit Kasigi en regardant un pétrolier sous eux. J'ai garanti à Zataki et au *komiteh* que, s'ils coopéraient, nous commencerions tout de suite. Demain ou après-demain au plus tard. Vous pourriez peut-être demander à votre direction de dérouter provisoirement certains des 212 stationnés à Bandar Delam et qu'on n'utilise pas à plein. Non?

– Je le demanderai certainement, dès que nous nous poserons.

– Pendant une semaine environ il nous faudra une liaison aérienne provisoire avec le Koweit pour aller chercher et remplacer les équipes venant du Japon : Zataki a dit que leur *komiteh* s'arrangerait avec le *komiteh* de l'aéroport d'Abadan pour qu'on nous l'ouvre, aujourd'hui ou en tout cas pour la fin de la semaine... »

Scragger n'écoutait que d'une oreille les projets assurés de cet homme sans qui il serait encore enchaîné à son lit. Le choix était simple : ou tu lui parles d'Ouragan, ou tu le laisses dans la merde. Mais, si tu lui dis, tu trahis la confiance de quelqu'un d'autre, une confiance à long terme. Kasigi pourrait parler d'Ouragan. Il risque d'en parler à Plessey. Le problème est de savoir dans quelle mesure je peux lui faire confiance – et à Plessey?

Fort troublé, il jeta un coup d'œil par la vitre et vérifia sa position. « Désolé de vous interrompre, mais il faut que je signale notre présence. » Il pressa le bouton émission : « Radar de Kish, ici Hôtel-SierraTango, vous m'entendez?

– HST, ici le radar de Kish, nous vous recevons quatre sur cinq, allez-y.

– HST mission pour Toda-Iran destination base de Lengeh, en approche sur Lavan à 1 000 pieds, un passager à bord. Je demande autorisation de me ravitailler en carburant à Lavan et de faire un crochet par Bahrein pour déposer mon passager qui a des affaires urgentes à régler pour le compte de l'Iran.

– Autorisation refusée, garder l'altitude de 1000 pieds et la direction actuelle.

– Mon passager est japonais, directeur de Toda-Iran, et il a un besoin urgent de consulter son gouvernement japonais à propos du désir exprimé par le gouvernement iranien de reprendre aussitôt les opérations. Je demande qu'on examine ce cas spécial.

– Demande refusée. Aucun vol n'est autorisé à travers le Golfe sans un préavis de vingt-quatre heures. Virez à 95 degrés vers Lengeh, signalez-vous par le travers de Kish et non à la verticale de Kish. Bien reçu? »

Scragger jeta un coup d'œil à Kasigi qui lui aussi avait entendu la conversation. « Désolé, mon vieux. » Il prit le nouveau cap. « Bien reçu HST. Je demande l'autorisation de vol sur Al Shargaz demain à l'aube avec un passager.

– Restez en attente. » Des parasites crépitèrent dans les écouteurs. A tribord, la noria des pétroliers continuait entre les terminaux d'Arabie Saoudite, les Emirats, d'Abou Dhabi, de Bahrein, du Koweit et de l'Irak. Aucun ne chargeait à Kharg ni à Abadan où en temps normal une douzaine étaient en pompage pendant qu'une douzaine d'autres attendaient. Il n'y avait maintenant que les groupes de navires en attente, certains depuis plus de deux mois. Le ciel était toujours menaçant. « HST, ici Kish. Votre demande est approuvée de voler de Lengeh à Al Shargaz, demain mercredi 28, départ à midi. Jusqu'à plus ample informé tous, je répète : tous, les vols à travers le Golfe nécessiteront un préavis de vingt-quatre heures et tous, je répète : tous, les décollages nécessiteront une autorisation. Bien reçu? »

Scragger jura, puis accusa réception.
« Qu'est-ce que c'est? demanda Kasigi.
– Nous n'avons jamais eu à obtenir d'autorisation de décoller. Ces salauds deviennent vraiment difficiles. » Scragger pensait au vendredi et à ses deux 212 qui devaient prendre l'air, et à Kish qui était bien trop efficace. « Quels emmerdeurs!
– C'est vrai. Pourrez-vous prendre la direction de nos opérations d'hélicoptères?
– Il y a des tas de types mieux que moi.
– Ah! Je suis désolé, mais ce serait important pour moi. Je saurais que l'opération sera en bonnes mains. »
Scragger hésita de nouveau. « Merci, si je le peux, je le ferai sûrement, sûrement je le ferai.
– Alors, c'est réglé. J'adresserai une demande officielle à votre M. Gavallan. » Kasigi jeta un coup d'œil à Scragger. Quelque chose a changé, songea-t-il, mais quoi donc? Maintenant que j'y pense, le pilote n'a pas réagi avec l'enthousiasme que j'aurais prévu quand je lui ai proposé le marché. Il doit bien comprendre la valeur du contrat qu'on lui offre. Qu'est-ce qu'il cache? « Pourriez-vous contacter Bandar Delam par l'intermédiaire de votre base de Kowiss pour leur demander de nous fournir au moins un 212 demain?
– Oui, oui, bien sûr... dès notre arrivée. »
Ah! se dit Kasigi, j'avais raison, quelque chose a nettement changé. Il n'a plus ce même ton amical. Pourquoi? Je n'ai certainement rien dit pour le vexer. Ça ne peut pas être le contrat : c'est trop beau pour n'importe quelle compagnie d'hélicoptères. Alors, sa santé? « Vous vous sentez bien?
– Oh! Très bien, très bien, mon vieux, très bien. »
Ah! Le sourire était sincère cette fois et la voix comme d'habitude. Alors ce doit être quelque chose

qui concerne les hélicoptères. « Sans votre concours, les choses seront très difficiles pour moi.

– Oui, je sais. Moi, j'aimerais vous aider dans toute la mesure du possible. »

Ah! Le sourire avait disparu et la voix était redevenue grave. Pourquoi? Et pourquoi le « Moi, j'aimerais vous aider », comme s'il voulait bien mais que quelqu'un d'autre le lui interdise? Gavallan? Se pourrait-il qu'il sache que Gavallan, à cause de la Struan, refuserait de nous aider?

Un long moment, Kasigi envisagea toutes les hypothèses, mais sans parvenir à une réponse satisfaisante. Il se résolut alors à utiliser un subterfuge, presque infaillible, qu'il fallait employer avec un étranger comme celui-là.

« Mon ami, dit-il de son ton le plus sincère, je sais que quelque chose ne va pas, je vous en prie, dites-moi ce que c'est. » Voyant Scragger prendre un air encore plus grave, il ajouta : « Vous pouvez me le dire, vous pouvez me faire confiance, je suis vraiment votre ami.

– Oui... oui, je sais ça, mon vieux. »

Kasigi observait le visage de Scragger et attendait, en regardant le poisson se débattre au bout d'une ligne si mince et si solide qui remontait jusqu'à une pale de rotor brisée, une poignée de main, un danger partagé à bord du *Rikumaru*, jusqu'à des souvenirs de guerre partagés et à une vénération commune de camarades morts. Tant d'entre nous sont morts, et si jeunes. Oui, songea-t-il avec une soudaine colère, mais, si nous avions eu le dixième de leurs avions et de leur armement, et de leurs navires, un vingtième de leur pétrole et de leurs matières premières, nous aurions été invincibles et l'empereur n'aurait jamais eu à terminer la guerre comme il l'a fait. Nous aurions été invincibles – sans la bombe, sans les deux bombes. « Alors, qu'est-ce que c'est?

– Je... je ne peux pas vous le dire, pas encore... désolé. »

Kasigi perçut des signaux d'alarme. « Mais pourquoi, mon ami? Je vous assure que vous pouvez me faire confiance, répéta-t-il.

– ... Oui, mais ça ne dépend pas que de moi. A Al Shargaz, demain. Patientez, voulez-vous?

– Puisque c'est si important, je devrais le savoir maintenant, vous ne trouvez pas? » Kasigi attendait. Il connaissait la valeur de l'attente et du silence dans ces circonstances. Pas la peine de lui rappeler le « Je vous suis doublement redevable ». Pas encore.

Scragger se souvenait. A Bandar Delam, Kasigi m'a sauvé la peau, pas de doutes là-dessus. Sur son navire, à Siri, il m'a prouvé qu'il avait des couilles et aujourd'hui il s'est révélé un bon ami, il n'avait pas besoin de se donner tout ce mal aussi vite.

Son regard allait des instruments à l'horizon et il n'apercevait aucun danger, Kish maintenant proche à tribord. Kasigi regardait droit devant lui, le visage soucieux. Merde, mon vieux, si tu ne tiens pas parole, Zataki va devenir dingue! Mais tu ne peux pas tenir parole. Pas possible, mon vieux, et c'est moche de te voir assis là sans me rappeler ce que je te dois. « Kish, ici HST par le travers de Kish, à 1000 pieds.

– Ici Kish. Restez à 1000 pieds. Vous avez du trafic plein est à 10000 pieds.

– Je les ai repérés. » C'étaient deux chasseurs. Il les montra à Kasigi qui ne les avait pas vus. « Ce sont des F14, sans doute de la base de Bandar Abbas », dit-il. Kasigi ne répondit pas, il hocha simplement la tête et Scragger se sentit encore plus coupable. Les minutes s'écoulaient dans le ronronnement du moteur.

Puis Scragger prit sa décision. « Désolé, dit-il d'un ton nerveux, mais il faudra que vous attendiez jusqu'à Al Shargaz. Andy Gavallan peut vous aider, moi pas.

– Il peut m'aider? Comment ça? Qu'y a-t-il?

– Si quelqu'un peut vous aider, fit Scragger après un silence, c'est lui. Restons-en là, mon vieux. » Kasigi comprit ce qu'il y avait de définitif dans sa réponse mais refusa d'en tenir compte. Que Scragger ne fût pas tombé dans le piège qu'il lui avait tendu et ne lui eût pas révélé son secret augmentait le respect qu'il avait pour l'homme. Mais ça ne l'excuse pas, songea-t-il. Il m'en a dit assez pour me mettre en garde, à moi de trouver le reste. Alors, la clé c'est Gavallan! La clé de quoi?

Kasigi sentait ses pensées bouillonner. Est-ce que je n'ai pas promis à ce fou de Zataki que nous reprendrions tout de suite le travail? Comment ces hommes osent-ils compromettre tout notre projet... notre projet *national*? Sans hélicoptères, nous ne pouvons pas démarrer! C'est une véritable trahison contre le Japon! Qu'est-ce qu'ils projettent donc?

Au prix d'un grand effort, il garda un visage impassible. « Je verrai certainement Gavallan le plus tôt possible, espérons que vous dirigerez notre nouvelle opération, hein?

– Ce sera à Andy Gavallan de prendre sa décision. »

N'en soyez pas trop sûr, songeait Kasigi, parce que, quoi qu'il arrive, j'aurai les hélicos, tout de suite : les vôtres, ceux de Guerney, je m'en fous. Mais, par mes ancêtres samouraïs, la Toda-Iran ne va pas de nouveau être mise en péril! Sûrement pas! *et moi non plus!*

CHAPITRE 12

Tabriz. Palais du khan : 10 h 50. Azadeh suivit Ahmed dans la chambre meublée à l'occidentale jusqu'au lit à colonnes et, maintenant qu'elle se retrouvait à l'intérieur des murs, elle avait la chair de poule. Assise auprès du lit, une infirmière en blouse blanche empesée, un livre à demi ouvert sur ses genoux, les obervait avec curiosité derrière ses lunettes. Des rideaux de brocart poussiéreux protégeaient des courants d'air. L'éclairage était tamisé. Et la forte odeur du vieillard flottait dans l'air.

Le khan avait les yeux fermés, le visage blême, le souffle court, il avait, enfoncée dans le bras, l'extrémité d'un tuyau relié à un goutte-à-goutte accroché au lit. A demi endormie dans un fauteuil, Aysha était là, les cheveux défaits et le visage strié de larmes. Azadeh lui fit un pâle sourire, puis dit à l'infirmière d'une voix qu'elle ne reconnut pas : « Comment va Son Altesse?

– Bien. Mais il ne lui faut pas d'excitation ni de dérangement », dit l'infirmière dans un turc hésitant. Azadeh la regarda et vit que c'était une Européenne d'une cinquantaine d'années, aux cheveux bruns teints, avec une croix rouge sur la manche.

« Oh! Vous êtes anglaise ou française?

– Ecossaise », répondit la femme en anglais, visiblement soulagée. Elle parlait à voix basse, sans quitter des yeux le khan. « Je suis l'infirmière Bain, de l'hôpital de Tabriz, et le patient va aussi bien que possible – compte tenu du fait qu'il refuse d'obéir. Et qui êtes-vous, je vous prie?

– Sa fille, Azadeh. Je viens d'arriver de Téhéran. Il m'a demandée. Nous... nous avons voyagé toute la nuit.

– Ah bon! dit-elle, surprise qu'une aussi belle créature ait pu être engendrée par un homme aussi laid. Si je puis me permettre un conseil, mon enfant, il vaudrait mieux le laisser dormir. Dès qu'il s'éveillera, je lui dirai que vous êtes ici et je vous enverrai chercher. Il vaut mieux le laisser dormir. »

Ahmed intervint d'un ton irrité. « Voulez-vous me dire où est le garde de Son Altesse?

– Inutile d'avoir des hommes armés dans une chambre de malade. Je l'ai renvoyé.

– Il y aura toujours un garde ici, à moins que le khan n'ordonne qu'il sorte ou que je l'ordonne. » Furieux, Ahmed tourna les talons et sortit.

« C'est une simple coutume.

– Ah! Très bien. C'est encore une coutume dont on peut se passer. »

Le regard d'Azadeh revint à son père : elle le

reconnaissait à peine. Même comme ça, songea-t-elle, même comme ça il peut encore nous détruire, Hakim et moi, il a toujours son chien courant, Ahmed. « Je vous en prie, vraiment, comment va-t-il? »

Le rides se creusèrent sur le visage de l'infirmière.

« Nous faisons tout notre possible.

– Ne serait-ce pas mieux pour lui d'être à Téhéran?

– Ah! S'il a une autre attaque, certainement. » Tout en parlant, l'infirmière lui prit le pouls. « Mais je ne vous conseillerais pas de le transporter, pas du tout, pas encore. » Elle nota quelque chose sur un tableau, puis jeta un coup d'œil à Aysha. « Vous pourriez dire à cette jeune femme qu'il est inutile de rester, elle devrait se reposer aussi, la pauvre enfant.

– Désolée, je ne peux pas intervenir. Désolée, mais c'est une coutume aussi. Est-ce que... est-ce qu'il risque d'avoir une autre attaque?

– On ne sait jamais, ma petite, ça dépend de Dieu. Espérons que non. » La porte s'ouvrit et tous les regards se tournèrent dans cette direction. Hakim apparut, rayonnant. Le visage d'Azadeh s'éclaira et elle dit à l'infirmière : « S'il vous plaît, appelez-moi dès l'instant où Son Altesse se réveillera », puis elle traversa la chambre en courant, sortit dans le couloir, referma la porte et se jeta dans les bras de son frère. « Oh! Hakim, mon chéri, ça fait si longtemps, murmura-t-elle haletante. Oh! C'est vraiment vrai?

– Oui, oui, c'est vrai, mais comment... » Il s'interrompit en entendant des pas. Ahmed et un garde débouchèrent dans le couloir et s'approchèrent d'eux. « Je suis heureux que tu sois de retour, Ahmed, dit-il courtoisement. Son Altesse va être heureux aussi.

– Merci, Altesse. Il ne s'est rien passé en mon absence?

– Non, sauf que le colonel Fazir est venu ce matin voir père. »

Ahmed sentit son sang se glacer. « On l'a laissé entrer?

– Non. Tu avais donné des instructions de n'admettre personne sans l'autorisation personnelle de Son Altesse; il dormait alors, il a dormi presque toute la journée : je vérifie chaque heure et l'infirmière dit qu'il est toujours dans le même état.

– Bon. Je vous remercie. Le colonel a laissé un message?

– Seulement qu'il allait à Julfa aujourd'hui comme convenu avec son " associé ". Ça veut dire quelque chose pour toi?

– Non, Altesse », fit Ahmed em mentant sans vergogne. Son regard alla de l'un à l'autre, mais, avant qu'il ait pu dire un mot, Hakim reprit : « Nous serons dans le salon bleu, préviens-nous, je te prie, dès l'instant où père s'éveille. »

Ahmed les regarda s'éloigner bras dessus, bras dessous dans le couloir, le jeune homme grand et beau, sa sœur svelte et désirable. Des traîtres? On n'a guère le temps d'en avoir la preuve, songea-t-il. Il retourna dans la chambre du malade et vit la pâleur du khan, et de nouveau l'odeur l'assaillit. Il s'assit en tailleur, sans se soucier du regard désapprobateur de l'infirmière, et commença sa veille.

Que voulait ce fils de chien de Fazir? se demanda-t-il... Samedi soir, quand Hashemi Fazir et Armstrong étaient revenus de Julfa sans Mzytryk, Fazir, furieux, avait demandé à voir le khan. Ahmed avait assisté à l'entrevue et s'était déclaré aussi surpris qu'eux que Mzytryk ne fût pas dans l'hélicoptère. « Reviens demain... Si l'homme m'apporte une lettre tu pourras la voir, avait dit le khan.

– Merci, mais nous attendrons... La Chevrolet ne peut pas être loin derrière nous. »

Ils avaient donc attendu, le khan bouillonnant mais ne pouvant rien faire, avec les hommes de Hashemi postés en embuscade tout autour du palais. Une heure plus tard, la Chevrolet était arrivée. Il avait lui-même fait entrer le chauffeur pendant que Hashemi et l'Infidèle qiu parlait le farsi se cachaient dans la pièce voisine : « J'ai un message personnel pour Son Altesse », avait dit le Soviétique.

Dans la chambre du malade, le Soviétique avait dit :

« Altesse, je dois vous le remettre quand vous serez seul.

– Donne-le-moi maintenant. Ahmed est mon plus fidèle conseiller, donne-le-moi! » L'homme avait obéi à regret et Ahmed se souvenait de la brusque rougeur qui était montée aux joues du khan quand il avait commencé à le lire.

« Il y a une réponse? » avait demandé le Soviétique avec insolence.

Etouffant de rage, le khan avait secoué la tête, congédié l'homme, puis il avait tendu la lettre à Ahmed. Elle disait : « Mon ami, j'ai été bouleversé d'apprendre votre maladie et je serais près de vous en cet instant mais des affaires urgentes me retiennent ici. J'ai de mauvaises nouvelles pour vous : il se pourrait que vous et votre réseau d'espionnage ayez été trahis, livrés aux services de renseignement de la SAVAMA : saviez-vous que ce traître d'Abrim Pahmudi dirige maintenant cette nouvelle version de la SAVAK? Si on vous a livrés à Pahmudi, préparez-vous à déguerpir immédiatement si vous ne voulez pas vous retrouver dans une salle de torture. J'ai alerté nos gens pour qu'ils vous aident si nécessaire. Si cela semble sûr, j'arriverai mardi au coucher du soleil. Bonne chance. »

Le khan n'avait pas eu d'autre solution que de montrer le message aux deux hommes. « C'est vrai pour Pahmudi?

– Oui. C'est un de vos vieux amis, n'est-ce pas? avait dit Fazir pour l'agacer.

– Non... pas du tout. Sortez!

– Certainement, Altesse. Sachez en attendant que ce palais est surveillé. Inutile de partir. Je vous prie de ne rien faire pour gêner l'arrivée de Mzytryk mardi, de ne rien faire pour encourager une révolte en Azerbaïdjan. Quant à Pahmudi et à la SAVAMA, ils ne peuvent rien faire ici sans mon approbation. Je suis désormais la loi à Tabriz. Obéissez et je vous protégerai, désobéissez et vous serez son *pish-kesh*! »

Puis les deux hommes s'étaient retirés et le khan s'était mis dans une rage folle, il était plus furieux qu'Ahmed l'avait jamais vu. Puis la crise se calma, le khan était allongé par terre et Ahmed le regarda, s'attendant à le trouver mort, mais pas du tout. Il était seulement d'une pâleur de cire, agité de soubresauts, et il haletait.

« Comme Dieu le veut », murmura Ahmed qui n'avait pas envie de revivre cette nuit-là.

Dans le salon bleu : 11 h 15. Lorsqu'ils furent bien seuls, Hakim tendit les bras à Azadeh. « Oh! C'est merveilleux, merveilleux, merveilleux de te revoir... », commença-t-elle, mais il murmura : « Parle doucement, Azadeh, il y a des oreilles partout et l'on ne manquera pas de mal interpréter tes propos et de les répandre en mensonges.

– Najoud? Puisse-t-elle être à jamais maudite...

– Chut, ma chérie, elle ne peut plus nous faire de mal maintenant. Je suis l'héritier officiel.

– Oh! Dis-moi ce qui s'est passé, raconte-moi tout! »

Ils étaient assis au milieu des coussins du long canapé et Hakim arrivait à peine à parlez assez vite. « D'abord Erikki : la rançon est de dix millions de rials, pour lui et pour le 212, et...

– Père peut faire baisser cette somme et payer, il peut certainement payer, et puis trouver les ravisseurs et les mettre en pièces.

– Oui, bien sûr qu'il le peut et il m'a dit devant Ahmed que, dès que tu serais de retour, il s'y mettrait et c'est vrai qu'il m'a... qu'il a fait de moi son héritier à condition que je jure devant Dieu de chérir le petit Hassan comme je te chérirai – et bien sûr que j'ai accepté tout de suite avec joie –, et il a dit que tu devrais jurer aussi la même chose, que nous devrions jurer tous les deux de rester à Tabriz, moi pour apprendre à marcher sur ses traces et toi pour m'aider et... Oh! Nous allons être si heureux!

– C'est tout ce que nous avons à faire? demanda-t-elle, incrédule.

– Oui, oui, c'est tout. Il m'a fait son héritier devant toute la famille – j'ai cru que la famille allait mourir sur place, mais peu importe. Père a énuméré les conditions devant eux, j'ai tout de suite accepté, bien sûr, comme tu le feras... Pourquoi refuser?

– Bien sûr, bien sûr, n'importe quoi! Dieu veille sur nous! » Elle l'étreignit de nouveau, se blottissant le visage contre son épaule pour essuyer les larmes de joie. Pendant tout le trajet depuis Téhéran, durant cet affreux voyage avec Ahmed qui ne disait pas un mot, elle était terrifiée de ce que seraient les fameuses « conditions ». Mais maintenant? « C'est incroyable, Hakim, c'est de la magie! Bien sûr que nous chérirons le petit Hassan et que tu lui transmettras le titre de khan à lui ou à ses successeurs si c'est le désir de père. Dieu nous protège et le protège, et Erikki...

Erikki pourra voler comme il le veut... Pourquoi pas? Ça va être merveilleux. »

Elle s'essuya les yeux. « Oh! Je dois être épouvantable.

– Merveilleuse. Maintenant, raconte-moi ce qui t'est arrivé : je sais seulement que tu as été prise dans le village... avec le saboteur britannique et que tu as réussi à t'échapper.

– Un autre miracle, avec l'aide de Dieu, Hakim, mais sur le moment ça a été terrible, cet horrible mollah : je n'arrive pas à me rappeler comment nous sommes sortis de là, seulement ce que Johnny... ce que Johnny m'a raconté. Mon Johnny aux yeux clairs, Hakim. »

Il ouvrit de grands yeux. « Johnny, de Suisse?

– Oui. Oui, c'était lui. C'était lui l'officier britannique.

– Comment... ça semble impossible.

– Il m'a sauvé la vie, Hakim, et, oh! j'ai tant de choses à te raconter.

– Quand père a entendu parler du village il... tu sais que le mollah a été abattu par les Brassards verts, n'est-ce pas?

– Je ne m'en souviens pas mais Johnny me l'a dit.

– Quand père a entendu parler du village, il a ordonné à Ahmed de traîner ici le *kalandar*, il l'a interrogé, puis l'a renvoyé, il l'a fait lapider, il a fait couper les mains du boucher et brûler le village. C'est moi qui ai eu l'idée de brûler le village... Ces chiens! »

Azadeh était bouleversée. Détruire le village tout entier était une vengeance trop terrible.

Mais Hakim ne laissa rien venir gâcher son euphorie. « Azadeh, père ne me fait plus garder et je peux aller où bon me semble : j'ai même pris une voiture et je suis allé aujourd'hui à Tabriz tout seul. Tout le monde me traite comme l'héritier, toute la famille, même Najoud, et je sais pourtant qu'elle grince des dents et qu'il faut se méfier d'elle. C'est... ce n'est pas à ça que je m'attendais. » Il lui raconta comment on l'avait fait venir de Khoi et comment il s'attendait à être tué ou mutilé. « Tu te rappelles quand j'ai été banni? Il m'a maudit et a juré que le shah Abbas savait comment traiter les fils traîtres. »

Elle se mit à trembler en se rappelant ce cauchemar, les malédictions et la rage, et tout ça était si injuste puisqu'ils étaient tous deux innocents. « Qu'est-ce qui l'a fait changer? Pourquoi changerait-il envers toi, envers nous?

– La volonté de Dieu. Dieu lui a ouvert les yeux. Il doit savoir qu'il est proche de la mort et il doit prendre des décisions... Il est le khan. Peut-être qu'il a peur et qu'il veut se repentir. Nous n'étions coupables de rien contre lui. Et qu'est-ce que ça peut faire? Je m'en moque. Nous somme enfin libres du joug, libres.

Dans la chambre du malade : 23 h 16. Le khan ouvrit les yeux. Sans bouger la tête, il regarda autour de lui. Ahmed, Aysha et le garde. Pas d'infirmière. Puis il concentra son attention sur Ahmed assis par terre. « Tu l'as ramenée? balbutia-t-il péniblement.

– Oui, Altesse. Il y a quelques minutes. »

L'infirmière apparut dans son champ de vision. « Comment vous sentez-vous, Excellence? dit-elle en anglais, comme il le lui avait ordonné en lui expliquant que son turc était abominable.

– Parcil.

– Laissez-moi mieux vous installer. » Avec beaucoup de tendresse, d'attention – et de force –, elle le souleva et remonta les oreillers. « Avez-vous besoin d'un urinoir, Excellence? » Le khan réfléchit.

« Oui. » Elle le lui donna, il se sentit humilié de voir une Infidèle s'en charger, mais depuis qu'elle était arrivée, il avait découvert qu'elle était extrêmement efficace, très sage et très bonne infirmière, la meilleure de Tabriz, Ahmed y avait veillé – si supérieure à Aysha qui s'était révélée absolument inutile. Il vit Aysha lui sourire timidement, avec de grands yeux effrayés. Je me demande si jamais je m'enfoncerai de nouveau en elle jusqu'à la garde, raide comme un os, comme la première fois, ses larmes à elle et ses contorsions améliorant encore la performance.

« Excellence? »

Il accepta le comprimé et le verre d'eau qu'elle lui tendait, heureux de sentir la fraîcheur des mains de l'infirmière qui guidaient le verre. Puis il revit Ahmed et lui sourit, heureux de voir son confident de retour. « Bon voyage?

– Oui, Altesse.

– Elle est venue de son plein gré? ou de force?

– Comme vous l'aviez prévu, Altesse, dit Ahmed en souriant. De son plein gré. Tout comme vous l'aviez prévu.

– Je ne crois pas que vous devriez tant parler, Excellence, dit l'infirmière.

– Allez-vous-en. »

Elle lui tapota doucement l'épaule. « Voudriez-vous manger un peu, peut-être un peu de *horisht?*

– Du *halva*.

– Le docteur a dit que les sucreries n'étaient pas bonnes pour vous.

– *Halva!* »

L'infirmière soupira. Le docteur l'avait interdit puis il avait ajouté : « S'il insiste, vous pouvez lui en donner, autant qu'il veut, quelle importance maintenant? *Inch' Allah.* » Elle trouva le *halva* et lui en glissa un morceau dans la bouche, puis lui essuya la salive, et il se mit à mâcher avec délices.

« Votre fille est arrivée de Téhéran, Excellence, lui dit-elle. Elle m'a demandé de la prévenir quand vous vous réveillerez. »

Abdollah Khan avait du mal à parler. Il essayait de dire les phrases, mais sa bouche ne s'ouvrait pas quand elle était censée le faire, les mots restaient un long moment dans son esprit et puis, quand ils venaient, ils étaient déformés. Mais pourquoi? Je fais tout comme avant. Avant quoi? Je ne me souviens de rien, seulement de ténèbres épaisses, du sang qui s'était mis à gronder, d'aiguilles chauffées au rouge et qui me piquaient, et de ne plus pouvoir respirer.

Je peux respirer maintenant, j'entends et je vois parfaitement, mon esprit fonctionne et échafaude des plans aussi bien qu'avant. J'ai simplement du mal à m'exprimer. « Comment?

– Quoi donc, Excellence? » De nouveau l'attente. « Com...ment. Par...lez mieux.

– Ah! dit-elle, comprenant tout de suite, car elle avait l'habitude des malades. Ne vous inquiétez pas, au début, cela vous paraîtra un peu difficile. A mesure que vous irez mieux, vous retrouverez votre contrôle. Il faut vous reposer le plus possible, c'est très important. Le repos et les remèdes, la patience aussi et ça ira très bien. D'accord?

– Oui.

– Voudriez-vous que je fasse appeler votre fille? Elle tenait beaucoup à vous voir, une si jolie fille. »

Une nouvelle attente. « Plus... tard. Je la verrai plus... tard. Sor...tez... Pas Ahmed. »

L'infirmière hésita, puis de nouveau lui tapota doucement la main. « Je vous accorde dix minutes... si vous promettez de vous reposer après. D'accord?

– Oui. »

Lorsqu'ils furent seuls, Ahmed s'approcha du lit. « Oui, Votre Altesse?

– Quelle heure? »

Ahmed jeta un coup d'œil à sa montre. Elle était en or et il l'admirait beaucoup. « Il est presque 1 heure et demie, mardi.

– Et Petr?

– Je n' sais pas, Votre Altesse. » Ahmed lui répéta ce qu'avait raconté Hakim. « Si Petr arrive aujourd'hui à Julfa, Fazir l'attendra.

– *Inch' Allah*. Et Azadeh?

– Elle était sérieusement inquiète de votre état de santé et elle a accepté tout de suite de venir ici. Je l'ai vue voilà un moment avec votre fils. Je suis sûr qu'elle sera d'accord pour le protéger... comme il la protégera. »

Ahmed essayait de s'exprimer de façon claire et concise, pour ne pas le fatiguer. « Que voulez-vous que je fasse?

– Tout. » Tout ce dont j'ai discuté avec toi et un peu plus, songea le khan, son excitation grandissant : maintenant qu'Azadeh est de retour, coupe la gorge du messager venu demander la rançon pour que les gens du village furieux en fassent autant au pilote; tâche de savoir si ces chiens sont des traîtres et, si c'est le cas, arrache les yeux de Hakim, et elle, envoie-la vers le Nord chez Petr. Si ce n'est pas le cas, découpe lentement Najoud en morceaux et garde-les bien enfermés ici jusqu'à ce que d'une façon ou d'une autre le pilote soit mort, et ensuite renvoie-la vers le Nord. Et Pahmudi! Je vais mettre sa tête à un prix qui tenterait même Satan. Ahmed, offre-le d'abord à Fazir et dis-lui que je réclame vengeance, que je veux que Pahmudi soit torturé, empoisonné, découpé, mutilé, castré...

Son cœur se mit à battre plus fort et il leva la main pour se frotter la poitrine, mais sa main ne bougea pas. Pas d'un pouce. Rien. Aucune sensation. Ni dans sa main ni dans son bras. La peur déferla sur lui.

Il se rappela désespérément les paroles de l'infirmière, tandis que des vagues rugissaient à ses oreilles : il ne faut pas avoir peur; vous avez eu une attaque, c'est tout, pas très grave, a dit le docteur, et beaucoup de gens en ont. Le vieux Komargi a eu une attaque il y a environ un an mais il est toujours vivant, en pleine forme et il prétend qu'il peut encore coucher avec sa jeune épouse. Avec les traitements modernes.... vous êtes un bon musulman et vous irez au paradis, alors il n'y a rien à craindre, rien à craindre, rien à craindre... rien à craindre si je meurs j'irai au paradis...

Je ne veux pas mourir, cria-t-il. Je ne veux pas mourir, mais c'était seulement dans sa tête qu'il criait et aucun son ne sortait de ses lèvres.

« Qu'y a-t-il, Votre Altesse? »

Il vit l'inquiétude d'Ahmed et cela le calma un peu. Dieu soit loué de m'avoir donné Ahmed, je peux lui faire confiance, songea-t-til. Qu'est-ce que je veux qu'il fasse? « La famille, tous ici plus tard. D'abord Aza... deh, Hakim, Najoud... tu... com... prends?

– Oui, Votre Altesse. Pour confirmer la succession?

– Oui.

– J'ai votre permission de l'interroger, elle, Votre Altesse? »

Il acquiesça, les paupières lourdes, attendant que la douleur dans sa poitrine diminue. Il agita les jambes, sentant des aiguilles dans ses pieds, mais rien ne bougea la première fois, seulement à la seconde tentative et encore au prix d'un grand effort. La terreur de nouveau déferla sur lui. Affolé, il changea d'avis : « Paie la rançon vite, fais... venir le pilote ici, Erikki ici, et moi à Té...héran. Tu... comprends? » Il vit Ahmed hocher la tête. « Vite! » murmura-t-il et il lui fit signe d'aller, mais sa main gauche ne bougeait toujours pas. Terrifié, il essaya la main droite et elle bougea, pas facilement, mais elle remua. Sa panique s'apaisa un peu. « Paie la rançon maintenant... Mais... secret. Appelle l'infirmière. »

Au carrefour de Julfa : 18 h 15. Hashemi Fazir et Armstrong étaient une fois de plus en embuscade sous les arbres chargés de neige. Plus bas, la Chevrolet attendait, tous feux éteints, vitres ouvertes, deux hommes toujours sur la banquette avant. Sur la pente derrière eux, des deux côtés de la route de Julfa à Tabriz, une cinquantaine d'hommes était à l'affût, prêts à intervenir. Le soleil avait disparu derrière les montagnes et le ciel s'assombrissait.

« Il n'a plus beaucoup de temps, marmonna Hashemi.

– La dernière fois, il est arrivé au crépuscule. Le soleil n'est pas encore couché.

– Je pisse sur lui et sur ses ancêtres... Je suis gelé jusqu'à l'os.

– Il n'y en a plus pour longtemps maintenant, Hashemi, mon vieux! » Si cela ne tenait qu'à lui, Armstrong savait qu'il attendrait une éternité pour prendre Mzytryk, alias Souslev, alias Brodnine. Tout comme il avait dit qu'il attendrait à Tabriz après l'échec de samedi et leur confrontation avec le khan. « Laisse-moi les hommes, Hashemi, je dirigerai l'embuscade mardi. Toi, retourne à Téhéran, je sais que tu as mille choses à faire, j'attendrai ici, je le prendrai, je te l'apporterai.

– Non, je vais partir tout de suite et je serai de retour mardi de bonne heure. Toi, reste ici. »

« Ici », c'était une planque, un appartement donnant sur la mosquée Bleue, vaste et confortable et bien approvisionné en whisky. « Tu pensais vraiment ce que tu as dit à Abdollah Khan, Hashemi, que maintenant la loi ici c'est toi et que la SAVAMA et Pahmudi sont impuissants sans ton appui?

– Oui, parfaitement.

– Abdollah a l'air de vraiment en vouloir à Pahmudi. Pourquoi donc?

– Pahmudi a fait bannir Abdollah de Téhéran.

– Bon sang! Pourquoi?

– Une vieille inimitié, ça remonte à des années, avant notre époque. Depuis qu'Abdollah est devenu khan en 1953, il a brutalement conseillé à divers premiers ministres et hauts fonctionnaires de la cour d'être prudents en ce qui concernait les réformes politiques et les prétendues modernisations. Pahmudi, avec sa bonne éducation, son esprit formé à l'européenne, le méprisait, a toujours été contre lui, l'empêchant toujours d'avoir directement accès au shah. Malheureusement pour le shah, il avait la confiance de son maître.

– Pour finir par le trahir.

– Oh oui! Robert, peut-être même depuis le début. La première fois qu'Abdollah Khan et Pahmudi se sont ouvertement opposés, c'était en 1963, à propos des projets de réforme du shah pour donner le droit de vote aux femmes, aux non-musulmans et pour permettre à ceux-ci d'être élus aux Majlis. Abdollah, bien sûr, comme tous les Iraniens qui réfléchissaient un peu, savait que cela déclencherait une immédiate opposition de tous les chefs religieux, et notamment de Khomeiny, qui commençait tout juste à faire parler de lui.

– C'est incroyable que personne n'ait pu approcher le shah pour l'avertir, avait dit Armstrong.

– Beaucoup l'ont fait, mais aucun avec assez d'influence. La plupart d'entre nous, ouvertement ou non, étions d'accord avec Khomeiny. C'était mon cas. Abdollah a perdu un round après l'autre contre Pahmudi. Malgré tous nos conseils, le shah a changé le calendrier : il a remplacé l'islamique, aussi sacré pour les musulmans qu'avant la datation et après Jésus-Christ pour les chrétiens, et il a essayé d'imposer un calendrier fantaisiste qui remontait à Cyrus le Grand. Bien sûr, ça a rendu fou tous les musulmans et, après qu'on eut frôlé la révolution, le shah y a renoncé. » Hashemi vida son verre et le remplit aussitôt. « Alors, Pahmudi a dit publiquement à Abdollah d'aller se faire voir – j'ai toutes les preuves –, il lui a dit qu'il était stupide, retardataire, qu'il vivait à l'âge des ténèbres – " Pas étonnant pour quelqu'un qui vient de l'Azerbaïdjan " – et lui a ordonné de quitter Téhéran jusqu'à nouvel avis, faute de quoi il serait arrêté. Pire encore, il s'est moqué de lui à une grande réception et a fait publier dans la presse des caricatures très reconnaissables.

– Je n'aurais jamais pris Pahmudi pour un tel imbécile », dit Armstrong pour l'encourager à poursuivre, se demandant s'il allait faire un lapsus et révéler un renseignement important.

« Dieu merci, il l'est – et c'est pourquoi ses jours sont comptés. »

Armstrong se rappela l'étrange confiance dont faisait montre Hashemi, et combien cela l'avait surpris. Ce sentiment avait persisté pendant tout le temps qu'il avait attendu le retour de Hashemi à Tabriz, alors que c'était imprudent d'errer dans des rues encore emplies de factions rivales qui essayaient toujours d'occuper le terrain. Dans la journée, la police et l'armée loyaliste maintenaient la paix au nom de l'ayatollah; la nuit, c'était bien plus difficile, pour ne pas dire impossible, d'empêcher de petits groupes de fanatiques de terroriser certains quartiers de la ville. « Ce serait encore facile de les écraser, si ce démon d'Abdollah nous aidait, avait dit Hashemi furieux.

– Abdollah Khan a encore tant de pouvoir, même aujourd'hui qu'il est à moitié mort?

– Oh oui! Il est toujours le chef héréditaire d'une grande tribu : sa fortune, cachée mais bien réelle, supporterait la comparaison avec celle, non du shah, mais assurément de son père.

– Il va bientôt mourir. Que se passera-t-il alors?

– Son héritier aura le même pouvoir – à condition que ce pauvre diable de Hakim reste en vie pour en faire usage. Est-ce que je t'avais dit qu'il avait fait de lui son héritier?

– Non. Qu'y a-t-il d'étrange à cela?

– Hakim est son fils aîné qui pendant des années a vécu en disgrâce à Khoi. Il est entré et a été réhabilité.

– Pourquoi? Pourquoi a-t-il été banni?

– Histoire classique – il a été pris à comploter contre son père – tout comme Abdollah l'avait fait avec le sien.

– Tu es sûr?

– Non, mais curieusement le père d'Abdollah est mort dans la datcha des Mzytryk à Tbilissi. » Hashemi eut un sourire sardonique en voyant l'effet que produisait cette révélation. « D'apoplexie.

– Depuis quand le sais-tu?

– Assez longtemps. Nous demanderons à ton Mzytryk si c'est vrai quand nous l'attraperons. Car nous l'attraperons, mais je reconnais que ce serait plus facile avec Abdollah vivant. » Hashemi prit un ton plus sinistre. « J'espère qu'il vivra assez longtemps pour ordonner qu'on nous aide à faire cesser la guerre. Ensuite, qu'il crève. J'abomine cet infâme vieil homme qui nous a tous doublés et qui se sert de nous à ses propres fins. Bien sûr que je le déteste, mais je ne le livrerais quand même pas à Pahmudi :

c'est quand même un patriote à sa triste façon. Allons, Robert, je pars pour Téhéran, tu sais où me trouver. Voudrais-tu de la compagnie pour la nuit?

– Rien que de l'eau courante chaude et froide.

– Tu devrais faire des expériences, essayer un garçon pour changer. Oh! Pour l'amour de Dieu, ne sois pas si gêné. Il y a tant de fois où tu me déçois que je ne sais pas pourquoi je suis si patient avec toi.

– Merci.

– Vous autres Anglais, vous êtes si tordus quand il s'agit de sexe : vous êtes trop nombreux à être des homosexuels avoués ou cachés, ce que le reste d'entre vous juge un péché écœurant, le comble de l'abomination et contraire aux lois divines – alors que ce n'est pas le cas. Pourtant en Arabie, où les rapports entre hommes sont un fait historiquement normal et banal parce que la loi interdit de toucher à une femme avant d'être marié avec elle, sinon... – l'homosexualité, telle que vous l'entendez, est inconnue. Un homme préfère la sodomie, et alors? Ici, ça ne nuit en rien à sa virilité. C'est une expérience nouvelle, la vie est courte, Robert. En attendant, elle sera ici, pour te servir si tu le désires. Ne l'insulte pas en la payant. »

« Elle » était une Circassienne, chrétienne, séduisante, et il avait profité d'elle sans besoin ni passion, par politesse, puis il l'avait remerciée et l'avait laissée dormir dans le lit et rester le lendemain pour faire le ménage et la cuisine et le distraire de temps en temps; quand il s'était éveillé ce matin-là, elle avait disparu.

Armstrong leva les yeux vers le couchant. Il faisait beaucoup plus sombre qu'auparavant, la lumière déclinait rapidement. Ils attendirent encore une demi-heure.

« Le pilote ne pourra pas y voir pour atterrir maintenant, Robert. Allons-nous-en.

– La Chevrolet n'a toujours pas bougé. » Armstrong prit son pistolet et en vérifia le mécanisme. « Je partirai quand la Chevrolet s'en ira. D'accord? »

L'Iranien le dévisagea. « Il y aura une voiture en bas, garée en direction de Tabriz. Elle t'emmènera à notre planque. Attends-moi là-bas. Maintenant je retourne à Téhéran. Il y a des affaires importantes qui ne peuvent pas attendre, plus importantes que ce fils de chien; je crois qu'il sait que nous sommes sur ses traces.

– Quand reviendras-tu ici?

– Demain... Il y a toujours le problème du khan. » Il s'éloigna à grands pas dans l'obscurité en maugréant.

Armstrong le regarda s'en aller, heureux d'être seul. Hashemi devenait de plus en plus difficile, il était prêt à exploser, les nerfs trop tendus, bien trop tendus pour un directeur des services secrets disposant d'autant de pouvoir et d'une petite armée d'assassins bien entraînés. Robert, il est temps de lâcher. Je ne peux pas, pas encore. Allons, Mzytryk, bon sang, il y a un superbe clair de lune pour atterrir.

Juste après 10 heures, les lumières de la Chevrolet s'allumèrent. Les deux hommes remontèrent les vitres et la voiture s'éloigna dans la nuit. Armstrong alluma une cigarette, sa main gantée protégeant la petite flamme du vent. La fumée le remplit d'aise. Lorsqu'il eut terminé, il jeta le mégot dans la neige et l'écrasa sous son talon. Puis lui aussi s'en alla.

Près de la frontière irano-soviétique : 23 h 05. Erikki faisait semblant de dormir dans la petite cabane. Une mèche flottant dans l'huile au fond d'une vieille coupe de poterie ébréchée brûlait en projetant des ombres étranges. Les braises de l'âtre brillaient dans les courants d'air. Il ouvrit les yeux et regarda autour de lui. Il n'y avait personne d'autre dans la cabane. Sans bruit, il émergea de sous les couvertures et les peaux de bête. Il était tout habillé. Il passa ses bottes, s'assura qu'il avait bien son couteau sous sa ceinture et s'approcha de la porte qu'il ouvrit doucement.

Il resta planté là un moment, l'oreille aux aguets, la tête penchée. Des bancs de nuages masquaient la lune et le vent agitait les plus frêles des branches de pin. Le village était silencieux sous son manteau de neige. Pas un garde en vue. Pas un mouvement près de l'appentis où était garé le 212. Se déplaçant avec la prudence d'un chasseur, il contourna les cabanes et se dirigea vers l'appentis.

Le 212 était protégé par des peaux et des couvertures là où c'était le plus nécessaire, et toutes les portières étaient fermées. Par un hublot, il aperçut deux hommes du village enroulés dans des couvertures, étendus sur des sièges et qui ronflaient, leurs fusils à côté d'eux. Il approcha encore un peu. Le garde qui se trouvait dans le poste de pilotage était bien éveillé, son fusil sous le bras. Il n'avait pas encore vu Erikki. Des pas approchèrent, précédés d'une odeur de bouc, de mouton, de tabac froid.

« Qu'y a-t-il, pilote? murmura le jeune Sheik Bayazid.

– Je ne sais pas. »

Le garde les entendit, il regarda par la vitre du cockpit, salua son chef et demanda ce qui se passait. Bayazid répondit : « Rien », fit signe au soldat de reprendre sa veille et scruta la nuit d'un air songeur. Depuis quelques jours que l'étranger séjournait au village, il en était venu à l'apprécier et à le respecter en tant qu'homme et que chasseur. Aujourd'hui, il l'avait emmené dans la forêt pour le mettre à l'épreuve, et puis, pour l'éprouver davantage encore et pour son propre plaisir, il lui avait donné un fusil. Du premier coup, Erikki avait abattu magnifiquement un isard difficile à tirer. C'était excitant de lui donner le fusil : il se demandait sur le moment ce que l'étranger allait faire, s'il allait stupidement essayer de le retourner contre lui ou, plus stupidement encore, s'enfuir sous le couvert des arbres où ils pourraient le chasser à leur grande joie. Mais le rouquin au poignard s'était contenté de chasser, sans rien dire, même si tous pouvaient sentir la violence bouillonner en lui.

« Vous avez senti quelque chose... un danger? demanda-t-il.

– Je ne sais pas. » Erikki regarda la nuit qui les entourait. Pas d'autre bruit que celui du vent, quelques animaux nocturnes qui chassaient, rien d'anormal. Malgré cela, il était inquiet. « Toujours pas de nouvelles?

– Non, rien de plus. » Cet après-midi, un des messagers était revenu. « Le khan est très malade, près de la mort, avait dit l'homme. Mais il promet une réponse bientôt. » Bayazid avait fidèlement rapporté ces propos à Erikki. « Pilote, dit-il, sois patient.

– Quelle maladie a le khan?

– Il est malade.

– Le messager a rapporté qu'on leur avait dit qu'il était malade, très malade.

– S'il meurt, que se passera-t-il?

– Son héritier paiera... ou ne paiera pas. *Inch' Allah.* » Le sheik déplaça lc fusil sur son épaule. « Viens à l'abri du vent, il fait froid. » Du bord de la cabane, ils apercevaient la vallée. Calme et silencieuse, avec les points lumineux de phares passant de temps en temps sur la route, tout en bas.

A trente minutes à peine du palais et d'Azadeh, songeait Erikki, et pas moyen de s'échapper.

Chaque fois qu'il mettait les moteurs en route pour recharger les batteries et faire circuler l'huile, cinq fusils étaient braqués sur lui. De temps en temps, il déambulait jusqu'à la lisière du village ou bien, comme ce soir, il se levait, prêt à courir et à prendre sa chance, mais jamais une occasion ne se présentait, les gardes étaient trop vigilants. Au cours de la chasse aujourd'hui, il avait été grandement tenté d'essayer de s'enfuir, mais ç'aurait été inutile, bien sûr.

« Ce n'est rien, pilote, retourne dormir, dit Bayazid. Peut-être y aura-t-il de bonnes nouvelles demain. Comme Dieu le voudra. »

Erikki ne répondit rien, ses yeux fouillant l'obscurité, incapable de chasser son appréhension. Peut-être Azadeh est-elle en danger ou peut-être... ou peut-être n'est-ce rien et je deviens simplement fou à force d'attendre et de m'inquiéter. Ross et le soldat avaient-ils réussi à s'enfuir, et qu'advient-il de Petr, de Mzytryk et d'Abdollah? « Comme Dieu le veut, certes, mais j'ai envie de partir. Le temps est venu. »

Son compagnon sourit, découvrant ses dents cassées. « Alors, il faudra que je t'attache. »

Erikki eut un sourire tout aussi narquois. « J'attendrai demain, et demain soir, et puis à l'aube suivante je partirai.

– Non.

– Ce sera mieux pour toi et pour moi. Nous pourrons aller au palais avec un homme de ton village je pourrai...

– Non. Nous attendons.

– Je pourrai atterrir dans la cour, je lui parlerai, tu obtiendras ta rançon et puis...

Non. Nous attendons. Nous attendons ici. Là-bas, ce n'est pas sûr.

– Ou bien nous partons ensemble, ou bien je pars seul. »

Le sheik haussa les épaules. « Tu as été prévenu, pilote. »

Au palais du khan : 23 h 38. Ahmed poussait Najoud et son mari Mahmud devant lui dans le couloir comme du bétail. Tous deux étaient échevelés, encore en vêtements de nuit et pétrifiés, Najoud en larmes, avec deux gardes derrière eux. Ahmed tenait toujours son poignard à la main. Une demi-heure auparavant, il avait fait irruption dans leurs appartements avec les gardes, les avait arrachés à leur lit en disant que le khan savait enfin qu'ils avaient menti en prétendant que Hakim et Azadeh avaient comploté contre lui, car ce soir un des domestiques avait avoué avoir surpris la même conversation et assuré que rien de mal ne s'était dit. « Mensonges », murmura Najoud blottie contre les tapis du lit, à demi aveuglée par le faisceau de la torche électrique qu'un des gardes braquait sur son visage. L'autre menaça Mahmud d'un pistolet. « Rien que des mensonges... »

Ahmed dégaina son poignard affûté comme un rasoir et en appuya la pointe sous l'œil gauche de Mahmud. « Ce ne sont pas des mensonges, Altesse! Vous vous êtes parjurée devant le khan, devant Dieu, c'est pourquoi je suis ici sur l'ordre du khan pour vous priver de la vue. » Il lui effleura la peau de la pointe de sa lame et elle cria : « Non, je t'en prie, je t'en supplie, ne... attends... attends...

– Vous reconnaissez avoir menti?

– Non. Je n'ai jamais menti, laisse-moi voir mon

père, il ne donnerait jamais un ordre pareil sans me voir d'ab...

– Vous ne le reverrez jamais! Pourquoi vous verrait-il? Vous avez menti déjà et vous mentirez encore!

– Je... je n'ai jamais menti jamais menti... »

Un sourire crispa les lèvres d'Ahmed. Durant toutes ces années, il savait qu'elle avait menti. Peu lui importait. Mais maintenant ce n'était plus pareil. « Tu as menti, au nom du Seigneur. » La pointe du poignard piquait la peau de Najoud. La femme affolée voulut hurler, mais il lui appliquait l'autre main sur la bouche et la tentation le traversa d'enfoncer plus avant la lame et d'en finir, d'en finir à jamais. « Menteuse!

– Pitié, murmura-t-elle, pitié au nom du Seigneur... »

Il relâcha son étreinte, mais ne bougea pas le poignard. « Je ne peux pas vous accorder pitié. Implorez la pitié de Dieu, c'est le khan qui vous a condamnée!

– Attends... attends, dit-elle avec frénésie car elle sentait qu'il était prêt à frapper. Je t'en prie... Laisse-moi aller voir le khan... Laisse-moi implorer sa pitié, je suis sa fille...

– Tu avoues avoir menti? »

Elle hésita, affolée. La pointe du poignard aussitôt s'enfonça une fraction de millimètre et elle haleta : « J'avoue... J'avoue que j'ai exag....

– Au nom de Dieu, as-tu menti ou pas? lança Ahmed.

– Oui... Oui... Oui, j'ai menti... Je t'en prie, laisse-moi voir mon père... je t'en prie. » Les larmes ruisselaient sur son visage et il hésita, faisant semblant d'hésiter, puis il foudroya du regard le mari allongé sur le tapis à côté d'elle, tremblant de terreur. « Tu es coupable aussi!

Je ne savais rien, balbutia Mahmud, rien du tout. Je n'ai jamais menti au khan, jamais, jamais, je ne savais rien... »

Ahmed les poussa devant lui. Les gardes ouvrirent la chambre du malade. Azadeh, Hakim et Aysha étaient là, convoqués à l'instant, en vêtements de nuit, tous très effrayés, comme l'infirmière, le khan éveillé et maussade, les yeux injectés de sang. Najoud se jeta à genoux en balbutiant qu'elle avait exagéré à propos de Hakim et Azadeh, et, lorsque Ahmed s'approcha, elle s'écria soudain : « J'ai menti, j'ai menti, j'ai menti, je t'en prie, pardonne-moi, père, pardonne-moi... pardonne-moi... pitié... pitié... » Mahmud gémissait en pleurant, disant qu'il ne savait rien de tout cela, que sinon il aurait parlé, bien sûr qu'il aurait parlé, il le jurait devant Dieu, et tous les deux imploraient pitié... Tout le monde savait qu'il n'y en aurait aucune.

Le khan s'éclaircit la voix bruyamment. Puis ce fut le silence. Tous les regards étaient tournés vers lui. Il agitait les lèvres, mais aucun son ne sortait. L'infirmière et Ahmed s'approchèrent. « Ahmed reste et que Hakim, Azadeh... les autres s'en aillent... sous... bonne garde.

– Altesse, fit l'infirmière avec douceur, est-ce que cela ne peut pas attendre demain? Vous vous êtes beaucoup fatigué. Je vous en prie, attendez demain. »

Le khan se contenta de secouer la tête. « Main... tenant. »

L'infirmière était très lasse. « Je n'en prends pas la responsabilité, Excellence Ahmed. Je vous en prie, tâchez que cela soit le plus bref possible. » Exaspérée, elle sortit. Deux gardes remirent Najoud et Mahmud debout et les entraînèrent. Aysha suivit en tremblant. Le khan un moment garda les yeux fermés, rassemblant ses forces. Seul son souffle rauque rompait le silence. Ahmed, Hakim et Azadeh attendaient. Vingt minutes passèrent. Le khan ouvrit les yeux. Pour lui, quelques secondes seulement s'étaient écoulées. « Mon fils, fais confiance à Ahmed pour être... ton confident.

– Oui, père.

– Jurez devant Dieu, tous les deux. »

Il écouta attentivement pendant qu'ils récitaient : « Je jure devant Dieu de donner toute ma confiance à Ahmed. » Déjà ils avaient tous les deux prêté le même serment devant toute la famille et juré tout ce qu'il leur avait demandé d'autre : de chérir et de protéger le petit Hassan; Hakim de faire de Hassan son héritier, tous les deux de rester à Tabriz, et Azadeh de rester au moins deux ans sans quitter l'Iran. « De cette façon, Altesse, avait auparavant expliqué Ahmed, aucune influence étrangère, comme celle de son mari, ne pourrait la faire disparaître avant qu'on l'envoie dans le Nord, qu'elle soit coupable ou innocente. »

Voilà qui est sage, songea le khan, dégoûté par Hakim – et par Azadeh – qui avaient pendant tant d'années gardé le silence sur le parjure de Najoud et l'avaient laissée impunie, méprisant Najoud et Mahmud d'être si faibles. Aucun courage, aucune force. Allons, Hakim apprendra et elle aussi. Si seulement j'avais davantage de temps...

« Azadeh?

– Oui, père?

– Pour Naj... oud. Quel châtiment? »

Elle hésita, de nouveau effrayée, sachant comment fonctionnait l'esprit de son père et sentant le piège se refermer sur elle. « Le bannissement. Bannissez-la, elle et son mari, et sa famille. »

Idiote, tu n'engendreras jamais un khan des Gorgons, songea-t-il, mais il était trop fatigué pour le dire tout haut, alors il se contenta de hocher la tête en lui faisant signe de partir. Avant qu'elle sorte, Azadeh s'approcha du lit et se pencha pour embrasser la main de son père. « Sois miséricordieux, je t'en prie, père, sois miséricordieux. » Elle se contraignit à sourire, puis baisa de nouveau la main et sortit.

Il la regarda fermer la porte. « Hakim? »

Hakim lui aussi avait perçu le piège et était pétrifié à l'idée de déplaire à son père; il voulait une vengeance mais pas l'impitoyable sentence que le khan allait prononcer. « Le bannissement à jamais et sans un sou, dit-il. Que désormais ils gagnent eux-mêmes leur pain et qu'ils soient chassés de la tribu. »

C'est un peu mieux, songea Abdollah, normalement ce serait un terrible châtiment. Mais pas quand on est un khan et qu'eux représentent un risque perpétuel. D'un geste il le congédia. Comme Azadeh, Hakim baisa la main de son père et lui souhaita bonne nuit.

Lorsqu'ils furent seuls, Abdollah dit : « Ahmed?

– Bannissez-les demain vers les déserts au nord de Meshed, sans argent, avec des gardes. Dans un an et un jour, quand ils seront sûrs d'avoir gardé la vie sauve, quand ils auront monté quelque affaire, bâti une maison ou une cabane, mettez-y le feu et faites-les tuer... avec leurs trois enfants.

– Bon, fit-il en souriant. Fais-le.

– Oui, Altesse. » Ahmed lui sourit, très satisfait.

« Maintenant, je vais dormir.

– Dormez bien, Altesse. » Ahmed vit les paupières se fermer, le visage s'affaisser en quelques secondes, le malade ronflait.

Ahmed savait qu'il devait maintenant être très prudent. Sans bruit il ouvrit la porte. Hakim et Azadeh attendaient dans le couloir avec l'infirmière. Soucieuse, l'infirmière passa devant lui, prit le pouls du khan en l'observant attentivement.

« Comment va-t-il? demanda Azadeh du seuil de la chambre.

– Qui peut le dire, ma petite? Il s'est fatigué, épuisé. Il vaut mieux que vous partiez tous maintenant. »

Nerveux, Hakim se tourna vers Ahmed. « Qu'a-t-il décidé?

– Le bannissement dans les terres au nord du Meshed, au lever du jour demain, sans argent et chassés de la tribu. Il vous le dira lui-même demain, Altesse.

– Comme Dieu le veut. » Azadeh était grandement soulagée que son père n'eût pas ordonné le pire. Hakim rayonnait à l'idée qu'on avait suivi son conseil. « Ma sœur et moi, nous... nous ne savons pas comment te remercier de nous avoir aidés, Ahmed, et d'avoir enfin fait jaillir la vérité.

– Merci, Altesse, mais je n'ai fait qu'obéir au khan. Quand l'heure viendra, je vous servirai comme je sers Son Altesse, il me l'a fait jurer. Bonne nuit. » Ahmed sourit, referma la porte et se dirigea vers le lit. « Comment va-t-il? demanda-t-il à l'infirmière.

– Pas très fort, *agha* ». Elle avait le dos endolori, elle était malade d'épuisement. « Il faut qu'on me remplace demain. Nous devrions avoir deux infirmières et une sœur. Je suis désolée, mais je ne peux pas continuer seule.

– Tout ce que vous voulez, vous l'aurez, à condition que vous restiez. Son Altesse apprécie vos soins. Si vous voulez, je vais le veiller une heure ou deux. Il y a un divan dans la chambre voisine et je peux vous appeler s'il arrive quelque chose.

– Oh! C'est très aimable à vous. Merci, je me reposerais bien un peu, mais appelez-moi s'il s'éveille. De toute façon, dans deux heures. »

Il l'accompagna dans la pièce voisine, dit au garde de le relever dans trois heures, puis le congédia et commença sa veille. Une demi heure plus tard, il alla sans bruit regarder : elle dormait profondément. Il revint dans la chambre du malade, ferma la porte à clé, prit une profonde inspiration, s'ébouriffa les cheveux et se précipita vers le lit pour secouer le khan sans douceur. « Altesse, murmura-t-il d'un ton affolé, réveillez-vous, réveillez-vous! »

Le khan sortit de son lourd sommeil, sans savoir où il était ni ce qui s'était passé ou s'il ne faisait pas de nouveau un cauchemar. « Quoi... Quoi... » Puis il aperçut Ahmed, apparemment terrifié, ce qui était extraordinaire. « Qu'est-ce que...

– Vite, il faut vous lever, Pahmudi est en bas, Abrim Pahmudi avec les bourreaux de la SAVAMA, ils viennent vous chercher, fit Ahmed hors d'haleine; quelqu'un leur a ouvert la porte, vous êtes trahi, Hashemi Fazir vous a livré à Pahmudi et à la SAVAMA à titre de *pishkesh*, vite, levez-vous, ils ont maîtrisé tous les gardes et ils viennent vous emmener... » Il vit l'horreur muette du khan, les yeux exorbités et il poursuivit : « Ils sont trop nombreux pour qu'on les arrête. Vite, il faut fuir... » Sans tarder, il débrancha le goutte-à-goutte, arracha les draps et aida le vieil homme abasourdi à se lever, puis brusquement le repoussa en arrière, les yeux fixés sur la porte. « Trop tard, haleta-t-il, ils arrivent, Pahmudi à leur tête, ils arrivent! »

Tout essoufflé, le khan crut entendre leurs pas, il crut voir Pahmudi avec son maigre visage rayonnant et les instruments de torture dans le couloir, il savait qu'il n'aurait pas de pitié et qu'on le garderait vivant pour qu'il meure en hurlant. Affolé, il cria à Ahmed : « Vite, aide-moi. Je peux passer par la fenêtre, nous pouvons descendre si tu m'aides! Au nom de Dieu, Ahmed... » Mais il n'arrivait pas à prononcer les mots. Il essaya encore, mais il n'y avait pas de lien entre sa bouche et son cerveau.

Il eut l'impression qu'il hurlait et qu'il criait quelque chose à Ahmed qui était planté devant la porte, sans l'aider, alors que des pas approchaient. « Au sec... ours », parvint-il à articuler, s'efforçant de se lever, empêtré dans les draps et la couverture, avec une douleur de plus en plus forte dans la poitrine, monstrueuse maintenant comme le bruit.

« Impossible de fuir, ils sont ici, il faut que je les laisse entrer! »

Il se dirigeait vers la porte. Avec ce qui lui restait de forces, il lui cria d'arrêter, mais il n'eut qu'un croassement étranglé. Puis il sentit quelque chose se nouer dans son cerveau et quelque chose claquer. Une étincelle jaillit entre les fils de son esprit comme un court-circuit. La douleur cessa, tout bruit cessa. Il vit le sourire d'Ahmed. Ses oreilles perçurent le silence du couloir et le silence du palais et il comprit qu'il avait été trahi. Dans un ultime effort où se consumèrent toutes ses forces, il se précipita sur Ahmed, les feux dans sa tête éclairant sa chute dans le long couloir rouge et tiède et liquide, et puis là, tout au fond, il laissa s'éteindre le feu et les ténèbres l'envahirent.

Ahmed s'assura que le khan était mort, content de ne pas avoir eu à se servir de l'oreiller pour l'étouffer. Il s'empressa de rebrancher le goutte-à-goutte, s'assura qu'il n'y avait pas de traces révélatrices de liquide renversé, remit un peu d'ordre dans le lit, puis, avec grand soin, examina la chambre.

Il ne vit rien qui pût le trahir. Il avait le souffle court, la tête en feu et une immense joie l'envahissait. Il vérifia encore, puis il se dirigea vers la porte, la déverrouilla sans bruit, revint vers le lit. Le khan gisait contre les oreillers, le regard vide, du sang coulait de son nez et de sa bouche.

« Altesse! cria-t-il! Altesse... » Il se pencha et le serra un moment, puis le lâcha, traversa la pièce en courant et ouvrit tout grand la porte. « Infirmière! » cria-t-il en accourant dans la pièce voisine pour secouer la malheureuse qui dormait profondément et la ramener au chevet du khan.

« Oh! Mon Dieu! », murmura-t-elle, soulagée au fond que ce ne fût pas arrivé pendant qu'elle était seule, pour se l'entendre reprocher ensuite par ce garde du corps toujours prêt à dégainer ou tous ces gens hurlant et vociférant. Douloureusement éveillée maintenant, elle s'essuya le front et tenta de se recoiffer, se sentant nue sans son voile d'infirmière. Elle fit rapidement ce qu'elle avait à faire, lui ferma les yeux, tout en entendant Ahmed qui gémissait. « Personne ne pouvait rien, *agha*, disait-elle. Ça aurait pu arriver n'importe quand. Il souffrait beaucoup, son heure était venue, c'est mieux ainsi, mieux que de vivre comme un légume.

– Oui... Oui, j'imagine. » Les larmes d'Ahmed étaient sincères. C'étaient des larmes de soulagement. « *Inch' Allah, Inch' Allah.* »

« Que s'est-il passé?

– Je... Je sommeillais et il a... il a haleté et s'est mis à saigner du nez et de la bouche. » Ahmed essuya quelques larmes, sa voix se brisa. « Je l'ai empoigné au moment où il tombait du lit et puis... et puis je ne sais pas... il s'est effondré et... j'ai couru vous chercher.

– Ne vous tourmentez pas, *agha*, personne ne pouvait rien. Parfois c'est soudain, parfois non. Vaut mieux que ça aille vite. C'est une bénédiction. » Elle soupira et rajusta son uniforme, heureuse que ce fût fini et qu'elle pût maintenant partir. « Il... il faudrait le nettoyer avant de faire venir les autres.

– Oui. Je vous en prie. Laissez-moi vous aider, je veux vous aider. »

Ahmed l'aida à éponger le sang pour rendre le cadavre présentable et, pendant tout ce temps, il réfléchissait : Najoud et Mahmud bannis avant midi, le reste de leur châtiment dans un an et un jour; découvrir si Fazir a pris Petr Oleg, s'assurer que le messager qui portait la rançon avait bien eu la gorge coupée cet après-midi comme il l'avait ordonné au nom du khan.

Imbécile, dit-il au cadavre, imbécile de croire que j'allais faire payer la rançon pour que le pilote revienne, t'emmène à Téhéran et qu'on te sauve la vie. Pourquoi sauver une vie quelques jours ou pour un mois de plus? C'est dangereux d'être malade et d'être paralysé par une maladie comme la tienne; l'esprit devient dérangé, oh oui! Le docteur m'a dit à quoi m'attendre : on perd chaque jour un peu plus la tête, on devient plus vindicatif, plus dangereux que jamais, assez dangereux peut-être pour se retourner contre moi! Mais maintenant, maintenant la succession est assurée, je peux maîtriser ce chien, et avec l'aide de Dieu épouser Azadeh. Ou l'envoyer dans le Nord... Elle n'a rien de plus que les autres femmes.

L'infirmière regardait de temps en temps Ahmed, ses mains fortes et adroites, et pour la première fois elle était heureuse de sa présence et n'avait pas peur de lui, tandis qu'elle le regardait qui peignait la barbe du mort. Les gens sont si bizarres, songeat-elle. Il devait beaucoup aimer ce méchant vieillard.

Mercredi 28 février

CHAPITRE 13

Téhéran : 6 h 55. McIver continuait à trier les dossiers et les documents qu'il avait pris dans le grand coffre du bureau, ne mettant dans sa serviette que ceux qui lui semblaient d'une importance vitale. Il y travaillait depuis 5 heures et demie du matin : il avait mal à la tête, le dos endolori et le porte-documents était presque plein. Je devrais en emporter tellement plus, songea-t-il, tout en travaillant aussi vite qu'il le pouvait. Dans une heure, peut-être moins, ses employés iraniens arriveraient et il devrait s'arrêter.

Ceux-là, se dit-il avec agacement, jamais là quand on a besoin d'eux mais, depuis ces derniers jours, impossible de s'en débarrasser, de vraies sangsues : ou bien : « Oh non! Excellence, j'ouvrirai le bureau pour vous, j'insiste, ce n'est pas le travail de Votre Excellence. » Peut-être que je deviens paranoïaque, mais on dirait que ce sont des espions, à qui on a ordonné de nous surveiller, et les associés sont plus encombrants que jamais. Comme si on se doutait de quelque chose.

Et pourtant, jusqu'à maintenant – touchons du bois – tout marche comme un réacteur bien réglé : nous, nous partons aujourd'hui vers midi ou un peu après; Rudi est déjà prêt pour vendredi, tout son personnel supplémentaire et un chargement de pièces détachées avaient déjà quitté Bandar Delam par la route à destination d'Abadan où un Trident de la British Airways était planqué avec l'accord de Zataki, l'ami de Doke pour évacuer les pétroliers britanniques; à Kowiss, Duke avait dû maintenant cacher le supplément de carburant, tous ses gars avaient l'autorisation de partir demain à bord du 125 – touchons encore du bois – et déjà trois camions de pièces détachées étaient partis pour Bushire d'où ils devaient être transbordés à Al Shargaz; Coup d'Enfer, le colonel Changiz et ce foutu mollah de Hussain continuaient à se tenir convenablement – retouchons du bois; à Lengeh, Scrag ne devrait pas avoir de problèmes, il y a plein de caboteurs disponibles pour ses pièces détachées et rien d'autre à faire qu'à attendre le jour J – non, plutôt le jour O, le jour Ouragan.

Seul point noir, Azadeh. Et Erikki. Pourquoi ne m'a-t-elle pas prévenu avant de se lancer à la poursuite de ce pauvre vieil Erikki? Enfin, elle s'échappe par miracle de Tabriz et voilà qu'elle vient remettre sa jeune petite tête en plein dans le piège. Ah! Les femmes! Toutes folles. La rançon? Des clous! Je parie que c'est encore une ruse de son père, le vieux salaud. En même temps, c'est bien ce que disait Tom Lochart : « De toute façon, Mac, elle serait partie, et est-ce que tu lui aurais parlé d'Ouragan? »

Il commençait à avoir des brûlures d'estomac. Même si nous arrivons tous à partir, il restera le problème d'Erikki et d'Azadeh. Et puis il y a ce pauvre vieux Tom et Sharazad. Comment diable pourrons-nous mettre ces quatre-là à l'abri? Il faut trouver quelque chose. Nous avons encore deux jours, peut-être que d'ici là...

Il se retourna brusquement, surpris, car il n'avait pas entendu la porte s'ouvrir. Son principal employé, Gorani, était planté dans l'encadrement de la porte, grand et un peu chauve, un chiite pratiquant, un brave homme qui travaillait avec eux depuis bien des années. « *Salam, agha.*

– *Salam.* Vous arrivez tôt. » McIver vit la surprise de l'employé devant tout ce désordre – McIver en général était très ordonné – et il eut le sentiment d'avoir été pris la main dans le sac.

« Comme Dieu le veut, *agha.* L'imam a ordonné le retour à la normale et que tout le monde travaille dur pour le succès de la révolution. Je peux vous aider?

– Ma foi, euh, non, non, merci. Je... Je suis assez pressé. J'ai beaucoup à faire aujourd'hui, je vais à l'ambassade. » McIver savait que sa voix tremblait mais il n'arrivait pas à se maîtriser. « J'ai... des rendez-vous toute la journée et il faut que je sois à l'aéroport pour midi. J'ai du travail à faire chez moi pour le *komiteh* de Doshan Tappeh. Je ne reviendrai pas au bureau après être allé à l'aéroport, alors vous pourrez fermer tôt et prendre votre après-midi : vous pouvez même prendre toute la journée.

– Oh! Merci, *agha*, mais le bureau doit rester ouvert jusqu'à l'heure...

– Non, nous fermerons pour la journée quand je

m'en irai. Je vais rentrer chez moi et j'y serai si on a besoin de moi. Revenez donc dans dix minutes, il faut que j'envoie des télex.

– Oui, *agha*, certainement, *agha*. » L'homme sortit.

McIver avait horreur de mentir. Que va-t-il advenir de Gorani? se demandait-il, que va-t-il lui arriver, et à tous nos gens à travers l'Iran, dont certains nous sont tout dévoués?

Troublé, il termina du mieux qu'il put. Il y avait cent mille rials dans la caisse. Il laissa les billets, referma le coffre et envoya quelques télex sans importance. Celui qui comptait, il l'avait envoyé à 5 heures et demie le matin à Al Shargaz avec copie à Aberdeen, au cas ou Gavallan aurait été retardé : « Expédie par avion à Al Shargaz les cinq caisses de pièces détachées pour réparations comme prévu. » Traduit, le message signifiait que Nogger, Pettikin et lui ainsi que les deux derniers mécaniciens qu'il n'avait pas pu faire sortir de Téhéran s'apprêtaient à embarquer aujourd'hui à bord du 125, comme prévu, et que pour l'instant, tout allait bien.

« De quelles caisses s'agit-il, *agha*? demanda Gorani qui avait trouvé les copies du télex.

– Elles viennent de Kowiss, elles partiront la semaine prochaine sur le 125.

– Oh! Très bien. Je m'en assurerai pour vous. Avant de partir, pourriez-vous me dire quand notre 212 revient? Celui que nous avons prêté à Kowiss.

– La semaine prochaine. Pourquoi?

– Son Excellence le ministre et président du conseil d'administration Ali Kia voulait le savoir, *agha*. »

McIver se pétrifia. « Pourquoi?

– Il a probablement un affrètement pour ce vol, *agha*. Son adjoint est venu ici hier soir, après votre départ, et m'a posé la question. Le ministre Kia voulait savoir aussi où en étaient nos trois 212 envoyés en réparation. Je... j'ai dit que je lui donnerai la réponse aujourd'hui. Il vient ce matin, je ne peux donc pas fermer le bureau. »

Ils n'avaient jamais parlé des trois appareils ni du nombre particulièrement important de pièces détachées expédiées par camion, voiture, ou comme bagages. Il était fort possible que Gorani sût que les 212 n'avaient pas besoin de réparations. Il haussa les épaules en espérant que tout irait bien. « Ils seront prêts comme prévu. Laissez un message sur la porte.

– Oh! Mais ce serait très impoli. Je transmettrai ce message. Le ministre a dit qu'il reviendrait avant la prière de midi et m'a demandé un rendez-vous avec vous. Il a un message très confidentiel du ministre Kia.

– Eh bien, je vais à l'ambassade. » McIver réfléchit un moment. « Je reviendrai dès que possible. » Agacé, il prit sa serviette et descendit en hâte l'escalier, maudissant Ali Kia, et aussi Ali Baba.

Ali Baba – ainsi nommé parce qu'il rappelait à McIver les quarante voleurs – était le mielleux époux dans le couple de domestiques qu'il avait depuis deux ans mais qui avait disparu au début des événements. La veille, à l'aube, Ali Baba était revenu, rayonnant et comme s'il n'avait été absent que la durée d'un week-end et non presque cinq mois, insistant pour reprendre son ancienne chambre : « Oh! *Agha*, la maison doit être bien propre et préparée pour le retour de Son Altesse. La semaine prochaine ma femme sera ici pour le faire mais, en attendant, je vous servirai votre thé comme vous l'aimez. Que le ciel me sacrifie pour vous, mais j'ai âprement marchandé aujourd'hui pour avoir au marché du pain frais et du lait à un prix très raisonnable, m'a-t-on dit, mais les voleurs demandent cinq fois le prix de l'an dernier, c'est triste. Alors, si vous voulez me donner l'argent maintenant et comme très bientôt la banque sera ouverte, vous pouvez me payer le microscopique salaire que j'ai en retard... »

Sacré Ali Baba, la révolution ne l'a pas changé. « Microscopique? » C'est encore un pain pour nous et cinq pour lui, mais peu importe, c'était bien agréable de prendre le petit déjeuner au lit – seulement pas la veille de notre départ. Comment diable Charlie et moi allons-nous emporter nos bagages sans qu'il s'en aperçoive, cet enfant de salaud?

Dans le garage, il déverrouilla la portière de sa voiture. « Lulu, ma vieille, dit-il, désolé, mais je n'y peux rien, c'est le temps des grands adieux. Je ne sais pas très bien comment je vais m'y prendre, mais je ne te laisserai pas en offrande ni à la merci de je ne sais quel salaud d'Iranien. »

Talbot l'attendait dans un bureau spacieux et élégant. « Mon cher monsieur McIver, toujours ponctuel. J'ai appris toutes les aventures du jeune Ross : ma parole, nous avons tous eu beaucoup de chance, vous ne croyez pas?

– Oui, en effet. Comment va-t-il?

– Il se remet. Bon élément, il a fait du très beau travail. Je le vois à déjeuner et nous le faisons partir sur le vol de la British Airways d'aujourd'hui – au cas où il aurait été repéré, on n'est jamais trop prudent. Pas de nouvelles d'Erikki? Nous avons des demandes de l'ambassade de Finlande réclamant notre aide. » McIver lui parla du billet d'Azadeh. « C'est ridicule. »

Talbot joignit les doigts sous son menton. « L'idée d'une rançon ne me paraît pas très bonne. On... on raconte que le khan est très malade. Une attaque. »

McIver s'assombrit. « C'est bon ou mauvais pour Azadeh et Erikki?

– Je n'en sais rien. S'il passe l'arme à gauche, ma foi, ça changera certainement pour quelque temps l'équilibre du pouvoir en Azerbaïdjan, ça ne manquera pas d'encourager nos amis égarés au nord de la frontière à s'agiter plus que de coutume, et Carter et les autorités constituées à téter plus que de la poussière.

– Que diable fait-il en ce moment?

– Rien, mon vieux, c'est bien le malheur. Il a renversé ses cacahuètes et il a filé.

– Pas d'autres nouvelles sur le risque qu'on nous nationalise : Armstrong dit que c'est pour bientôt.

– Il se pourrait bien que vous perdiez de façon imminente le contrôle effectif de vos appareils, dit Talbot en pesant ses mots avec soin. Il... il pourrait s'agir plutôt d'une acquisition personnelle par les partis intéressés.

– Vous voulez dire Ali Kia et les associés?

– Ce n'est pas à nous d'en deviner les raisons, n'est-ce pas? fit Talbot en haussant les épaules.

– C'est officiel?

– Mon cher, Dieu merci, non! fit Talbot, scandalisé. Juste une observation personnelle qui est tout à fait entre nous. Que puis-je faire pour vous?

– Entre nous, mais sur les instructions d'Andy Gavallan, n'est-ce pas?

– Parlons-en officiellement. »

McIver regarda le visage sans humour aux joues un peu roses et se leva, soulagé. « Pas question, monsieur Talbot. C'est Andy qui a voulu qu'on vous tienne au courant; pas moi. »

Talbot eut un soupir théâtral. « Très bien, alors entre nous. »

McIver se rassit. « Nous... nous transférons aujourd'hui notre QG à Al Shargaz.

– Excellente décision. Alors?
– Nous partons aujourd'hui. Tout le personnel expatrié reste. A bord de notre 125.
– Très sage mesure. Alors?
– Nous... nous arrêtons toutes nos opérations en Iran. A dater de vendredi. »

Talbot eut un soupir las. « Sans personnel, je dirais que cela va de soi. Alors? »

McIver avait le plus grand mal à dire ce qu'il voulait dire. « Nous... Nous évacuons nos appareils vendredi... Ce vendredi-ci.
– Fichtre, dit Talbot sans cacher son admiration. Félicitations! Comment diable avez-vous obtenu de ce salopard de Kia qu'il vous donne les permis? Vous avez dû lui promettre une place à vie dans la loge royale à Ascot!
– Euh... non, non, pas du tout. Nous avons décidé de ne pas demander de permis de sortie, c'est une perte de temps. » McIver se leva. « Allons, à bientôt... »

Talbot ne souriait plus. « Pas de permis?
– Non. Et vous savez vous-même que nos appareils vont être bloqués, nationalisés, réquisitionnés. De toute façon, il n'y a aucun moyen d'obtenir des permis de sortie, alors nous partons tout simplement. » McIver ajouta d'un ton léger : « Vendredi, tous les oiseaux s'envolent.
– Oh! Mon Dieu! » Talbot secouait vigoureusement la tête, tout en tripotant un dossier sur son bureau. « Cela me semble très, très imprudent.
– Il n'y a pas d'alternative. Eh bien, monsieur Talbot, c'est tout, bonne journée. Andy voulait que vous soyez prévenu de façon que vous puissiez... que vous puissiez faire ce que bon vous chante.
– Qu'est-ce que ça veut dire? explosa Talbot.
– Comment voulez-vous que je le sache? fit McI-

ver, lui aussi exaspéré. Vous êtes censé protéger vos nationaux.

– Mais vous...

– Je ne vais pas me laisser mettre sur le sable, voilà tout! » Les doigts de Talbot pianotaient nerveusement sur le bureau. « Je crois qu'il me faut une tasse de thé. » Il lança dans le téléphone intérieur : « Celia, deux tasses d'excellent thé et je crois que vous feriez mieux d'ajouter à ce breuvage un soupçon de whisky.

– Bien, monsieur Talbot, répondit une voix enrhumée, avant d'éternuer.

– A vos souhaits », fit machinalement Talbot. Ses doigts cessèrent de pianoter et il sourit à McIver. « Je suis rudement content que vous ne m'ayez absolument parlé de rien, mon vieux.

– Moi aussi.

– Soyez-en assuré, si jamais j'apprenais que vous êtes dans une situation difficile, je me ferais un plaisir de vous rendre visite au nom du gouvernement de Sa Majesté et d'essayer de vous arracher aux conséquences de vos erreurs. » Talbot haussa les sourcils. « Du vol qualifié! Mon Dieu! Mon Dieu! Mais bonne chance quand même, mon vieux. »

Dans l'appartement d'Azadeh : 8 h 10. La vieille servante apportait le lourd plateau du petit déjeuner : quatre œufs à la coque, des toasts avec du beurre et de la marmelade, deux fines tasses à café, une cafetière fumante et des serviettes du coton d'Egypte le plus fin. Elle posa le plateau pour frapper.

« Entre.

– Bonjour, Altesse, *salam*.

– *Salam* », fit Sharazad d'une voix éteinte. Le visage gonflé de larmes, elle était adossée aux nombreux coussins du lit fait de tapis jetés sur le sol. La porte de la salle de bains était entrouverte et on entendait l'eau couler. « Tu peux le poser ici, sur le lit.

– Oui, Altesse. » La vieille femme obéit avec un regard en coulisse vers la salle de bains, elle sortit sans bruit.

« Petit déjeuner, Tommy », cria Sharazad d'un ton qu'elle voulait enjoué. Pas de réponse. Elle haussa les épaules, renifla un peu, puis leva les yeux en voyant Lochart revenir dans la chambre. Il était rasé et en tenue de vol : bottes, pantalon, chemise et gros chandail. « Café? demanda-t-elle avec un pâle sourire, exaspérée par son visage fermé et son air désapprobateur.

– Dans une minute, dit-il sans enthousiasme, merci.

– Je... j'ai tout commandé comme tu l'aimes.

– Ça a l'air bon... Ne m'attends pas. » Il s'approcha de la coiffeuse et entreprit de nouer sa cravate. « C'était vraiment merveilleux de la part d'Azadeh de nous prêter l'appartement pendant qu'elle n'est pas là, tu ne trouves pas? C'est tellement plus agréable que chez nous. »

Lochart la regarda dans le miroir. « Ce n'est pas ce que tu disais sur le moment.

– Oh! Tommy, bien sûr que tu as raison, mais je t'en prie, ne nous disputons pas.

– Pas du tout. Pas du tout. Je t'ai tout dit et toi aussi. » C'est vrai, songea-t-il avec angoisse, sachant qu'elle était aussi malheureuse que lui mais incapable de rien faire pour y changer quelque chose. Quand Meshang l'avait provoqué devant elle et devant Zarah, deux jours plus tôt, le cauchemar avait continué et se poursuivait encore maintenant, les séparant, l'amenant au bord de la folie. Deux jours et deux nuits de sanglots avec lui qui répétait sans cesse : « Inutile de nous inquiéter, nous nous débrouillerons, Sharazad », et puis qui discutait de leur avenir. Quel avenir? demanda-t-il à son reflet.

« Voilà ton café, Tommy chéri. »

L'air sombre, il prit la tasse, s'assit sur une chaise en face d'elle, mais sans la regarder. Le café était brûlant et excellent mais il ne parvint pas à chasser le goût amer qu'il avait dans la bouche, alors il n'y toucha presque pas et se leva pour aller prendre son blouson... Dieu merci, j'ai ce convoi à faire aujourd'hui à Kowiss, songea-t-il.

« Quand est-ce que je te revois, chéri, quand reviens-tu? »

Il se vit hausser les épaules et il se détesta, il aurait voulu la prendre dans ses bras et lui dire toute la profondeur de son amour, mais il avait vécu tout ce supplice quatre fois au cours des deux derniers jours et elle était toujours aussi impitoyable et inflexible que son frère : « Quitter l'Iran? Partir pour toujours? avait-elle crié. Oh! Je ne peux pas, je ne peux pas!

– Mais ce ne sera pas pour toujours, Sharazad. Nous passerons quelque temps à Al Shargaz, puis nous partirons pour l'Angleterre, tu adoreras l'Angleterre et l'Ecosse et Aberd...

– Mais Meshang dit que le...

– Je me fous de Meshang! » avait-il crié. Il avait vu chez elle la peur, ce qui n'avait fait qu'accroître sa fureur. « Meshang n'est pas Dieu tout-puissant, bon sang! Qu'est-ce qu'il sait? » Elle avait sangloté comme une enfant terrifiée. « Oh! Sharazad, je suis désolé... » Il l'avait prise dans ses bras, en la berçant.

– Thomas, mon chéri, écoute, tu avais raison et j'avais tort, c'était ma faute, mais je sais ce qu'il faut faire : demain j'irai voir Meshang, je le persuaderai de nous verser une pension et... Qu'y a-t-il?

– Tu n'as pas entendu un mot de ce que j'ai dit.

– Oh! Mais si, bien sûr, j'ai écouté très attentivement, je t'en prie, ne te mets pas de nouveau en colère, tu as raison, bien sûr, d'être furieux, mais j'écou...

– Tu n'as pas entendu ce que disait Meshang? répliqua-t-il. Nous n'avons pas d'argent : fini l'argent, fini l'appartement, il a le contrôle total sur l'argent de la famille. Total, et, à moins que tu ne lui obéisses à lui et pas à moi, tu n'auras rien de plus. Mais ça n'a pas d'importance, je peux gagner suffisamment pour nous deux! Je le peux! Ce qu'il y a, c'est qu'il faut quitter Téhéran. Partir... partir pour... pour quelque temps.

– Mais je n'ai pas de papiers, Tommy, je ne peux pas en avoir et Meshang a raison quand il dit que, si je pars sans papiers on ne me laissera jamais revenir, jamais, jamais. »

Encore des larmes et des discussions sans parvenir à lui faire comprendre la réalité, d'autres larmes encore, puis ils s'étaient couchés en essayant de dormir, mais en vain. « Tu peux rester ici, Tommy. Pourquoi ne peux-tu pas rester ici?

– Oh! Bon sang, Sharazad, Meshang a été très clair là-dessus. Je suis indésirable et les étrangers s'en vont. Nous irons ailleurs, au Nigeria, à Aberdeen, ailleurs. Fais ta valise. Nous prendrons le 125 et nous nous retrouverons à Al Shargaz. Tu as un passeport canadien. Tu es canadienne!

– Je ne peux pas partir sans papiers », gémit-elle en sanglotant et de nouveau les mêmes discussions et encore des larmes.

Et puis, hier matin, à contrecœur, il avait ravalé son orgueil et était allé au bazar pour discuter avec Meshang, pour le faire revenir sur sa décision, et après avoir péniblement mis au point tout ce qu'il allait lui dire. Mais il s'était heurté à un mur.

« Mon père, dit Meshang, possédait unc importante participation dans le capital d'IHC dont bien sûr j'hérite.

– Oh! C'est merveilleux, ça change tout, Meshang.

– Ça ne change rien. Ce qui compte, c'est comment vous comptez régler vos dettes, faire vivre votre ex-femme et faire vivre ma sœur et son enfant sans avoir grand besoin de la charité d'autrui?

– Un travail n'est pas la charité, Meshang. Cela pourrait être extrêmement profitable pour nous deux. Je ne parle pas d'association ni de rien de pareil, je travaillerais pour vous. Vous ne connaissez pas les hélicoptères, moi si, je les connais à fond. Je pourrais gérer l'affaire pour vous, la rendre aussitôt profitable. Je connais les pilotes et je sais comment opérer. Je connais tout l'Iran et la plupart des terrains. Cela réglerait tout pour nous deux. Je travaillerais d'arrache-pied pour protéger les intérêts de la famille et nous resterions à Téhéran, Sharazad pourrait avoir le bébé ici et...

– L'Etat islamique exigera uniquement des pilotes iraniens, m'assure le ministre Kia. A 100 pour cent. »

Il avait soudain compris. « Ah! Maintenant je comprends, pas d'exception, et surtout pas pour moi? »

Il avait vu Meshang hausser les épaules avec dédain. « J'ai à faire. Pour être net, vous ne pouvez pas rester en Iran. Vous n'avez pas d'avenir en Iran. Hors d'Iran, Sharazad n'a aucun avenir valable avec vous ct elle ne voudra jamais se condamner à un exil permanent – ce qui sera le cas si elle part sans mon autorisation et sans les documents nécessaires. Vous devez donc divorcer.

– Non.

– Renvoyez Sharazad de l'appartement du khan

cet après-midi – encore une charité, au fait – et quittez Téhéran immédiatement. Votre mariage n'était pas musulman, il est donc sans importance : la cérémonie civile canadienne sera annulée.

– Sharazad n'acceptera jamais.

– Oh? Soyez chez moi à 6 heures ce soir et nous réglerons cela. Après votre départ, je pairerai vos dettes en Iran : je ne peux pas avoir des dettes et gâcher notre réputation. 6 heures précises. Au revoir. »

Sans se rappeler comment il avait regagné l'appartement, il lui avait raconté l'entrevue, il y avait eu d'autres larmes et puis ce soir-là ils étaient retournés à la maison Bakravan où Meshang avait répété ce qu'il avait dit, furieux des supplications de Sharazad : « Ne sois pas ridicule, Sharazad! Cesse de pleurer, c'est pour ton bien, pour le bien de ton fils et celui de la famille. Si tu pars avec un passeport canadien sans les documents iraniens nécessaires, on ne te laissera jamais revenir. Vivre à Aberdeen? Dieu te protège, tu mourrais de froid au bout d'un mois, tout comme ton fils... La nounou Jari ne partira pas avec toi, Lochart ne pourrait d'ailleurs pas la payer, elle n'est pas folle, elle ne quittera pas l'Iran et sa famille à jamais. Tu ne nous reverras jamais, pense à cela... Pense à ton fils... » Et il ressassa les mêmes arguments jusqu'au moment où Sharazad ne savait plus ce qu'elle disait et Lochart non plus.

« Tommy. »

Cela le tira de sa rêverie. « Oui? demanda-t-il, retrouvant dans la voix de Sharazad les accents d'autrefois.

– Dis-moi, est-ce que tu me quittes pour toujours? demanda-t-elle en farsi.

– Je ne peux pas rester en Iran, répondit-il, apaisé maintenant. Quand nous aurons fermé ici, je n'aurai plus de travail, je n'ai pas d'argent et même si la maison n'avait pas brûlé... Tu sais, je n'ai jamais aimé qu'on me fasse l'aumône. Meshang a raison sur un tas de choses : tu n'aurais pas une vie bien agréable avec moi et tu as raison de rester, il est certain que sans papiers ce serait dangereux de partir et que tu dois penser à l'enfant, je le sais. Il y a aussi... Oh non! Laisse-moi finir, dit-il en l'arrêtant. Il y a aussi le HBC. » Cela lui rappela le cousin de Sharazad, Karim. Encore une autre horreur à dire. Pauvre Sharazad.

« Mais toi, tu me quittes pour toujours?

– Je pars aujourd'hui pour Kowiss. Je serai là-bas quelques jours, puis j'irai à Al Shargaz. J'attendrai là-bas, j'attendrai un mois. Cela te donnera le temps de réfléchir à ce que tu veux faire. Une lettre ou un télex aux bons soins de l'aéroport d'Al Shargaz me parviendra toujours. Si tu veux me rejoindre, l'ambassade du Canada arrangera tout de suite ton voyage en priorité, j'ai déjà réglé ça... et bien sûr je garderai le contact.

– Par l'intermédiaire de Mac?

– Par son intermédiaire ou d'une façon quelconque.

– Mais, dis-moi, tu vas divorcer?

– Non, jamais. Si tu le veux ou bien... disons que si tu crois que c'est nécessaire pour protéger notre enfant, ou pour quelque raison que ce soit, alors, ce que tu voudras, je le ferai. »

Le silence s'appesantit et elle l'observait, un regard étrange dans ses grands yeux sombres; elle semblait avoir mûri soudain et pourtant elle était si jeune et si frêle, avec sa chemise de nuit transparente qui soulignait l'éclat de sa peau dorée, et ses cheveux qui flottaient sur ses épaules et sur ses seins.

Lochart était désemparé, il aurait voulu rester, tout en sachant qu'il n'y avait plus de raisons de le faire. Tout a été dit et maintenant c'est à elle de décider. Si j'étais elle, je n'hésiterais pas, je divorcerais. Pour commencer je ne me serais jamais mariée.

« Et toi, dit-il en farsi, porte-toi bien, mon aimée.

– Et toi aussi, mon aimé. »

Il prit son blouson et sortit. Un instant plus tard, elle entendit la porte de l'appartement se refermer. Un long moment elle garda les yeux fixés sur le couloir, puis elle se versa du café et le but à petites gorgées.

Comme Dieu le veut, se dit-elle, apaisée maintenant. Ou bien il reviendra ou bien il ne reviendra pas. Ou bien Meshang cédera ou il ne cédera pas. Dans un cas comme dans l'autre, il faut que je sois forte, que je mange pour deux et que j'aie des pensées saines pendant que je construis mon fils.

Elle décapita le premier des œufs à la coque : il était parfaitement cuit et avait un goût délicieux.

Dans l'appartement de McIver : 11 h 50. Pettikin entra dans le living-room, apportant une valise, et fut surpris de voir le domestique, Ali Baba, qui faisait semblant d'astiquer le buffet. « Je ne t'ai pas entendu revenir. Je croyais que je t'avais donné ta journée, dit-il avec agacement en posant la valise.

– Oui, *agha*, mais il y a beaucoup à faire, l'appartement, il est tout sale et la cuisine... » Il leva au ciel ses grands yeux bruns.

« Oui, oui, c'est vrai, mais tu peux commencer demain. » Pettikin le vit regarder la valise et jura sous cape. Juste après le petit déjeuner, il avait donné sa journée à Ali Baba avec la consigne de revenir à minuit, ce qui en temps normal signifiait qu'il ne reviendrait pas avant le lendemain matin. « Maintenant, tu files.

– Oui, *agha*, vous partez en vacances ou bien c'est un congé?

– Non, je... je m'en vais passer quelques jours avec un des pilotes, alors assure-toi que ma chambre est faite demain. Oh! Tu ferais mieux de me donner la clé, j'ai égaré la mienne. » Pettikin tendit la main, se maudissant de ne pas y avoir pensé plus tôt. Avec une étrange répugnance, Ali Baba la lui donna. « Le capitaine McIver a besoin de toute la place : il a du travail à faire et il ne veut pas être dérangé. A bientôt, au revoir.

– Mais, *agha*...

– Au revoir! » Il s'assura qu'Ali Baba avait bien pris son manteau, et ouvrit la porte, le poussa presque dehors et la referma derrière lui. Il jeta un coup d'œil nerveux à sa montre. Presque midi et toujours pas de McIver alors qu'ils étaient censés être à l'aéroport maintenant. Il revint dans la chambre, prit dans le placard l'autre valise qu'il bourra à son tour, puis revint la déposer auprès de la première, près de la porte de l'entrée.

Deux petites valises et un sac de voyage, songeat-il. Ça ne fait pas grand-chose pour toutes ces années en Iran. Peu importe, je prêfère avoir peu de bagages et peut-être que cette fois j'aurai de la chance, que je pourrai gagner plus d'argent ou monter une affaire. Et puis il y a Paula. Comment diable pourrais-je me permettre de me remarier? Me marier? Tu es fou? Une aventure, c'est à peu près tout ce que tu pourrais te permettre. Oui, mais, bon Dieu, j'aimerais bien l'épouser et...

Le téléphone sonna et il sursauta, tant il avait peu l'habitude de l'entendre sonner. Il décrocha, le cœur battant. « Allô?

– Charlie? C'est moi, Mac, heureusement que ce foutu téléphone marche, j'ai essayé à tout hasard. J'ai été retardé.

– Un problème?

– Je ne sais pas, Charlie, mais il faut que j'aille

voir Ali Kia : ce salopard m'a envoyé son assistant et un Brassard vert pour me chercher.

– Qu'est-ce que Kia peut bien vouloir? » Dehors, dans toute la ville, les muezzins commençaient à appeler les fidèles à la prière de midi et le bruit le gênait.

« Je ne sais pas. J'ai rendez-vous dans une demi-heure. Tu ferais mieux de partir pour l'aéroport et je te retrouverai là-bas dès que possible. Dis à Johnny Hogg de retarder le départ.

– D'accord, Mac. Et tes affaires, elles sont au bureau?

– Je les ai sorties de bonne heure ce matin pendant qu'Ali Baba roupillait et tout est dans le coffre de Lulu. Charlie, il y a dans la cuisine une des tapisseries de Genny : " A bas le corned beef. " Fourre-le dans ta valise, veux-tu? Elle m'étriperait si j'oubliais ça. Si j'ai le temps, je repasserai pour m'assurer que tout va bien.

– Est-ce que je ferme le gaz ou l'électricité?

– Je n'en sais rien. N'y touche pas.

– D'accord. Tu es sûr que tu ne veux pas que j'attende? » demanda-t-il. La voix métallique des muezzins propagée par les haut-parleurs ajoutait à son énervement. « Ça m'est égal d'attendre. Il vaudrait peut-être mieux, Mac.

– Non, vas-y, je ne vais pas tarder, salut.

– Salut. » Pettikin, le visage sombre, attendit la tonalité, puis composa le numéro de leur bureau à l'aéroport. A son grand étonnement, la communication s'établit.

« Iran Helicopters, allô? »

Il reconnut la voix de leur directeur du fret. « Bonjour, Adwani, ici le capitaine Pettikin. Est-ce que le 125 est arrivé?

– Ah! Capitaine, oui, il est annoncé et devrait se poser d'une minute à l'autre.

– Le capitaine Lanc est là?

– Oui, un moment, s'il vous plaît... »

Pettikin attendit, se demandant ce que voulait Kia. « Allô, Charlie, ici Nogger... Tu as des relations bien placées?

– Non, le téléphone s'est tout simplement remis à marcher. Peux-tu parler tranquillement?

– Non, ce n'est pas possible.

– Que se passe-t-il?

– Je suis toujours à l'appartement. Mac a été retardé. Il doit aller voir Ali Kia. Je pars maintenant pour l'aéroport et lui viendra directement du bureau de Kia. Tu es prêt à charger?

– Oui, Charlie, nous envoyons les moteurs à réviser comme l'a ordonné le capitaine McIver. Nous suivons exactement ses instructions.

– Bon, les deux mécanos sont là?

– Oui. Mais ces pièces-là sont déjà prêtes à être chargées.

– Bon. Pas de problèmes, à ton avis?

– Pas encore mon vieux.

– A tout à l'heure. » Pettikin raccrocha. Il regarda une dernière fois l'appartement, en proie à une étrange tristesse. Il y avait eu de bons moments et de mauvais, mais les meilleurs étaient quand Paula restait là. Par la fenêtre, il aperçut une fumée au loin, au-dessus de Jaleh, et, comme les voix des muezzins se taisaient, l'habituel crépitement de fusillades çà et là. « Qu'ils aillent tous au diable », marmonna-t-il. Il se leva, prit ses bagages et ferma la porte à clé avec soin. Comme il sortait du garage, il vit Ali Baba s'engouffrer sous une porte de l'autre côté de la rue. Il était accompagné de deux hommes qu'il n'avait jamais vus. Qu'est-ce que trafique ce salopard? se demanda-t-il avec inquiétude.

Ministère des transports : 13 h 07. Malgré un feu de bois il faisait glacial dans la grande pièce, et le ministre Ali Kia portait un lourd et somptueux manteau d'astrakan avec un bonnet assorti. Il était furieux. « Je le répète. J'ai besoin d'un moyen de transport demain pour Kowiss et je vous demande de m'accompagner.

– Désolé, demain ce n'est pas possible, dit McIver en parvenant non sans mal à masquer sa nervosité. Je serai ravi de vous accompagner la semaine prochaine. Disons lundi...

– Je suis surpris qu'après toute la " coopération " dont nous avons fait preuve, il soit même nécessaire de discuter! Demain, capitaine, ou bien... ou bien j'annule toutes les autorisations de vol pour notre 125 : en fait, je vais le garder au sol aujourd'hui, bloqué pour la journée en attendant les résultats de l'enquête! »

McIver était debout devant le grand bureau, Kia assis derrière dans un immense fauteuil sculpté où il semblait perdu. « Pourriez-vous faire cela aujourd'hui, Excellence? Nous avons une Alouette à convoyer à Kowiss. Le capitaine Lochart part...

– Demain. Pas aujourd'hui, fit Kia en s'empourprant. En tant qu'administrateur, voici vos ordres : vous allez venir avec moi, nous partirons à 10 heures. Vous comprenez? »

McIver acquiesça, consterné, tout en essayant de trouver une solution. Les fragments d'un plan commençaient à se former dans sa tête. « Où voulez-vous que nous nous retrouvions?

– Où est l'hélicoptère?

– A Doshan Tappeh. Il nous faudra une autorisation de vol. Malheureusement il y a là-bas un certain major Delami avec un mollah, ils sont assez difficiles tous les deux, alors je ne vois pas comment nous allons pouvoir faire. »

Le visage de Kia s'assombrit encore. « Le premier ministre a donné de nouvelles instructions concernant les mollahs et leur façon d'intervenir auprès du gouvernement légitime; l'imam est tout à fait d'accord. Ils auront intérêt à filer. Je vous verrai demain à 10 heures et... »

Là-dessus une formidable explosion retentit dehors. Ils se précipitèrent à la fenêtre mais ne virent qu'un nuage de fumée qui montait dans le ciel glacé à la hauteur du premier virage. « On dirait encore une voiture piégée », dit McIver, mal à l'aise. Ces derniers jours, il y avait eu pas mal de tentatives d'assassinat et d'attentats à la voiture piégée commis par des fanatiques d'extrême gauche, visant surtout les ayatollahs qui occupaient un poste élevé dans le gouvernement.

« Chiens de terroristes, que Dieu brûle leurs pères et eux-mêmes! » Kia avait l'air affolé, ce qui ravit McIver.

« C'est la rançon de la gloire, monsieur le ministre, dit-il d'un ton soucieux. Ceux qui sont haut placés, les gens importants comme vous sont des cibles évidentes.

– Oui... nous savons... Chiens de terroristes... »

McIver regagna sa voiture en souriant. Ainsi Kia veut aller à Kowiss. Eh bien, je vais m'arranger pour qu'il y aille, à Kowiss, et le plan Ouragan continuera comme prévu.

Après le virage, la route était en partie obstruée par des débris, une voiture qui flambait encore, d'autres qui fumaient et un trou dans la chaussée, là où la voiture piégée avait explosé, faisant sauter le devant d'un restaurant et la façade d'une banque protégée par des contrevents : il y avait des éclats de verre partout, de nombreux blessés, des morts ou des mourants.

La circulation était bloquée dans les deux sens. Rien d'autre à faire qu'à attendre. Au bout d'une demi-heure, l'ambulance arriva, des Brassards verts et un mollah se mirent à régler la circulation. McIver finit par avancer au milieu des cris et des injures. Comme il passait devant l'épave dans un brouhaha de klaxons, il ne remarqua pas le corps décapité de Talbot à demi enterré sous les décombres du restaurant, pas plus qu'il ne reconnut Ross, en civil, qui gisait non loin de là, inconscient, à demi adossé au mur, son manteau en lambeaux, du sang coulant de son nez et de ses oreilles.

Foyer de l'aéroport d'Al Shargaz, de l'autre côté du Golfe : 14 h 05. Scot Gavallan se trouvait parmi la foule attendant devant la zone des douanes et de l'immigration, le bras droit en écharpe. Le haut-parleur annonçait en arabe et en anglais des arrivées et des départs, une grande animation régnait dans tout l'aéroport. Il vit son père arriver par la porte verte, son visage s'éclaira et il se précipita à sa rencontre.

« Salut, papa!

– Oh! Scot, mon garçon! dit Gavallan, radieux, en l'étreignant avec précaution à cause de son épaule. Comment vas-tu?

– Je vais très bien, je t'assure, je te l'ai dit, ça va bien maintenant.

– Oui, on dirait. » Depuis que Gavallan était parti le lundi, il avait plusieurs fois parlé à son fils par téléphone. Ce n'est pas pareil, songea-t-il. « J'étais... j'étais si inquiet... » Gavallan avait voulu rester, mais le médecin anglais de l'hôpital lui avait assuré que Scot allait très bien et c'est vrai qu'il avait des problèmes urgents à régler en Angleterre. De plus, le conseil d'administration avait été reculé. « La radio n'a montré aucune lésion osseuse, monsieur Gavallan. La balle a traversé du muscle, c'est une vilaine blessure, mais réparable. » A Scot, il avait dit : « Ça va être douloureux et vous n'allez pas piloter au moins pendant deux mois. Quant aux crises de larmes... Inutile de vous inquiéter non plus. C'est une réaction tout à fait normale à une blessure par balle. Le vol depuis Zagros n'a rien arrangé : vous vous êtes échappé dans un cercueil, c'est bien ça? Il y a de quoi vous détraquer les nerfs. C'est l'effet que ça me ferait. On va vous garder jusqu'à demain matin.

– Est-ce nécessaire, docteur? Je... je me sens beaucoup mieux... » Scot s'était levé, ses genoux s'étaient dérobés sous lui et il serait tombé si Gavallan ne l'avait pas soutenu.

« Il faut d'abord qu'on vous retape. Une bonne nuit de sommeil et il sera frais comme l'œil, monsieur Gavallan, promis. »

Le médecin avait donné à Scot un calmant. Gavallan était resté avec lui et l'avait rassuré à propos de la mort de Jordon. « S'il y a un responsable, Scot, c'est moi. Si j'avais ordonné l'évacuation avant le départ du shah, Jordon serait encore vivant.

– Non, ce n'est pas vrai, papa... Les balles m'étaient destinées. »

Gavallan avait attendu qu'il fût endormi. Cela lui avait fait manquer sa correspondance, mais il avait pris de justesse l'avion de minuit et il arriva à Londres en temps voulu.

« Que va-t-il se passer en Iran? avait demandé Linbar sans préambule.

– Et les autres? » avait répliqué Gavallan. Il n'y avait qu'un autre directeur dans la salle, Paul Choy, surnommé « Profitable », qui était arrivé de Hong-kong. Gavallan respectait grandement son flair en affaires. Le seul nuage entre eux, c'était la présence de Choy au moment de la mort accidentelle de David MacStruan et la façon dont Linbar lui avait aussitôt succédé. « Nous devrions les attendre, vous ne croyez pas?

– Personne d'autre ne vient, lança Linbar. J'ai annulé les convocations, je n'ai pas besoin d'eux. Je suis le Taipan et je peux faire ce que je veux. Qu'est-ce...

– Pas avec S-G Helicopters, non. » Gavallan se tourna vers Choy. « Je propose d'ajourner la séance.

– Bien sûr, c'est possible, dit Profitable Choy. Tout de même, Andy, je suis venu exprès et à nous trois nous pouvons constituer un quorum suffisant, si nous voulons le voter.

– Je vote pour, dit Linbar. De quoi avez-vous peur?

– De rien. Mais...

– Bon. Alors nous avons un quorum. Comment ça va en Iran? »

Gavallan se méprisa. « Vendredi est le jour J, si le temps le permet. Le plan Ouragan est aussi au point que possible.

– J'en suis certain, Andy, fit Profitable Choy avec un bon sourire. Linbar dit que vous allez essayer de ne faire sortir que les 212? » C'était un bel homme, immensément riche, qui frisait la quarantaine, un directeur de la Struan et d'un certain nombre de filiales depuis pas mal d'années et qui, en dehors de cela, avait des intérêts considérables dans le transport maritime et l'industrie pharmaceutique à Hong-kong et au Japon. « Et nos 206 et nos Alouette?

– Il va falloir les abandonner : plus possible de les

évacuer. Aucun moyen. » Un silence suivit son explication.

Profitable Choy reprit : « Quelles sont les dernières dispositions du plan Ouragan?

– Vendredi à 7 heures du matin, si le temps le permet, je lance par radio le message codé qui déclenche Ouragan. Tous les appareils décollent. Nous aurons quatre 212 stationnés à Bandar Delam sous les ordres de Rudi, ils partiront pour Bahrein, referont le plein, puis continueront sur Al Shargaz; nos deux 212 basés à Kowiss devront refaire le plein sur la côte, mettre ensuite le cap sur le Koweit pour refaire du carburant –, ils poursuivront alors vers Bahrein et Al Shargaz. Les trois qui se trouvent à Lengeh sous le commandement de Stragger ne devraient avoir aucun problème : ils iront directement à Al Shargaz; Erikki part par la Turquie. Dès leur arrivée, nous commençons à les démonter pour les charger à bord des 747 que j'ai déjà affrétés et filer le plus vite possible.

– Quelle chance vous donnez-vous de ne pas perdre un homme ni un hélico? » demanda Profitable Choy, le regard soudain plus dur. C'était un joueur fameux, propriétaire de chevaux de courses, commissaire du Jockey Club de Hong-kong. On racontait aussi qu'il appartenait à un syndicat de jeux de Macao.

« Je n'ai pas l'habitude de parier. Mais les chances sont bonnes, sinon, je n'y penserais même pas. McIver a déjà réussi à sortir trois 212 : ça nous sauve plus de trois millions de dollars. Si nous évacuons tous nos 212 et la plupart des pièces détachées, S-G ne se portera pas trop mal.

– C'est vous qui le dites, fit sèchement Linbar.

– La compagnie en tout cas aura de meilleurs résultats que la Struan cette année. »

Linbar devint tout rouge. « Vous auriez dû vous

préparer à cette catastrophe, vous et cet abruti de McIver. Le premier imbécile venu pouvait voir que le shah n'en avait plus pour longtemps.

– Ça suffit, Linbar, lança Gavallan. Je ne suis pas revenu pour me quereller, rien que pour faire mon rapport, alors finissons-en que je puisse repartir. Quoi d'autre, Profitable?

– Andy, même si vous les évacuez, qu'est-ce que vous dites d'Imperial qui vous pique des contrats en mer du Nord – une vingtaine –, et puis il y a votre engagement sur les 6 X63?

– Décision stupide et bien malvenue », dit Linbar.

Gavallan détourna les yeux de Linbar et se concentra. Choy avait le droit de demander et lui-même n'avait rien à cacher. « Dès l'instant que j'ai mes 212, je peux retrouver une situation normale. Il y a énormément de travail pour eux. Je commencerai à m'occuper d'Imperial la semaine prochaine : je sais que je récupérerai certains contrats. Le reste du monde réclame frénétiquement du pétrole, alors Extex va arriver avec les nouveaux contrats saoudiens, nigériens et malaisiens. Et quand ils auront notre rapport sur la X63, ils feront deux fois plus d'affaires avec nous – comme toutes les autres grandes compagnies. Nous pourrons leur assurer un service meilleur que jamais, une sécurité plus grande par tous les temps à un coût moindre par kilomètre/passager. Le marché est vaste, la Chine va bientôt s'ouvrir et...

– Et rêve, dit Linbar. Vous et ce foutu Dunross, vous avez la tête dans les nuages.

– La Chine ne nous apportera jamais grand-chose, dit Profitable Choy. Je suis d'accord avec Linbar.

– Pas moi. » Gavallan trouvait quelque chose de bizarre chez Choy, mais sa rage l'emporta. « Sur ce point-là, nous attendons. La Chine doit bien avoir du pétrole quelque part en abondance. Pour résumer, je suis en bonne forme, en grande forme, les bénéfices de l'année dernière étaient en augmentation de 50 pour cent et c'est la même chose cette année, sinon mieux. La semaine prochaine, je vais...

– Le semaine prochaine, interrompit Linbar, vous serez en faillite.

– Le prochain week-end va nous le dire, fit Gavallan d'un ton rageur. Je propose que nous nous réunissions lundi prochain. Ça me donnera le temps de rentrer.

– Paul et moi retournons à Hong-kong dimanche. Revoyons-nous là-bas.

– Ce n'est pas possible pour moi et...

– Alors il faudra nous passer de vous, lança Linbar, furieux. Si Ouragan échoue, vous êtes fini, S-G Helicopters sera en liquidation, une nouvelle société, North Sea Helicopters, déjà constituée d'ailleurs, se portera acheteuse des actifs et je serais surpris si nous payions plus d'un demi-*cent* par dollar.

– C'est du vol pur et simple! répliqua Gavallan.

– C'est le prix de l'échec! Bon sang, si S-G plonge, vous êtes fini et, à mon avis, ce ne sera pas trop tôt. Et si vous n'avez pas de quoi acheter votre billet d'avion pour assister aux réunions du conseil, personne ne vous regrettera. »

Gavallan était hors de lui de rage contenue, mais il se maîtrisa. Puis une idée brusquement lui vint et il se tourna vers Profitable Choy. « Si Ouragan réussit, m'aiderez-vous à financer un rachat de la Struan? »

Sans laisser à Choy le temps de répondre, Linbar cria : « Nos parts ne sont pas à vendre.

– Elles devraient peut-être l'être, Linbar, dit Profitable Choy d'un ton songeur. Ça vous tirerait probablement du pétrin dans lequel vous êtes. Pourquoi ne pas vous débarrasser d'un point de friction? Vous vous dressez sans cesse tous les deux l'un contre l'autre, et pour en arriver où? Pourquoi ne pas faire une trêve, hein?

– Vous seriez prêt à financer le rachat? demanda Linbar d'un ton crispé.

– Peut-être. Oui, peut-être, mais seulement si vous étiez d'accord, Linbar. C'est un problème familial.

– Je ne serai jamais d'accord, Profitable. » Une grimace crispa le visage de Linbar et il lança à Gavallan un regard mauvais. « Je veux vous voir pourrir tous les deux... vous et cet imbécile de Dunross! »

Gavallan se leva. « Je vous verrai à la prochaine réunion du comité. Nous verrons ce qu'ils diront.

– Ils feront ce que je leur dirai de faire. C'est moi le Taipan. Au fait, je fais de Profitable un membre du conseil.

– Vous ne pouvez pas, c'est contraire aux règles de Dirk. » Dirk Struan, le fondateur de la compagnie, avait stipulé que les membres du comité de gestion ne pouvaient être que des membres de la famille, si lointains que fussent leurs liens, et qu'ils devaient être chrétiens. « Vous avez juré devant Dieu de les respecter.

– Au diable les règles de Dirk, répliqua Linbar. Vous n'en êtes pas responsable, pas plus que de l'héritage de Dirk. C'est la responsabilité d'un Taipan et ce que j'ai juré de défendre, c'est mon affaire. Vous vous croyez si malin et vous ne l'êtes pas! Profitable est devenu épiscopalien, il a divorcé l'an dernier et il va bientôt entrer dans la famille en épousant, avec ma bénédiction – une de mes nièces : il sera plus de la famille que vous! » conclut-il avec un grand rire.

Gavallan ne rit pas, pas plus que Profitable Choy.

Ils s'observaient, maintenant que les dés étaient jetés. « Je ne savais pas que vous aviez divorcé, dit Gavallan. Il faut que je vous félicite pour... pour votre nouvelle vie et votre nouvelle nomination.

– Merci », fut tout ce que son ennemi répondit.

Dans la salle de l'aéroport d'Al Shargaz, Scot se pencha pour porter la valise de son père, mais Gavallan dit : « Non, merci, Scot, je peux le faire. » Il la ramassa. « Je prendrais bien une douche et je ferais bien une petite sieste. J'ai horreur de voler de nuit.

– Genny a laissé la voiture dehors. » Scot avait tout de suite remarqué l'épuisement de son père. « Ça n'a pas été facile en Ecosse?

– Non, non, pas facile du tout. Je suis si content que tu ailles bien. Quoi de neuf ici?

– Tout va à merveille, papa, suivant le plan prévu. Comme une horloge. »

Faubourgs nord de Téhéran : 14 h 35. Jean-Luc descendit du taxi, l'air joyeux comme toujours dans sa tenue de vol et ses bottes sur mesures. Comme promis, il prit le billet de cent dollars et le déchira avec soin en deux. « Voilà! »

Le chauffeur examina attentivement sa moitié de billet. « Seulement une heure, *agha*? Au nom du ciel, *agha*, pas plus?

– Une heure et demie comme convenu, et puis droit à l'aéroport. J'aurai des bagages.

– *Inch' Allah.* » Le chauffeur promena autour de lui un regard nerveux. « Je ne peux pas attendre ici : trop d'yeux pour me voir. Une heure et demie. J'attends au coin, là! » Il indiqua une direction, puis démarra.

Jean-Luc monta l'escalier et ouvrit la porte de

l'appartement 4a qui donnait sur la route bordée d'arbres et faisait face au sud. C'était son chez-lui, même si sa femme Marie-Christine l'avait trouvé et arrangé pour lui et si c'était là qu'elle descendait lors de ses rares visites. Une chambre avec un grand lit bas, une cuisine bien équipée, un studio avec un profond canapé, une bonne stéréo : « Pour charmer tes amies, chéri, dès l'instant que tu n'en importes pas en France!

– Moi? Moi, je suis un amoureux, pas un importateur! »

Il sourit tout seul, heureux d'être là, mais un peu agacé d'avoir tant à laisser : la chaîne stéréo était de première qualité, les disques superbes, le canapé séduisant, le lit, oh! si élastique, le vin qu'il avait eu tant de mal à apporter en contrebande, et puis il y avait ses ustensiles de cuisine. « Espèce de con », dit-il tout haut. Il entra dans la chambre et décrocha le téléphone. Pas de tonalité.

Il prit une valise dans le placard et se mit à y ranger ses affaires à gestes vifs et précis, car il y avait beaucoup réfléchi. D'abord ses couteaux préférés et sa poêle, puis six bouteilles des meilleurs vins, la quarantaine d'autres serait pour le nouvel occupant, provisoire au cas où il reviendrait, qui lui louait l'appartement à compter du lendemain, avec paiement en bons francs français, un mois d'avance payé sur une banque en Suisse et un dépôt de garantie.

Il préparait cela depuis longtemps, avant même son départ en permission pour Noël. Alors que tous les autres avaient des œillères, songea-t-il avec satisfaction, moi, je voyais plus loin. Il est vrai que j'ai un très grand avantage sur eux : je suis français.

Il continua à empaqueter ses affaires. Le nouveau locataire était français lui aussi : un vieil ami de l'ambassade qui, depuis des semaines, avait désespérément besoin d'une garçonnière libre tout de suite et bien équipée pour sa jeune maîtresse, une Circassienne de dix-sept ans qui jurait de le quitter s'il ne lui en trouvait pas une. « Jean-Luc, mon très cher ami, loue-moi ton appartement pour un an, six mois, même trois : je te l'assure, bientôt les seuls Européens à rester ici seront les diplomates. N'en parle à personne, mais je le tiens d'un de nos contacts très bien placé avec Khomeiny à Neauphle-le-Château! Franchement nous savons tout ce qui se passe : ses collaborateurs les plus proches ont été formés dans une université française. Je t'en supplie, il faut absolument que je satisfasse la lumière de ma vie. »

Mon pauvre ami, se dit Jean-Luc avec tristesse. Dieu merci, je n'aurai jamais à m'aplatir devant une femme : quelle chance a Marie-Christine de m'avoir épousé, moi qui peux sagement protéger sa fortune!

Les dernières choses qu'il emballa furent ses instruments de vol et une demi-douzaine de paires de lunettes de soleil. Tous ses vêtements, il les avait rangés dans une armoire fermée à clé. Bien sûr, la compagnie me remboursera et je m'en achèterai des neufs. A quoi bon garder de vieux vêtements?

Maintenant qu'il avait fini, tout était net et bien rangé. Il regarda la pendule : il ne lui avait fallu que vingt-deux minutes. Parfait. Le chablis était au frais dans le réfrigérateur, qui fonctionnait toujours malgré les coupures d'électricité. Il ouvrit la bouteille et goûta le vin. Parfait. Trois minutes plus tard, on frappa à la porte. Parfait.

« Sayada, ma chérie, comme tu es belle », dit-il avec chaleur en l'embrassant, mais il pensait : tu n'as pas l'air en forme du tout, tu as l'air épuisé. « Comment vas-tu, chérie?

– J'ai eu un coup de froid, rien de sérieux », dit-elle. Ce matin elle avait vu dans son miroir les plis soucieux et les cernes et elle savait que Jean-Luc remarquerait tout cela. « Rien de sérieux, ça va maintenant. Et toi, chéri?

– Aujourd'hui, très bien, demain? » Il haussa les épaules, la débarrassa de son manteau, la souleva sans mal dans ses bras et s'effondra avec elle dans les profondeurs du canapé. Elle était très belle et il regrettait de la quitter. Et de quitter l'Iran. C'est comme Alger, songea-t-il.

« A quoi penses-tu, Jean-Luc?

– A 1963, quand on m'a chassé d'Alger. C'est comme l'Iran, au fond. On nous pousse dehors de la même façon. » Il la sentit s'agiter dans ses bras. « Qu'est-ce qu'il y a?

– Le monde est quelquefois si terrible. » Sayada ne lui avait rien dit de sa vraie vie. « Si injuste », dit-elle se rappelant la guerre de 1967 à Gaza et la mort de ses parents, puis la fuite; son histoire ressemblait beaucoup à celle de Jean-Luc. Elle se rappelait la catastrophe de l'assassinat de Teymour et pensait à *eux*. Elle se sentait au bord de la nausée en pensant au petit Yassar et à ce qu'ils feraient à son fils si elle se conduisait mal. Si seulement je pouvais savoir qui ils sont...

Jean-Luc servait le vin qu'il avait posé sur la table devant eux. « Ce n'est pas bien d'être sérieux, chérie, nous n'avons pas beaucoup de temps! »

Le vin avait un goût délicat et frais, un goût de printemps. « Combien de temps? Tu ne restes pas?

– Il faut que je parte dans une heure.

– Pour Zagros?

– Non, chérie, pour l'aéroport, et de là pour Kowiss.

– Quand reviens-tu?

– Je ne reviens pas », dit-il et il la sentit se crisper. Mais il la serrait contre lui et au bout d'un moment elle se détendit. Il poursuivit, car il n'avait aucune raison de ne pas lui faire confiance : « Entre nous, Kowiss, c'est du provisoire. Nous évacuons l'Iran, toute la compagnie : il est évident qu'on ne veut pas de nous, nous ne pouvons plus travailler librement, les Iraniens ne nous paient plus. On nous a chassés de Zagros... Un de nos mécaniciens a été tué par les terroristes il y a quelques jours et le jeune Scot Gavallan l'a échappé d'un millimètre. Alors, on s'en va. C'est fini.

– Quand ça?

– Bientôt, je ne sais pas exactement.

– Tu... tu vas... me manquer, Jean-Luc, dit-elle en se blottissant contre lui.

– Toi aussi, chérie, fit-il avec douceur, remarquant les larmes silencieuses qui maintenant ruisselaient sur ses joues. Combien de temps restes-tu à Téhéran?

– Je ne sais pas, fit-elle, essayant de masquer son désarrroi. Je te donnerai une adresse à Beyrouth, on saura où me trouver.

– Tu peux me trouver par Aberdeen. »

Ils étaient assis là, sur le canapé, elle allongée dans ses bras; la pendule sur la cheminée au tic-tac en général si doux mais aujourd'hui si bruyant leur rappelait le temps qui passait, leur répétait que c'était la fin – même si aucun d'eux ne le voulait.

« Faisons l'amour », murmura-t-elle, non qu'elle en eût envie mais parce qu'elle savait que c'était ce qu'on attendait d'elle.

« Non », dit-il courageusement, comme s'il était fort pour eux deux; il savait que ce qu'elle attendait de lui, c'était qu'il l'emmène au lit, et puis ils se rhabilleraient et discuteraient comme des Français raisonnables de la fin de leur liaison. Son regard alla jusqu'à la pendule. Plus que quarante-trois minutes.

« Tu n'as pas envie de moi?

– Plus que jamais. » Il lui entoura le sein d'une

main et ses lèvres effleurèrent le cou de la jeune femme.

« Je suis heureuse, murmura-t-elle de la même voix douce, si heureuse que tu aies dit non. Je te veux pour des heures, mon chéri, pas quelques minutes, pas maintenant. Ça gâcherait tout de se dépêcher. »

Sur le moment il fut déconcerté, ne s'attendant pas à ce revirement, mais, maintenant que c'était dit, il était content, lui aussi. Comme c'est courageux de sa part à elle de renoncer à un tel plaisir, songea-t-il. Mieux valait se rappeler les grands moments que de s'envoyer en l'air en vitesse. Nous pouvons rester à bavarder, à déguster le vin, à verser quelques larmes et à être heureux. « Oui, je suis d'accord. Je le pense aussi. » De nouveau il lui effleura le cou de ses lèvres, il la sentit trembler et un instant il fut tenté de l'enflammer complètement. Mais il décida de n'en rien faire. Pauvre chérie, pourquoi la tourmenter?

« Comment partez-vous tous, mon chéri?

– Nous décollerons tous ensemble. Encore un peu de vin?

– Oui, oui, s'il te plaît, il est si bon. » Elle but une gorgée, s'essuya les joues et reprit la conversation, l'interrogeant sur cette extraordinaire évacuation. Aussi bien *eux* que *la Voix* vont trouver tout cela très intéressant, cela va peut-être même m'amener à découvrir qui *ils* sont.

« Je t'aime tant, chéri », fit-elle.

Aéroport de Téhéran : 18 h 05. Johnny Hogg, Pettikin et Nogger considéraient McIver avec stupéfaction. « Tu restes... tu ne pars pas avec nous..., balbutia Pettikin.

– Non, je te l'ai dit, fit McIver d'un ton dégagé. Il faut que j'accompagne Kia à Kowiss demain. » Ils étaient auprès de sa voiture sur le parking, loin d'oreilles étrangères, le 125 était sur la piste, les manœuvres chargeaient les dernières caisses sous la surveillance des inévitables Brassards verts. Et sous l'œil d'un mollah.

« Un mollah qu'on n'a encore jamais vu, fit Nogger, nerveux mais, comme tous, essayant de le cacher.

– Bon. Tous les autres sont prêts à embarquer?

– Oui, Mac, sauf Jean-Luc. » Pettikin était très démonté. « Tu ne crois pas que tu ferais mieux de prendre le risque de laisser Kia?

– Ce serait vraiment de la folie, Charlie. Il n'y a pas de quoi s'inquiéter. Tu peux tout arranger à l'aéroport d'Al Shargaz avec Andy. Je serai là-bas demain. Je prendrai le 125 demain à Kowiss avec les autres.

– Mais, bon sang, ils ont tous une autorisation de vol, pas toi, dit Nogger.

– Nogger, tu sais bien qu'aucun de nous n'a la moindre autorisation. » McIver ajouta en riant : « Comment serons-nous sûrs de nos gars de Kowiss avant qu'ils n'aient décollé et quitté l'espace aérien iranien? Non, ne t'inquiète pas, chaque chose en son temps, il faut d'abord régler cette partie du programme. » Il jeta un coup d'œil au taxi qui freinait à quelques mètres d'eux. Jean-Luc descendit, donna au chauffeur l'autre moitié du billet et s'approcha, une valise à la main.

« Alors, mes amis, dit-il avec un sourire satisfait, ça boume? »

McIver soupira. « Ce n'est pas très sport de ta part de crier sur les toits que tu pars en vacances, Jean-Luc.

– Quoi?

– Peu importe. »

McIver aimait bien Jean-Luc pour ses talents de

pilote, ses dons de cuisinier et son obstination à profiter de la vie. Lorsque Gavallan avait parlé à Jean-Luc du plan Ouragan, celui-ci avait dit aussitôt : « Je piloterai sûrement un des 212 de Kowiss – à condition que je puisse prendre le vol de mercredi pour Téhéran et passer deux heures en ville.

– Pour faire quoi?

– Mon Dieu, vous, les Anglais! Pour faire mes adieux à l'imam, peut-être? »

McIver regarda le Français en souriant. « Comment était Téhéran?

– Magnifique! » fit Jean-Luc en lui rendant son sourire et en pensant : Je n'ai pas vu Mac avoir l'air aussi jeune depuis des années. Qui est donc la dame? « Et toi, mon vieux?

– Très bien. » Derrière lui McIver vit Jones, le copilote, descendre les marches deux par deux en se précipitant vers eux. Il ne restait maintenant plus de caisses sur la piste et les manœuvres iraniens regagnaient d'un pas lent le bureau. « Parés pour embarquer?

– Tout est paré, capitaine, il ne manque que les passagers, dit Jones d'un ton détaché. Le contrôle aérien commence à s'énerver, ils disent que nous sommes en retard. Il faudrait accélérer le mouvement.

– Vous avez toujours l'autorisation de faire un arrêt à Kowiss?

– Pas de problème. »

McIver prit une profonde inspiration. « Très bien, on y va, comme prévu, sauf que c'est moi qui vais prendre les papiers, Johnny. » Johnny Hogg les lui tendit et tous les trois, McIver, Hoggs et Jones, se dirigèrent droit vers le mollah, dans l'espoir de détourner son attention. Suivant le plan prévu, les deux mécaniciens avaient déjà embarqué, comme s'ils participaient au chargement. « Bonjour, *agha* », dit McIver; il tendait ostensiblement le manifeste au mollah, en pivotant pour l'empêcher de voir l'échelle. Nogger, Pettikin et Jean-Luc escaladèrent les marches et disparurent à l'intérieur.

Le mollah feuilleta le manifeste, n'ayant de toute évidence pas l'habitude de ce genre de document. « Bon. Maintenant, inspectez, dit-il avec un fort accent.

– Pas la peine, *agha*, je... » McIver s'arrêta. Le mollah et les deux gardes se dirigeaient déjà vers les marches. « Johnny, murmura-t-il, en leur emboîtant le pas, dès que tu es à bord, tu mets les moteurs en marche. »

La cabine était encombrée de caisses, les passagers déjà assis, ceinture bouclée. Tous évitaient avec soin de regarder le mollah. Mais lui les dévisageait. « Qui sont ces hommes?

– Des équipages de remplacement, *agha* », s'empressa de répondre McIver. Il sentit son excitation monter tandis que les moteurs commençaient à rugir. Il désigna à tout hasard Jean-Luc. « Le pilote de remplacement pour Kowiss, *agha* », puis il ajouta : « Le *komiteh* de la tour demande à l'appareil de décoller maintenant. Il faut faire vite, se tourna vers le cockpit tandis que Johnny Hogg lançait dans un farsi parfait : « Désolé de vous interrompre, Excellence, comme Dieu le veut, mais la tour nous ordonne de partir tout de suite. Avec votre permission, s'il vous plaît.

– Oui, oui, bien sûr, Excellence pilote, fit le mollah en souriant, votre farsi est très bon, Excellence.

– Merci, Excellence, Dieu vous garde et bénisse l'imam.

– Merci, Excellence pilote, Dieu vous garde. » Le mollah s'en alla.

Avant de descendre, McIver passa la tête dans le poste de pilotage. « Qu'est-ce que c'était que ce cirque, Johnny? Je ne savais pas que tu parlais farsi.

– Pas du tout, répondit Hogg sèchement, j'ai juste appris cette phrase-là, j'ai pensé que ça pourrait servir.

– Chapeau! » fit McIver en souriant. Puis il baissa la voix. « Quand vous arriverez à Kowiss, que Duke s'arrange avec Coup d'Enfer pour que les types qui doivent convoyer les appareils partent le plus tôt possible demain matin. Je ne veux pas que Kia soit là quand ils décolleront : qu'il s'arrange pour les faire partir tôt. D'accord?

– Oui, bien sûr, j'avais oublié. C'est très astucieux.

– Bon vol... Rendez-vous à Al Shargaz. » De la piste, il leur fit un grand sourire, pouces levés, tandis qu'ils s'éloignaient.

Dès l'instant où ils eurent décollé, Nogger explosa de joie : « Ça y est! » et tout le monde lui fit écho, sauf Jean-Luc, qui se signa d'un geste superstitieux pendant que Pettikin touchait du bois. « Merde, lança-t-il, garde tes bravos, Nogger, tu peux être bloqué à Kowiss. Garde tes bravos pour vendredi, il y a encore pas mal de poussière à souffler à travers le Golfe d'ici là!

– Tu as raison, Jean-Luc, dit Pettikin, assis à côté de lui près du hublot. Mac était de bonne humeur. Ça fait des mois que je ne l'ai pas vu si content, et ce matin il faisait la tête, c'est curieux comme les gens peuvent changer.

– Oui, c'est curieux. Moi, je serais fichtrement embêté d'avoir un tel changement dans mes plans. » Jean-Luc s'installait confortablement dans son siège, pensant à Sayada et à leurs adieux graves et tendres. Il jeta un coup d'œil à Pettikin, il vit l'air soucieux de celui-ci. « Qu'est-ce qu'il y a?

– Je me demandais tout d'un coup comment Mac va aller à Kowiss.

– En hélico, bien sûr. Il y a deux 206 et une Alouette qui restent.

– Tom a convoyé l'Alouette à Kowiss aujourd'hui et il ne reste plus de pilote.

– Alors il y va en voiture. Pourquoi?

– Tu ne crois pas qu'il serait assez fou pour piloter Kia lui-même, non?

– Tu es dingue? Bien sûr que non, il n'est pas fou à ce p... » Jean-Luc s'interrompit, horrifié. « Merde, il est fou à ce point-là. »

QG du service secret : 18 h 30. Hashemi Fazir était debout près de la fenêtre de son vaste bureau, qui dominait les toits de la ville et les minarets, les dômes des mosquées parmi les silhouettes modernes des grands hôtels et les immeubles de bureaux, tandis que s'éteignaient les derniers appels des muezzins pour la prière du soir. Il y avait dans la ville un peu plus de lumières que d'habitude. Un bruit lointain de fusillade. « Les fils de chiens », marmonna-t-il, puis, sans se retourner, il ajouta sèchement : « C'est tout ce qu'elle a dit?

– Oui, Excellence. " Dans quelques jours. " Elle a dit qu'elle était " à peu près certaine " que le Français ne savait pas exactement la date de leur départ.

– Elle aurait dû s'en assurer. C'est de la négligence. Les agents négligents sont dangereux. Rien que les 212, n'est-ce pas?

– Oui, elle était sûre de ce point. Je trouve aussi qu'elle est négligente et qu'elle devrait être punie. »

Hashemi entendit dans sa voix le plaisir malicieux mais cela ne vint pas troubler sa bonne humeur; il laissait son esprit vagabonder en se demandant que faire de Sayada Bertolin et de ses renseignements. Il était très content de lui.

Ç'avait été une excellente journée. Un de ses partenaires clandestins avait été nommé numéro deux auprès d'Abrim Pahmudi à la SAVAMA. A midi, un télex de Tabriz avait confirmé la mort d'Abdollah Khan. Il avait aussitôt envoyé un télex afin de prendre un rendez-vous pour le lendemain avec Hakim Khan et réquisitionné à cet effet un des petits bimoteurs de la SAVAMA. La liquidation de Talbot s'était admirablement passée et il n'avait pas trouvé trace des responsables – une équipe du groupe 4 – lorsqu'il avait inspecté les lieux de l'attentat, car, bien sûr, on l'avait aussitôt appelé. Les témoins n'avaient vu personne garer la voiture. « Un moment, c'était la paix de Dieu, un moment plus tard, la rage de Satan. »

Une heure auparavant, Abrim Pahmudi avait appelé en personne, sous prétexte de le féliciter. Mais il avait évité le piège et pris grand soin de nier être pour quoi que ce fût dans l'explosion : mieux valait ne point attirer l'attention sur la similitude entre le premier attentat à la voiture piégée qui avait fait voler en morceaux le général Janan, mieux valait garder Pahmudi sous pression et réduit aux hypothèses. Il avait réprimé son rire et avait dit gravement : « Comme Dieu le veut, Excellence, mais de toute évidence c'était encore un de ces maudits attentats de terroristes gauchistes. Et Talbot n'était pas la cible, même si son décès élimine opportunément ce problème. Désolé de vous le dire, mais l'attentat visait les favoris de l'imam. » Accuser les terroristes et prétendre que l'attentat était dirigé contre les ayatollahs et les mollahs qui fréquentaient le restaurant les effraieraient et cela aurait l'avantage supplémentaire de détourner l'attention de Talbot et d'éviter d'éventuelles représailles britanniques – notamment de

Robert Armstrong s'il découvrait la vérité – et ainsi écrasait-on plusieurs scorpions avec une seule pierre.

Hashemi se retourna et regarda l'homme au visage acéré, Suliman Al Wiali, le chef de l'équipe du groupe 4 qui avait posé la bombe dans la voiture, le même homme qui avait surpris Sayada Bertolin dans la chambre de Teymour. « Dans quelques minutes, je pars pour Tabriz. Je serai de retour demain ou le jour suivant. Un grand Anglais, Robert Armstrong, sera avec moi. Charge un de tes hommes de le suivre. Assure-toi qu'il sait où habite Armstrong, puis qu'il le liquide quelque part dans les rues à la nuit tombée. Ne le fais pas toi-même.

– Oui, Excellence. Quand ça? »

Hashemi repensa à son plan et n'y trouva aucune faille. « Le jour saint.

– C'est le même homme avec qui tu voulais que la femme Sayada fornique?

– Oui. Mais aujourd'hui j'ai changé d'avis. » Robert n'a plus aucune valeur, songea-t-il. Bien mieux, son heure est venue.

« Avez-vous d'autre travail pour elle, Excellence?

– Non. Nous avons démantelé le réseau Teymour.

– Comme Dieu le veut. Puis-je faire une suggestion? »

Hashemi l'étudia. Suliman était son collaborateur le plus efficace, le plus fidèle et le plus redoutable, chef du groupe 4 avec comme couverture un poste d'agent subalterne au service secret et directement sous ses ordres. Suliman prétendait être originaire des montagnes du Shrift, au nord de Beyrouth, où il habitait avant que sa famille ne fût massacrée et que lui ne fût chassé par les milices chrétiennes. Hashemi l'avait recruté cinq ans plus tôt après l'avoir tiré d'une prison syrienne où il avait été condamné à mort pour meurtre et banditisme de part et d'autre de la frontière, sa seule défense étant : « Je n'ai tué que des Juifs et des Infidèles comme Dieu l'a ordonné, je fais donc le travail de Dieu. Je suis un vengeur. »

« Quelle suggestion? demanda-t-il.

– Elle n'est qu'un courrier de l'OLP, pas très bonne, et dans ma situation actuelle elle est dangereuse, c'est une menace possible : elle peut facilement être retournée par les Juifs ou la CIA et utilisée contre nous. Comme de bons fermiers, nous devrions semer les graines là où nous pourrons moissonner une future récolte. » Suliman sourit. « Vous êtes un fermier avisé, Excellence, ma suggestion est de lui dire qu'il est temps de rentrer à Beyrouth et que nous, nous deux qui l'avons surprise dans son métier de courtisane, nous voulons maintenant qu'elle travaille pour nous là-bas. Nous la laisserons surprendre une conversation entre nous, et nous prétendrons faire partie d'une cellule de la milice chrétienne du Sud-Liban, agissant sur les ordres d'Israël pour leurs maîtres de la CIA. » L'homme eut un petit rire en voyant la surprise de son employeur.

« Et alors?

– Qu'est-ce qui pourrait transformer une Copte palestinienne vaguement anti-Israël en une fanatique acharnée à la vengeance?

– Quoi donc? fit Hashemi en le regardant.

– Disons que quelques-uns de ces mêmes " membres des milices chrétiennes agissant sous les ordres des Israéliens pour leurs maîtres de la CIA " aient la méchanceté de blesser son enfant, de le blesser vilainement, la veille de son arrivée, et puis qu'ils disparaissent : est-ce que cela ne ferait pas d'elle une ennemie acharnée de nos ennemis? » Hashemi alluma une cigarette pour dissimuler son dégoût. « Je conviens qu'elle ne nous sert plus à rien », dit-il, et il vit une lueur d'irritation dans le regard de Suliman.

« Quelle valeur a son enfant, et quel avenir? lança Suliman avec mépris. Avec une telle mère et vivant avec des parents chrétiens, il demeurera chrétien et finira en enfer.

– Israël est notre allié. Reste à l'écart des affaires du Moyen-Orient ou c'est elles qui t'engloutiront. C'est un terrain défendu!

– Si vous dites que c'est défendu, c'est défendu, maître. » Suliman s'inclina. « Sur la tête de mes enfants.

– Bien. Bon. Tu as très bien agi aujourd'hui. Je te remercie. » Il se dirigea vers le coffre et y prit une liasse de dollars. Il vit le visage de Suliman s'éclairer. « Voici une prime pour toi et tes hommes.

– Merci, merci, Excellence, Dieu vous protège! Considérez cet Armstrong comme mort. » Suliman s'inclina de nouveau avec reconnaissance et sortit.

Maintenant qu'il était seul, Hashemi ouvrit un tiroir fermé à clé et se versa un whisky. Mille dollars, c'est une fortune pour Suliman et ses trois hommes, mais c'est un bon investissement, songea-t-il avec satisfaction. Oh oui! Je suis heureux d'avoir pris cette décision pour Robert. Robert en sait trop, en soupçonne trop : n'est-ce pas lui qui avait baptisé mes équipes? « Les équipes du groupe 4 doivent servir au bien, non au mal, Hashemi, avait-il dit de cet air entendu qu'il avait toujours. Je vous préviens simplement, leur pouvoir pourrait les griser et se retourner contre vous. Rappelez-vous le Vieux de la Montagne. »

Hashemi avait ri pour dissimuler sa stupéfaction en constatant qu'Armstrong avait lu ses plus secrètes pensées. « Quel rapport entre moi et al-Sabbah et ses Assassins? Nous vivons au XXe siècle et je ne suis pas un fanatique. Ce qui est plus important, Robert, je n'ai pas un château à Alamut!

– Il y a quand même le hachisch... et mieux que ça.

– Je ne veux pas de drogués ni d'assassins, rien que des hommes en qui je puisse avoir confiance.

– " Assassins " vient de *Hashashin*, ceux qui prennent du hachisch. D'après la légende, au XIe siècle, à Alamut – la forteresse imprenable de Hasan ibn al-Sabbah, dans les montagnes près de Qazvin –, il avait fait dessiner des jardins secrets sur le modèle des jardins du paradis décrits dans le Coran, où du vin et du miel coulaient des fontaines, et qui étaient peuplés de belles et complaisantes jeunes filles. On amenait là des dévots drogués au hachisch et on leur donnait un avant-goût des béatitudes éternelles et érotiques qui les attendaient au paradis après la mort. Puis, au bout d'un jour ou deux ou trois, le " Béni " était ramené sur terre avec la garantie d'un rapide retour – en échange d'une obéissance absolue aux volontés du Vieux de la Montagne.

« Le groupe de drogués de Hasan ibn al-Sabbah terrorisa toute la Perse pour se répandre bientôt dans tout le Moyen-Orient. Cela continua près de deux siècles. Jusqu'en 1256. Alors, un petit-fils de Gengis Khan, Hulugu Khan, arriva en Perse, lança ses hordes contre Alamut, démolit la forteresse pierre après pierre et fit retourner les Assassins à la poussière. »

Les lèvres de Hashemi n'étaient plus qu'une mince ligne. Ah! Robert, comme tu as bien percé le voile qui masque les plans les plus secrets. Moderniser l'idée d'al-Sabbah, ce qui est si facile à faire maintenant que le shah est parti et que le pays est en pleine fermentation. C'est si facile avec les drogues psychédéliques, les hallucinogènes et un réservoir sans fin de fanatiques abêtis déjà imprégnés du désir d'accéder au martyre et qu'il suffit de guider dans la bonne direction : les faire liquider qui je choisis. Comme Janan et Talbot. Comme toi !

Mais avec quelle charogne me faut-il négocier pour la plus grande gloire de mon fief? Comment les gens peuvent-ils être aussi cruels? Comment peuvent-ils se réjouir ouvertement de pareilles pratiques comme de couper les organes génitaux de cet homme ou d'envisager de torturer un enfant? Est-ce simplement parce qu'ils sont du Moyen-Orient, qu'ils vivent au Moyen-Orient et qu'ils n'ont de place nulle part ailleurs? Comme c'est terrible qu'ils ne puissent pas profiter de notre enseignement, bénéficier de notre vieille civilisation. Par Dieu, l'empire de Cyrus et de Darius doit renaître : sur ce point, le shah avait raison. Mes assassins ouvriront la route peut-être même jusqu'à Jérusalem.

Il sirota son whisky, ravi de sa journée de travail. Le whisky était très bon. Il le préférait sans glace.

Jeudi 1er mars

CHAPITRE 14

Dans le village près de la frontière nord : 5 h 30. Dans la fausse lumière de l'aube, Erikki enfila ses bottes. Puis il passa son blouson, tira le poignard de sa gaine et le glissa dans sa manche. Il ouvrit doucement la porte de la cabane. Le village dormait sous son manteau de neige. Il n'apercevait aucun garde. L'appentis où se trouvait l'hélico était silencieux également, mais il savait que l'appareil était trop bien gardé. A diverses reprises, dans la journée et dans la nuit, il avait fait l'expérience. Chaque fois, les gardes qui surveillaient la cabine et le poste de pilotage s'étaient contentés de lui sourire, polis mais en alerte. Pas moyen de forcer le passage et de décoller. Sa seule chance était de partir à pied et il s'y préparait depuis sa confrontation avec le sheik Bayazid l'avant-veille.

Ses sens scrutaient l'obscurité. De légers nuages cachaient les étoiles. C'était maintenant! Il se coula le long des cabanes, se dirigeant vers les arbres, puis il se trouva pris dans le filet qui semblait jaillir du ciel et se débattit comme un beau diable.

Quatre hommes du village étaient aux quatre coins du filet utilisé pour attraper les chèvres sauvages. Ils l'enroulèrent autour de lui, de plus en plus serré, et malgré ses rugissements de rage et sa force redoutable qui lui permit de déchirer quelques mailles, il se retrouva bientôt à s'agiter dans la neige. Un moment il resta là, haletant, puis essaya encore de se libérer, en poussant des hurlements d'impuissance. Mais, plus il se débattait, plus les mailles semblaient serrées. Il finit par cesser de lutter et par se renverser en arrière en essayant de reprendre son souffle et il regarda autour de lui. Il était cerné. Tout le village était réveillé, habillé et en armes. De toute évidence, on l'attendait. Jamais il n'avait vu ni senti une telle haine.

Il fallut cinq hommes pour le soulever puis, à moitié le portant, à moitié le traînant, le jeter sans douceur sur le sol en terre battue de la cabane devant le sheik Bayazid assis en tailleur sur des peaux de bêtes à la place d'honneur, près du feu. La cabane était spacieuse, noircie de fumée et pleine des hommes du village.

« Alors, dit le sheik. Alors, tu oses me désobéir? »

Erikki gisait à ses pieds, rassemblant ses forces. Que dire?

« Dans la nuit, un de mes hommes est revenu de chez le khan, dit Bayazid tremblant de fureur. Hier après-midi, sur l'ordre du khan, mon messager a eu la gorge tranchée au mépris de toutes les lois de la chevalerie! Que dis-tu de cela? La gorge tranchée comme un chien! Comme un chien!

– Je... je n'arrive pas à croire que le khan ait fait cela, dit Erikki, désemparé. Je ne peux pas le croire.

– Par tous les noms de Dieu, on lui a tranché la gorge. Il est mort et nous sommes déshonorés. Nous tous, moi! Déshonorés par ta faute!

– Le khan est un démon. Je suis désolé, mais je ne...

– Nous avons traité avec le khan honorablement et nous t'avons traité honorablement. Tu faisais partie des dépouilles de guerre conquises sur les ennemis du khan et sur les nôtres, tu as épousé sa fille, et il est riche avec plus de sacs d'or qu'une chèvre n'a de poils. Qu'est-ce que dix millions de rials pour lui? Une crotte de chèvre. Pire, il a pris notre honneur. La mort de Dieu soit sur lui! »

Un murmure passa parmi les assistants, qui ne comprenaient pas l'anglais, mais qui entendaient les éclats de colère.

Le sheik poursuivait : « *Inch' Allah!* Maintenant, nous allons te relâcher comme tu le veux, à pied, et puis nous te chasserons. Nous ne te tuerons pas avec des balles, mais tu ne verras pas le coucher du soleil et ta tête sera un cadeau pour le khan. » Le sheik rappela le châtiment dans sa langue et agita la main. Des hommes s'avancèrent.

« Attends, attends! cria Erikki tandis que la peur lui soufflait une idée.

– Tu veux implorer pitié? fit Bayazid avec mépris. Je croyais que tu étais un homme : c'est pourquoi je n'ai pas donné l'ordre qu'on te coupe la gorge pendant ton sommeil.

– Pas pitié, vengeance! » Erikki rugit : « Vengeance! » Il y eut un silence stupéfait. « Pour toi et pour moi! Ne mérites-tu pas d'être vengé d'un tel déshonneur? »

L'autre hésitait. « Quelle duperie est-ce là?

– Je peux t'aider à retrouver ton honneur – moi seul. Allons saccager le palais du khan et vengeons-nous tous les deux de lui. » Erikki priait tous les dieux de la Finlande de lui donner une langue d'or.

« Tu es fou?

– Le khan est mon ennemi plus que le tien, pourquoi voudrait-il nous déshonorer tous les deux, sinon pour te mettre en fureur contre moi? Je connais le palais. Je peux t'amener avec quinze hommes armés dans l'avant-cour en une seconde et...

– Folie, ricana le sheik, nous n'allons pas gaspiller nos vies ainsi. Le khan a trop de gardes.

– Cinquante-trois dans l'enceinte des murs, pas plus de quatre ou cinq de service en même temps. Tes guerriers sont-ils si faibles qu'ils ne peuvent s'attaquer à cinquante-trois hommes? Nous aurons la surprise de notre côté. Une soudaine attaque venant du ciel, une charge impitoyable pour venger ton honneur : je pourrais te faire entrer et sortir par le même chemin en quelques minutes. Abdollah Khan est malade, très malade, les gardes ne seront pas préparés, ni les gens de sa maison. Je connais l'entrée, je sais où il dort, je connais tout... »

Erikki entendait l'excitation dans sa voix, il savait que c'était faisable : une arrivée soudaine, on sautait à terre, il montait le chemin par l'escalier jusqu'au palier, au fond du couloir, assommait Ahmed et quiconque se dressait sur la route, on entrait dans la chambre du khan, puis il s'écartait pour laisser Bayazid et ses hommes faire ce qu'ils voulaient, et pendant ce temps il irait jusqu'à l'aile nord, jusqu'à Azadeh, et la sauverait, et si elle n'était pas là ou qu'elle fût blessée, alors il tuerait et tuerait le khan, les gardes, ses hommes, tout le monde.

Il poursuivit, entraîné par son plan. « Ne garderait-on pas mille ans le souvenir de ton nom à cause de ton audace? Le sheik Bayazid, celui qui a osé l'humilier, défier le camp de tous les Gorgons dans leur tanière pour une question d'honneur? Les ménestrels ne chanteraient-ils pas des chansons sur toi dans tous les campements kurdes? N'est-ce pas ce que Saladin le Kurde ferait? »

A la lueur des flammes, il voyait dans les yeux un autre regard maintenant, il voyait Bayazid hésiter, le silence s'épaissit, puis il l'entendit parler doucement à son peuple; l'un des hommes se mit à rire et cria quelque chose aux autres qu'ils reprirent en écho puis, d'une seule voix, ils rugirent leur approbation.

Des mains avides coupèrent ses liens. Les hommes se battaient pour le privilège de participer à l'expédition. D'un doigt tremblant, Erikki pressa le bouton du démarreur. Le premier des réacteurs se mit en marche.

Palais du khan : 6 h 35. Hakim s'éveilla brutalement. Son garde du corps près de la porte en fut surpris. « Qu'y a-t-il, Altesse?

– Rien, rien, Ishtar je... je rêvais. » Maintenant qu'il était réveillé, Hakim se rallongea en s'étirant avec volupté. « Apporte-moi du café. Après mon bain, petit déjeuner ici et demande à ma sœur de venir me rejoindre.

– Oui, Altesse, tout de suite. »

Son garde du corps le laissa. Il s'étira de nouveau. L'aube commençait à se lever. La grande pièce avait une décoration surchargée, elle était balayée de courants d'air glacés, mais c'était la chambre du khan.

Dans la grande cheminée, un feu brûlait, alimenté dans la nuit par le garde, un garde qu'il avait personnellement choisi parmi les cinquante-trois du palais en attendant de prendre une décision quant à leur avenir. Où trouver ceux à qui se fier? se demanda-t-il, puis il se leva, s'enveloppant dans l'épais brocart de la robe de chambre, se tourna vers La Mecque et le Coran ouvert dans la niche ornée de mosaïques, s'agenouilla et dit la première prière de la journée. Lorsqu'il eut terminé, il resta là, les yeux fixés sur l'antique exemplaire du Coran, un livre immense, soigneusement calligraphié et sans prix, le Coran du khan – *ton* Coran. Il avait tant de remerciements à adresser à Dieu, songea-t-il, tant encore à apprendre, tant encore à faire – mais cela avait déjà merveilleusement commencé.

Peu après minuit la veille, devant toute la famille assemblée dans la maison, il avait retiré de la main droite de son père, l'anneau d'or avec l'émeraude sculptée – symbole du khan – et l'avait passé à son index. Il avait dû forcer un peu pour faire glisser la bague par-dessus un bourrelet de graisse et fermer ses narines à l'odeur de mort qui flottait dans la chambre. Son excitation l'avait emporté sur sa répulsion et maintenant il était vraiment khan. Puis tous les membres présents de la famille s'étaient agenouillés pour lui baiser la main et prêter serment d'allégeance, d'abord Azadeh, toute fière, puis Aysha tremblante et terrifiée, puis les autres, Najoud et Mahmud, abjects dans leur soumission, bénissant en secret Dieu de ce sursis.

Puis en bas, dans la grande salle avec Azadeh debout derrière lui, Ahmed et les gardes du corps avaient eux aussi prêté serment; le reste de la vaste famille viendrait plus tard, avec les autres chefs de tribu, le personnel, les intendants et les serviteurs du palais. Il avait aussitôt donné des ordres pour l'enterrement puis il avait tourné les yeux vers Najoud. « Alors?

– Altesse, dit Najoud avec onction, de tout notre cœur devant Dieu, nous vous félicitons et jurons de vous servir dans les limites de notre pouvoir.

– Merci, Najoud, avait-il dit. Merci. Ahmed, quelle sentence a rendue le khan à propos de ma sœur et de sa famille avant de mourir? » Une brusque tension se sentit dans la grande salle.

« Qu'elle soit bannie et qu'elle parte sans un sou vers les déserts au nord de Meshed, Altesse, sous bonne garde – et sans délai.

– Je regrette, Najoud, toi et toute ta famille vous partirez à l'aube comme l'a décidé le khan. » Il se rappelait comme elle était devenue blême tout comme Mahmud, et elle avait balbutié : « Mais, Altesse, maintenant que tu es le khan ta parole est notre loi; je ne m'attendais pas... C'est toi le khan maintenant.

– Mais c'est le khan, notre père qui a donné l'ordre quand il était la loi, Najoud. Il ne serait pas correct de le désavouer.

– Mais c'est toi la Loi maintenant, avait dit Najoud avec un pâle sourire. Tu fais ce qui est bien.

– Avec l'aide de Dieu, je ne manquerai pas d'essayer, Najoud. Je ne peux pas désavouer mon père sur son lit de mort.

– Mais, Altesse..., avait repris Najoud en se rapprochant. Je t'en prie, pouvons-nous... pouvons-nous discuter de cela en privé?

– Mieux vaut le faire ici devant la famille, Najoud. Que voulais-tu dire? »

Elle avait hésité, s'était rapprochée encore, il avait senti Ahmed se crisper et vu sa main presque sur le pommeau du poignard et il avait senti ses cheveux se hérisser sur sa nuque. « Ce n'est pas parce que Ahmed *dit* que le khan a donné un pareil ordre, cela ne veut pas dire que... n'est-ce pas? » Najoud avait essayé de chuchoter, mais ses paroles retentissaient d'un mur à l'autre.

Un soupir échappa aux lèvres d'Ahmed. « Puisse Dieu me faire brûler à jamais si j'ai menti.

– Je sais que tu n'as pas menti, Ahmed, avait dit Hakim d'un ton navré. N'étais-je pas là quand le khan a pris sa décision? J'étais là, Najoud, tout comme son Altesse, ma sœur. Je regrette donc...

– Mais tu peux être miséricordieux! avait crié Najoud. Je t'en prie, je t'en prie, sois miséricordieux!

– Oh! je le suis, Najoud. Je te pardonne. Mais le châtiment était pour avoir menti au nom de Dieu, avait-il dit gravement, et non pas pour avoir menti à propos de ma sœur et de moi, nous causant des années de chagrin et nous faisant perdre l'amour de notre père. Bien sûr que nous te pardonnons cela, n'est-ce pas, Azadeh?

– Oui.

– C'est pardonné dans notre cœur. Mais mentir au nom de Dieu? Le khan a porté un jugement. Je ne peux aller contre cela. »

Mahmud vint interrompre les supplications de son épouse : « Je ne savais rien de tout cela, Altesse, rien, je le jure devant Dieu, j'ai cru ses mensonges. Je divorce d'elle officiellement puisqu'elle t'a trahi, je n'ai jamais rien su de ses mensonges! »

Dans la grande salle, tous les regardaient ramper, les uns avec dégoût, les autres en les méprisant d'avoir échoué alors qu'ils avaient le pouvoir. « A l'aube, Mahmud, tu es banni, toi et ta famille, avait-il dit avec une infinie tristesse, tu partiras sans un sou et sous escorte... en attendant mon bon plaisir. Quant à divorcer, c'est interdit dans ma maison. Si tu veux le faire au nord de Meshed... *Inch' Allah*! Tu es toujours banni en ces lieux en attendant mon bon plaisir... »

Oh! Tu as été parfait, Hakim se dit-il avec ravissement, car bien sûr chacun savait que c'était pour toi la première épreuve. Tu as été parfait! Pas une fois tu ne t'es réjoui ouvertement, tu n'as révélé tes véritables intentions, pas une fois tu n'as élevé la voix, tu as gardé ton calme, ta douceur et ta gravité, comme si tu étais vraiment triste de la sentence décrétée par ton père, mais, comme il se doit, impuissant à la désavouer. Et cette douce et débonnaire promesse d'« en attendant mon bon plaisir »? Mon plaisir, c'est que vous soyez tous bannis à jamais et que, si j'entends le moindre soupçon de complot, je vous moucherai tous aussi prestement qu'une vieille chandelle. Par Dieu et le Prophète, que Son Nom soit loué, je rendrai le fantôme de mon père fier de ce khan, de tous les Gorgons : puisse-t-il être fier en enfer pour avoir cru de pareils mensonges d'une vieille sorcière malfaisante.

J'ai tant de raisons de remercier Dieu, songea-t-il, fasciné par la lueur du feu qui se reflétait sur les joyaux du Coran. Est-ce que toutes ces années d'exil ne t'ont pas enseigné le secret, la dissimulation et la patience? Maintenant tu as le pouvoir de faire l'union, l'Azerbaïdjan à défendre, un monde à conquérir, des épouses à trouver, des fils à élever et une lignée à commencer. Que Najoud et ses rejetons pourrissent!

A l'aube, il était « à regret » allé avec Ahmed assister à leur départ. Tristement, il avait insisté pour que personne d'autre de la famille ne les voie s'en aller. « Pourquoi accroître leur chagrin et le mien? » Et là, sur ses ordres il avait regardé Ahmed et les gardes lacérer leur montagne de bagages, en retirant tout ce qui avait de la valeur jusqu'à ce qu'il ne restât qu'une valise pour chacun d'eux et leurs trois enfants, qui regardaient la scène, pétrifiés.

« Tes bijoux, femme, avait dit Ahmed.

– Tu as tout pris, tout... Je t'en prie, Hakim... Altesse, je t'en prie! » sanglotait Najoud. Son sachet à bijoux, dissimulé dans une poche de sa valise était déjà venu s'ajouter à la pile d'objets de valeur. D'un geste brutal, Ahmed avait tendu la main pour lui arracher son pendentif et déchirer l'encolure de sa robe. Elle portait autour du cou une douzaine de colliers, des diamants, des rubis, des émeraudes et des saphirs.

« Où as-tu pris cela? avait dit Hakim, stupéfait.

– Ils... Ils appartiennent à ma mère et j'en ai acheté... » Najoud s'interrompit en voyant Ahmed dégainer son couteau. « Très bien... Très bien... » D'un geste frénétique, elle fit passer les colliers par-dessus sa tête, ôta le reste pour le lui tendre. « Maintenant tu as tout...

– Tes bagues?

– Mais, Altesse, laisse-moi quelque ch... » Elle poussa un hurlement en voyant Ahmed lui saisir impatiemment un doigt pour le couper avec la bague qui s'y trouvait encore, mais elle se dégagea, ôta les bagues ainsi que les bracelets dissimulés dans sa manche, hurlant de rage, et jeta le tout sur le sol. « Maintenant tu as tout...

– Ramasse ça et donne-les à Son Altesse, à genoux! » siffla Ahmed, et, comme elle n'obéissait pas aussitôt, il la saisit par les cheveux en lui plaquant le visage contre le sol.

Ah! Quelle fête, songea Hakim, en revivant chaque seconde de leur humiliation. Quand ils seront morts, Dieu les brûlera.

Il fit une nouvelle prière, puis oublia Dieu jusqu'à la prière suivante de midi et se redressa d'un bond, débordant d'énergie. Une servante, à genoux, versait le café, il vit la crainte dans son regard et il en fut ravi. Dès l'instant où il devenait khan, il avait su qu'il devait s'empresser de prendre les rênes du pouvoir. Hier matin, il avait inspecté le palais. Il n'avait pas trouvé la cuisine assez propre, alors il avait fait rouer de coups le chef et l'avait jeté dehors, puis promu à sa place le chef en second en lui prodiguant de sévères avertissements. Quatre gardes furent bannis pour avoir dormi, deux servantes fouettées pour négligence. « Mais, Hakim, mon chéri, avait dit Azadeh lorsqu'ils s'étaient retrouvés seuls, ce n'était certainement pas nécessaire de les battre.

– Dans un jour ou deux, ce ne sera plus nécessaire, avait-il répondu. En attendant, le palais va changer comme je l'entends.

– Bien sûr, tu sais ce qui est le mieux, mon chéri. Et la rançon?

– Ah oui! Tout de suite. » Il avait convoqué Ahmed.

« Je regrette, Altesse, le khan votre père a ordonné qu'on tranche la gorge du messager hier après-midi. »

Azadeh et lui avaient été consternés. « Mais c'est terrible! Que peut-on faire maintenant? avait-elle crié.

– Je vais essayer de contacter les gens du village, dit Ahmed, peut-être, maintenant que le khan votre père est mort, vont-ils... vont-ils traiter avec vous sur de nouvelles bases. Je vais essayer. »

Assis comme il était à la place du khan, Hakim avait perçu l'assurance onctueuse d'Ahmed et avait compris dans quel piège il était pris. La peur lui crispa le ventre. Ses doigts jouaient avec l'émeraude de sa bague. « Azadeh, reviens dans une demi-heure, je te prie.

– Bien sûr », fit-elle docilement, et, lorsqu'il se

retrouva seul avec Ahmed, il dit : « Quelles armes portes-tu?

– Un poignard et un automatique, Altesse.

– Donne-les-moi. » Il se rappelait comme son cœur battait et comme il avait la bouche sèche, mais il fallait le faire et le faire seul. Ahmed avait hésité, puis obéi, de toute évidence mécontent d'être désarmé. Mais Hakim avait fait semblant de ne rien remarquer; il avait examiné le mécanisme du pistolet d'un air songeur. « Maintenant, écoute bien, conseiller : tu ne vas pas *essayer* de contacter les gens du village, tu vas le faire très vite et tu vas prendre des dispositions pour que le mari de ma sœur nous soit rendu sain et sauf – sur ta tête, devant Dieu et le Prophète de Dieu!

– Je... Bien sûr, Altesse », avait balbutié Ahmed en essayant de ne pas montrer sa colère.

D'un geste nonchalant, Hakim braqua le pistolet sur Ahmed en visant la tête. « J'ai juré devant Dieu de te traiter comme mon premier conseiller et je le ferai... aussi longtemps que tu vivras. » Il eut un sourire torve. « Même s'il t'arrive d'être mutilé, peut-être émasculé, voire aveuglé par tes ennemis. As-tu des ennemis, Ahmed Dursak le Turcoman? »

Ahmed éclata de rire, rassuré maintenant, content de voir l'homme qui était devenu khan, et non pas le lâche qu'il avait imaginé : c'était tellement plus facile de traiter avec un homme, songea-t-il, retrouvant son assurance. « Beaucoup, Altesse, beaucoup. N'est-ce pas la coutume de mesurer la qualité d'un homme à l'importance de ses ennemis? *Inch' Allah!* Je ne savais pas que vous saviez vous servir d'une arme.

– Il y a bien des choses que tu ne sais pas à mon propos, Ahmed », avait-il dit, satisfait d'avoir remporté une victoire importante. Il lui avait rendu le poignard, mais pas le pistolet. « Je vais garder cela comme *pishkesh*. Pendant un an et un jour, ne viens jamais devant moi armé.

– Alors, comment puis-je vous protéger, Altesse?

– Par ta sagesse. » Il avait laissé percer un peu de la violence qu'il réprimait depuis des années... « Il faut que tu fasses tes preuves. Devant moi. Devant moi seul. Ce qui plaisait à mon père ne me plaira pas nécessairement. C'est une ère nouvelle, avec des occasions nouvelles et des dangers nouveaux. N'oublie pas, par Dieu, que le sang de mon père coule sans effort dans mes veines. »

Le reste de la journée et tard dans la soirée, il avait reçu des personnages importants de Tabriz et de l'Azerbaïdjan, il leur avait posé des questions sur l'insurrection et les gauchistes, les moudjahidin, les fedayin et les autres factions. Bayazid était arrivé ainsi que les mollahs et deux ayatollahs, les chefs d'armée locale et son cousin, le chef de la police, et il avait confirmé sa nomination. Tous avaient apporté des *pishkesh* convenables.

C'est ainsi que cela doit être, songea-t-il, enchanté, se rappelant leur mépris jadis quand sa fortune était au plus bas et son exil à Khoi de notoriété publique. Leur mépris va leur coûter cher à tous.

« Votre bain est prêt, Altesse, et Ahmed attend dehors.

– Fais-le entrer, Ishtar. Toi, reste ». Il vit la porte s'ouvrir. Ahmed était fatigué et ses vêtements froissés.

« *Salam,* Altesse.

– Et la rançon?

– Tard hier soir, j'ai trouvé les gens du village. Ils étaient deux. J'ai expliqué qu'Abdollah Khan était mort et que le nouveau khan m'avait ordonné de leur remettre tout de suite la moitié de la rançon en gage de bonne foi en leur promettant le reste quand le pilote serait rentré sain et sauf. Je les ai envoyés vers le Nord dans une de nos voitures avec un chauffeur de confiance et un autre véhicule qui les suit secrètement.

– Sais-tu qui ils sont, où se trouve leur village?

– Ils m'ont dit qu'ils étaient kurdes, l'un s'appelle Ishmud, l'autre Alilah, leur chef al-Drah et leur village dans les montagnes au nord de Khoi s'appelait Arbre brisé : un tissu de mensonges, j'en suis sûr, Altesse, et ils ne sont pas kurdes même s'ils prétendent le contraire. A mon avis ce sont des montagnards, et surtout des bandits.

– Bon. Où as-tu trouvé l'argent pour les payer?

– Le khan, votre père, m'avait confié vingt millions de rials pour des urgences.

– Apporte-moi ce qui reste avant le coucher du soleil.

– Oui, Altesse.

– Es-tu armé? »

Ahmed parut stupéfait. « Je n'ai que mon poignard, Altesse.

– Donne-le-moi », dit-il, dissimulant son plaisir à voir Ahmed tomber dans le piège qu'il lui avait tendu et acceptant le couteau dont on lui tendait le manche. « Ne t'ai-je pas interdit de paraître devant moi armé pendant un an et un jour?

– Mais comme... comme vous m'avez rendu mon poignard... J'ai cru... J'ai cru que je pouvais... » Ahmed s'arrêta en voyant Hakim se dresser devant lui, tenant le poignard d'une main ferme, l'œil noir et dur, l'image même de son père. Derrière lui, Ishtar, le garde, regardait, bouche bée. Ahmed sentit ses cheveux se dresser. « Veuillez m'excuser, Altesse. Je croyais avoir votre permission », dit-il sincèrement effrayé.

Un moment Hakim Khan se contenta de dévisager Ahmed, le poignard à la main, puis son bras se détendit. Avec une grande habileté, seule la pointe de la lame traversa le manteau d'Ahmed, lui effleura la peau, mais seulement pour l'égratigner, et réapparut prête à assener le coup de grâce. Hakim n'en fit rien; il voulait bien voir le sang couler mais au bon moment.

– Je t'ai rendu ton... ton corps. » Il choisit le mot et tout ce que cela impliquait avec le plus grand soin. « Intact, pour cette fois.

– Oui, Altesse, merci, Altesse, murmura Ahmed stupéfait d'être encore vivant et tombant à genoux. Je... ça ne se reproduira pas.

– Je pense bien. Reste là. Ishtar, attends dehors. » Hakim se renversa sur les coussins et se mit à jouer avec le poignard, attendant de se calmer, se rappelant que la vengeance est un plat qui se mange froid. « Dis-moi tout ce que tu sais du Soviétique, de ce nommé Mzytryk : comment il tenait mon père et comment mon père le tenait. »

Ahmed obéit. Il lui répéta ce que Hashemi Fazir avait dit dans le 125, ce que le khan lui avait confié en secret au long des années, il lui parla de la datcha près de Tbilissi que lui aussi avait visitée, il lui raconta comment le khan contactait Mzytryk, quel code ils employaient, ce que Hashemi Fazir avait dit et quelle menace il avait proférée, ce qui se trouvait dans la lettre de Mzytryk, les conversations et les scènes dont il avait été le témoin quelques jours auparavant.

Hakim émit un petit sifflement. « Mon père allait emmener ma sœur... il allait l'emmener à cette datcha pour la donner à Mzytryk?

– Oui, Altesse, il m'avait même donné l'ordre de l'envoyer vers le Nord si... s'il devait la quitter pour aller à l'hôpital de Téhéran.

– Fais venir Mzytryk. C'est urgent. Ahmed, fais-le maintenant. Tout de suite.

– Oui, Altesse, dit Ahmed, tremblant devant cette

violence contenue. Il vaudra mieux en même temps... il vaudra mieux lui rappeler ses promesses à Abdollah Khan et que vous comptez sur lui pour les tenir.

– Bien, très bien. Tu m'as tout dit?

– Tout ce que je peux me rappeler maintenant, dit Ahmed avec sincérité. Il doit y avoir d'autres choses : avec le temps, je pourrai vous dire toutes sortes de secrets, khan de tous les Gorgons, et je jure encore devant Dieu de vous servir fidèlement. » Je te dirai tout, songea-t-il avec ferveur, sauf les circonstances de la mort du khan et que maintenant, plus que jamais, je veux Azadeh pour épouse. J'arriverai à obtenir ton accord... Elle sera ma seule vraie protection contre toi, progéniture de Satan!

A la lisière de Tabriz : 7 h 20. Le 212 d'Erikki survolait la forêt, les moteurs tournant à plein régime. Pendant tout le trajet, Erikki avait volé au ras des arbres, évitant les routes, les terrains d'atterrissage, les villes et les villages, ne pensant qu'à Azadeh et qu'à se venger d'Abdollah Khan, oubliant tout le reste. Et voilà que soudain, droit devant, la ville se précipitait à leur rencontre. Tout aussi soudainement, un sentiment de malaise l'envahit.

« Où est le palais, pilote? cria le sheik Bayazid tout joyeux. Où est-il?

– Derrière la crête, *agha* », dit-il dans le micro en rêvant d'ajouter : Nous ferions mieux de repenser à tout cela, de voir s'il est sage d'attaquer, tandis qu'une autre partie de lui criait : C'est la seule chance que tu as, Erikki, tu ne peux pas modifier tes plans, mais comment diable vas-tu t'échapper du palais avec Azadeh et fuir cette bande de déments? « Dis à tes hommes d'attacher leurs ceintures, d'attendre que les patins touchent le sol, de ne pas ôter leur cran de sûreté avant d'être à terre et de se disperser; dis à deux d'entre eux de garder l'hélicoptère et de veiller sur lui comme sur la prunelle de leurs yeux. Je compterai jusqu'à dix pour l'atterrissage et... je prendrai la tête.

– Où est le palais? Je ne le vois pas.

– Derrière la crête à une minute d'ici – dis-leur! » Comme il approchait des arbres, ceux-ci ne faisaient plus que des taches floues, mais il avait le regard fixé sur le col qui tranchait dans la crête. « Je veux une arme, dit-il.

– Pas d'arme, dit Bayazid, décidé, tant que nous ne serons pas maîtres du palais.

– Alors je n'en aurai plus besoin, répliqua-t-il. Il faut que je...

– Tu peux me faire confiance, tu y es bien obligé. Où est ce palais des Gorgons?

– Là! » fit Erikki en désignant la crête juste au-dessous d'eux... Dix... neuf... huit... Il avait décidé d'arriver par l'est, son approche en partie couverte par la forêt, la ville bien à sa droite. Encore cinquante mètres. Son estomac se serrait.

Les rochers fonçaient sur eux. Il sentit plus qu'il ne le vit Bayazid pousser un cri et lever les mains pour se protéger contre le choc inévitable. Puis Erikki glissa par le col et vira droit sur les murs. Juste au dernier moment, il coupa le contact, fit glisser l'hélico à quelques centimètres au-dessus de la muraille, vira légèrement vers l'avant-cour et laissa l'appareil tomber avec une douceur calculée, en s'arrangeant pour déraper de quelques mètres sur les dalles dans un horrible crissement, puis s'immobilisa. Sa main droite actionna tous les coupe-circuits, sa main gauche déboucla la ceinture de sécurité, poussa la portière, et il se retrouva le premier à terre à se précipiter vers le perron. Derrière lui, Bayazid le suivait, les portes étaient ouvertes et des hommes sortaient, trébuchant les uns sur les autres dans leur précipitation. Le rotor tournait toujours, mais moteur arrêté.

Comme il arrivait à la grande porte et qu'il l'ouvrait largement, des domestiques et un garde stupéfaits se précipitèrent pour voir ce que tout cela signifiait. Erikki lui arracha son fusil et l'assomma sur place. Les domestiques s'enfuirent dans toutes les directions, quelques-uns l'avaient reconnu. Pour l'instant, le couloir devant eux était libre. « Venez! » cria-t-il. Puis, comme Bayazid et quelques autres le rejoignaient, il se précipita dans le vestibule et grimpa l'escalier vers le palier. Un garde passa la tête par-dessus la rampe, mit en joue, mais les hommes de Bayazid le criblèrent de balles. Erikki enjamba le corps et fonça dans le corridor.

Une porte s'ouvrit devant lui, un autre garde apparut, et tira. Erikki sentit des balles traverser sa parka mais il était toujours indemne. Bayazid d'une rafale cloua l'homme au chambranle et tous deux chargèrent vers la chambre du khan. Erikki ouvrit la porte d'un coup de pied. Une fusillade nourrie l'accueillit, le manqua, tout comme le sheik, mais l'homme à côté de lui fut touché et s'écroula. Les autres se dispersèrent pour se mettre à l'abri et l'homme, grièvement blessé, continua vers celui qui l'avait touché, avançant sous une pluie de balles mais ripostant même une fois mortellement touché.

Il y eut une seconde ou deux de répit, puis, à la stupéfaction d'Erikki, Bayazid tira la cuiller d'une grenade et la lança vers la porte ouverte. Il y eut une formidable explosion et des torrents de fumée se déversèrent dans le couloir. Bayazid sauta par l'ouverture, son fusil à la main, Erikki à ses côtés.

L'explosion avait tout détruit dans la pièce, arraché les fenêtres, déchiré les rideaux, les tapis, le cadavre d'un garde était affalé contre un mur. Dans l'alcôve, à l'autre bout de la pièce, une table était renversée, une servante gémissait et il y avait deux corps inertes à demi enfouis sous une nappe et des débris de vaisselle. Erikki sentit son cœur s'arrêter en reconnaissant Azadeh. Il se précipita – remarquant au passage que l'autre personnage était Hakim –, il la souleva dans ses bras et la porta jusqu'à la lumière. Il ne retrouva son souffle que lorsqu'il eut la certitude qu'elle était vivante : inconsciente, blessée peut-être, mais vivante. Elle portait un long peignoir de cachemire bleu qui la cachait tout entière mais qui promettait tout. Les hommes de Bayazid qui déferlaient dans la pièce furent frappés de sa beauté. Erikki ôta son blouson de vol et l'en entoura. « Azadeh... Azadeh...

– Qui est-ce, pilote? »

Dans une brume, Erikki vit Bayazid debout près des décombres. « C'est Hakim, le frère de ma femme. Il est mort?

– Non. » Bayazid promenait autour de lui des regards furieux. Aucune cachette possible pour le khan.

Ses hommes accouraient. Il leur ordonna de se mettre en position à chaque extrémité du couloir et en dépêcha d'autres dans le grand patio. Puis il revint vers Erikki et Azadeh et regarda le visage exsangue, la poitrine et les jambes dont on devinait les contours sous le cachemire. « C'est ta femme?

– Oui.

– Elle n'est pas morte, tant mieux.

– Mais Dieu sait si elle est blessée. Il faut que je trouve un médecin...

– Plus tard, il faut d'abord...

– Maintenant... Elle risque de mourir!

– Comme Dieu le veut, pilote », dit Bayazid, puis il reprit d'un ton furieux : « Tu disais que tu savais tout, où serait le khan, au nom de Dieu, où est-il?

– Ici... ici, c'était ses appartements privés, *agha*. Je n'ai jamais vu ni entendu personne d'autre ici, même sa femme ne pouvait venir que sur invitation et... » Une rafale dehors interrompit Erikki. « Il doit être ici... si Azadeh et Hakim sont là!

– Où? Où peut-il se cacher? »

Erikki installa Azadeh du mieux qu'il put, puis se précipita vers les fenêtres : elles avaient des barreaux, le khan n'aurait pas pu s'échapper par là. D'où il était, il ne pouvait pas voir l'avant-cour ni l'hélico, il n'avait qu'une vue superbe sur les jardins et les vergers au sud, au-delà des murs, jusqu'à la ville à moins de deux kilomètres plus bas. Aucun autre garde ne les menaçait encore. Comme il se retournait, il surprit à la limite de son champ de vision un mouvement du côté de l'alcôve, il vit l'arme et poussa violemment Bayazid, l'écartant de la trajectoire de la balle qui l'aurait tué. Puis il se précipita sur Hakim. Avant que personne d'autre n'ait eu le temps de réagir, il avait empoigné le jeune homme, lui avait arraché le pistolet des mains et crié : « Tu es sauvé, Hakim, c'est moi, Erikki, nous sommes tes amis, nous sommes venus vous sauver, Azadeh et toi, du khan... Nous sommes venus te sauver!

– Me sauver... me sauver de quoi? » Hakim le dévisageait, encore abasourdi. Du sang coulait d'une petite blessure à la tête.

« Mais... du khan et... » Erikki vit la terreur dans ses yeux, se retourna juste à temps pour arrêter la crosse du fusil de Bayazid. « Attends, *agha,* attends, ce n'est pas sa faute, il est sonné... Il... C'était moi qu'il visait, pas toi, il va nous aider. Attends!

– Où est Abdollah Khan? demanda Bayazid, que ses hommes avaient rejoint. Dépêche-toi de me répondre ou bien vous êtes morts tous les deux! » Et, comme Hakim ne répondait pas aussitôt, Erikki lança : « Au nom du ciel, Hakim, dis-lui où il est ou nous sommes tous morts.

– Abdollah Khan est mort, il est mort... la nuit dernière... non, avant-hier soir. Il est mort avant-hier soir vers minuit... », fit Hakim d'une voix blanche tandis qu'ils le regardaient tous d'un air incrédule. Il ne comprenait pas pourquoi il était là, avec une douleur qui lui martelait la tête, et Erikki qui le tenait alors qu'il avait été enlevé par des montagnards.

Son esprit s'éclaircit. « Au nom de Dieu » haleta-t-il. Il essaya vainement de se lever. Erikki, au nom de Dieu, pourquoi es-tu arrivé ici en te battant, on a payé la moitié de ta rançon... Pourquoi? »

Erikki se redressa, furieux. « Il n'y a pas de rançon, le messager a été tué, Abdollah Khan lui a fait couper la gorge!

– Mais la rançon... On en a payé la moitié. Ahmed l'a fait hier soir!

– Payée, payée à qui? grogna Bayazid. Qu'est-ce que tous ces mensonges?

– Ce ne sont pas des mensonges, la moitié a été versée hier soir, payée par le nouveau khan comme... comme un acte de foi pour compenser... l'erreur commise sur le messager. Devant Dieu, je le jure. La moitié a été versée!

– Mensonges, siffla Bayazid en braquant le fusil sur lui. Où est le khan?

– Ce ne sont pas des mensonges! Est-ce que je mentirais devant Dieu? Je vous l'assure! Devant Dieu! Devant Dieu! Faites venir Ahmed, faites-le venir, c'est lui qui a payé. »

Un des villageois cria quelque chose, Hakim pâlit et répéta en turc : « Au nom de Dieu, la moitié de la rançon a déjà été payée! Abdollah Khan est mort! Il est mort et on a payé la moitié de la rançon. » Un murmure de stupéfaction parcourut la pièce. « Faites chercher Ahmed, il vous dira la vérité. Pourquoi vous battez-vous? Il n'y a pas de raison!

– Si Abdollah Khan est mort, intervint Erikki, qu'on ait payé la moitié de la rançon, *agha,* et qu'on ait promis de verser l'autre moitié, ton honneur est vengé. *Agha,* je t'en prie, fais ce que demande Hakim, convoque Ahmed : il te dira à qui il a payé et comment. »

Bayazid et ses hommes détestaient se trouver là, ils auraient voulu être dans leurs montagnes, loin de ces gens mauvais et de ce palais qui sentait la trahison. Mais si Abdollah est mort et qu'on a payé la moitié de la rançon... « Pilote, va me chercher son garde, Ahmed, dit Bayazid, et rappelle-toi : si tu me trompes, tu trouveras ta femme sans nez. » Il arracha le pistolet de la main d'Erikki. « Va le chercher!

– Oui, oui, bien sûr.

– Erikki... aide-moi à me lever », fit Hakim d'une voix rauque.

Erikki se fraya un chemin à travers la foule des montagnards et l'installa sur les coussins du divan auprès d'Azadeh. Ils virent tous deux le visage pâle de la jeune femme, mais remarquèrent aussi son souffle régulier. « Dieu soit loué », murmura Hakim.

Erikki se retrouva dans un demi-cauchemar et sortit dans le couloir en criant : « Ahmed, Ahmed, il faut que je te parle, je suis seul... » Il était en bas maintenant, toujours seul, et pas un coup de feu. De nouveau il appela Ahmed, mais ses paroles résonnaient dans les couloirs, il entrait dans une pièce après l'autre, tout le monde avait disparu, puis il sentit un pistolet contre son visage et un autre contre son dos. C'étaient Ahmed et un gars, tous deux très nerveux.

« Ahmed, vite, lança-t-il, est-ce vrai qu'Abdollah

est mort, qu'il y a un nouveau khan et que la moitié de la rançon est payée? »

Ahmed le dévisageait, abasourdi.

« Bon sang, c'est vrai? demanda-t-il.

– Oui, oui, c'est vrai. Mais...

– Vite, il faut le leur dire! » Il se sentait soulagé car il n'avait qu'à moitié cru Hakim. « Sinon ils vont le tuer et tuer Azadeh... Viens!

– Alors... alors, ils ne sont pas morts?

– Non, bien sûr que non, viens!

– Attends! Qu'est-ce que... Qu'est-ce que Son Altesse a dit exactement?

– Bon sang, qu'est-ce que ça change?... »

Le canon du pistolet s'appuya contre le front d'Erikki. « Qu'est-ce qu'il a dit exactement? »

Erikki fouilla sa mémoire et lui raconta de son mieux, puis il ajouta : « Maintenant, pour l'amour de Dieu, viens! »

Pour Ahmed, le temps s'arrêta. S'il suivait l'Infidèle, il mourrait sans doute. Hakim Khan mourrait, sa sœur aussi et l'Infidèle responsable de tous ces malheurs s'échapperait avec ces démons de montagnards. Par contre, songea-t-il, si je pouvais les persuader de laisser la vie au khan et à sa sœur, si je les persuadais de quitter le palais, j'aurais fait mes preuves sans aucun doute possible, aussi bien pour le khan que pour elle, et je pourrais toujours tuer le pilote plus tard. Je pourrais aussi le tuer tout de suite et m'enfuir... Mais je ne vivrais que comme un fugitif méprisé par tous pour avoir trahi mon khan. *Inch' Allah!*

Un sourire plissa son visage. « Comme Dieu le veut! » Il dégaina son poignard et le donna, ainsi que son pistolet, au garde pâle comme un mort. « Attends, dit Erikki. Dis au garde de faire venir un docteur. De toute urgence. Hakim et ma femme... ils sont peut-être blessés. »

Ahmed donna des ordres et suivit Erikki dans le couloir, dans le vestibule et dans l'escalier. Sur le palier, les montagnards le fouillèrent puis l'escortèrent dans la chambre du khan, le poussant dans le grand espace vide tandis qu'ils retenaient Erikki à la porte, un couteau contre sa gorge; et, quand Ahmed vit que son khan était bien en vie, assis auprès d'Azadeh encore évanouie, il murmura : « Dieu soit loué » et lui sourit. « Altesse, dit-il calmement, j'ai fait chercher un médecin. » Il se tourna vers Bayazid.

« Je suis Ahmed Dursak le Turcoman, dit-il d'un ton fier, s'exprimant dans un turc très formel. Au nom de Dieu, il est vrai qu'Abdollah Khan est mort, vrai que j'ai payé la moitié de la rançon – cinq millions de rials – hier soir au nom du nouveau khan à deux messagers envoyés par le chef al-Drah du village de l'Arbre brisé comme geste de bonne volonté pour compenser le déshonneur immérité infligé à ton messager par le défunt Abdollah Khan. Ils s'appelaient Ishmud et Alilah et je les ai renvoyés dans le Nord dans une belle voiture. » Un murmure stupéfait parcourut l'assistance. Il n'y avait pas d'erreur possible, tous connaissaient ces faux noms, des noms de code donnés pour protéger le village et la tribu. « Je leur ai dit, au nom du nouveau khan, que la seconde moitié serait payée dès l'instant où le pilote et son appareil volant seraient libérés.

– Où est ce nouveau khan, s'il existe? ricana Bayazid. Qu'il parle donc lui-même.

– Je suis khan de tous les Gorgons », dit Hakim et il y eut un brusque silence. « Hakim Khan, fils aîné d'Abdollah Khan. »

Tous les regards se tournèrent vers Bayazid qui avait remarqué l'air stupéfait d'Erikki et reprit d'un ton moins assuré : « Ce n'est pas parce que tu le dis que...

– Tu me traites de menteur chez moi?

– Je dis seulement à cet homme, fit Bayazid en désignant Ahmed, que le fait d'affirmer qu'il a payé la rançon, ou la moitié, ne signifie pas qu'il ne l'a pas fait pour ensuite leur tendre une embuscade et tuer les messagers.

– Je t'ai dit la vérité devant Dieu, et je répète devant Dieu que je les ai envoyés dans le Nord avec l'argent. Donne-moi un poignard, prends-en un et je vais te montrer ce qu'un Turcoman fait à un homme qui le traite de menteur! »

Les montagnards étaient horrifiés que leur chef se fût mis dans une si mauvaise situation. « Tu me traites de menteur et aussi mon khan? »

Dans le silence, Azadeh s'agita en gémissant, ce qui détourna leur attention, Erikki aussitôt voulut s'approcher d'elle, mais le couteau n'avait pas bougé. Le montagnard marmonna un juron et il s'immobilisa. Azadeh poussa un autre petit soupir, il vit Hakim s'approcher de sa sœur pour lui prendre la main et cela le réconforta un peu.

Hakim avait peur, il avait mal partout, il savait qu'il était aussi désarmé qu'elle, qu'il avait de toute urgence besoin d'un médecin, qu'Ahmed était aux mains des attaquants, Erikki impuissant, sa vie menacée et son pouvoir de khan compromis. Néanmoins, il rassembla son courage. Je ne me suis quand même pas joué d'Abdollah Khan, de Najoud et d'Ahmed pour concéder la victoire à ces chiens! Il leva les yeux vers Bayazid : « Alors? Traites-tu toujours Ahmed de menteur, oui ou non? » dit-il avec force en turc pour être compris de tous, et Ahmed admira son courage. Tous les regards maintenant étaient sur Bayazid. « Un homme véritable doit répondre à cette question. Le traites-tu de menteur?

– Non, murmura Bayazid. Il a dit la vérité, j'accepte ses paroles comme la vérité. » Quelqu'un dit : « *Inch' Allah.* » Les doigts se desserrèrent sur les détentes, mais l'atmosphère restait lourde.

« Comme Dieu le veut », dit Hakim, dissimulant son soulagement et il poursuivit, avec une autorité accrue : « D'autres combats n'aboutiront à rien. La moitié de la rançon est déjà payée et l'autre moitié promise quand le pilote sera libéré. Le... » Il s'interrompit, car la nausée menaçait de le terrasser, mais il se maîtrisa plus facilement cette fois. « Le pilote est là, sain et sauf, tout comme sa machine. Je paierai donc le reste tout de suite! »

Il vit leur cupidité et se promit de se venger d'eux tous. « Ahmed, à côté de la table, il y a quelque part la sacoche de Najoud. » Il vit Ahmed se frayer avec arrogance un chemin parmi les montagnards; se mettre à chercher dans les décombres la bourse de cuir qu'il montrait à Azadeh juste avant l'attaque, lui expliquant que les joyaux étaient héritage familial que Najoud avait reconnu avoir volé, et que, dans un geste de remords, elle lui avait donné avant de partir. « Je suis contente que tu n'aies pas cédé, Hakim, très contente, avait dit Azadeh, tu n'aurais jamais été en sécurité avec elle et sa famille dans ton entourage. »

Je ne serai jamais plus en sûreté, pensa-t-il sans peur, je suis heureux d'avoir laissé Ahmed indemne, et heureux que nous ayons eu le bon sens Azadeh et moi, de rester dans l'alcôve à l'abri du mur dès les premiers bruits de fusillade. Si nous avions été dans la chambre... *Inch' Allah.* Ses doigts serrèrent le poignet de sa sœur. « Dieu soit loué », murmura-t-il, puis il remarqua les hommes qui menaçaient encore Erikki. « Vous, dit-il avec un geste impérieux, lâchez le pilote! » Surpris, les brutes barbues regardèrent Bayazid qui acquiesça de la tête. Erikki aussitôt franchit la foule qui le séparait d'Azadeh, déboutonna son gros chandail pour avoir accès au poignard accroché au creux de ses reins, puis il s'agenouilla et, lui tenant la main, se tourna vers Bayazid, les protégeant, elle et Hakim de sa silhouette massive.

« Altesse! » fit Ahmed en remettant la bourse à Hakim Khan. Celui-ci l'ouvrit sans hâte, laissant les joyaux se répandre entre ses mains. Des émeraudes et des diamants et des saphirs, des colliers, des bracelets d'or incrustés de pierreries, des pendentifs. Hakim choisit un collier de rubis qui valait dix à quinze millions de rials, sans paraître remarquer tous les yeux fixés sur lui. Puis brusquement il écarta les rubis et choisit un pendentif qui valait deux ou trois fois plus.

« Tiens, dit-il toujours en turc, voici pour le solde de la rançon. » Il brandit le pendentif et l'offrit à Bayazid qui, fasciné par l'éclat du solitaire, s'avança, la main tendue. Mais, avant que Bayazid ait pu s'en emparer, Hakim referma son poing. « Devant Dieu, tu acceptes cela comme solde de la rançon?

– Oui... oui, devant Dieu comme solde de la rançon », murmura Bayazid, qui n'aurait jamais cru que Dieu lui accorderait une telle richesse : assez pour acheter des troupeaux, des fusils, des grenades, des soies et des vêtements chauds. Il tendit la main. « Je le jure devant Dieu!

– Et tu vas partir d'ici aussitôt, dans la paix, tu le jures devant Dieu? »

Bayazid essaya de penser à autre chose qu'à toutes ces richesses. « D'abord, il faut que nous rentrions à notre village, *agha,* et il nous faut donc l'avion et le pilote.

– Non, par Dieu, la rançon est pour l'appareil et le pilote, rien de plus. » Hakim ouvrit la main, sans détourner son regard de Bayazid qui maintenant ne voyait plus que la pierre précieuse. « Devant Dieu? »

Bayazid et ses hommes contemplaient les feux que jetait la pierre dans la paume de Hakim. « Qu'est-ce qui... qu'est-ce qui m'empêche de te prendre tout, dit-il d'un ton obstiné, qu'est-ce qui m'empêche de te tuer – de te tuer, de mettre le feu au palais et de l'emmener, elle, en otage pour forcer le pilote, hein?

– Rien. Sauf l'honneur. Les Kurdes sont-ils sans honneur? » dit Hakim d'une voix dure et il pensait : Comme c'est excitant, la récompense, c'est la vie, et la mort en cas d'échec. « C'est plus que la somme prévue.

– Je... je l'accepte devant Dieu comme paiement de la rançon, pour le pilote et pour... et pour l'avion. » Bayazid détourna les yeux de la pierre précieuse. « Pour le pilote et l'appareil, mais pour toi, pour toi et pour la femme... » La sueur ruisselait sur son visage. Une telle fortune, criait une voix dans son esprit, si facile à prendre, si facile, mais il y a l'honneur aussi, et cela compte. « Pour toi et pour la femme, il devrait y avoir une rançon aussi. »

Dehors, une voiture démarrait. Des hommes se précipitèrent vers la fenêtre fracassée. La voiture fonçait vers la grande porte et, sous leurs yeux, elle la franchit en se dirigeant vers la ville en bas de la colline.

« Vite, dit Bayazid à Hakim, décide-toi.

– La femme ne vaut rien », dit Hakim, redoutant le mensonge, et conscient que, s'il ne marchandait pas, ils étaient perdus. Ses doigts choisirent un bracelet de rubis qu'il tendit à Bayazid. « D'accord?

– Pour toi, la femme n'a peut-être pas de valeur, mais elle en a pour le pilote. Le bracelet et le collier, celui-là, et puis le bracelet avec les pierres vertes.

– Devant Dieu, c'est trop, explosa Hakim, ce bracelet est plus que suffisant : c'est plus que ce que valent le pilote et l'appareil!

– Fils d'un père qui n'est plus que cendres! Celui-ci, le collier et cet autre bracelet, celui avec les pierres vertes! »

Ils marchandèrent, de plus en plus furieux, sauf Erikki, qui vivait toujours son enfer, préoccupé seulement du sort d'Azadeh, de l'arrivée du médecin et des soins qu'il pourrait lui donner ainsi qu'à Hakim. Puis Hakim jugea que c'était le bon moment et il poussa un gémissement qui lui aussi faisait partie du jeu. « Par Dieu, tu es un trop bon négociateur pour moi! Tu feras de moi un mendiant! Tiens, voilà ma dernière offre! » Il posa sur le tapis le bracelet de diamants et le plus petit des colliers d'émeraude ainsi que le bracelet d'or. « Nous sommes d'accord? »

C'était bien payé maintenant, pas autant que l'aurait voulu Bayazid, mais bien plus qu'il ne s'y attendait. « Oui, dit-il, empochant la rançon. Tu jures devant Dieu de ne pas nous poursuivre? de ne pas nous attaquer?

– Oui, je le jure devant Dieu.

– Bon. Pilote, j'ai besoin de toi pour nous ramener... », dit Bayazid en anglais maintenant, et, comme il voyait la rage se peindre sur le visage de Hakim, il s'empressa d'ajouter : « Je demande, je n'ordonne pas, *agha*. Tiens, dit-il en offrant à Erikki le bracelet d'or, je désire louer tes services, et voici... » Il s'interrompit et leva les yeux car l'un de ses hommes de garde devant le patio criait : « Une voiture arrive de la ville! »

Bayazid transpirait encore plus abondamment. « Pilote, je jure devant Dieu que je ne te ferai aucun mal.

– Il n'y a pas assez d'essence.

– Alors pas jusqu'au bout, à mi-chemin... juste...

– Il n'y a pas assez d'essence.

– Alors, emmène-nous et dépose-nous dans les montagnes... rien qu'un bout de chemin... Je te demande... je ne t'ordonne pas », dit Bayazid, puis il ajouta bizarrement : « Par le Prophète, je t'ai traité avec justice et lui aussi, et... je ne l'ai pas touchée, elle. Je te demande... »

Ils avaient tous perçu la menace dans ses propos, peut-être une menace, peut-être pas, mais Erikki savait sans aucun doute que les fragiles notions d'« honneur » ou de « parole donnée » disparaîtraient au premier coup de feu, que c'était à lui maintenant d'essayer de réparer le désastre qu'avait entraîné l'attaque, pour chasser un khan déjà mort, avec une rançon déjà à moitié payée, avec Azadeh qui gisait là, Dieu seul savait à quel point blessée et Hakim à moitié mort. Le visage grave, il la toucha une dernière fois, jeta un coup d'œil au khan, hocha la tête, puis se leva et arracha une mitraillette des mains du montagnard le plus proche. « J'accepte ta parole devant Dieu et je te tuerai si tu ne la tiens pas. Je te déposerai au nord de la ville. Tout le monde dans l'hélico. Dis-leur! »

Bayazid n'aimait guère l'idée de cette arme entre les mains de ce monstre avide de vengeance. Aucun d'eux n'a oublié que c'est moi qui ai lancé la grenade qui a peut-être tué sa houri, songea-t-il. « *Inch' Allah!* » Il ordonna la retraite. Emportant avec eux le corps de leur camarade mort, ils obéirent. « Pilote, nous allons partir ensemble. Merci, *agha* Hakim Khan. Que Dieu soit avec toi, dit-il en reculant vers la porte. Viens! »

Erikki fit un geste d'adieu à Hakim. « Désolé...

– Dieu soit avec toi, Erikki, et reviens sain et sauf, lança Hakim. Ahmed, va avec lui, il ne peut pas à la fois piloter et se servir d'une arme. Veille à ce qu'il rentre sain et sauf. » Oui, songea-t-il. J'ai encore un compte à régler avec lui pour avoir attaqué mon palais!

« Oui, Altesse. Merci, pilote. » Ahmed prit la mitraillette des mains d'Erikki, il en vérifia le mécanisme et le chargeur puis eut un sourire torve à l'intention de Bayazid. « Par Dieu et par le Prophète dont le Nom soit loué, que personne ne triche. » Poliment, il fit signe à Erikki de partir puis lui emboîta le pas. Bayazid sortit le dernier.

Au pied des collines devant le palais : 11 h 05. La voiture de police fonçait par la route en lacet en direction de la grille d'entrée, d'autres voitures et un camion militaire bourré de soldats dans son sillage. Hashemi Fazir et Armstrong étaient à l'arrière de la voiture de tête qui s'arrêta avec un crissement de pneus dans l'avant-cour où une ambulance et l'autre voiture étaient déjà garées. Ils mirent pied à terre et suivirent le garde dans la grande salle. Hakim Khan les attendait à sa place d'honneur, pâle et les traits tirés, mais l'air royal, ses gardes autour de lui, dans cette partie du palais restée intacte.

« Altesse, Dieu soit loué, vous n'êtes pas blessé : nous venons d'apprendre l'attaque. Puis-je me présenter? Je suis le colonel Hashemi Fazir du service de renseignement, et voici le superintendant Armstrong qui nous aide depuis des années et qui connaît bien certains domaines susceptibles de vous intéresser. Au fait, il parle le farsi. Voudriez-vous nous dire ce qui s'est passé? » Les deux hommes écoutèrent Hakim Khan leur raconter sa version de l'attaque – ils en avaient déjà eu des échos – tous deux fort impressionnés par son allure.

Hashemi s'était préparé : avant de quitter Téhéran la veille au soir, il avait étudié avec soin le dossier de Hakim. Depuis des années, lui et la SAVAK le faisaient surveiller : « Je sais combien il doit et à qui, Robert, quels services il a rendus et à qui, quels sont ses goûts en matière de lecture et de nourriture, comment il se sert d'un fusil, d'un piano ou d'un poignard, j'ai le nom de toutes les femmes avec qui il a jamais couché et de tous les garçons. »

Armstrong avait ri. « Et ses opinions politiques?

– Il n'en a aucune. Incroyable, mais vrai. C'est un Iranien, de l'Azerbaïdjan, et pourtant il ne s'est inscrit à aucun groupe, n'a rallié aucun camp, n'a rien dit qui soit même un peu séditieux – même contre Abdollah Khan – et pourtant Khoi a toujours été un panier de crabes.

– Religion?

– Chiite, mais calme, consciencieux, orthodoxe, ni droite ni gauche. Depuis qu'il est en exil, non, ce n'est pas tout à fait vrai, depuis qu'il a sept ans, quand sa mère est morte et que sa sœur et lui sont venus vivre au palais, il n'était qu'une plume que le moindre souffle de son père agitait, il a vécu dans l'attente d'un désastre inévitable. Comme Dieu le veut, mais c'est un miracle qu'il soit khan, un miracle que ce misérable fils de chien soit mort avant de se débarrasser de lui et de sa sœur. Etrange! Il avait la tête sur le billot et voilà maintenant qu'il possède des richesses inouïes, un pouvoir immense et il faut que je traite avec lui.

– Ce devrait être facile – si ce que vous dites est vrai.

– Vous êtes méfiant, toujours méfiant : est-ce là la force des Anglais?

– C'est juste la leçon qu'un vieux flic a apprise au long des années. »

Hashemi avait souri comme il le faisait maintenant, en concentrant son attention sur ce jeune homme, khan de tous les Gorgons, et en se demandant : Quels sont tes secrets? Tu dois bien avoir des secrets!

« Altesse, depuis combien de temps le pilote est-il parti? demanda Armstrong.

– Environ deux heures et demie, répondit Hakim après avoir consulté sa montre.

– A-t-il dit combien d'essence il avait avec lui?

– Non, seulement qu'il emmènerait les montagnards un bout de chemin et les déposerait. »

Hashemi et Robert Armstrong étaient debout devant l'estrade couverte d'épais tapis et de coussins, Hakim Khan drapé dans de lourds brocarts, un collier de perles autour du cou avec un pendentif en diamant quatre fois plus gros que celui qu'il avait donné en échange de leurs vies. « Peut-être, suggéra Hashemi, peut-être, Altesse, le pilote était-il vraiment de mèche avec les villageois kurdes et ne reviendra-t-il pas.

– Non, et ce n'était pas des Kurdes, même s'ils prétendaient l'être, simplement des bandits, ils avaient enlevé Erikki et l'avaient forcé à les conduire contre le khan, mon père. » Le jeune khan se rembrunit, puis reprit d'un ton ferme : « Le khan, mon père, n'aurait pas dû faire tuer leur messager. Il aurait dû faire baisser le montant de la rançon, puis la payer – et ensuite les tuer pour leur impertinence. »

Hashemi enregistra. « Je veillerai à ce qu'on les traque.

– Et à ce qu'on récupère ce qui m'appartient.

– Bien sûr. Y a-t-il quelque chose, n'importe quoi, que moi ou mon service pouvons faire pour vous? » Il observait le jeune homme et vit, ou crut voir, une lueur d'amusement et cela l'agaça. Là-dessus, la porte s'ouvrit et Azadeh entra. Il n'avait jamais été présenté bien qu'il l'eût vue souvent. Elle devrait être possédée par un Iranien, songea-t-il, et non par un chien d'étranger. Comment pouvait-elle accueillir ce monstre?

Elle était habillée à l'occidentale, avec une robe d'un gris vert qui mettait en valeur ses yeux pailletés de vert, des bas et des chaussures, le visage très pâle et à peine maquillé. Elle marchait d'un pas lent et semblait souffrir un peu, mais elle s'inclina devant son frère avec un doux sourire. « Désolée de vous interrompre, Altesse, mais le docteur m'a demandé de vous rappeler de vous reposer. Il est sur le point de partir, voudriez-vous le revoir?

– Non. Non, merci. Tu vas bien?

– Oh oui! dit-elle en se forçant à sourire. Il dit que je vais bien.

– Puis-je te présenter le colonel Hashemi Fazir et M. Armstrong, le superintendant Arsmtrong... Son Altesse, ma sœur Azadeh. »

Ils échangèrent des salutations. « Superintendant Armstrong? dit-elle en anglais, je ne me souviens pas de " superintendant ", mais nous nous sommes déjà rencontrés, n'est-ce pas?

– Oui, Altesse, une fois au Club français l'an dernier. J'étais avec M. Talbot, de l'ambassade britannique, et un ami de votre mari, de l'ambassade de Finlande, Christian Tollonen – je crois que c'était l'anniversaire de votre mari.

– Vous avez une bonne mémoire, superintendant. »

Hakim Khan eut un étrange sourire. « C'est une caractéristique du MI6, Azadeh.

– Simplement des ex-policiers, Altesse, dit Armstrong. Je ne suis qu'un consultant du service de renseignement. » Puis, se tournant vers Azadeh :« Le colonel Fazir et moi avons été tous deux si soulagés que ni vous ni le khan n'ayez été blessés.

– Merci », dit-elle. Elle souffrait encore de la tête et des oreilles et son dos lui posait des problèmes. Le médecin avait dit : « Il vous faudra attendre quelques jours, Altesse, mais nous vous radiographierons tous les deux le plus tôt possible. Il vaudrait mieux que vous alliez à Téhéran, ils ont un meilleur équipement. Avec une explosion pareille... On ne sait jamais, Altesse, mieux vaudrait y aller, je n'aimerais pas être responsable... »

Azadeh soupira. « Excusez-moi de vous interrompre... »

Elle s'arrêta brutalement, tendant l'oreille. Ils écoutèrent aussi. Ce n'était que le vent qui se levait, et le bruit au loin d'une voiture.

« Pas encore », fit doucement Hakim.

Elle essaya de sourire et murmura : « Comme Dieu le veut », puis sortit.

Hashemi rompit le silence. « Nous devrions vous laisser aussi, Altesse, dit-il d'un ton déférent en revenant au farsi. C'était très aimable à vous de nous recevoir aujourd'hui. Peut-être pourrions-nous revenir demain? » Il vit le jeune khan détourner ses yeux de la porte pour le regarder bien en face, son beau visage reposé, les doigts jouant avec la dague incrustée de pierres précieuses qu'il portait à la ceinture. Il doit être de glace, songea-t-il, attendant poliment qu'on lui signifiât son congé.

Mais, au lieu de cela, Hakim Khan renvoya tous ses gardes, sauf un qu'il posta à la porte d'où il ne pouvait rien entendre, et fit signe aux deux hommes d'approcher. « Nous allons parler anglais. Qu'est-ce que vous voulez vraiment me demander? » dit-il doucement.

Hashemi soupira, certain que Hakim Khan savait déjà et plus que certain maintenant qu'il avait devant lui un digne adversaire ou un digne allié. « Votre aide sur deux points, Altesse. Votre influence en Azerbaïdjan pourrait nous être d'un secours considérable pour réprimer les éléments hostiles en rébellion contre l'Etat.

– Quel est le deuxième point? »

Il avait entendu une nuance d'impatience et cela l'amusa. « Le second point est assez délicat. Il s'agit d'un Soviétique du nom de Petr Oleg Mzytryk, un ami de votre père qui, ces dernières années, venait de temps en temps lui rendre visite – tout comme Abdollah Khan allait le voir dans sa datcha de Tbilissi. Alors que Mzytryk prétendait être un ami d'Abdollah Khan et de l'Azerbaïdjan, en réalité, c'est un officier haut gradé du KGB et il vous est très hostile.

– 98 pour cent des Soviétiques qui viennent en Iran appartiennent au KGB, ce sont donc des ennemis, et les 2 pour cent qui restent sont du GRU, donc ennemis aussi. En tant que khan, mon père devait avoir à faire à toutes sortes d'ennemis. » De nouveau un sourire sardonique passa sur ses lèvres, comme le nota Hashemi. « Toutes sortes d'amis aussi et tout ce qui se situe entre les deux. Alors?

– Nous aimerions beaucoup l'interroger. » Hashemi attendit une réaction, mais il n'y en eut aucune et son admiration pour le jeune homme s'accrut. « Avant de mourir, Abdollah Khan avait accepté de nous aider. C'est par lui que nous avons appris que l'homme comptait franchir clandestinement la frontière samedi dernier et de nouveau mardi, mais il ne s'est montré ni l'une ni l'autre fois.

– Comment entrait-il? »

Hashemi le lui dit, ne sachant pas très bien ce que savait Hakim Khan, et avançant avec les plus grandes précautions. « Nous croyons que l'homme va peut-être vous contacter : si c'est le cas, voudriez-vous nous prévenir? Discrètement. »

Hakim Khan décida qu'il était temps de remettre à leur place cet ennemi de Téhéran et son larbin britannique. Suis je donc si naïf que je ne sais pas ce qui se passe? « En échange de quoi? » demanda-t-il carrément.

Hashemi fut tout aussi brutal. « Que voulez-vous?

– Premièrement : tous les agents de la SAVAK et tous les officiers de police d'Azerbaïdjan suspendus sur-le-champ, en attendant l'examen de leurs dossiers – par moi – et toutes les futures nominations soumises à mon approbation préalable. »

Hashemi rougit. Même Abdollah Khan n'avait jamais obtenu cela. « Quelle est la seconde demande? » fit-il sèchement.

Hakim Khan éclata de rire. « Bon, très bon, *agha*. La deuxième demande attendra demain ou après-demain, tout comme la troisième et peut-être la quatrième. Mais en ce qui concerne votre premier point, à 10 heures demain venez me préciser comment je pourrais aider à mettre un terme aux combats en Azerbaïdjan – et comment vous, personnellement, si vous en aviez le pouvoir, comment vous... » Il réfléchit un moment, puis reprit : « Comment vous nous mettriez à l'abri des ennemis de l'extérieur et des ennemis de l'intérieur. » Là-dessus, il se tourna vers Armstrong.

Armstrong espérait que la conversation allait se prolonger, ravi d'avoir l'occasion de voir en face ce nouveau khan s'attaquer à un adversaire endurci comme Hashemi. Fichtre, si ce petit salopard peut opérer avec une telle assurance deux jours après être devenu khan et alors qu'il a failli être réduit en poussière voilà deux heures, le gouvernement de Sa Majesté ferait mieux de le placer tout de suite en haut sur la liste des gens dangereux. Il vit les yeux se fixer sur lui. Au prix d'un effort il garda le visage impassible tout en se disant : Maintenant c'est ton tour.

« Vous êtes un expert dans quel domaine précis qui me concernerait?

– Eh bien, Votre Altesse, euh... je... j'appartenais aux services spéciaux et je m'y connais un peu en espionnage et... en contre-espionnage. Bien sûr, de bons renseignements, des renseignements confidentiels sont indispensables à quelqu'un de votre position. Si vous le vouliez, je pourrais peut-être, en conjonction avec le colonel Fazir, vous suggérer des moyens d'améliorer cela.

– Bonne idée, monsieur Armstrong. Voulez-vous me donner votre avis par écrit – le plus tôt possible.

– J'en serais enchanté. » Armstrong décida de prendre un risque. « Mzytryk pourrait vous fournir rapidement un grand nombre des réponses dont vous avez besoin; à propos des ennemis " à l'intérieur et à l'extérieur " auxquels vous faisiez allusion, surtout si le colonel Fazir pouvait... bavarder avec lui en privé. » Il y eut un long silence. Auprès de lui, Hashemi s'agitait nerveusement. Je parierais que tu en sais plus que tu ne le laisses paraître, mon garçon, et je suis bien tranquille que tu n'as pas passé toutes ces années à n'être qu'une « plume » agitée au souffle de ton père! Grands Dieux, que j'ai besoin d'une cigarette!

Les yeux le scrutaient et il aurait aimé penser d'un ton désinvolte : Bon sang, assez tourné autour du pot... puis il se représenta ce khan de tous les Gorgons assis sur le siège des toilettes, avec tous ses accessoires au vent, et il dut tousser pour réprimer le fou rire qui le gagnait. « Désolé », dit-il, d'un ton qui se voulait humble.

Hakim Khan fronça les sourcils. « Comment aurais-je accès à ces renseignements? » dit-il et les deux hommes surent qu'il était intéressé.

« Comme vous le voulez, Altesse, dit Hashemi, comme vous le voulez. »

Il y eut un autre bref silence. « Je vais réfléchir à ce que vous... » Hakim Khan s'interrompit, l'oreille aux aguets. Ils entendirent tous alors la pétarade des rotors et le bruit des réacteurs. Les deux hommes se dirigeaient vers les hautes fenêtres. « Attendez, dit Hakim. L'un de vous pourrait-il m'aider? »

Stupéfaits, ils l'aidèrent à se relever. « Merci, dit-il avec une grimace, c'est mon dos. Dans l'explosion, j'ai dû me froisser un muscle. » Hashemi le soutint et il s'approcha en boitillant des grandes fenêtres qui donnaient sur l'avant-cour.

Le 212 arrivait lentement et descendait pour se poser. Comme l'appareil approchait, ils reconnurent Erikki et Ahmed aux places avant. Ahmed était effondré dans son siège, de toute évidence blessé. Il y avait des traces de balles dans la cellule, un grand morceau de plastique manquait à un hublot latéral. Leur inquiétude s'accrut. L'appareil fit un atterrissage impeccable. Aussitôt les moteurs commencèrent à ralentir. Ils aperçurent alors le sang qui tachait le col blanc et la manche d'Erikki.

« *Agha,* dit aussitôt Hakim Khan à Hashemi, voyez si vous pouvez retenir le docteur avant qu'il parte. » Hashemi se précipita.

D'où ils étaient ils apercevaient le perron. La grande porte s'ouvrit et Azadeh sortit en courant puis s'arrêta un moment, pétrifiée, les autres groupés autour d'elle, gardes, domestiques, membres de la famille. Erikki ouvrit sa porte et descendit péniblement. D'un pas las, il se dirigea vers elle. Mais sa démarche était ferme, il se tenait bien droit; un instant plus tard, Azadeh était dans ses bras.

CHAPITRE 15

Kowiss : 12 h 10. Ibrahim Kyabi, posté en embuscade, attendait que le mollah Hussain sorte de la mosquée. Il était adossé à la fontaine en face de la grande porte, serrant dans ses bras son sac de toile qui cachait son M16 prêt à tirer. Ses yeux étaient rouges de fatigue et il avait tout le corps endolori après son voyage de six cents kilomètres.

Il remarqua un grand Européen dans la foule. L'homme suivait un Brassard vert et était vêtu de couleurs sombres – parka et casquette à visière. Il vit les deux hommes passer devant la mosquée et disparaître dans la ruelle qui la longeait. Non loin de là se trouvait l'entrée du bazar. Il fut tenté un instant de fuir le froid pour trouver refuge dans l'ombre tiède des allées.

« *Inch' Allah* », murmura-t-il machinalement, puis il se rappela de cesser d'utiliser cette expression, resserra autour de lui les plis du vieux manteau et s'installa plus confortablement contre la fontaine qui, une fois fondue la glace de l'hiver, débiterait de nouveau un filet d'eau qui permettrait aux passants de boire ou de faire leurs ablutions avant d'aller à la prière.

« A quoi ressemble ce mollah Hussain? » avait-il demandé aux marchands ambulants qui lui servaient une portion du ragoût brûlant en train de mitonner dans une marmite au-dessus d'un feu de braises. C'était le matin et il venait d'arriver après des retards sans fin, quinze heures plus tard que prévu. « A quoi ressemble-t-il? »

L'homme était vieux et édenté, et il haussa les épaules. « A un mollah. »

Un autre client, qui se trouvait là, l'injuria. « Puisses-tu être sacrifié! Ne l'écoute pas, étranger, le mollah Hussain est un vrai chef du peuple, un homme de Dieu, qui ne possède rien qu'un fusil et des munitions pour tuer les ennemis de Dieu. » D'autres clients firent écho aux propos de ce jeune mal rasé et racontèrent la prise de la base aérienne. « Notre mollah est un vrai disciple de l'imam, par Dieu, il nous conduira au paradis. » Ibrahim en avait presque crié de rage. Hussain et tous les mollahs méritent la mort pour abreuver ces pauvres paysans de telles absurdités. Le paradis? De beaux atours, du vin et quarante vierges éternelles sur des couches tendues de soie?

Je ne vais pas penser à aimer, je ne vais pas penser à Sharazad, pas encore.

Ses mains caressèrent la crosse du fusil mitrailleur.

Cela dissipa un peu de son épuisement et de sa faim, mais rien de son absolue solitude.

Sharazad. Maintenant elle faisait partie d'un rêve. C'est mieux ainsi, beaucoup mieux : il l'attendait au café quand Jari l'avait accosté en murmurant : « Au nom de Dieu, le mari est rentré. Ce qui n'a jamais commencé est fini à jamais », puis elle avait disparu dans la foule. Aussitôt, il était parti, il était allé chercher son fusil et s'était rendu à pied jusqu'à la gare routière. Maintenant il attendait, avant d'être martyrisé pour s'être vengé au nom des masses de la tyrannie aveugle.

Dans son extase, il ferma les yeux. Je saurai bientôt ce qui se passe quand nous mourons et où nous allons. Trouvons-nous enfin la réponse à la grande énigme : Mohammed était-il le dernier prophète de Dieu ou un fou? Le Coran est-il vrai? Existe-t-il un Dieu?

Dans la ruelle longeant la mosquée, le Brassard vert qui conduisait Starke s'arrêta et désigna un taudis. Starke traversa le caniveau plein d'immondices et frappa. La porte s'ouvrit. « La paix soit sur toi, Excellence Hussain! dit-il en farsi, tendu et sur ses gardes. Tu m'as demandé?

– *Salam*, capitaine. Oui, en effet. » répondit en anglais le mollah Hussain en lui faisant signe d'entrer.

Starke dut se baisser pour pénétrer dans l'unique pièce de la maison. Deux bébés dormaient sur des paillasses posées à même le sol en terre battue. Un jeune garçon le dévisageait, les mains crispées autour d'un vieux fusil, et il reconnut en lui le même enfant qu'il avait vu lors du combat qui avait opposé les hommes de Hussain à ceux de Zataki. Un AK47 bien entretenu était posé contre un mur. Auprès de l'évier, une vieille femme en tchador noir était assise sur une chaise branlante.

« Ce sont mes fils. Et voici ma femme, dit Hussain.

– *Salam.* » Starke était stupéfait qu'elle fût si âgée. Puis il la regarda plus attentivement et vit que ce n'étaient pas les années qui l'avaient marquée.

« Je t'ai fait chercher pour trois raisons : d'abord pour que tu voies comment vit un mollah. La pauvreté est l'un des devoirs essentiels d'un mollah.

– Et aussi apprendre, conduire les autres et légiférer. Par cela, *agha,* je sais que tu es sincère dans tes croyances » – et que tu en es le prisonnier, aurait voulu ajouter Starke, qui méprisait cette pièce avec la terrible et infinie pauvreté qu'elle représentait.

« Tu parlais de trois raisons, *agha*?

– La deuxième est : pourquoi est-il prévu que tous les hommes sauf quelques-uns partent aujourd'hui?

– Ils ont des permissions en retard, *agha.* Le travail est ralenti à la base, c'est donc le moment idéal. « L'inquiétude de Starke s'accrut. Ce matin, avant d'être convoqué ici, il y avait déjà eu trois télex et deux appels radio du QG de Téhéran, le dernier émanant de Siamahi, maintenant le plus haut dans la hiérarchie des membres du conseil, demandant où se trouvaient Pettikin, Nogger Lane et les autres. Il avait gagné du temps en disant que McIver le rappellerait dès l'instant où il arriverait avec le ministre Kia, très conscient de la curiosité de Wazari.

C'était la veille qu'il avait pour la première fois entendu parler de la visite d'Ali Kia. Charlie Pettikin, lors de son bref arrêt en route pour Al Shargaz, lui avait raconté ce qui était arrivé à McIver et leurs craintes à son propos.

Mais il n'y avait pas eu que de mauvaises nouvelles. John Hogg avait apporté les détails du plan Ouragan avec les codes, les horaires et les points de ravitaillement prévus sur l'autre rive du Golfe.

« Andy m'a chargé de te dire que tout cela était transmis à Scrag à Lengeh ainsi qu'à Rudy à Bandar Delam et de tenir compte des problèmes des trois bases », lui avait expliqué Hogg. « Deux 747 cargos sont prévus à Al Shargaz vendredi à l'aube. Cela nous donnera largement le temps, dit Andy. J'apporterai les dernières précisions quand je viendrai chercher les gars, Duke. Pas question d'appuyer sur le bouton avant 7 heures du matin vendredi ou la même heure samedi ou dimanche. »

Aucun des espions d'Esvandiary n'était là, aussi Starke avait-il réussi à caser à bord du 125 une autre caisse de matériel électronique pour les 212. Autre coup de chance : tous les permis de sortie du personnel étaient encore valides, on avait dissimulé assez de barils de cent cinquante litres de carburant sur la côte et Tom Lochart était arrivé de Zagros à l'heure pour participer au plan Ouragan. « Pourquoi ce changement, Tom? Je croyais que tu étais violemment contre », avait-il dit, troublé par l'attitude de Lochart. Mais son ami s'était contenté de hausser les épaules et il n'avait pas insisté.

Malgré tout, la perspective de voir leurs 212 foncer vers le Golfe l'inquiétait beaucoup. Il n'avait pas de vrai plan, simplement le choix entre plusieurs possibilités. Au prix d'un effort, il se concentra sur sa conversation avec le mollah. « Désolé, *agha,* que disais-tu?

– Quand leurs remplaçants arriveront-ils?

– Samedi, c'est la date prévue.

– Esvandiary dit que tu expédies de nombreuses pièces détachées.

– Les pièces détachées ont besoin d'être remplacées et vérifiées de temps en temps, *agha.* »

Hussain l'examina, puis hocha la tête d'un air songeur. « Quelle est la cause de l'accident qui a failli tuer Esvandiary?

– Le chargement s'est déplacé. C'est une opération délicate. »

Nouveau silence. « Qui est ce Kia, Ali Kia? »

Starke ne s'attendait à aucune de ses questions, il se demandait si de nouveau on le mettait à l'épreuve et ce que savait au juste le mollah. « On m'a dit que c'était un ministre du gouvernement Bazargan et qu'il était en tournée d'inspection. On m'a dit également qu'il était, qu'il est encore, un consultant de notre entreprise commune, IHC, peut-être même directeur, mais je n'en suis pas sûr.

– Quand arrive-t-il?

– Je ne sais pas exactement. Notre directeur, le capitaine McIver, a reçu l'ordre de l'escorter.

– L'ordre?

– L'ordre, à ce que je comprends.

– Pourquoi un ministre serait-il consultant d'une compagnie privée?

– J'imagine qu'il faudrait lui poser la question, *agha*.

– Oui, je suis d'accord, fit Hussain, le visage dur. L'imam a juré que la corruption allait cesser. Nous allons nous rendre à la base ensemble. » Il prit le AK47 et le passa en bandouilière. « *Salam* », dit-il à sa famille.

Starke et le Brassard vert suivirent Hussain dans la ruelle jusqu'à une porte de côté de la mosquée. Là, Hussain se débarrassa de ses chaussures, les ramassa et entra. Starke et le Brassard vert firent de même, sauf que Starke ôta aussi son chapeau. Ils suivirent un passage, franchirent une autre porte, puis se retrouvèrent dans la mosquée, une grande salle sous le dôme, couverte de tapis et sans ornements. Rien que des mosaïques décorées ici et là avec des citations coraniques en sanscrit. Un pupitre avec un Coran ouvert, non loin de là un magnétophone moderne et des haut-parleurs, des fils qui pendaient çà et là, alimentant des ampoules électriques nues qui n'éclairaient guère. Des haut-parleurs venait la mélopée assourdie d'un homme en train de lire le Coran.

Des hommes priaient, d'autres bavardaient, certains dormaient. Ceux qui virent Hussain lui sourirent et il leur rendit leur sourire. Il se dirigea vers une alcôve limitée par des colonnes. Là, il s'arrêta, remit ses chaussures, reprit son fusil et congédia le Brassard vert. « Capitaine, as-tu repensé à ce dont nous avons discuté lors de l'interrogatoire?

– Comment cela, *agha*? fit Starke, plein d'appréhension.

– A propos de l'islam, dit l'imam, que la Paix de Dieu soit sur lui, et du projet de le voir.

– Ce n'est pas possible pour moi de le voir, même si je le voulais.

– Je pourrais peut-être arranger cela. Si tu l'entendais parler, si tu l'écoutais, tu trouverais la Paix de Dieu que tu recherches. Et la vérité. »

Starke fut touché par l'évidente sincérité du mollah. « Si j'avais la chance, je... je ne manquerais pas de la saisir, si je pouvais. Tu parlais de trois choses, *agha*?

– C'est la troisième. L'islam. Devenir musulman. Il n'y a pas un instant à perdre. Soumets-toi à Dieu, accepte qu'il n'y a qu'un Dieu et que Mohammed est son Prophète, accepte cela et tu auras la vie éternelle du paradis. »

Le regard était sombre et pénétrant. Starke l'avait déjà rencontré et lui avait trouvé une qualité presque hypnotique. « Je... je t'ai déjà dit, *agha,* peut-être que je le ferai... quand Dieu le voudra. » Il détourna la tête pour fuir ce regard dominateur. « Il va falloir que je rentre. Je ne veux pas manquer le départ de mes gars. »

C'était à croire qu'il n'avait rien dit; le mollah

reprit : « L'imam n'est il pas le plus saint des hommes, le plus vaillant, le plus résolu contre l'oppression? Voilà ce qu'est l'imam, capitaine. Ouvre-lui tes yeux et ton esprit.

– J'attends avec patience. » Il affronta ce regard qui semblait le transpercer. « Il vaudrait mieux y aller », dit-il doucement.

Hussain soupira. La lumière disparut de ses yeux. Il rajusta son fusil sur son épaule et se mit en marche. Parvenu à la grande porte, il remit ses chaussures et attendit que Starke en eût fait autant. Quatre Brassards verts vinrent les rejoindre. « Nous allons à la base, leur dit Hussain.

– J'ai garé ma voiture juste sur la place, dit Starke, soulagé de se retrouver à l'air libre et plus sous l'envoûtement du mollah. C'est un break, nous pouvons le prendre, si tu veux.

– Bon. Où est-il? »

Starke montra la voiture et s'éloigna entre les étals. Il avait une bonne tête de plus que la plupart des gens dans la foule. Il réfléchissait à ce que le mollah avait dit, en essayant de voir ce qu'il fallait faire pour Ouragan.

« Bon sang, murmura-t-il, accablé par le danger qui menaçait. J'espère que Rudi va renoncer, et puis j'en ferai autant quoi que dise Scrag. » Son regard machinalement balayait la place, comme dans un poste de pilotage, et il remarqua une certaine agitation devant lui auprès de la fontaine. A cause de sa grande taille, il fut le premier à voir le jeune homme avec un fusil. La foule se dispersa affolée. Il s'arrêta, incrédule. Mais, pas d'erreur, le jeune fou vociférant fonçait droit sur lui à travers la foule. « Assassin », fit-il, tandis que les hommes et les femmes, terrifiés, trébuchaient, tombaient sur le passage du jeune homme qui avait maintenant la voie libre. Il le vit soudain s'arrêter et braquer le fusil droit sur lui.

« Attention! » Mais, avant qu'il ait eu le temps de plonger pour se mettre à l'abri d'un éventaire, il reçut le choc de la première balle qui le projeta contre un des Brassards verts. Il y eut d'autres coups de feu, quelqu'un près de lui hurla, puis une autre arme se mit à tirer avec un fracas assourdissant.

C'était Hussain. Il avait d'excellents réflexes. Il avait tout de suite compris que c'était à lui que l'assassin voulait s'attaquer et l'instant de répit que Starke lui avait donné lui suffit. D'un geste rapide, il avait pris le fusil mitrailleur qu'il avait en bandoulière, visé et pressé la détente tout en pensant : « Il n'y a pas d'autre Dieu que... »

Il tira avec une froide précision, transperça Ibrahim Kyabi, l'arme tomba de ses mains mortes et il s'écroula dans la poussière. Le mollah cessa de tirer et constata qu'il était toujours debout, stupéfait de n'être pas touché. Encore tremblant, il regarda la scène de panique autour de lui, les blessés qu'on aidait, d'autres qui gémissaient, un de ses Brassards verts étendu mort et de nombreux passants blessés. Starke était affalé sur le sol, à moitié caché sous un étal.

« Dieu soit loué, Excellence Hussain, vous êtes indemne, cria un Brassard vert.

– Comme Dieu le veut... Dieu est grand... » Hussain s'approcha de Starke et s'agenouilla auprès de lui. Il vit que du sang coulait de sa manche gauche et qu'il était très pâle. « Où es-tu touché?

– Je... je ne sais pas bien. C'est... je crois que c'est à l'épaule ou à la poitrine. » C'était la première fois que Starke se trouvait pris dans une fusillade. Il n'avait rien senti, mais une voix criait en lui : « Je suis mort, le salaud m'a tué, je ne reverrai jamais Manuela ni les enfants. Je suis mort... » Puis il avait éprouvé une envie aveugle de courir, de fuir sa propre mort. Il aurait voulu sauter sur ses pieds, mais la souffrance lui ôtait toute force et Hussain maintenant était agenouillé auprès de lui.

« Laisse-moi t'aider », dit Hussain, puis, s'adressant aux Brassards verts : « Prends son autre bras. »

Starke poussa un cri lorsqu'ils le retournèrent en essayant de l'aider. « Attends... Bon sang... » Lorsque le spasme fut passé, il constata qu'il ne pouvait absolument pas bouger son bras gauche, mais que son bras droit fonctionnait. De la main droite, il se palpa, agita les jambes : pas de douleur de ce côté-là. Tout semblait fonctionner, sauf son bras et son épaule gauches, et il avait la vue un peu brouillée. Serrant les dents, il ouvrit sa parka et écarta sa chemise. Du sang coulait de la plaie qu'il avait au milieu de l'épaule, mais sans violence, et il n'éprouvait pas d'intolérables difficultés à respirer, rien qu'une douleur lancinante s'il bougeait sans précaution. « C'est... je ne crois pas que... ce soit le poumon...

– Ton vêtement t'a protégé, pilote, dit le Brassard vert avec un rire. Regarde, il y a un autre trou qui saigne aussi dans le dos de ton blouson, la balle a dû te traverser entièrement. » Il se mit à explorer la plaie avec un doigt sale et Starke l'invectiva violemment. « Maudis-toi toi-même, Infidèle, dit l'homme. Maudis-toi mais pas moi. Peut-être Dieu dans sa miséricorde t'a-t-il rendu la vie mais je me demande pourquoi il a fait ça... » Il haussa les épaules et se releva, regarda son camarade mort et l'autre blessé, eut un nouveau haussement d'épaules et s'approcha d'Ibrahim Kyabi qui gisait sur le sol comme un tas de vieux chiffons, et il commença à fouiller ses poches.

La foule sur la place se pressait vers eux, alors Hussain se leva et l'écarta. « Dieu est grand, Dieu est grand, cria-t-il, aidez les blessés! » Lorsqu'ils eurent de nouveau un peu d'espace, il s'agenouilla auprès de Starke. « Est-ce que je ne t'ai pas prévenu que le temps t'était mesuré? Ton Dieu t'a protégé cette fois pour te donner une autre chance. »

Mais ce fut à peine si Starke l'entendit. Il avait trouvé son mouchoir et il l'appuyait contre la plaie pour essayer d'étancher le sang. « Pourquoi diable ce salaud essayait-il de me tuer? murmura-t-il. Le fils de pute!

– C'était moi qu'il voulait tuer, pas toi. »

Starke le dévisagea. « Un fedayin, un moudjahidin?

– Ou un tudeh. Qu'importe, c'était un ennemi de Dieu. Dieu l'a tué. »

Un nouvel élancement traversa la poitrine de Starke. Il étouffa un juron en pensant : J'en ai par-dessus la tête de toute cette folie et de ces massacres au nom de leur mesquine version de Dieu. Il roula le mouchoir en boule pour en faire un pansement rudimentaire et referma sa parka en jurant sous cape. Qu'est-ce que je vais faire maintenant? Salopard! Comment vais-je piloter? Il se déplaça légèrement et la douleur lui arracha un nouveau gémissement; il jura de nouveau, écœuré de sa faiblesse, alors qu'il se voulait stoïque.

Hussain sortit de sa rêverie, navré que Dieu eût décidé de le laisser en vie alors qu'une fois de plus il aurait dû devenir un martyr. Pourquoi? Pourquoi suis-je ainsi maudit? Et cet Américain, c'est impossible que cette rafale de balles ne l'ait pas tué : pourquoi est-il resté en vie? « Nous allons nous rendre à ta base. Peux-tu te lever?

– Euh, je... bien sûr, une seconde. » Starke se redressa. « Bon, doucement... Oh! Misère... » Il resta quand même debout, vacillant un peu. La douleur lui donnait la nausée. « Est-ce qu'un de tes hommes peut conduire?

– Oui. » Hussain appela le Brassard vert agenouillé auprès de Kyabi. « Vite! » Docilement l'homme revint. « Il y a juste de la monnaie dans ses poches, Excellence, et ceci. Qu'est-ce que ça dit? »

Hussain examina le document avec attention. « C'est une carte d'identité de l'université de Téhéran. » La photo montrait un beau jeune homme souriant à l'objectif. « Ibrahim Kyabi, troisième année de travaux publics. Né le 12 mars 1955. » Hussain jeta un coup d'œil au verso de la carte. « Il y a une adresse à Téhéran.

– Saloperie d'université, dit un autre Brassard vert, ce sont les foyers de Satan.

– Quand l'imam les rouvrira, que Dieu lui accorde la paix, ce seront les mollahs qui dirigeront. Nous écraserons à jamais toutes les idées occidentales et anti-islamiques. Remets la carte au *komiteh* Fivouz. Ils pourront la transmettre à Téhéran. Les *komitehs* de Téhéran interrogeront sa famille et ses amis et s'en occuperont. » Hussain vit Starke le regarder. « Oui, capitaine? »

Starke avait vu la photo. « Je pensais simplement que dans quelques jours il aurait eu vingt-quatre ans. Quel gâchis; tu ne trouves pas?

– Dieu a puni le mal qui était en lui. Maintenant il brûle en enfer. »

Au nord de Kowiss : 16 h 10. Le 206 survolait les collines de Zagros, McIver aux commandes, Ali Kia sommeillant auprès de lui. McIver se sentait très bien. Depuis qu'il avait décidé de piloter Kia lui-même, il était enchanté : c'était une parfaite solution, la seule. Mon dossier médical n'est pas à jour, et après? Nous sommes dans une opération de guerre, il faut prendre des risques, et je suis encore le meilleur pilote de la compagnie.

Il regarda Kia. « Si tu n'étais pas un tel trou du cul, je t'embrasserais pour m'avoir fourni ce prétexte. » Rayonnant, il ouvrit l'émetteur. « Kowiss, ici Hotel Tango X. Rayon à 1 000 pieds, cap au 185 en provenance de Téhéran avec le ministre Ali Kia à bord.

– HTX, gardez le cap, signalez-vous à Outer Marker.

Le vol et le ravitaillement en carburant à l'aéroport d'Ispahan s'étaient passés sans histoire, sauf que, quelques minutes après l'atterrissage, des Brassards verts, excités et vociférants, avaient entouré l'hélicoptère en faisant des gestes menaçants bien qu'il eût l'autorisation de se poser et de se ravitailler. « Appelez par radio le commandant de la base, avait dit Kia à McIver; je représente le gouvernement! »

McIver avait obéi. « La... tour dit que si nous n'avons pas refait le plein et décollé d'ici une heure, le *komiteh* confisquera l'appareil. » Il ajouta d'un ton suave, ravi de transmettre le message : « Ils ont dit que... les pilotes et les appareils étrangers ne sont pas les bienvenus à Ispahan, pas plus que les chiens courants du gouvernement de Bazargan à la solde de l'étranger!

– Ce sont des barbares, des paysans illettrés », avait dit Kia d'un ton écœuré, mais seulement une fois qu'ils eurent repris l'air. McIver était grandement soulagé d'avoir été autorisé à utiliser l'aéroport civil et non la base militaire où Lochart avait refait le plein.

McIver apercevait maintenant la base aérienne de Kowiss dans son ensemble. Tout au bout du terrain, près des bâtiments de l'IHC, il aperçut le 125 de la compagnie et son cœur se serra. J'avais dit à Starke de faire partir les gars de bonne heure, songea-t-il avec irritation. « Contrôle IHC, ici HTX de Téhéran avec le ministre Kia à bord.

– Contrôle IHC. HTX, posez-vous sur l'aire d'atterrissage numéro deux. Vent de 30 à 35 nœuds à 135 degrés. »

McIver pouvait voir des Brassards verts à l'entrée principale, certains près de l'aire d'atterrissage avec Esvandiary et le personnel iranien. Un groupe de mécaniciens et de pilotes se rassemblait non loin de là. Mon comité d'accueil, se dit-il, en reconnaissant John Hogg, Lochart, Jean-Luc et Ayre. Pas encore trace de Starke. Je suis donc dans l'illégalité. Que peuvent-ils faire? J'ai le pas sur eux, mais, si le contrôle aérien iranien découvre la vérité, ils vont être furieux. Il avait un discours tout prêt en cas de difficultés : « Excusez-moi mais les exigences de la mission du ministre Kia m'imposaient une décision immédiate. Bien sûr, ça ne se reproduira pas. » Ça ne se serait pas produit du tout s'il n'y avait pas eu le plan Ouragan. Il se pencha et réveilla Kia. « *Agha*, nous allons nous poser dans deux minutes. »

Kia se frotta le visage, jeta un coup d'œil à sa montre, puis ajusta sa cravate, se peigna et remit avec soin son bonnet d'astrakan. Il examina les gens en bas, les hangars et les hélicoptères bien alignés, deux 212, trois 206, deux Alouette – ce sont *mes* hélicoptères, songea-t-il avec plaisir. « Pourquoi le vol a-t-il été si lent? fit-il sèchement.

– Nous sommes à l'heure, monsieur le ministre, nous avons eu un vent contraire. » McIver concentra son attention sur l'atterrissage qu'il voulait excellent : ce fut le cas.

Esvandiary ouvrit la porte de Kia. « Excellence ministre, je suis Kuram Esvandiary, chef d'IranOil dans cette région. Bienvenue à Kowiss. L'*agha* directeur Siamaki a appelé pour s'assurer que nous étions préparés à vous accueillir. Bienvenue!

– Merci. » Kia dit à McIver d'un ton théâtral : « Pilote, soyez prêt à décoller à 10 heures demain matin. Il se peut que je veuille inspecter quelques sites pétroliers avec l'Excellence Esvandiary avant de rentrer. N'oubliez pas : il faut que je sois à Téhéran pour mon rendez-vous avec le premier ministre à 19 heures. » Il descendit et on l'emmena inspecter les appareils. Aussitôt Ayre, Lochart et les autres, la tête penchée sous les pales, s'approchèrent du hublot de McIver. « Salut, comment ça va? lança-t-il.

– Mac, dit Ayre, laisse-moi m'occuper de la procédure d'arrêt. Nous avons un...

– Merci, mais je peux très bien le faire moi-même », dit sèchement McIver. Puis il annonça dans le micro : « HTX à l'arrêt. » Il vit le visage de Lochart et soupira de nouveau. « Qu'est-ce qu'il y a, Tom, j'ai perdu la main?

– Ce n'est pas ça, Mac, s'empressa de répondre Lochart. Duke a été blessé. » McIver écouta, consterné, Lochart raconter ce qui s'était passé. « Il est à l'infirmerie. Le Dr Nutt dit qu'il a peut-être un poumon perforé.

– Bonté divine! Alors il n'y a qu'à l'embarquer sur le 125, allons, Johnny, dépêchons...

– Impossible, Mac, poursuivit Lochart. Coup d'Enfer a retardé son départ en attendant l'inspection de Kia : hier, le vieux Duke a tout essayé pour filer avant ton arrivée, mais Coup d'Enfer est un vrai salaud. Et ce n'est pas tout : je crois que Téhéran se doute de quelque chose.

– Quoi? »

Lochart lui parla des télex et des appels radio. « J'ai surpris le dernier appel de Siamaki – Duke était allé chez le mollah – et il était furieux. Je lui ai dit la même chose que Duke et je l'ai un peu calmé en promettant que tu viendrais le voir dès ton arrivée. Mais, bon sang, Mac, il sait que Charlie et toi avez vidé votre appartement.

– Par Ali Baba! » fit McIver. Puis il remarqua le

petit saint Christophe en or qu'il accrochait d'habitude au compas quand il pilotait. C'était un cadeau de Genny, son premier cadeau, un cadeau de guerre, juste après leur première rencontre, lui dans la RAF, elle une WAAF : « Pour que tu ne te perdes pas, mon garçon, avait-elle dit. Tu n'as pas tellement le sens de l'orientation. »

Il eut un sourire et la bénit. « Je vais d'abord aller voir Duke. » Il voyait Esvandiary et Kia passer d'un appareil à l'autre. « Tom, Jean-Luc et toi, voyez si vous pouvez vous occuper un peu de Kia, caressez-le dans le sens du poil – je vous rejoins le plus vite possible. » Ils s'éloignèrent aussitôt. « Freddy, annonce que, dès l'instant où nous avons l'accord pour que le 125 parte, tout le monde embarque vite et discrètement. Tous les bagages sont à bord?

– Oui, mais... et Siamaki?

– Celui-là, je vais m'en occuper, vas-y. » McIver s'éloigna à grands pas.

Johnny Hogg lui cria : « Mac, juste un mot s'il te plaît. »

Le ton pressant l'arrêta. « Qu'y a-t-il, Johnny?

– Urgent et personnel de la part d'Andy : si ce temps s'aggrave, il reculera peut-être Ouragan de demain à samedi. Le vent a changé. On a le vent debout maintenant au lieu d'avoir un vent arrière...

– Tu veux dire que je ne sais pas reconnaître un vent de sud-est d'un vent de nord-ouest?

– Désolé. Andy a expliqué aussi que, comme tu es ici, il ne peut pas te donner le oui ou non définitif qu'il avait promis.

– Je comprends. Demande-lui de le donner à Charlie. Quoi d'autre?

– Le reste peut attendre. Je n'ai rien dit aux autres. »

Doc Nutt était à l'infirmerie avec Starke. Celui-ci était allongé sur un lit, le bras en écharpe, l'épaule enveloppée d'un gros pansement. « Salut, Mac, tu as eu un bon vol? demanda-t-il d'un ton sarcastique.

– Ne commence pas! Bonjour, Doc! Duke, on va t'évacuer sur le 125.

– Non. Il y a des choses à faire demain.

– Demain, c'est demain, et en attendant tu es sur le 124-125! Bon sang, fit McIver exaspéré, pas la peine de t'amuser à jouer les héros! »

Doc Nutt intervint : « Si vous ne vous calmez pas tous les deux, je vous fais donner un lavement. »

Les deux hommes éclatèrent de rire. « Au nom du ciel, Doc, fit Starke, ne me faites pas rire... » McIver reprit : « Duke, Kia a insisté pour que je l'accompagne. Je ne pouvais pas l'envoyer promener.

– Bien sûr, grommela Starke, comment ça s'est passé?

– Impeccable.

– Et le vent?

– Ce n'est pas un atout pour demain, dit McIver avec prudence. Mais ça peut encore changer.

– En attendant, c'est un vent contraire de 30 nœuds ou pire et on ne pourra pas traverser le Golfe. Pas moyen d'emporter assez de carbu...

– D'accord, Doc, quel est le diagnostic?

– Il faudrait radiographier Duke le plus vite possible. La balle a fracassé l'omoplate, il y a des tendons et des muscles endommagés, mais la blessure est nette. Il y a peut-être un ou deux éclats dans le poumon gauche, il a perdu une bonne pinte de sang, mais dans l'ensemble il a une sacrée chance.

– Je me sens très bien, doc, je suis mobile, dit Starke. A une journée près ça ne changera pas grand-chose. Je peux encore partir demain.

– Désolé, mon vieux, mais vous êtes secoué, les blessures par balle, c'est comme ça. Vous ne le sentez peut-être pas maintenant, mais d'ici une heure ou deux, vous verrez, je vous le garantis. » Doc Nutt était ravi de partir avec le 125 aujourd'hui. Je ne veux pas continuer, se dit-il, je ne veux plus voir des corps jeunes et sains mutilés et déchiquetés par les balles. J'en ai assez; mais il va falloir quand même tenir encore quelques jours il va y en avoir d'autres à réparer parce que le plan Ouragan ne va pas marcher, je le sens dans mes os. « Désolé, mais vous seriez un handicap dans n'importe quelle opération, même mineure.

– Duke, dit McIver, il vaut mieux que tu partes tout de suite. Tom peut prendre un appareil, Freddy l'autre... Pas besoin que Jean-Luc reste.

– Et toi, que vas-tu faire?

– Moi, répondit McIver radieux, je serai un passager. En attendant, je suis simplement le pilote très personnel de ce salopard de Kia. »

Tour de contrôle : 16 h 50. « Je répète, monsieur Siamaki, dit McIver d'un ton crispé dans le micro, il y a une conférence spéciale à Al Shargaz.

– Et je répète : Pourquoi ne m'a-t-on pas informé tout de suite? » La voix dans le haut-parleur était perçante et irritée.

McIver avait les jointures blanches à force de serrer le micro et il se sentait observé par un Brassard vert et par Wazari qui avait le visage encore enflé après la rossée que lui avait administrée Zataki. « Je répète, *agha* Siamaki, dit-il avec calme, les capitaines Pettikin et Lane ont été convoqués pour une conférence urgente à Al Shargaz et on n'a pas eu le temps de vous informer.

– Pourquoi? Je suis ici à Téhéran, pourquoi le bureau n'a-t-il pas été mis au courant, où sont leurs permis de sortie? Où? »

McIver fit semblant d'être un peu exaspéré. « Je vous l'ai déjà dit, *agha*, on n'a pas eu le temps – le téléphone à Téhéran ne fonctionne pas bien – et j'ai fait viser leurs départs avec le *komiteh* à l'aéroport, personnellement avec Son Excellence le mollah de service. » Le Brassard vert bâilla, il s'ennuyait, il ne parlait pas l'anglais, il s'éclaircit bruyamment la gorge. « Maintenant si vous voulez bien m'excu...

– Mais vous et le capitaine Pettikin avez retiré de votre appartement vos objets de valeur, n'est-ce pas?

– Simple précaution pour éviter de tenter des moudjahidin, des fedayin, des voleurs et des bandits pendant notre absence », dit McIver d'un ton détaché, se rendant bien compte que Wazari écoutait avec attention et certain que la tour de la base aérienne suivait aussi la conversation. « Maintenant, si vous voulez bien m'excuser, le ministre Kia réclame ma présence!

– Ah! Le ministre Kia! fit Siamaki d'un ton plus affable. A... à quelle heure serez-vous tous deux de retour à Téhéran demain?

– Compte tenu du vent... » McIver fut pris soudain d'une irrésistible envie de tout raconter sur Ouragan.

Je dois devenir dingue, se dit-il. Avec un effort, il se concentra. « Compte tenu du ministre Kia, du vent et du ravitaillement en carburant, dans le courant de l'après-midi.

– Je vous attendrai. Je vous retrouverai peut-être à l'aéroport si nous connaissons votre heure d'arrivée, il y a des chèques à signer et de nombreuses dispositions à discuter. Présentez mes meilleurs vœux au ministre Kia et souhaitez-lui un agréable séjour à Kowiss. *Salam.* » La transmission s'arrêta. McIver soupira et reposa le micro. « Sergent, pendant que je suis ici, j'aimerais appeler Bandar Delam et Lengeh.

– Il faut que je demande à la base, dit Wasari.

– Allez-y. » McIver regarda par la fenêtre. Le temps se détériorait, le vent de sud-est faisait claquer la biroute et les câbles du mât de l'antenne. 30 à 35 nœuds, c'est trop, songea-t-il. Il apercevait Hogg et Gordon attendant patiemment au poste de pilotage du 125, la porte de la cabine ouverte. Par l'autre fenêtre, il constata que Kia et Esvandiary avaient terminé leur inspection et qu'ils se dirigeaient par ici, vers les bureaux juste en dessous. Puis il vit par hasard qu'un contact sur l'antenne du toit était défait et que le fil était presque libre. « Sergent, vous feriez mieux d'arranger ça tout de suite, vous pourriez vous trouver coupés du monde.

– Oh! Bien sûr, merci. » Wazari se leva puis s'arrêta car une voix sortait du haut-parleur : « Ici la tour de contrôle de Kowiss, demande d'appeler Bandar Delam et Lengeh acceptée. » Il accusa réception, changea de fréquence et lança l'appel.

« Ici Bandar Delam, à vous, Kowiss. » McIver sentit son cœur battre en reconnaissant la voix de Rudi Lutz.

Wazari tendit le micro à McIver et regarda dehors le contact sur le point de lâcher. « Saloperie », murmura-t-il, puis il prit quelques outils, ouvrit la porte qui donnait sur la terrasse. Il était encore assez près pour entendre.Le Brassard vert bâilla, regardant tout cela sans s'y intéresser.

« Allô? Capitaine Lutz, ici McIver. Je passe la nuit ici, annonça McIver en choisissant ses mots avec le plus grand soin. J'ai dû escorter un VIP, le ministre Kia de Téhéran. Comment ça va à Bandar Delam?

– Nous sommes à cinq sur cinq. Mais si... » La voix s'arrêta. McIver avait entendu le frisson d'inquiétude vivement réprimé. Il jeta un coup d'œil vers Wazari accroupi auprès du contact défectueux.

« Combien... combien de temps restez-vous, Mac? demanda Rudi.

– Je serai en route demain comme prévu à condition que le temps se maintienne, ajouta-t-il prudemment.

– Je comprends. Donc pas d'inquiétude.

– Pas d'inquiétude. Tout se présente pour que nous ayons une longue et heureuse année. Et chez vous? »

Nouveau silence. « Tout est à cinq sur cinq. Tout annonce une longue et heureuse année et vive l'imam!

– Tout à fait. La raison de mon appel, c'est que le QG d'Aberdeen demande instamment des renseignements sur votre " dossier de mise à jour des besoins ". » C'était le code pour les préparatifs d'Ouragan. « Il est prêt?

– Oui, oui, il est prêt. Faut-il que je l'envoie? » Ce qui voulait dire en code : Nous partons toujours pour Al Shargaz?

« Gavallan est à Al Shargaz en voyage d'inspection, alors envoyez-le là-bas : il est important que vous fassiez un effort particulier pour qu'il lui parvienne rapidement. On m'a dit à Téhéran qu'il y avait demain un vol de la British Airways pour Abadan. Mettez-le sur ce vol pour Al Shargaz demain, d'accord?

– Entendu. J'ai travaillé toute la journée sur les détails.

– Excellent. Où en êtes-vous pour ce qui concerne le changement d'équipe?

– Parfait. L'équipe sortante est partie. Les remplaçants doivent arriver samedi, dimanche au plus tard. Tout est prêt pour leur arrivée. Je ferai partie du prochain changement d'équipe.

– Bon, je suis ici si vous avez besoin de moi. Comment est le temps chez vous? »

Un silence. « Pas très bon. Il pleut en ce moment. Nous avons un vent de sud-est.

– Même chose ici.

– Au fait, Siamaki a appelé Numir, notre directeur d'IranOil, à deux reprises.

– A propos de quoi? demanda McIver.

– Juste pour vérifier que tout allait bien à la base, a dit Numir.

– Bon, fit prudemment McIver. Je suis content qu'il s'intéresse à nos opérations. Je rappellerai demain, il n'y a que de la routine. Bon atterrissage.

– Vous aussi, merci de votre appel. »

McIver envoya le signal de fin de message en maudissant Siamaki. De quoi se mêlait-il, ce salopard? Il regarda dehors. Wazari lui tournait toujours le dos, agenouillé à côté du mât de l'antenne, tout entier à son travail. McIver le laissa donc et appela Lengeh.

Scragger répondit tout de suite. « Bonjour, mon vieux. Oui, nous avons appris que tu faisais un petit voyage pour escorter un VIP : Andy a appelé d'Al Shargaz. Quoi de neuf?

– Rien de nouveau. Tout se passe comme prévu. Le QG d'Aberdeen a besoin de renseignements sur votre " dossier de mise à jour des besoins ". Il est prêt?

– Tout à fait. Où faut-il que je l'envoie?

– A Al Shargaz, c'est ce qu'il y a de plus facile pour toi. Tu peux l'envoyer demain?

– D'accord, mon vieux, je m'en occupe. Quel temps as-tu?

– Vent de sud-est, 30 à 35 nœuds. Johnny a dit que le vent faiblirait peut-être demain. Et toi?

– Pareil. Espérons que ça va se calmer, pas de problème pour nous.

– Bon. Je rappellerai demain. Bon atterrissage.

– Même chose pour toi. Au fait, comment va Lulu? »

McIver jura sous cape, car dans l'excitation du changement de plan, obligé qu'il était d'escorter Kia, il avait totalement oublié l'engagement qu'il avait pris envers sa voiture de la sauver d'un sort pire que la mort. Il l'avait simplement laissée dans un des hangars comme preuve supplémentaire pour le personnel qu'il revenait le lendemain. « Elle va bien, dit-il. Et ton examen médical?

– Très bien. Et toi, mon vieux?

– A bientôt, Scrag. » McIver arrêta la communication. Il était très fatigué. Il s'étira et se leva, remarquant que le Brassard vert avait disparu et que Wazari était planté sur le seuil de la porte donnant accès au toit, l'air bizarre. « Qu'y a-t-il?

– Je... rien, capitaine. » Le jeune homme referma la porte, surpris de voir qu'il n'y avait qu'eux deux dans la tour. « Où est le Brassard vert?

– Je ne sais pas. »

Wazari jeta un coup d'œil dans l'escalier, puis se tourna vers McIver en baissant la voix : « Qu'est-ce qui se passe, capitaine? »

McIver sentit soudain la fatigue disparaître. « Je ne comprends pas.

– Tous ces appels de ce Siamaki, les télex, les types qui quittent Téhéran sans permis, ceux qui partent d'ici, avec des pièces détachées embarquées en cachette. » Du pouce, il désigna la fenêtre. « Le ministre qui débarque tout d'un coup!

– Il faut bien remplacer les équipages, le stock de pièces détachées devient trop important. Merci de votre aide. » McIver s'apprêtait à le contourner, mais Wazari se planta devant lui.

« Il se passe de drôles de choses! Vous pouvez me dire la... » Il s'interrompit, des pas approchaient d'en bas. « Ecoutez, capitaine, murmura-t-il, je suis de votre bord, j'ai un accord avec votre capitaine Ayre, il va m'aider... »

Le Brassard vert déboula dans la pièce, il dit quelque chose en farsi à Wazari qui ouvrit de grands yeux.

« Qu'est-ce qu'il a dit? demanda McIver.

– Esvandiary vous demande en bas. » Wazari eut un sourire sardonique, puis il repartit sur le toit et s'accroupit auprès du contact qu'il se mit à tripoter d'un air affairé.

Bureau d'Esvandiary : 17 h 40. Tom Lochart était pétrifié de rage, tout comme McIver. « Nos permis de sortie sont valables et nous avons l'autorisation de faire partir du personnel aujourd'hui, à l'instant même!

– Avec l'approbation du ministre Kia, les permis sont suspendus en attendant l'arrivée des remplaçants », annonça sèchement Esvandiary. Il était assis derrière le bureau, Kia auprès de lui, Lochart et McIver debout devant lui. Sur la table, la pile des permis et des passeports. Le soleil maintenant était près de se coucher. « *Agha* Siamaki est d'accord également.

– Tout à fait correct. » Kia était amusé et ravi de les voir ainsi déconfits. Maudits étrangers. « Toute cette précipitation est bien inutile, capitaine. Il vaut bien mieux faire les choses de façon régulière, bien mieux.

– Le vol est régulier, ministre Kia, fit McIver d'un ton pincé. Nous avons les permis. J'insiste pour que les appareils décollent comme prévu.

– Nous sommes en Iran, pas en Angleterre », ricana Esvandiary. Il était très content de lui. Le ministre Kia avait été ravi de son petit *pishkesh*– le revenu d'un futur puits de pétrole – et lui avait aussitôt offert un siège au conseil d'administration de l'IHC. Puis, à son grand amusement, Kia avait expliqué qu'il y avait des droits à payer pour les permis de sortie. Que les étrangers en bavent, avait ajouté le ministre. D'ici à samedi, c'est eux qui seront trop contents de vous glisser dans la main trois cents dollars en espèces par tête. « Comme dit le ministre, reprit-il d'un ton important, nous devons faire les choses dans l'ordre. Je suis occupé maintenant, bon ap... »

La porte s'ouvrit toute grande et Starke entra dans le petit bureau, le visage congestionné, le bras gauche en écharpe, son poing droit crispé. « Qu'est-ce qui vous prend, Esvandiary? Vous ne pouvez pas annuler les permis!

– Bon sang, Duke, fit McIver, tu ne devrais pas être ici!

– Les permis sont ajournés, pas annulés, ajournés! »

Esvandiary avait le visage crispé par la colère. « Et combien de fois faudra-t-il que je vous dise à vous autres gens mal élevés de frapper? De frapper! Ce n'est pas votre bureau, c'est le mien, c'est moi qui dirige cette base, pas vous, et le ministre Kia et moi avons une conférence que vous avez interrompue! Maintenant sortez, sortez tous! » Il se tourna vers Kia, comme s'ils étaient tous les deux seuls, et dit en farsi d'un ton nouveau : « Ministre, je suis navré de tout cela, vous voyez ce à quoi je dois faire face. Je recommande vivement que nous nationalisions tous les appareils étrangers et que nous utilisions notre autor... »

Starke serra les dents et crispa son poing : « Ecoutez, espèce de salopard...

– Sortez! » fit Esvandiary en fouillant dans son tiroir où se trouvait un pistolet. Mais il n'eut jamais le temps de le prendre. Le mollah Hussain entra, escorté de ses Brassards verts. Un silence soudain s'abattit sur la pièce.

« Au nom de Dieu, que se passe-t-il ici? » dit Hussain en anglais, son regard dur et froid braqué sur Esvandiary et sur Kia. Esvandiary aussitôt se leva et commença à expliquer, en parlant farsi, Starke intervint et bientôt les deux hommes parlaient de plus en plus fort. D'un geste impatient, Hussain leva la main : « Toi d'abord, *agha* Esvandiary. Je t'en prie, parle farsi pour que mon *komiteh* puisse comprendre. » Il écouta d'un air impassible le long discours, ses quatre Brassards verts bloquant la porte. Puis il se tourna vers Starke. « Capitaine? »

Starke prit soin d'être bref et précis.

Hussain s'adressa à Kia : « Et vous, Excellence Ministre, puis-je voir le document qui vous permet de passer outre aux décisions prises par Kowiss?

– Passer outre, Excellence Mollah? Oh! pas moi, dit Kia. Je ne suis qu'un serviteur de l'imam, que la paix de Dieu soit avec lui, ainsi que du premier ministre et du gouvernement qui l'a désigné.

– Excellence Esvandiary dit que vous avez approuvé l'ajournement du départ.

– J'ai seulement donné mon accord à son désir de remettre de l'ordre parmi le personnel étranger. »

Hussain regarda le bureau : « Ce sont les permis de sortie avec les passeports?

– Oui, Excellence », fit Esvandiary, la bouche sèche.

Hussain les regroupa et les tendit à Starke. « Les hommes et l'appareil vont décoller sur-le-champ.

– Merci, Excellence, dit Starke, qui commençait à ressentir la fatigue d'être debout.

– Laisse-moi t'aider, dit McIver en lui prenant des mains les passeports et les permis. Merci, *agha* », dit-il à Hussain, enchanté de leur victoire.

Hussain avait le regard aussi dur et glacé que jamais.

« L'imam a dit : “ Les étrangers veulent partir, qu'ils partent, nous n'avons pas besoin d'eux. ”

– Euh..., oui, merci », dit McIver qui supportait mal la présence de cet homme. Il sortit, suivi de Lochart. Starke disait en farsi : « Je crois malheureusement qu'il faut que je parte aussi sur cet appareil, Excellence. » Il lui répéta ce qu'avait dit Doc Nutt, ajoutant en anglais : « Je n'ai aucune envie de partir mais, que voulez-vous, c'est comme ça, *inch' Allah.* »

Hussain hocha la tête d'un air absent. « Vous n'avez pas besoin de permis de sortie. Embarquez. J'expliquerai au *komiteh.* Je veillerai à ce que l'appareil décolle. » Il sortit et se rendit à la tour de contrôle pour informer le colonel Changiz de sa décision.

En un rien de temps, le 125 était plein. Starke fut le dernier à monter l'escalier, les jambes vacillantes. Doc Nutt lui avait donné assez de calmants pour lui permettre d'embarquer. « Merci, Excellence, dit-il à Hussain par-dessus le rugissement des réacteurs. La paix de Dieu soit avec vous.

– La corruption, le mensonge et la fourberie sont contraires aux lois de Dieu, n'est-ce pas? fit Hussain d'un ton étrange.

– Oui, en effet. » Starke vit une lueur d'indécision dans le regard de Hussain. Mais ce ne fut qu'une lueur fugitive.

« La paix de Dieu soit avec vous, capitaine. » Hussain tourna les talons et s'éloigna. Le vent commença à fraîchir. D'un pas incertain, Starke monta les marches en prenant appui sur sa main valide, car il voulait marcher la tête droite. Arrivé en haut, il se cramponna à la rampe et se retourna un instant, la tête bourdonnante, une douleur lancinante dans la poitrine. Il laissait tant de choses ici, tant de choses, trop, pas simplement des hélicoptères, des pièces détachées, des choses matérielles, mais tellement plus. Bon sang, je devrais rester, pas partir. D'un geste las, il fit adieu à ceux qui restaient, douloureusement conscient du fait qu'il était bien content de ne pas être parmi eux.

Dans le bureau, Esvandiary et Kia regardèrent le 125 se préparer au décollage. Que la malédiction de Dieu soit sur eux, puissent-ils tous brûler pour avoir contrarié nos projets, songea Esvandiary. Puis il tenta d'oublier sa fureur pour se concentrer sur la grande fête arrangée par quelques amis choisis qui souhaitaient désespérément rencontrer le ministre Kia, son ami et collègue, une fête avec numéros de danseuses, puis mariages provisoires...

La porte s'ouvrit. A sa stupéfaction, il vit entrer Hussain livide de rage, les Brassards verts sur ses talons. Esvandiary se leva. « Oui, Excellence? Qu'est-ce que je peux... » Il s'interrompit car un Brassard vert l'avait sans douceur arraché à son fauteuil pour permettre à Hussain de s'asseoir derrière le bureau. Kia resta où il était, perplexe.

« L'imam, dit Hussain, la paix de Dieu soit sur lui, a ordonné au *komiteh* de faire disparaître la corruption partout où on la trouvait. Nous sommes le *komiteh* de la base aérienne de Kowiss. Vous êtes tous deux accusés de corruption. »

Kia et Esvandiary pâlirent et tous deux se mirent à parler en même temps, assurant que c'était ridicule et qu'on les accusait à tort. Hussain tendit la main et arracha le bracelet d'or de la montre en or qu'Esvandiary portait au poignet. « Quand as-tu acheté cela et avec quoi l'as-tu payé?

– Ce sont... mes économies et...

– Menteur. C'est le *pishkesh* pour services rendus.

Le *komiteh* sait. Qu'as-tu à dire maintenant de ton plan pour frauder l'Etat, en offrant en secret les futurs revenus pétroliers afin de corrompre des fonctionnaires?

– C'est ridicule, Excellence, mensonges, mensonges que tout cela! » cria Esvandiary, affolé.

Hussain se tourna vers Kia qui lui aussi était devenu gris. « Quels fonctionnaires, Excellence? » demanda Kia, gardant un ton calme, certain que ses ennemis s'étaient arrangés pour lui tendre un piège du milieu où s'exerçait son influence. Siamaki! Ce devait être Siamaki!

Hussain fit signe à un des Brassards verts qui sortit pour ramener l'opérateur radio, Wazari. « Dis-leur devant Dieu ce que tu m'as dit, ordonna-t-il.

– Comme je vous l'ai expliqué plus tôt, Excellence, j'étais sur le toit, commença Wazari d'un ton nerveux. Je vérifiais notre antenne radio et j'ai entendu la conversation par le vasistas. Je l'ai entendu faire la proposition. » Il désigna du doigt Esvandiary, ravi de cette occasion de se venger. Sans Esvandiary, se dit-il, je n'aurais jamais été désigné par ce fou de Zataki, jamais on ne m'aurait battu et presque tué. « Ils parlaient anglais et il a dit : " Je peux m'arranger pour détourner les revenus des nouveaux puits de pétrole, je peux éviter que les puits figurent sur les listes et je peux détourner pour vous les fonds... " »

Esvandiary était consterné. Il avait pris soin de faire sortir tout le personnel iranien et en outre, pour plus de sûreté, il avait parlé anglais. Et voilà qu'il était condamné. Il entendit Wazari terminer sa déposition et Kia commencer à parler, d'un ton calme et paisible, niant toute complicité, expliquant qu'il ne faisait que berner cet homme corrompu : « On m'a demandé de me rendre ici justement pour cela, Excellence, j'ai été envoyé par le gouvernement de l'imam, Dieu le protège, dans ce seul but : pour extirper la corruption partout où elle existait. Puis-je vous féliciter d'être aussi zélé. Si vous me le permettez, dès l'instant où je serai de retour à Téhéran, je vous recommanderai personnellement au *komiteh* révolutionnaire lui-même – et bien sûr au premier ministre. »

Hussain regarda les Brassards verts. « Esvandiary est-il coupable ou non coupable?

– Coupable, Excellence.

– Le nommé Kia est-il coupable ou non coupable?

– Coupable », cria Esvandiary sans leur laisser le temps de répondre.

Un des Brassards verts haussa les épaules. « Tous les habitants de Téhéran sont des menteurs. Coupable », et les autres lui firent écho en hochant la tête.

« Les mollahs et les ayatollahs de Téhéran, reprit Kia courtoisement, ne sont pas des menteurs, Excellence, le *komiteh* révolutionnaire n'est pas composé de menteurs, l'imam n'est pas un menteur, Dieu le protège, et on pourrait peut-être dire qu'il est de Téhéran puisque c'est là qu'il vit maintenant. Il se trouve que j'y habite aussi. Je suis né dans la sainte ville de Qom, Vos Excellences », ajouta-t-il, pour la première fois de sa vie, bénissant le hasard qui l'avait fait naître là.

Un des Brassards verts rompit le silence. « Ce qu'il dit est vrai, Excellence, n'est-ce pas? fit-il en se grattant la tête, ce qu'il dit des gens de Téhéran?

– Que tous les gens de Téhéran ne sont pas des menteurs? Oui, c'est vrai. » Hussain regarda Kia. « Devant Dieu, es-tu coupable ou non?

– Pas coupable, bien sûr, Excellence, devant Dieu! » Kia avait le regard illuminé d'innocence.

« Comment expliques-tu que tu sois ministre du

gouvernement mais aussi un des directeurs de cette compagnie d'hélicoptères?

– Le ministre responsable... » Kia s'interrompit car Esvandiary vociférait des accusations. « Je suis désolé, Excellence, mais avec ce bruit il est difficile de parler sans crier.

– Emmenez-le! » Esvandiary fut traîné dehors. « Alors?

– Le ministre responsable de l'aviation civile m'a demandé d'être au conseil d'administration d'IHC le représentant du gouvernement, dit Kia, comme s'il révélait un secret d'Etat, car nous ne sommes pas sûrs du loyalisme du directeur. Puis-je aussi...euh..., vous dire confidentiellement, Excellence, que dans quelques jours toutes les compagnies aériennes étrangères vont être nationalisées... »

Il leur parlait d'un ton de conspirateur et, lorsqu'il jugea le moment venu, il s'interrompit et soupira : « Devant Dieu, Excellence, j'avoue que j'ignore la corruption et que, bien que je n'aie pas une vocation aussi noble que la vôtre, moi aussi, j'ai consacré ma vie à servir le peuple.

– Dieu vous protège, Excellence », lança le Brassard vert.

Les autres firent chorus, et même Hussain sentit ses doutes se dissiper presque complètement. Il allait poursuivre son investigation lorsqu'on entendit au loin un muezzin de la base rappelant à la prière du soir, et il se reprocha de laisser ses pensées se détourner de Dieu. « Allez avec Dieu, Excellence, dit-il, mettant fin à la séance, et il se leva.

– Merci, Excellence. Puisse Dieu vous protéger, avec tous les mollahs, pour nous sauver avec notre grande nation islamique des œuvres de Satan! »

Hussain sortit le premier et, comme lui, ils procédèrent tous aux ablutions rituelles, puis se tournèrent vers La Mecque et prièrent – Kia, les Brassards verts, les employés du bureau, les ouvriers, les cuisiniers –, tous enchantés de pouvoir une fois de plus ouvertement témoigner de leur docilité à Dieu et au prophète de Dieu. Seul Esvandiary pleura tout en priant.

Puis Kia regagna le bureau. Dans le silence de la pièce, il s'assit derrière la table et se laissa aller à pousser un grand soupir en se félicitant de s'en être aussi bien tiré. Comment ce fils de chien d'Esvandiary ose-t-il m'accuser? Moi! Le ministre Kia! Que Dieu le fasse brûler avec tous les ennemis de l'Etat. Dehors, il y eut le crépitement d'une fusillade. Calmement, il prit une cigarette et l'alluma. Plus vite je quitte ce merdier, mieux cela vaudra, songea-t-il. Une rafale secoua la fenêtre et la pluie vint ruisseler sur les vitres.

CHAPITRE 16

Lengeh : 18 h 50. Le coucher de soleil était menaçant, des nuages envahissaient presque tout le ciel, de gros nuages cernés de noir. « D'ici demain, ce sera bouché partout, Scrag », dit le pilote américain Ed Vossi. Le vent qui soufflait du détroit d'Ormuz vers Abadan ébouriffait ses cheveux noirs et bouclés : « Foutu vent!

– Ça va aller, mon vieux. Mais Rudi, Duke et les autres! Si le vent se maintient ou durcit, ils seront dans la merde.

– Foutu vent! Pourquoi choisir aujourd'hui pour changer de direction? On dirait que les dieux se moquent de nous. » Les deux hommes étaient sur le promontoire dominant le Golfe, au pied du mât où flottait le drapeau, et ils voyaient de là et du côté du détroit les eaux grises, crêtées d'écume. Derrière eux, se trouvaient la base et le terrain d'atterrissage, encore humides de l'averse de ce matin. En bas sur la droite, leur plage et le radeau d'où ils plongeaient. Depuis le jour du requin, personne ne s'était aventuré là, on restait tout au bord au cas où un autre squale guetterait. Vossi murmura : « Je serai rudement content quand tout ça sera fini. »

Ayre hocha la tête d'un air absent. Il pensait aux prévisions météo, il essayait de deviner ce qui allait se passer dans les douze prochaines heures, ce qui était toujours difficile à cette saison : les eaux du Golfe en général paisibles étaient en proie à de brusques crises de violence. Trois cent soixante-trois jours par an, le vent dominant était nord-ouest. Maintenant ce n'était plus le cas. La base était calme. Il ne restait que Vossi, Willi Neuchtreiter et deux mécaniciens. Tous les autres pilotes et mécaniciens ainsi que leur directeur britannique étaient partis deux jours plus tôt, le mardi, alors qu'il arrivait de Bandar Delam avec Kasigi.

Willi les avait tous fait partir pour Al Shargaz par mer. « Nous n'avons eu aucun problème, Scrag, lui avait raconté Willi ravi, lorsque Scragger était arrivé. Ton plan a marché. Les envoyer par bateau était astucieux, c'était bien mieux que par hélico et meilleur marché. Le *komiteh* s'est contenté de hausser les épaules et s'est installé dans une des caravanes.

– Ils dorment sur la base, maintenant?

– Quelques-uns, Scrag. Trois ou quatre. Je me suis assuré qu'ils étaient bien ravitaillés en riz et en *horisht*. Ils ne sont pas mauvais. Masoud essaie aussi de rester en bons termes avec eux. » Masoud était leur directeur d'IranOil.

« Pourquoi es-tu resté, Willi? Je sais ce que tu

penses de toute cette histoire, je t'avais dit de prendre le bateau, on n'a pas besoin de toi.

– Bien sûr que si, Scrag, il te faudra un bon pilote... pour que tu ne te perdes pas. »

Bon vieux Willi, songea Scragger. Je suis content qu'il soit resté. Et en même temps je le regrette.

Depuis son retour de Bandar Dclam, Scragger était extrêmement soucieux, rien qu'il pût isoler, juste l'impression que des éléments sur lesquels il n'avait aucun contrôle allaient se produire. Sa douleur au bas-ventre s'était atténuée. Mais de temps en temps il y avait encore un filet de sang dans ses urines. Ne pas avoir prévenu Kasigi de l'existence du plan Ouragan avait ajouté à son malaise. Bon sang, se dit-il, je ne pouvais pas prendre ce risque de parler d'Ouragan. J'ai fait de mon mieux en disant à Kasigi d'aller voir Gavallan.

La veille, mercredi, Vossi avait emmené Kasigi de l'autre côté du Golfe. Il avait remis à Vossi une lettre personnelle pour Gavallan, expliquant ce qui s'était passé à Bandar Delam et son dilemme à propos de Kasigi, en laissant à Gavallan le soin de décider ce qu'il fallait faire. Dans cette lettre, il avait aussi donné des détails de son entrevue avec Georges de Plessey; celui-ci était très préoccupé des ennuis qui risquaient de se produire de nouveau au complexe de Siri :

« Les dégâts causés aux stations de pompage et aux canalisations de Siri sont plus graves qu'on ne l'avait cru tout d'abord et je ne pense pas que l'installation expédiera du pétrole ce mois-ci. Kasigi est furieux et il a trois pétroliers qui doivent venir en radoub à Siri dans les trois semaines à venir, d'après le marché qu'il a conclu avec Georges. On ne peut rien faire, Andy. Nous n'avons guère de chances d'éviter les sabotages si les terroristes décident réellement de s'y mettre. Bien sûr, je n'ai parlé de rien de tout cela à Georges. Fais ce que tu peux pour Kasigi et à très bientôt, Scrag. »

Dans son message du matin envoyé d'Al Shargaz, Gavallan avait seulement dit qu'il avait reçu son rapport et qu'il s'en occupait. Rien de plus.

Scragger n'avait pas parlé de McIver, et Gavallan non plus. Il était ravi. Je parierais que ce salopard de Dunc a pris le 206! Je n'aurais jamais cru qu'il se déciderait...

« Scrag! »

Il se retourna. Un coup d'œil au visage de Willi Neuchtreiter lui suffit. « Qu'est-ce qui se passe?

– Je viens d'apprendre que Masoud a remis tous nos passeports aux gendarmes – tous! »

Vossi et Scragger le regardèrent, bouche bée. Vossi dit : « Et pourquoi a-t-il fait ça? » Scragger exprima sa surprise de façon plus vulgaire.

« C'était mardi, Scrag, quand les autres sont partis en bateau. Bien sûr, un gendarme était là pour surveiller leur départ, les compter à l'embarquement et c'est à ce moment-là qu'il a demandé nos passeports à Masoud. Masoud les lui a donc remis. Si ç'avait été moi, j'en aurais fait autant.

– Mais pourquoi les voulaient-ils?

– Pour prolonger nos permis de résidence au nom de Khomeiny, Scrag, fit Willi avec patience; il voulait faire les choses légalement. Tu me l'as demandé assez souvent, n'est-ce pas? » Scragger débita un chapelet de jurons.

« Bon Dieu, Scrag, il faut les récupérer, dit Vossi, il faut les récupérer, sinon Ouragan est dans le lac.

– Je le sais, mon vieux, fit Scragger, en évaluant les diverses possibilités.

– Nous pourrions peut-être nous en procurer de nouveaux à Al Shargaz ou à Dubaï en disant que nous les avons perdus.

– Bon sang, Willi, s'exclama Vossi, ils nous colleraient au trou avant qu'on ait le temps de réfléchir! Tu te souviens de Masterson? » Un de leurs mécaniciens, deux ans plus tôt, avait oublié de faire renouveler son permis de séjour à Al Shargaz et avait essayé de passer l'immigration sur un coup de bluff. Bien que son visa ne fût périmé que depuis quatre jours et que son passeport fût toujours valable, l'immigration l'avait aussitôt expédié en prison où il avait passé six semaines fort inconfortables et dont il était sorti pour être banni à jamais : « Sacrebleu, avait dit le résident britannique, vous avez une sacrée chance de vous en tirer comme ça. Vous connaissiez la loi. Nous vous l'avons expliquée jusqu'à en perdre le souffle... »

« Pas question que je parte sans mon passeport, dit Vossi. Le mien est bourré de visas pour tous les Etats du Golfe, pour le Nigeria, l'Angleterre et Dieu sait où. Il me faudrait des mois pour en obtenir de nouveaux, des mois et d'ailleurs à Al Shargaz? C'est peut-être un endroit épatant mais sans passeport valable, hop, au trou!

– Tout à fait d'accord, Ed, c'est un sale coup, et demain est un jour férié où tout est fermé. Willi, tu te rappelles qui était le gendarme? Est-ce que c'était un des habituels ou un Brassard vert?

– Ce n'était pas un Brassard vert, dit Willi au bout d'un moment. C'était le vieux, celui qui a les cheveux gris.

– Qeshemi? Le sergent?

– Oui, Scrag. oui, c'était lui. »

Scrag jura de nouveau. « Si le vieux Qeshemi dit que nous devons attendre samedi ou samedi en huit, on est marrons. » Dans cette région, les gendarmes continuaient à fonctionner comme ils l'avaient toujours fait, comme s'ils étaient des militaires, sauf que maintenant ils avaient ôté leur badge du shah et arboraient des brassards avec le nom de Khomeiny.

« Ne m'attendez pas pour dîner », fit Scragger dans la lumière déclinante.

Poste de police de Lengeh : 19 h 32. Le caporal de gendarmerie bâilla et secoua poliment la tête, s'adressant en farsi à l'opérateur radio de la base, Ali Pash, que Scragger avait amené comme interprète. Scragger attendit patiemment, trop habitué aux usages iraniens pour les interrompre. Cela faisait déjà une demi-heure qu'ils discutaient.

« Oh! Vous vouliez vous renseigner sur les passeports des étrangers? Les passeports sont au coffre, à leur place, disait le gendarme. Les passeports sont précieux, nous les avons mis sous clé.

– C'est tout à fait correct, Excellence, mais le capitaine des étrangers aimerait les récupérer avec votre permission. Il dit qu'il en a besoin pour un changement d'équipe.

– Bien sûr qu'il peut les récupérer. Ils sont sa propriété. Ses hommes et lui n'ont-ils pas accompli de nombreuses missions charitables pour notre peuple? Certainement, Excellence, dès que le coffre est ouvert.

– Est-il possible de l'ouvrir maintenant? L'étranger apprécierait grandement votre amabilité. »

Ali Pash se montrait tout aussi poli, attendant que le gendarme lui fournisse les renseignements qu'il cherchait. Né à Téhéran, vingt-sept ou vingt-huit ans plus tôt, il avait suivi les cours de l'école de radio américaine d'Ispahan et cela faisait trois ans qu'il était à Lengeh à travailler pour IHC. « Ce serait certainement très aimable.

– Certainement, mais il ne peut pas les récupérer avant que la clé ne réapparaisse.

– Ah! Puis-je oser demander où se trouve la clé, Excellence? »

Le caporal désigna de la main le vieux coffre qui occupait une bonne partie du petit bureau. « Regardez, Excellence, vous pouvez voir vous-même que la clé n'est pas là. Il est plus que probable que le sergent l'a dans son coffre.

– Comme c'est sage, Excellence. Sans doute Son Excellence le sergent est-il maintenant chez lui?

– Son Excellence sera ici demain matin.

– Un jour férié? puis-je me risquer à avancer que nous avons de la chance d'avoir une gendarmerie qui a un sens si élevé du devoir? J'imagine qu'il ne viendra pas de bonne heure.

– Le sergent est le sergent, mais le bureau ouvre à 7 heures et demie du matin, quoique, bien sûr, le poste de police soit ouvert jour et nuit. » Le gendarme éteignit sa cigarette. « Venez demain matin.

– Ah! Merci, Excellence. Voudriez-vous une autre cigarette pendant que j'explique tout cela au capitaine?

– Merci, Excellence. Il est rare d'avoir du tabac étranger. Merci. » C'étaient des cigarettes américaines, donc très recherchées.

« Puis-je vous offrir du feu, Excellence? » Ali Pash alluma ensuite sa cigarette et raconta à Scragger ce qui venait de se dire.

« Demandez-lui si le sergent est chez lui maintenant, Ali Pash.

– Je l'ai fait, capitaine. Il a dit que Son Excellence serait ici demain matin. » Ali Pash dissimulait sa lassitude; il était trop poli pour dire à Scragger qu'il s'était rendu compte dès les premiers instants que cet homme ne savait rien, ne ferait rien et que toute cette conversation était une pure perte de temps. Bien sûr, les gendarmes préféraient qu'on ne les dérange pas la nuit pour une affaire aussi insignifiante. Est-ce qu'ils ont jamais perdu un passeport? Bien sûr que non! Quel changement d'équipe? « Si je puis me permettre un conseil, *agha*, revenez demain matin. »

Scragger poussa un soupir. « Demain matin » pouvait vouloir dire demain aussi bien qu'après-demain. Inutile de poursuivre, songea-t-il avec rage. « Remerciez-le de ma part et dites-lui que je viendrai ici demain matin dès l'aube. »

Ali Pash obéit. Comme Dieu le veut, songea le gendarme avec lassitude. Il avait faim et s'inquiétait de voir encore une semaine de passée sans paie; cela faisait des mois maintenant qu'il ne touchait plus sa solde et les prêteurs du bazar réclamaient le remboursement de leur prêt.

« *Shab bekhayr, agha*, dit-il à Scragger, bonne nuit.

– *Shab bekhayr, agha.* » Scragger attendit, sachant que leur départ se ferait avec la même interminable politesse que la conversation qui venait d'avoir lieu.

Une fois dehors, sur la petite route qui était la grande rue de la ville portuaire, il se sentit mieux. Des passants curieux, tous des hommes, entouraient son break délabré qui arborait sur la portière le SG ailé, symbole de la compagnie. « *Salam* », lança-t-il, et quelques-uns répondirent à son salut. On aimait bien les pilotes de la base car la base et les plates-formes pétrolières constituaient la source principale d'un travail très profitable – les appareils et les missions de secours par tous les temps étaient bien connus et tout le monde reconnaissait Scragger. « C'est le chef des pilotes, murmura un vieil homme à son voisin, c'est lui qui a fait entrer le jeune Abdollah Turik à l'hôpital de Bandar Abbas qui est généralement réservé aux riches. Il est même allé lui rendre visite à son village juste à côté de Lengeh, il est même allé à son enterrement.

– Turik?

– Abdollah Turik, le fils du fils de ma sœur! Le jeune homme qui est tombé de la plate-forme pétrolière et qui a été mordu par les requins.

– Ah oui! Je me rappelle, certains disent qu'il a été tué par des gauchistes.

– Pas si fort, pas si fort, on ne sait jamais qui écoute. La paix soit avec toi, pilote. Salut, pilote! »

Scragger leur fit de la main un geste amical et démarra.

« Mais la base est dans l'autre direction, capitaine, où allons-nous? demanda Ali Pash.

– Rendre visite au sergent. » Scragger sifflait entre ses dents, sans se soucier de l'évidente désapprobation d'Ali Pash.

La maison du sergent était au coin d'une ruelle crasseuse où restaient encore les flaques de l'averse du matin. Une porte parmi les autres dans la haute muraille. La nuit commençait à tomber, aussi Scragger laissa-t-il les phares allumés et il descendit. Pas un signe de vie dans toute la rue, sauf de pâles lumières derrière quelques fenêtres.

Sentant la nervosité d'Ali Pash, il dit : « Toi, reste dans la voiture, pas de problème, je suis déjà venu ici. » Il actionna le heurtoir avec vigueur, sentant des regards partout.

La première fois qu'il était venu là, c'était environ un an plus tôt, quand il avait apporté un grand panier de nourriture, avec deux moutons entiers, quelques sacs de riz et des corbeilles de fruits comme cadeau de la base pour fêter « leur » sergent qui avait obtenu la médaille de bronze du shah pour actions d'éclat contre des pirates et des contrebandiers de la région. La dernière fois, c'était quelques semaines plus tôt, il avait accompagné un gendarme inquiet qui voulait un rapport sur la tragédie de

Siri 1, lorsque l'on avait retiré Abdollah Turik d'une eau infestée de requins. Ni l'une ni l'autre fois, il n'avait été invité à l'intérieur de la maison, mais il était resté dans la petite cour, derrière la grande porte de bois, et les deux fois cela avait été de jour.

La porte s'ouvrit en grinçant. Scragger ne s'attendait pas au faisceau de la torche électrique qui l'aveugla un moment. La lumière hésita, puis alla jusqu'à la voiture et se concentra sur Ali Pash qui bondit à terre, s'inclina très bas en criant : « Je vous salue, Excellence sergent, la paix soit sur vous. Je regrette que l'étranger vienne vous déranger chez vous et ose...

– Salut. » Qeshemi l'interrompit sèchement, éteignit la torche et se retourna vers Scragger.

« *Salam, agha* Qeshemi », dit Scragger. Il distinguait maintenant l'homme aux traits énergiques qui l'observait, sa tunique d'uniforme déboutonnée et le pistolet tout prêt dans son baudrier.

« *Salam*, capitaine.

– Je suis désolé de venir ici en pleine nuit », dit lentement Scragger, sachant que l'anglais de Qeshemi était aussi limité que son farsi à lui. « *Loftan, gozar nameh. Loftan* – Je vous en prie, j'ai besoin des passeports. Je vous en prie. »

Le sergent eut un grognement de surprise, puis sa main calleuse désigna la ville. « Les passeports au commissariat, capitaine.

– Oui. Mais, désolé, pas de clé. » Scragger fit le geste d'ouvrir une serrure. « Pas de clé, répéta-t-il.

– Ah oui! Comprendre. Oui, pas de clé. Demain. Demain vous avez.

– C'est possible ce soir? S'il vous plaît. Maintenant?

– Pourquoi ce soir?

– Pour changement d'équipe. Hommes partir Chiraz, changement d'équipe.

– Quand? »

Scragger savait qu'il devait prendre un risque. « Samedi. Si j'ai la clé, je vais commissariat et je reviens tout de suite. »

Qeshemi secoua la tête. « Demain. » Et puis il s'adressa d'un ton sec à Ali Pash qui aussitôt s'inclina et le remercia de nouveau avec profusion, en s'excusant de l'avoir dérangé. « Son Excellence dit que vous pouvez les avoir demain. Nous... Nous ferions mieux de partir, capitaine. »

Scragger se força à sourire. « *Mamnoon am, agha* – Merci, Excellence. *Mamnoon am, agha Qeshemi.* » Il aurait bien fait demander au sergent par Ali Pash s'il pouvait avoir les passeports dès l'ouverture du commissariat, mais il ne voulait pas inquiéter ce dernier inutilement. « Je viendrai après la première prière. *Mamnoon am, agha.* » Scragger tendit la main et Qeshemi la serra. Chacun des deux hommes sentit la force de l'autre. Puis il remonta dans la voiture et repartit.

Songeur, Qeshemi referma la porte et remit le verrou.

En été, le petit patio, avec ses hauts murs, ses treillages de vignes vierges et sa petite fontaine était frais et accueillant. Maintenant il était sinistre. Il le traversa et ouvrit la porte opposée qui donnait dans la pièce principale et la referma au verrou. On entendait au premier un enfant qui toussait. Un feu de bois réchauffait un peu l'atmosphère, mais toute la maison était balayée de courants d'air, aucune des portes ni des fenêtres ne fermant convenablement. « Qui était-ce? demanda sa femme d'en haut.

– Rien, rien d'important. Un étranger de la base. Le vieux. Il voulait leurs passeports.

– A cette heure de la nuit? Dieu nous protège! Chaque fois que l'on frappe à la porte je m'attends à de nouveaux ennuis : ces maudits Brassards verts ou ces horribles gauchistes! »

Qeshemi hocha la tête sans rien dire, se réchauffant les mains au feu, sans écouter son bavardage. « Pourquoi vient-il ici? Les étrangers sont si mal élevés. Pourquoi voulait-il des passeports à cette heure de la nuit? Tu les lui as donnés?

– Ils sont enfermés dans notre coffre. Normalement, j'apporte toujours la clé avec moi, mais elle est perdue. » L'enfant toussa de nouveau. « Comment va la petite Sousan?

– Elle a toujours de la fièvre. Apporte-moi de l'eau chaude, cela lui fera du bien. Mets un peu de miel dedans. » Il posa la bouilloire sur le feu et soupira en l'entendant marmonner : « Des passeports à cette heure-là! Ça ne pouvait pas attendre samedi? Ils sont si mal élevés. Tu dis que la clé est perdue?

– Oui. Sans doute que ce bouc qui se prend pour un policier, Lafti, l'a gardée et a oublié de la ranger. Comme Dieu le veut.

– Mohammed, pourquoi l'étranger voulait-il les passeports à cette heure de la nuit?

– Je ne sais pas. C'est curieux, très curieux. »

CHAPITRE 17

Terrain de Bandar Delam : 19 h 49. Rudi Lutz planté sur la véranda de sa caravane, regardait tomber la pluie. « *Scheiss* », murmura-t-il. Derrière lui, la porte était ouverte et la lumière faisait étinceler les grosses gouttes de pluie. Son magnétophone jouait du Mozart en sourdine. La porte de la caravane voisine, celle du bureau, s'ouvrit et il vit Pop Kelly sortir en tenant un parapluie et se diriger vers lui au milieu des flaques. Aucun d'eux ne remarqua l'Iranien tapi dans l'ombre. Quelque part sur la base, un chat crachait et miaulait. « Salut, Pop. Viens. Tu l'as?

– Oui, pas de problème. » Kelly s'ébroua. Dans la

caravane, il régnait une douce tiédeur, une cafetière chantonnait sur le réchaud.

« Café?

– Merci, je vais me servir. » Kelly lui tendit la feuille de papier et se dirigea vers la partie cuisine. Sur la feuille il y avait des colonnes de chiffres jetés à la hâte, des températures, des directions et des forces de vent tous les quelque 1 000 pieds, des pressions barométriques et les prévisions pour le lendemain. « La tour d'Abadan a dit que ces indications étaient à jour. D'après eux, cela comprend tous les éléments fournis aujourd'hui par British Airways. Ça n'a pas l'air trop mal, hein?

– Si c'est exact. »

Le bulletin prévoyait une diminution des précipitations vers minuit et un vent plus faible. Rudi mit la musique un peu plus fort et Kelly vint s'asseoir auprès de lui. Il reprit en baissant la voix : « Ce ne serait pas mal pour nous, mais pas brillant pour Kowiss. Il faudra encore se ravitailler en vol pour atteindre Bahrein. »

Kelly buvait avec plaisir son café. « Qu'est-ce que tu ferais si tu étais Andy?

– Avec les trois bases dont il faut tenir compte, je... »

Un léger bruit dehors. Rudi se leva et jeta un coup d'œil par la fenêtre. Rien. Puis de nouveau le bruit du chat, plus proche.

« Saleté de chat, il me donne le frisson.

– J'aime assez les chats, dit Kelly en souriant. Nous en avons trois à la maison : Matthieu, Marc et Luc. Deux sont siamois, l'autre est un chat tigré; Betty dit que les garçons veulent absolument avoir un Jean pour compléter le quatuor.

– Comment va-t-elle? »

Le vol de la British Airways arrivé le jour même à Abadan avait amené Sandor Petrofi pour piloter le quatrième 212. avec du courrier de Gavallan, et qui, depuis le début des ennuis, passait par le QG d'Aberdeen. et c'était les premières lettres depuis des semaines.

« En pleine forme – c'est pour dans trois semaines. En général elle est à l'heure. Je serai content d'être rentré quand elle accouchera. » Kelly ajouta, radieux : « Le toubib dit qu'à son avis ce devrait être enfin une fille.

– Félicitations! C'est merveilleux. » Tout le monde savait que les Kelly espéraient contre tout espoir. « Sept garçons et une fille ça fait beaucoup de bouches à nourrir. » Rudi songeait au mal qu'il avait avec les factures et les frais d'école pour trois enfants seulement et pas d'hypothèque sur la maison, puisqu'elle avait été laissée à sa femme par le père de celle-ci, que Dieu bénisse le vieux salopard. « Hé! Je ne sais pas comment tu t'en tires.

– Oh! Ça va. » Kelly regarda le bulletin météo et fronça les sourcils. « Tu sais, si j'étais Andy, j'appuierais sur le bouton, et tout de suite.

– Si ce n'était que moi, j'annulerais et j'oublierais tout ce projet insensé. » Rudi baissa la voix et se rapprocha encore. « Je sais que ce sera dur pour Andy, peut-être que la compagnie devra fermer, peut-être. Mais nous pouvons tous trouver une autre situation peut-être mieux payée, il faut penser à nos familles et j'ai horreur de tout ce qui est illégal. Comment diable pouvons-nous filer comme ça? Pas possible. Si nous... » Des phares de voiture balayèrent la fenêtre, on entendit approcher un puissant moteur, le bruit s'arrêta devant la caravane.

Rudi fut le premier à la fenêtre. Il vit Zataki descendre de la voiture avec des Brassards verts, puis Numir, le gérant de la base, sortit de la caravane-bureau avec un parapluie pour venir le rejoindre. « *Scheiss* », murmura de nouveau Rudi. Il baissa le volume de la musique, vérifia rapidement que rien d'accusateur ne traînait dans la caravane et fourra le bulletin dans sa poche. « *Salam*, colonel, dit-il en ouvrant la porte. Vous me cherchiez?

– *Salam*, capitaine, oui, en effet. » Zataki entra, une mitraillette américaine en bandoulière. « Bonsoir, dit-il. Combien d'hélicoptères y a-t-il ici maintenant, capitaine?

– Quatre 212 et... commença Numir.

– C'est au capitaine que j'ai demandé, fit Zataki, furieux, pas à toi. Si je veux te demander des renseignements, je le ferai! Alors, capitaine?

– Quatre 212 et deux 206, colonel. »

A leur stupéfaction, et surtout à celle de Numir, Zataki annonça : « Bon. Je veux que deux 212 soient prêts demain à 8 heures pour opérer sous les ordres d'*agha* Watanabe, qui dirige Toda-Iran ici. A partir de demain, vous vous présenterez à lui chaque jour. Vous le connaissez?

– Euh... oui, je... Les gens de Toda-Iran ont appelé un jour pour un accident et nous leur avons donné un coup de main. » Rudi essayait de se remettre de ce choc. « Est-ce que... est-ce qu'ils travailleront un jour férié, colonel?

– Oui. Et vous aussi. »

Numir intervint. « Mais l'ayatollah a dit...

– Il n'est pas la loi. Tais-toi. » Zataki regarda Rudi. « Soyez là à 8 heures du matin. »

Rudi acquiesça. « Je peux vous offrir du café, colonel?

– Merci. » Zataki appuya sa mitraillette contre le mur et s'assit en regardant Pop Kelly. « Est-ce que je ne vous ai pas vu à Kowiss?

– Oui, en effet, répondit l'autre. C'est... pas habituel. J'ai amené ici un 212. Je suis Ignatius Kelly. » Il se carra dans son fauteuil, aussi sonné que Rudi. « Belle nuit pour les poissons, n'est-ce pas?

– Quoi?

– La... la pluie.

– Ah oui! » dit Zataki. Il était ravi de parler anglais pour faire des progrès, convaincu que les Iraniens qui parleraient cette langue et auraient une certaine éducation allaient être très recherchés, qu'ils fussent mollahs ou non. Depuis son passage à Kowiss et grâce à Doc Nutt, il se sentait beaucoup mieux, ses terribles migraines diminuaient. « Est-ce que la pluie empêchera de voler demain?

– Non, non...

– Ça dépend, s'empressa de lancer Rudi de la cuisine, si le front orageux s'accentue ou diminue. » Il apporta le plateau avec deux tasses, du sucre et du lait condensé, s'efforçant encore de se remettre de ce nouveau désastre. « Servez-vous, je vous en prie, colonel. Pour Toda-Iran, commença-t-il prudemment, tous nos appareils sont en location, ils sont sous contrat avec IranOil et *agha* Numir que voici en est responsable. » Numir acquiesça, il allait dire quelque chose mais se ravisa. « Nous avons des contrats avec IranOil. »

Le silence s'épaissit. Ils regardaient tous Zataki. Celui-ci prit son temps pour verser trois cuillerées de sucre dans son café, tourna longuement sa cuillère et but une gorgée. « Il est très bon, capitaine. Oui, très bon, et en effet je suis au courant pour IranOil, mais j'ai décidé que Toda-Iran pour le moment avait la préférence sur IranOil et demain vous fournirez à 8 heures du matin deux 212 à Toda-Iran. »

Rudi jeta un coup d'œil à son directeur de base qui évita son regard. « Mais... eh bien, supposez que tout cela se fasse avec l'accord d'IranOil, ils...

– C'est tout à fait d'accord, dit Zataki à Numir. N'est-ce pas, *agha*?

– Oui, oui, *agha*, fit Numir en hochant docilement

la tête. Jc... jc vais bien sûr informer la direction régionale de vos... de vos éminentes instructions.

– Bon. Alors tout est arrangé. Très bien. »

Non, ce n'est pas arrangé, aurait voulu crier Rudi, désemparé. « Puis-je demander comment... comment nous serons payés pour le... le nouveau contrat? » demanda-t-il, se sentant stupide.

Zataki remit sa mitraillette en bandoulière et se leva. « Toda-Iran prendra les dispositions nécessaires. Je vous remercie. Capitaine, je reviendrai après la première prière demain. Vous piloterez un hélicoptère et je vous accompagnerai.

– Une idée formidable, colonel, lança soudain Pop Kelly, radieux, et Rudi l'aurait tué. Pas la peine de venir avant 8 heures, cela vaudrait mieux pour nous... C'est largement suffisant d'être là-bas disons vers 8 heures un quart. Excellente idée que de travailler pour Toda-Iran. Nous avons toujours rêvé d'avoir ce contrat-là, colonel, je ne sais comment vous remercier! Fantastique! En fait, Rudi, nous devrions prendre les quatre appareils, mettre tout de suite les gars dans le coup, pour gagner du temps, tout de suite, oui, je vais arranger tout cela! »

Il sortit en courant.

Rudi le suivit des yeux, l'air furibond.

CHAPITRE 18

Près de l'aéroport d'Al Shargaz : 20 h 01. La nuit était magnifique et embaumée du parfum des fleurs, Gavallan et Pettikin étaient assis sur la terrasse de l'hôtel Oasis, à la lisière du terrain d'atterrissage, au bord du désert. Ils prenaient une bière avant le dîner, Gavallan fumait un petit cigare, le regard perdu dans le lointain, là où le ciel violet foncé et constellé d'étoiles rejoignait la masse plus sombre de la terre. Pettikin s'agita dans sa chaise longue.

« Je voudrais bien pouvoir en faire plus.

– Je voudrais bien que le vieux Mac soit ici, je lui casserais la gueule », dit Gavallan et Pettikin éclata de rire. Quelques clients étaient déjà dans la salle à manger, derrière eux, avec ses nappes empesées, ses verres étincelants, son haut plafond et sa peinture écaillée. L'Oasis était un vieil hôtel délabré, du style baroque impérial, c'était là que séjournait le résident quand la puissance britannique était le seul pouvoir du Golfe. Un peu de musique arrivait par les grandes portes ouvertes : une petite formation composée d'un piano, d'un violon et d'une contrebasse, deux dames d'un certain âge avec un monsieur à cheveux blancs au piano.

« Mon Dieu, ce n'est pas *Nuits de Chine*?

– Andy, je suis battu. » Pettikin se retourna et vit Jean-Luc parmi les convives, qui bavardait avec Nogger Lane, Rodriguez et quelques autres mécaniciens. Il but une gorgée de bière, s'aperçut que le verre de Gavallan était vide. « Tu en veux un autre?

– Non, merci. » Gavallan suivait des yeux la fumée de son cigare qui montait dans l'air tranquille. « Je crois que je vais passer au bureau de la météo puis jeter un coup d'œil au nôtre.

– Je viens avec toi.

– Merci, Charlie, mais pourquoi ne restes-tu pas au cas où il y aurait un coup de fil?

– D'accord.

– Ne m'attends pas pour dîner, je te rejoindrai au café. Je vais passer à l'hôpital pour voir Duke en revenant. » Gavallan se leva, traversa la salle à manger, saluant au passage ceux de ses hommes qui se trouvaient là, et gagna le hall d'entrée qui avait connu des jours meilleurs.

« Monsieur Gavallan, excusez-moi, *effendi,* mais il y a un coup de téléphone pour vous. » La réceptionniste lui désigna la cabine téléphonique. Elle était capitonnée de velours rouge, pas climatisée et l'on pouvait entendre toutes les conversations. « Allô? Ici Gavallan, dit-il.

– Bonjour, patron, ici Liz Chen... Je voulais juste vous signaler que nous avons eu un appel à propos des deux expéditions en provenance de Luxembourg et qu'ils arriveront en retard. » « Expéditions en provenance de Luxembourg » était le nom de code pour les deux 747 cargos qu'il avait affrétés. « Ils ne peuvent pas arriver vendredi : on ne nous les garantit que pour dimanche à 16 heures. »

Gavallan était contrarié. Les affréteurs l'avait prévenu qu'ils avaient un programme très serré et qu'il pouvait y avoir un retard de vingt-quatre heures. Il avait eu de grandes difficultés à trouver les avions. Il ne pouvait évidemment contacter aucune des lignes régulières qui desservaient le Golfe ou l'Iran et il devait être vague sur les raisons de l'affrètement et la nature de la cargaison.

« Rappelez et essayez de faire avancer la date. Ce serait préférable qu'ils arrivent samedi, bien préférable. Quoi d'autre?

– Imperial Air a proposé de reprendre notre contrat sur nos nouveaux X63.

– Dites à Imperial Air d'aller se faire voir. Ensuite?

– Extex a révisé son offre sur les nouveaux contrats pour l'Arabie Saoudite, Singapour et le Nigeria avec une baisse de 10 pour cent.

– Acceptez l'offre par télex. Arrangez un déjeuner pour moi avec la direction à New York mardi. Ensuite?

– J'ai la liste des numéros de pièces que vous vouliez.

– Bon. Ne quittez pas. » Gavallan prit le bloc qu'il avait toujours sur lui et trouva la page qu'il cherchait. Elle contenait la liste des numéros d'immatriculation iraniens de leurs dix 212 qui restaient, tous commençant par « EP » pour Iran, puis « H » pour hélicoptère, suivi de deux lettres.

« Je suis prêt. Allez-y.

– AB, RV, KI... »

A mesure qu'elle lisait les lettres, il les inscrivait dans l'autre colonne. Par mesure de sécurité, il ne notait pas en entier la nouvelle immatriculation, « G » pour Grande-Bretagne, « H » pour hélicoptère, il se contentait de noter les deux nouvelles lettres. Il relut la liste qui correspondait à celle qu'on lui avait déjà fournie. « Merci, tout concorde. Je vous rappellerai en fin de soirée, Liz. Téléphonez à Maureen et dites-lui que tout va bien.

– Entendu, patron. Sir Ian a appelé il y a une demi-heure pour vous souhaiter bonne chance.

– Oh! Formidable! » Gavallan avait essayé sans succès de le joindre quand il était à Aberdeen. « Où est-il? Est-ce qu'il a laissé un numéro?

– Oui, il est à Tokyo : 73 73 84. Il a dit qu'il serait là un moment et que si vous le manquiez, il vous appellerait demain. Il a dit aussi qu'il serait de retour dans deux semaines et qu'il aimerait vous voir.

– C'est encore mieux. Est-ce qu'il a dit pourquoi?

– A propos de l'huile pour les lampes de Chine », dit mystérieusement sa secrétaire.

Gavallan sentit son intérêt monter. « Magnifique. Fixez une date dès qu'il sera libre. Je vous appellerai plus tard, Liz. Il faut que je file.

– Très bien. Je voulais simplement vous rappeler que c'est l'anniversaire de Scot demain.

– Bonté divine, j'allais oublier, merci, Liz. A tout à l'heure. »

Il raccrocha, content d'avoir des nouvelles de Ian Dunross, bénissant les installations téléphoniques d'Al Shargaz qui permettaient d'appeler directement l'interurbain. Il composa le numéro. Il était 5 heures de plus à Tokyo, un peu plus de 1 heure du matin.

« *Hai?* dit une voix de Japonaise endormie.

– Bonsoir. Désolé d'appeler si tard, mais j'ai eu un message me demandant d'appeler Sir Ian Dunross. C'est Andrew Gavallan.

– Ah oui! Ian n'est pas ici pour l'instant, il ne reviendra que demain, désolée. Peut-être vers 10 heures. Est-ce que je peux avoir votre numéro, monsieur Gavallan? »

Gavallan le lui donna, déçu. « Y a-t-il un autre numéro auquel je puisse le joindre?

– Ah! Désolée, non.

– Je vous en prie, demandez-lui de m'appeler, de m'appeler à n'importe quelle heure. » Il la remercia encore et raccrocha d'un air songeur.

Sa voiture de location était dehors, il y monta et se dirigea vers l'entrée principale de l'aéroport.

Au-dessus de lui, un 707 s'apprêtait à atterrir. « Bonsoir, monsieur Gavallan », dit Sibbles, l'officier météo. Il était anglais, c'était un petit homme maigre et déshydraté par dix ans passés au bord du Golfe. « Voilà. » Il lui tendit la longue photocopie des prévisions météo. « Le temps va être sujet à des changements ici dans les jours à venir. » Il lui tendit trois autres feuilles. « Lengeh, Kowiss et Bandar Delam.

– Et la conclusion?

– A peu près partout pareil, à dix ou quinze nœuds près, et quelques centaines de pieds de plafond – désolé, je n'arrive pas à m'habituer au système métrique –, à une centaine de mètres près pour le plafond. Le temps s'améliore peu à peu. D'ici les quelques jours suivants, le vent devrait revenir à l'habituelle et paisible brise de nord-ouest. A partir de minuit, nous prévoyons de petites pluies, beaucoup de nuages bas et de brouillard sur presque tout le Golfe, un vent de sud-est d'environ vingt nœuds dans l'ensemble avec des orages et quelques petites turbulences et, ajouta-t-il en souriant, et des ouragans. »

Gavallan sentit son estomac se serrer, même si le mot avait été prononcé sans intention et si Sibbles n'était pas dans le secret. En tout cas, je ne pense pas qu'il le soit, songea-t-il. C'est la seconde coïncidence bizarre aujourd'hui. L'autre, c'était l'Américain qui déjeunait à une table voisine avec un Shargazi dont il n'avait pas retenu le nom : « Bonne chance pour demain, dit l'homme en partant avec un charmant sourire.

– Pardon?

– Glenn Wesson, Wesson Oil Marketing, vous êtes Andrew Gavallan, n'est-ce pas? Nous avons appris que vous et vos gars organisiez une... une “ course de chameaux ” demain à l'oasis de Dez-al, n'est-ce pas?

– Pas nous, monsieur Wesson. Nous ne nous intéressons guère aux chameaux.

– Vraiment? Vous devriez essayer, je vous assure, c'est très amusant. Bonne chance tout de même. »

Cela aurait pu être une coïncidence. Les courses de chameaux étaient ici une distraction pour les expatriés, et l'oasis de Dez-al un lieu de villégiature réputé pour le week-end islamique. « Merci, monsieur Sibbles, à demain. » Il empocha les prévisions et descendit l'escalier pour rejoindre le hall du terminal, se dirigeant vers leurs bureaux qui étaient de l'autre côté. Ce n'est ni un oui positif ni un non positif, songeait-il, Samedi est plus sûr que demain. Il faut avancer sa mise et prendre ses risques. Je ne peux pas différer encore longtemps. « Comment vas-tu te décider? lui avait demandé sa femme, Maureen, en lui disant adieu à l'aube l'avant-veille.

– Je ne sais pas, mon petit. Mac a du flair, il m'aidera. »

Et maintenant pas de Mac! Mac était devenu

dingue, Mac volait contre l'avis des médecins, Mac était coincé à Kowiss sans autre possibilité de sortir que le plan Ouragan; Erikki était encore Dieu sait où, le pauvre vieux Duke fou de rage de ne pas pouvoir piloter mais rudement chanceux d'être arrivé ici. Doc Nutt avait raison : les radios montraient que plusieurs esquilles avaient perforé le poumon gauche et qu'une demi-douzaine d'autres menaçaient une artère. Il jeta un coup d'œil à l'horloge de l'aéroport : 8 h 27. Il devait être réveillé maintenant.

Il faut que je prenne la décision bientôt. En accord avec Charlie Pettikin, il faut que je décide bientôt.

Il franchit la porte marquée « ENTRÉE INTERDITE À TOUTE PERSONNE NON AUTORISÉE ». Sur la piste, le 707 était guidé jusqu'à sa place de stationnement par une voiture portant l'inscription SUIVEZ-MOI en anglais et en farsi. Quelques Fokkerwolf à turbo-propulseurs étaient stationnés là ainsi qu'un 747 de la Pan Am qui servait à l'évacuation des civils de Téhéran, et qu'une demi-douzaine d'avions privés, parmi lesquels leurs 125. Je voudrais bien que ce soit samedi, songeait-il. Au fond, peut-être que non.

Sur la porte qui donnait accès à leurs bureaux, on pouvait lire « S-G HELICOPTERS, SHEIK AVIATION ».

« Bonjour, Scot.

– Bonjour, papa », fit Scot en souriant. Il était seul de garde, installé devant la radio en position d'écoute, sur les genoux, le bras droit en écharpe. « Rien de nouveau à part un message demandant d'appeler Roger Newbury chez lui. Tu veux que je le fasse?

– Merci, dans un moment. » Gavallan lui tendit les rapports météo que Scot parcourut rapidement. Le téléphone sonna. Sans interrompre sa lecture, il décrocha. « S-G? » Il écouta un moment. « Qui? Oh oui! Non, désolé, il n'est pas ici. Oui, je lui dirai. Au revoir. » Il raccrocha en soupirant. « La nouvelle pépée de Johnny Hogg, Alexandra la Ravageuse, comme dit Manuela. » Gavallan se mit à rire. Scot leva les yeux des rapports. « Ça n'est ni chair ni poisson. Ce pourrait être très bon, avec une couverture de nuages. Mais si le vent se lève, ça pourrait devenir moche, et samedi vaut mieux que vendredi. » Ses yeux bleus observaient son père qui regardait par la fenêtre les passagers débarquer du 707.

« Je suis d'accord, dit Gavallan. Il y a... » Il s'interrompit car la radio lançait : « Al Shargaz, ici le bureau de Téhéran, vous m'entendez?

– Ici Al Shargaz, je vous entends cinq sur cinq, allez-y, dit Scot.

– Le directeur Siamaki veut parler à M. Gavallan immédiatement. »

Gavallan secoua la tête. « Je ne suis pas ici, chuchota-t-il.

– Est-ce que je peux prendre un message, Téhéran? dit Scot dans le micro. Il est un peu tard, mais je le lui transmettrai dès que possible. »

Attente. Parasites. Puis la voix arrogante que Gavallan détestait. « Ici le directeur général Siamaki. Dites à Gavallan de me rappeler ce soir. Je serai ici jusqu'à 10 h 30 ou n'importe quand à partir de 9 heures demain matin. Sans faute. C'est bien compris?

– Cinq sur cinq, Téhéran, fit doucement Scot. Terminé!

– Petit connard », marmonna Gavallan. Puis, d'un ton plus sec : « Qu'est-ce qu'il fout au bureau à une heure pareille?

– Il doit fureter et, s'il a l'intention de " travailler " un jour férié... c'est assez suspect, non?

– Mac a dit qu'il ôterait du coffre tous les documents importants et qu'il jetterait sa clé et le double dans le caniveau. Je parie que ces salauds ont des doubles des clés, fit Gavallan, agacé. Il faudra que j'attende demain le plaisir de lui parler. Scot, y a-t-il moyen de brouiller nos émissions pour qu'ils ne puissent pas nous entendre?

– Non, pas si nous utilisons les fréquences de la compagnie, et c'est tout ce que nous avons. »

Son père acquiesça. « Quand Johnny arrivera, rappelle-lui que je peux avoir besoin qu'il décolle demain d'un instant à l'autre. » Cela faisait partie du plan Ouragan qui était d'utiliser le 125 comme un émetteur-récepteur VHF en haute altitude pour coiffer ces hélicoptères qui n'étaient équipés que de VHF.

« A partir de 7 heures du matin.

– Alors c'est décidé pour demain?

– Pas encore. » Gavallan décrocha le téléphone et composa un numéro. « M. Newbury, je vous prie, c'est M. Gavallan qui le rappelle. » Roger Newbury était un des fonctionnaires du consulat britannique, qui les avait beaucoup aidés en leur facilitant l'obtention de permis. « Bonjour, Roger, vous vouliez me joindre? Désolé, vous n'êtes pas en train de dîner, non?

– Non, je suis content que vous m'appeliez. Deux choses. Tout d'abord, une mauvaise nouvelle, nous venons d'apprendre que George Talbot a été tué.

– Bon sang, qu'est-ce qui s'est passé?

– Je crois malheureusement que c'est une sale histoire, mais juste un accident. Il était dans un restaurant où se trouvaient quelques ayatollahs d'assez haut niveau. Une voiture piégée a fait voler l'établissement en éclats et lui avec, hier à l'heure du déjeuner.

– Quelle horreur!

– Oui. Il y avait avec lui un certain capitaine Ross, il a été blessé aussi. Je crois que vous le connaissiez.

– Oui, oui, je l'avais rencontré. Il a aidé la femme

d'un de nos pilotes à se tirer du pétrin à Tabriz. Un jeune homme très bien. Il est grièvement blessé?

– Nous ne savons pas, nous avons des renseignements très fragmentaires, mais notre ambassade à Téhéran l'a fait admettre à l'hôpital International de Koweit hier; j'aurai un rapport précis demain et je vous tiendrai au courant. Maintenant, vous m'aviez demandé si nous pouvions trouver où était passé votre capitaine Erikki Yokkonen. » Un silence, un froissement de papier, et Gavallan se cramponnait à son espoir. « Nous avons reçu ce soir un télex de notre homme à Tabriz, juste avant que je quitte le bureau : " Soyez informé qu'en réponse à votre demande concernant le capitaine Erikki Yokkonen, on croit qu'il a échappé à ses ravisseurs et qu'il se trouverait maintenant avec sa femme au palais de Hakim Khan. Un autre rapport vous parviendra demain, dès que ces informations auront pu être confirmées. "

– Vous vouliez dire Abdollah Khan, Roger. » Tout excité, Gavallan posa la main sur le micro et murmura à Scot : « Erikki est sain et sauf!

– Formidable, dit Scot, en se demandant ce qu'était la mauvaise nouvelle.

– Le télex dit bien Hakim Khan, répéta Newbury.

– Peu importe, Dieu merci il est sain et sauf. » Et Dieu merci un nouvel obstacle majeur contre Ouragan avait disparu. « Pourriez-vous lui transmettre un message de ma part?

– Je peux essayer. Venez demain. Je ne peux pas vous garantir que je le contacterai, la situation en Azerbaïdjan est très mouvante. Vous pourriez certainement essayer.

– Je ne sais comment vous remercier, Roger. C'est très aimable à vous de me tenir au courant. Je suis vraiment navré pour Talbot et le jeune Ross. Si je peux faire quoi que ce soit pour aider Ross, dites-le-moi.

– Oui, oui, je n'y manquerai pas. Au fait, la nouvelle est connue. » Il avait dit cela d'un ton neutre.

« Comment?

– Disons, pour " Turbulences " », fit Newbury.

Gavallan resta un moment silencieux, puis se reprit.

« Oh?

– Oh. Il semble qu'un certain M. Kasigi voulait utiliser vos services pour Toda-Iran depuis hier et que vous lui auriez répondu que vous ne pourriez pas lui donner une réponse avant un mois. Alors, ma foi, nous avons ajouté deux et deux et c'est pour cela que je vous dis que maintenant les gens sont au courant. »

Gavallan essayait de garder son calme. « Ne pas pouvoir travailler pour Toda-Iran est une décision d'affaires, Roger, rien de plus. Il est extrêmement difficile d'opérer n'importe où en Iran aujourd'hui, vous le savez. Je ne pourrais pas assumer le surcroît de travail que demande Kasigi.

– Vraiment? fit Newbury d'un ton moins aimable. Enfin, reprit-il sèchement, si ce que nous avons appris est exact, nous vous le déconseillons très, très fortement.

– Vous ne me conseillez tout de même pas d'aider Toda-Iran alors que tout l'Iran est en train de s'effondrer, non? » fit Gavallan avec entêtement.

Nouveau silence. Un soupir. Puis : « Allons, Andy, je ne voudrais pas vous retenir. Nous pourrions peut-être déjeuner. Samedi.

– Oui, avec plaisir. » Gavallan raccrocha.

« Quelle était la mauvaise nouvelle? » interrogea Scot.

Gavallan lui dit pour Talbot et Ross et lui parla

des « Turbulences ». « C'est trop proche d'Ouragan pour être drôle.

– Qui est ce Kasigi?

– Il voulait deux 212 de Bandar Delam tout de suite pour travailler pour Toda-Iran... J'ai dû retarder ma réponse. »

Leur rencontre avait été brève et sans aménité : « Désolé, monsieur Kasigi, il ne m'est pas possible de travailler pour vous cette semaine ni la suivante. Je ne pourrai pas l'envisager avant un mois.

– Mon président en serait ravi. Je crois que vous le connaissez?

– Oui, oui, en effet, et si je pouvais vous aider je le ferais certainement. Malheureusement, ce n'est pas possible.

– Mais... vous pouvez peut-être alors proposer une autre solution? Il me faut absolument un soutien d'hélicoptères.

– Et une compagnie japonaise?

– Il n'y en a pas. Y a-t-il... Y a-t-il quelqu'un d'autre pour me dépanner?

– Pas à ma connaissance. Guerney ne reviendra jamais, mais ils connaissent peut-être quelqu'un. » Il lui avait donné leur numéro de téléphone et le Japonais consterné était parti en hâte.

Il regarda son fils. « C'est navrant, mais je ne pouvais rien faire pour l'aider.

– Si la nouvelle se sait... », fit Scot. Il ajusta plus confortablement l'écharpe autour de son bras. « Si la nouvelle se sait, alors c'est foutu. Raison de plus pour accélérer les choses.

– Ou pour tout annuler. Je crois que je vais passer voir Duke. Appelle-moi là-bas s'il y a quelque chose. C'est Nogger qui vient te remplacer?

– Oui. A minuit. Jean-Luc est toujours inscrit pour le premier vol à destination de Bahrein, Pettikin vers Koweit. J'ai confirmé les réservations. » Scot l'observait.

Gavallan ne répondit pas à sa question muette. « Laisse les choses comme cela pour le moment. » Il vit son fils acquiescer de la tête en souriant et il le regarda avec un mélange de tendresse, d'inquiétude, d'orgueil et de crainte, auquel se mêlaient ses espoirs d'un avenir qui dépendait de ce qu'il parviendrait ou non à les tirer de ce pétrin iranien. Il fut surpris de s'entendre dire : « Envisagerais-tu de renoncer à voler, mon garçon?

– Comment? »

Gavallan sourit de l'étonnement de son fils. Et, maintenant qu'il avait commencé, il décida de poursuivre. « Cela fait partie d'un plan à long terme. Pour toi et pour la famille. En fait, et tout à fait entre nous, j'en ai deux. A condition, bien sûr, que notre affaire continue. Le premier, c'est que tu renonces à voler et que tu ailles passer deux ans à Hong-kong pour apprendre là-bas comment fonctionne la Struan, et que tu reviennes à Aberdeen pour peut-être un an, et enfin que tu retournes à Hong-kong où tu t'installerais. Le second est que tu suives un cours d'initiation au X63, que tu passes six ou sept mois aux Etats-Unis, peut-être un an à te familiariser avec cette partie de l'entreprise, puis une saison en mer du Nord. Et ensuite Hong-kong.

– Je me retrouve toujours à Hong-kong?

– Oui. La Chine ne va pas tarder à s'ouvrir à la prospection pétrolière et Ian et moi voulons que la Struan soit prête avec une organisation complète, des hélicoptères de soutien, des derricks, tout le matériel. » Il eut un sourire fugitif. De l'huile pour les lampes de Chine, c'était le nom de code pour le plan secret de Ian Dunross, plan dont Linbar Struan ne connaissait à peu près rien. « Air Struan sera la nouvelle compagnie et sa zone d'opération sera la

Chine, les mers qui entourent la Chine et tout le bassin chinois. Notre plan ultime, c'est que tu en prennes la direction.

– Il n'y a pas beaucoup de possibilités là-bas, dit Scot avec une feinte méfiance. Tu crois que la Struan y aurait un avenir? » Puis il ne retint pas davantage son sourire. « Une fois de plus, tout cela est absolument entre nous : Linbar n'est pas encore au courant.

– A-t-il approuvé que j'aille là-bas, demanda Scot, que je travaille à la Struan et que je fasse tout cela?

– C'est moi qu'il déteste, Scot, pas toi. Il ne s'est pas opposé à ce que tu voies sa nièce, n'est-ce pas?

– Pas encore. Non, pas encore.

– Le moment est bien choisi et nous devons avoir un plan pour l'avenir – pour la famille. Tu as le bon âge, je pense que tu pourrais y arriver. Tu es à moitié Dunross, tu es un descendant direct de Dirk Struan, tu as donc des responsabilités. Ta sœur et toi avez hérité des parts de votre mère, cela vous donnerait accès au comité de gestion si vous êtes assez bons. Ce balourd de Linbar devra bien prendre sa retraite un jour : même lui ne parviendra pas à détruire totalement la Noble Maison. Que dis-tu de mon plan?

– J'aimerais y réfléchir, papa. »

Qu'y a-t-il à réfléchir? songea Gavallan. « Bonsoir, Scot, je repasserai peut-être te voir plus tard. » Il lui donna une tape prudente sur son épaule valide et sortit. Scot ne fera pas défaut, se dit-il avec fierté.

Dans la vaste salle des douanes et de l'immigration, les passagers sortaient un par un de l'immigration, et d'autres attendaient leurs bagages. Le tableau d'arrivée annonçait que le vol Gulf Air 52 en provenance de Muscat, la capitale de l'Oman, était arrivé à l'heure et devait repartir dans quinze minutes par Abou Dhabi, Bahrein et Koweit. Le kiosque à journaux était encore ouvert et il s'approcha pour voir lesquels étaient arrivés. Il allait prendre le *Times* de Londres lorsqu'il aperçut Genny McIver.

Elle était assise toute seule près de la porte d'embarquement, avec une petite valise à côté d'elle. « Bonjour, Genny. Qu'est-ce que vous faites ici?

– Je vais au Koweit, fit-elle avec un doux sourire.

– Pourquoi donc? fit-il en souriant lui aussi.

– Parce que j'ai besoin de vacances.

– Ne soyez pas ridicule. On n'a même pas encore appuyé sur le bouton et d'ailleurs il n'y a rien que vous puissiez faire là-bas, rien du tout. Vous feriez bien mieux d'attendre ici. Genny, au nom du ciel, soyez raisonnable.

– Vous avez fini? demanda-t-elle, arborant toujours le même sourire figé.

– Oui.

– Je suis raisonnable, je suis la personne la plus raisonnable que vous connaissez. Ce n'est pas le cas de Duncan McIver. C'est le salopard le plus abominable que j'aie jamais rencontré, et je m'en vais au Koweit. » Elle avait dit tout cela avec un calme olympien.

Sagement, il changea de tactique. « Pourquoi ne m'avez-vous pas dit que vous partiez au lieu de filer comme ça? J'aurais été mortellement inquiet de ne pas vous voir.

– Si je vous l'avais demandé, vous m'auriez dit non. J'ai demandé à Manuela de vous prévenir plus tard en vous donnant l'heure de vol, le nom de l'hôtel et le numéro de téléphone. Mais je suis contente que vous soyez là, Andy. Vous allez me faire vos adieux. J'aimerais que quelqu'un me fasse ses adieux tout en étant consterné de me voir partir... Vous voyez ce que je veux dire! »

Ce fut alors qu'il s'aperçut à quel point elle paraissait frêle. « Ça va, Genny?

– Oh oui! C'est simplement... Il faut que j'aille là-bas, je ne peux pas rester ici sans rien faire et d'ailleurs, ce plan, c'était un peu mon idée, j'en suis responsable et je ne veux pas que quoi que ce soit tourne mal.

– Ça n'arrivera pas », dit-il, et tous deux touchèrent le bois du siège. Puis il la prit par le bras. « Tout va bien se passer. Ecoutez, j'ai une bonne nouvelle à vous annoncer. » Et il lui parla d'Erikki.

« C'est merveilleux. Hakim Khan? » Genny fouilla sa mémoire. « Ce n'était pas le frère d'Azadeh, celui qui vivait... à, j'ai oublié, quelque part près de la frontière turque, est-ce qu'il ne s'appelait pas Hakim?

– Peut-être qu'il n'y avait pas d'erreur dans le télex et que c'est bien Hakim Khan. Ce doit être formidable pour eux.

– Oui. Le père d'Azadeh avait l'air d'un épouvantable vieillard. » Elle le regarda. « Vous avez pris votre décision. C'est pour demain?

– Non, pas encore, ce n'est pas définitif.

– Et le temps? »

Il lui expliqua.

« Cela ne permet guère de se décider non plus, dit-elle.

– Je regrette que Mac ne soit pas ici. Il serait de bon conseil dans ce genre de situation.

– Pas mieux que vous, Andy. » Ils tournèrent les yeux vers le tableau des départs tandis que les haut-parleurs appelaient les passagers du vol 52. Ils se levèrent. « Il faut que vous sachiez, Andy, et toute chose étant égale d'ailleurs, que Mac a décidé que c'était pour demain.

– Hein? Comment savez-vous ça?

– Je connais Duncan. Au revoir, mon cher

Andy. » Elle lui donna un bref baiser et partit sans se retourner.

Il attendit qu'elle eût disparu. Perdu dans ses pensées, il sortit sans remarquer Wesson près du kiosque à journaux, qui rangeait son stylo.

LIVRE II

Vendredi 2 mars

U. R. S. S.
U. R. S. S.
TURQUIE
Mer Caspienne
TABRIZ
TEHERAN
IRAK
IRAN
ZAGROS TROIS
Chatt-El-Arab
BANDAR DELAM
KOWISS
KOWEIT
KHARG
Golfe Persique
Détroit d'Ormuz
ARABIE SAOUDITE
JELLET
LENGEH
SIRI
BAHREIN
QATAR
AL SHARGAZ
E.A.U.
OMAN
0
300 km
OURAGAN
Plan d'évasion
a Quatre 212 partent de Bandar Delam à destination de Bahrein et Al Shargaz.
b Deux 212 partent de Kowiss à destination du point de rendez-vous, puis de Koweit, Jellet, Bahrein et Al Shargaz.
c Trois 212 partent de Lengeh pour gagner directement Al Shargaz.
d Un 212 part de Tabriz pour franchir la frontière turque.

CHAPITRE 19

Al Shargaz. Hôtel Oasis : 5 h 37. Gavallan était à sa fenêtre, déjà habillé, c'était encore la nuit, sauf à l'est où versaient les premières lueurs de l'aube. Des lambeaux de brume arrivaient de la côte, à moins d'un kilomètre de là, pour se dissiper rapidement à la lisière du désert. Le ciel était étrangement sans nuages à l'est, et se couvrait peu à peu pour être complètement bouché. D'où il était, il apercevait presque tout le terrain d'aviation. Les lumières des pistes étaient allumées, un petit jet roulait déjà pour décoller et le vent qui avait tourné plus au sud apportait des relents de kérosène. On frappa à la porte. « Entrez! Ah! Bonjour, Jean-Luc, bonjour, Charlie.

– Bonjour, Andy. Si nous ne voulons pas manquer notre vol, il est temps de partir », dit Pettikin, nerveux. Il devait se rendre au Koweit, Jean-Luc à Bahrein.

« Où est Rodriguez?

– Il attend en bas.

– Bon, alors vous feriez mieux de partir. » Gavallan était content d'avoir un ton aussi calme. Pettikin souriait, Jean-Luc murmura « Merde ». « Avec ton approbation, Charlie, je me propose de presser le bouton à 7 heures comme prévu – à condition qu'aucune des bases ne bouge avant. Sinon, nous essaierons à nouveau demain. D'accord?

– D'accord. Pas encore d'appels?

– Pas encore. »

Pettikin avait du mal à maîtriser son excitation.

« Eh bien, allons-y! Tu viens, Jean-Luc? »

Jean-Luc leva les yeux au ciel. « Mon Dieu, c'est l'heure des boy-scouts! » Puis il se dirigea vers la porte. « Bonnes nouvelles à propos d'Erikki, Andy, mais comment va-t-il sortir?

– Je ne sais pas. Je vois tout à l'heure Newbury au consulat pour essayer de lui faire passer un message lui conseillant de partir par la Turquie. Appelez-moi tous les deux dès l'instant où vous aurez atterri. Je serai au bureau à partir de 6 heures. A plus tard. »

Il referma la porte derrière eux. Maintenant, ça y était. A moins qu'une des bases n'annule l'opération.

Lengeh : 5 h 49. Les premières lueurs de l'aube étaient à peine visibles derrière les nuages. Scragger, en imperméable, se dirigeait sous la pluie fine vers la cuisine où brillait la seule lumière de la base. Le vent fouettait sa casquette d'aviateur et la pluie lui aspergeait le visage.

Il fut surpris de trouver Willi déjà là, assis près du poêle à bois à boire du café. « Bonjour, Scrag. Café? Je viens d'en faire. » De la tête, il désigna un coin de la pièce. Couché sur le sol, dormant à poings fermés non loin du poêle, se trouvait un des Brassards verts du camp. Scragger hocha la tête et ôta son imperméable.

« Du thé pour moi, mon garçon. Tu t'es levé tôt, où est le cuistot?

Willi haussa les épaules et reposa la bouilloire sur le poêle. « En retard. J'avais faim. Je vais me faire des œufs brouillés. Tu en veux? »

Scragger se sentit soudain affamé. « Et comment!

Quatre œufs pour moi, deux toasts et je déjeunerai légèrement. Avons-nous du pain, mon garçon? » Il regarda Willi ouvrir le réfrigérateur. Trois pains, des œufs et du beurre en abondance. « Parfait! Je ne peux pas manger d'œufs sans des toasts beurrés. Ils n'ont pas le même goût. » Il jeta un coup d'œil à sa montre.

« Le vent a tourné presque plein sud et forci à 30 nœuds.

– Mon nez me dit que ça va mollir.

– Mon cul me le dit aussi mais ça ne vient pas vite. »

Scragger éclata de rire. « Aie confiance, mon vieux.

– Je serai plus confiant quand j'aurai mon passeport.

– C'est vrai, moi aussi... mais le plan tient toujours. » Lorsqu'il était revenu la veille au soir de sa visite chez le sergent, Vossi et Willi l'attendaient. A l'écart des oreilles indiscrètes, il leur avait raconté ce qui s'était passé.

Willi avait tout de suite dit, et Vossi était d'accord : « Nous ferions mieux d'alerter Andy, il va peut-être falloir annuler.

– Non, dit Scragger. Voilà comment je vois les choses : si Andy ne déclenche pas le plan Ouragan le matin, j'ai toute la journée pour récupérer nos passeports. S'il le déclenche, il sera exactement 7 heures. Cela me donne largement le temps d'aller au commissariat à 7 heures et demie et d'être rentré pour 8 heures. Pendant ce temps-là, vous mettez tout en train.

– Bon sang, Scrag, on nous a...

– Ed, tu veux m'écouter? Nous partons de toute façon mais nous évitons Al Shargaz où nous savons que nous aurions des ennuis et nous filons sur

Bahrein : je connais le commandant du port là-bas. Nous nous jetons à sa merci – nous ferons peut-être même un " atterrissage d'urgence " sur la plage. En attendant prévenons par radio Al Shargaz dès l'instant où nous avons quitté l'espace aérien iranien pour que quelqu'un vienne à notre rencontre nous récupérer. C'est la meilleure solution que je puisse trouver et au moins, dans un cas comme dans l'autre, nous sommes couverts. »

Je n'ai toujours rien trouvé de mieux, se dit-il en regardant Willi s'affairer près du fourneau, le beurre dans la poêle commençant à grésiller. « Je croyais que c'était des œufs brouillés?

– C'est comme ça qu'on les fait, répliqua Willi d'un ton sec.

– Parce que tu n'y connais rien, lança Scragger. Il faut de l'eau ou du lait et...

– Bon sang, Harry, fit Willi, si tu n'en veux pas... Excuse-moi, Scrag, excuse-moi.

– Je suis nerveux aussi, mon vieux. Pas de problème.

– C'est... c'est comme ça que ma mère les prépare. Tu mets les œufs sans les battre, les blancs prennent et puis très vite tu verses un peu de lait, tu mélanges... » Willi n'arrivait plus à s'arrêter. Il avait passé une mauvaise nuit, fait de mauvais rêves et il avait de mauvais pressentiments et maintenant avec l'aube il ne se sentait pas mieux.

Dans son coin, le Brassard vert s'agita, humant l'odeur du beurre qui cuisait, et il bâilla, leur fit un petit signe de tête, puis s'installa plus confortablement et se rendormit. Quand l'eau se mit à bouillir, Scragger se fit du thé, jeta un coup d'œil à sa montre. 5h56. Derrière lui, la porte s'ouvrit et Vossi entra, secouant l'eau de son parapluie. « Salut, Scrag! Hé! Willi, un café et deux œufs au plat pas trop cuits avec un peu de bacon bien croquant pour moi.

– Va te faire voir! »

Ils se mirent tous à rire, leur angoisse leur donnant une sorte de griserie. Scragger jeta un nouveau coup d'œil à sa montre. Assez! Assez! se dit-il. Garde ton calme et ils seront calmes aussi. On voit bien qu'ils sont tous les deux prêts à craquer.

Kowiss : 6 h 24. McIver et Lochart étaient dans la tour de contrôle et regardaient la pluie et le ciel bouché. Tous deux étaient en tenue de vol, McIver assis devant la radio, Lochart debout devant la fenêtre. Pas de lumières – rien que les points rouges et verts des appareils en fonctionnement. Pas un bruit que le rassurant bourdonnement de la radio et la plainte moins agréable du vent qui s'engouffrait par les fenêtres brisées en secouant le mât de l'antenne.

Lochart jeta un coup d'œil à l'anémomètre. 25 nœuds avec des rafales à 30 du sud-sud-est. A côté du hangar, deux mécaniciens étaient en train de laver les deux 212 déjà propres et le 206 que McIver avait amené de Téhéran. Il y avait des lumières dans la cuisine. A part quelques cuistots, McIver avait donné leur vendredi aux employés de bureau et aux manœuvres. Après le choc de l'exécution sommaire d'Esvandiary pour « corruption », il n'avait pas eu besoin d'encouragement pour prendre ce congé.

Lochart regarda la pendule. L'aiguille des secondes semblait d'une lenteur interminable. Un camion passa en bas. Puis un autre. Il était maintenant exactement 6 h 30. « Sierra 1, ici Lengeh. » C'était Scragger qui appelait comme prévu. McIver en fut grandement soulagé. Le visage de Lochart se rembrunit. « Lengeh, ici Sierra 1, je vous reçois cinq sur cinq. » La voix de Scot en provenance d'Al Shargaz était nette et claire. Sierra 1 était le nom de code pour le bureau de l'aéroport d'Al Shargaz, Gavallan ne tenant pas à attirer plus d'attention que nécessaire sur l'Emirat.

McIver mit la radio en position émission. « Sierra 1, ici Kowiss.

– Kowiss, ici Sierra 1, je vous reçois quatre sur cinq.

– Sierra 1, ici Bandar Delam. » On entendait la voix de Rudi qui tremblait un peu.

« Bandar Delam, ici Sierra 1, je vous reçois deux sur cinq. »

Il n'y avait plus maintenant que des parasites dans le haut-parleur. McIver s'essuya les paumes. « Jusqu'à maintenant, ça va. » Le café dans sa tasse était froid et avait un goût abominable, mais il le termina quand même.

« Rudi avait l'air tendu, n'est-ce pas? dit Lochart.

– Je suis sûr que moi aussi. Et Scrag. » McIver l'examina, inquiet; Lochart évita son regard, s'approcha de la bouilloire électrique et la brancha. Sur le bureau, il y avait quatre téléphones, deux lignes intérieures et deux lignes extérieures. En dépit de ses résolutions, Lochart essaya l'une des lignes extérieures, puis l'autre. Les deux téléphones étaient sans vie. Sans vie depuis des jours maintenant. Sans vie comme moi. Pas moyen de joindre Sharazad.

« Il y a un consulat canadien à Al Shargaz, dit McIver. De là, il pourrait obtenir Téhéran.

– Sûrement. » Une rafale secoua les planches qui remplaçaient les vitres cassées. Lochart ne s'en souciait pas, se demandant ce que faisait Sharazad, priant le ciel pour qu'elle vînt le rejoindre. Le rejoindre pour faire quoi? La bouilloire se mit à chantonner. Depuis qu'il avait quitté l'appartement, il ne pensait plus à l'avenir. Dans la nuit, malgré ses efforts, il s'était remis à y penser.

De la base arriva le premier appel d'un muezzin. « Venez à la prière, la prière vaut mieux que le sommeil... »

Bandar Delam : 6 h 38. Une aube détrempée, une pluie fine, un vent moins fort que la veille. Sur le terrain, Rudi Lutz, Sandor Petrofi et Pop Kelly étaient dans la caravane de Rudi, ils buvaient leur café sans allumer la lumière. Dehors, sous la véranda, Marc Dubois veillait à ce qu'on ne vînt pas écouter leur conversation. Pas de lumières nulle part ailleurs sur la base. Rudi regarda sa montre. « J'espère bien que c'est pour aujourd'hui, dit-il.

– C'est aujourd'hui ou jamais, fit Kelly, d'un ton décidé. Tu peux appeler, Rudi.

– Encore une minute. »

Par la fenêtre, Rudi apercevait l'entrée du hangar et leurs 212. Aucun d'eux n'avait de réservoir prévu pour de longs vols. Quelque part dans l'obscurité, Fowler Joines et trois mécaniciens embarquaient discrètement les dernières réserves de carburant, terminant les préparatifs commencés avec précaution la veille au soir pendant que les pilotes détournaient l'attention des gardes du camp et de Numir. Juste avant de se coucher, tous les quatre avaient chacun de leur côté calculé jusqu'où les appareils pouvaient aller. Ils étaient tous arrivés au même résultat à dix milles nautiques près.

« Si le vent tient à cette force, on va tous à la baille, avait dit Sandor.

– Oui, avait reconnu Marc Dubois. Il s'en faudra d'une dizaine de kilomètres.

– On devrait peut-être éviter Bahrein et se dérouter sur le Koweit, Rudi?

– Non, Sandor, il faut laisser le Koweit ouvert pour Kowiss. Six hélicos avec des immatriculations iraniennes arrivant tous là-bas? Ils en auraient une attaque.

– Où diable sont les nouveaux numéros d'immatriculation qu'on nous a promis? dit Kelly, de plus en plus nerveux.

– On nous attend là-bas. Charlie Pettikin va au Koweit, Jean-Luc à Bahrein.

– Mon Dieu, c'est bien notre chance, avait dit Dubois, écœuré. Jean-Luc est toujours en retard, toujours. Ces Pieds-Noirs, ils se prennent pour des Arabes.

– Si Jean-Luc déconne cette fois-ci, avait dit Sandor, il sera bon à faire un hamburger. Ecoute, pour l'essence, on peut peut-être en obtenir un supplément de Toda-Iran. Ça va paraître drôlement curieux d'avoir chargé tout ce carburant rien que pour aller là-bas.

– Rudi, appelle. C'est l'heure.

– D'accord, d'accord! » Rudi prit une profonde inspiration et lança dans le micro : « Sierra 1, ici Bandar Delam, vous m'entendez? Ici... »

QG d'Al Shargaz : 6 h 40. « ... Bandar Delam, vous m'entendez? »

Gavallan était assis devant la radio, Scot auprès de lui, Nogger Lane appuyé derrière eux contre un bureau, Manuela dans le seul autre fauteuil. Tous étaient crispés, les yeux fixés sur le haut-parleur, tous certains que cet appel annonçait des ennuis puisque le plan Ouragan exigeait un silence radio avant 7 heures et durant le vol, sauf en cas d'urgence. « Bandar Delam, ici Sierra 1, dit Scot, la voix rauque. Je vous entends deux sur cinq, allez-y.

– Nous ne savons pas comment se présente votre

journée, mais nous avons quelques vols de prévus ce matin, et nous aimerions les avancer à maintenant. Etes-vous d'accord?

– Attendez, dit Scot.

– Bon sang, marmonna Gavallan. Il est essentiel que toutes les bases évacuent à la même heure. » Puis de nouveau on entendit des voix dans le haut-parleur.

« Sierra 1, ici Lengeh, fit la voix de Scragger, beaucoup plus forte et plus nette. Nous avons des vols de prévus aussi, mais le plus tard sera le mieux. Comment est le temps chez vous?

– Attendez, Lengeh. » Scot jeta un coup d'œil à Gavallan pour avoir des instructions.

« Appelez Kowiss, dit Gavallan, et tout le monde se détendit un peu. Nous allons vérifier d'abord avec eux.

– Kowiss, ici Sierra 1, m'entendez-vous? » Silence. « Kowiss, ici Sierra 1, m'entendez-vous?

– Ici Kowiss, allez-y. » La voix de McIver semblait tendue et on l'entendait mal.

« Avez-vous bien reçu?

– Oui. On préfère confirmation du plan prévu.

– Voilà qui décide tout. » Gavallan prit le micro. « Ici Sierra 1, j'appelle toutes les bases, notre temps est variable. Nous aurons confirmation de vos plans à 7 heures.

– Bien reçu, dit Scragger, ravi.

– Bien reçu, fit la voix de Rudi, mal assurée.

– Bien reçu. » McIver semblait soulagé.

De nouveau le silence. Gavallan dit, sans s'adresser à personne en particulier : « Mieux vaut s'en tenir au plan. Je ne veux pas alerter le contrôle aérien inutilement pour rendre cet empoisonneur de Siamaki plus difficile que d'habitude. Rudi aurait pu annuler si c'était urgent, il le peut encore. » Il se leva et s'étira, et puis se rassit. Crépitements de parasites.

Ils étaient également à l'écoute du canal d'urgence : 121.5. Le 747 de la Pan Am décolla en faisant trembler les vitres.

Manuela s'agita sur son siège, avec l'impression d'être de trop, même si Gavallan lui avait dit : « Manuela, vous écoutez avec nous aussi, vous êtes la seule d'entre nous à parler farsi. » Le temps ne pesait pas si lourdement pour elle. Son mari était sauf, un peu endommagé mais sauf et son cœur chantait de joie quand elle songeait à la chance qui l'avait fait sortir de ce maelström. « Parce que c'est vraiment de la chance, mon chou, lui avait-elle dit, la veille au soir à l'hôpital.

– Peut-être, mais sans l'aide de Hussain, je serais toujours à Kowiss. »

Sans ce mollah, tu n'aurais jamais été blessé, avait-elle songé, mais elle ne l'avait pas dit pour ne pas l'agiter. « Tu veux quelque chose, chéri?

– Une tête neuve!

– Ils t'apportent un comprimé dans une minute. Le docteur a dit que dans six semaines tu piloterais, que tu as la constitution d'un buffle.

– Je me sens plutôt comme un poulet. »

Elle s'était mise à rire.

Elle se laissait aller, n'ayant pas à souffrir de l'attente comme les autres, surtout Genny. Encore deux minutes. Des parasites. Les doigts de Gavallan pianotaient sur la table. Un jet privé décolla et elle en aperçut un autre qui s'apprêtait à se poser, un 747 aux couleurs d'Alitalia. Je me demande si c'est le vol de Paula retour de Téhéran?

Sur le cadran de la pendule, l'aiguille des minutes toucha le 12. A 7 heures, Gavallan prit le micro. « Sierra 1 à toutes les bases : notre plan est confirmé et nous nous attendons à une amélioration du temps, mais soyez prêts à de petits ouragans. Vous me recevez?

– Sierra 1, ici Lengeh, fit Scragger, ravi. Nous vous recevons et nous ferons attention aux ouragans. Terminé.

– Sierra 1, ici Bandar Delam, nous vous recevons et nous ferons attention aux ouragans. Terminé. »

Silence. Les secondes s'écoulaient. Gavallan se mordillait les lèvres. Il attendit un peu, puis passa sur « émission ». « Kowiss, vous me recevez? »

Kowiss : 7 h 04. McIver et Lochart contemplaient la radio. Presque ensemble ils consultèrent leurs montres. Lochart murmura : « C'est annulé pour aujourd'hui », d'une voix humide de soulagement. Un autre jour de sursis, songea-t-il. Peut-être qu'aujourd'hui le téléphone va fonctionner, peut-être qu'aujourd'hui je vais pouvoir lui parler...

« Ils appelleraient quand même, cela fait partie du plan, ils appellent dans tous les cas. »

McIver actionna l'interrupteur. Tous les voyants fonctionnaient, tout comme les cadrans. « La barbe », dit-il et il passa sur « émission ». « Sierra 1, ici Kowiss, m'entendez-vous? » Silence. Il reprit d'un ton plus anxieux : « Sierra 1, ici Kowiss, vous m'entendez? » Silence.

« Qu'est-ce qu'ils foutent? » fit Lochart entre ses dents.

« Lengeh, ici Kowiss, vous m'entendez? » Pas de réponse. Brusquement, McIver se souvint, il bondit sur ses pieds et se précipita vers la fenêtre. Le câble principal qui menait à l'antenne pendait mollement, agité par le vent. Poussant un juron, McIver ouvrit toute grande la porte qui donnait sur le toit et sortit dans le froid. Il avait des doigts robustes, mais les écrous étaient trop rouillés pour bouger et il s'aperçut que la boucle du fil soudée au mât, rongée par les intempéries s'était rompue. « Bonté de merde...

– Tiens. » Lochart était auprès de lui et lui tendait les pinces. « Merci. » McIver se mit à gratter la rouille. La pluie avait presque cessé, mais ils ne le remarquèrent ni l'un ni l'autre. Un grondement de tonnerre. Des éclairs déchirèrent le ciel au-dessus des monts Zagros. Comme il travaillait en hâte, il raconta à Lochart comment Wazari avait passé tant de temps sur le toit la veille à réparer le câble. « Quand je suis arrivé ce matin, j'ai fait un appel de routine et je savais que la radio fonctionnait et qu'on nous entendait très bien à 6 h 30 et de nouveau à 6 h 40. Le vent a dû entre-temps casser le fil. » Les pinces glissèrent, il s'écorcha un doigt et poussa un nouveau juron.

« Tu veux que je le fasse?

– Non, ça va. Dans deux secondes. »

Lochart revint dans la tour. 7 h 07. La base était toujours silencieuse. Des camions se déplaçaient, mais pas d'avions. Auprès du hangar, leurs deux mécaniciens s'affairaient toujours autour des 212, selon le plan prévu. Freddy Ayre avec eux. Puis il vit Wazari qui arrivait à bicyclette. Son cœur se serra. « Mac, voilà Wazari qui arrive de la base.

– Arrête-le, dis-lui n'importe quoi, mais arrête-le. » Lochart se précipita dans l'escalier. McIver avait le cœur battant.

« Allons, bon sang », dit-il en se maudissant de n'avoir pas vérifié plus tôt.

De nouveau les pinces glissèrent. De nouveau il les serra et les écrous cette fois bougèrent. Un côté maintenant était bloqué. Un instant il fut tenté de prendre le risque, mais sa prudence l'emporta sur son angoisse et il resserra l'autre côté aussi. Il tira avec précaution sur le câble. Il tenait. Il revint dans le bureau, couvert de sueur. 7 h 16.

Pendant un moment, il n'arriva pas à reprendre son souffle. « Allons, McIver, pour l'amour du ciel! » Il prit une profonde inspiration. « Sierra 1, ici Kowiss, vous m'entendez? »

La voix inquiète de Scot répondit aussitôt : « Kowiss, ici Sierra 1, allez-y.

– Avez-vous des renseignements pour nous sur la météo? »

Aussitôt la voix de Gavallan lui parvint, encore plus anxieuse : « Kowiss, nous vous avons envoyé le message suivant à 7 heures précises : notre plan est confirmé et nous attendons une amélioration du temps, mais faites attention à de petits ouragans. Vous me recevez?

– Nous vous recevons, fit McIver, et nous ferons attention à de petits ouragans. Est-ce que... est-ce que les autres ont bien reçu?

– Affirmatif... »

QG d'Al Shargaz : « Je répète : affirmatif, réitéra Gavallan dans le micro. Qu'est-ce qui s'est passé?

– Pas de problème, reprit la voix de McIver. A bientôt. Terminé. » Il y eut un moment de silence, puis des acclamations jaillirent dans la pièce, Scot vint serrer son père contre lui et eut un sursaut lorsqu'une douleur lui déchira l'épaule, mais personne ne s'en aperçut dans le tumulte, Manuela étreignait Gavallan en disant : « Je vais téléphoner à l'hôpital, Andy, je reviens tout de suite », et elle partit en courant. Nogger sautait de joie et Gavallan conclut d'un ton ravi : « Je crois que tous les non-pilotes méritent une grande bouteille de bière! »

Kowiss : McIver éteignit la radio, et se renversa sur son siège, essayant de reprendre ses esprits. « Peu importe, on y va! » dit-il. Tout était silencieux dans la tour, sauf le vent qui faisait grincer la porte que dans sa hâte il avait laissée ouverte. Il la referma et s'aperçut que la pluie avait cessé. Il remarqua alors que son doigt saignait toujours. Auprès de la radio, il y avait une serviette en papier et il en arracha un morceau dont il enveloppa tant bien que mal la coupure. Ses mains tremblaient. Soudain, il sortit et s'agenouilla auprès du fil qu'il venait de réparer. Il lui fallut toute sa force pour le détacher. Il vérifia le résultat de son travail dans la tour, essuya la sueur qui ruisselait sur son front et descendit l'escalier. Lochart et Wazari étaient dans le bureau d'Esvandiary, Wazari ébouriffé et pas rasé, on sentait dans l'air une étrange électricité. Pas le temps de s'occuper de cela, se dit McIver, Scrag et Rudi ont déjà décollé. « Bonjour, sergent, dit brièvement McIver, qui sentait les yeux de Lochart posés sur lui. Je croyais vous avoir donné congé pour la journée : nous n'avons pas de trafic vraiment important.

– C'est vrai, capitaine, mais je ne pouvais pas dormir et... je ne me sens pas en sûreté sur la base. » Wazari remarqua le visage un peu rouge de McIver et le pansement en papier rudimentaire.

« Ça va?

– Oui, très bien, je me suis simplement coupé le doigt sur la vitre. » McIver jeta un coup d'œil à Lochart qui transpirait autant que lui. « Nous ferions mieux de partir, Tom. Sergent, nous allons faire des essais au sol sur les 212. » Il surprit le regard de Lochart.

« Bien, je vais en informer la base, dit Wazari.

– Ce n'est pas la peine. » Un instant, McIver ne sut pas quoi dire, puis la réponse lui vint. « Dans votre intérêt, si vous devez traîner par ici, vous feriez bien de vous préparer à voir le ministre Kia. »

L'homme pâlit. « Comment?

– Il doit venir incessamment pour repartir vers

Téhéran. Est-ce que vous n'étiez pas le seul témoin contre lui et ce pauvre abruti de Coup d'Enfer?

– Bien sûr, mais je les ai entendus, répliqua Wazari, éprouvant le besoin de se justifier. Kia est un salaud et un menteur tout comme Coup d'Enfer et ça fait un moment qu'ils préparaient leur combine. Avez-vous oublié que c'est Coup d'Enfer qui a donné l'ordre qu'on rosse Ayre? Ils l'auraient tué, vous avez oublié cela? Tout ce que j'ai dit sur Esvandiary et Kia, tout était vrai.

– J'en suis sûr. Je vous crois. Mais il va sûrement être furieux s'il vous voit, vous ne croyez pas? Tout comme le personnel du bureau, ils étaient très en colère. Vous pouvez compter sur eux pour vous livrer. Je peux peut-être détourner l'attention de Kia, dit McIver dans l'espoir de le garder dans leur camp, peut-être pas. Si j'étais vous, je ne me montrerais pas, alors ne traînez pas dans les parages. Tu viens, Tom? » McIver s'apprêtait à sortir mais Wazari se planta devant lui.

« N'oubliez pas, c'est moi qui ai arrêté un massacre en disant que le chargement de Sandor avait glissé, sans moi il serait mort, sans moi, vous seriez tous devant un *komiteh*. Il faut m'aider... » Des larmes maintenant ruisselaient sur son visage. « Il faut m'aider... »

– Je ferai ce que je pourrai », dit McIver et il sortit. Dehors, il dut s'empêcher de courir vers les autres, en voyant leur air inquiet, puis Lochart le rejoignit.

« Alors, demanda-t-il, Ouragan?

– Ça y est, Andy a pressé le bouton comme prévu, Scrag et Rudi ont bien reçu et sont sans doute déjà en route », dit McIver, sans remarquer le brusque désespoir de Lochart. Ils arrivaient maintenant auprès d'Ayre et des mécaniciens. « Ouragan! lança

McIver d'une voix rauque, mais pour eux tous le mot sonna comme un coup de clairon.

– Superbe », fit Freddy Ayre en maîtrisant son excitation. Ce n'était pas le cas des autres. « Pourquoi ce retard? Qu'est-ce qui s'est passé?

– Je vous raconterai plus tard, démarrez, on y va! » McIver se dirigea vers le premier 212, Ayre vers le second, les mécaniciens sautant déjà à bord. Là-dessus, une voiture d'état-major avec à bord le colonel Changiz et quelques aviateurs entra en trombe dans la cour et s'arrêta devant les bureaux. Tous les aviateurs avaient des fusils et tous portaient un brassard vert.

« Ah! Capitaine, c'est vous qui ramenez le ministre Kia à Téhéran? » Changiz avait l'air nerveux et en colère.

« Oui, oui, en effet, à 10 heures.

– J'ai reçu un message disant qu'il voulait avancer son départ à 8 heures, mais vous ne devez pas partir avant 10 heures selon votre permis. C'est clair?

– Oui, mais le...

– J'aurais bien téléphoné, mais vos téléphones sont de nouveau en dérangement et il y a quelque chose qui ne marche pas dans votre radio. Vous n'entretenez donc pas votre matériel? Elle fonctionnait, puis ça s'est arrêté. » McIver vit le colonel regarder les trois hélicos bien alignés, puis commencer à s'avancer dans leur direction. « Je ne savais pas que vous aviez des vols d'entraînement aujourd'hui.

– Nous faisons juste des essais au sol pour l'un et une vérification de l'équipement pour l'autre en vue du changement d'équipage demain au puits Abou Sal, colonel, s'empressa de répondre McIver et, pour détourner davantage son attention, il poursuivit : Quel est le problème avec le ministre Kia?

– Aucun problème », répondit-il avec agacement.

Puis, jetant un coup d'œil à sa montre, il renonça à inspecter les hélicoptères. « Trouvez quelqu'un pour réparer votre radio et venez avec moi. Le mollah Hussain veut vous voir. Nous serons revenus à temps. »

Lochart intervint. « Je serais heureux de conduire le capitaine McIver dans une minute, il y a certaines choses ici qu'il doit...

– Hussain veut voir le capitaine McIver, pas vous... et tout de suite! Occupez-vous de la radio! » Changiz dit à ses hommes de l'attendre, s'installa au volant et fit signe à McIver de s'asseoir auprès de lui. McIver obéit. Changiz démarra et son chauffeur s'éloigna vers le bureau, les autres aviateurs se dispersèrent. Les 212 étaient bourrés du dernier lot des pièces détachées importantes chargé la veille au soir. S'efforçant de garder un air nonchalant, les mécaniciens fermèrent les portes de la cabine, puis se mirent à fourbir la carlingue.

Ayre et Lochart regardèrent la voiture qui s'éloignait. « Et maintenant? fit Ayre.

– Je ne sais pas... On ne peut pas partir sans lui. » Lochart était au bord de la nausée.

Bandar Delam : 7 h 26 Les quatre 212 étaient stationnés devant le hangar et prêts à décoller. Fowler Joines et les trois autres mécaniciens farfouillaient au fond des cabines, attendant avec impatience. Les gros barils contenant chacun cent quatre-vingts litres d'essence étaient soigneusement arrimés. Il y avait des caisses de pièces détachées et des valises dissimulées sous des bâchcs.

« Allons, bon sang », dit Fowler en essuyant la sueur sur son front.

Par la porte ouverte de la cabine, il apercevait Rudi, Sandor et Pop Kelly qui attendaient toujours dans le hangar, tout était prêt comme prévu, tout sauf le dernier pilote, Dubois, dix minutes de retard et personne ne savait si Numir, le directeur de la base ou l'un des Brassards verts ne l'avaient pas intercepté. Puis il vit Dubois approcher et il faillit avoir une attaque. Avec une belle indifférence française, Dubois tenait une valise à la main, son imperméable sur son bras. Comme il passait devant le bureau, Numir apparut à la fenêtre. « Allons-y », fit Rudi d'une voix étranglée, et il se dirigea vers le poste de pilotage d'un air aussi calme qu'il pouvait, il boucla sa ceinture, pressa le démarreur. Sandor en fit autant, Pop Kelly les imita une seconde plus tard et leurs rotors commencèrent à tourner. Sans se presser, Dubois lança sa valise à Fowler, posa avec soin son imperméable sur une caisse et s'installa dans le siège du pilote, puis il démarra sans se soucier de boucler sa ceinture ni des contrôles préalables. Fowler jurait comme un perdu. Les réacteurs montaient en puissance et Dubois fredonnait une chanson; il ajusta ses écouteurs et, quand tout fut prêt, il finit par boucler sa ceinture. Il ne vit pas Numir sortir en courant de son bureau.

« Où allez-vous? cria Numir à Rudi par le hublot de côté.

– Toda-Iran, c'est sur le manifeste. » Rudi continuait la procédure de démarrage.

« Mais vous n'avez pas demandé à Abadan la permission de décoller et...

– C'est jour de fête, *agha,* vous pouvez faire cela pour nous.

– C'est votre travail! cria Numir, furieux. Il faut que vous attendiez Zataki. Il faut attendre que le colonel...

– Tout à fait, je veux m'assurer que mon hélico est prêt dès l'instant où il arrive... C'est très important de lui plaire, n'est-ce pas?

– Oui, mais pourquoi est-ce que Dubois avait une valise?

– Oh! Vous connaissez les Français, dit-il, lançant la première réponse qui lui traversait la tête, la toilette c'est important; il est persuadé qu'il va être basé à Toda-Iran et il emporte un uniforme de rechange. » Son pouce était prêt à appuyer sur le bouton d'embrayage. Non, se dit-il, ne sois pas impatient, ils savent tous ce qu'il faut faire, pas d'impatience.

Sur ces entrefaites, derrière Numir, dans la brume avec une visibilité de quelques centaines de mètres, Rudi vit le camion des Brassards verts franchir l'entrée principale et s'arrêter, le bruit de son moteur couvert par les hurlements des réacteurs. Mais ce n'était pas Zataki, juste quelques-uns de leurs Brassards verts habituels chargés de la garde qui étaient groupés là à regarder le 212 avec curiosité. Jamais encore on n'avait vu quatre 212 démarrer en même temps.

Dans son casque il entendit Dubois annoncer : « Prêt, mon vieux », puis Pop Kelly, puis Sandor, il enclencha la position « émission » et dit dans le micro : « Go! » Il se pencha vers le hublot et fit signe à Numir : « Pas la peine que les autres attendent, moi, j'attends.

– Mais on vous a ordonné de partir en groupe et vos autorisations de vol... » La voix du directeur de la base fut noyée par le fracas des réacteurs poussés à pleine puissance, selon la procédure de décollage d'urgence conforme au plan sur lequel les pilotes s'étaient secrètement mis d'accord la veille au soir, Dubois allant vers la droite, Sandor vers la gauche et Kelly tout droit comme un vol de bécasses qui s'égaillent. En quelques secondes, ils avaient pris l'air et disparu à très basse altitude. Numir était cramoisi. « Mais on vous a dit de...

– C'est pour votre sécurité, *agha,* nous essayons de vous protéger, cria Rudi, toutes ses aiguilles maintenant dans le vert sur les cadrans; c'est mieux comme ça, *agha :* nous allons faire le travail et pas de problème. Il faut que nous vous protégions ainsi qu'IranOil. » Dans ses écouteurs, il entendit Dubois qui rompait le silence radio obligatoire pour dire d'un ton urgent : « Il y a une voiture presque à l'entrée! »

A cet instant, Rudi l'aperçut et reconnut Zataki assis à l'avant. La puissance était au maximum. « *Agha,* je m'en vais m'élever de quelques mètres, mon compte-tours est en train de s'emballer... »

Les vociférations de Numir se perdirent dans le vacarme.

Zataki était à peine à une centaine de mètres. Rudi sentit les rotors mordre l'air, puis l'appareil s'élever. On put croire un moment que Numir allait sauter sur un patin, mais il s'écarta, le patin l'effleura quand même et il tomba tandis que Rudi fonçait en avant. Devant lui, les autres étaient stationnaires au-dessus du marais. Il les rejoignit en zigzaguant, leur fit signe pouce levé et fonça le premier vers le Golfe à six kilomètres de là.

Numir se releva; il étouffait de rage quand la voiture de Zataki stoppa auprès de lui. « Bon sang, qu'est-ce qui se passe? » fit Zataki, furieux; les hélicoptères avaient déjà disparu dans la brume et le bruit de leur moteur s'atténuait. « Ils étaient censés m'attendre!

– Je sais, je sais, colonel, je le leur ai dit, mais ils... ils ont décollé quand même et... » Numir poussa un hurlement tandis que le poing serré le frappait en pleine joue et l'envoyait au sol. Les autres Brassards verts regardaient la scène avec indifférence, habitués à ces sorties. Un des hommes aida Numir à se relever en lui donnant des claques pour lui faire reprendre ses esprits.

Zataki jurait toujours et, sa rage un peu passée, il dit : « Amenez-moi ce morceau d'excrément de chameau et suivez-moi. » Passant en trombe devant le hangar ouvert, il vit les deux 206 garés soigneusement au fond, des pièces détachées disposées tout autour, un ventilateur faisant sécher la peinture fraîche : tout le camouflage soigneusement préparé par Rudi pour leur donner un répit supplémentaire de quelques minutes. « Ces chiens vont regretter de ne pas avoir attendu », marmonna-t-il. D'un coup de pied il ouvrit la porte du bureau, s'avança jusqu'à l'émetteur radio et s'assit à côté.

« Numir, passez-moi ces hommes sur le haut-parleur!

– Mais Jahan, notre opérateur radio, n'est pas encore ici et je...

– Faites-le! »

Terrifié, l'homme alluma la VHF, sa bouche en sang lui permettant à peine de parler. « Ici la base qui appelle le capitaine Lutz! » Il attendit, puis répéta le message, en ajoutant : « Urgent! »

Dans les appareils. Ils étaient à trois mètres à peine au-dessus des marécages et à quelques centaines de mètres du hangar lorsqu'ils entendirent la voix furieuse de Zataki. « Tous les hélicoptères sont rappelés à la base, je répète : rappelés à la base! Venez au rapport! » Rudi régla la puissance du moteur et l'assiette de l'appareil. Dans l'hélico le plus proche de lui, il vit Marc Dubois désigner son casque avec un geste obscène. Il sourit et en fit autant, puis il remarqua la sueur qui ruisselait sur son visage. « TOUS LES HÉLICOPTÈRES RAPPELÉS À LA BASE! TOUS... »

Sur le terrain. « ... Les hélicoptères rappelés à la base », hurlait Zataki dans le micro.

Seuls des parasites lui répondirent. Zataki reposa brutalement le micro sur la table : « Passez-moi la tour d'Abadan! Vite! » cria-t-il et Numir, terrifié, un filet de sang coulant dans sa barbe, se mit à changer de canaux et, au sixième appel, cette fois en farsi, il obtint la tour. « Ici la tour d'Abadan, *agha*, je vous écoute. »

Zataki lui arracha le micro des mains. « Ici le colonel Zataki, *komiteh* révolutionnaire d'Abadan, dit-il en farsi, qui appelle du terrain de Bandar Delam.

– La paix soit avec vous, colonel, fit la voix avec beaucoup de déférence. Que pouvons-nous faire pour vous?

– Quatre de nos hélicoptères ont décollé sans autorisation pour se rendre à Toda-Iran. Veuillez les rappeler.

– Un moment, je vous prie. » Il y eut des bruits de voix étouffées. Zataki attendait, attendait toujours. « Vous êtes sûr, *agha*? Nous ne les voyons pas sur l'écran radar.

– Evidemment que je suis sûr. Rappelez-les! »

Encore des voix étouffées, encore de l'attente, Zataki était prêt à exploser, puis une voix dit en farsi : « Les quatre hélicoptères qui ont quitté Bandar Delam ont ordre de regagner leur base. Veuillez accuser réception du message. » Il attendit puis répéta. La voix alors ajouta : « Peut-être leurs radios ne fonctionnent-elles pas, *agha*, la bénédiction de Dieu soit sur vous.

– Continuez à les appeler! Ils volent à basse altitude cap sur Toda-Iran! »

D'autres voix étouffées, puis des phrases en farsi, puis une voix brusquement dit en anglais avec un accent américain : « Bon, je vais le prendre! Ici le contrôle d'Abadan, les hélicos sont au cap 90, vous me recevez? »

Dans le cockpit de Dubois. Son compas indiquait un cap à 91 degrés. Il entendit de nouveau la voix dans son casque : « Ici le contrôle d'Abadan, les hélicoptères qui sont sur un cap de 90 degrés à un mile de la côte, me recevez-vous? » Un silence. « Ici le contrôle d'Abadan, les hélicoptères qui volent sur un cap de 90 degrés, passez sur le canal 121.9... Me recevez-vous? » C'était le canal d'urgence que tous les appareils étaient censés écouter automatiquement. « Les hélicoptères qui volent à un cap de 90 degrés à un mile de la côte, regagnez la base. Me recevez-vous? »

Dans la brume, Dubois vit que la côte approchait rapidement, elle était à moins d'un kilomètre, mais à cette altitude il ne pensait pas qu'on puisse les repérer au radar. Il regarda sur sa gauche. Rudi désigna son casque puis posa un doigt sur ses lèvres pour signifier le silence. Il leva le pouce et transmit le même message à Sandor qui était sur sa droite, et se tourna pour voir Fowler Joines qui venait s'asseoir auprès de lui. Il lui désigna le casque accroché au-dessus du siège. La voix était plus sèche maintenant : « Tous les hélicoptères ayant décollé de Bandar Delam à destination de Toda-Iran doivent regagner leur base. Me recevez-vous? »

Fowler, qui entendait maintenant dans son casque, dit dans l'intercom : « Qu'ils crèvent! »

Puis la voix se fit de nouveau entendre et leurs sourires disparurent : « Contrôle d'Abadan à colonel Zataki. Me recevez-vous?

– Oui, allez-y.

– Nous avons relevé une trace au radar, ce n'est

sans doute rien, mais cela aurait pu être un ou des hélicoptères volant en formation serrée au cap 90. » La transmission faiblissait un peu. « Cela les amènerait directement... »

Sur le terrain. « ... A Toda-Iran. Ne pas demander l'autorisation de décoller et ne pas être en contact radio est une violation grave. Veuillez nous donner leurs indications radio et le nom des capitaines. La radio de Toda-Iran ne fonctionne toujours pas, sinon nous les contacterions. Je suggère que vous envoyiez quelqu'un là-bas pour arrêter les pilotes et les amener aussitôt devant le contrôle aérien d'Abadan pour contravention au règlement aérien. M'avez-vous reçu?

– Oui... oui, je comprends. Merci. Un moment. » Zataki fourra le micro dans les mains de Numir. « Je pars pour Toda-Iran! S'ils reviennent avant que je ne les trouve, ils sont en état d'arrestation! Donnez au contrôle aérien les renseignements qu'il demande! » Il sortit en trombe, laissant trois hommes sur la base, avec des mitrailleuses.

Numir commença : « Contrôle d'Abadan, ici Bandar Delam : HVV, HGU, HKL, HXC, tous des 212. Les noms des capitaines sont Rudi Lutz, Marc Dubois... »

Dans le cockpit de Pop Kelly. « ... Sandor Petrofi et Ignatius Kelly, tous détachés à Toda-Iran d'Iran-Oil sur ordre du colonel Zataki.

– Merci, Bandar Delam, tenez-nous informés. » Kelly regarda sur sa droite et leva le pouce d'un air enthousiaste vers Rudi qui acquiesça...

Dans le cockpit de Rudi. ... Et qui en fit de même à Dubois qui accusa réception à son tour. Puis il scruta de nouveau la brume.

Les hélicos étroitement groupés étaient presque au-dessus de la côte. Toda-Iran était sur leur gauche, à moins d'un kilomètre, mais dans la brume Rudi ne voyait rien. Il accéléra un peu pour prendre de l'avance, puis changea son cap plein sud à plein est. Cela les faisait passer juste au-dessus des installations et il n'augmenta son altitude que juste assez pour éviter les bâtiments. Le complexe pétrolier défila sous les appareils, mais ils savaient que au sol on les avait remarqués, étant donné la brusquerie de leur passage. Ensuite, il redescendit et garda le même cap, s'enfonçant à l'intérieur des terres pendant un peu moins de vingt kilomètres. Là le paysage était désolé, aucun village. Puis, conformément à leur plan, il remit le cap plein sud vers la mer. La visibilité aussitôt commença à se dégrader. A moins de dix mètres, la visibilité était à peine de quatre cents mètres avec de temps en temps un mur blanc là où il n'y avait pas de démarcation entre le ciel et la mer. Droit devant, à une centaine de kilomètres, se trouvait l'île de Kharg avec son puissant radar et, plus loin, trois cent cinquante kilomètres plus loin, leur destination, Bahrein. Au moins deux heures de vol. Plus ce vent, le vent de 35 nœuds sud-est devenant vent contraire de 20 nœuds.

En volant aussi bas, c'était dangereux. Mais ils estimaient pouvoir se glisser sous les radards au cas où quelqu'un surveillerait les écrans – et ils devraient pouvoir éviter ainsi toute intervention de la chasse, si jamais il y en avait une.

Rudi agitait son manche d'un côté à l'autre, faisant zigzaguer son hélico, puis son doigt vint de poser sur la touche « émission » de la radio :

« Delta 4, Delta 4 », dit-il, le message codé annonçant à Al Shargaz que les quatre appareils de Bandar Delam étaient sains et saufs et franchissaient la ligne côtière. Il vit Dubois pointer un doigt vers le ciel pour lui demander de prendre de l'altitude. Il secoua la tête en montrant du doigt l'avant et le sol, pour leur ordonner de rester à basse altitude et de s'en tenir au plan. Docilement, ils se dispersèrent et s'enfoncèrent dans la brume qui s'épaississait.

Al Shargaz. Bureau de S-G. Gavallan, tout excité, téléphonait à l'hôpital : « Passez-moi le capitaine Starke, je vous prie... Allô? Duke, c'est Andy, je voulais juste te dire que nous avons reçu le message " Delta 4 " de Rudi voilà une minute, n'est-ce pas que c'est formidable? Magnifique, merveilleux! Fantastique! Quatre de partis et il en reste cinq!

– Oui, mais c'est six, n'oublie pas Erikki... »

CHAPITRE 20

Lengeh : 8 h 04. Scragger attendait toujours dans l'antichambre du commissariat. Il était assis, désespéré, sur un banc devant le caporal qui le toisait du haut de son bureau derrière une cloison à mi-hauteur.

Une fois de plus, Scragger consulta sa montre. Il était arrivé à 7 h 20, au cas où le bureau ouvrirait de bonne heure, mais le caporal n'était arrivé qu'à 7 h 45 et lui avait désigné courtoisement le banc en l'invitant à attendre. Jamais il n'avait attendu aussi longtemps.

Rudi et les gars de Kowiss ont dû décoller maintenant, songea-t-il, consterné, tout comme nous l'aurions fait sans ces foutus passeports. Encore une minute et ça y est. Je n'ose pas attendre plus longtemps – je n'ose pas, il nous faudra encore au moins une heure pour partir et il y aura bien une fuite quelque part entre les trois bases, il va bien y avoir un fouille-merde qui va se mettre à poser des questions et à ameuter les ondes, sans parler de cet abruti de Siamaki. La veille au soir, Scragger avait écouté à la radio les appels exaspérés de Siamaki à Gavallan à Al Shargaz, ainsi qu'à McIver à Kowiss, pour lui dire qu'il le retrouverait aujourd'hui à l'aéroport de Téhéran.

Connard! Mais je pense quand même que j'ai eu raison de ne pas appeler Andy pour annuler. Bon sang, c'est nous qui avons la part la plus facile et si je remettais Ouragan à demain il y aurait autre chose, soit avec nous, soit avec un des autres et il n'y aurait aucun moyen d'éviter que ce vieux Mac reparte aujourd'hui pour Téhéran avec ce maudit Kia. Ça n'est pas possible de prendre ce risque, pas possible.

La porte s'ouvrit et il leva la tête. Deux jeunes gendarmes entrèrent, traînant entre eux un jeune homme meurtri, aux vêtements sales et déchirés. « Qui est-ce? demanda le caporal.

– Un voleur. Nous l'avons surpris en flagrant délit, caporal. Ce pauvre idiot volait du riz chez le commerçant Ishmael. Nous l'avons surpris durant notre patrouille, juste avant l'aube.

– Comme Dieu le veut. Mettez-le dans la seconde cellule. » Puis le caporal cria au jeune homme, surprenant Scragger qui ne comprenait pas le farsi : « Fils de chien! Comment peux-tu être assez stupide pour te faire prendre? Tu ne sais donc pas que ça n'est plus une simple rossée maintenant! Combien de fois faut-il vous le dire? C'est la loi islamique maintenant. La loi islamique!

– Je... J'avais faim... Mon... »

Le jeune homme terrifié se mit à gémir tandis qu'un des gendarmes le secouait sans douceur. « La faim n'est pas une excuse. J'ai faim, nos familles ont faim, nous avons tous faim! » Ils traînèrent le jeune homme hors de la pièce.

Le caporal lui lança encore quelques injures, tout en le plaignant, puis jeta un coup d'œil à Scragger, eut un bref hochement de tête et se remit à son travail. Quelle stupidité pour ces étrangers d'être ici un jour férié. Mais, si le vieux veut attendre toute la journée et toute la nuit jusqu'à ce que le sergent arrive demain, il peut bien attendre.

Sa plume grinçait, ce qui exaspérait Scragger. 8 h 11. Décidé, il se leva, fit semblant de remercier le caporal qui insistait poliment pour qu'il reste. Puis il se dirigea vers la porte et faillit presque heurter Qeshemi. « Oh! Pardon, mon vieux! *Salam, agha Qeshemi, salam.*

– *Salam, agha.* » Qeshemi perçut chez Scragger le soulagement et l'impatience. Il lui fit signe d'attendre et s'approcha du bureau, son regard malin lisant dans les yeux du caporal comme dans un livre ouvert. « Salut, Achmed, la paix de Dieu soit sur toi.

– Et sur vous, Excellence sergent Qeshemi.

– Quels ennuis avons-nous aujourd'hui?... Je sais ce que veut l'étranger.

– Il y a eu une autre réunion islamo-marxiste vers minuit auprès des docks. Un moudjahidin a été tué et nous avons sept autres dans les cellules : c'était facile, l'embuscade s'est passée sans problème, grâce à Dieu, et les Brassards verts nous ont aidés. Qu'est-ce qu'on va faire d'eux?

– Obéir aux nouvelles règles, dit Qeshemi avec patience. Amener les prisonniers devant le *komiteh* révolutionnaire quand il se rassemblera demain matin. Ensuite? » Le caporal évoqua le cas du jeune homme. « Même chose pour lui... Quel fils de chien pour s'être fait prendre! » Qeshemi franchit la demi-cloison jusqu'au coffre, il prit la clé et se mit à ouvrir la porte.

« Dieu soit loué, je croyais la clé perdue, dit le caporal.

– Elle l'était, mais Lafti l'a trouvée. Je suis passé chez lui ce matin. Il l'avait dans sa poche. » Les passeports étaient posés sur les boîtes de munitions. Il les apporta jusqu'au bureau, les vérifia avec soin, signa le permis au nom de Khomeiny, revérifia le tout. « Tenez, *agha* pilote, dit-il en les tendant à Scragger.

– *Mamnoon am, agha, khoda haefez* – Je vous remercie, Excellence, au revoir.

– *Khoda baefez, agha.* » Le sergent Qeshemi serra la main qu'on lui tendait et regarda d'un air songeur l'étranger s'en aller. Par la fenêtre, il vit Scragger démarrer rapidement. Trop rapidement. « Achmed, avons-nous de l'essence dans la voiture?

– Il y en avait hier, Excellence. »

Aéroport de Bandar Delam : 8 h 18. Numir courait frénétiquement d'une caravane de mécanicien à l'autre, mais elles étaient toutes vides. Il regagna son bureau. Jahan le radio, le regarda, abasourdi.

« Ils sont partis! Ils sont tous partis, les pilotes, les mécaniciens... et presque tout leur équipement est parti aussi! balbutia Numir, son visage portant encore la marque du coup que lui avait assené Zataki. Ces fils de chiens!

– Mais... mais ils sont juste allés à Toda-Iran, Excell...

– Je te dis qu'ils se sont enfuis, ils se sont enfuis avec nos hélicoptères!

– Mais nos deux 206 sont là, dans le hangar, je les ai vus, il y a même un ventilateur pour faire sécher la peinture. Excellence, Rudi ne laisserait pas un ventilateur fonctionner comme ça...

– Bon sang, puisque je te dis qu'ils sont partis! »

Jahan, un homme d'un certain âge qui portait des lunettes, alluma la radio. « Capitaine Rudi, ici la base, vous m'entendez? »

Dans le cockpit de Rudi. Rudi comme son mécanicien Faganwitch entendit distinctement l'appel. « La base appelle le capitaine Rudi, vous m'entendez? »

Rudi modifia légèrement l'assiette, puis se détendit et regarda à droite et à gauche. Il vit Kelly désigner son casque, lever deux doigts et faire un geste désinvolte. Par geste aussi, il répondit : « Message reçu. » Puis son entrain disparut : « Téhéran, ici Bandar Delam, vous m'entendez? » Tous les pilotes se crispèrent. Pas de réponse. « Kowiss, ici Bandar Delam, vous m'entendez? » Pas de réponse. « Lengeh, ici Bandar Delam, vous m'entendez?

– Bandar Delam, ici Lengeh, je vous entends 2 sur 5, allez-y. »

Il y eut aussitôt un déluge en farsi, provenant de Jahan, que Rudi ne comprit pas, puis les deux opérateurs radio engagèrent un dialogue animé. Après un silence, Jahan reprit en anglais : « Téhéran, ici Bandar Delam, vous m'entendez? » Des parasites. On répéta le message. Des parasites. Puis : « Kowiss, vous m'entendez? » Puis de nouveau le silence.

« Pour le moment, murmura Rudi.

– Qu'est-ce que c'était que tout ça, capitaine? interrogea Faganwitch.

– Nous sommes repérés. Ça fait même pas cinquante minutes que nous avons décollé et nous sommes repérés! » Il y avait des bases de chasseurs tout autour d'eux et devant se trouvait la grande et redoutable base de Kharg. Ils n'avaient pas le moindre doute que, s'ils étaient interceptés, ils seraient abattus. Dans les règles, songea-t-il avec amertume. Et, si pour le moment ils ne risquaient rien juste au-dessus des vagues, avec une visibilité qui ne dépassait pas quatre cents mètres, d'ici peu de temps la brume allait se dissiper et ils seraient désarmés. De nouveau la voix de Jahan : « Téhéran, ici Bandar Delam, vous m'entendez? » Des parasites. « Kowiss, ici Bandar Delam, vous m'entendez? » Pas de réponse.

Rudi jura sous cape. Jahan était un bon opérateur

radio, obstiné, et il continuerait d'appeler jusqu'au moment où Kowiss ou Téhéran répondrait. Et alors? C'est leur problème, pas le mien. Le mien est de faire sortir mes quatre appareils sans dommage, c'est tout ce dont j'ai à me préoccuper. Il faut que j'emmène mes quatre hélicos sans dommage.

Quatre ou cinq mètres en dessous, il y avait les vagues, pas encore crêtées de blanc, mais grises et mauvaises, et le vent n'avait pas faibli. Il regarda Kelly en agitant la main de gauche à droite, c'était le signal d'une dispersion plus grande en abandonnant tout effort de garder le contact visuel si la visibilité devenait plus mauvaise. Kelly accusa réception. Il en fit de même avec Dubois qui transmit le message à Sandor, tout à fait à sa droite, puis il réfléchit à la façon de tirer le maximum de trajet avec le minimum de carburant, ses yeux s'efforçant de percer le mur blanc devant lui. Bientôt il serait en plein dans les vrais couloirs aériens maritimes.

Aéroport de Lengeh : 8 h 31. « Bon sang, Scrag, on te croyait arrêté », s'écria Vossi. Willi était avec lui, ils étaient tous les deux soulagés et leurs trois mécaniciens se pressaient autour d'eux. « Qu'est-ce qui s'est passé?.

– J'ai les passeports, alors allons-y.

– Nous avons un problème », dit Vossi, blême.

Scragger fit une grimace : « Quoi donc?

– Ali Pash est ici. Il est à la radio. Il est arrivé comme d'habitude, nous avons essayé de le renvoyer, mais il n'a rien voulu savoir et...

– Et depuis cinq minutes, Scrag, interrompit Willi avec impatience, depuis cinq ou six minutes, il a l'air très bizarre et...

– On croirait qu'il a un vibrator dans le cul, Scrag, je ne l'ai jamais vu comme ça... » Vossi s'interrompit. Ali Pash sortit sur la véranda de la salle radio et fit signe à Scragger de venir.

« J'arrive, Ali », cria Scragger. A Benson, leur chef mécanicien, Scragger murmura : « Vous et vos gars, vous êtes tous prêts?

– Oui, capitaine. » Benson était un petit homme sec et nerveux. « J'ai fourré vos affaires à bord juste avant l'arrivée d'Ali Pash. On se taille?

– Attendez que j'aille au bureau. Que tout...

– Nous avons reçu un Delta 4, Scrag, dit Willi, mais rien des autres.

– Epatant. Que tout le monde attende que je donne le signal. » Scragger prit une profonde inspiration et s'éloigna, saluant les Brassards verts qu'il rencontrait. « *Salam,* Ali Pash, dit-il, voyant l'air nerveux et inquiet du radio. Je croyais vous avoir donné congé pour aujourd'hui.

– *Agha,* il y a quelque chose...

– Une seconde, mon garçon! » Scragger se retourna et avec un agacement feint, il lança : « Benson, je vous ai dit que, si Drew et vous vouliez partir en pique-nique, allez-y, mais vous feriez mieux d'être de retour pour 2 heures, sinon!... Et vous deux, qu'est-ce que vous attendez? Vous faites un essai au sol ou non?

– Hé, Scrag, pardon, Scrag! »

Il faillit éclater de rire en les voyant se bousculer : Benson et le mécanicien américain Drew sautèrent dans la vieille camionnette et démarrèrent en trombe, Vossi et Willi regagnèrent leurs cockpits. Une fois dans le bureau, il respira plus à l'aise, posa son porte-documents avec les passeports sur son bureau. « Alors, quel est le problème?

– Vous nous quittez, *agha,* déclara le jeune homme à Scragger, horrifié.

– Nous, nous ne partons pas..., commença Scragger, nous faisons des essais...

– Vous partez, mais si ! Il n'y a.... il n'y a pas de changement d'équipage demain, pas besoin de valises – j'ai vu *agha* Benson avec des valises – et pourquoi faire partir toutes les pièces détachées, tous les pilotes et tous les mécaniciens... »

Les larmes commençaient à ruisseler sur les joues du jeune homme. « C'est vrai.

– Ecoute-moi, mon garçon, calme-toi. Prends ta journée de congé.

– Mais vous partez comme ceux de Bandar Delam, vous partez aujourd'hui, et maintenant qu'est-ce qui va nous arriver ? »

Un torrent de farsi venant du haut-parleur l'interrompit. Le jeune homme essuya ses larmes et manipula l'émetteur, répondant en farsi, ajoutant en anglais : « Je reste sur écoute », puis il dit d'un ton consterné : « C'était *agha* Jahan qui répétait le message qu'il a envoyé il y a dix minutes. Leurs quatre 212 ont disparu, *agha*. Ils sont partis, *agha*. Ils ont décollé à 7 h 32 pour aller à Toda-Iran, mais ils n'ont pas atterri là-bas, ils ont continué vers l'intérieur. »

Scragger avait pris son fauteuil en s'efforçant de paraître calme. La radio reprit, en anglais cette fois : « Téhéran, ici Bandar Delam, vous m'entendez ? »

« Il appelle Téhéran toutes les quelques minutes, et Kowiss, mais pas de réponse... » Des larmes s'amassaient dans les yeux du jeune homme. « Ceux de Kowiss sont partis aussi, *agha* ? Il n'y a plus personne de chez vous à Téhéran ? Qu'est-ce qu'on va faire quand vous serez partis ? » Sur la piste, le premier des 212 démarrait bruyamment, suivi aussitôt par le second, « *Agha,* fit Ali Pash mal à l'aise, nous sommes censés demander l'autorisation de démarrage à Kish maintenant.

– Pas la peine de les embêter un jour férié, ça n'est même pas un vol, c'est un essai », dit Scragger. Il alluma l'émetteur haute fréquence et s'épongea le menton; il se sentait un peu moche et fort troublé. Il aimait bien Ali Pash et ce qu'avait dit le jeune homme était vrai. Quand ils seraient partis, pas de travail, pas d'affaires et, pour les Ali Pash, il n'y aurait que l'Iran et Dieu seul savait ce qui allait se passer ici. Il entendit soudain la voix de Willi : « Ton compte-tours commence à s'emballer, Scrag. »

Scragger prit le micro. « Va jusqu'au carré de choux et fais tes essais là-bas. » C'était une zone à sept ou huit kilomètres à l'intérieur des terres, à bonne distance de la ville, où ils essayaient les moteurs et pouvaient s'entraîner aux procédures d'urgence. « Reste là-bas, Willi, s'il y a un problème tu m'appelles, je peux toujours joindre Benson si tu as besoin d'un réglage. Comment ça marche, Ed?

– Très bien, tout à fait bien, Scrag, si c'est d'accord, j'aimerais faire quelques essais de moteur, mon renouvellement de permis est pour bientôt... Willi peut me surveiller, hein?

– D'accord. Appelle-moi dans une heure. » Scragger se dirigea vers la fenêtre, heureux de tourner le dos à Ali Pash et à ces yeux tristes et accusateurs. Les deux hélicoptères décollèrent et mirent le cap sur l'intérieur, s'éloignant de la côte. Il trouvait le bureau plus étouffant que d'habitude; il ouvrit la fenêtre. Ali Pash était assis, l'air consterné, auprès de la radio. « Pourquoi ne pas prendre cette journée de congé, mon garçon?

– Il faut que je réponde à Bandar Delam. Qu'est-ce que je dois dire, *agha*?

– Qu'est-ce que Jahan t'a demandé?

– Il a dit qu'*agha* Numir voulait savoir si je n'avais rien remarqué d'étrange, s'il n'était rien arrivé ici d'étrange, départ de pièces détachées, d'appareils, de pilotes et de mécaniciens. »

Scragger l'observait maintenant. « Il me semble

qu'il n'est rien arrivé d'étrange ici. Je suis ici, les mécanos sont partis pique-niquer, Ed et Willi procèdent à des vérifications de routine, n'est-ce pas? » Il gardait les yeux fixés sur lui, voulant le voir rejoindre leur camp. Il n'avait aucun moyen de le persuader, rien à lui offrir, pas de *pishkesh,* sauf... « Voyons, mon garçon, demanda-t-il prudemment, tu approuves ce qui s'est passé ici? Je veux dire : quel avenir as-tu ici?

– L'avenir? Mon avenir est avec la compagnie. Si... si vous partez, alors... alors je n'ai pas de travail, je ne... je ne peux plus rien me permettre. Je suis fils unique...

– Si tu voulais partir, eh bien, il y aurait ton travail et un avenir si tu en voulais... hors d'Iran. Je te le garantis. »

Le jeune homme le regarda, bouche bée, comprenant tout d'un coup ce que Scragger lui offrait. « Mais... mais qu'est-ce qui est garanti, *agha*? Une vie dans votre Occident, moi tout seul? Et mon peuple, et ma famille, et ma jeune fiancée?

– Je ne peux pas te répondre à ça, Ali Pash », dit Scragger, les yeux sur la pendule, conscient du temps qui passait, des lumières qui clignotaient sur la radio, prêt s'il le fallait à maîtriser le jeune homme qui était plus grand que lui, plus fort, plus jeune de trente-cinq ans, et prêt ensuite à mettre hors d'usage la radio et à déguerpir. « Désolé, mon garçon, mais d'une façon ou d'une autre, il va falloir que tu coopères. » Il s'approcha plus près, pour se mettre dans une meilleure position. « *Inch' Allah*, c'est votre façon à vous de le dire », dit-il doucement, tout en se préparant.

En entendant ces propos dans la bouche de ce vieil homme si bon et si bizarre qu'il respectait tant, Ali Pash sentit un flot de chaleur l'envahir.

« C'est chez moi ici, c'est mon pays, *agha*, dit

simplement Ali Pash. L'imam est l'imam et il n'obéit qu'à Dieu. L'avenir est l'avenir et il est entre les mains de Dieu. Le passé aussi est le passé. »

Avant que Scragger ait pu l'en empêcher, Ali Pash appelait Bandar Delam et parlait maintenant en farsi dans le microphone. Les deux opérateurs eurent une brève conversation, puis brusquement Ali Pash termina. Les yeux vers Scragger : « Je ne vous reproche pas de partir, dit-il. Merci, *agha*, pour... pour le passé. » Puis, avec des gestes lents, il coupa le courant de l'émetteur, ôta un interrupteur et le mit dans sa poche. « Je lui ai dit que nous... que nous fermions pour la journée. »

Scragger eut un grand soupir. « Merci, mon garçon. »

La porte s'ouvrit. Qeshemi était sur le seuil. « Je désire inspecter la base », annonça-t-il.

QG d'Al Shargaz. Manuela disait : « ... Et puis, Andy, l'opérateur de Lengeh, Ali Pash, a dit à Jahan : " Non, il n'y a rien de bizarre ici ", puis il a ajouté, assez brusquement : " Je ferme pour la journée. Il faut que j'aille à la prière. " Numir l'a tout de suite rappelé en lui demandant d'attendre quelques minutes, mais il n'y a pas eu de réponse.

– Brusquement? demanda Gavallan. Comment ça, brusquement?

– Comme... comme s'il en avait assez, ou qu'il eût un pistolet braqué sur sa nuque – cela n'est pas courant pour un Iranien d'être aussi brutal. » Manuela ajouta, embarrassée : « Peut-être que je vois là-dedans quelque chose qui n'y était pas, Andy.

– Est-ce que ça veut dire que Scrag est encore là-bas ou non? »

Scot et Nogger firent une grimace, consternés à

cette idée. Manuela s'agita sur son siège. « S'il y était, est-ce qu'il n'aurait pas répondu lui-même pour nous le faire savoir? Il me semble qu'à sa place c'est ce que j'aurais fait. Peut-être qu'il... » Le téléphone sonna. Scot décrocha : « S-G? Oh! Bonjour, Charlie, ne quittez pas. » Il passa le combiné à son père. « Un appel de Koweit...

– Bonjour, Charlie. Tout va bien?

– Oui, merci. Je suis à l'aéroport de Koweit, j'appelle du bureau de Patrick chez Guerney. » Même si les deux compagnies étaient concurrentes dans le monde entier, elles avaient de très bonnes relations.

« Quoi de neuf?

– Delta 4, rien d'autre pour le moment. J'appellerai dès l'instant où Jean-Luc sera arrivé de Bahrein : il est avec Delarne à Golfe Air de France, si tu as besoin de lui. Genny est avec toi?

– Non, elle est rentrée à l'hôtel, mais dès l'instant où Mac et les autres arrivent, je suis paré.

– Charlie? fit Gavallan, as-tu prévenu Patrick? » Il entendit le rire forcé de Pettikin.

« C'est drôle, Andy, le représentant de British Airways ici, deux autres types et Patrick ont cette idée insensée que nous mijotons quelque chose – par exemple évacuer nos zincs. Tu te rends compte? »

Gavallan poussa un gros soupir. « Pas de précipitation, Charlie, tu t'en tiens au plan. » C'est-à-dire rester tranquille en attendant que les hélicos de Kowiss soient dans l'espace aérien du Koweit, puissent se fier à Patrick. « Je téléphonerai dès que j'aurai quelque chose. Salut... Oh! Attends, j'allais oublier. Tu te souviens de Ross, John Ross?

– Comme si je pouvais oublier! Pourquoi?

– On m'a dit qu'il était à l'hôpital international de Koweit. Vérifie quand tout sera réglé, veux-tu?

Bien sûr, tout de suite, Andy. Qu'est-ce qu'il a?

– Je ne sais pas. Appelle-moi si tu as des nouvelles. Au revoir. » Il raccrocha le téléphone. Nouveau soupir. « Ils ont l'air au courant à Koweit.

– Bon sang, si c'est ça... » Scot fut interrompu par la sonnerie du téléphone. « Allô? Un instant. Papa, c'est M. Newbury. »

Gavallan prit le combiné. « Bonjour, Roger, comment ça va?

– Oh! Ma foi, je voulais... je voulais justement vous demander ça. Comment vont les choses? Officieusement, bien sûr.

– Bien, bien, dit Gavallan sans se compromettre. Vous serez à votre bureau toute la journée? Je passerai, mais je vous appellerai avant de partir d'ici.

– Oui, je vous en prie, je serai ici jusqu'à midi. Il y a un point, vous savez. Téléphonez-moi dès l'instant où... où vous apprendrez quelque chose. A l'instant. Nous sommes assez préoccupés et... eh bien, nous pourrons en discuter quand vous viendrez. Au revoir.

– Attendez une seconde. Avez-vous eu des nouvelles du jeune Ross?

– Oui, en effet. Désolé, mais, d'après ce que nous savons, il a été grièvement blessé et on ne pense pas qu'il s'en tirera. C'est moche, mais que voulez-vous? A tout à l'heure. Au revoir. »

Gavallan raccrocha. Tous les regards étaient tournés vers lui.

« Qu'est-ce qui ne va pas? demanda Manuela.

– On dirait... il semble que le jeune Ross soit grièvement blessé, on ne pense pas qu'il s'en tirera.

– Saloperie! murmura Nogger. Ce n'est pas juste... » Il leur avait parlé de Ross, il leur avait raconté comment il leur avait sauvé la vie et celle d'Azadeh.

Manuela se signa et pria la Madone de le sauver. Elle la supplia que les hommes rentrent sains et saufs, tous, sans exception, et Azadeh et Sharazad, et qu'il y ait la paix, je vous en prie, je vous en prie, je vous en prie...

« Papa, est-ce que Newbury t'a dit ce qui s'était passé? »

Gavallan secoua la tête, c'était à peine s'il l'entendait. Il pensait à Ross, même âge que Scot, plus dur, plus coriace, plus indestructible que Scot, et maintenant... pauvre garçon! Peut-être qu'il s'en tirera... Oh! Mon Dieu, je l'espère! Que faire? Continuer, c'est tout ce que tu peux faire. Azadeh va être secouée, la pauvre. Et Ricky aussi, il lui doit la vie de sa femme. « Je reviens tout de suite », dit-il et il sortit, se dirigeant vers leur autre bureau, d'où il pourrait téléphoner à Newbury tranquillement.

Nogger était planté devant la fenêtre, il regardait le terrain sans rien en voir. Ce qu'il voyait, c'était le tueur dément de Tabriz 1, brandissant la tête coupée, aboyant comme un loup vers le ciel, et l'ange de la mort soudaine devenu dispensateur de vie : pour lui, pour Arberry, pour Dibble, et surtout pour Azadeh. Mon Dieu, si vous êtes Dieu, sauvez-le comme il nous a sauvés...

« Téhéran, ici Bandar Delam, vous m'entendez?

– Ça fait cinq minutes pile, marmonna Scot. Il ne perd pas une seconde, ce Jahan. Est-ce que Siamaki n'a pas dit qu'il serait au bureau à partir de 9 heures?

– Oui, c'est ce qu'il a dit. » Tous les regards se tournèrent vers la pendule. Elle disait 8 h 54.

Aéroport de Lengeh : 9 h 01. Qeshemi était planté au milieu du hangar, à examiner les deux 206 garés à l'intérieur. Derrière lui, Scragger et Ali Pash l'observaient avec inquiétude. Un rayon de soleil perça les nuages et vint faire étinceler le 212 qui attendait sur l'aire de décollage à cinquante mètres de là, avec à côté une voiture de police délabrée et le chauffeur, le caporal Achmed. « Avez-vous volé dans un de ces appareils, Excellence Pash? demanda Qeshemi.

– Le 206? Oui, Excellence sergent, répondit Ali Pash, en le gratifiant de son plus aimable sourire. Le capitaine m'emmène parfois, ou l'autre radio, quand nous ne sommes pas de service. » Il était désolé que le diable eût bougé aujourd'hui, plus que désolé de s'être laissé entraîner vers la trahison : violation des règlements, mensonges à la police, silence sur d'étranges événements. « Le capitaine vous emmènera quand vous voudrez », dit-il aimablement, toute son attention occupée maintenant à se tirer du pétrin dans lequel le diable et le capitaine l'avaient fourré.

« Aujourd'hui serait un bon jour? »

Ali Pash faillit craquer sous ce regard inquisiteur. « Bien sûr, si vous demandez au capitaine, bien sûr, *agha*. Vous voulez que je lui pose la question? »

Qeshemi ne dit rien, il sortit sur la piste, sans se soucier des Brassards verts, une demi-douzaine, qui l'observaient avec curiosité. S'adressant à Scragger, il lui dit en farsi : « Où est tout le personnel aujourd'hui, *agha*? »

Ali Pash servit d'interprète à Scragger, déformant un peu les mots pour les rendre plus acceptables et expliquant que, comme aujourd'hui c'était jour férié, sans vol régulier de prévu, on avait donné congé au personnel iranien, le capitaine avait envoyé les 212 dans la zone prévue pour les essais, avait autorisé les mécaniciens restants à partir en pique-nique et annonçant que lui-même se rendrait à la mosquée dès que Son Excellence le sergent aurait terminé ce qu'il souhaitait terminer.

Scragger était extrêmement agacé de ne pas comprendre le farsi et avait horreur de ne pas contrôler la situation, mais c'était pourtant le cas. Sa vie et celle de ses hommes étaient entre les mains d'Ali Pash.

« Son Excellence demande quels sont vos projets pour le reste de la journée.

– Excellente question », marmonna Scragger. Puis la devise de la famille lui revint à l'esprit : « On te pend pour un agneau, on te pend pour un mouton, alors autant prendre tout le troupeau », la devise transmise par son ancêtre déporté à vie en Australie au début des années 1800. « Voulez-vous lui dire que, dès qu'il aura fini, je m'en vais aller jusqu'au carré de choux car Ed Vossi a besoin qu'on vérifie ses capacités : son permis est arrivé à expiration. »

Il attendit, et Qeshemi posa une question à laquelle Ali Pash répondit pendant qu'il se demandait ce qu'il ferait si Qeshemi disait : « Parfait, je vais avec lui. »

« Son Excellence demande si vous auriez la bonté de prêter un peu d'essence à la police?

– Quoi?

– Il veut de l'essence, capitaine. Il veut emprunter de l'essence.

– Oh! Oh! Certainement, certainement, *agha.* » Un moment Scragger fut plein d'espoir. Attends, mon garçon, songea-t-il. Le carré de choux n'est pas si loin et Qeshemi veut peut-être l'essence pour envoyer la voiture là-bas et quand même faire un tour en hélico avec moi. « Venez, Ali Pash, donnez-moi un coup de main », dit-il, ne voulant pas le laisser seul avec Qeshemi; et il l'emmena jusqu'à la pompe en faisant signe à la voiture de police d'approcher. La biroute dansait dans la brise. Il vit que les nuages en altitude s'amoncelaient, il y avait parmi eux des nimbus, qui passaient très vite, poussés par un vent contraire. Ici, au sol, c'était encore un vent de sud-est, bien qu'il eût viré plus au sud. C'est bon pour nous, mais il reste encore cette saleté de vent contraire pour les autres, songea-t-il.

Dans les hélicoptères, aux abords de l'île de Kish : 9 h 07. Les quatre hélicos de Rudi s'étaient rapprochés les uns des autres et volaient calmement juste au-dessus des vagues. La visibilité variait entre deux cents et huits cents mètres. Tous les pilotes économisaient l'essence, pour tâcher d'aller le plus loin possible et une fois de plus Rudi se pencha pour tapoter le cadran de sa jauge. L'aiguille bougea un peu, elle indiquait que le réservoir était encore presque à moitié plein. « Pas de problème, Rudi, ça tourne comme une horloge, dit Faganwitch dans l'intercom. Nous avons largement le temps de refaire le plein, non? Nous sommes à l'heure, hein?

– Oh oui! » Rudi recalculait quand même leur rayon d'action, arrivant toujours à la même réponse : assez pour atteindre Barhein, mais pas assez pour avoir une réserve suffisante. « Téhéran, ici Bandar Delam, vous m'entendez? » La voix de Jahan retentit de nouveau dans ses écouteurs, l'agaçant par son insistance. Un moment il fut tenté de couper, mais c'était trop dangereux...

« Bandar Delam, ici Téhéran. Nous vous recevons 4 sur 5, allez-y! »

Suivit alors un déluge de farsi. Rudi comprit à plusieurs reprises « Siamaki » mais pas grand-chose d'autre, tandis que les deux opérateurs radio avaient une conversation animée, puis il reconnut la voix de

Siamaki, irritable, arrogante et cette fois furieuse. « Attendez, Bandar Delam! Al Shargaz, ici Téhéran, vous m'entendez? » Puis d'un ton encore plus furieux : « Al Shargaz, ici le directeur Siamaki, vous m'entendez? » Pas de réponse. Le message fut répété d'un ton encore plus furieux, puis une nouvelle giclée de farsi, puis Faganwitch cria : « Devant! Attention! »

Le superpétrolier, long de près de quatre cents mètres, fonçait sur eux par le travers dans la brume et, dominant de sa haute masse, remontait calmement vers le terminal pétrolier irakien, sa corne de brume retentissant régulièrement. Rudi savait qu'il était coincé, pas le temps de prendre de l'altitude, pas la place de passer ni à gauche ni à droite sans risquer d'entrer en collision avec les autres, alors il amorça la procédure d'arrêt d'urgence. Kelly, sur sa gauche, en virant dangereusement à gauche, évita de justesse l'arrière, Sandor, tout à fait à droite, contourna la proue, Dubois mit aussitôt pleins gaz, tirant à fond sur le manche pour monter tout en prenant un virage trop serré. L'avant du navire fonçait sur lui. Il ne va pas s'en tirer, espèce de con..., il ne va pas s'en tirer. Le plat-bord arrivait sur eux à toute vitesse, puis ils passèrent en grondant au-dessus de la plage avant, à quelques millimètres au-dessus, l'équipage terrifié se dispersant devant eux. Une fois tiré d'affaire, Dubois fit un virage à 180 degrés pour revenir vers Rudi avec le vague espoir que celui-ci avait réussi à amortir le choc et qu'il était dans l'eau.

Rudi avait coupé le moteur, il regardait la vitesse chuter, le nez de l'appareil se redressait de plus en plus, le flanc du pétrolier approchait, le nez de l'appareil se dressait encore, la sirène lui annonçait qu'il était en perte de vitesse, il n'allait pas s'en tirer, d'un instant à l'autre il allait tomber comme une pierre, le pétrolier n'était qu'à quelques mètres, il voyait les rivets, les hublots, les écailles de rouille sur la peinture et tout cela se rapprochait, de plus en plus lentement, il allait tomber, il poussa le manche en avant, mit un instant pleins gaz pour amortir le choc et tout d'un coup se retrouva en vol stationnaire à un mètre cinquante au-dessus des vagues, les pales à quelques centimètres du flanc du pétrolier qui passait lentement. Rudi réussit à reculer d'un mètre, puis d'un mètre, et à rester là.

Lorsqu'il retrouva ses esprits, il leva la tête. Sur la passerelle du bateau, criant au-dessous d'eux, il voyait les officiers qui les regardaient avec stupeur, en secouant des poings rageurs. L'un d'eux avait pris un haut-parleur et leur criait : « Foutus connards! » Mais ils ne l'entendaient pas. L'arrière passa tout près d'eux avec le bouillonnement d'écume du sillage, et les embruns vinrent les asperger. Devant eux, la route était dégagée.

« Je... il va falloir que j'aille chier. » Sans force, Faganwitch se traîna dans la cabine.

Tu peux le faire pour moi aussi, songea Rudi, mais il n'avait même pas la force de le dire. Il avait les genoux qui tremblaient, il claquait des dents. « Doucement », murmura-t-il, puis il remit les gaz, reprit de la hauteur et de la vitesse. Pas trace des autres. Puis il aperçut Kelly qui arrivait à sa recherche. Quand Kelly l'aperçut, il dansa sur place, tout joyeux, vint se placer auprès de lui, et tendit la main, pouce levé. Pour éviter que les autres appareils ne gâchent du précieux carburant à venir rechercher les morceaux, Rudi approcha ses lèvres tout près du micro et siffla entre ses dents : « Te-te-te-teeee, te-te-te-teeee, te-te-te-teeee », le code convenu pour annoncer qu'il allait bien et que chacun devait gagner Bahrein de son côté. Il entendit Sandor accuser réception, puis Dubois. Mais Pop Kelly secouait la tête en faisant signe qu'il préférait rester à côté de lui.

Une fois de plus, ils entendirent dans leur casque : « Al Shargaz, ici *agha* Siamaki à Téhéran, vous m'entendez? Un message en farsi, Al Shargaz... »

QG d'Al Shargaz. « ... Ici *agha* Siamaki... » Puis une nouvelle giclée de farsi. Les doigts de Gavallan pianotaient sur le bureau, en apparence il était calme, mais ce n'était qu'une apparence. Il n'avait pas pu joindre Pettikin avant de partir pour l'hôpital et il ne pouvait rien faire pour empêcher Siamaki et Numir d'envoyer leurs messages. Scot baissa un peu le volume, faisant semblant d'être nonchalant. Manuela dit d'une voix rauque : « Andy, il est absolument furieux. »

Lengeh : 9 h 26. Scragger tenait le tuyau qui déversait de l'essence dans la voiture de police. Il déborda bientôt et, étouffant un juron, il lâcha la poignée et raccrocha le tuyau à la pompe. Les deux Brassards verts tout près maintenant, observaient la scène avec attention. Le caporal revissa le bouchon du réservoir. Qeshemi dit quelques mots à Ali Pash. « Son Excellence demande si vous pourriez lui passer quelques bidons de cinq gallons, capitaine? Des pleins, bien sûr.

– Naturellement, pourquoi pas? Combien en veut-il?

– Il dit qu'il pourrait en mettre trois dans le coffre et deux à l'intérieur. Cinq.

– Va pour cinq. »

Scragger trouva les bidons, les remplit et ils chargèrent ensemble la voiture de police. Un vrai cocktail Molotov, songea-t-il. Des nuages d'orage s'amassaicnt rapidement. Un éclair jaillit du côté des montagnes. « Dites-lui qu'il vaut mieux ne pas fumer dans la voiture.

– Son Excellence vous remercie.

– A sa disposition. » Le tonnerre grondait dans la montagne. D'autres éclairs. Scragger vit Qeshemi inspecter du regard le camp. Les deux Brassards verts attendaient. Quelques autres, accroupis par terre, regardaient la scène. Bientôt, il n'y tint plus. « *Agha,* dit-il en désignant le 212, puis le ciel, il va falloir que je parte. D'accord? »

Qeshemi le regarda d'un air étrange. « D'accord? D'accord pour quoi, *agha*?

– Je pars maintenant. » Scragger de la main imita le décollage d'un avion, tout en gardant son sourire pétrifié. « *Mamnoon am, khoda haefez.* – Merci, au revoir. » Il lui tendit la main.

Le sergent contempla cette main tendue, puis le regarda, ses yeux impitoyables vrillés sur lui. Puis il dit : « D'accord. Au revoir, *agha* », et lui serra la main.

Scragger sentait la sueur ruisseler sur son visage et il s'obligea à ne pas l'essuyer. « *Mamnoon am, khoda haefez, agha.* » Il fit un signe de tête à Ali Pash, voulant que ce soir de l'adieu, il aurait voulu lui serrer la main aussi, mais il n'osait pas prendre de risque, alors il lui donna une tape dans le dos en passant. « A bientôt, mon garçon. Bonne chance.

– Bonne chance à vous, *agha.* »

Ali Pash regarda Scragger monter dans le poste de pilotage, décoller et lui faire un signe de la main. Il y répondit, puis vit Qeshemi qui l'observait. « Si je puis me permettre, si vous voulez bien m'excuser, Excellence sergent, je vais fermer puis aller à la mosquée. »

Qeshemi acquiesça et son regard revint au 212 qui s'éloignait. Comme ils sont évidents, songeait-il, ce vieux pilote et ce jeune imbécile. C'est si facile de lire les pensées des hommes, si on a la patience et qu'on guette les indices. C'est très dangereux de s'envoler illégalement. C'est encore plus dangereux d'aider les étrangers à s'envoler illégalement en restant derrière. Quelle folie! Les hommes sont bien étranges. Enfin, comme Dieu le veut.

Un des Brassards verts, un jeune homme presque imberbe avec un AK47, s'approcha, regardant avec insistance les bidons d'essence à l'arrière de la voiture. Qeshemi ne dit rien, se contentant de le saluer de la tête. Le jeune homme lui rendit son salut, le regard dur, puis s'en alla rejoindre les autres.

Le sergent s'installa au volant. Fils de chien lépreux, ricana-t-il, vous n'êtes pas encore la loi à Lengeh, Dieu soit loué. « C'est l'heure de partir, Achmed, l'heure de partir. » Comme le caporal montait auprès de lui, Qeshemi vit l'hélicoptère passer au-dessus de la colline et disparaître. Ce serait encore si facile de t'attraper, vieil homme, se dit-il avec amusement. Si facile de donner l'alerte, nos téléphones fonctionnent et nous avons une liaison directe avec la base de chasseurs de Kish. Un *pishkesh* de quelques gallons, est-ce assez payer ta liberté? Je n'ai pas encore décidé.

« Je vais te déposer au commissariat, Achmed, et puis je prends congé jusqu'à demain. Je garderai la voiture pour la journée. »

Qeshemi embraya. Nous aurions peut-être dû partir avec les étrangers : ç'aurait été facile de les obliger à nous emmener, ma famille et moi, mais alors ça aurait voulu dire habiter du mauvais côté de notre Golfe persique, vivre parmi les Arabes. Je n'ai jamais aimé les Arabes, je ne leur ai jamais fait confiance. Non, mon plan est meilleur. Je vais doucement descendre la vieille route côtière toute la journée et toute la nuit, et puis je prendrai le bateau de mon cousin jusqu'au Pakistan avec assez d'essence en réserve pour servir de *pishkesh*. Nombre de nos gens sont déjà là-bas. Je me ferai une bonne vie pour ma femme, pour mon fils et la petite Sousan, jusqu'au jour où, avec l'aide de Dieu, nous pourrons rentrer. Il y a trop de haine ici maintenant, trop d'années passées à servir le shah. De bonnes années. Pour un shah, il était bien avec nous, nous étions toujours payés.

Au nord de Lengeh : 9 h 32. Le carré de choux était à dix kilomètres au nord-est de la base, c'était une région rocheuse et désolée au pied des montagnes, et les deux hélicoptères étaient garés, côte à côte, moteurs au ralenti. Ed Vossi était debout près du hublot de Willi. « J'ai envie de vomir, Willi.

– Moi aussi. » Willi ajusta son casque, la VHF branchée mais, d'après le plan, ne devant être utilisée qu'en cas d'urgence, chacun restant sur écoute.

« Tu as quelque chose? demanda Vossi.

– Non, rien que des parasites.

– Merde. Il doit être dans le pétrin. Encore une minute, Willi, et je vais voir.

– On y va ensemble. »

Willi regarda les éclairs au-dessus des collines, la visibilité ne dépassait pas quinze cents mètres, avec de gros nuages noirs qui se rassemblaient. « Ce n'est pas le jour pour faire une promenade d'agrément, Ed.

– Non. »

Puis le visage de Willi s'illumina et il tendit le bras : « Le voilà! » Le 212 de Scragger approchait à environ deux cents mètres d'altitude, en musardant. Vossi se précipita vers son cockpit. Puis dans leurs écouteurs ils entendirent : « Comment va ton compte-tours, Willi?

– Pas bien, Scrag, dit Willi ravi, suivant leur plan au cas où on les écouterait. J'ai demandé à Ed de jeter un coup d'œil et il n'est pas sûr non plus : sa radio est en panne.

– Je vais me poser, et nous allons voir ça, Scragger à la base : vous m'entendez? » Pas de réponse. « Scragger à la base, nous allons rester au sol un moment. » Pas de réponse.

Willi se tourna vers Vossi, pouce levé. Tous deux mirent les gaz, surveillant Scragger qui descendait lentement pour se poser. Au niveau du sol, Scragger arrêta sa descente et fonça vers la côte. Ils étaient fous de joie, Vossi criait et même Willi souriait.

Scragger franchit la crête de la colline qu'il descendit de l'autre côté : maintenant il apercevait la côte et leur petite camionnette garée sur la place, juste au-dessus des vagues. Son cœur se mit à battre plus fort. Un troupeau de chèvres avec trois bergers parsemaient son aire d'atterrissage. Cinquante mètres plus loin, sur la plage, une voiture avec des gens et des enfants qui jouaient là où jamais auparavant on n'avait vu personne. Sur la mer, un petit canot à moteur qui pouvait être un bateau de pêche, qui pouvait être une vedette en patrouille pour traquer les contrebandiers ou les fugitifs car ici, avec Oman et la côte des pirates si proches, tout au long de l'histoire on avait toujours surveillé les côtes.

On ne peut plus rien changer maintenant, songea-t-il, le cœur battant. Il vit que Benson et les deux mécaniciens l'avaient repéré, ils sautèrent dans la camionnette et se dirigèrent vers son aire d'atterrissage. Derrière lui, Willi et Vossi avaient réduit les gaz pour lui donner du temps. Sans hésitation, il piqua pour atterrir, faisant s'enfuir les chèvres, clouant sur place les bergers et les pique-niqueurs affolés. Dès l'instant où ses patins touchèrent le sol, il cria : « Venez! »

Les mécaniciens n'avaient pas besoin d'encouragements. Benson se précipita vers la porte de la cabine et l'ouvrit, puis revint aider les deux autres qui avaient ouvert le hayon de la camionnette. Ils commencèrent à sortir les valises, les sacs, et les bagages puis se mirent à charger la cabine déjà bourrée de pièces détachées. Scragger regarda autour de lui et constata que Willi et Vossi étaient en position stationnaire, faisant le guet. « Pour l'instant, ça va », dit-il tout haut, centrant son attention sur les badauds qui, remis de leur stupeur, approchaient. Pas encore de vrai danger. Il s'assura néanmoins que son pistolet Verey était prêt et il demanda au mécanicien de se dépêcher, craignant qu'à tout moment la voiture de police n'arrive. Second chargement. Puis un autre, puis le dernier, les trois mécaniciens étaient en nage, deux d'entre eux montèrent dans la cabine et claquèrent la portière. Benson s'effondra sur la banquette auprès de lui, puis jura et fit mine de se lever. « J'ai oublié de couper le contact de la camionnette...

– On s'en fout, on part. » Scragger mit les gaz et décolla pendant que Benson fermait la portière et bouclait sa ceinture. Ils étaient au-dessus des vagues dans la brume du Golfe. Il regarda à gauche et à droite. Willi et Vossi l'entouraient et il regretta de ne pas avoir un radio-téléphone pour pouvoir signaler « Lima 3 » à Gavallan. Peu importe, on y sera bientôt.

Une fois passée la première des plates-formes, il commença à mieux respirer. C'est moche d'abandonner le jeune Ali Pash comme ça, songea-t-il, c'est moche de plaquer Georges de Plessey et ses gars, de laisser les deux 206, c'est moche de s'en aller. Enfin, j'ai fait de mon mieux. J'ai laissé des recommandations, j'ai promis du travail pour quand nous reviendrons, si nous revenons, pour Ali Pash et les autres.

Il vérifia son cap, faisant route au sud-ouest vers Siri, comme d'habitude, au cas où un radar les observerait. Près de Siri, il virerait au sud-est pour gagner Al Shargaz. Si tout va bien, se dit-il, et il toucha la patte de lapin que Nell lui avait offerte voilà bien des années pour lui porter chance. Un autre puits à bâbord, Siri 6. L'orage faisait crépiter les parasites dans ses écouteurs, puis il entendit soudain une voix forte et claire qui disait : « Hé! Scragger, vous et les gars, vous êtes bien bas, non? » C'était François Ménange, le directeur du puits qu'il venait de passer, et il maudit sa vigilance. Pour le faire taire, il passa sur la position « émission » : « Et la discrétion, hein, François? Vol d'entraînement. Discrétion, hein? »

L'autre riait. « Bien sûr, mais vous êtes fous de vous entraîner à basse altitude par un temps pareil. Adieu. »

Scragger sentait qu'il transpirait de nouveau. Encore quatre puits à passer avant de pouvoir piquer vers le large.

Ils traversèrent une première rafale, le vent les secouait, la pluie giflait les hublots, les éclairs les entouraient. Willi et Vossi gardaient leurs positions impeccablement et il était content de voler avec eux. Vingt fois j'ai cru que Qeshemi allait me dire « Venez donc » et me coller au trou. Mais il ne l'a pas fait, nous voilà en route pour Al Shargaz et dans une heure et une quarantaine de minutes on sera arrivés et l'Iran ne sera qu'un souvenir.

CHAPITRE 21

QG de la base de Kowiss : 9 heures. « Capitaine, commença patiemment le mollah Hussain, dites-m'en plus sur le ministre Kia. » Il était assis derrière la table dans le bureau du commandant de la base. Un Brassard vert au visage sévère gardait la porte.

« Je vous ai dit tout ce que je sais, fit McIver, épuisé.

– Alors, veuillez me parler du capitaine Starke. » Il était poli, insistant et sans hâte, comme s'il avait devant lui toute la journée, toute la nuit et tout le lendemain.

« Je vous ai parlé de lui aussi, *agha*. Ça fait près de deux heures que je vous parle d'eux. Je suis fatigué et il n'y a rien de plus à dire. » McIver se leva de sa chaise, s'étira et se rassit. Inutile d'essayer de partir. Il avait tenté cela une fois et le Brassard vert, sans rien dire, lui avait fait signe de revenir. « A moins que vous ne pensiez à quelque chose de précis, je ne vois rien d'autre à ajouter. »

Il n'avait pas été surpris de voir le mollah l'interroger sur Kia et il avait répété inlassablement comment, quelques semaines plus tôt, Kia avait soudain été nommé directeur arrivant on ne sait d'où, il lui avait raconté les rares occasions où il avait eu affaire à lui au cours des dernières semaines, mais sans parler des chèques sur des banques suisses qui avaient permis de faire venir le 125 et de faire sortir trois 212. Je ne vais quand même pas jouer les Wazari pour Kia, s'était-il dit.

Kia, je comprends, mais pourquoi Duke Starke? A quel collège était allé Duke, ses goûts en matière de cuisine, depuis combien de temps il est marié, a-t-il une femme ou davantage, depuis combien de temps travaille-t-il pour la compagnie, est-il catholique ou protestant? Tout et n'importe quoi, et après il fallait tout recommencer. Insatiable. Et toujours la même réponse évasive à sa question : pourquoi?

« Parce qu'il m'intéresse, capitaine. »

McIver regarda par la fenêtre. Il pleuvait un peu. Les nuages étaient bas. On entendait le tonnerre au loin. Il y aurait des courants ascendants et quelques vrais ouragans dans les nuages d'orage à l'est : une merveilleuse couverture pour une traversée du Golfe. Qu'est-ce que deviennent Scrag, Rudi et leurs gars? se demanda-t-il soudain. Au prix d'un effort, il repoussa cela à plus tard – il essaya d'oublier sa fatigue et son inquiétude –, se demandant ce qu'il allait faire une fois cet interrogatoire terminé. S'il se terminait. Attention! Concentre-toi, sinon tu vas faire une erreur, alors tu auras tout perdu.

Il savait que ses réserves étaient méchamment entamées. La nuit dernière, il avait mal dormi et ça n'avait rien arrangé. Pas plus que la tristesse profonde de Lochart à propos de Sharazad. Difficile pour Tom d'affronter la vérité, impossible de lui dire : tout cela ne devait-il pas s'écrouler, Tom, mon vieux? Elle est musulmane, elle est riche, tu ne le seras jamais, son héritage est enveloppé dans l'acier, le tien dans la gaze, sa vie, c'est sa famille, pas toi, elle peut rester, tu ne peux pas et tu as une épée au-dessus de ta tête. HBC. C'est triste, songea-t-il. Y avait-il jamais eu une chance? Avec le shah, peut-être.

Qu'est-ce que je ferais si j'étais Tom? Non sans

mal, il empêcha son esprit de vagabonder. Il sentait les yeux du mollah fixés sur lui. Ils n'avaient pas vacillé une fois depuis que Changiz l'avait amené ici et s'en était allé.

Ah oui! Salaud de colonel Changiz. Dans la voiture qui les avait conduits jusqu'ici et pendant qu'ils attendaient, lui aussi l'avait questionné. Mais c'était juste pour établir exactement quand et avec quelle fréquence leur 125 était prévu à Kowiss, combien de Brassards verts étaient stationnés de leur côté de la base quand ils étaient arrivés, combien restaient là pour entourer et garder le 125 tout le temps où il était au sol. Il avait demandé tout cela d'un ton nonchalant, ç'aurait pu n'être que de l'intérêt, mais McIver pensait que la vraie raison était de mettre au point un itinéraire d'évasion – si le besoin s'en faisait sentir. Et, pour finir, le marchandage : même dans une révolution, on commet des erreurs, capitaine. On a besoin d'amis haut placés plus que jamais : c'est triste mais c'est vrai. « Gratte-moi le dos ou je grifferai le tien. »

Le mollah se leva. « Je vais vous accompagner.

– Oh! Très bien, merci. » McIver examinait prudemment Hussain. Les yeux brun foncé sous les épais sourcils ne révélaient rien; la peau était tendue sur les hautes pommettes – un visage étrange et beau masquant une formidable détermination. Pour le bien ou pour le mal? se demanda McIver.

Tour radio : 9 h 58. Wazari était accroupi près de la porte qui donnait sur le toit, attendant toujours. Quand McIver et Lochart l'avaient laissé dans le bureau, il s'était trouvé partagé entre l'envie de fuir et l'envie de rester, et puis Changiz et les aviateurs étaient arrivés, presque en même temps Pavoud avec l'autre groupe, alors il s'était glissé là sans se faire voir et il restait caché depuis. Peu avant 8 heures, Kia était arrivé en taxi.

De son poste d'observation, il avait vu Kia se mettre dans une colère folle parce que McIver n'attendait pas auprès du 206, prêt à décoller. Les aviateurs à brassards verts lui communiquèrent les instructions de Changiz. Kia avait protesté avec vigueur. On lui avait répondu par des haussements d'épaules polis. Kia était entré en trombe dans le bâtiment en annonçant à qui voulait l'entendre qu'il allait téléphoner à Changiz et appeler Téhéran par radio, mais Lochart avait intercepté Kia au pied de l'escalier en lui disant que les téléphones ne marchaient pas, que l'émetteur était en panne et qu'aucun réparateur de radio n'était disponible avant le lendemain. « Désolé, monsieur le ministre, nous n'y pouvons rien – à moins que vous ne vouliez aller au QG vous-même, avait dit Lochart devant Wazari. Je suis sûr que le capitaine McIver ne sera pas long, le mollah Hussain l'a fait demander. » Aussitôt Kia s'était calmé, ce qui l'avait soulagé mais sans dissiper tout à fait son inquiétude et il était resté là dans le vent et le froid, désemparé et malheureux.

Ce récit provisoire ne suffisait pas à chasser ses craintes à propos de Kia aujourd'hui et du comité devant lequel il devait comparaître le lendemain –. « On a d'autres questions à vous poser » – et pourquoi ces salauds de Lochart et de McIver étaient si nerveux? Pourquoi avaient-ils raconté n'importe quoi à ce traître de Changiz à propos d'un changement d'équipage au puits Abdou Sal? On n'avait aucun besoin de changer d'équipage là-bas, à moins que l'ordre ne fût arrivé dans la nuit. Pourquoi nous retrouvons-nous avec trois pilotes et deux mécanos, alors que dès lundi il y a plein de travail, et pourquoi expédier tant de pièces détachées? Oh! Doux Jésus, tirez-moi de là.

Il faisait si froid et le vent était si mordant qu'il rentra dans le bureau, mais en laissant la porte entrouverte pour pouvoir battre en retraite. Avec précaution, il regarda par la fenêtre et par les fentes des planches. En faisant attention, il pouvait voir presque toute la base sans être vu. Ayre, Lochart et les mécanos étaient auprès des 212. La grande porte était bien gardée par les Brassards verts. Un frisson le parcourut. On parlait d'une autre purge par le comité, on disait qu'il était tout en haut de leur liste à cause de son témoignage contre Esvandiary et le ministre Kia : « Par le Prophète, j'ai appris qu'ils voulaient te voir demain. Tu as pris bien des risques en parlant comme ça, tu ne sais donc pas que la première règle de survie dans ce pays, depuis quatre mille ans, a toujours été de tenir ta langue et de fermer les yeux sur les agissements de ceux qui sont au-dessus de toi? Bien sûr qu'ils sont corrompus, mais quand cela a-t-il été différent? »

Wazari poussa un gémissement, il était près de craquer. Depuis que Zataki l'avait si terriblement rossé et qu'il s'était retrouvé avec le nez cassé – et l'impression de ne plus pouvoir respirer –, quatre dents brisées et une migraine presque permanente, il avait perdu tout entrain et tout courage. Jamais on ne l'avait rossé. Esvandiary et Kia étaient tous les deux coupables, et alors, et alors? En quoi ça te regardait-il? Maintenant ta stupidité va causer ta perte.

Des larmes coulèrent sur ses meurtrissures. « Bon sang de bon sang, aidez-moi, aidez-moi... » Puis l'idée de « panne » lui sauta à l'esprit. Quelle panne? Le poste marchait très bien hier.

Il essuya ses larmes et sans bruit il se coula jusqu'au bureau où il alluma discrètement la radio, en gardant le volume au minimum. Tout semblait marcher. Il vérifia les cadrans. Beaucoup de parasites à cause d'un orage, mais aucun trafic. Ce n'était pas normal qu'il n'y ait aucune communication sur la fréquence de la compagnie, quelqu'un quelque part devrait bien émettre. N'osant pas augmenter le volume, il prit dans un tiroir une paire d'écouteurs et les brancha, coupant ainsi le haut-parleur. Maintenant il pouvait recevoir le signal aussi fort qu'il souhaitait. Curieux. Toujours rien. Il passa avec précaution du canal de la compagnie à d'autres fréquences. Rien. Rien sur le VHF, rien nulle part. Il revint à la HF. Il ne parvint même pas à prendre le bulletin météo qui continuait à venir de Téhéran.

C'était un bon opérateur radio, bien entraîné, et il ne lui fallut pas longtemps pour trouver la faille. Un coup d'œil par l'entrebâillement de la porte qui donnait sur le toit lui confirma que le fil pendait dans le vide. Bon sang, songea-t-il, pourquoi ne m'en suis-je pas aperçu quand j'étais là-haut?

Il coupa le courant et ressortit sur le toit; lorsqu'il fut au pied de l'antenne, il constata que le fil avait été coupé mais que le bout rouillé avait été nettoyé et la colère le prit. Puis une certaine excitation. Les salauds, se dit-il. Les sales hypocrites de McIver et de Lochart. Ils devaient écouter et émettre quand je suis arrivé. Qu'est-ce qu'ils peuvent bien mijoter?

Il eut tôt fait de réparer le fil. Il brancha la HF et une conversation en farsi envahit ses oreilles sur la fréquence de la compagnie : QG de Téhéran s'adressant à Bandar Delam, puis appelant Al Shargaz et Lengeh et lui à Kowiss, une histoire de quatre hélicos qui n'allaient pas où ils étaient censés aller. Toda-Iran? Pas une base à nous, en tout cas.

« Kowiss, ici Bandar Delam, vous m'entendez? »

Il reconnut la voix de Jahan de Bandar Delam. Finalement son doigt s'approcha du bouton d'émission, puis s'arrêta. Pas la peine de rappeler maintenant, se dit-il. Le canal de la compagnie était encombré maintenant, Numir et Jahan de Bandar Delam, Gelani de Téhéran et Siamaki émettaient à tour de bras. « Saloperie », murmura-t-il au bout de quelques minutes, les pièces du puzzle s'assemblant soudain dans son esprit.

Dans les hélicoptères au large de Siri : 10 h 05. L'île de Siri elle-même était à un mille devant, mais avant que Scragger et son équipe puissent virer au sud-est vers la ligne frontière, il y avait trois autres puits à passer. Comme un champ de mines, se dit Scragger. Pour l'instant, tout allait bien : toutes les aiguilles étaient au vert et les moteurs tournaient rond. Auprès de lui, son mécanicien Benson contemplait les vagues qui déferlaient juste en dessous d'eux. Des parasites crépitaient dans leurs écouteurs. De temps en temps, des vols internationaux signalaient leur position au radar de Kish, aux postes de contrôle dans leur secteur, et on leur répondait aussitôt.

Dans l'intercom, Benson dit : « Kish va nous repérer, Scrag.

– Nous sommes en dessous de leur radar. Ne vous en faites pas.

– Je m'en fais. Pas vous? »

Scragger hocha la tête. Kish était droit devant, à une quinzaine de milles sur sa droite. Il regarda à gauche, puis à droite. Vossi et Willi étaient toujours là, il leur brandit la main pouce levé et ils répondirent à son signal, Vossi avec enthousiasme.

« Encore vingt minutes et nous avons franchi la frontière, dit Scragger. Dès que nous y serons, nous remonterons à 700 pieds.

– Bon. Le temps s'améliore », dit Benson. Le plafond de nuages au-dessus d'eux avait considérablement diminué d'épaisseur, la visibilité restait à peu près la même. Ils virent soudain deux pétroliers lourdement chargés qui s'éloignaient vers le large. Avec Willi, Scragger vira pour passer sur l'arrière du navire à bonne distance, mais Vossi commença par survoler le pétrolier, puis il se plaça en position stationnaire sur le côté.

Ils entendirent aussitôt dans leurs écouteurs : « Ici le contrôle de Kish, hélicoptères à basse altitude au cap 225, signalez votre altitude et votre destination ! »

Scragger zigzagua pour attirer Willi et Vossi, puis désigna le sud-ouest en leur faisant signe de s'éloigner, tout en leur ordonnant de rester à basse altitude et de l'abandonner. Il sentit leur peu d'enthousiasme, mais du doigt il désigna le sud-est, fit un geste d'adieu et se mit à prendre de l'altitude, les laissant juste au-dessus de la surface de l'eau. « Cramponnez-vous, Benson », dit-il, l'estomac serré. Puis, en approchant et en éloignant le micro de sa bouche pour simuler un signal de mauvaise qualité : « Kish, ici l'hélicoptère HVX en provenance de Lengeh, à destination de Siri 9 avec des pièces détachées, cap au 225. J'ai cru voir un dhow qui avait chaviré, mais négatif. » Siri 9 était le puits le plus éloigné qu'il ravitaillait normalement, juste de ce côté-ci de la frontière Iran-Emirats-Unis, encore en cours de construction et pas encore équipé d'un émetteur VHF. « Je remonte à 700 pieds.

– Hélicoptère HVX, je vous reçois 2 sur 5, il y a des intermittences dans votre émission. Gardez le cap et signalez-vous à 700 pieds. Confirmez que vous êtes au courant des nouveaux règlements concernant les autorisations de décollage à Lengeh. » La voix de l'opérateur, avec un fort accent américain, lui parvenait 5 sur 5, voix claire de professionnel.

Scragger vit Willi et Vossi disparaître dans la brume. « Faudra-t-il que je demande l'autorisation de décoller de Siri 9 après avoir atterri? J'y passe au moins une heure. » Scragger essuya quelques gouttes de transpiration. Kish serait parfaitement en droit de lui ordonner d'atterrir d'abord à Kish et de l'engueuler pour avoir enfreint les règlements.

« Affirmatif. Attendez. »

Dans l'intercom, Benson demanda, mal à l'aise : « Et maintenant, Scrag?

– Ils vont tenir une petite conférence.

– Qu'allons-nous faire?

– Ça dépend de ce qu'ils feront eux, fit Scragger, rayonnant. Kish, fit-il en repassant en émission, ici HVX à 700 pieds.

– Ici Kish. Maintenez le cap sud. Attendez.

– Ici HVX. » Nouveau silence.

« C'est plus drôle que le train-train habituel », dit Scragger, puis il reprit dans le micro : « Je quitte l'altitude de 700 pieds en approche sur Siri 9.

– Négatif, HVX, restez à 700 pieds et attendez. Votre émission est intermittente et je vous reçois 2 sur 5.

– Ici HVX... Kish, répétez, je vous prie, votre émission est brouillée. Je répète : je quitte l'altitude de 700 pieds pour mon approche sur Siri 9 », répéta lentement Scragger, simulant une mauvaise émission. Il se tourna en souriant vers Benson. « C'est un truc que j'ai appris dans la RAF, mon garçon.

– HVX, ici Kish. Je répète : gardez l'altitude 700 pieds et attendez.

– Kish, il y a des turbulences et la brume s'épaissait. Je descends de 700 à 600 pieds. Je vous signalerai quand j'aurai atterri et je demanderai l'autorisation de décoller. Merci et bonne journée, ajouta-t-il en priant le ciel pour que tout se passe bien.

– HVX, votre émission est intermittente. Renoncez à atterrir à Siri 9. Tournez à 310 degrés, gardez l'altitude de 700 pieds et présentez-vous à Kish. »

Benson devint très pâle. Scragger lança : « Répétez, Kish, je vous reçois 1 sur 5.

– Je répète : annulez atterrissage Siri 9, tournez à 310 degrés et présentez-vous à Kish. » L'opérateur parlait sans précipitation.

« Roger, Kish, je comprends que nous devons atterrir à Siri 9 et nous signaler ensuite à Kish. Je passe à 400 pieds pour approche, merci et bonne journée.

– Kish, ici le vol JAL 664 en provenance de Delhi, fit une nouvelle voix. Nous volons à 38 000 pieds destination Koweit au cap 300. M'entendez-vous?

– JAL 664, ici Kish. Maintenez le cap et l'altitude. Appelez Koweit sur le 118.8, bonne journée. »

Scragger scruta la brume. Il apercevait le puits à demi construit, une péniche amarrée à un des pieds. Les aiguilles des instruments étaient toutes dans le vert et... Oh! Attention, la température montait et la pression d'huile diminuait sur le moteur numéro un, Benson lui aussi s'en était aperçu. Il tapota le cadran se pencha plus près. L'aiguille de pression d'huile monta un peu puis retomba, la température était à quelques degrés au-dessus de la normale : pas le temps de s'occuper de ça maintenant! L'équipage de la plate-forme les avait vus et entendus et avait cessé le travail en dégageant soigneusement l'aire d'atterrissage. Lorsqu'il fut à une quinzaine de mètres du puits, Scragger dit : « Kish, HVX en procédure d'atterrissage. Bonne journée.

– HVX. Présentez-vous directement à Kish. Demandez autorisation de décollage. Je répète, présentez-vous directement à Kish ensuite. » Tout cela était dit très clairement. « Vous m'entendez? »

Mais Scragger n'accusa pas réception, pas plus qu'il ne se posa. A quelques mètres de la plate-forme, il resta en position stationnaire, fit des signes à l'équipage qui le reconnut et supposa que c'était un exercice d'entraînement pour un nouveau pilote, ce que Scragger faisait fréquemment. Un dernier geste de la main, puis il dépassa la plate-forme et, au ras des vagues, il mit le cap au sud-ouest à pleins gaz.

Base de Kowiss : 10 h 21. Le mollah Hussain conduisait et il arrêta la voiture devant le bureau. McIver descendit. « Merci », dit-il, ne sachant pas maintenant à quoi s'attendre; Hussain était resté silencieux depuis qu'ils avaient quitté le bureau. Lochart, Ayre et les autres étaient groupés auprès des hélicoptères. Kia sortit à grands pas, s'arrêta en voyant le mollah, puis descendit les marches. « Bonjour, Excellence Hussain, mes salutations, comme c'est bon de vous voir. » Il avait le ton d'un ministre pour un invité de marque, mais pas un égal, puis à McIver il dit sèchement en anglais : « Il faut partir tout de suite.

– Oui, *agha*. Donnez-moi juste deux minutes pour m'organiser. » Je suis content de ne pas être Kia, se dit-il en s'éloignant, l'estomac serré. « Bonjour, Tom.

– Ça va, Mac?

– Oui. » Il ajouta en baissant la voix : « Il va falloir qu'on joue prudemment les quelques minutes suivantes. Je ne sais pas ce que mijote le mollah. Il faut voir ce qu'il fait pour Kia, je ne sais pas si Kia est dans le pétrin ou non. Dès que nous le saurons, nous pourrons bouger. » Il baissa encore davantage le ton. « Je ne peux pas éviter d'emmener Kia – à moins que Hussain ne lui mette le grappin dessus. Je compte l'emmener jusque par-delà les collines, hors de portée de la VHF, là je simulerai une urgence pour me poser. Quand Kia sera descendu, je décollerai et je contournerai cette région pour vous retrouver au lieu du rendez-vous.

– Je n'aime pas ça, Mac. Il vaut mieux que tu me laisses faire. Tu ne connais pas l'endroit et ces dunes de sable sont toutes pareilles sur des kilomètres. Il vaut mieux que je l'emmène.

– J'y ai réfléchi, mais alors j'emmènerai un des mécanos sans permis. Je préférerais faire courir le risque à Kia plutôt qu'à eux. D'ailleurs, tu pourrais être tenté de continuer pour rentrer à Téhéran. Jusqu'au bout. Hein?

– Il vaut mieux que je le dépose et que je revienne au lieu de rendez-vous. C'est plus sûr. »

McIver secoua la tête, il se sentait moche de coincer son ami comme ça. « Tu continuerais, n'est-ce pas? »

Après un étrange silence, Lochart répondit : « Pendant que je t'attendais, si j'avais pu décoller, je l'aurais embarqué et je serais parti. »

Il eut un sourire crispé. « Les aviateurs ont dit pas question, qu'il fallait attendre. Mieux vaut les surveiller, Mac, il y en a qui parlent anglais. Qu'est-ce qui t'est arrivé?

– Hussain m'a simplement posé des questions sur Kia... et sur Duke. »

Lochart le dévisagea. « Sur Duke! A propos de quoi?

– Tout ce qui le concerne. Quand je demandais à Hussain pourquoi, tout ce qu'il répondait c'était : " Simplement parce qu'il m'intéresse. "

– Mac, je crois qu'il vaut mieux que j'emmène Kia. Tu risques de manquer le rendez-vous : tu n'as qu'à partir en tandem avec Freddy. Je décollerai le premier et je vous attendrai.

– Désolé, Tom, je ne peux pas risquer ça : tu vas continuer. Si j'étais toi, je ferais la même chose, tant pis pour le risque. Mais je ne peux pas te laisser repartir. Repartir maintenant, ce serait un désastre.

Ce serait un désastre pour toi – j'en suis sûr, Tom – aussi bien que pour nous tous. C'est vrai.

– Je m'en fous que ce soit vrai, fit Lochart d'un ton amer. D'accord, mais, bon sang, dès l'instant où on arrive à Koweit, je prends le mois de permission auquel j'ai droit, ou bien je donne ma démission de S-G, comme tu préfères.

– Tout à fait d'accord, mais il faudra que ce soit d'Al Shargaz. Il faut refaire le plein de carburant à Koweit et en partir le plus vite possible – si nous avons la chance d'arriver là-bas et s'ils nous laissent repartir.

– Non. Koweit, pour moi c'est le terminus.

– Comme tu voudras, fit McIver, durcissant le ton. Mais je m'assurerai que tu ne trouves pas d'avion pour Téhéran, Abadan ni nulle part en Iran.

– Tu es un vrai salaud, dit Lochart, écœuré que McIver eût deviné si bien ses intentions. Va te faire foutre!

– Désolé. Une fois à Al Shargaz, je t'aiderai autant que... » McIver s'interrompit en voyant Lochart étouffer un juron. Il se retourna, Kia et Hussain discutaient toujours auprès de la voiture. « Qu'est-ce qui se passe?

– Dans la tour. »

McIver leva les yeux. Puis il aperçut Wazari, à demi dissimulé par une des fenfêtres fermées par des planches, qui leur faisait signe. Inutile de prétendre ne pas l'avoir vu. Wazari reprit son manège et se remit à l'abri.

« Le salopard, disait Lochart, j'ai vérifié la tour juste après ton départ pour m'assurer qu'il n'était pas revenu et il n'y était pas. » Il était furieux. « Maintenant que j'y réfléchis, je ne suis pas allé jusque dans le bureau, alors il aurait pu se cacher sur le toit... cet enfant de salaud devait être là tout le temps.

– Bonté divine! Il a peut-être trouvé le fil cassé », fit McIver, consterné.

Le visage de Lochart était grave. « Reste ici. S'il essaie de nous faire des ennuis, je le tuerai. » Il s'éloigna à grands pas.

« Attends, je viens avec toi. Freddy, lança-t-il, nous revenons dans un moment. »

En passant devant Hussain et Kia, McIver dit : « Ministre, je vais juste demander l'autorisation de décollage. On part dans cinq minutes? »

Sans laisser à Kia le temps de répondre, le mollah dit d'un ton énigmatique : « *Inch' Allah.* »

Kia dit sèchement à McIver : « Capitaine, vous n'avez pas oublié que je vous ai dit que je devais être à Téhéran pour une réunion importante à 7 heures ce soir? Bien », et, leur tournant le dos, il revint à Hussain. « Vous disiez, Excellence? »

Les deux pilotes entrèrent dans le bureau, furieux de la grossièreté de Kia, passèrent devant Pavoud et les autres employés et se dirigèrent vers l'escalier de la tour.

La tour était vide. Puis ils virent la porte qui donnait sur le toit entrouverte et entendirent Wazari chuchoter : « Par ici. » Il était juste dehors, accroupi auprès du mur.

Wazari ne bougea pas. « Je sais ce que vous préparez. Il n'y a pas de panne radio, dit-il, parvenant à peine à maîtriser son excitation. Les quatre hélicos ont décollé de Bandar Delam et ont disparu. Notre directeur Siamaki hurle comme un cochon qu'on égorge parce qu'il n'arrive pas à contacter Lengeh, ni Al Shargaz ni M. Gavallan qui est là-bas : ils ne répondent pas, c'est ça, hein?

– Qu'est-ce que ça à voir avec nous? répliqua Lochart.

– Tout, tout, bien sûr, parce que tout concorde. Numir à Bandar Delam dit que tous les étrangers sont partis, qu'il ne reste personne à Bandar. Siamaki dit la même chose pour Téhéran, il a même raconté à Numir que votre boy, capitaine McIver, votre boy dit que la plupart de vos affaires et un certain capitaine Pettikin ne sont plus dans l'appartement. »

McIver haussa les épaules et s'en alla allumer la VHF. « Simple mesure de précaution pendant que Pettikin était en congé et que je suis absent. Il y a eu beaucoup de cambriolages.

– Ne mentez pas encore. Je vous en prie. Ecoutez, au nom du ciel, écoutez, je vous en supplie... Il n'y a aucun moyen pour vous d'arrêter la vérité. Vos 212 et les hommes ont quitté Bandar. Lengeh garde le silence, alors c'est pareil, Téhéran est fermé, même chose, il n'y a plus qu'ici et vous êtes parés. » Wazari avait un ton étrange et ils n'arrivaient pas encore à dire ce que cela dissimulait. « Je ne m'en vais pas vous trahir, je veux vous aider. Je veux vous aider. Je vous le jure.

– Nous aider à faire quoi?

– A partir.

– Pourquoi feriez-vous ça, même si ce que vous dites est vrai? dit Lochart, furieux.

– Vous aviez raison de ne pas me faire confiance, capitaine, mais je jure devant Dieu que vous pouvez me faire confiance maintenant, j'ai compris, avant ce n'était pas le cas, mais aujourd'hui vous êtes mon seul espoir de m'en aller. Demain je dois passer devant le comité et... et regardez-moi, bon sang! s'écria-t-il. Regardez dans quel état je suis et, à moins que je ne puisse voir un bon docteur, je ne sais pas ce qui va m'arriver, et peut-être même que je vais mourir... Il y a quelque chose qui m'appuie ici, ça me fait un mal de chien, précisa Wazari en palpant le haut de son nez. Depuis que ce salaud de Zataki m'a battu, ma tête me fait mal. J'ai été fou, bien sûr, je le sais, mais je peux encore vous aider. Je peux vous couvrir si vous m'emmenez avec vous, laissez-moi me glisser à bord du dernier hélico... Je jure que je vous aiderai. » Des larmes lui emplissaient les yeux. Les deux hommes le regardèrent.

McIver mit la VHF sur « émission ». « Ici la tour de Kowiss, j'appelle IHC pour un essai, un essai. »

Un long silence, puis une voix répondit en anglais avec un fort accent : « Ici la tour, IHC, je vous reçois 5 sur 5.

– Merci. Il semble que nous ayons réparé. Notre 216 spécial pour Téhéran va partir dans une minute, ainsi que notre vol du matin vers les puits 40, Abou Sal et Gordi avec des pièces détachées.

– D'accord. Signalez quand vous aurez pris l'air. Vos collègues de Bandar Delam ont essayé de vous contacter. »

McIver eut un frisson. « Merci, contrôle. Bonne journée. » Il jeta un coup d'œil à Lochart, puis passa sur HF. Aussitôt ils entendirent la voix de Jahan en farsi et Lochart se mit à traduire : « Jahan dit que la dernière fois qu'on les a repérés, ils se dirigeaient vers le nord-est, volant vers l'intérieur, dans la direction opposée à la côte... Que Zataki... » Un moment sa voix faiblit. « ... Que Zataki avait ordonné aux quatre appareils de se rendre à Toda-Iran où ils devraient être maintenant et qu'il va les appeler ou envoyer un message... » Puis McIver reconnut Siamaki. Lochart transpirait à grosses gouttes. « Siamaki dit qu'il va cesser d'émettre pendant une demi-heure à une heure, mais qu'il rappellera dès son retour et que l'on continue à essayer de nous joindre, nous et Al Shargaz... Jahan dit d'accord, qu'il attendra et que, s'il a des nouvelles, il appellera. »

Il y eut des parasites pendant un moment. Puis la voix de Jahan dit en anglais : « Kowiss, ici Bandar Delam, vous m'entendez? »

Lochart murmura : « Si la tour a reçu tout ça, pourquoi ne sommes-nous pas tous au trou?

– C'est vendredi, pas de raison pour eux d'être à l'écoute sur le canal de votre compagnie. » Wazari essuya ses larmes, il avait retrouvé son calme. « Vendredi, c'est un équipage minimal et des stagiaires : pas de vol, rien ne se passe, le comité a saqué tous les officiers radar et cinq des sergents... Ils sont en prison. » Il frissonna puis reprit : « Peut-être un des types a entendu Bandar Delam une ou deux fois. Bandar a perdu le contact avec quelques-uns de ses hélicos, et après, ce sont des étrangers et ça arrive tout le temps. Mais, capitaine, si vous ne fermez pas Bandar et Téhéran, ils vont... quelqu'un va s'énerver. » Il tira un mouchoir crasseux et essuya un filet de sang qui coulait de son nez. « Si vous passez sur votre canal de secours, ça vaudra mieux, la tour ne l'a pas. »

McIver le regarda. « Vous êtes sûr?

– Oui, écoutez, pourquoi est-ce que vous... » Il s'arrêta. Des pas approchaient. Sans bruit, il retourna se cacher sur le toit. Kia était au milieu de l'escalier.

« Qu'est-ce qui vous retient, capitaine?

– Je... j'attends l'autorisation, ministre. Désolé, on m'a dit d'attendre. On ne peut rien y faire.

– Bien sûr que si! Nous pouvons décoller! Partir! Maintenant! Je suis fatigué d'attendre...

– Je suis fatigué aussi, mais je n'ai pas envie qu'on me fasse sauter la cervelle! » McIver s'énervait. « Vous allez attendre! Attendre! Compris? Vous allez me faire le plaisir d'attendre et, si vos manières ne s'arrangent pas, je vais annuler tout le voyage et mentionner au mollah Hussain un ou deux *pishkeshs* que j'ai justement oubliés au moment de l'interrogatoire. Maintenant foutez le camp d'ici. »

Ils crurent un instant que Kia allait exploser, mais il se ravisa et s'éloigna. McIver se maudit d'avoir perdu patience. Puis il leva un pouce vers le toit en chuchotant : « Tom, qu'est-ce qu'on fait de lui?

– On ne peut pas le laisser. Il serait capable de nous livrer au bout d'une minute. » Lochart regarda autour de lui. Wazari était sur le pas de la porte.

« Je jure que je vous aiderai, murmura-t-il, désespéré. Ecoutez, quand vous décollerez avec Kia, que comptez-vous faire, le lâcher quelque part, hein? » McIver ne répondit pas, encore incertain. « Mon Dieu, capitaine, il faut me faire confiance. Tenez, appelez Bandar sur le canal de secours et engueulez Numir comme vous venez de faire avec ce salaud en lui disant que vous avez ordonné que tous les appareils viennent ici. Ça les calmera pour une heure ou deux. »

McIver se tourna vers Lochart, qui dit d'un ton excité : « Pourquoi pas? C'est une bonne idée, ensuite tu décolles avec Kia et... et Freddy peut filer. J'attendrai ici et... » Il ne termina pas sa phrase.

« Et quoi, Tom? » demanda McIver.

Wazari s'approcha et passa sur le canal de secours, puis dit rapidement à Lochart : « Vous traînez un peu ici, capitaine, et, une fois le capitaine McIver parti et Ayre aussi, vous dites à Numir que vous êtes sûr que ses quatre hélicos ont fermé leur HF, pas la peine de s'en servir et qu'ils sont sur VHF. Ça vous donne l'excuse pour décoller et traîner dans le secteur, et puis vous filez vite vers l'endroit où vous avez planqué le carburant. » Il vit leurs regards. « Enfin, capitaine, n'importe qui sait bien que vous ne pouvez pas traverser le Golfe d'un coup, pas moyen, alors il faut bien une réserve de carburant planquée quelque part. Sur la côte ou sur une des plates-formes. »

McIver prit une profonde inspiration et appuya sur le bouton. « Bandar Delam, ça fait des heures que nous essayons de vous joindre et...

– Jahan, passez-moi *agha* Numir », dit sèchement McIver. Il y eut un silence, puis Numir prit l'appareil mais, avant que le directeur d'IranOil ait pu se lancer dans une tirade, McIver l'interrompit. « Où sont mes quatre hélicoptères? Pourquoi ne se sont-ils pas présentés? Qu'est-ce qui se passe là-bas? Et pourquoi êtes-vous si inefficaces que vous ne savez même pas que j'ai ordonné que les hélicoptères et les équipages viennent ici... »

Al Shargaz. Bureau de la S-G. « ... Et pourquoi ne vous rappelez-vous pas que des équipages de remplacement doivent arriver à Bandar Delam après le week-end? » La voix de McIver était lointaine mais claire dans le haut-parleur et Gavallan, Scot et Manuela fixaient le haut-parleur, consternés d'apprendre que McIver était toujours à Kowiss : cela voulait-il dire qu'il en était de même pour Lochart, Ayre et les autres?

« Mais nous vous avons appelé toute la matinée, capitaine, fit Numir, la voix encore plus faible. Vous avez ordonné que vos hélicoptères aillent à Kowiss? Mais pourquoi? Et pourquoi n'ai-je pas été informé? Nos appareils sont censés aller ce matin à Toda-Iran mais ils ne sont jamais arrivés et ont disparu! *Agha* Siamaki a cherché aussi à vous joindre.

– Nous avons eu une panne sur notre HF. Maintenant, Numir, écoutez bien, j'ai ordonné à *mes* hélicoptères de se rendre à Kowiss. Je n'ai jamais approuvé un contrat avec Toda-Iran, je ne sais rien d'un contrat Toda-Iran, alors ça règle le problème.

Maintenant cessez de faire toute une histoire pour rien!

– Mais ce sont nos hélicoptères, tout le monde est parti, tout le monde, les mécaniciens et tous les pilotes et...

– C'est moi qui les ai convoqués ici en attendant une enquête. Je le répète, je suis très mécontent de votre direction. Et je ne manquerai pas de le signaler à IranOil! Maintenant cessez d'appeler. »

Dans le bureau, ils étaient encore tous sous l'effet du choc. Que McIver fût encore à Kowiss était un désastre. Le plan Ouragan tournait bien mal. Il était 10 h 42. Rudi et ses trois appareils auraient déjà dû arriver à Barhein. « ... Nous ne savons pas quels vents contraires ils ont, papa, avait dit Scot, ni combien de temps il leur faudra pour refaire du carburant. Ils peuvent très bien avoir trois quarts d'heure à une heure de retard et que tout aille bien... Disons qu'ils devraient être à Bahrein vers 11 heures, 11 heures un quart. » Mais tous savaient qu'il n'avait sûrement pas de quoi voler aussi longtemps.

Rien encore de Scrag ni de ses deux appareils, mais c'était normal : ils n'ont pas de HF à bord, songea Gavallan. Leur vol jusqu'à Al Shargaz devrait leur prendre à peu près une heure et demie. S'ils étaient partis disons à 7 h 30, qu'ils aient embarqué le carburant et décollé sans incidents, disons à 7 h 45, on devrait compter sur eux pour 9 h 15. « Pas besoin de s'inquiéter, Manuela, vous savez ce que c'est que des vents contraires, avait-il dit, et nous ne pouvons pas savoir à quelle heure précise ils sont partis. »

Tant de choses qui pouvaient tourner mal. Mon Dieu, cette attente était intolérable. Gavallan se sentit soudain très vieux; il décrocha le téléphone et appela Bahrein. « Golfe Air de France? Jean-Luc Sessonne, s'il vous plaît. Jean-Luc, rien?

– Non, Andy. Je viens d'appeler la tour et ils n'ont rien dans le système. Pas de problème. Rudi économisera le carburant. La tour m'a dit qu'on m'appellerait dès l'instant où ils seraient repérés. Pas d'autres nouvelles des autres?

– Nous venons d'apprendre que Mac est encore à Kowiss. » Gavallan entendit l'exclamation de surprise et les jurons de Jean-Luc. « Je suis d'accord. Je vous rappellerai. » Il appela Koweit. « Charlie, Genny est avec vous?

– Non, elle est à l'hôtel. Andy, je...

– Nous venons d'apprendre que Mac est toujours à Kowiss et...

– Bonté divine, qu'est-ce qui s'est passé?

– Je ne sais pas, il émet toujours. Je rappellerai quand j'aurai quelque chose de précis. Ne dis rien encore à Genny. Salut. »

De nouveau l'attente odieuse, puis une voix dans le haut-parleur : « Téhéran, ici Kowiss, capitaine McIver. Allez-y.

– Kowiss, ici Téhéran, nous vous avons appelé toute la matinée. *Agha* Siamaki a essayé de vous joindre. Il sera de retour d'ici une heure environ. Veuillez confirmer que vous avez donné l'ordre de faire venir les quatre 212 à Kowiss.

– Téhéran, ici Kowiss. Bandar Delam, vous notez également. » McIver parlait d'un ton plus lent et plus clair, mais absolument furieux. « Je confirme : j'ai tous mes 212 – je répète tous mes 212 – sous mon contrôle. Absolument tous. Je ne serai pas disponible pour parler à *agha* Siamaki puisque j'ai l'autorisation de partir d'ici pour Téhéran avec le ministre Kia dans cinq minutes, mais je compte sur l'*agha* Siamaki pour accueillir le 206 à l'aéroport international de Téhéran. Dans quelques instants, nous allons fermer pour des réparations – sur ordre des autorités – et nous n'opérerons que sur VSR. Pour votre information, le capitaine Ayre va décoller dans cinq minutes pour le puits Abou Sal avec des pièces détachées et le capitaine Lochart va rester en attente pour accueillir mes 212 en provenance de Bandar Delam, conformément au plan. Avez-vous bien reçu, Téhéran?

– Affirmatif, capitaine McIver, mais pouvez-vous, s'il vous plaît... »

McIver l'interrompit : « Avez-vous noté, Numir, ou êtes-vous encore plus inutile que d'habitude?

– Oui, mais je dois insister pour que nous soyons infor...

– J'en ai assez de toute cette stupidité. Je suis le directeur général de cette compagnie et, aussi longtemps que nous opérerons en Iran, c'est de cette façon que nous procéderons, de façon simple, directe et sans complications. Kowiss ferme pour procéder à des réparations suivant les ordres du colonel Changiz et annoncera dès que nous reprendrons nos émissions. Restez sur ce canal, mais laissez-le libre pour des essais. Tout va se passer suivant le plan prévu. Terminé! »

Sur ces entrefaites, la porte s'ouvrit et Starke arriva, accompagné d'une jeune infirmière fort inquiète. Manuela était abasourdie. Gavallan se leva d'un bond et le fit asseoir dans le fauteuil qu'il venait de quitter. La poitrine entourée d'un épais bandage, il avait un pantalon de pyjama et un peignoir éponge. « Ça va, Andy, dit Starke. Comment allez-vous, mon petit?

– Conroe, vous êtes fou?

– Pas du tout, Andy, dis-moi ce qui se passe.

– Nous ne pouvons vraiment pas prendre la responsa... fit l'infirmière.

– Je vous promets qu'il n'y en a que pour deux heures, fit Starke avec patience, et que je ferai très attention. Manuela, voudrais-tu la ramener à la voiture, mon chou? » Il la regarda avec cet air que les maris ont pour les femmes et les femmes pour les maris quand ce n'est pas le moment de discuter. Elle se leva aussitôt et entraîna l'infirmière. « Désolé, Andy, dit Starke, je n'en pouvais plus. Qu'est-ce qui se passe? »

Kowiss : 10 h 48. McIver descendit les marches de la tour; il se sentait vidé, épuisé, pas sûr du tout d'arriver jusqu'au 206 et encore plus sceptique en ce qui concernait l'exécution du reste du plan. Mais si, se dit-il, tu y arriveras.

Le mollah Hussain discutait toujours avec Kia, adossé à la voiture, son AK47 en bandoulière. « Nous sommes prêts, ministre, fit McIver. Bien sûr, si c'est d'accord, Excellence Hussain?

– Oui, comme Dieu le veut », fit Hussain avec un étrange sourire. Il tendit poliment la main. « Au revoir, ministre Kia.

– Au revoir, Excellence. » Kia tourna les talons et se dirigea d'un pas vif vers le 206.

Embarrassé, McIver tendit la main au mollah. « Au revoir, Excellence. »

Hussain se retourna pour voir Kia monter dans le cockpit. Il eut de nouveau un étrange sourire. « Il est écrit : " Les moulins de Dieu tournent avec lenteur, mais leur farine est extrêmement fine. " N'est-ce pas, capitaine?

– Oui. Pourquoi dites-vous cela?

– C'est un cadeau d'adieu. Vous pourrez le répéter à votre ami Kia quand vous atterrirez à Téhéran.

– Ce n'est pas mon ami, et pourquoi à ce moment-là?

– Vous avez raison de ne pas l'avoir comme ami. Quand reverrez-vous le capitaine Starke?

– Je ne sais pas. Bientôt, j'espère. » McIver vit le

mollah jeter un coup d'œil vers Kia et son inquiétude s'accrut. « Pourquoi?

– J'aimerais le voir bientôt. »

Hussain ôta le fusil mitrailleur de son épaule, monta dans la voiture avec ses Brassards verts et démarra.

« Capitaine? » C'était Pavoud. Il était tout tremblant.

« Oui, monsieur Pavoud, une minute. Freddy? » McIver fit signe à Ayre qui arriva en courant. « Oui, monsieur Pavoud?

– S'il vous plaît, pourquoi les 212 sont-ils chargés de pièces détachées, de bagages et de tout...

– Un changement d'équipage, répondit aussitôt McIver. J'ai quatre 212 qui doivent arriver de Bandar Delam. Vous devriez faire préparer des chambres : quatre pilotes et quatre mécaniciens. Ils doivent arriver dans deux heures.

– Mais nous n'avons pas de manifeste ni de raison de...

– Faites-le! fit McIver, de nouveau tendu. C'est moi qui ai donné les ordres. Moi! Moi personnellement! J'ai ordonné à *mes* 212 de venir ici! Freddy, qu'est-ce que tu attends? Tu pars avec tes pièces détachées.

– Oui. Et toi?

– J'emmène Kia, Lochart est responsable jusqu'à mon retour. Maintenant, file. Non, attends, je vais avec toi. Pavoud, qu'est-ce que vous attendez? Le capitaine Lochart va être furieux si vous n'êtes pas prêt à temps. » McIver s'éloigna avec Ayre, en priant que Pavoud fût convaincu.

« Mac, qu'est-ce qui se passe, bon sang?

– Attends qu'on soit avec les autres. » Quand McIver fut arrivé aux 212, il tourna le dos à Pavoud, toujours planté sur les marches du bureau, et leur

raconta rapidement ce qui se passait. « Rendez-vous sur la côte.
– Ça va, Mac? demanda Ayre, soucieux.
– Bien sûr que ça va. Décolle! »

Au large de Bahrein : 10 h 59. Rudi et Pop Kelly volaient toujours en tandem, luttant contre le vent contraire, surveillant leurs moteurs – les jauges des réservoirs indiquaient qu'ils étaient vides, des voyants rouges s'allumaient partout. Une demi-heure plus tôt, ils s'étaient mis tous deux en position stationnaire. Les mécaniciens avaient ouvert les portes de la cabine et s'étaient penchés dehors pour enlever les bouchons du réservoir. Puis ils avaient déroulé les tuyaux et enfoncé l'embouchure dans le col du réservoir, et avaient regagné la cabine. Avec des pompes de fortune, ils avaient péniblement vidé le premier des barils de cent quatre-vingts litres, puis le second. Aucun des deux mécaniciens n'avait jamais procédé à une opération de ravitaillement en vol comme celle-ci. Tous deux avaient été violemment malades une fois l'opération terminée, mais elle avait réussi.

La brume était encore épaisse, la houle assez forte et depuis la collision évitée de justesse avec le pétrolier, ç'avait été un vol de routine : on cherchait le rayon d'action maximal, on ajustait, on ajustait toujours et on priait. Rudi n'avait vu ni Dubois ni Sandor. Un des réacteurs de Rudi se mit à tousser, mais reprit presque aussitôt.

Faganwitch tiqua. « Nous avons encore loin à aller?
– Trop loin. » Rudi alluma sa VHF, rompant leur silence radio. « Pop, passe sur HF, écoute », dit-il rapidement puis il repassa sur « écoute ». « Sierra 1, ici Delta 1, vous m'entendez?

– Je vous entends parfaitement, Delta 1, dit aussitôt la voix de Scot, allez-y.

– Au large de Boston (leur nom de code pour Bahrein) à 700 pieds, cap au 185, à court de carburant, Delta 2 est avec moi, 3 et 4 sont de leur côté.

– Bienvenue dans les pays ensoleillés, GHTXX et GHJZX, je répète : GHTXX et GHJZX! Jean-Luc vous attend. Nous n'avons pas encore de nouvelles de Delta 3 et 4.

– HTTX et HJZI? » répondit Rudi, accusant réception de leur nouveau numéro d'immatriculation britannique. « Et Lima 3 et Kilo 2? » (Lima pour Lengeh 3 et Kilo, pour Kowiss 2.) « Pas de nouvelles, sauf que Kilo 2 est toujours sur place. » Rudi et Pop Kelly restèrent stupéfaits.

« Ici le QG de Téhéran, qui appelle sur ce canal? Qui sont Kilo 2 et Lima 3? Qui est Sierra 1? »

La voix de Scot vint l'interrompre : « Ne vous inquiétez pas, HTXX, un abruti utilise notre canal. Téléphonez-nous à l'atterrissage », ajouta-t-il pour les mettre en garde contre toute prolongation inutile de la conversation.

La voix de Pop Kelly intervint, tout excitée : « Des dunes droit devant, HTXX!

– Je les vois. Sierra 1, ici HTXX, nous sommes presque à la côte maintenant... »

De nouveau, un des moteurs de Rudi se mit à tousser, plus gravement qu'avant, mais il repartit, les aiguilles du compte-tours vacillant follement. Puis, à travers la brume, le pilote aperçut la côte, un bout de terre et des dunes, et maintenant la plage et il sut exactement où il était. « Pop, occupe-toi de la tour, Sierra 1, dites à Jean-Luc que je... »

QG d'Al Shargaz. Gavallan appelait déjà Bahrein et, dans le haut-parleur, Rudi continuait : « ... Je suis à la pointe nord-ouest de la plage d'Abou Sabh, à l'est... » Un crépitement de parasites, puis le silence.

Gavallan dit dans le combiné : « Golfe Air de France? Jean-Luc, s'il vous plaît, Jean-Luc, ici Andy. Rudi et Pop sont... Attendez... » La voix de Kelly arriva, très nette : « Sierra 1, je suis Delta 1 qui descend, son moteur est arrêté...

– Ici Téhéran. Qui a son moteur arrêté et où? Qui appelle sur ce canal? Ici, Téhéran, qui appelle... »

La plage avait un beau sable blanc, mais en cet endroit était presque déserte, de nombreux voiliers et d'autres embarcations de plaisance croisaient devant la plage, il y avait toute une troupe de baigneurs qui faisaient de la planche à voile, la journée était superbe. Au fond, l'hôtel Starbreak, d'un blanc étincelant, avec des palmiers et des jardins, et des parasols multicolores, parsemant la terrasse et les plages. Le 212 de Rudi émergea de la brume, ses rotors tournant à vide, les réacteurs toussotant. Sa ligne de descente lui laissait peu de choix mais il remerciait le ciel en pensant qu'il allait se poser sur terre et non pas sur mer. La plage se précipitait vers eux et il choisit de se poser juste après un parasol isolé. Il était porté par le vent maintenant, tout près, il tira sur le manche, modifiant l'angle d'attaque des pales afin qu'un instant l'appareil se soulève suffisamment pour amortir la chute, il dérapa quelques mètres sur le sable inégal puis s'immobilisa.

« Sacré bon sang... », dit Faganwitch, retrouvant son souffle.

Rudi coupa tous les contacts, mains et genoux tremblants maintenant. Sur la plage, devant lui, les gens qui prenaient le soleil ou qui flânaient sur les terrasses s'étaient levés pour les regarder. Puis Faganwitch eut un sursaut qui lui fit peur. Il se retourna et eut un sursaut aussi.

Elle portait des lunettes de soleil et pas grand-chose d'autre sous son parasol isolé, elle avait retiré le haut aussi bien que le bas, elle était blonde et magnifique et, appuyée sur un coude, elle les regardait. Sans hâte, elle se leva et passa un semblant de haut de bikini.

« Bonté divine... », fit Faganwitch.

Rudi salua la jeune femme et lança d'une voix un peu étranglée : « Désolé, j'étais en panne sèche. »

Elle se mit à rire, puis Kelly arriva du haut du ciel et vint tout gâcher; ils le maudirent tandis que le souffle de ses rotors balayaient le parasol et ses longs cheveux blonds, faisait s'envoler sa serviette et soulevait une tempête de sable. Kelly alors la vit à son tour, recula poliment pour s'approcher de la route et, aussi distrait que les autres par ce spectacle, vint se poser un peu trop loin.

Aéroport international de Bahrein : 11 h 13. Jean-Luc et le mécanicien Rod Rodriguez sortirent du bâtiment en courant et se précipitèrent sur la piste vers un petit camion-citerne marqué GA de F – Golfe Air de France – qu'ils s'étaient arrangés pour emprunter. Il régnait une grande animation sur le terrain, de nombreux appareils de diverses nationalités chargeaient ou déchargeaient, un 747 de la JAL venant juste d'atterrir.

« On y va, dit Jean-Luc.

– Bien sûr, *sayyid.* » Le chauffeur augmenta le volume de son intercom et, d'un même et souple mouvement, mit le moteur en marche, embraya et démarra. C'était un jeune chrétien palestinien qui portait des lunettes de soleil et une combinaison de sa compagnie. « Où faut-il aller?

– Tu connais la plage d'Abou Sabh?

– Oh oui! *Sayyid.*

– Deux de nos hélicos se sont posés là-bas en panne sèche. Allons-y!

– On y est presque! » Le chauffeur accéléra. Dans le haut-parleur de son intercom on entendit :« Alpha 4? » Il décrocha le micro et continua à conduire d'une main à toute vitesse. « Ici Alpha 4.

– Passe-moi le capitaine Sessonne. »

Jean-Luc reconnut la voix de Mathias Delarne, le directeur de Golfe Air de France à Bahrein – un vieil ami du temps de l'aviation française et de l'Algérie. « Ici Jean-Luc, mon vieux, dit-il en français.

– La tour m'a appelé, annonça rapidement Delarne en français, pour me dire qu'un autre hélico vient d'entrer dans le système au cap attendu, c'est Dubois ou Petrofi, hein? La tour n'arrête pas d'appeler mais n'a pas encore réussi à établir le contact.

– Un seul? fit Jean-Luc, soudain inquiet.

– Oui, un en bonne position d'approche pour l'aire numéro 16. C'est le problème dont nous avons parlé, hein?

– Oui. » Jean-Luc avait raconté à son ami ce qui se passait et lui avait parlé du problème des immatriculations. « Mathias, dis à la tour de ma part que c'est le GHTTE en transit, dit-il, donnant le troisième des quatre numéros qu'on lui avait alloués. J'enverrai Rodriguez s'occuper de Rudi et de Kelly. Toi et moi, nous allons nous charger de Dubois ou de Sandor. Où se retrouve-t-on?

– Mon Dieu, Jean-Luc, après ce coup-là, il faudra s'engager dans la Légion étrangère. Retrouve-moi devant le bureau. »

Il accusa réception et raccrocha le micro. « Stop! »

Le camion s'arrêta aussitôt. Rodriguez et Jean-Luc faillirent passer à travers le pare-brise. « Rod, tu sais ce que tu as à faire. » Il sauta à terre. « Allez-y!

– Ecoute, je préférerais marcher... » Le reste de sa phrase se perdit dans le vent tandis que Jean-Luc repartait en courant et que le camion démarrait dans un crissement de pneus, franchissait la grille d'entrée et fonçait sur la route qui menait à la mer.

Kowiss, dans la tour : 11 h 17. Lochart et Wazari regardaient le 206 de McIver s'élever au-dessus des montagnes de Zagros. « Kowiss, ici HCC, disait McIver dans le radio-téléphone, je quitte votre système maintenant. Bonne journée.

– HCC, ici Kowiss, bonne journée », dit Wazari.

Dans le haut-parleur, on entendit en farsi : « Bandar Delam, ici Téhéran, avez-vous eu des nouvelles de Kowiss?

– Négatif. Al Shargaz, ici Bandar Delem, vous m'entendez? » Des parasites, puis le message qu'on répétait, et de nouveau le silence. Wazari s'épongea le visage. « Vous croyez que le capitaine Ayre est déjà au rendez-vous? » demanda-t-il, tenant désespérément à plaire. Ce n'était pas difficile de sentir que Lochart ne l'aimait pas et qu'il se méfiait de lui. « Hein? »

Lochart se contenta de hausser les épaules, en pensant à Téhéran et à ce qu'il devait faire. Il avait demandé à McIver d'envoyer les deux mécaniciens avec Ayre : « Au cas où je serais pris, Mac, ou bien si Wazari est découvert ou s'il nous trahissait.

– Ne va pas faire quelque chose d'idiot, Tom, comme aller à Téhéran dans le 212, avec ou sans Wazari.

– Je n'ai aucun moyen de pouvoir regagner Téhéran sans gâcher tout le système et compromettre Ouragan. Il faut que je refasse du carburant et on m'arrêterait. »

Y a-t-il un moyen quand même? se demanda-t-il, puis il vit que Wazari l'observait. « Quoi?

– Est-ce que le capitaine McIver va nous appeler quand il aura débarqué Kia? » Lochart se contentait de le regarder, Wazari dit d'un air penaud : « Bon sang, vous ne voyez donc pas, tout ce que vous voulez, il faut que je le fasse, vous êtes mon seul espoir de sortir... »

Les deux hommes se retournèrent soudain en lançant un regard derrière eux. Pavoud les observait à travers les barreaux de l'escalier.

« Tiens! murmura-t-il. Comme Dieu le veut. Je vous surprends tous les deux en pleine trahison. »

Lochart fit un pas vers lui. « Je ne vois pas...

– Vous êtes pris tous les deux, vous et le Judas! Vous voulez vous échapper, filer avec nos hélicoptères? »

Le visage de Wazari se crispa soudain et il siffla : « Judas, hein? Viens donc ici, sale communiste! Je sais tout de toi et de tes camarades tudehs! »

Pavoud était devenu blanc. « Qu'est-ce que tu racontes? C'est toi qui t'es fait prendre, c'est toi...

– C'est toi le Judas, espèce de salaud de communiste! Le caporal Ali Sedagi est mon compagnon de chambre, il est commissaire de la base et c'est ton chef. Je sais tout sur toi : voilà des mois il a essayé de me faire inscrire au Parti. Amène-toi! » Et comme Pavoud hésitait, Wazari lui lança : « Si tu ne viens pas, j'appelle le comité et je te dénonce, toi, Sedagi, avec Mohamed Berari et une douzaine d'autres et je me fous pas mal... » Ses doigts s'approchaient du commutateur de la radio, mais d'une voix étranglée Pavoud s'écria : « Non » et se précipita sur le palier où il resta là, tremblant. Pendant un moment, il ne se passa rien, puis Wazari empoigna le petit homme pétrifié et le poussa dans un coin, après quoi il prit une clé à molette pour l'assommer. Lochart le retint juste à temps.

« Pourquoi m'arrêtez-vous, bon sang? fit Wazari, tremblant de peur. Il va nous trahir!

– Pas la peine... Pas la peine. » Lochart avait du mal à parler. « Un peu de patience. Ecoute, Pavoud, si tu te tais, nous nous tairons aussi.

– Je jure devant Dieu, bien sûr que je...

– On ne peut pas faire confiance à ces salauds, siffla Wazari.

– Je n'ai aucune confiance, dit Lochart. Vite. Ecrivez tout cela! Vite! Tous les noms que vous pouvez vous rappeler. Vite... et en trois exemplaires! » Lochart fourra un stylo dans la main du jeune homme. Wazari hésita, puis prit le bloc et se mit à écrire. Lochart s'approcha de Pavoud qui, recroquevillé, implorait pardon. « Tais-toi et écoute. Pavoud, je vais te faire un marché : tu ne dis rien, nous ne dirons rien.

– Devant Dieu, bien sûr que je ne dirai rien, *agha,* est-ce que je n'ai pas fidèlement servi la compagnie, fidèlement toutes ces années, est-ce que j'ai jamais...

– Menteur », dit Wazari. Puis il ajouta à la stupéfaction de Lochart : « Je t'ai entendu, toi et les autres, mentir et tricher et reluquer Manuela Starke, la regardant le soir.

– Mensonges, encore des mensonges, vous n'allez pas...

– Tais-toi, salaud! » dit Wazari.

Pavoud obéit et se blottit dans le coin. Lochart prit une des listes et la fourra dans sa poche. « Gardez-en une, sergent. Tiens », dit-il à Pavoud en lui fourrant la troisième sur le visage. L'homme essaya de s'écarter, mais n'y parvint pas et, quand il eut la liste dans sa main, il poussa un gémissement et la laissa tomber comme si c'était du feu. « Si on nous arrête, je te promets devant Dieu de la remettre au premier Brassard vert et n'oublie pas que nous parlons tous les deux farsi et que je connais Hussain! Compris? » Pavoud acquiesça. Lochart se pencha pour ramasser la liste et la fourra dans la poche de l'homme. « Assieds-toi là! » Il désigna un siège dans le coin, puis essuya ses mains moites sur son pantalon.

Lochart appuya sur le commutateur de la radio et prit le micro. « Ici Kowiss, je vous appelle d'hélicoptère en provenance de Bandar Delam, vous m'entendez? » Lochart attendit, puis répéta son appel. Puis : « Allô, la tour, ici la base, vous m'entendez? »

Après un silence, une voix lasse et avec un fort accent dit : « Oui, nous vous entendons.

– Nous attendons quatre hélicoptères en provenance de Bandar Delam qui sont seulement équipés en VHF. Je m'en vais décoller et essayer de les contacter. Vous n'émettez pas avant que je revienne. D'accord?

– D'accord. »

Lochart coupa le contact. Dans la radio on entendit : « Kowiss, ici Téhéran, vous m'entendez?

– Et lui? » demanda Lochart. Tous deux regardèrent Pavoud qui parut se recroqueviller sur son siège.

La douleur lancinante que Wazari sentait derrière son œil était plus forte que jamais. Il va falloir que je tue Pavoud, c'est la seule façon dont je puisse prouver que je suis du côté de Lochart. « Je vais m'occuper de lui, annonça-t-il en se levant.

– Non, dit Lochart. Pavoud, tu vas prendre le reste de la journée. Tu vas descendre, dire aux autres que tu es malade et rentrer chez toi. Tu ne dis rien d'autre et tu pars tout de suite. D'ici, nous pouvons te voir et t'entendre. Si tu nous trahis, par le Seigneur Dieu, toi et tous les hommes de cette liste serez livrés aussi.

– Vous jurez... vous jurez que vous... balbutia-t-il, vous jurez que vous ne le direz à personne?

– File et rentre chez toi! Tout dépend de toi, pas de nous! Allez, file! » Ils le regardèrent s'en aller d'un pas chancelant. Et, lorsqu'ils le virent sur sa bicyclette, pédalant lentement sur la route en direction de la ville, tous deux se sentirent un peu mieux.

« Nous aurions dû le tuer... Nous aurions dû, capitaine. Je l'aurais fait.

– C'est aussi sûr comme ça et... Oh! Le tuer n'arrangerait rien. » Ça n'arrangerait pas mes affaires avec Sharazad, songea Lochart.

De nouveau la radio qui insistait : « Kowiss, ici Bandar Delam, vous m'entendez?

– C'est dangereux de laisser ces salauds envoyer des messages, capitaine. La tour va finir par les capter, même s'ils sont mal entraînés et inefficaces.

– Sergent, mettez-vous à la radio un instant, prétendez que vous êtes un radio-mécanicien qui est furieux de voir son jour de congé gâché. Dites-leur en farsi de la boucler, de ne pas occuper notre canal avant que nous ayons réparé, que ce fou de Lochart a décollé pour contacter les quatre hélicos sur VHF, peut-être que l'un d'eux avait une urgence et que les autres sont au sol avec lui. D'accord?

– Compris! » Wazari fit tout cela à la perfection. Lorsqu'il coupa le contact, il se prit un moment la tête à deux mains, aveuglé par la douleur. Puis il leva les yeux vers Lochart. « Vous me faites confiance maintenant?

– Oui.

– Je peux venir avec vous? Vrai?

– Oui. » Lochart lui tendit la main. « Merci de

m'avoir aidé. » Il retira le cristal de la fréquence HF de la compagnie, le cassa en deux puis le remit à sa place; il ôta ensuite le coupe-circuit de l'appareil VHF et le fourra dans sa poche. « Venez. »

Il s'arrêta un moment dans le bureau en bas. « Je vais décoller, annonça-t-il aux trois employés qui le contemplaient avec étonnement. Je m'en vais essayer de contacter les hélicos de Bandar en VHF. » Les trois hommes ne dirent rien, mais Lochart avaient l'impression qu'ils connaissaient le secret eux aussi. Puis il se tourna vers Wazari. « A demain, sergent.

– J'espère que ça ne fait rien si je m'en vais. J'ai très mal à la tête.

– A demain. »

Lochart traîna un peu dans le bureau, conscient des regards fixés sur lui, pour donner à Wazari le temps de faire semblant de s'en aller, en réalité de faire le tour du hangar et de se glisser à bord. « Une fois que vous êtes sorti du bureau, c'est à vous de jouer, lui avait dit Lochart. Je ne regarderai pas dans la cabine, je me contenterai de décoller.

– Dieu nous aide, capitaine. »

CHAPITRE 22

Aéroport international de Bahrein : 11 h 28. Jean-Luc et Mathias Delarne attendaient auprès d'un break garé à proximité de l'aire d'atterrissage, ils regardaient le 212 qui arrivait, une main en visière pour se protéger les yeux du soleil, mais incapables encore de reconnaître le pilote. Mathias était un homme court et trapu, avec des cheveux bruns et bouclés, et seulement une moitié de visage, l'autre moitié déformée par les cicatrices de brûlures lorsqu'il avait sauté en parachute de son avion en feu non loin d'Alger.

« C'est Dubois, dit-il.

– Non, tu te trompes, c'est Sandor. » Jean-Luc lui fit signe de se poser avec le vent de travers. Dès l'instant où les patins touchèrent le sol, Mathias se précipita vers la porte gauche du cockpit, sans faire attention à Sandor qui lui criait quelque chose. Il tenait un gros pinceau et un pot de peinture blanche qu'il appliqua à grandes giclées par-dessus l'immatriculation iranienne, juste en dessous du hublot de la porte. Jean-Luc utilisa le stencil qu'ils avaient préparé, la peinture noire et son pinceau, puis il ôta avec soin le stencil. L'hélicoptère maintenant était devenu le GHXXI avec une existence légale.

Pendant ce temps, Mathias était allé à l'arrière pour peindre IHC de chaque côté des longerons. Sandor eut tout juste le temps de retirer son bras au moment où, dans son enthousiasme, Jean-Luc allait peindre le second GHXXI.

« Voilà! » Jean-Luc rendit son matériel à Mathias qui alla le dissimuler sous une bâche dans le break pendant que Jean-Luc broyait la main de Sandor, lui racontait l'arrivée de Rudi et de Kelly et lui demandait des nouvelles de Dubois.

« Je ne sais pas, mon vieux, dit Sandor. Après le coup de bol... » Il expliqua comment ils avaient manqué de peu un pétrolier. « ... Rudi nous a fait signe de continuer ici chacun de notre côté. Je ne les ai jamais revus. Pour ma part, j'ai réduit la consommation au minimum, j'ai collé aux vagues et j'ai prié. Ça fait bien dix minutes que je suis sur le réservoir vide avec les clignotants partout. Et les autres?

– Rudi et Kelly ont atterri sur la plage d'Abou Sabh – Rod Rodriguez s'occupe d'eux – encore rien pour Scrag, Willi ou Vossi, mais Mac est toujours à Kowiss.

– Nom de Dieu!

– Hé oui, avec Freddy et Tom Lochart, du moins ils étaient encore là-bas il y a dix minutes, un quart d'heure. » Jean-Luc se tourna vers Mathias qui venait les rejoindre. « Tu es branché sur la tour?

– Oui, pas de problème.

– Mathias Delarne, Sandor... Johnson, notre mécano. »

Ils échangèrent des poignées de main. « Comment s'est passé votre voyage... Oh! Merde, ne me racontez pas », ajouta Mathias. Puis il vit la voiture qui approchait. « Des ennuis, lança-t-il.

– Sandor, ordonna Jean-Luc, reste dans le cockpit, Johnson, dans la cabine. »

La voiture marquée « officiel », s'arrêta par le travers du 212 à vingt mètres devant. Deux Bahreiniens en sortirent, un capitaine de l'immigration en uniforme et un officier de la tour, ce dernier portant une longue robe blanche et un turban maintenu en place par un cordon noir torsadé. Mathias vint à leur rencontre. « Bonjour, *sayyid* Yousouf, *sayyid* Bin Amed. Je vous présente le capitaine Sessonne.

– Bonjour, dirent-ils poliment tout en continuant à examiner le 212. Et le pilote?

– Le capitaine Petrofi. M. Johnson, un mécanicien, est dans la cabine. » Jean-Luc sentit son cœur se serrer : le soleil faisait briller la peinture neuve, mais pas la vieille, et le bas du « I » faisait une traînée noire à chaque coin. Il attendit la remarque inévitable et la question non moins inévitable : « Quel est leur point de départ? » ce à quoi il répondrait négligemment : « Basra, en Irak », comme point de départ le plus plausible. Mais rien de plus facile à vérifier, et ce ne serait même pas la peine, il suffirait d'avancer de cinq pas et de passer le doigt sur la peinture neuve pour trouver dessous les lettres de l'ancienne immatriculation. Mathias était tout aussi ennuyé. C'est facile pour Jean-Luc, se dit-il, il n'habite pas ici, il n'a pas à travailler. « Combien de temps GHXXI va-t-il rester, capitaine? » demanda l'officier d'immigration, un homme rasé de près, aux yeux tristes.

Jean-Luc et Mathias réprimèrent un grognement en remarquant l'insistance avec laquelle l'officier avait prononcé le numéro d'immatriculation. « Il doit repartir tout de suite pour Al Shargaz, *sayyid,* répondit Mathias, pour Al Shargaz... dès qu'on aura fait le plein de carburant. Tout comme les autres qui... qui sont en panne d'essence. »

Bin Amed, l'officier de la tour, poussa un soupir. « C'est une bien mauvaise préparation quand on tombe en panne d'essence. Je me demande ce qui est arrivé aux trente minutes légales de réserve.

– Le... les vents contraires, sans doute, *sayyid.*

– C'est vrai qu'il est fort aujourd'hui. » Bin Amed

regarda vers le golfe, où la visibilité ne dépassait pas un mille. « Un 212 ici, deux sur la plage et le quatrième... le quatrième là-bas. » Les yeux sombres revinrent fixer Jean-Luc. « Il est peut-être reparti pour... pour son point de départ. »

Jean-Luc lui fit son plus beau sourire. « Je ne sais pas, *sayyid* Bin Amed », répondit-il avec prudence, désireux de mettre fin à ce jeu du chat et de la souris, ne pensant qu'à refaire le plein et à repartir à la recherche du dernier hélicoptère.

Une fois de plus, les deux hommes regardèrent l'appareil. Les rotors ne tournaient plus. Les pales tremblaient un peu dans le vent. D'un geste nonchalant, Bin Amed sortit un télex de sa poche. « Nous venons de recevoir ceci de Téhéran, Mathias, à propos de l'hélicoptère disparu, dit-il poliment. Contrôle aérien iranien. Il dit : " Veuillez vous attendre à l'arrivée de certains de nos hélicoptères qui ont été exportés illégalement de Bandar Delam. Veuillez les immobiliser, arrêter ceux qui se trouvent à bord, et informer notre ambassade la plus proche qui veillera à la déportation immédiate des coupables et au rapatriement de notre matériel. " »

Il sourit de nouveau et lui tendit le télex. « Curieux, n'est-ce pas?

– Très », dit Mathias. Il le lut, pétrifié, puis le lui rendit.

« Capitaine Sessonne, êtes-vous allé en Iran?

– Oui, absolument.

– C'est terrible, toutes ces morts, toute cette agitation, tous ces massacres, des musulmans tuant des musulmans. La Perse a toujours été un pays différent, posant des problèmes aux autres Etats du Golfe. Revendiquant notre Golfe, le golfe Persique, comme si nous, de ce côté-ci, n'existions pas, dit Bin Ahmed d'un ton détaché. Le shah n'a-t-il pas même prétendu que notre île était iranienne simplement parce que voilà trois siècles les Perses nous ont conquis pour quelques années, nous qui avons toujours été indépendants?

– Oui, mais il... il a abandonné cette revendication.

– Oui, oui, c'est vrai... et occupé les îles pétrolières de Tums et d'Abou Musa. Ils ont un grand sens de l'hégémonie, les souverains persans, c'est très étrange, quels qu'ils soient, d'où qu'ils viennent. C'est un sacrilège que de placer des mollahs et des ayatollahs entre l'homme et Dieu.

– Ils... ils ont leur façon de vivre, reconnut Jean-Luc, d'autres ont les leurs. »

Bin Ahmed jeta un coup d'œil à l'arrière du break. Jean-Luc aperçut le bout du manche d'un pinceau qui dépassait dessous la bâche. « Nous vivons une époque dangereuse dans le Golfe. Très dangereuse. Des Soviets athées chaque jour plus près, dans le Nord, dans le sud du Yémen d'autres marxistes athées qui s'arment chaque jour, tous les yeux fixés sur nous et sur notre richesse... et puis l'islam. Seul l'islam se dresse entre eux et la domination mondiale. »

Mathias avait envie de dire : Et la France et l'Amérique? Mais il se contenta de dire : « L'islam ne faillira jamais. Pas plus que les Etats du Golfe, s'ils sont vigilants.

– Avec l'aide de Dieu, je suis d'accord. » Bin Ahmed hocha la tête en souriant à Jean-Luc. « Ici, sur notre île, nous devons être très vigilants envers tous ceux qui veulent nous chercher des histoires. N'est-ce pas? »

Jean-Luc acquiesça de la tête. Il avait du mal à ne pas regarder le télex que l'autre tenait à la main; si Bahrein en avait un, le même avait dû arriver dans toutes les tours de contrôle de ce côté-ci du Golfe.

« Avec l'aide de Dieu, nous réussirons. »

L'officier d'immigration eut un hochement de tête approbateur. « Capitaine, j'aimerais voir les papiers du pilote et du mécanicien. Et les voir, eux. S'il vous plaît.

– Bien sûr, tout de suite. » Jean-Luc s'approcha de Sandor. « Téhéran leur a télexé d'avoir l'œil sur des appareils enregistrés en Iran », murmura-t-il précipitamment, et Sandor devint blême. « Pas de panique, mon vieux, montrez vos passeports à l'officier d'immigration, ne fournissez aucun renseignement qu'on ne vous demandera pas, tout comme Johnson, et n'oubliez pas que vous êtes GHXXI en provenance de Basra.

– Mais, Seigneur, dit Sandor d'une voix rauque, nous aurions dû faire tamponner en sortant d'Irak et j'ai des tampons iraniens sur presque chaque page.

– Vous étiez en Iran, et alors? Priez, mon brave. Allons-y. »

L'officier d'immigration prit le passeport américain. Il étudia méticuleusement la photo, la compara au visage de Sandor qui d'une main tremblante ôta ses lunettes de soleil, puis le lui rendit sans feuilleter les autres pages. « Merci », dit-il et il prit le passeport britannique de Johnson. De nouveau il n'examina, avec attention, que la photographie. Bin Ahmed fit un pas vers l'hélicoptère. Johnson avait laissé la porte de la cabine ouverte.

« Qu'est-ce qu'il y a à bord?

– Des pièces détachées, dirent en chœur Sandor, Johnson et Jean-Luc.

– Il va falloir les déclarer à la douane.

– Bien sûr, dit poliment Mathias, il est en transit, *sayyid* Yousouf, et va décoller dès qu'on aura fait le plein. Peut-être pourrait-on l'autoriser à signer le formulaire de transit, garantissant qu'il ne débarque rien, qu'il ne transporte pas d'armes, de drogues ni de munitions. » Il hésita. « Je serais prêt à donner ma garantie aussi, si elle avait la moindre valeur.

– Votre présence a toujours de la valeur, *sayyid* Mathias », dit Yousouf. Il faisait très chaud sur la piste, il y avait de la poussière, et il prit un mouchoir pour se moucher, puis se dirigea vers Bin Ahmed, toujours avec le passeport de Johnson à la main. « Je suppose que, pour un appareil britannique en transit, ça ne devrait pas poser de problèmes, même pour les deux autres sur la plage. N'est-ce pas? »

L'homme de la tour de contrôle tourna le dos à l'appareil. « Pourquoi, en effet? Quand ces deux-là arriveront, nous les ferons garer ici, *sayyid* capitaine Sessonne. Vous allez à leur rencontre avec le camion-citerne et, dès le plein fait, nous leur donnons l'autorisation de repartir pour Al Shargaz. » De nouveau il se tourna vers la mer et ses yeux sombres avaient un regard un peu inquiet. « Et le quatrième, quand arrive-t-il? J'imagine qu'il a aussi une immatriculation britannique?

– Oui, oui, bien sûr, s'empressa de répondre Jean-Luc en récitant la nouvelle immatriculation. Avec... avec votre permission, tous les trois vont faire route en arrière pour environ une demi-heure, puis poursuivront vers Al Shargaz. » Ça vaut toujours la peine d'essayer, songea-t-il, saluant les deux hommes tandis qu'ils partaient; c'était à peine s'il arrivait à admettre le miracle de ce sursis.

Est-ce parce qu'ils sont aveugles ou parce qu'ils ne veulent rien voir? Je ne sais pas, je ne sais pas, mais que bénie soit la Madone de veiller de nouveau sur nous. « Jean-Luc, tu ferais mieux de téléphoner à Gavallan à propos du télex », dit Mathias.

Au large d'Al Shargaz. Scragger et Benson avaient l'œil fixé sur les jauges d'huile et de niveaux de carburant du moteur numéro 1. Les clignotants s'allumaient, l'aiguille du thermomètre était au maximum, tout en haut du rouge, la pression d'huile diminuait et atteignait presque zéro. Ils volaient maintenant à 700 pieds, par un beau temps un peu brumeux, ils venaient de laisser derrière eux la frontière entre Siri et Abou Musa et Al Shargaz était droit devant. Les messages de la tour leur parvenaient à 3 sur 5 dans leurs casques et guidaient le trafic.

« Je m'en vais arrêter le moteur, Benson.

– Oui, pas la peine qu'il se grippe. »

Le bruit diminua et l'appareil descendit d'une centaine de pieds mais, quand Scragger eut mis plus de gaz sur le moteur numéro 2 et procédé à quelques réglages, l'appareil maintint son altitude. Les deux hommes n'étaient pas à l'aise maintenant qu'ils n'avaient plus de moteur de secours.

« Pas de raison pour que ça se déglingue comme cela, Scrag, pas la moindre. Je l'ai moi-même vérifié il y a quelques jours. On approche?

– Ça va. On n'est pas trop loin du but. »

Benson n'était pas à l'aise du tout. « Il n'y a pas un endroit où on pourrait se poser en cas d'urgence? Des bancs de sable? Une plateforme?

– Bien sûr, bien sûr qu'il y en a. Des tas », dit Scragger, mentant éhontément. « Tu entends quelque chose?

– Non... non, rien. Bon sang, j'entends chaque engrenage qui chauffe.

– Moi aussi, fit Scragger en riant.

– Est-ce qu'on ne devrait pas appeler Al Shargaz?

– On a largement le temps, mon garçon. J'attends Vossi ou Willi. »

Ils poursuivaient leur vol et la moindre turbulence, le moindre tremblement d'un décibel dans le ronronnement du moteur, le plus léger frémissement d'une aiguille sur un cadran les faisaient transpirer encore davantage.

« C'est encore loin, Scrag? » Benson adorait les moteurs, mais avait horreur de voler, surtout dans des hélicoptères. Sa chemise était trempée de sueur.

Puis, dans leurs écouteurs, retentit la voix de Willi : « Al Shargaz, ici EP-HBB qui vole vers vous avec EP-HGF à 700 pieds, cap 140 degrés. Heure d'arrivée prévue : douze minutes », et Scragger retint son souffle. Willi avait machinalement donné la totalité de son immatriculation iranienne alors qu'ils étaient tous convenus de voir s'ils pourraient s'en tirer en ne donnant que les trois dernières lettres. La voix très britannique du contrôleur de la tour arriva, claire et nette :

« Hélico, appelant Al Shargaz, comprenant que vous êtes en transit, arrivant sur nous au cap 140 degrés et... votre émission n'était pas nette. Veuillez confirmer que vous êtes bien... euh... GHYYR et GHFEE? Je répète : " Golfe Hôtel Yankee Yankee Roméo et Golfe Hôtel Foxtrot Echo Echo? " »

Scragger poussa un cri de joie : « Ils nous attendent! »

Willi avait un ton hésitant et Scragger sentit sa tension monter :

Al Shargaz, ici... ici GHY... YR... », puis Vossi, tout excité l'interrompit : « Al Shargaz, ici Golfe Hôtel Foxtrot Echo Echo et Golfe Hôtel Yankee Yankee Roméo qui vous reçoivent 5 sur 5, nous serons avec vous dans dix minutes et demandons l'autorisation de nous poser sur l'aire d'atterrissage nord, veuillez informer S-G.

– Certainement, GHFEE », dit le contrôleur, et Scragger crut sentir le soulagement dans la voix du fonctionnaire. « Vous êtes autorisés à vous poser sur l'aire nord et veuillez appeler S-G sur 117.7. Bienvenue! Bienvenue à Al Shargaz, gardez le cap et l'altitude.

– Certainement! Certainement, 117.7 », dit Vossi. Scragger aussitôt se brancha sur le même canal et entendit de nouveau Vossi : « Sierra 1, ici HFEE et HYYR, vous m'entendez?

– 5 sur merveilleux 5, bienvenu à tous... Mais... où est Golfe Hôtel Sierra Victor Tango? »

Bureau d'Al Shargaz. « Il est derrière nous, Sierra 1 », disait Vossi.

Gavallan, Scot, Nogger et Starke écoutaient sur le haut-parleur VHF utilisant la fréquence de leur compagnie, la fréquence de la tour étant également sur écoute, chacun très conscient du fait que tout message pouvait être intercepté, surtout les messages en HF par Siamaki à Téhéran et Numir à Bandar Delam. « Il est derrière nous à quelques minutes, il... il nous a ordonné de continuer de notre côté. » Vossi était extrêmement prudent. « Nous ne... nous ne savons pas ce qui s'est passé. » Puis Scragger intervint et ils entendirent tous le ton radieux de sa voix : « Ici GHSVT à vos trousses, alors garez-vous... »

Des vivats éclatèrent dans le bureau. Gavallan s'essuya le front en murmurant : « Dieu soit loué », soulagé, puis fit signe à Nogger : « En route, Nogger! »

Tout heureux, le jeune homme sortit et faillit renverser Manuela qui, les traits tirés, arrivait du couloir avec un plateau de boissons fraîches. « Scrag, Willi et Ed sont sur le point d'atterrir, lui cria-t-il en courant.

– Oh! C'est merveilleux! » dit-elle et elle se précipita dans le bureau. « N'est-ce pas que... » Elle s'arrêta. Scragger était en train de dire : « ... sur un seul moteur, alors je demande un atterrissage d'urgence, et un camion de pompiers à tout hasard. »

La voix de Willi lança aussitôt : « Ed, fais un 180 rejoindre Scrag et ramène-le. Tu as assez de carburant?

– Plein. J'y vais.

– Scrag, ici Willi. Je m'occupe de l'autorisation d'atterrir en urgence. Carburant, ça va?

– Largement. HSVT, hein? C'est fichtrement mieux que HASVD[1]! » On l'entendit rire et Manuela se sentit mieux.

Pour elle la tension de cette matinée, où elle s'était efforcée de maîtriser ses craintes, avait été terrible. Entendre ces voix désincarnées si lointaines et pourtant si proches, toutes appartenant à des gens qu'elle aimait ou détestait – celle-là, c'était celle de l'ennemi : « Car c'est ce qu'ils sont, des ennemis », avait-elle dit violemment quelques minutes plus tôt, au bord des larmes, parce que leurs merveilleux amis Marc Dubois et le vieux Fowler avaient disparu et que... Oh! Mon Dieu, ç'aurait pu être Conroe et peut-être... « Jahan est un ennemi! Siamaki, Numir, sont tous des ennemis, tous. » Puis Gavallan alors avait dit doucement : « Non, non, Manuela, pas vraiment, ils font simplement leur métier... » Mais ce ton doux n'avait fait que l'exciter, la rendre furieuse, qu'ajouter à son inquiétude de voir Starke ici et pas dans son lit à l'hôpital, alors qu'il avait été opéré seulement la veille. Elle avait lancé : « C'est un jeu, voilà ce qu'est Ouragan pour vous tous, un jeu! Vous êtes un tas de brandisseurs de drapeaux et vous... et vous... » Là-dessus, elle était sortie en courant et s'était précipitée aux toilettes pour pleurer. Une fois l'orage passé, elle s'était fait longuement la leçon pour avoir perdu son calme, se rappe-

1. HASVD : maladie vénérienne *(N.d.T.)*

lant que les hommes étaient stupides, infantiles et qu'ils ne changeraient jamais. Puis elle s'était mouchée, tranquille, recoiffée et était allée chercher de quoi boire.

Sans bruit Manuela posa le plateau. Personne ne fit attention à elle.

Starke était au téléphone avec le contrôle au sol, expliquant ce qui était nécessaire, Scot sur la VHF. « Nous nous occupons de tout, Scrag, dit Scot.

– Sierra 1. Comment ça se passe? demanda Scragger. Vos Deltas et vos Kilos? »

Scot regarda Gavallan. Gavallan se pencha en avant et dit d'une voix un peu tendue : « Les Deltas 3 vont bien, Kilo 2... Kilo 2 est toujours en place, plus ou moins. »

Silence dans les haut-parleurs. Sur la fréquence de la tour, ils entendirent le contrôleur britannique donner l'autorisation d'atterrir à quelques appareils qui arrivaient. Crépitement de parasites. La voix de Scragger était différente maintenant. « Confirmez Delta 3.

– Je confirme Delta 3 », dit Gavallan, toujours sous le coup de la nouvelle à propos de Dubois et du télex de Bahrein que Jean-Luc lui avait téléphoné quelques minutes plus tôt; il s'attendait à un violent incident de leur propre tour et de Koweit. A Jean-Luc il avait dit : « Sauvetage en mer? Nous ferions mieux de lancer un SOS.

– C'est nous le sauvetage en mer, Andy. Il n'y en a pas d'autre. Sandy a déjà décollé pour faire des recherches. Dès que Rudi et Pop auront refait le plein, ils vont partir aussi – j'ai préparé pour eux un quadrillage de recherches – et puis ils mettront le cap droit sur Al Shargaz, comme Sandor. Nous ne pouvons pas rester à traîner ici, mon Dieu, vous ne pouvez pas vous imaginer à quel point nous avons été proches de la catastrophe. S'il flotte, ils le trouveront : il y a des douzaines de bancs de sable sur lesquels se poser.

– Est-ce que ça ne va pas augmenter la longueur de trajet, Jean-Luc?

– Ça ira, Andy, Marc n'a pas envoyé de SOS, alors ça a dû être très brusque ou peut-être que sa radio est tombée en panne ou plus probablement qu'il s'est posé quelque part. Il y a une douzaine de bonnes possibilités – il aurait pu se poser sur une plate-forme pour du carburant. S'il était tombé en mer, on aurait pu le repêcher... Il y a une foule de solutions possibles... et n'oubliez pas que le silence radio était une des conditions essentielles. Ne vous inquiétez pas, mon cher.

– Je m'inquiète beaucoup.

– Rien pour les autres?

– Pas encore... »

Pas encore, se dit-il, et il sentit son estomac se serrer.

« Qui est Delta 4? demandait Willi.

– Notre ami français et Fowler, répondit calmement Gavallan, ne sachant pas qui pourrait être à l'écoute. Faites-moi un rapport complet quand vous vous poserez.

– Compris. » Des parasites, puis : « Ed, comment ça va?

– Au poil, Willi. Je monte à 1000 pieds et ça va. Hé! Scrag, quel est ton cap et ton altitude?

– Cap 142 à 700 pieds, et, si tu ouvrais les yeux et regardais à 2 heures, tu me verrais parce que, moi, je te vois. »

Un moment de silence, puis : « Scrag, encore! »

Gavallan se leva pour s'étirer et aperçut Manuela. « Bonjour, Manuela. »

Elle sourit, un sourire un peu incertain. « Tenez,

dit-elle en lui tendant une bouteille, vous avez droit à une bière et à un " je vous demande pardon ".

– Pas de pardon, pas du tout. Vous aviez raison. » Il l'embrassa et but avec reconnaissance. « Oh! Que c'est bon, merci, Manuela.

– Et moi, ma chérie? fit Starke.

– Tout ce que tu peux attendre de moi, Conroe Starke, c'est de l'eau et une bonne gifle si tu n'avais pas que du muscle entre les oreilles. » Elle ouvrit la bouteille d'eau minérale et la lui tendit, mais son regard souriait et elle posa sur lui une main légère et tendre.

« Merci, mon chou », dit-il, si soulagé de la trouver là, saine et sauve et les autres aussi, même si le sort de Dubois et de Fowler était encore incertain et qu'il y en eût bien d'autres encore à partir. Son épaule et sa poitrine lui faisaient très mal, il avait une nausée de plus en plus accentuée et une violente migraine. Doc Nutt lui avait donné un calmant en lui disant que cela ferait effet environ deux heures : « Ça tiendra jusqu'à midi, Duke, guère plus longtemps, et peut-être moins. Vous feriez mieux à ce moment-là de jouer les Cendrillons, sinon ça ne va pas aller fort... Je veux dire que vous risquez même l'hémorragie. » Il jeta un coup d'œil à la pendule derrière Manuela : 12 h 04.

« Conroe, chéri, tu ne veux pas retourner te coucher? »

Son regard changea. « Dans quatre minutes? » fit-il doucement.

Elle rougit devant son regard, puis se mit à rire et lui enfonça légèrement les ongles dans le cou comme un chat qui ronronne. « Sérieusement, chéri, tu ne crois pas...

– Je suis sérieux. »

La porte s'ouvrit et Doc Nutt entra. « Au dodo, Duke! Dites bonsoir comme un bon petit garçon!

– Salut, doc. » Docilement, Starke essaya de se lever, échoua la première fois, parvint de justesse à le dissimuler et se leva, jurant sous cape. « Scot, est-ce que nous avons un talkie-walkie ou une radio qui fonctionne sur les fréquences de la tour?

– Bien sûr, bien sûr que nous avons cela. » Scot ouvrit un tiroir du bureau et lui donna une petite radio portative. « Nous resterons en contact... vous avez un téléphone près de votre lit?

– Oui. A tout à l'heure... Non, chérie, ça va, reste à cause du parsi. Merci. » Puis il tourna les yeux vers la fenêtre. « Hé! Regardez ça! »

Pendant un moment, tous leurs soucis furent oubliés. Le Concorde Londres-Bahrein avançait sur la piste, fin comme une aiguille, le nez baissé pour le décollage. Vitesse de croisière 2 400 kilomètres à l'heure à 20 000 mètres d'altitude; le temps de vol pour les trajets : 3 heures 16 minutes. « C'est vraiment le plus bel avion qui existe », dit Starke tout en sortant.

« J'aimerais le prendre une fois, soupira Manuela, juste une fois.

– C'est la seule façon de voyager, dit Scot sèchement. Il paraît qu'on va fermer cette ligne l'an prochain. »

Presque toute son attention était concentrée sur les conversations qu'échangeaient Willi, Scragger et Vossi : pas de problème là-bas pour l'instant. D'où il était, il apercevait le camion avec Nogger, les mécaniciens, la peinture et les pochoirs qui fonçaient vers l'aire d'atterrissage des hélicoptères près de l'extrémité de la piste, un camion de pompiers déjà posté là-bas.

« Ce sont vraiment des idiots, dit Gavallan avec rancœur. Ce foutu gouvernement n'y connaît rien, et les Français pareil. Ils devraient mettre une croix sur les frais d'étude et de mise au point – en réalité, c'est déjà fait. A ce moment-là l'appareil devient parfaitement rentable sur certaines lignes. Los Angeles, Tokyo, par exemple, l'Australie. Buenos Aires... On ne voit toujours pas les nôtres?

– La tour est mieux placée, papa. » Scot monta le volume sur la fréquence de la tour : « Concorde 001, vous êtes le prochain à décoller, bon voyage, disait le contrôleur. Une fois en vol, appelez Bagdad sur 119.9.

– 119.9, merci. » Concorde avançait fièrement, sachant très bien que tous les regards étaient fixés sur lui.

« Bon sang, ça vaut le coup d'œil.

– Tour de contrôle, ici Concorde 001. Pourquoi le camion de pompiers?

– Nous avons trois hélicos qui vont se poser sur l'aire nord, l'un avec un seul moteur... »

Tour de contrôle. « ... Voudriez-vous que nous les déroutions jusqu'à votre décollage? » demanda le contrôleur. Il s'appelait Sinclair, il était anglais, et c'était un ancien officier de la RAF, comme beaucoup des contrôleurs employés dans le Golfe.

« Non, non, merci. J'étais simplement curieux. » Sinclair était un petit homme chauve et trapu, et il était assis dans un fauteuil tournant derrière un bureau bas d'où il avait une vue panoramique. Il avait accrochée autour du cou une paire de puissantes jumelles. Il les porta à ses yeux et régla. Il voyait maintenant les trois hélicoptères qui volaient en V. Quelques instants auparavant, il avait repéré celui qui avait un moteur en panne : c'était celui de Scragger mais il faisait semblant de n'en rien savoir. Autour de lui, dans la tour, se trouvait une abondance de radars et d'appareils de communication, des télex, avec trois stagiaires et un contrôleur shargazis. Le contrôleur se concentrait sur son écran de radar, suivant la progression de six autres appareils se trouvant actuellement dans le système.

Gardant toujours les hélicos dans le champ de ses jumelles, Sinclair passa sur émission.

« HSVT, ici la tour, comment ça va?

– Tour, ici HSVT. » la voix de Scragger était claire et précise. « Pas de problème. Tout est dans le vert. Je vois que Concorde s'apprête à décoller... Voudriez-vous que j'attende ou que j'accélère?

– HSVT, continuez votre approche au maximum de sécurité. Concorde, mettez-vous en position de décollage et attendez. » Sinclair appela un des stagiaires avec lui au contrôle au sol. « Mohammed, dès que l'hélico se pose, je vous le remets, d'accord?

– Oui, *sayyid*.

– Etes-vous en liaison avec le camion de pompiers?

– Non, *sayyid*.

– Alors faites-le vite! C'est vous qui en êtes responsable. »

Le jeune homme commençait à s'excuser. « Ne vous inquiétez pas, vous avez fait une erreur, c'est fini, allez-y! »

Sinclair régla d'un poil ses jumelles. Scragger était à quinze mètres de distance, son approche était parfaite. « Mohammed, dites au camion de pompiers de se préparer... Bon sang, ils devraient déjà être prêts avec les canons à mousse. » Il entendit le jeune contrôleur insulter les pompiers, puis les vit sortir en hâte et préparer leurs tuyaux. Il braqua de nouveau ses jumelles sur Concorde, qui attendait patiemment, au milieu de la piste, prêt à décoller, sans le moindre risque à cet endroit, même si les trois hélicos sautaient. Faire attendre Concorde trente secondes pour éviter la chance sur un million que la turbulence dans son sillage ne provoque un ouragan dans lequel serait pris l'hélicoptère endommagé n'était pas cher payé.

Un ouragan. Bonté divine!

Cela faisait deux jours maintenant que sur tout le terrain le bruit courait que S-G allait tenter de faire sortir illégalement ses appareils d'Iran. Ses jumelles revinrent à l'appareil de Scragger. Les patins touchaient le sol. Les pompiers approchaient. Pas de feu. « Concorde 001, vous êtes autorisé à décoller, dit-il calmement. HFEE et HYYR, atterrissez quand vous voulez, vous avez l'autorisation d'atterrir piste 32, vent de 20 nœuds au 160. »

Derrière lui un télex se mit à crépiter. Il attendit un moment, regardant Concorde décoller, s'émerveillant de la puissance et de la rapidité avec lesquelles l'appareil prenait de l'altitude, puis son attention revint à Scragger, et il s'efforça de ne pas remarquer les petites silhouettes qui se courbaient sous les pales avec de la peinture et des pochoirs. Un autre homme, Nogger Lane, qui sur les instructions de Gavallan l'avait discrètement prévenu de ce qui se passait, mais bien après qu'il l'eut déjà deviné, faisait signe au camion de pompiers de partir. Scragger était d'un côté, secoué de nausées, et l'autre, sans doute le second pilote, urinait interminablement. Les deux autres hélicoptères se posèrent. Les peintres aussitôt s'affairèrent sur eux. Que faisaient-ils donc?

« Bon, murmura-t-il, pas d'incendie, pas de problème.

– *Sayyid* Sinclair, vous devriez peut-être lire ce télex.

– Hein? » Il jeta un regard absent au jeune homme qui s'efforçait maladroitement de régler l'autre paire de jumelles sur l'hélicoptère. Un coup d'œil au télex lui suffit. « Mohammed, demanda-t-il, avez-vous jamais utilisé des jumelles à l'envers?

– *Sayyid*? » fit le jeune homme, interloqué.

Sinclair lui prit les jumelles des mains, les dérégla et les lui tendit à l'envers. « Braquez-les sur les hélicos et dites-moi ce que vous voyez. »

Il fallut au jeune homme quelques instants pour centrer l'image. « Ils sont si loin que c'est à peine si je peux voir les trois à la fois.

– Intéressant. Tenez, asseyez-vous un moment dans mon fauteuil. » Gonflé d'orgueil, le jeune homme obéit. « Maintenant, appelez Concorde et demandez-lui un rapport de position. »

Les autres stagiaires regardaient avec envie, oubliant tout le reste. Les doigts tremblant d'excitation, Mohammed passa sur « émission ». « Concorde, ici la tour de Bahrein, voulez-vous me donner votre position.

– Tour de Bahrein, ici 001 à 34 000 pieds, montant vers 62 000 mille, vitesse mach 1, 3 pour atteindre mach 2 – 2 400 kilomètres à l'heure, cap au 290, nous sortons de votre zone.

– Merci, Concorde, bonne journée... Oh! Appelez Bagdad sur le 119.9! », ajouta-t-il radieux, et, quand Sinclair jugea le moment opportun, il prit le télex en fronçant les sourcils. « Des hélicoptères iraniens? » Il rendit les jumelles de secours au jeune homme. « Vous voyez des hélicoptères iraniens, ici? »

Après avoir examiné très attentivement les trois appareils, le jeune homme secoua la tête. « Non, *sayyid,* ceux-là sont britanniques, les seuls autres que nous connaissons sont shargazis.

– Absolument. » Sinclair était soucieux. Il avait remarqué que Scragger était toujours affalé sur le sol, Lane et quelques autres plantés autour de lui. Ce n'est pas le genre de Scragger, songea-t-il. « Mohammed, envoyez une ambulance avec un infirmier tout de suite à ces hélicoptères britanniques. » Puis il décrocha le téléphone et composa un numéro. « Monsieur Gavallan, vos hélicos se sont posés sains et saufs. Quand vous aurez un moment, pourriez-vous passer à la tour? » Il dit cela de ce ton parfaitement négligent et détaché dont seul un autre Anglais comprendrait tout de suite que cela signifiait : « C'est urgent. »

Bureau de S-G. Gavallan dit dans le combiné : « J'arrive tout de suite, monsieur Sinclair. Merci. »

Scot vit son visage. « Des ennuis, papa?

– Je ne sais pas. Appelle-moi s'il arrive quelque chose. » Sur le pas de la porte, Gavallan s'arrêta. « Bon sang, j'oubliais Newbury. Appelle-le et vois s'il est disponible cet après-midi. J'irai chez lui, n'importe où... Arrange ce que tu peux. S'il veut savoir ce qui se passe, dis-lui simplement : " Six sur sept pour l'instant, en attente et deux à partir. " » Il s'éloigna rapidement en lançant : « A tout à l'heure Manuela. Scot, essaye encore Charlie et tâche de savoir où diable il est passé.

– D'accord. » Ils étaient seuls maintenant, Scot et Manuela. Son épaule lui faisait mal et le gênait de plus en plus. Il avait remarqué l'air déprimé de la jeune femme. « Dubois va arriver, vous allez voir », dit-il, tenant à paraître très confiant et à masquer sa crainte de les voir perdus. « Et rien ne pourrait abattre le vieux Fowler.

– Oh! J'espère bien », dit-elle, au bord des larmes. Elle avait vu son mari trébucher et se rendait douloureusement compte à quel point il devait souffrir. Il va falloir bientôt que je parte pour l'hôpital et tant pis pour les messages en farsi. « C'est l'attente qui est dure.

– Encore quelques heures seulement, Manuela, deux appareils et cinq gars. Et puis nous pourrons fêter ça », ajouta Scot, espérant contre tout espoir et songeant : Et puis le Vieux sera soulagé aussi, il retrouvera son sourire.

Mon Dieu, renoncer à voler? J'adore voler et je ne veux pas un travail de bureau. Hong-kong pour une partie de l'année, ça irait, mais Linbar? Je ne peux pas m'entendre avec Linbar! Il faudra que le Vieux s'arrange avec lui... Je serai perdu...

La même question lancinante lui vint à l'esprit : Qu'est-ce que je ferais si le Vieux n'était pas là? Un frisson le parcourut. Pas : si, mais : quand. Ça va bien arriver un jour. Ça pourrait arriver n'importe quand. Quand je pense à Jordon, à Talbot – ou bien à Duke ou à moi. A un centimètre près, on est mort... ou bien on est vivant. La volonté de Dieu? Le karma? Je n'en sais rien et ça n'a pas d'importance! Tout ce dont je suis sûr, c'est que, depuis que j'ai été blessé, j'ai changé, toute ma vie a changé, ma certitude que rien ne me toucherait jamais a disparu pour toujours et tout ce qui me reste, c'est la certitude maudite et glacée d'être très mortel. Bonté divine! Est-ce que c'est toujours comme ça? Je me demande si Duke éprouve la même chose?

Il regarda Manuela qui ne le quittait pas des yeux. « Pardon, je n'écoutais pas », dit-il et il se mit à composer le numéro de Newbury.

« Je disais simplement : Est-ce que ce n'est pas trois appareils et huit gars? Vous avez oublié Erikki et Azadeh... Neuf, si vous comptez Sharazad. »

Maison Bakravan. Téhéran : 13 h 14. Nue devant le long miroir de la salle de bain, Sharazad examinait le profil de son ventre pour voir s'il n'y avait pas déjà une rondeur perceptible. Elle avait remarqué ce matin que ses seins lui paraissaient tendus et que les boutons semblaient plus sensibles. « Pas la peine de t'inquiéter, lui avait dit en riant Zarah, la femme de

Meshang. Bientôt tu seras comme un ballon et en larmes, tu gémiras que jamais tu ne pourras remettre tes vêtements et, oh! que tu te trouveras laide! Ne t'inquiète pas, tu les remettras, je parle de tes vêtements, et tu ne paraîtras pas laide. »

Sharazad était très heureuse aujourd'hui, elle musardait, elle se regardait de près pour voir si elle n'avait pas de rides, elle essayait toutes sortes de coiffures, ravie de ce qu'elle voyait. Les meurtrissures disparaissaient. Après s'être séchée, elle se talqua soigneusement et puis enfila ses sous-vêtements.

Jari entra brusquement. « Oh! Princesse, vous n'êtes pas encore prête? Son Eminence votre frère doit arriver pour déjeuner d'une minute à l'autre et toute la maison craint qu'il ne soit encore en colère. Je vous en prie, faites vite, nous ne voulons pas l'exciter davantage... » Machinalement, elle vida la baignoire, se mit à ranger tout en marmonnant et en sermonnant Sharazad. En quelques instants, Sharazad fut habillée. Des bas – plus de collants en vente depuis des mois maintenant, même au marché noir –, pas besoin de soutien-gorge. Une robe de cachemire bleue de coupe parisienne avec le manteau assorti à manches courtes. Un rapide coup de brosse et ses cheveux naturellement ondulés reprirent leur place, un soupçon de rouge à lèvres, une ligne de khôl autour des yeux : elle était prête.

« Mais, Princesse, vous savez comme votre frère n'aime pas le maquillage!

– Oh! Mais je ne sors pas, et Meshang n'est pas... » Sharazad allait dire « mon père », mais elle s'arrêta, ne voulant pas prononcer ces mots ni évoquer le souvenir de cette tragédie. Père est au paradis, se dit-elle. Son jour de deuil, le quarantième depuis sa mort, c'est seulement dans vingt-cinq jours et, jusque-là, au milieu des gémissements, des pleurs et des lacérations de vêtements, il faut continuer à vivre.

Et à aimer?

Elle n'avait pas demandé à Jari ce qui s'était passé au café, le jour où elle l'avait envoyée là-bas pour lui dire à *lui* que son mari était rentré et que ce qui n'avait jamais commencé était terminé. Je me demande où il est, s'il continuera à me rendre visite dans mes rêves?

Il y eut un fracas en bas et on sut que Meshang était arrivé. Elle se regarda une dernière fois dans la glace et puis descendit à sa rencontre.

Après le soir de sa querelle avec Lochart, Meshang était revenu dans la maison avec sa famille. La maison était très grande, Sharazad y avait toujours ses appartements et était ravie que Zarah avec ses trois enfants meublât le silence accablant et la tristesse qui l'avaient jusqu'à présent envahie. Sa mère vivait maintenant recluse, dans l'aile qui lui était réservée, prenait même ses repas là-bas, servie par sa propre femme de chambre, elle passait le plus clair de sa journée à prier, sans jamais sortir, sans jamais inviter aucun d'eux chez elle. « Laissez-moi tranquille! Laissez-moi tranquille! » c'était tout ce qu'elle gémissait derrière la porte fermée à clé.

Durant les heures que Meshang passait à la maison, Sharazad, Zarah et les autres membres de la famille prenaient grand soin de le cajoler et de le flatter. « Ne t'inquiète pas, lui avait dit Zarah, il se mettra au pas assez vite. Il croit que j'ai oublié qu'il m'a insultée et frappée et il ose s'afficher avec la jeune putain que ce vil fils de chien de Kia lui a trouvée pour le tenter. Oh! Ne t'inquiète pas, Sharazad chérie, j'aurai ma revanche : c'était d'une grossièreté impardonnable que de te traiter comme ça, toi et... et ton mari. Bientôt nous pourrons de nouveau voyager... Paris, Londres, même New

York... Je doute qu'il aura le temps de nous accompagner et alors, ah! et alors nous nous donnerons du bon temps, nous porterons des blouses transparentes et nous aurons chacune cinquante soupirants!

– Pour New York, je ne sais pas... S'exposer ainsi aux dangers de Satan », avait dit Sharazad. Mais dans le secret de son cœur, elle tremblait d'excitation à cette pensée. New York avec mon fils, se promit-elle. Tommy sera là. Bientôt nous retrouverons une vie normale, le pouvoir des mollahs sur Khomeiny sera brisé, que Dieu lui ouvre les yeux, ils cesseront de contrôler les Brassards verts, les comités révolutionnaires seront dissous, nous aurons un vrai gouvernement islamique élu selon les principes démocratiques, avec le premier ministre Bazargan à sa tête sans la protection de Dieu, on ne touchera plus jamais aux droits de la femme, le Tudeh ne sera plus hors-la-loi mais travaillera pour tous et la paix régnera dans le pays, tout comme il disait que cela se passerait.

Je suis heureuse d'être qui je suis, se disait Sharazad. « Bonjour, Meshang chéri, comme tu as l'air fatigué! Oh! Tu ne devrais pas travailler si dur pour nous tous. Tiens, laisse-moi te verser un peu plus de limonade fraîche, comme tu l'aimes.

– Merci. » Meshang était allongé sur des tapis, adossé à des coussins, il avait ôté ses chaussures et mangeait déjà. Un petit brasero était prêt pour faire griller les kebabs; vingt ou trente plats de *horisht,* de riz, de légumes, de confiseries et de fruits étaient à portée de sa main. Zarah était allongée à ses côtés et elle fit signe à Sharazad de venir s'asseoir sur le tapis auprès d'elle.

« Comment te sens-tu aujourd'hui?

– Merveilleusement, pas le moins du monde malade. »

Le visage de Meshang se rembrunit. « Zarah était

tout le temps malade et geignait, pas comme une femme normale. Espérons que tu es normale, mais tu es si maigre... *Inch' Allah.* »

Les deux femmes arborèrent un sourire, cachant leur mépris; elles se comprenaient. « Pauvre Zarah, dit Sharazad. Comment était ta matinée, Meshang? Ce doit être terriblement difficile pour toi d'avoir tant à faire, tant de personnes sur qui tu dois veiller.

– C'est difficile parce que je suis entouré d'imbéciles, ma chère sœur. Si j'avais du personnel efficace, entraîné comme je suis, tout serait si facile. » Et bien plus facile si tu n'avais pas enjôlé père, si tu n'avais pas failli à ton premier mari et si tu ne nous avais pas déshonoré par le choix du second. Causé tant d'ennuis, ma chère sœur, avec ton air de tuberculeuse, ton corps et ta stupidité – moi qui ai travaillé tant d'heures pour te sauver de toi-même.

« Ce doit être terriblement dur pour toi, Meshang, pour moi, je ne saurais pas par où commencer », disait Zarah et elle pensait : Ce n'est pas difficile de mener les affaires, à condition de savoir où sont les clés, les comptes en banque, les papiers des débiteurs – et de connaître tous les cadavres qu'il y a dans les placards. Je ne veux pas que nous ayons l'égalité ni le droit de vote parce que nous n'aurions aucun mal à te jeter dans le ruisseau et à prendre les meilleures places.

Le magnifique *horisht* d'agneau et le riz bien doré étaient délicieux, épicés juste comme il l'aimait, et il mangeait avec plaisir. Il ne faut pas trop manger, se rappela-t-il. Si tu ne veux pas être trop fatigué avant de voir la petite Yasmine cet après-midi. Je ne m'étais jamais rendu compte à quel point un *zinaat* pouvait être succulent, ni des lèvres si captivantes. Si elle tombe enceinte, alors je l'épouserai et Zarah pourra bien crever.

Il jeta un coup d'œil à sa femme. Aussitôt elle cessa de manger, lui sourit et lui tendit une serviette pour essuyer la graisse et les gouttes de soupe qui souillaient sa barbe. « Merci », dit-il poliment et de nouveau il se concentra sur son assiette. Après avoir pris Yasmine, songeait-il, après elle je pourrais dormir une heure et puis me remettre au travail. Je voudrais bien que ce chien de Kia soit de retour, nous avons bien des choses à discuter, bien des projets. Et il faudra que Sharazad...

« Meshang, mon très cher, as-tu entendu dire que les généraux ont décidé de lancer leur coup, demanda Zarah et que l'armée est prête à prendre le pouvoir?

– Bien sûr, le bruit en court dans tout le bazar. » Meshang eut un frisson d'angoisse. Au cas où ce serait vrai, il avait pris le maximum de précautions. « Le fils de Mohammed le joaillier jure que son cousin qui est téléphoniste dans un quartier général de l'armée a surpris un des généraux en train de dire qu'ils attendaient qu'une force expéditionnaire américaine soit à portée et qu'elle serait soutenue par un parachutage. »

Les deux femmes étaient bouleversées. « Des parachutistes? Alors nous devrions partir tout de suite, Meshang, dit Zarah. Ce ne sera pas sûr à Téhéran, nous ferions mieux d'aller dans notre maison de la Caspienne et d'attendre la fin de la guerre. Quand pourrais-tu partir? Je vais commencer tout de suite les bag...

– Quelle maison sur la Caspienne? Nous n'avons aucune maison sur la Caspienne! dit Meshang avec irritation. N'a-t-elle pas été confisquée avec tous nos autres biens que nous avons mis des générations à acquérir? Dieu maudisse les voleurs, après tout ce que nous avons fait pour la Révolution et pour les mollahs au long des générations! » Il était tout rouge. Un peu de *horisht* avait coulé dans sa barbe. « Et maintenant...

– Pardonne-moi, tu as raison, très cher Meshang, tu as raison comme d'habitude. Pardonne-moi, j'ai parlé sans réfléchir. Tu as raison comme toujours, mais, si cela te plaît, nous pourrions aller séjourner chez mon oncle *agha* Madri, ils ont une maison d'amis sur la côte, nous pourrions partir demain nous y installer...

– Demain? Ne sois pas ridicule! Crois-tu qu'on ne me préviendra pas assez tôt? » Meshang s'essuya la barbe, quelque peu radouci par les humbles excuses de sa femme, et Sharazad songea quelle chance elle avait eue avec ses deux maris, qui jamais ne l'avaient maltraitée ni insultée. Je me demande comment Tommy s'en tire à Kowiss ou Dieu sait où il est. Pauvre Tommy, comme si je pouvais quitter et ma maison et ma famille et partir à jamais en exil.

« Bien sûr que nous autres commerçants du bazar on nous préviendra, répéta Meshang. Nous ne sommes pas des idiots à la tête vide!

– Oui, oui, bien sûr, cher Meshang, dit Zarah d'un ton conciliant, je suis désolée, je voulais simplement dire que j'étais inquiète pour ta sécurité et que je voulais que tout soit prêt. » Si abominable qu'il soit, songea-t-elle, il est notre seule défense contre les mollahs et leurs horribles Brassards verts. « Crois-tu que le coup d'Etat va avoir lieu?

– *Inch' Allah* », dit-il en rotant. D'une façon ou d'une autre, avec l'aide de Dieu, je serai prêt. D'une façon ou d'une autre, quel que soit le vainqueur, on aura toujours besoin de nous les commerçants du bazar, toujours : nous pouvons être aussi modernes que n'importe quel étranger, et plus malins. Certains de nous le peuvent, et moi assurément.

La Caspienne? La maison de son oncle Madri, très bonne idée, l'idée rêvée. J'y aurais pensé moi-même dans un moment. Zarah est peut-être usée et son *zinaat* aussi sec que la poussière de l'été, mais c'est une bonne mère et son avis – si l'on oublie son humour horrible – son avis est toujours sage. « Un autre bruit qui court, c'est que notre glorieux ex-premier ministre Bakhtiar se cache toujours à Téhéran, sous la protection et sous le toit de son vieil ami et collègue, le premier ministre Bazargan.

– Si les Brassards verts le surprennent là..., fit Zarah, horrifiée.

– Bazargan est sans utilité. Dommage. Personne ne lui obéit plus, on ne l'écoute même plus. Le comité révolutionnaire les exécuterait tous les deux s'ils étaient pris. »

Sharazad tremblait. « Jari disait que le bruit courait ce matin dans le marché que Son Excellence Bazargan a déjà démissionné.

– Ce n'est pas vrai, dit sèchement Meshang, en faisant état d'une autre rumeur, comme si c'était un renseignement de première main. Mon ami qui est proche de Bazargan m'a dit qu'il avait offert sa démission à Khomeiny, mais que l'imam l'avait refusée en lui disant de rester à son poste. » Il tendit son assiette à Zarah pour qu'elle le resserve. « Assez de *horisht,* mais un peu plus de riz. »

Elle lui donna la partie bien grillée et il se remit à manger. La rumeur la plus intéressante que l'on se chuchotait dans le plus grand secret, c'était que l'imam était au bord de la mort, soit pour des causes naturelles, soit qu'il eût été empoisonné par des agitateurs communistes tudehs, par des moudjahidin ou par la CIA et, pire encore, que des légions soviétiques attendaient juste derrière la frontière, prêtes à envahir de nouveau l'Azerbaïdjan et à foncer sur Téhéran dès l'instant où il serait mort.

Rien que la mort et le désastre devant nous si tout cela est vrai, songea-t-il. Non, ça n'arrivera pas, ça ne peut pas arriver. Les Américains ne laisseront jamais les Soviétiques nous conquérir, ils ne peuvent pas les laisser prendre le contrôle du détroit d'Ormuz. Même Carter le verra! Non. Espérons seulement que la première partie est vraie, que l'imam va vite aller au paradis. « Comme Dieu le veut », dit-il pieusement, puis il congédia d'un geste les serviteurs et, lorsqu'ils furent seuls, il concentra de nouveau toute son attention à sa sœur. « Sharazad, ton divorce est arrangé, il n'y a plus que les formalités à remplir.

– Oh! » dit-elle, aussitôt sur ses gardes, furieuse contre son frère de venir troubler son calme et pensant : Je ne veux pas divorcer, Meshang aurait facilement pu nous donner de l'argent de tous ses comptes en Suisse et ne pas être aussi désagréable avec mon Tommy; nous aurions pu partir... Ne sois pas idiote, tu ne pourrais pas t'en aller sans papiers et t'exiler. D'ailleurs Tommy t'a abandonnée, c'est la décision qu'il a prise; oui, mais Tommy a dit que ce serait pour un mois, n'est-ce pas, qu'il attendrait un mois. En un mois, tant de choses peuvent arriver.

« Ton divorce ne pose aucun problème. Pas plus que ton remariage. »

Elle le regarda, sans voix.

« Oui, je me suis mis d'accord sur une dot, bien plus que je n'en attendais... » Il allait dire : pour une femme deux fois divorcée et qui portait l'enfant d'un Infidèle, mais c'était sa sœur, il lui avait trouvé un parti superbe, alors il se retint. « Le mariage sera célébré la semaine prochaine : il t'admire depuis des années. C'est Son Excellence Farazan. »

Un moment, les deux femmes n'en crurent pas leurs oreilles. Sharazad sentit brusquement le sang lui monter au visage. Keyvan Farazan était d'une riche famille de commerçants, il avait vingt-huit ans, il était beau, il venait de rentrer de l'université de

Cambridge et ils étaient amis depuis leur enfance. « Mais... mais je croyais que Keyvan devait épou...

– Pas Keyvan, dit Meshang, exaspéré par sa stupidité. Tout le monde sait que Keyvan va se fiancer. Non, je parle de Daranoush! De Son Excellence Daranoush Farazan. »

Sharazad était pétrifiée. Zarah eut un sursaut qu'elle essaya de dissimuler. Daranoush était le père, récemment veuf de sa seconde femme morte en couches comme la première; c'était un homme très riche qui détenait le monopole du ramassage des ordures dans tout le quartier du bazar. « Ce... Ce n'est pas possible, murmura-t-elle.

– Oh! Mais si, dit Meshang, rayonnant de bonheur, et se méprenant totalement sur les sentiments de sa sœur. Je n'y croyais pas moi-même lorsqu'il a abordé cette idée après avoir entendu parler de ton divorce. Avec sa fortune et ses relations, nous allons devenir à nous deux la plus ravissante association du bazar... »

Sharazad explosa. « Mais il est affreux, petit et vieux, vieux et chauve et laid, et il aime les garçons, et tout le monde sait que c'est un péd...

– Et tout le monde sait que tu as déjà divorcé deux fois, que tu es usée, que tu attends un enfant d'un étranger, tonna Meshang, que tu participes à des manifestations, que tu désobéis, que tu as la tête pleine d'absurdités occidentales et que tu es stupide! » Dans sa fureur, il renversa quelques plats. « Tu ne comprends donc pas ce que j'ai fait pour toi? C'est un des hommes les plus riches du bazar. Je l'ai persuadé de t'accepter... Te voilà rachetée et maintenant tu...

– Mais, Meshang, est-ce que...

– Tu ne comprends donc pas, chienne ingrate! rugit-il, il a même accepté d'adopter ton enfant! Par tous les noms de Dieu, que veux-tu de plus? »

Meshang était presque violet, il tremblait de rage, il avait les poings crispés et les agitait devant le visage de Sharazad; le regard ahuri de Zarah allait de sa belle-sœur à lui, stupéfaite qu'elle était de sa fureur.

Sharazad n'entendait rien, ne voyait rien, sauf ce que Meshang avait décidé pour elle. Unie pour le restant de ses jours à ce petit homme, objet de mille plaisanteries des commerçants, un homme qui empestait perpétuellement l'urine, qui la féconderait une fois par an pour la faire engendrer et engendrer encore jusqu'au jour où elle mourrait en couches – comme ses deux autres épouses. Neuf enfants de la première, sept de la seconde. Elle était maudite. Elle ne pouvait rien faire. Elle serait princesse des ordures jusqu'à sa mort.

Elle ne pouvait rien faire.

Rien, sinon mourir maintenant, non en me suicidant, car alors je me verrais interdire l'accès du paradis et je serais vouée à l'enfer. Pas par le suicide. Jamais. Jamais le suicide, mais la mort en faisant l'œuvre de Dieu, la mort avec le nom de Dieu sur mes lèvres.

Alors, quoi?

CHAPITRE 23

Base de Kowiss : 13 h 47. Le colonel Changiz, le mollah Hussain et quelques Brassards verts sautèrent à bas de la voiture, les Brassards verts se répandirent sur la base pour fouiller partout, pendant que le colonel et Hussain entraient dans le bâtiment des bureaux.

Les deux employés qui restaient furent stupéfaits de voir ainsi surgir le colonel. « Oui, oui, Excellence?

– Où sont-ils tous? cria Changiz. Hein?

– Dieu sait que nous ne savons rien, Excellence colonel, sauf que Excellence capitaine Ayre est parti avec des pièces détachées pour le puits Abou Sal et qu'Excellence capitaine McIver avec Excellence ministre Kia pour Téhéran et qu'Excellence capitaine Lochart est allé chercher les 212 qui arrivent et...

– Quels 212?

– Les quatre 212 qu'Excellence capitaine McIver a fait venir de Bandar Delam avec des pilotes et nous nous apprêtons... nous nous apprêtons à les recevoir. » L'employé, qui s'appelait Ishmael, se décomposa sous le regard pénétrant du mollah. « Comme Dieu le sait, lc capitaine est parti seul, pour essayer de les trouver parce qu'ils n'ont pas de HF et qu'une VHF d'un avion pourrait peut-être les atteindre. »

Changiz était grandement soulagé. « Si les 212 viennent tous ici, dit-il à Hussain, il n'y a pas de raison de s'affoler. » Il s'épongea le front. « Quand doivent-ils arriver?

– Bientôt, j'imagine, Excellence, dit Ishmael.

– Combien y a-t-il d'étrangers sur la base maintenant?

– Je... je ne sais pas, Excellence, nous... nous nous sommes donné beaucoup de mal pour essayer d'établir un manifeste et... »

Un Brassard vert entra dans le bureau en courant. « Nous ne trouvons aucun étranger, Excellence, dit-il à Hussain. Un des cuisiniers dit que les deux derniers mécaniciens sont partis ce matin avec les grands hélicoptères. Des ouvriers iraniens ont dit qu'ils avaient entendu dire que des équipages de remplacement devaient arriver dimanche ou lundi.

– Samedi, Excellences, on nous a dit demain, Excellences, intervint Ishmael. Mais avec les quatre 212 qui arrivent, ils ont à bord des mécaniciens et des pilotes, c'est ce qu'a dit Excellence McIver. Vous avez besoin de mécaniciens?

– Dans certaines chambres, balbutiait le Brassard vert, on dirait que les Infidèles ont fait leurs bagages à la hâte, mais il y a encore trois hélicoptères dans les hangars.

– Qu'est-ce que c'est que ceux-là? » demanda Changiz en se tournant vers Ishmael.

– Un... non, deux 206 et un appareil français, un Alouette.

– Où est le chef de bureau Pavoud?

– Il était malade, Excellence colonel, il est rentré chez lui juste après les prières de midi. N'est-ce pas, Ali? dit-il à l'autre employé.

– Oui, oui, il était malade et il est parti en disant qu'il reviendrait demain... » Il n'ajouta rien d'autre.

« Le capitaine McIver a fait venir les 212 ici de Bandar Delam?

– Oui, oui, Excellence, c'est ce qu'il a dit à Excellence Pavoud, je l'ai entendu dire exactement cela, avec les pilotes et les mécaniciens, n'est-ce pas, Ali?

– Oui, devant Dieu, c'est ce qui s'est passé, Excellence colonel.

– Très bien, c'est assez... » Se tournant vers Hussain, le colonel dit : « Nous allons contacter Lochart par radio. » Il dit à l'employé : « Est-ce que le sergent Wazari est dans la tour?

– Non, Excellence colonel, il est revenu à la base juste avant qu'Excellence capitaine Lochart décolle pour chercher les quatre 212 qui devaient arr...

– Assez! » Le colonel Changiz réfléchit un moment, puis interpella le Brassard vert : « Toi! Envoie dare-dare mon caporal à la tour. »

Le jeune Brassard vert devint tout rouge en entendant le ton sur lequel on lui parlait et jeta un coup d'œil à Hussain qui dit froidement : « Le colonel veut dire : veuillez trouver le caporal Borgali et l'envoyer tout de suite à la tour. »

Changiz balbutia : « Je ne voulais pas être impoli...

– Bien sûr. » Hussain sortit dans le couloir, se dirigeant vers l'escalier qui menait à la tour. Maté, Changiz lui emboîta le pas.

Une demi-heure avant, un télex était arrivé à la base, provenant du contrôle aérien de Téhéran et demandant une vérification immédiate de tout le personnel étranger et de tous les hélicoptères d'IHC à Kowiss : « ... On a signalé que quatre 212 ont disparu de la base d'IHC à Bandar Delam; selon le directeur général d'IHC, Siamaki, ils pourraient tenter de quitter illégalement l'Iran pour gagner un des Etats du Golfe. »

Changiz aussitôt avait été appelé par le Brassard vert de garde qui avait déjà porté le télex à Hussain et au *Komiteh*. Le *Komiteh* était en séance à la base, continuant minutieusement ses enquêtes sur les convictions islamiques de tous les hommes et officiers, en même temps qu'il enquêtait sur les crimes commis contre Dieu au nom du shah. Changiz en avait la nausée. Le *Komiteh* était impitoyable. Personne qui avait été favorable au shah n'avait encore échappé. Et, bien qu'il fût le commandant, nommé par le *Komiteh* avec l'approbation de Hussain, une confirmation du tout-puissant comité révolutionnaire n'était pas encore arrivée. En attendant, Changiz savait qu'il était à l'épreuve. Et n'avait-il pas prêté personnellement serment d'allégeance au shah, comme tous les hommes des forces armées?

Dans la tour, il vit Hussain qui contemplait l'équipement : « Savez-vous faire fonctionner les appareils radio, colonel? demanda le mollah.

– Non, Excellence, c'est pourquoi j'ai envoyé chercher Borgali. »

Le caporal Borgali arriva dans l'escalier, montant les marches deux par deux, et se mit au garde-à-vous. « VHF et HF, ordonna le colonel.

– Bien, mon colonel. » Borgali alluma les deux postes. Rien. Une rapide vérification lui permit de trouver le cristal abîmé et de constater que le coupe-circuit du VHF avait disparu. « Désolé, mon colonel, mais cet équipement ne fonctionne pas.

– Tu veux dire qu'il a été saboté », murmura Hussain en regardant Changiz.

Changiz était atterré. Que Dieu brûle tous les étrangers, songeait-il avec désespoir. Si c'est un sabotage délibéré... alors c'est la preuve qu'ils se sont enfuis en emmenant nos hélicoptères avec eux. Ce chien de McIver devait savoir ce qu'ils allaient faire ce matin quand je lui ai posé la question à propos du 125.

Il sentait son estomac se serrer. Pas de 125 maintenant, pas de voie d'évasion, aucune chance de prendre Lochart ou un des autres pilotes en otage en inventant un chef d'accusation, puis de négocier en secret l'évasion du prisonnier, contre une place pour lui dans l'hélicoptère – si besoin en était. Et, si le *Komiteh* découvre que ma femme et ma famille sont déjà à Bagdad et non comme on le croit, à Abadan, où ma pauvre mère est en train de mourir. Dans son cauchemar, des démons ricanaient déjà en criant la vérité : « Quelle mère? Ta mère est morte depuis sept ou huit ans! Tu comptait t'enfuir, tu es coupable de crimes contre Dieu, contre l'imam et la Révolution... »

« Colonel, reprit Hussain du même ton glacial, si les émetteurs radio sont sabotés, ne s'ensuit-il pas que le capitaine Lochart n'est pas à la recherche des autres hélicoptères, il ne recherche rien du tout, mais il s'est enfui comme l'autre et McIver a menti quand il a dit qu'il ordonnait aux autres 212 de venir ici?

– Oui... Oui, Excellence, cela semble...

– Alors il s'ensuit qu'ils sont partis dans des conditions illégales en emmenant d'ici deux hélicoptères dans des conditions non moins illégales, sans compter les quatre qui ont décollé de Bandar Delam?

– Oui... oui, ce doit être vrai aussi.

– Comme Dieu le veut, mais c'est vous qui êtes responsable.

– Mais, Excellence, vous devez bien vous rendre compte qu'il n'est pas possible d'avoir prévu une opération clandestine comme... »

Il lut dans le regard du mollah et ne termina pas sa phrase.

« Ainsi on vous a dupé?

– Les étrangers sont des fils de chiens qui mentent et trichent tout le temps... » Changiz s'interrompit, car une pensée venait de le frapper. Il empoigna le téléphone et jura en s'apercevant qu'il ne fonctionnait pas. D'une voix toute différente, il dit très vite : « Excellence, un 212 ne peut pas traverser le Golfe sans se ravitailler en carburant, ce n'est pas possible, et McIver doit se ravitailler aussi pour aller jusqu'à Téhéran avec Kia : il doit refaire le plein lui aussi, alors nous pourrons les attraper. » Se tournant vers Borgali, il lança : « Vite, regagne notre tour et tâche de savoir où le 206 prévu pour Téhéran avec McIver et le ministre Kia a prévu de se ravitailler. Dis à l'officier de service d'alerter la base, d'arrêter le pilote, de retenir l'hélicoptère et d'envoyer le ministre Kia à Téhéran... par la route. » Il regarda Hussain. « Vous êtes d'accord, Excellence? » Hussain acquiesça. « Bon. Vas-y! »

Le caporal dévala l'escalier.

Il faisait froid dans la tour, balayée par des rafales de vent. Une petite averse vint gifler un moment les fenêtres, puis passa. Hussain ne s'en aperçut même pas, les yeux toujours fixés sur Changiz.

« Nous allons rattraper ce chien, Excellence. Le ministre Kia nous remerciera. »

Hussain ne souriait pas. Il avait déjà prévu un comité de réception pour Kia à l'aéroport de Téhéran et, si Kia ne pouvait pas expliquer toutes sortes de points bizarres dans son comportement, le gouvernement bientôt serait débarrassé d'un ministre corrompu de plus. « Peut-être Kia fait-il partie du complot et fuit-il l'Iran avec McIver, avez-vous songé à cela, colonel?

– Le ministre Kia? fit le colonel, bouche bée. Vous croyez?

– Et vous?

– Mon Dieu, c'est... c'est certainement possible, si vous le pensez, répondit prudemment Changiz. Je ne l'ai jamais rencontré de ma vie. Vous êtes mieux placé que moi, Excellence, pour juger Kia, vous l'avez interrogé devant le *Komiteh.* » Et absous, songea-t-il avec délice. « Quand nous aurons pris McIver, nous pourrons l'utiliser comme otage pour faire revenir le reste, nous l'attraperons, Excellence... »

Hussain lisait la peur sur le visage du colonel et il se demandait de quoi cet homme pouvait bien être coupable : le colonel faisait-il partie lui aussi du plan d'évasion dont la réalité lui était devenue évidente depuis qu'il avait interrogé Starke hier et McIver ce matin?

« Et si c'était évident? S'était-il imaginé qu'un de ses supérieurs lui demanderait : Pourquoi avez-vous gardé le secret et pourquoi n'avez-vous rien fait pour l'empêcher?

– A cause de Starke, Excellence. Parce que je crois sincèrement que, d'une certaine façon, cet homme, bien qu'Infidèle, est un instrument de Dieu et qu'il est protégé par Dieu. A trois reprises, il a empêché les forces du mal de me faire accéder à la paix bienheureuse du paradis. A cause de lui, mes yeux se sont ouverts à la vérité : le souhait de Dieu est que je ne dois plus chercher le martyre mais rester sur terre pour devenir un fléau impitoyable au service de Dieu et de l'imam, contre les ennemis de l'islam et contre ses ennemis.

– Mais les autres? Pourquoi les laisser s'échapper?

– L'islam n'a besoin ni d'étrangers ni de leurs hélicoptères. Si l'Iran a besoin d'hélicoptères, il y en a mille autres à Ispahan. »

Hussain était absolument sûr d'avoir raison, tout autant que ce traître dc colonel favorable au shah et aux Américains avait tort. « Alors, colonel, et les deux 212, vous allez les rattraper aussi? Comment? »

Changiz s'approcha de la carte épinglée au mur,

absolument certain que, même si tous deux s'étaient fait duper, il était commandant et responsable si le mollah le voulait ainsi. Mais il ne fallait pas oublier que c'était le mollah qui avait passé un accord avec le colonel Peshadi le soir de la première attaque sur la base, que c'était lui aussi qui était l'ami de l'Américain Starke et de ce dément de Zataki arrivé d'Abadan. Et moi, ne suis-je pas un partisan de l'imam et de la Révolution? N'ai-je pas, comme il convenait, livré la base aux soldats de Dieu?

Inch' Allah. Concentre-toi sur les étrangers. Si tu peux les arrêter, même un seul d'entre eux, tu seras à l'abri de ce mollah et de ces bandits de Brassards verts.

Sept routes aériennes classiques étaient tracées sur la carte, partant de Kowiss vers différents sites pétroliers et vers des plates-formes dans le Golfe. « Ce chien d'employé a parlé de pièces détachées pour Abou Sal, marmonna-t-il. Voyons, si j'étais eux, où est-ce que je referais du carburant? » Son doigt se posa sur les plates-formes. « L'une de celles-ci, Excellence, dit-il, tout excité. C'est là où ils devront refaire le plein.

– Il y a du carburant sur les plates-formes?

– Oh oui! En cas d'urgence.

– Et comment allez-vous les rattraper?

– Avec des chasseurs. »

Au point de rendez-vous sur la côte : 14 h 07. Les deux 212 étaient stationnés sur la plage désolée qu'arrosait une petite pluie. Accablés, Freddy Ayre et Lochart étaient assis devant la porte ouverte d'une des cabines, leurs deux mécaniciens et Wazari devant l'autre, tous épuisé d'avoir manœuvré les gros barils de cent quatre-vingts litres de carburant et de s'être relayés à pomper l'essence dans les réservoirs. Jamais on n'avait refait plus vite le plein de deux 212 : Freddy Ayre était arrivé vers 11 heures et demie, Lochart juste avant midi, une demi-heure pour le ravitaillement et, depuis lors, ils attendaient.

« Donnons-leur encore une demi-heure, dit Lochart.

– Bon sang, on croirait à t'entendre que nous avons tout le temps du monde.

– C'est stupide que nous attendions tous les deux; il vaut mieux que tu partes de ton côté, combien de fois faudra-t-il que je le répète? Emmène tout le monde, et j'attendrai.

– Quand Mac arrivera, nous pourrons tous par...

– Bon Dieu, emmène les mécanos et Wazari, et moi j'attendrai. C'est ce que Mac dirait s'il était ici et que vous soyez à m'attendre. Bon sang, cesse de vouloir jouer les héros et va-t'en.

– Non. Désolé, mais j'attends qu'il arrive ou bien nous partons tous les deux. »

Lochart haussa les épaules. A peine arrivé, il avait essayé de reconstituer le plan de vol de McIver : « Freddy, Mac était sorti du système de Kowiss à 11 h 20. Disons qu'il vole alors pendant une demi-heure encore, puis une autre demi-heure, au maximum, pour simuler l'urgence, qu'il se pose et qu'il se débarrasse de Kia, au maximum il lui faut une heure pour arriver ici, au grand maximum, ça veut dire une heure et demie. A mon avis, il sera ici vers 1 heure, 1 heure un quart. »

Mais il était 2 heures passées et pas trace de Mac. Il avait dû y avoir un pépin. Il inspecta les nuages, cherchant des réponses dans le temps, refaisant indéfiniment ce calcul. Des barils vides s'entassaient, il y en avait encore cinq de pleins, apportés ici au cours de vols de routine vers les plates-formes, cachés sous des bâches et camouflés avec du sable et des algues. En mer, à peine visible, se dressait une plate-forme, juchée sur ses pilotis.

Il n'avait eu aucun mal à parvenir ici à partir de Kowiss. Dès qu'ils avaient pris un peu d'altitude et que le danger était passé, Wazari s'était glissé jusqu'à l'avant. « Il vaut mieux que vous restiez à couvert jusqu'à ce que nous nous soyons posés dans le Golfe », avait dit Lochart. Mais, quand ils s'étaient posés, Wazari avait été très malade, alors il avait changé d'avis et raconté aux autres ce qui s'était passé. Wazari maintenant avait récupéré et on l'acceptait. Mais on le considérait toujours avec méfiance.

La plage empestait le poisson pourri et le varech. Le vent, qui s'était stabilisé à environ 30 nœuds, faisait vibrer les pales du rotor et sur la route qu'ils comptaient prendre pour gagner le Koweit, il leur serait contraire. Le plafond était bas, à quelque soixante mètres. Mais Lochart ne faisait guère attention à tout cela.

De plus en plus, ses pensées allaient vers le Nord, vers Téhéran, Sharazad, pendant qu'il tendait l'oreille pour surprendre, par-dessus le bruit du vent et des vagues, le hurlement des réacteurs du 206. Viens, Mac, priait-il. Viens, ne me laisse pas tomber.

Là-dessus, il l'entendit. Quelques secondes pour être sûr, et il sauta à terre, Ayre le suivit et tous deux scrutèrent le ciel bas, l'oreille aux aguets, car le bruit du moteur était plus fort, vers la mer, puis il passa au-dessus et Lochart jura : « Il nous a manqués!

– La VHF? demanda Ayre.

– Bien trop dangereux... Pas encore... Il va faire un autre passage, il est trop bon pour ne pas le faire. »

De nouveau l'attente, le bruit des moteurs qui diminuait, diminuait, puis cessait de décroître et qui revenait, plus fort. L'hélicoptère fit encore un passage sans les voir, puis une fois de plus il revint. Le bruit du moteur s'amplifiait, puis l'appareil émergea de la brume à quelque huit cents mètres de là, il les aperçut et commença son approche. C'était bien le leur, McIver aux commandes, et tout seul. Ils poussèrent des acclamations.

Dans le cockpit du 206. McIver avait eu le plus grand mal à trouver le lieu de rendez-vous : les bancs de sable se ressemblaient tous, la ligne côtière lui semblait uniforme et les conditions météo étaient affreuses. Puis il s'était souvenu de la plate-forme abandonnée juste au large et il était descendu plus bas pour la trouver et, l'utilisant comme repère, il avait atterri.

Lorsque les patins furent bien posés sur le sol, il murmura : « Dieu soit loué », et poussa un profond soupir; l'estomac encore crispé et torturé par une lancinante envie d'uriner, il ouvrit la porte du cockpit et dit sans répondre à leurs questions : « Désolé, il faut d'abord que je pisse. Freddy, tu veux arrêter le moteur? » Lochart, qui était plus près, dit : « Je vais le faire, Mac.

– Merci. » McIver avait débouclé sa ceinture de sécurité, avait sauté à terre et courait sous les pales vers la dune la plus proche. Lorsqu'il put parler, il jeta un coup d'œil autour de lui, vit Ayre qui l'attendait, et les autres auprès des 212. « Ça fait plus d'une heure que je me ronge les sangs.

– Je connais ça. »

McIver se secoua et aperçut Wazari. « Qu'est-ce qu'il fout ici?

– Tom a jugé préférable de l'emmener, ça lui a paru plus prudent que de le laisser là-bas et il nous a aidés. Mac, on devrait partir. Nous avons tous refait le plein. Qu'est-ce qu'on fait du 206?

– Il va falloir l'abandonner ici. »

L'appareil n'était pas équipé de réservoirs supplémentaires et il faudrait trop de temps pour installer un système provisoire de ravitaillement en vol. Même dans ces conditions, ce vent contraire engloutirait du carburant et rendrait le voyage impossible. McIver désigna la mer. « Je pensais le garer sur la plate-forme dans l'espoir que nous reviendrions le prendre, mais c'est du rêve. Il n'y a pas assez d'espace pour se poser en même temps qu'un 212 qui viendrait me reprendre. C'est rudement dommage, mais c'est comme ça.

– Pas de problèmes avec Kia?

– Non. Il m'a un peu cassé les pieds et... » Il se retourna soudain. Derrière eux, Lochart avait remis les gaz du 206 qui s'élevait lentement en reculant. « Bon sang, Tom... », rugit-il en se précipitant vers l'hélicoptère, mais Lochart accéléra et resta en position stationnaire à six ou sept mètres. « Tom! »

Lochart se pencha par le hublot du cockpit. « Ne m'attends pas, Mac! cria-t-il.

– Mais tu n'as presque plus de carburant...

– Il y en a bien assez pour le moment... Je vais attendre que vous partiez, puis je referai le plein. Rendez-vous à Al Shargaz!

– A quoi joue-t-il? demanda Ayre.

– Sharazad, dit McIver en se maudissant d'avoir oublié. Il a dû préparer cinquante plans pour s'emparer du 206. » Il mit ses mains en porte-voix et cria : « Tom, bon sang, tu vas bousiller Ouragan! Il faut que tu viennes avec nous!

– Ils ne me prendront jamais en otage, Mac! Jamais! De toute façon, ma décision est prise. Maintenant, taille-toi! »

McIver réfléchit une seconde puis hurla : « Pose-toi, on va te refaire le plein, ça te gagnera du temps. » Il vit Lochart secouer la tête en désignant les 212.

« Je retourne chercher Sharazad, cria Lochart. N'essaie pas de m'arrêter ni de m'attendre... C'est moi qui prends le risque, pas toi... Bon voyage. » Il les salua de la main, puis s'éloigna un peu plus bas sur la plage, se tourna dans le vent face à eux et se posa. Mais les moteurs tournaient toujours, prêts à décoller instantanément.

« Pas moyen de le décider, murmura McIver, furieux de s'être laissé prendre.

– Nous... nous pourrions attendre qu'il tombe en panne d'essence, dit Ayre.

– Tom est trop malin pour se faire piéger. » McIver jeta un coup d'œil à sa montre. « On est de foutus imbéciles, moi et Tom. » Il vit tous les autres le regarder.

« Qu'est-ce qu'on va faire, Mac? » dit Ayre.

McIver se força à mettre de l'ordre dans ses idées : c'est toi le chef. Décide. Nous sommes très en retard. Tom a pris sa décision après tout ce que j'ai dit. C'est son droit. Désolé, mais ça signifie qu'il se débrouille tout seul. Maintenant pense aux autres, Erikki devrait s'en tirer. Rudi, Scragger et leurs gars sont en sécurité – supposons qu'ils le soient. Alors, monte dans le 212 et passe à l'étape suivante.

Il se retint de pousser un gémissement, car la pensée d'avoir à piloter un 212 jusqu'au Koweit à basse altitude pendant les deux heures et demie suivantes l'accablait. « Saloperie », marmonna-t-il. Les autres l'observaient toujours. « Tom retourne chercher sa femme... On le laisse faire.

– Mais s'il se fait prendre, ça ne va pas faire louper Ouragan? demanda Ayre.

– Non. Tom est tout seul. Vous avez entendu ce qu'il a dit. On part pour Koweit comme prévu. Tout le monde dans le 212 de Freddy, je prendrai celui de Lochart. Tout le monde décolle et on reste à basse altitude en formation serrée. » Ils échangèrent des regards inquiets : ils avaient tous noté sa pâleur et savaient tous qu'il n'avait pas passé son examen médical.

Kyle, le petit mécanicien, lui emboîta le pas. « Mac, pas la peine d'aller tout seul, je volerai avec toi.

– Non, merci. Tout le monde dans l'appareil de Freddy! Allons, on y va!

– Mac, dit Ayre, je vais aller parler à Tom. Il a perdu la tête, je vais le persuader de venir au Kow...

– Pas question. S'il s'agissait de Gen, je serais tout aussi fou que lui. Tout le monde embarque! » Là-dessus, le bruit de deux chasseurs à réaction volant à basse altitude et venant de franchir le mur du son déferla sur la plage. Le silence qui persista derrière eux était immense.

« Seigneur, dit Wazari en frissonnant. Capitaine, si vous voulez que je vienne, je volerai avec vous?

– Non, tout le monde avec Freddy, je préfère voler seul.

– Le fait que vous n'ayez pas renouvelé votre licence ne change rien pour moi. » Wazari haussa les épaules. « *Inch' Allah!* J'écouterai la radio. » Du pouce il désigna le ciel : « Ces salopards ne vont pas parler anglais. » Il se dirigea vers le 212 et s'installa dans le siège gauche.

« C'est une bonne idée, Mac, dit Ayre.

– D'accord. On va rester groupés et à basse altitude comme prévu. Freddy, si l'un de nous a un pépin, l'autre continue. » Et, voyant le regard d'Ayre : « Je veux dire n'importe quel pépin. » Un dernier regard à Lochart, McIver lui fit un geste d'adieu et monta à bord. Il était très content de ne pas être seul. « Merci, dit-il à Wazari, je ne sais pas ce qui va se passer au Koweit, sergent, mais je ferai de mon mieux. » Il boucla sa ceinture et pressa le démarreur du moteur numéro 1.

« Bah, je n'ai rien à perdre, j'ai la tête qui éclate, j'ai emporté toute l'aspirine que j'ai pu trouver... Qu'est-ce qui s'est passé avec Kia? »

McIver régla le volume de son casque, pressa le démarreur du moteur numéro 2, vérifiant les instruments et les jauges du réservoir tout en parlant. « J'ai dû faire mon atterrissage d'urgence un peu plus tard que prévu : je me suis posé à environ quinze cents mètres d'un village, mais ça s'est bien passé, trop bien, le bougre s'est évanoui et je n'arrivais plus à le sortir du cockpit. Je ne sais pas comment, mais il s'est emmêlé dans la ceinture et les courroies de son siège et je n'arrivais pas à le libérer. Même pas un couteau sous la main. J'ai essayé de toutes les façons, en poussant, en tirant, mais tout était coincé, alors j'y ai renoncé et j'ai attendu qu'il reprenne connaissance. Pendant ce temps-là, j'avais sorti ses bagages que j'avais posés près de la route. Quand il est revenu à lui, j'ai eu un mal de chien à lui faire quitter le cockpit. » Les doigts de McIver s'affairaient d'un contact à l'autre. « J'ai fini par prétendre que nous avions un incendie et j'ai sauté à terre en le plantant là. Ça a marché, il a réussi à se dégager et il est parti en courant. J'avais laissé les moteurs tourner, ce qui est fichtrement dangereux, mais il fallait bien prendre le risque et, dès qu'il a été un peu loin, je suis revenu en courant et j'ai décollé. J'ai frotté sur un rocher ou deux, mais pas de bobo... »

Pendant ce décollage frénétique, il avait le cœur battant, la gorge sèche, Kia se cramponnait à la portière, en l'accablant d'injures, suspendu là, un pied sur le patin, et McIver craignait d'être obligé de se poser de nouveau. Heureusement, le courage de Kia n'avait pas duré, il avait lâché la poignée et s'était laissé tomber sur le sol et McIver avait pris de l'altitude. Il avait fait un tour pour s'assurer que Kia était indemne et la dernière image qu'il avait de lui était celle d'un homme rouge de fureur et qui secouait le poing. Il avait alors mis le cap sur le côté, des vagues de nausée et des bouffées de chaleur déferlaient sur lui.

Ce n'est que la tension de ces derniers jours qui fait son effet, s'était-il dit. Ça, plus les efforts qu'il avait faits pour sortir ce salopard du cockpit, plus les soucis à propos d'Ouragan et la peur qu'il avait eue quand le mollah l'avait interrogé.

Pendant quelques minutes après avoir laissé Kia, il avait continué son vol. Difficile de se concentrer. La douleur augmentait. Une violente nausée faillit lui faire perdre le contrôle de l'appareil, alors il décida de se poser et de souffler un moment. Il était encore au pied des montagnes, avec des rochers, des bouquets d'arbres et de la neige, et un plafond bas. Dans une sorte de brume, il choisit le premier plat possible et atterrit. Un atterrissage pas très réussi et, plus que tout, cela lui fit très peur. Non loin de là se trouvait un torrent, en partie gelé, dont l'eau qui écumait sur les rochers paraissait l'appeler. Il souffrait beaucoup maintenant; il coupa le contact, gagna tant bien que mal le bord du torrent, s'allongea dans la neige et but à grandes gorgées. Le choc de l'eau glacée le fit vomir et, une fois le spasme passé, il se rinça la bouche et but plus modérément. L'eau fraîche et le froid de l'air lui firent du bien. Une poignée de neige pour se frictionner la nuque et les tempes et il se sentit encore mieux. La douleur peu à peu diminua, le picotement dans son bras droit disparut. Il se releva et, d'un pas encore mal assuré, regagna le cockpit et s'affala dans son siège.

Il trouva là une atmosphère chaude, confortable et familière. Machinalement il boucla sa ceinture. Le silence emplissait ses oreilles. Il n'y avait que le bruit du vent et de l'eau, pas de moteur, pas de parasites, rien que la douceur du vent et de l'eau. Il n'avait jamais eu les paupières aussi lourdes. Il les ferma. Et s'endormit.

Il dormit d'un sommeil profond, même pas une demi-heure mais, lorsqu'il s'éveilla, il avait retrouvé ses forces : pas de douleur, il était juste un peu étourdi comme s'il avait rêvé qu'il avait eu mal. Il s'étira avec délices. Un petit cliquetis de métal. Il regarda autour de lui : assis sur un petit poney de montagne, l'observant en silence, un jeune montagnard. Il avait un fusil dans un étui accroché à sa selle et un autre en bandoulière avec tout un ceinturon de cartouches.

Les deux hommes se dévisagèrent, puis le jeune montagnard sourit et le plateau parut s'illuminer. « *Salam, agha.*

– *Salam, agha.* » McIver lui rendit son sourire, étonné de ne pas avoir peur, comme mis à l'aise par la beauté sauvage du jeune homme. « *Loftan befarma'id shoma ki hastid?* » Il utilisait une des phrases qu'il connaissait : « Puis-je te demander qui tu es? »

« *Agha Mohamed Rud Khani* », et puis quelques mots que McIver ne comprit pas et il conclut avec un autre sourire en disant : « Kash'kai.

– Ah, Kash'kai », répondit McIver, comprenant que le jeune homme appartenait à l'une des tribus nomades qui circulaient dans le Zagros. Se montrant lui-même du doigt il dit : « *Agha McIver* », et il ajouta une autre phrase qu'il connaissait : « *Mota assef an, man zaban shoma ra khoob nami danam* – Désolé, je ne parle pas ta langue.

– *Inch' Allah.* Américain?

– Non, Anglais. » Il avait l'impression d'assister en spectateur à cette scène : l'hélicoptère et le cheval, le pilote et le montagnard, un golfe énorme entre eux, mais pas de menaces. « Désolé, il faut que je parte », dit-il en anglais, puis il mima le geste de s'envoler. « *Khodah haefez* – au revoir, *agha Mohamed Kash'ka.* »

Le jeune homme hocha la tête et leva la main dans un geste d'adieu. « *Khodah haefez, agha* », puis il éloigna son cheval et resta planté là à l'observer. Quand les moteurs eurent atteint leur régime, McIver salua de la main et décolla. Pendant tout le trajet jusqu'au lieu de rendez-vous sur la côte, il n'avait cessé de penser au jeune homme. Aucune raison pour qu'il ne m'ait pas tiré dessus, aucune raison peut-être non plus de le faire. Est-ce que je l'ai rêvé, est-ce que j'ai rêvé ma souffrance? Non, je n'ai pas rêvé la souffrance. Est-ce que j'ai eu une crise cardiaque?

Maintenant, prêt à partir pour le Koweit, pour la première fois, il affrontait la question. Son inquiétude le reprit et il jeta un coup d'œil à Wazari qui contemplait d'un air désolé la mer par son hublot. A quel point est-ce que je suis dangereux maintenant? se demanda-t-il. Si j'ai eu une crise cardiaque, même légère, je pourrais en avoir une autre, alors je risque sa vie aussi bien que la mienne? Je ne pense pas. J'ai seulement une tension un peu forte et on y a remédié, je prends mes deux comprimés par jour et pas de problème. Je ne peux pas laisser un 212 ici simplement parce que Tom est devenu fou. Je suis fatigué, mais ça va et Koweit n'est qu'à deux heures Bien sûr, j'aurais préféré ne pas piloter. Mon Dieu, je n'aurais jamais cru éprouver ça. Le vieux Scrag peut piloter autant qu'il veut, pour moi, c'est fini.

Il écoutait les moteurs monter en régime. Prêt à décoller maintenant, même pas besoin de vérifier les instruments. A travers les gouttes de pluie sur le pare-brise, il vit Ayre lever le pouce, il était prêt lui aussi. Plus loin sur la plage, il apercevait Lochart dans le 206. Pauvre vieux Tom. Je parie qu'il a hâte de nous voir partir, pour pouvoir refaire le plein et foncer vers le nord, vers une nouvelle destinée. J'espère qu'il réussira : en tout cas, il aura un vent arrière.

« Je peux brancher la VHF? demanda Wazari, le tirant de ses pensées. Je vais me régler sur les fréquences militaires.

– D'accord. » McIver sourit à Wazari, heureux d'avoir sa compagnie.

Un crépitement de parasites dans son casque, puis des voix en farsi. Wazari écouta un moment puis dit d'une voix rauque : « Ce sont les chasseurs qui parlent à Kowiss. L'un d'eux a dit : " Par tous les noms de Dieu, comment allons-nous trouver deux hélicos dans cette purée de merde de chien? "

– Ils n'y arriveront pas, si j'y peux quelque chose. » McIver essayait de prendre un ton assuré. Il fit signe à Ayre, le doigt braqué vers le ciel, indiquant la présence des chasseurs, puis posa un doigt sur ses lèvres. Une dernière fois il désigna le Golfe et leva le pouce. Un coup d'œil à sa montre : 14 h 21.

« On y va, sergent, dit-il en mettant plein gaz, prochain arrêt : Koweit. Arrivée prévue à 16 h 40 environ. »

Aéroport de Koweit : 14 h 56. Genny et Charlie Pettikin étaient assis dans le restaurant en plein air, au dernier étage du terminal tout neuf. C'était un jour superbe et ensoleillé, les nappes et les ombrelles faisaient des taches jaune vif, tout le monde mangeait et buvait avec entrain. Sauf eux. C'était à peine si Genny avait touché sa salade, Pettikin picorait son riz et son curry.

« Charlie, dit soudain Genny, je crois qu'après tout je vais prendre une vodka-martini.

– Bonne idée. » Pettikin héla un serveur. Il aurait bien aimé trinquer avec elle, mais il comptait remplacer ou relayer soit Lochart, soit Ayre lors de l'étape suivante le long de la côte jusqu'à l'île de Jellet – au moins un arrêt de ravitaillement, peut-être deux, avant d'atteindre Al Shargaz. Maudit soit ce foutu vent. « Ça ne va plus être long maintenant, Genny. »

Oh! Bon sang, combien de fois vous sentirez-vous obligé de dire ça, aurait voulu crier Genny, qui en avait par-dessus la tête d'attendre. Stoïquement, elle continua à faire semblant d'être calme. « Pas longtemps, Charlie. Ils vont arriver d'un moment à l'autre. » Leurs regards se tournèrent vers la mer. Le ciel au loin était un peu brumeux, la visibilité médiocre, mais ils sauraient dès l'instant où les hélicoptères entreraient dans la zone balayée par le radar du Koweit. Le représentant d'Imperial Air attendait dans la tour.

Pas longtemps, ça fait combien de temps? se demanda-t-elle, en essayant de percer cette brume de chaleur. Le message que Gavallan lui avait transmis le matin n'avait pas arrangé les choses :

« Pourquoi diable pilote-t-il Kia, Andy? Il rentre à Téhéran? Qu'est-ce que ça veut dire?

– Je ne sais pas, Genny. Je vous répète ce qu'il a dit. Selon nous, Freddy a été envoyé le premier au rendez-vous de ravitaillement. Mac a décollé avec Kia : ou bien il l'emmène avec lui jusque-là, ou bien il va le déposer en route. Tom reste un moment en arrière pour donner aux autres le temps de souffler, puis ils mettent tous le cap vers le lieu de rendez-vous. Nous avons reçu le premier appel de Mac à 10 h 42. Donnez-lui jusqu'à 11 heures pour que Freddy et lui décollent. Donnez-leur encore une heure pour arriver jusqu'au point de rendez-vous et refaire le plein, ajoutez deux heures trente de vol, ils devraient arriver à Koweit vers 2 heures et demie au plus tôt. Selon le temps qu'ils sont restés au point de rendez-vous, ça pourrait être n'importe quand à partir de 2 heures et demie... »

Elle vit le serveur apporter sa vodka. Sur le plateau, il y avait un téléphone portatif. « Un appel pour vous, capitaine Pettikin », dit le serveur en déposant le verre devant elle. Pettikin déploya l'antenne, porta le combiné à son oreille. « Allô? Oh! Bonjour, Andy. » Elle surveillait son visage. « Non... non, pas encore... Oh?... » Il écouta avec attention pendant un long moment, émettant de temps en temps un grognement et hochant la tête, et elle se demandait ce que Gavallan disait qu'elle n'était pas censée entendre. « ... Oui, bien sûr... non... oui, tout est prévu dans la mesure du possible... Oui, oui, elle est là... Entendu, je vous la passe. » Il lui tendit le téléphone.

« Il veut vous dire bonjour.

– Allô, Andy, quoi de neuf?

– Rien de nouveau pour l'instant, Genny. Il n'y a pas de raison de s'inquiéter pour Mac et les autres... Pas moyen de savoir combien ils ont dû attendre au point de rendez-vous.

– Ça va bien, Andy. Ne vous en faites pas pour moi. Et les autres?

– Rudi, Pop Kelly et Sandor sont en route depuis Bahrein – ils ont refait le plein à Abou Dhabi et nous sommes en contact avec eux – John Hogg nous sert de relais. On les attend ici dans vingt minutes. Scrag va bien, Ed et Willy : pas de problème, Duke dort et Manuela est ici. Elle veut vous dire bonjour... » Un instant de silence, puis la voix de Manuela : « Bonjour, chérie, comment ça va, et ne me dites pas très bien! »

Genny eut un pâle sourire. « Très bien. Comment va Duke?

– Il dort comme un bébé, il est même plus calme. Je voulais simplement que vous sachiez que, nous aussi, nous aimerions bien que ce soit fini. Je vous repasse Andy. » Un silence, puis : « Allô, Genny? Johnny Hogg va être dans votre secteur à peu près maintenant et il sera à l'écoute. Nous garderons le contact. Est-ce que je peux reparler à Charlie?

– Bien sûr, mais qu'est-ce qui se passe pour Marc Dubois et Fowler? »

Un temps. « Rien encore. Nous espérons qu'ils ont été recueillis : Rudi, Sandor et Pop sont repartis faire des recherches aussi longtemps que possible. Pas d'épaves, il y a plein de bateaux dans ces eaux-là et des plates-formes. Nous les attendons aussi.

– Maintenant, dites-moi ce que Charlie est censé savoir mais pas moi. » Elle fronça les sourcils devant le silence à l'autre bout du fil, puis elle entendit Gavallan soupirer.

« Vous êtes terrible, Genny. Bon. J'ai demandé à Charlie s'il n'était pas encore arrivé de télex d'Iran, comme celui que nous avons reçu ici, à Dubaï et à Bahrein. J'essaie de faire jouer toutes les relations que j'ai par Newbury et par notre ambassade au Koweit en cas de pépin, mais Newbury dit de ne pas attendre grand-chose, le Koweit est tout près de l'Iran et ne veut pas offenser Khomeiny; le gouvernement est pétrifié à l'idée qu'il leur expédie quelques fondamentalistes d'exportation pour agiter les chiites du Koweit. J'ai dit à Charlie que j'essayais de faire prévenir les parents de Ross au Népal et son régiment. C'est tout. » Il ajouta d'un ton plus doux : « Je ne voulais pas vous inquiéter plus que nécessaire. D'accord?

– Oui, merci. Oui, je... je vais bien. Merci, Andy. » Elle reposa le téléphone et regarda son verre. Il était maintenant couvert de buée et des gouttes coulaient par endroits. Comme les larmes sur mes joues, songea-t-elle en se levant. « Je reviens tout de suite. »

Tristement, Pettikin la regarda s'éloigner. Il écouta les dernières instructions de Gavallan. « Oui, oui, bien sûr, dit-il. Ne vous en faites pas, Andy, je vais m'en occuper... Je vais m'occuper de Ross, et je vous appelle dès l'instant où nous les avons sur le radar. C'est moche pour Dubois et Fowler, tout ce qu'on peut faire, c'est espérer. Pour les autres, c'est formidable. Salut. »

Retrouver Ross l'avait secoué. Dès l'instant où il avait reçu l'appel de Gavallan le matin, il s'était précipité à l'hôpital. Comme on était vendredi, avec du personnel réduit au minimum, il n'y avait qu'un réceptionniste de service et il ne parlait qu'arabe. L'homme sourit en haussant les épaules et dit : « *Bokrah* – demain. » Mais Pettikin avait insisté, l'homme avait fini par comprendre ce qu'il voulait et avait donné un coup de téléphone. Un infirmier enfin était arrivé et lui avait fait signe. Ils avaient pris d'interminables corridors, puis franchi une porte et ils s'étaient trouvés devant Ross allongé tout nu sur une table.

C'était la brusquerie, la totalité de cette nudité, cette souillure apparente et l'absence de toute trace de dignité qui avaient bouleversé Pettikin, et pas le fait de la mort. Cet homme qui était si raffiné dans la vie gisait là comme une carcasse d'animal. Sur une autre table il y avait des draps. Il en avait pris un pour le recouvrir et cela lui avait paru mieux.

Il avait fallu plus d'une heure à Pettikin pour retrouver la salle où on avait amené Ross, pour trouver une infirmière parlant anglais et le médecin qui l'avait soigné.

« Je suis désolé, vraiment désolé, monsieur, avait dit le docteur, un Libanais, dans un anglais incertain. Le jeune homme est arrivé hier, dans le coma. Il avait une fracture du crâne et nous avons pensé tout de suite à une lésion cérébrale; on nous a dit que ça avait été provoqué par une bombe. Les deux tympans étaient brisés, il avait un certain nombre de coupures et de meurtrissures mineures. Nous l'avons radiographié, bien sûr, mais à part un pansement au crâne, nous ne pouvions pas faire grand-chose qu'attendre. Il n'avait pas de lésion interne ni d'hémorragie. Il est mort ce matin à l'aube. L'aube était belle aujourd'hui, n'est-ce pas? J'ai signé le certificat de décès : en voudriez-vous un exemplaire? Nous en avons adressé un à l'ambassade d'Angleterre, avec ses effets personnels.

– Est-ce que... est-ce qu'il a repris connaissance avant de mourir?

– Je ne sais pas. Il était en réanimation et son infirmière... attendez. » Le docteur avait consulté ses listes et trouvé son nom. « Sivin Tahollah. Ah oui! Comme il était anglais, c'est elle que nous lui avons attribuée. » C'était une vieille femme, une de ces épaves du Moyen-Orient, qui ne connaissait pas ses ancêtres, mais qui faisait partie de bien des nations. Son visage était laid et grêlé, mais elle avait la voix douce et apaisante, et les mains tièdes. « Il n'a jamais repris conscience, *effendi*, dit-elle en anglais, pas vraiment.

– Il n'a rien dit de particulier, rien que vous ayez pu comprendre, rien du tout?

– Il a beaucoup parlé, *effendi*, mais sans rien dire de significatif. » La vieille femme réfléchit un moment. « C'était surtout des propos de délire, l'esprit redoutant ce qu'on ne doit pas craindre, désirant ce que l'on ne peut avoir. Il murmurait " Azadeh " – *azadeh* veut dire " né libre " en parsi, mais c'est aussi un nom de femme. Parfois il murmurait un nom, " Erri " ou " Ekki " ou " Kukri " et puis de nouveau " Azadeh ". Il avait l'esprit en paix, mais pas complètement, bien qu'il n'ait jamais pleuré ni crié comme le font certains en approchant du seuil.

– Il n'y avait rien... rien d'autre? »

Elle jouait avec la montre qu'elle portait à son revers. « De temps en temps, ses poignets semblaient le gêner et, quand je les caressais, il redevenait calme. La nuit, il a parlé une langue que je n'avais jamais entendue. Je parle anglais, un peu français et de nombreux dialectes arabes. Nombreux. Mais cette langue-là, je ne l'avais jamais entendue. Il a parlé d'un ton un peu chantant, en délirant aussi un peu par moments, en reprenant ses " Azadeh ", et des mots comme... » Elle fouillait sa mémoire. « Comme " régiment " et " Edelweiss " et " Highlands " et quelquefois, ah oui! des mots comme " Gueng " et " Tensing ", parfois un nom comme " roses " ou " roses des montagnes " – ce n'était peut-être pas un nom de lieu mais ça semblait l'attrister. » Elle avait les yeux qui larmoyaient un peu. « J'ai vu beaucoup de morts, *effendi*, beaucoup, c'est toujours différent et toujours la même chose. Mais il a passé dans la paix et sans souffrir. Le dernier moment n'a été qu'un grand soupir : je crois qu'il est allé au paradis, si les chrétiens vont au paradis, et qu'il y a retrouvé son Azadeh... »

CHAPITRE 24

Palais du khan. Tabriz : 15 h 40. Azadeh suivait à pas lents le couloir menant à la grande salle où elle devait retrouver son frère, le dos encore endolori après l'explosion de la grenade la veille. Dieu du ciel, n'était-ce qu'hier que les montagnards et Erikki ont failli nous tuer? songea-t-elle. Il me semble que cela fait plus de mille jours, une année-lumière depuis que mon père est mort.

C'était une autre vie. Il n'y avait rien de bon dans cette vie-là, sauf mère et Erikki et Hakim, Erikki et... et Johnny. Toute une vie de haine, de tueries, de terreur et de folie où nous vivions comme des parias, Hakim et moi, entourés par le mal, la folie de ce barrage sur la route à Quazvin, et cet horrible moudjahidin écrasé contre la voiture, dégoulinant comme une mouche aplatie sur un mur, la folie de notre sauvetage par Charlie et l'homme du KGB – comment s'appelait-il déjà, ah oui! Rakoczi, et Rakoczi qui avait failli nous tuer tous, la folie d'Abu-Mard, qui a changé ma vie pour toujours, la folie à la base où nous avions connu des heures si merveilleuses, Erikki et moi, mais où Johnny a tué tant de gens, si vite et si cruellement.

Elle avait tout raconté à Erikki la nuit d'avant – presque tout. « A la base, il... il est devenu comme une bête meurtrière. Je ne me rappelle pas grand-chose, rien que des scènes brèves, on lui avait donné la grenade au village, je l'ai vu se précipiter vers la base... des grenades, des mitrailleuses, un des hommes portant un *kukri*, et puis Johnny brandissant sa tête coupée et hurlant comme un démon... Je sais maintenant que le *kukri* était celui de Gueng. Johnny me l'avait dit à Téhéran.

– N'en dis pas plus pour l'instant, garde le reste pour demain, ma chérie. Dors, tu es en sûreté maintenant.

– Non. J'ai peur de dormir, même maintenant dans tes bras, même avec toutes ces bonnes nouvelles à propos de Hakim, quand je dors je me retrouve au village, à Abu-Mard, et le mollah est là-bas, maudit de Dieu, le *kalandar* est là et le boucher brandit son couteau à découper et...

– Il n'y a plus de village ni de mollah, je suis allé là-bas. Plus de *kalandar* ni de boucher. Ahmed m'a raconté ce qui s'était passé au village.

– Tu es allé au village?

– Oui, cet après-midi, pendant que tu te reposais. J'ai pris une voiture et je suis allé là-bas. C'est un tas de décombres calcinés. C'est aussi bien », avait conclu Erikki d'un ton menaçant.

Dans le couloir, Azadeh s'arrêta un moment et s'appuya au mur en attendant que la crise de tremblement fût passée. Tant de morts, de massacres et d'horreur. La veille, quand elle était sortie sur les marches du palais et qu'elle avait vu Erikki dans le cockpit, le visage ruisselant de sang, du sang encore coulant de sa manche, Ahmed affalé auprès de lui, elle avait cru mourir et puis, quand elle l'avait vu sortir et se dresser de toute sa taille et marcher vers elle, vers elle qui sentait ses jambes se dérober, et quand il l'avait prise dans ses bras, elle était revenue à la vie, et toutes ses terreurs s'étaient envolées pendant qu'elle sanglotait : « Oh! Erikki! Oh! Erikki, j'ai eu si peur, si peur... »

Il l'avait portée dans la grande salle et le médecin

était là avec Hakim, Robert Armstrong et le colonel Hashemi Fazir. Une balle avait arraché un bout de l'oreille gauche d'Erikki, une autre lui avait écorché l'avant-bras. Le docteur avait cautérisé les plaies et les avait pansées, il lui avait fait une piqûre de sérum antitétanique et de pénicilline, craignant plus l'infection que le sang qu'il avait perdu : « *Inch' Allah*, mais je ne peux pas faire grand-chose, capitaine, vous êtes robuste, votre pouls est régulier, un chirurgien esthétique peut donner meilleur air à votre oreille, votre ouïe n'est pas touchée, Dieu soit loué! Faites juste attention à l'infection...

– Que s'est-il passé, Erikki? avait demandé Hakim.

– J'ai volé avec eux vers le nord, dans les montagnes, et Ahmed a été négligent – ce n'était pas sa faute, il avait le mal de l'air – et, avant que nous ayons compris ce qui se passait, Bayazid avait braqué un pistolet sur sa tête, un autre montagnard en faisait autant avec moi, et Bayazid disait : " Vole jusqu'au village, ensuite tu pourras partir.

« – Tu avais fait le serment de ne pas me faire de mal! lui ai-je dit.

« – J'ai juré que je ne te ferais pas de mal et je tiendrai parole, mais c'est moi qui ai juré, pas mes hommes ", dit Bayazid, et l'homme qui me braquait un fusil sur la tête s'est mis à rire en criant : " Obéis à notre cheik ou, par Dieu, tu auras si mal que tu réclameras la mort. "

– J'aurais dû y penser, murmura Hakim. J'aurais dû tous les faire jurer. J'aurais dû y penser.

– Ça n'aurait rien changé. De toute façon, c'était ma faute; c'est moi qui les avais amenés ici et qui ai failli tout gâcher. Je ne peux pas te dire à quel point je le regrette, mais c'était la seule façon. Je croyais trouver Abdollah Khan. Je n'aurais jamais pensé que ce *matyeryebyets* se servirait d'une grenade.

Nous ne sommes pas blessés, par la volonté de Dieu, Azadeh et moi. Comment pouvais-tu savoir qu'Abdollah Khan était mort ou que la moitié de ta rançon avait été payée? Continue à nous raconter ce qui s'est passé », avait dit Hakim et Azadeh avait remarqué un ton étrange dans sa voix. Hakim a changé, songea-t-elle. Je n'arrive pas à comprendre ce qu'il a dans la tête, comme autrefois. Avant qu'il devienne *khan*, vraiment *khan*, j'y arrivais, mais plus maintenant. Il est toujours mon frère, mais c'est un étranger. Tant de choses ont changé si vite. J'ai changé. Erikki aussi, mon Dieu, à quel point! Johnny n'a pas changé...

Dans la grande salle, Erikki avait continué : « Les emmener en hélicoptère était la seule façon de leur faire quitter le palais sans plus d'histoires ni de tueries. Si Bayazid n'avait pas insisté, je l'aurais proposé : il n'y avait pas d'autre moyen pour toi ni pour Azadeh d'être en sûreté. Je devais faire le pari que d'une façon ou d'une autre ils respecteraient leur serment. Mais, quoi qu'il arrive, c'était eux ou moi, je le savais, et eux aussi, car bien sûr j'étais le seul à savoir qui ils étaient, où ils vivaient et la vengeance d'un *khan* est sérieuse. Quoi que je fasse, que je les dépose à mi-chemin ou que j'aille jusqu'au village, ils ne m'auraient jamais laissé repartir. Comment l'auraient-ils pu? C'était le village ou moi et leur dieu unique voterait pour le village, malgré tout ce qu'ils auraient promis ou juré!

– C'est une question à laquelle Dieu seul pourrait répondre.

– Mes dieux, les anciens dieux, n'aiment pas servir d'excuse, et ils n'aiment pas non plus qu'on jure en leur nom. Ils désapprouvent, en fait ils l'interdisent. » Azadeh perçut l'amertume dans sa voix et le caressa doucement. « Je vais bien, maintenant, Azadeh.

– Qu'est-il arrivé ensuite, Erikki? demanda Hakim.

– J'ai dit à Bayazid qu'il n'y avait pas assez d'essence, j'ai essayé de raisonner avec lui et il s'est contenté de dire : " Comme Dieu le veut ", il a appuyé le canon du fusil contre l'épaule d'Ahmed et il a pressé la détente. " Va jusqu'au village! La prochaine balle, il la recevra dans le ventre. " Ahmed s'est évanoui et Bayazid s'est penché par-dessus lui pour ramasser la mitraillette Sten qui avait glissé sur le plancher, à moitié sous le siège, mais il n'a pas tout à fait réussi à l'attraper. J'avais ma ceinture, tout comme Ahmed, eux pas, alors j'ai fait des virevoltes dans le ciel comme je ne pensais pas qu'un hélico pourrait le supporter, puis j'ai laissé tomber l'appareil et je me suis posé. Un mauvais atterrissage : j'ai cru que j'avais cassé un patin mais je me suis aperçu ensuite qu'il était seulement tordu. Dès que nous nous sommes arrêtés, je me suis servi du Sten et de mon couteau, j'ai tué ceux qui étaient conscients et hostiles, désarmé ceux qui étaient inconscients et je les ai jetés hors de la cabine. Puis, au bout d'un moment, je suis revenu.

– Comme ça, avait dit Armstrong. Quatorze hommes.

– Cinq, et Bayazid. Les autres... je les ai laissés.

– Où? avait dit Hashemi Fazir. Pourriez-vous nous décrire où, capitaine? » Erikki l'avait fait, avec précision, et le colonel avait envoyé des hommes pour les retrouver.

Erikki plongea sa main valide dans sa poche pour en sortir les joyaux de la rançon et il les rendit à Hakim Khan. « Maintenant, s'il te plaît, j'aimerais parler à ma femme. Je te raconterai le reste plus tard. » Puis ils s'en étaient allés tous les deux dans leurs appartements et il n'avait rien dit de plus, il l'avait simplement serrée doucement contre lui. Sa présence calmait l'angoisse d'Erikki. Bientôt ils s'étaient endormis. Elle avait eu un sommeil agité; elle était restée tranquille un moment dans ses bras, puis était allée s'installer dans un fauteuil où elle avait sommeillé, heureuse d'être avec lui. Lui avait dormi d'un sommeil sans rêves jusqu'à la tombée de la nuit, et il avait fini par s'éveiller.

« D'abord un bain, je me rase, un verre de vodka et ensuite nous parlerons, avait-il annoncé. Je ne t'ai jamais vu plus belle, je ne t'ai jamais aimée plus fort, et je suis désolé, désolé d'avoir été jaloux... Non, Azadeh, ne dis rien encore. Ensuite, je veux tout savoir. »

A l'aube, elle avait fini de lui raconter tout ce qu'il y avait à raconter et lui avait terminé son histoire. Il n'avait rien caché, ni sa jalousie, ni la rage de tuer, ni la joie de se battre, ni les larmes qu'il avait versées au flanc de la montagne en voyant la sauvagerie du massacre auquel il avait dû se livrer sur les montagnards. « Ils... ils m'ont bien traité dans leur village, et la rançon est une antique coutume. Si Abdollah n'avait pas fait tuer leur messager... ça aurait peut-être tout changé, peut-être, peut-être pas. Mais ça n'excuse pas les meurtres. J'ai l'impression d'être un monstre, que tu as épousé un dément, Azadeh. Je suis un homme dangereux.

– Non, non, pas du tout.

– Par tous mes dieux, j'ai tué une vingtaine d'hommes dans moitié autant de jours et pourtant je n'avais encore jamais tué, sauf ces assassins, ces hommes venus nous attaquer ici pour assassiner ton père avant notre mariage. En dehors de l'Iran, je n'ai jamais fait de mal à personne : je me suis souvent battu avec ou sans mon *pukoh*, mais jamais sérieusement, jamais. Si ce *kalandar* et le village avaient existé, j'aurais tout fait brûler sans hésitation. Je comprends ton Johnny à la base; je remercie tous les dieux de l'avoir amené jusqu'à nous pour te protéger et je le maudis de m'avoir pris la paix de l'âme, même si je sais que je suis à jamais son débiteur. Je ne peux pas me faire à tous ces meurtres, je ne peux pas me faire à lui. Je ne peux pas, je ne peux pas, pas encore.

– Ça n'a pas d'importance, Erikki, pas maintenant. Maintenant nous avons le temps. Maintenant nous sommes sains et saufs, toi et moi, et Hakim, nous sommes sains et saufs, mon chéri. Regarde l'aube, n'est-ce pas que c'est beau? Regarde, Erikki, c'est un jour nouveau maintenant, si beau. Une vie nouvelle. Nous sommes sauvés, Erikki. »

Grande salle : 15 h 45. Hakim Khan était seul avec Hashemi Fazir. Une demi-heure plus tôt, Hashemi était arrivé sans se faire annoncer. Il s'était excusé de cette intrusion en lui tendant un télex. « J'ai pensé qu'il valait mieux que vous voyiez ceci tout de suite, Altesse. »

Le télex disait : « URGENT. Au colonel Fazir, service de renseignement, Tabriz : arrêtez Erikki Yokkonen, mari de Son Altesse Azadeh Gorgon, pour crime commis contre l'Etat, pour complicité de piraterie aérienne, détournement d'appareils et haute trahison. Enchaînez-le et envoyez-le immédiatement à mon quartier général. Directeur SAVAMA, Téhéran. »

Hakim Khan congédia ses gardes. « Je ne comprends pas, colonel. Veuillez m'expliquer.

– Dès que je l'ai eu décodé, j'ai téléphoné pour avoir des détails, Altesse. Il semble que ces dernières années S-G Helicopters a vendu un certain nombre d'appareils à IHC une...

– Je ne comprends pas.

– Pardon, à Iran Helicopters Company, une compagnie iranienne, l'actuel employeur du capitaine Yokkonen. Parmi ces appareils se trouvaient – se trouvent – dix 212, y compris le sien. Aujourd'hui, les neuf autres, représentant une valeur de neuf millions de dollars, ont été volés et emmenés illégalement hors d'Iran par des pilotes de IHC : la SAVAMA présume dans un des Etats du Golfe.

– Même si c'est le cas, dit froidement Hakim Khan, ça ne concerne pas Erikki. Il n'a rien fait de mal.

– Nous n'en sommes pas sûrs, Altesse. La SAVAMA dit qu'il était peut-être du complot – l'opération a certainement dû être préparée depuis quelque temps car elle implique trois bases, Lengeh, Bandar Delam et Kowiss, ainsi que leurs bureaux de Téhéran. La SAVAMA est très, très agitée parce qu'on lui a signalé aussi que d'importantes quantités de coûteuses pièces détachées iraniennes ont été emportées. Plus encore...

– Cela lui a été signalé par qui?

– Le directeur général d'IHC, Siamaki. Plus grave encore, tout le personnel étranger d'IHC, pilotes, mécanos et employés de bureau, a disparu. Tout le monde, c'était donc bien un complot. Il semble qu'hier il y en avait peut-être vingt répartis dans tout l'Iran, la semaine dernière quarante, aujourd'hui pas un seul. Il n'y a plus qu'un employé de la S-G, ou plus exactement plus un employé étranger d'IHC qui reste dans tout l'Iran. A l'exception du capitaine Yokkonen. »

Hakim comprit aussitôt l'importance que prenait Erikki et il se maudit de laisser son visage le trahir lorsque Hashemi poursuivit tranquillement : « Ah! Bien sûr, vous comprenez aussi! La SAVAMA m'a dit que, même si le capitaine est innocent de complicité dans cette conspiration, il est l'instrument essentiel permettant de persuader les dirigeants et leurs complices, Gavallan et McIver – et le gouvernement britannique certainement doit avoir joué un rôle dans le complot – de nous rendre nos appareils avec nos pièces détachées, de nous verser une indemnité considérable, de revenir en Iran et de paraître devant un tribunal pour crime contre l'Islam. »

Hakim Khan s'agita sur ses coussins, la douleur dans son dos se réveillait et il aurait voulu crier de rage, furieux de pouvoir à peine se mettre debout sans avoir mal. Nous verrons cela plus tard, se dit-il résolument, il faut maintenant s'occuper de ce dangereux fils de chien qui attend là patiemment, comme un marchand de tapis qui a déployé ses richesses et qui attend maintenant que la négociation commence. Si je veux acheter.

Pour racheter Erikki, il va falloir que je donne à ce chien un *pishkesh* qui ait une valeur pour lui et pas pour la SAVAMA. Quoi donc? Petr Oleg Mzytryk, au moins. Je pourrais le livrer à Hashemi sans sourciller s'il vient, lorsqu'il arrivera. Il viendra. Hier, Ahmed lui a demandé de venir en mon nom : je me demande comment va Ahmed, son opération s'est-elle bien passée? J'espère que cet imbécile ne va pas mourir; je pourrais utiliser encore un peu ce qu'il sait. Quel crétin de s'être fait prendre ainsi au dépourvu! Oui, c'est un crétin, mais ce chien ne l'est pas. En lui donnant Mzytryk, un peu d'aide en Azerbaïdjan et la promesse de mon amitié, je peux racheter Erikki. Mais pourquoi le ferais-je?

Parce que Azadeh l'aime? Malheureusement, elle est la sœur du *khan* de tous les Gorgons, et c'est un problème pour le *khan*, pas un problème pour son frère.

Erikki représente un risque pour moi et pour elle. C'est un homme dangereux, avec du sang sur les mains. Les montagnards, qu'ils soient kurdes ou non, vont vouloir se venger : c'est probable. Il a toujours été un mauvais parti, même s'il a donné à ma sœur beaucoup de joie, s'il lui donne encore du bonheur – mais pas d'enfant – et voilà maintenant qu'il ne peut pas rester en Iran. C'est impossible; pas question pour lui de rester. Je ne pourrais pas lui acheter deux ans de protection, et Azadeh a juré devant Dieu de rester ici au moins deux ans : comme mon père a été habile de me donner ce pouvoir sur elle. Si je rachète Erikki, elle ne peut pas partir avec lui. En deux ans, bien des choses peuvent se passer. Mais, s'il n'est pas bon pour elle, pourquoi le racheter? Pourquoi ne pas les laisser prendre Erikki pour faire échec à une trahison? Car c'est une trahison que de voler ce qui nous appartient.

« C'est un problème trop grave pour que je puisse répondre tout de suite, dit-il.

– Vous n'avez rien à répondre, Altesse. Seulement le capitaine Yokkonen. J'ai cru comprendre qu'il était encore ici.

– Le docteur lui a ordonné de se reposer.

– Peut-être voudriez-vous l'envoyer chercher, Altesse.

– Bien sûr. Mais un homme dans votre position et avec votre éducation comprendra qu'il y a des règles d'honneur et d'hospitalité en Azerbaïdjan et dans ma tribu. C'est mon beau-frère et même la SAVAMA comprend l'honneur de la famille. » Les deux hommes savaient que ce n'était que l'ouverture d'une délicate négociation – délicate parce qu'aucun d'eux ne voulait voir la colère de la Savama s'abattre sur sa tête, qu'aucun d'eux ne savait jusqu'où aller ni même si un accord était souhaitable. « Je présume que beaucoup sont au courant de cette... cette trahison?

– Rien que moi, ici, à Tabriz, Altesse. Pour le moment », ajouta aussitôt Hashemi, oubliant fort opportunément Armstrong à qui il avait suggéré ce matin d'envoyer ce faux télex. « Il n'y a aucun moyen pour ce fils de chien de Hakim de découvrir que c'est une supercherie, Robert, avait-il dit, ravi de sa propre astuce. Il devra négocier. Nous échangerons le Finlandais contre Mzytryk sans qu'il nous en coûte rien. Ce maniaque assoiffé de sang de Finlandais pourra décoller au crépuscule quand nous aurons ce que nous voulons; jusque-là, nous le bouclons.

– Et si Hakim Khan n'accepte pas, s'il ne veut pas ou ne peut pas nous livrer Mzytryk?

– S'il ne veut pas négocier, nous mettons la main sur Erikki. Il y aura forcément bientôt des fuites concernant le plan Ouragan et je peux utiliser Erikki pour toutes sortes de concessions : il est un otage qui représente au moins neuf millions de dollars d'appareils... ou je peux peut-être l'échanger aux montagnards comme offre de paix... Le fait qu'il soit finlandais facilite les choses. Je pourrais faire le rapprochement entre lui et Rakoczy et le KGB et causer toutes sortes d'ennuis aux Soviétiques, ainsi qu'à la CIA, n'est-ce pas? Et même au MI6.

– *Inch' Allah!* Ne vous mêlez pas de cela, Robert. Erikki et le *khan* sont un problème intérieur iranien. Ne vous en mêlez pas. Avec le Finlandais, je peux obtenir d'importantes concessions. » Mais importantes seulement pour moi, Robert, pas pour la SAVAMA, avait songé Hashemi en souriant. Demain ou après-demain, nous retournerons à Téhéran et là mon assassin te suivra dans la nuit et puis, pouf, tu t'éteins comme une chandelle. « Il le livrera, avait-il dit calmement.

– Si Hakim renonce à Erikki, sa sœur bien-aimée ne le lui pardonnera jamais. Je crois que pour lui elle irait au bûcher.

– Elle y sera peut-être obligée. »

Hashemi se rappelait la joie qu'il avait éprouvée,

et maintenant c'était encore mieux. Il percevait l'inquiétude de Hakim Khan et il était certain de l'avoir piégé. « Je suis sûr que vous comprendrez, Altesse, mais il faut que je réponde rapidement à ce télex. »

Hakim Khan se décida pour une offre partielle. « La trahison et un complot ne devraient pas rester impunis. Je vais faire venir le prêtre que vous vouliez. Tout de suite.

– Ah! Combien faudra-t-il de temps à Mzytryk pour répondre?

– Vous devriez avoir des idées plus précises là-dessus que moi. N'est-ce pas? »

Hashemi fut sensible à ce ton uni et se maudit d'avoir commis cette erreur. « Je serais surpris si Votre Altesse n'avait pas très vite des réponses, dit-il avec une grande politesse. Très vite.

– Quand?

– Dans les vingt-quatre heures, Altesse. Personnellement ou par messager. » Il vit le jeune *khan* s'agiter sur ses coussins et essaya de décider s'il devait attendre ou presser son avantage, certain que la douleur n'était pas feinte. Le médecin lui avait donné un diagnostic détaillé des blessures du *khan* et de celles de sa sœur. Pour parer à toute éventualité, il avait intimé l'ordre aux médecins d'administrer à Erikki un puissant sédatif, au cas où l'homme essaierait de s'échapper.

« Les vingt-quatre heures s'achèveront à 7 heures ce soir, colonel.

– Il y a tant de choses à faire à Tabriz, Altesse, si je suis vos conseils de ce matin, que je doute pouvoir m'occuper d'ici là du télex.

– Vous détruisez ce soir le quartier général des moudjahidin gauchistes?

– Oui, Altesse. » Maintenant que nous avons votre permission et votre assurance que cela n'aura pas de répercussions chez les tudehs, aurait voulu ajouter Hashemi, mais il s'en abstint. Ne sois pas stupide. Ce jeune homme n'est pas aussi rusé que ce chien d'Abdollah, puisse-t-il brûler en enfer. Il est plus facile de traiter avec lui, à condition d'avoir plus d'atouts qu'il n'en a et de ne pas craindre de montrer les crocs quand besoin en est. « Ce serait regrettable si le capitaine n'était pas disponible pour... pour être interrogé ce soir. »

Le regard de Hakim Khan se durcit devant cette menace inutile. Comme si je ne le comprenais pas, ce vil fils de chien. « Je suis d'accord. » On frappa à la porte. « Entrez. »

Azadeh apparut. « Désolée de vous interrompre, Altesse, mais vous m'avez dit de vous prévenir une demi-heure avant l'heure d'aller à l'hôpital pour la radiographie. Je vous salue, colonel, la paix soit avec vous.

– Et la paix de Dieu avec vous, Altesse. » Heureusement qu'une pareille beauté va bientôt se voir imposer le tchador, songeait Hashemi. Elle tenterait Satan, à plus forte raison la racaille mal lavée d'Iran. Il se retourna vers le *khan*. « Il faut que je m'en aille, Altesse.

– Veuillez revenir à 7 heures, colonel. Si j'ai des nouvelles avant, je vous ferai chercher.

– Merci, Altesse. »

Elle referma la porte derrière lui. « Comment te sens-tu, Hakim chéri?

– Fatigué. J'ai mal.

– Moi aussi. Il faut que tu voies le colonel plus tard?

– Oui. Mais ça n'a pas d'importance. Comment va Erikki?

– Il dort, fit-elle, toute joyeuse. Nous avons tellement de chance, tous les trois. »

Tabriz : 16 h 06. Robert Armstrong vérifia le mécanisme du petit automatique, le visage impassible. « Qu'allez-vous faire? » demanda Henley, qui n'aimait pas du tout cette arme. Il était anglais aussi, mais beaucoup plus petit, avec une fine moustache; il portait des lunettes et était assis derrière la table dans le bureau sale et mal rangé sous un portrait de la reine Elizabeth.

« Mieux vaut ne pas poser la question. Mais ne vous inquiétez pas, je suis un flic, vous vous souvenez? C'est juste au cas où un malfrat essaierait de me faire mon affaire. Pouvez-vous transmettre le message à Yokkonen?

– Je ne peux pas aller au palais sans être invité, sous quel prétexte? fit Henley. Est-ce que je dis à Hakim Khan : " Absolument désolé, mon vieux, mais il faut que je parle à votre beau-frère : il s'agit de faire quitter l'Iran à un type par un hélicoptère privé. "? » Il redevint sérieux. « Vous vous trompez à propos du colonel, Robert. Il n'y a pas la moindre preuve qu'il soit responsable de la mort de Talbot.

– Si vous l'aviez, vous ne l'avoueriez pas », dit Armstrong, encore furieux de s'être emporté quand Henley lui avait parlé de l' « accident ». Son ton se durcit. « Pourquoi diable avez-vous attendu jusqu'à aujourd'hui pour me dire que Talbot avait sauté? Bon sang, ça s'est passé il y a deux jours!

– Ce n'est pas moi qui décide de la politique, je me contente de transmettre les messages. Et d'ailleurs nous venons de l'apprendre. Et puis vous avez été difficile à trouver. Tout le monde croyait que vous étiez parti, la dernière fois qu'on vous avait vu, vous vous embarquiez dans un appareil britannique à destination d'Al Shargaz. Bon Dieu, ça fait près d'une semaine qu'on vous a donné l'ordre d'évacuer et vous êtes encore ici, sans le moindre ordre de mission à ma connaissance et, quoi que vous ayez décidé de faire, abstenez-vous, contentez-vous de quitter l'Iran parce que, si on vous attrape et qu'on vous cuisine, beaucoup de gens vont en pâtir.

– Je tâcherai de ne pas les décevoir. » Armstrong se leva et enfila son vieil imperméable avec le col de fourrure. « A bientôt.

– Quand ça?

– Quand je le choisirai. » Armstrong prit un air sévère. « Je ne suis pas sous votre autorité : ce que je fais et mes allées et venues ne vous regardent pas. Veillez seulement à ce que mon rapport reste au coffre jusqu'à ce que vous ayez une valise diplomatique pour le transmettre en urgence à Londres et, en attendant, fermez-la.

– Vous n'êtes en général pas aussi grossier ni aussi susceptible. Qu'est-ce qui se passe, Robert? »

Armstrong sortit à grands pas, dévala l'escalier et s'éloigna dans le froid. Le ciel était couvert et lourd de neige. Dans la rue encombrée, les passants et les marchands faisaient semblant de ne pas le remarquer, supposant que c'était un Soviétique et vaquant prudemment à leurs affaires. Tout en s'assurant qu'on ne le suivait pas, il passait en revue les différentes façons de s'occuper de Hashemi. Pas le temps de consulter ses supérieurs, et il n'en avait pas vraiment envie. Ils auraient secoué la tête : « Bon Dieu, notre vieil ami Hashemi? L'envoyer au ciel parce qu'on le soupçonne d'avoir fait sauter Talbot? Il nous faudrait d'abord une preuve... »

Mais il n'y aura jamais de preuve, ils ne croiront pas aux équipes du Groupe 4 ni au fait que Hashemi se prend pour un moderne Hassan Ibn al-Sabbah. Mais moi, je sais. Est-ce que Hashemi ne rayonnait pas de joie quand il s'est agi d'assassiner le général Jana? Maintenant, il peut s'attaquer à du plus gros gibier. Comme Pahmudi. Ou au Comité révolutionnaire tout entier. Je me demande s'il irait jusqu'à l'imam lui-même? Comment le savoir? Mais, d'une façon ou d'une autre, il me paiera la mort de ce vieux Talbot. Une fois que nous aurons mis la main sur Petr Oleg Mzytryk. Sans Hashemi, je n'ai aucune chance de l'avoir et, à travers lui, les traîtres dont nous savons tous qu'ils opèrent au plus haut niveau à White Hall, les patrons de Philby.

Sa rage l'envahissait, lui donnant la migraine. Tant de braves gens trahis. Il aimait sentir sous ses doigts son automatique. D'abord Mzytryk, songea-t-il, puis Hashemi. Tout ce qu'il reste à décider, c'est quand et où.

Aéroport international de Bahrein : 16 h 24. Jean-Luc était au téléphone dans le bureau de Mathias. « ... Non, Andy, nous n'avons rien non plus. » Il jeta un coup d'œil à Mathias qui écoutait et gravement lui fit un signe, pouce en bas. « Charlie est hors de lui, disait Gavallan. Je viens de lui parler. C'est navrant mais nous ne pouvons rien faire d'autre qu'attendre. Même chose pour Dubois et Fowler. » Jean-Luc percevait une grande lassitude dans la voix de Gavallan.

« Dubois finira bien par arriver... Après tout, il est français. Au fait, j'ai dit à Charlie que si... quand, s'empressa-t-il de corriger, quand Tom Lochart et Freddy Ayre atterriront, de leur dire de se ravitailler en carburant à Jellet et de ne pas venir ici, à moins qu'il n'y ait une urgence. Mathias a mis lui-même des réserves de carburant à Jellet, nous savons donc qu'elles y sont. Andy, tu ferais mieux d'appeler Charlie et de faire jouer ton autorité parce que Bahrein pourrait montrer des difficultés, je ne veux pas risquer une autre confrontation : leur avertissement était assez clair, que nous volions avec des immatriculations britanniques ou non. Je ne sais pas encore comment nous avons réussi à faire passer Rudi, Sandor et Pop. Je suis certain qu'ils mettront l'embargo sur tout appareil immatriculé en Iran et qu'ils arrêteront les équipages; et, la prochaine fois, ils vérifieront la peinture et les papiers.

– Très bien, je vais lui dire tout de suite. Jean-Luc, il n'y a aucune raison pour que vous retourniez à Al Shargaz, pourquoi ne pas partir directement demain pour Londres et de là à Aberdeen? Je vous affecte en mer du Nord en attendant que nous sachions où nous en sommes, d'accord?

– Ecellente idée. Je me présenterai à Aberdeen lundi », s'empressa de dire Jean-Luc, s'octroyant au passage un week-end de congé. Mon Dieu, je l'ai bien mérité, songea-t-il, et il changea de sujet pour ne pas laisser à Gavallan le temps de discuter. « Est-ce que Rudi est arrivé?

– Oui, sain et sauf. Tous les trois sont au lit. De même que Vossi et Willi. Scrag va bien. Erikki est hors de danger, Duke se remet lentement mais sûrement... S'il n'y avait pas Dubois et Fowler, Mac, Tom et les autres... Alleluia! Il faut que j'y aille, adieu.

– Au revoir. » Puis il dit à Mathias : « Merde alors, je suis affecté en mer du Nord.

– Merde en effet.

– Quel est le numéro d'Alitalia?

– 22134. Pourquoi?

– Même si je dois invoquer le pape en personne, je suis sur le premier vol demain pour Rome avec correspondance pour Nice : j'ai besoin de Marie-Christine, des gosses et d'une cuisine convenable. La mer du Nord, espèce de con! » Il jeta à la pendule un regard soucieux. « Ah là là! Où sont nos hélicos de Kowiss? »

Au large de Koweit : 16 h 31. Le voyant rouge indiquant qu'ils arrivaient au bout du carburant s'alluma. McIver et Wasari le virent aussitôt et tous deux jurèrent. « Combien nous reste-t-il, capitaine?

– Avec ce foutu vent, pas beaucoup. » Ils étaient à peine à trois mètres au-dessus des vagues.

« Quelle distance encore?

– Pas très grande. » McIver était épuisé. Le vent avait fraîchi à près de 35 nœuds et il pilotait le 212 en douceur, essayant de ménager le carburant, mais il ne pouvait pas faire grand-chose à une altitude aussi basse. Il regarda par le hublot. Ayre désigna son tableau de bord en baissant le pouce et hocha la tête. Son voyant rouge ne s'était pas encore allumé. Mais il venait de le faire.

« Bon Dieu, dit Kyle, le mécanicien d'Ayre. Dans quelques minutes, nous allons être à découvert et bons pour être canardés.

– Ne t'inquiète pas. Si Mac n'appelle pas Koweit bientôt, je vais le faire. » Ayre leva les yeux, crut apercevoir les chasseurs au-dessus, mais ce n'était que deux oiseaux de mer. « Seigneur, un moment...

– Ces salauds n'oseraient pas nous suivre jusqu'ici, non?

– Je ne sais pas. » Depuis qu'ils avaient quitté la côte, ils jouaient à cache-cache avec les deux chasseurs à réaction. Par le travers de Kharg, alors qu'ils se faufilaient dans la pluie et le brouillard, volant toujours au ras des vagues, McIver et lui avaient été repérés : « Ici le contrôle radar de Kharg : hélicoptères volant vers le large sans autorisation au cap 275, montez à 1000 pieds et attendez – montez à 1000 pieds et attendez. »

Un moment ils encaissèrent le choc, puis McIver fit signe à Ayre de le suivre, vira à 90 degrés plein nord en direction opposée à Kharg et descendit encore plus près de l'eau. Au bout de quelques minutes, ses écouteurs retentissaient du dialogue en farsi entre les chasseurs et le contrôle de l'aviation. « On leur donne nos coordonnées, capitaine, fit Wazari haletant. On leur donne l'ordre d'armer leurs lance-rockets... Ils signalent maintenant qu'ils sont armés...

– Ici Kharg! Hélicoptères en vol illégal au cap 270, montez à 1000 pieds et attendez. Si vous n'obéissez pas, vous serez interceptés et abattus; je répète : vous serez interceptés et abattus. »

McIver lâcha le manche pour se frictionner la poitrine, car la douleur revenait, puis il maintint obstinément le cap tandis que Wazari lui traduisait des bribes du dialogue : « ... Le chef dit : suivez-moi... le canonnier dit que tous les lance-fusées sont armés... Comment allons-nous les trouver dans cette purée... Je ralentis... Il ne s'agit pas de les manquer... Le contrôleur au sol dit : " Confirmez que les lance-fusées sont armées, confirmez prêts à tirer " ... Seigneur, ils confirment que les lance-rockets sont armées et qu'ils piquent droit sur nous. »

Là-dessus, les deux chasseurs avaient foncé sur eux en jaillissant de la brouillasse, mais sur la droite et à quinze mètres au-dessus d'eux, puis ils étaient passés et avaient disparu. « Seigneur, est-ce qu'ils nous ont vu?

– Bon sang, capitaine, je ne sais pas, mais ces salauds ont des détecteurs thermiques. »

McIver avait le cœur battant lorsqu'il fit signe à Ayre qui se mit en position stationnaire, juste au-dessus des vagues, pour échapper aux chasseurs. « Dites-moi ce qu'ils racontent, Wazari, bon sang!

– Les pilotes jurent... Ils signalent qu'ils sont à 2000 pieds, 200 nœuds... l'un dit qu'il n'y a pas un trou dans la purée et que le plafond est à environ 400 pieds... difficile de voir la surface... Le contrôleur leur dit d'aller jusqu'à la ligne frontière et de se placer entre elle et les pirates... Seigneur, les pirates? Postez-vous entre eux et Koweit... Voyez si le plafond est moins épais... Restez en embuscade à 2 000 pieds... »

Que faire? se demandait McIver. Nous pourrions éviter Koweit et mettre le cap droit sur Jellet. Pas possible : avec ce vent, nous n'y arriverions jamais. Pas moyen de retourner. Alors c'est Koweit en espérant pouvoir nous glisser jusque-là.

A la ligne frontière, les nuages étaient juste suffisants pour les cacher. Mais les chasseurs rôdaient quelque part par-là, à l'affût, attendant une fenêtre ou des nuages moins épais, ou espérant que leurs proies, se croyant en sûreté, allaient remonter à une altitude d'approche régulière. Avant un quart d'heure, ç'avait été le silence sur le canal militaire. Ils entendaient maintenant les contrôleurs de Koweit.

« Je vais couper un moteur pour économiser l'essence, annonça McIver.

– Vous voulez que j'appelle Koweit, patron?

– Non, je vais le faire. Dans une minute. Vous feriez mieux de retourner dans la cabine et de vous préparer à vous cacher. Voyez si vous pouvez trouver des combinaisons de plongée, il y en a dans le coffre. Prenez-en une. Jetez votre uniforme pardessus bord et ayez un gilet de sauvetage prêt. »

Wazari pâlit. « On va à la mer?

– Non. C'est juste un camouflage au cas où on nous inspecterait », dit McIver, mentant effrontément car il ne s'attendait pas à arriver jusqu'à la côte.

« Qu'est-ce qu'on fait quand on aura atterri, patron?

– On verra selon ce qui se passera. Vous avez des papiers?

– Juste mes permis de radio, américain et iranien.

Tous les deux disent que j'appartiens à l'aviation iranienne.

– Restez planqué, je ne sais pas ce qui va se passer... Mais gardons espoir.

– Patron, on devrait grimper au-dessus de cette purée, pas la peine de forcer notre chance, dit Wazari. Nous avons passé la ligne maintenant. »

McIver regarda au-dessus de lui. Le plafond de nuages se dissipait très vite et ne leur accordait presque plus de protection. Le voyant rouge semblait emplir son horizon. Il vaudrait mieux grimper, hein? Wazari avait raison, pas la peine de forcer notre chance, songea-t-il. « Nous ne serons en sécurité que quand nous serons sur le sol, cria-t-il. Vous le savez. »

Tour de l'aéroport de Koweit : 16 h 38. La grande salle était pleine de personnel. Des contrôleurs britanniques, des Koweitiens. L'équipement le plus moderne. Un télex, des téléphones. La porte s'ouvrit et Charlie Pettikin entra. « Vous me demandiez, monsieur? » dit-il avec inquiétude au contrôleur de service, un Irlandais au visage coloré, coiffé d'un casque avec un micro en tube et un seul écouteur.

« Oui, oui, en effet, capitaine Pettikin », fit sèchement l'homme, ce qui accrut l'angoisse de Pettikin. « Je m'appelle Sweeney. » De son marqueur, il désigna à la périphérie de son écran de radar, sur la ligne des trente kilomètres, un petit point lumineux. « C'est là où ils ont tout juste apparu, ils ne se sont pas encore signalés. C'est bien vous qui attendiez deux appareils, m'a-t-on dit, en transit d'Angleterre, c'est bien ça?

– Oui », dit Pettikin qui aurait voulu applaudir de les voir enfin dans le système de Koweit; pour arriver sur un tel cap, ils devaient venir de Kowiss; et en même temps il était douloureusement conscient du fait qu'ils étaient encore loin d'être en sûreté. « C'est exact, dit-il en priant.

– Ce ne sont peut-être pas les vôtres du tout car c'est une drôle d'approche d'arriver par l'est. » Pettikin ne dit rien et Sweeney le dévisagea. « A supposer qu'il ou qu'ils soient un des vôtres, quelle serait leur immatriculation? »

L'inconfort de Pettikin s'accentua. S'il donnait la nouvelle immatriculation britannique et que les hélicos se signalent avec leurs numéros iraniens – comme ils devaient légalement le faire –, ils étaient tous dans le pétrin. Leur véritable immatriculation se verrait de la tour quand les hélicoptères se prépareraient à atterrir. Mais, s'ils donnaient à Sweeney l'immatriculation iranienne... cela ficherait Ouragan en l'air. Le salopard est en train d'essayer de te piéger, songea-t-il. « Je suis désolé, dit-il lamentablement. Je n'en sais rien. Nos papiers ne sont pas très à jour. Désolé. »

La sonnerie du téléphone posé sur le bureau se fit entendre. Sweeney décrocha. « Ah oui! Oui, commandant?... Oui... non, pas pour l'instant... Nous pensons qu'il y en a deux... Oui, je suis d'accord... Non, ça va maintenant. » Il raccrocha, se concentrant une fois de plus sur l'écran.

Très embarrassé, Pettikin tourna de nouveau son regard vers l'écran. Le point lumineux ne semblait pas bouger.

Sweeney alors mit la portée au maximum et l'image qui apparut sur l'écran allait loin dans le golfe, vers l'ouest, à quelques kilomètres de la frontière du Koweit et de l'Irak, au nord-ouest jusqu'à la frontière Irak-Iran, toutes deux si proches. « Notre balayage à longue portée est en panne depuis un moment, sinon nous les aurions vus plus tôt, mais maintenant ça va, Dieu soit loué. Il y a pas mal de bases de chasseurs là-bas », dit-il d'un ton absent, son marqueur indiquant le côté iranien du Chatt al-Arab en direction d'Abadan. Puis le marqueur suivit dans le golfe une ligne allant de Kowiss à Koweit et s'arrêta sur un point lumineux. « Voilà vos hélicos, s'il y en a deux, et si ce sont les vôtres. » Il désigna un peu au nord deux autres points qui se déplaçaient rapidement. « Des chasseurs. Pas de chez nous, mais dans notre secteur. » Il leva les yeux et Pettikin fut parcouru d'un frisson. « Des intrus, sans autorisation, donc hostiles.

– Qu'est-ce qu'ils font? demanda-t-il, certain maintenant qu'on se moquait de lui.

– C'est ce que nous aimerions tous savoir, je vous assure. » La voix de Sweeney était rien moins qu'amicale. De son marqueur, il désigna deux autres points lumineux se dirigeant vers le large à partir de la côte du Koweit. « Ce sont les nôtres qu'ils vont voir. » Il tendit à Pettikin un casque et passa sur émission. « Ici Koweit : l'hélicoptère ou les hélicoptères au cap 274, quels sont votre indicatif et votre altitude? »

Un crépitement de parasites. Sweeney répéta patiemment son appel. Puis Pettikin reconnut la voix de McIver. « Koweit, ici l'hélicoptère... ici l'hélicoptère Boston, Tango, avec l'hélicoptère Hôtel Echo en transit à destination Al Shargaz, passant de 600 pieds à 700. » McIver n'avait donné que les deux dernières lettres de l'immatriculation iranienne au lieu de la totalité exigée pour un premier appel, y compris le préfixe EP pour Iran.

Chose étonnante, Sweeney accepta le message : « Hélicoptères Boston Tango et Hôtel Echo, cap sur la balise extérieure », dit-il et Pettikin vit qu'il était préoccupé, se concentrant sur les deux points lumineux hostiles qui s'approchaient maintenant très vite des hélicoptères. « Ils foncent droit dessus, marmonna-t-il. Dix milles sur l'arrière. »

La voix de McIver se fit entendre dans leurs casques : « Koweit, veuillez confirmer balise extérieure. Nous demandons approche directe, nous sommes à court de carburant.

– Approche directe approuvée, cap sur la balise extérieure. »

Pettikin avait entendu le ton inflexible et maîtrisa un grognement. Sweeney se mit à fredonner. Le contrôleur en chef, un Koweitien, se leva sans bruit de son bureau et vint se planter derrière eux. Ils observaient la trace du balayage qui laissait derrière elle une image de la terre et des points lumineux, qu'ils ne voyaient plus maintenant comme des points mais comme deux chasseurs hostiles et deux intercepteurs koweitiens plus lents et encore loin, et deux hélicoptères sans défense entre eux. Les chasseurs hostiles se confondaient presque maintenant avec les hélicoptères, puis ils virèrent et s'éloignèrent, cap à l'est à travers le Golfe. Un moment les trois hommes retinrent leur souffle. Il fallait quelque temps aux missiles pour atteindre leur cible. Des secondes s'écoulèrent. Les points des hélicoptères étaient toujours là. Les points représentant les chasseurs koweitiens étaient là, se rapprochant des hélicoptères, puis eux aussi firent demi-tour pour regagner leur base. Sweeney se brancha brièvement sur leur canal et écouta le dialogue en arabe. Il leva les yeux vers le chef contrôleur et lui parla en arabe. L'homme dit : « *Inch' Allah* », fit un petit salut à Pettikin et sortit.

« Nos intercepteurs ont signalé qu'ils n'avaient rien vu, dit Sweeney à Pettikin d'un ton neutre. Sauf deux hélicos. Des 212. » Il se remit sur le canal régulier, les avions se signalant et recevant leurs instructions pour décoller ou pour atterrir, puis il remit le radar sur la position de balayage rapproché, les hélicoptères étaient maintenant deux points séparés, mais encore très au large. Leur approche semblait d'une interminable lenteur près de la progression des avions à réaction qui arrivaient et partaient.

La voix de McIver couvrit les autres : « Panpanpan! Koweit, ici hélico Bt et HE, panpanpan, nos voyants de réservoirs vides sont allumés, panpanpan. » C'était le message d'urgence, l'étape d'avant le SOS.

« Permission de se poser sur l'aire d'atterrissage de Messali Beach, droit devant, près de l'hôtel... Nous allons les prévenir et vous envoyer du carburant. Vous me recevez?

– Rodger, Koweit, merci. Je connais l'hôtel. Veuillez informer le capitaine Pettikin.

– Tout de suite. » Sweeney décrocha le téléphone et plaça l'hélicoptère de sauvetage en position d'alerte, prêt à décoller immédiatement, envoya un camion de pompiers à l'hôtel puis jeta un coup d'œil vers la porte et fit signe à Pettikin d'approcher. « Ecoutez bien, souffla-t-il à voix basse. C'est vous qui allez les accueillir et les ravitailler, faites-leur passer la douane et l'immigration – si vous pouvez – et qu'ils foutent le camp du Koweit dans les délais les plus brefs, sinon vous, eux, et tous vos " amis importants " vont se retrouver en prison et bon débarras! Bonté divine, comment osez-vous mettre le Koweit en péril avec vos histoires de cape et d'épée contre ces fanatiques iraniens qui ont toujours le doigt sur la détente, comment osez-vous amener de braves gens à risquer leur place pour des types comme vous? » Il plongea la main dans sa poche et fourra un bout de papier dans la main de Pettikin, abasourdi par la violence de son interlocuteur. « Lisez ça et détruisez-le. »

Sweeney lui tourna le dos et reprit le téléphone. Pettikin sortit. Dès qu'il le put, il jeta un coup d'œil à la feuille de papier : c'était un télex. Le télex. De Téhéran. Pas une photocopie. L'original.

Bonté divine! Est-ce que Sweeney l'avait intercepté pour nous couvrir? Mais n'avait-il pas dit : « Faites-leur passer la douane et l'immigration... si vous pouvez? »

Hôtel Messali Beach. Koweit. Le petit camion-citerne, avec Genny et Pettikin à bord, quitta la route côtière pour s'engager dans le vaste parc de l'hôtel. L'aire d'atterrissage était bien à l'ouest du grand parc à voitures. Un camion de pompiers était déjà là et attendait. Genny et Pettikin sautèrent à terre, Pettikin avec un talkie-walkie, tous deux scrutant la brume sur la mer. « Mac, tu m'entends? »

Ils entendaient les moteurs mais ne voyaient pas encore les appareils, puis : « 2 sur 5, Charlie... » Des parasites... « Mais je... Freddy, vas-y, je me pose à côté. » D'autres parasites.

« Les voilà! » s'écria Genny. Les 212 émergèrent de la brume à moins de deux cents mètres d'altitude. Oh! Mon Dieu, faites qu'ils arrivent...

« On te voit, Mac, les camions de pompiers sont en position, pas de problème. » Mais Pettikin savait que de gros problèmes les menaçaient, car il n'était pas possible de changer l'immatriculation sous l'œil de tant de gens. Un moteur eut des ratés et toussa mais il ne savait pas lequel. Puis ça recommença.

Ayre dit d'une voix un peu trop sèche : « Soyez prêts en bas, je me pose sur l'aire d'atterrissage. »

Ils virent le 212 de gauche se détacher légèrement et commencer à perdre de l'altitude, son moteur crachotant. Les pompiers se préparèrent. McIver tenait obstinément le cap, conservant son altitude pour se donner les meilleures chances si ses moteurs s'arrêtaient. « Merde », murmura Pettikin en voyant Ayre arriver vite, trop vite, mais là-dessus il remit pleins gaz et se posa en plein milieu du rond, sauvé. McIver en approche d'urgence – bon sang, pourquoi pilote-t-il seul et où diable est Tom Lochart? Plus de place pour manœuvrer, chacun retenait son souffle, puis les patins touchèrent le sol et au même instant les moteurs s'arrêtèrent...

Les pompiers, en contact radio avec l'aéroport, signalèrent : « Urgence terminée », et commencèrent à ranger leur matériel; Pettikin serrait la main de McIver, puis il se précipita vers Ayre pour en faire autant. Genny attendait devant la porte ouverte du cockpit de McIver, avec un grand sourire.

« Bonjour, Duncan, dit-elle en écartant ses cheveux balayés par le vent. Bon voyage?

– Le pire que j'aie jamais fait, Gen, dit-il en essayant de sourire mais sans tout à fait y parvenir. En fait, je ne veux plus jamais voler. Plus jamais piloter. Dieu me protège! Je veux bien encore contrôler Scrag... mais seulement une fois par an! »

Elle se mit à rire et le serra maladroitement dans ses bras, il était si soulagé de la voir, de se retrouver sur la terre ferme avec son passager sain et sauf, son appareil intact qu'il avait envie de pleurer. « Ça va, mon chou? »

Il éclata en sanglots. Il ne l'avait pas appelée comme ça depuis des mois, peut-être des années. Elle le serra plus fort encore. « Regarde un peu ce que tu m'as fait faire. » Ayant trouvé son mouchoir, elle le lâcha puis lui planta un petit baiser sur les lèvres. « Tu mérites un whisky soda. Deux grands! » Pour la première fois, elle remarqua sa pâleur. « Ça va, chéri?

– Oui. Oui, je crois. Je suis un peu secoué. »

McIver regarda Pettikin qui riait et parlait, tout excité, avec Ayre. Le chauffeur pompait déjà du carburant dans les réservoirs. Plus loin, une voiture à l'air officiel s'arrêta. « Et les autres, qu'est-ce qui s'est passé?

– Tout le monde est arrivé à bon port – sauf Marc Dubois et Fowler Jones. On est encore sans nouvelles d'eux. » Elle lui raconta ce qu'elle savait de Starke, de Gavallan et de Scragger, de Rudi et de ses hommes. « Ce qui est fantastique, c'est que Newbury, un homme du consulat d'Al Shargaz, a reçu un message de Tabriz disant qu'Erikki et Azadeh sont sains et saufs au palais de son père, mais le père d'Azadeh est mort, semble-t-il, et maintenant le nouveau *khan* c'est son frère.

– Mon Dieu, c'est merveilleux! Alors, ça y est, on a réussi, Gen!

– Oui, on a réussi... Maudit vent, fit-elle en repoussant une mèche de cheveux; et Andy et Charlie et les autres estiment que Dubois a de bonnes chances... » Elle s'arrêta, son bonheur soudain dissipé, se rendant compte tout d'un coup de ce qui n'allait pas. Elle pivota sur ses pieds et regarda l'autre 212. « Tom? Où est Tom Lochart? »

Au sud de Téhéran : 17 h 10. Le puits de pétrole abandonné et la station de pompage étaient dans des collines désolées à cent cinquante kilomètres environ de Téhéran. Le 206 de Lochart était arrêté auprès de la pompe et il avait refait le plein à la main, il avait presque fini maintenant.

C'était une station de secours pour les hélicoptères desservant cette région, le long du grand pipeline du Nord qui, en temps normal, abritait une équipe d'entretien iranienne. Dans une cabane rudimentaire se trouvait quelques couchettes inconfortables qui permettaient de passer la nuit si l'on était pris dans une de ces brusques tempêtes fréquentes dans ce secteur. Les premiers propriétaires du site, des Anglais, l'avaient baptisé « Arcy 1908 » pour commémorer l'Anglais de ce nom qui le premier avait découvert du pétrole en Iran cette année-là. Elle appartenait à IranOil mais on avait conservé le nom et gardé pleins les réservoirs de carburant.

Dieu merci, songea de nouveau Lochart, fatigué de pomper. Au lieu de rendez-vous sur la côte, il avait attaché deux barils vides de deux cent vingt litres au siège arrière au cas où Arcy 1908 serait ouvert et il avait branché une pompe provisoire. Il restait encore assez de carburant sur la côte pour faire le plein qui permettrait de sortir d'Iran et Sharazad pourrait actionner la pompe provisoire en vol. « Maintenant, nous avons une chance », dit-il tout haut, sachant où atterrir, comment se garer en sécurité et comment gagner discrètement Téhéran.

Il avait retrouvé sa confiance, recommençait à faire des plans, à préparer ce qu'il allait dire à Meshang, ce qu'il fallait éviter, ce qu'il fallait expliquer à Sharazad et comment ils allaient s'enfuir. Il doit y avoir une façon pour elle de toucher l'héritage auquel elle a droit, assez pour lui assurer la sécurité dont elle a besoin...

L'essence débordait des réservoirs pleins à ras bord et il maudit sa négligence, les referma avec soin et essuya le trop-plein. Maintenant, il avait fini, les barils attachés à l'arrière étaient déjà pleins et la pompe en place.

Dans une des cabanes, il avait trouvé des boîtes de corned-beef et en avait englouti une – impossible de piloter en mangeant, à moins de manœuvrer les commandes de la main gauche et il était depuis trop longtemps en Iran pour faire ça –, puis il prit la bouteille de bière qu'il avait posée dans la neige à rafraîchir et en but une gorgée. Il y avait de l'eau dans un baril. Il cassa la glace et s'aspergea le visage d'eau pour se rafraîchir, mais sans oser en boire. Il s'essuya le visage. Sa barbe mal rasée était râpeuse et il jura de nouveau, car il voulait se présenter à elle sous son meilleur jour. Puis il se souvint de son sac de voyage et des rasoirs qu'il y avait mis. L'un fonctionnait sur pile. Il le trouva. « Tu peux te raser à Téhéran », dit-il à son reflet dans le hublot.

Un dernier regard circulaire. De la neige, des rochers et pas grand-chose d'autre. Au loin, c'était la route Qom-Téhéran. Le ciel était bouché, mais le plafond élevé. Des oiseaux tournoyaient au-dessus de sa tête. Des charognards. Ce pourrait être des vautours, songea-t-il, en bouclant sa ceinture.

Maison Bakravan. Téhéran : 17 h 15. La porte du mur extérieur s'ouvrit et deux femmes voilées et drapées dans un tchador sortirent, Sharazad et Jari, méconnaissables. Jari referma la porte, et rejoignit en trottinant Sharazad qui s'éloignait à grands pas dans la foule. « Princesse, attendez... Nous ne sommes pas pressées... »

Mais Sharazad ne ralentit pas avant d'avoir tourné le coin. Alors elle s'arrêta et attendit avec impatience. « Jari, je te quitte maintenant, dit-elle sans lui laisser le temps de l'interrompre. Ne rentre pas à la maison, mais retrouve-moi au café, tu sais lequel, à 6 heures et demie, attends-moi si je suis en retard.

– Mais, Princesse... fit Jari, hors d'haleine, mais Son Excellence Meshang... vous lui avez dit que vous alliez chez le médecin et il n'y a pas...

– Au café vers 6 heures et demie, 6 heures et demie, 7 heures, Jari! » Sharazad descendit en hâte la rue, traversa dans le flot de la circulation et prit l'autre trottoir pour éviter sa servante qui voulait lui emboîter le pas. Elle s'engagea dans une ruelle, puis dans une autre et se retrouva bientôt libre. « Je ne m'en vais pas épouser cet homme horrible, sûrement pas, sûrement pas! » marmonna-t-elle tout haut.

La farce avait déjà commencé l'après-midi, mais ce n'était qu'au déjeuner que Meshang avait annoncé la catastrophe. Sa meilleure amie était arrivée une heure plus tôt pour lui demander si ce que l'on racontait était vrai : que Sharazad allait se marier avec quelqu'un de la famille Farazan : « Le bruit court dans tout le bazar, très chère Sharazad, je suis venue tout de suite te féliciter.

– Mon frère a de nombreux plans, maintenant que je dois divorcer, avait-elle dit d'un ton désinvolte. J'ai de nombreux soupirants.

– Bien sûr, bien sûr, mais on dit que la dot de Farazan a déjà été convenue.

– Oh? Première nouvelle, que les gens sont menteurs!

– Je le reconnais, c'est terrible. D'autres médisants prétendent que le mariage doit avoir lieu la semaine prochaine et que ton... ton futur mari ricane en disant qu'il a trompé Meshang sur la dot.

– Que quelqu'un ait trompé Meschang? Ce ne peut être qu'un mensonge!

– Je savais bien que ces bruits étaient faux! Je le savais! Comment pourrais-tu épouser le vieux Daranoush la diarrhée, shah des déchets de la nuit? Comment le pourrais-tu? » Son amie avait éclaté d'un grand rire. « Ma pauvre chérie, comment ferais-tu? »

« Quelle importance? lui avait lancé Meshang. Ils sont jaloux, voilà tout! Le mariage aura lieu et ce soir nous le recevrons à dîner. »

Peut-être que oui, peut-être que non, s'était-elle

dit, bouillant de rage. Peut-être la réception ne va-t-elle pas être ce qu'ils attendent.

Les jambes flageolantes, elle vérifia de nouveau sa direction. Elle allait dans un appartement d'amis à lui, ce n'était plus très loin maintenant. Là elle trouverait la clé cachée dans la niche en bas, elle regarderait sous le tapis dans la chambre et soulèverait la lame de parquet comme elle l'avait vu faire. Puis elle prendrait le pistolet et la grenade – Dieu soit loué, elle avait le tchador pour cacher tout cela –, puis elle remettrait soigneusement en place la lame de parquet et le tapis et elle rentrerait à la maison. Elle étouffait presque d'excitation. Ibrahim va être si fier de moi, je me lance dans la bataille pour Dieu, que je devienne une martyre de Dieu. N'est-il pas parti vers le sud pour trouver le martyre en se battant contre le mal de la même façon? Dieu, bien sûr, lui pardonnera ses stupides idées gauchistes.

Comme il a eu raison de me montrer comment ôter le cran de sûreté pour armer le pistolet, comment tenir la grenade, abaisser la cuillère puis la lancer sur les ennemis de Dieu en criant : « Dieu est grand, Dieu est grand... » Puis on les chargeait, on tirait sur eux, on montait au paradis, ce soir si je peux, demain au plus tard, toute la cité bruissait des rumeurs selon lesquelles les gauchistes de l'université avaient commencé leur insurrection. Nous allons les écraser, mon fils et moi, nous allons le faire, soldats de Dieu et du prophète dont le Saint Nom soit loué!

« Dieu est grand, Dieu est grand... » Il suffit de tirer la cuiller, de compter jusqu'à quatre et de la lancer, je me rappelle exactement tout ce qu'il a dit.

Aire d'atterrissage de l'hôtel Messali Beach. Koweit : 17 h 35. McIver et Pettikin observaient les deux hommes de l'immigration et des douanes, le premier examinant d'un air impassible les papiers de l'avion, l'autre inspectant la cabine du 212. Inspection jusque-là superficielle, même si elle faisait perdre du temps. Ils avaient rassemblé tous les passeports et documents de l'appareil, mais n'avaient fait que jeter un coup d'œil, et ils avaient demandé à McIver ce qu'il pensait de la situation en Iran. Ils ne l'avaient pas encore interrogé directement sur la provenance des hélicoptères. Ça n'allait pas tarder, songeaient McIver et Pettikin en attendant, mal à l'aise.

McIver avait songé à laisser Wazari caché, puis avait décidé de ne pas prendre le risque. « Désolé, sergent, il va falloir tenter votre chance.

– Qui est-il? avait aussitôt demandé l'homme de l'immigration, le teint basané de Wazari et son air affolé le trahissant.

– Un opérateur radio », répondit McIver sans se démonter.

Le fonctionnaire s'était détourné en laissant Wazari planté là, transpirant à grosses gouttes dans sa combinaison étanche.

« Alors, capitaine, vous pensez qu'il va y avoir un coup à Téhéran, un coup d'Etat militaire?

– Je ne sais pas, lui avait dit McIver. Les rumeurs ne manquent pas. Les journaux britanniques disent que c'est possible, très possible, et aussi que l'Iran est pris dans une sorte de folie – comme la Terreur lors des révolutions française ou russe. Puis-je demander à nos mécaniciens de tout vérifier pendant que nous attendons?

– Bien sûr. » L'homme attendit pendant que McIver donnait ses ordres, puis il reprit : « Espérons que cette folie ne va pas s'étendre à tout le Golfe, hein? Personne ne veut d'ennuis de ce côté-ci du golfe Islamique. » Il utilisait délibérément ce terme, tous les Etats du Golfe détestant l'appellation de golfe Persique. « C'est le golfe Islamique, n'est-ce pas?

– Oui, tout à fait.

– Il va falloir modifier toutes les cartes. Le Golfe est le Golfe, l'Islam est l'Islam et pas simplement la propriété de la secte chiite. »

McIver ne répondit rien, de plus en plus prudent. Il y avait beaucoup de chiites au Koweit et dans la plupart des Etats du Golfe. En général, c'étaient les pauvres. Les dirigeants, les cheiks, étaient généralement des sunnites.

« Capitaine! » L'officier des douanes par la porte ouverte de la cabine du 212 stationné sur l'aire d'atterrissage lui faisait signe. Ayre et Wazari avaient reçu l'ordre d'attendre à l'ombre la fin de l'inspection. Les mécaniciens s'affairaient à leurs vérifications. « Transportez-vous des armes d'aucune sorte?

– Non, monsieur... à part le pistolet réglementaire Verey.

– Pas de contrebande?

– Non, monsieur. Juste des pièces détachées. » Toutes les questions classiques, interminablement, et cela recommencerait à l'aéroport dès qu'ils auraient fini. L'homme enfin le remercia et lui fit signe de partir. L'officier d'immigration avait regagné sa voiture avec leurs passeports. On avait laissé la radio allumée et McIver entendait distinctement le contrôle au sol. Il vit l'homme se gratter la barbe d'un air songeur, puis décrocher le micro et dire quelques mots en arabe. Il était de plus en plus inquiet. Genny était assise à l'ombre non loin de là et il alla la rejoindre.

« Ne bronche pas, murmura-t-elle. Comment ça se passe?

– Je voudrais bien qu'ils en finissent, dit McIver avec agacement. Il va falloir supporter encore une heure à l'aéroport et je ne sais vraiment pas quoi faire.

– Est-ce que Charlie...

– Capitaine! » L'officier d'immigration leur faisait signe, à Pettikin et à lui, de s'approcher de la voiture. « Ainsi vous êtes en transit, c'est bien cela?

– Oui. A destination d'Al Shargaz. Avec votre permission, nous allons partir tout de suite, dit McIver. Nous allons nous rendre à l'aéroport, remplir notre plan de vol et décoller le plus tôt possible. C'est d'accord?

– Où disiez-vous que vous allez?

– A Al Shargaz via Bahrein pour nous ravitailler. » McIver se sentait à chaque instant plus malade. N'importe quel fonctionnaire de l'aéroport saurait qu'ils devraient se ravitailler avant Bahrein, même sans ce vent, et tous les aéroports entre ici et là-bas étaient saoudiens, si bien qu'ils devraient remplir un plan de vol prévoyant un atterrissage en Arabie Saoudite. Bahrein, Abou Dhabi, Al Shargaz avaient tous reçu le même télex. Le Koweit aussi et, même s'il avait été discrètement intercepté ici par quelqu'un qui leur voulait du bien, et quelle qu'en fût la raison, il n'en serait pas de même dans les aéroports saoudiens. C'était normal, se dit McIver, et il vit l'homme regarder l'immatriculation iranienne sous les hublots du cockpit. Ils étaient arrivés avec des immatriculations iraniennes, il allait devoir remplir un plan de vol et repartir avec la même immatriculation.

A leur stupéfaction, l'homme plongea la main dans la boîte à gants et en sortit une liasse de formulaires. « On m'a donné... Je vais accepter votre plan de vol ici et vous donner l'autorisation de gagner directement Bahrein et vous pourrez partir tout de suite. Vous pouvez me payer la taxe d'atterrissage et je tamponnerai vos passeports aussi. Inutile d'aller à l'aéroport.

– Comment?

– Je vais accepter votre plan de vol maintenant et vous pourrez partir directement d'ici. Voulez-vous le remplir? » Il tendit le bloc à McIver. C'était le formulaire réglementaire. « Dès que ce sera fait, signez et rapportez-le-moi. » Des mouches tournoyaient dans la voiture et il les chassa de la main. Puis il décrocha le micro de son radio-téléphone, attendit ouvertement que McIver et Pettikin se fussent éloignés et prononça calmement quelques mots dans l'appareil.

N'en croyant pas leurs yeux, ils allèrent s'appuyer au camion.

« Bon sang, Mac, tu crois qu'ils savent et qu'ils nous laissent simplement partir?

– Je ne sais que penser. Ne perds pas de temps, Charlie. » McIver lui fourra le formulaire entre les mains et dit d'un ton plus agacé qu'il ne le voulait : « Remplis simplement le plan de vol avant qu'il change d'avis : Al Shargaz – si par hasard nous avons une urgence à Jellet, c'est notre problème. Fais-le, bon sang, et décollons au plus tôt.

– Bien sûr. Tout de suite.

– Ce n'est pas toi qui pilotes, Duncan, n'est-ce pas?

– Non, c'est Charlie. »

Pettikin réfléchit un moment, puis prit dans sa poche une clé et de l'argent. « Voici la clé de ma chambre, Genny. Voudriez-vous prendre mes affaires pour moi, il n'y a rien là d'important, régler la note et prendre le premier avion : Biddle vous aura une priorité.

– Et votre passeport et votre permis? demanda-t-elle.

– Je les ai toujours sur moi, j'ai une peur bleue de les perdre, et j'ai toujours un billet de cent dollars dans ma poche : on ne sait jamais quand on aura besoin d'un *pishkesh*.

– Considérez que c'est chose faite. » Elle repoussa sur son nez ses lunettes de soleil et sourit à son mari. « Qu'est-ce que tu vas faire, Duncan? »

McIver poussa un profond soupir. « Il faut que je continue, Gen. Je n'ose pas rester ici : je doute qu'ils m'y autorisent. Ils tiennent surtout à ne pas faire de vagues et ont hâte de nous voir partir. C'est évident : qui a jamais vu une autorisation de décoller donnée sur une plage? Nous les embarrassons, nous constituons une menace diplomatique, ça se voit. Et c'est vrai! Fais ce que dit Charlie, Gen. Nous reprendrons du carburant à Jellet – nous changerons les immatriculations là-bas en espérant que tout ira bien. Charlie, tu as les pochoirs?

– Les pinceaux, la peinture, tout, fit Pettikin sans lever le nez de ses formulaires. Et Wazari?

– Tant qu'on ne pose pas de questions, il fait partie de l'équipage. Inscris-le comme opérateur radio. Ce n'est pas un mensonge. Si on ne l'interpelle pas à Bahrein, ce sera certainement le cas à Al Shargaz. Peut-être qu'Andy pourra arranger les choses pour lui.

– D'accord. Il fait partie de l'équipage. Alors, voilà.

– Bon. Gen, d'ici à Jellet, c'est facile, pour Bahrein aussi et Al Shargaz. Le temps est beau, la lune va bientôt se lever, un vol de nuit ne posera pas de problèmes. Fais ce que dit Charlie. Tu arriveras là-bas largement à temps pour nous accueillir.

– Si vous partez tout de suite, il va vous falloir de la nourriture et de l'eau, dit-elle. Nous pouvons nous en procurer ici. Je vais chercher ça, Charlie. Viens, Duncan, tu as besoin d'un verre.

– Prépare-m'en un à Al Shargaz, Gen.

– Entendu. Mais prends-en un maintenant. Tu ne pilotes pas, tu en as besoin, et moi aussi. » Elle s'approcha de l'officier d'immigration et obtint l'autorisation d'acheter des sandwiches et de donner un coup de téléphone.

« Je reviens dans une seconde, Charlie. » McIver la suivit dans le hall de l'hôtel et se dirigea droit vers les toilettes. Là, il fut pris de violentes nausées et il lui fallut quelque temps pour se remettre. Quand il sortit, elle raccrochait le téléphone.

« Les sandwiches sont prêts tout de suite, ton verre est servi et j'ai demandé qu'on appelle Andy. » Elle le guida jusqu'à une table sur la somptueuse terrasse du bar. Trois Perrier glacés avec des tranches de citron et une double ration de whisky, sans glace, comme il l'aimait. Il engloutit la première bouteille de Perrier d'une traite. « Mon Dieu, j'en avais besoin... » Il regarda le whisky mais n'y toucha pas. Il but plus calmement le second verre de Perrier tout en l'observant. Quand il en fut à la moitié, il dit : « Gen, je crois que j'aimerais bien que tu viennes. »

Elle sursauta, puis elle dit : « Merci, Duncan. Ça me plairait, oui, ça me plairait. »

Un sourire plissa son visage. « Tu serais venue de toute façon. N'est-ce pas? »

Elle eut un petit haussement d'épaules et tourna les yeux vers le whisky. « Tu ne pilotes pas, Duncan. Le whisky te ferait du bien. Surtout pour ton ventre.

– Tu as remarqué, hein?

– Seulement, que tu es très fatigué. Plus fatigué que je ne t'ai jamais vu, mais tu t'en es admirablement tiré, tu as fait un boulot fantastique et tu devrais te reposer... Tu... tu as pris tes comprimés et tout ça?

– Oh oui! il faudra que j'en prenne une autre dose bientôt. Pas de problème, mais deux ou trois fois, je me suis senti dans un sale état. » Comme elle avait l'air inquiète, il s'empressa d'ajouter : « Maintenant, je vais bien, Gen, très bien. »

Elle savait que mieux valait ne pas insister. Maintenant qu'elle était invitée, elle pourrait se détendre. Depuis qu'il s'était posé, elle l'avait observé avec soin et son inquiétude ne faisait que croître. Avec les sandwiches, elle avait demandé de l'aspirine, elle avait de la Véganine dans son sac et la trousse de secours que lui avait donné le Dr Nutt. « Quel effet ça t'a fait de piloter de nouveau? Vraiment?

– De Téhéran jusqu'à Kowiss, c'était formidable. Après, pas brillant. Cette dernière partie, ce n'était pas brillant du tout. » L'idée d'avoir été poursuivi par des chasseurs et tant de fois si près du désastre rallumait sa rancœur. N'y pense pas, s'ordonna-t-il, c'est fini. Ouragan est presque fini, Erikki et Azadeh sont en sûreté, mais Dubois et Fowler, qu'est-ce qui leur est bien arrivé? Et Tom? Je l'étranglerais, celui-là.

« Ça va, Duncan?

– Oh oui! Ça va. Je suis juste fatigué... Ça a été deux dures semaines.

– Et pour Tom? Qu'est-ce que tu vas dire à Andy?

– Je pensais justement à lui. Il va falloir que je prévienne Andy.

– C'est un fichu contretemps pour Ouragan, non?

– Il... il doit se débrouiller tout seul, Gen, peut-être qu'il peut emmener Sharazad et réussir à repartir. S'il est pris... il faudra attendre et espérer », dit-il. Mais il pensait : *quand* il sera pris.

« Excusez-moi, *sahib, memsahib*, on a apporté votre commande à l'hélicoptère », annonça le garçon.

McIver lui tendit une carte de crédit et le serveur s'éloigna.

« Ce qui me rappelle : et pour ta note d'hôtel et celle de Charlie? Il va falloir régler ça avant de partir.

– J'ai téléphoné à M. Hugues pendant que tu étais aux toilettes, dit-elle, pour lui demander s'il voudrait bien s'occuper de nos factures, d'expédier nos bagages et tout si je ne le rappelais pas d'ici une heure. J'ai mon sac à main, mon passeport et... qu'est-ce qui te fait sourire?

– Rien... rien, Gen.

– C'était juste au cas où tu me demanderais. Je me suis dit... » Elle regardait les bulles dans son verre. Elle eut un petit haussement d'épaules, puis leva vers lui un visage rayonnant. « Je suis si contente que tu m'aies demandé de venir, Duncan. Merci. »

Al Shargaz, à la sortie de la ville : 18 h 01. Gavallan descendit de sa voiture et grimpa d'un pas vif les marches qui menaient à la porte d'une villa de style mauresque entourée de hauts murs.

« Monsieur Gavallan!

– Oh! Bonjour, madame Newbury. » Il changea de direction pour rejoindre la femme à demi cachée par un buisson et qui, agenouillée, plantait des graines près de l'allée. « Votre jardin est magnifique.

– Merci. C'est si amusant et ça me maintient en forme », dit-elle. Angela Newbury était grande, la trentaine, beaucoup d'allure. « Roger vous attend dans le kiosque. » Du revers de sa main gantée, elle essuya la transpiration sur son front. « Comment ça se passe?

– Admirablement, lui répondit-il, ne voulant pas parler de Lochart. Neuf sur dix pour l'instant.

– Oh! Super, quel soulagement! Félicitations, nous étions tous si inquiets. C'est magnifique, mais je vous en supplie, ne dites pas à Roger que je vous ai demandé, il en aurait une attaque. Personne n'est censé savoir! »

Il lui rendit son sourire et longea la maison entre les parterres admirablement entretenus. Le kiosque était construit au milieu d'un bouquet d'arbres et de parterres de fleurs, avec des fauteuils, des petites tables, un bar portatif et un téléphone. Sa joie s'évanouit lorsqu'il vit l'expression de Roger Newbury. « Qu'est-ce qui se passe?

– Ce qui se passe, c'est vous. Ce qui se passe, c'est Ouragan. Je vous avais clairement expliqué que cela me paraissait inopportun. Comment vont les choses?

– Je viens d'apprendre que nos deux de Kowiss sont sains et saufs à Koweit, qu'ils ont eu sans problème l'autorisation de partir pour Bahrein, ça fait donc neuf sur dix, y compris l'appareil d'Erikki à Tabriz, pas de nouvelles encore de Dubois et de Fowler, mais nous avons bon espoir. Alors, Roger, quel est le problème?

– Un tas d'histoires dans tout le Golfe, avec Téhéran qui fait tout un foin et tous nos bureaux en alerte. Le Vieux, et votre serviteur, Roger Newbury, sont cordialement invités à 7 h 30 à venir expliquer à l'illustre ministre des Affaires étrangères pourquoi il y a un brusque arrivage d'hélicoptères ici, même s'ils ont une immatriculation britannique, et combien de temps ils comptent rester. »

Newbury, un homme sec, aux cheveux roux, aux yeux bleus avec un nez proéminent, était de toute évidence très agacé. « Je suis content de savoir qu'il y en a neuf sur dix de partis, voulez-vous un verre?

– Merci. Un whisky soda très léger. »

Newbury alla le préparer. « Le Patron et moi serions ravis de savoir ce que vous suggérez de faire. »

Gavallan réfléchit un moment. « Les hélicos partent dès l'instant où nous aurons pu les charger à bord des avions cargo.

– C'est-à-dire? dit Newbury en lui tendant son verre.

– Merci. On nous a promis les avions cargo pour 18 heures dimanche. Nous allons travailler toute la nuit pour les faire décoller lundi matin. »

Newbury était horrifié. « Vous ne pouvez pas les faire partir avant?

– Les avions cargo étaient commandés pour demain, mais on m'a laissé tomber. Pourquoi?

– Parce que voilà quelques minutes, nous avons su par une fuite amicale et provenant de milieux généralement bien informés que, dès l'instant que les hélicos n'étaient plus là demain au coucher du soleil, ils ne risquaient pas l'embargo. »

Ce fut au tour de Gavallan d'être horrifié. « Ça n'est pas possible? Ce n'est pas faisable.

– Ce que je veux dire, c'est que vous seriez bien avisé de rendre ça faisable. Emmenez vos appareils à Oman, à Dubaï ou je ne sais où.

– Si nous faisons ça... Si nous faisons ça, nous serons encore plus profondément dans le pétrin.

– Je ne crois pas que vous puissiez y être plus profondément, mon vieux. D'après ce que j'ai appris par cette " fuite ", demain après le coucher du soleil, vous serez dans le pétrin par-dessus la tête. »

Newbury faisait tourner les glaçons dans son citron pressé. Quelle barbe que tout ça, songeait-il. Si nous sommes obligés d'aider nos grosses compagnies commerciales à récupérer ce qu'elles peuvent de la catastrophe iranienne, il faut penser au long terme aussi bien qu'au cours terme. Nous ne pouvons pas faire courir de risque au gouvernement de Sa Majesté, sans compter que mon week-end est gâché. Je devrais être en train de prendre une bonne vokda avec Angela, et me voilà ici à siroter de la bibine. » Il va falloir les faire partir.

« Pouvez-vous nous obtenir un répit de quarante-huit heures, expliquer que les avions cargo sont affrétés, mais que ça doit être dimanche?

– Je n'oserais pas le suggérer, Andy. Ce serait admettre notre culpabilité.

– Pourriez-vous nous obtenir un permis de transit de quarante-huit heures pour Oman? »

Newbury fit la grimace. « Je demanderai au Patron, mais nous ne pourrons pas tâter le terrain avant demain; il est trop tard maintenant, et ma première réaction est que cette demande sera refusée. L'Iran est assez bien vu là-bas, après tout ce sont les Iraniens qui ont aidé à mater les insurgés communistes soutenus par le Yémen. Je doute qu'ils accepteraient d'offenser un très bon ami, même si l'actuelle ligne fondamentaliste leur déplaît beaucoup. »

Gavallan sentit son cœur se serrer. « Je ferais mieux de voir si je peux avancer les avions cargo ou trouver une autre solution : à mon avis, j'ai une chance sur cinquante. » Il termina son verre et se leva. « Je suis navré pour tout ça. »

Newbury se leva à son tour. « Navré de ne pas pouvoir être d'un plus grand secours, dit-il, sincèrement désolé. Tenez-moi au courant et j'en ferai autant.

– Naturellement. Vous m'avez dit que vous pourriez peut-être transmettre un message au capitaine Yokkonen à Tabriz?

– Je vais certainement essayer. Quel est-il?

– Vous pouvez lui dire simplement de ma part qu'il devrait... qu'il devrait partir le plus tôt possible, par l'itinéraire le plus court. Voulez-vous signer GHPLX Gavallan. »

Newbury nota sans commentaires. . « GHPLX?

– Oui. » Gavallan était sûr qu'Erikki comprendrait que ce serait sa nouvelle immatriculation britannique. « Il n'est pas au courant de... certains développements, alors si vos hommes pouvaient en même temps lui expliquer discrètement les raisons de cette hâte, j'en serais très, très reconnaissant. Merci de toute votre aide.

– Dans votre intérêt comme dans le sien, je suis d'accord que, plus tôt il partira, mieux ça vaudra, avec ou sans son appareil. Il n'y a rien que nous puissions faire pour l'aider. Désolé, mais c'est la vérité. »

Newbury agitait son verre. « Maintenant il représente un très grand danger pour vous, n'est-ce pas?

– Je ne pense pas. Il est sous la protection du nouveau *khan*, son beau-frère. Il est aussi en sûreté qu'il pourra jamais l'être », dit Gavallan. Que dirait Newbury s'il savait pour Tom Lochart? « Erikki va s'en tirer. Il comprendra. Merci encore. »

CHAPITRE 25

Hôpital International de Tabriz : 18 h 24. : Hakim Khan entra péniblement dans la chambre, suivi du docteur et d'un garde. Il utilisait des béquilles maintenant et cela facilitait ses déplacements, mais, quand il se penchait ou essayait de s'asseoir, elles ne soulageaient pas la douleur. Seuls les calmants y parvenaient. Azadeh attendait en bas : ses radiographies étaient plus rassurantes que celles de son frère, elle souffrait moins.

« Alors, Ahmed, comment te sens-tu? »

Ahmed était couché dans le lit, éveillé, la poitrine et le ventre enveloppés de pansements. L'opération destinée à retirer la balle logée dans sa poitrine avait réussi. Celle qu'il avait reçue dans le ventre avait causé beaucoup de dégâts, il avait perdu pas mal de sang et une hémorragie interne avait recommencé. Dès l'instant où il vit Hakim Khan, il essaya de se soulever.

« Ne bouge pas, Ahmed, dit Hakim Khan d'une voix douce. Le docteur dit que tu te remets bien.

– Le docteur est un menteur, Altesse. »

Le docteur allait parler, mais s'arrêta car Hakim disait : « Menteur ou non, rétablis-toi, Ahmed.

– Oui, Altesse, avec l'aide de Dieu. Mais vous, vous allez bien?

– Si la radiographie ne ment pas, j'ai juste des ligaments déchirés. » Il haussa les épaules. « Avec l'aide de Dieu.

– Merci... Merci pour la chambre particulière, Altesse. Je n'ai jamais eu... un tel luxe.

– C'est un simple gage de mon estime pour une telle loyauté. » Un geste impérieux congédia le docteur et le garde. Une fois la porte fermée, Hakim s'approcha. « Tu as demandé à me voir, Ahmed?

– Oui, Altesse, veuillez m'excuser de n'avoir pas pu... de n'avoir pas pu venir moi-même. » Ahmed avait la voix rauque et il parlait avec difficulté. « L'homme de Tbilissi que vous voulez... le Soviétique, il a envoyé un message pour vous. C'est... c'est sous le tiroir... Il l'a collé sous le tiroir là-bas. » Au prix d'un effort, il désigna la petite commode.

Hakim, tout excité, tâta le dessous du tiroir. Les bandages adhésifs qui lui maintenaient les côtes lui permettaient difficilement de se pencher. Il trouva le petit carré de papier plié. « Qui l'a apporté et quand?

– C'était aujourd'hui... A un moment, aujourd'hui. Je ne suis pas sûr, je crois que c'était cet après-midi, je ne sais pas. L'homme portait une blouse de médecin et des lunettes, mais ce n'était pas un docteur. Un Azerbaïdjanais, peut-être un Turc, je ne l'ai jamais vu. Il parlait turc... Il a seulement dit : " C'est pour Hakim Khan, de la part d'un ami de Tbilissi. Compris? " Je lui ai dit oui et il est parti aussi vite qu'il était arrivé. Un long moment, j'ai cru que c'était un rêve... »

Le message était griffonné d'une écriture que Hakim ne reconnut pas : « Toutes mes félicitations pour votre héritage, puissiez-vous vivre aussi longtemps et être aussi productif que votre prédécesseur. Moi aussi, j'aimerais vous rencontrer de toute urgence. Mais ici, pas là-bas. Désolé. Quand vous serez prêt, je serai honoré de vous recevoir, avec pompe ou discrètement, comme vous le voudrez. Il faut que nous soyons amis, il y a beaucoup à accomplir et nous avons bien des intérêts communs. Veuillez dire à Robert Armstrong et à Hashemi Fazir que Yazernov est enterré au cimetière russe de Jaleh, et qu'il a hâte de les voir quand cela sera possible. » Il n'y avait pas de signature.

Grandement déçu, il revint vers le lit et tendit le papier à Ahmed. « Qu'est-ce que tu penses de ça? »

Ahmed n'avait pas la force de le tenir. « Désolé, Altesse, si vous voulez le tenir pour que je puisse le lire. » Après l'avoir lu, il dit : « Ce n'est pas l'écriture de Mzytryk. Je... reconnaîtrais son écriture, mais je crois que ce n'est pas un faux. Il a dû le transmettre à... à des sous-ordres pour l'apporter ici.

– Qui est Yazernov, et qu'est-ce que ça veut dire?

– Je ne sais pas. C'est un code... c'est un code qu'ils doivent comprendre.

– C'est une invitation à une rencontre ou bien une menace?

– Je ne sais pas, Altesse. A mon avis, plutôt une renc... » Un spasme douloureux le traversa. Il jura dans sa langue.

« Est-ce que Mzytryk sait que les deux dernières fois ils étaient en embuscade? Sait-il qu'Abdollah Khan l'avait trahi?

– Je... je ne sais pas, Altesse. Je vous ai dit qu'il était rusé, et que le *khan*, votre père, était très... très prudent. » L'effort qu'il faisait pour parler et pour se concentrer prenait beaucoup des forces d'Ahmed. « Que Mzytryk sache qu'ils sont en contact avec vous... que tous deux soient ici maintenant ne veut rien dire, il a des espions partout. Vous êtes le *khan* et bien sûr... bien sûr vous savez que vous êtes... que vous êtes espionné par toutes sortes d'hommes, ennemis pour la plupart, qui font leur rapport à leur supérieur – pour la plupart encore plus ennemis. »

Un sourire passa sur son visage et Hakim se demanda ce qui se cachait derrière. « Mais aussi vous savez comment dissimuler vos vrais motifs, Altesse. Pas une fois... pas une fois Abdollah Khan ne s'est douté à quel point vous êtes brillant, jamais. Si... s'il avait su le centième de ce que vous êtes vraiment... vraiment, il ne vous aurait jamais banni, il aurait fait de vous... son héritier et son principal conseiller.

– Il m'aurait fait étrangler. » Pas une fraction de seconde Hakim Khan ne fut tenté de dire à Ahmed que c'était lui qui avait envoyé les assassins qu'Erikki avait tués, ni de lui parler de la tentative d'empoisonnement qui avait également échoué. « Il y a une semaine, il aurait donné l'ordre qu'on me mutile et tu aurais obéi avec joie. »

Ahmed leva vers lui des yeux enfoncés dans leurs orbites et déjà envahis par l'ombre de la mort. « Comment en savez-vous tant?

– La volonté de Dieu. » Le déclin avait commencé : les deux hommes le savaient. Hakim reprit : « Le colonel Fazir m'a montré un télex à propos d'Erikki. » Il en expliqua le contenu à Ahmed. « Maintenant je n'ai pas de Mzytryk avec qui discuter, pas dans l'immédiat. Je peux livrer Erikki à Fazir ou l'aider à s'enfuir. Dans les deux cas ma sœur doit rester ici et ne peut partir avec lui. Que me conseilles-tu?

– Pour vous, il est plus sûr de livrer l'Infidèle au colonel comme *pishkesh* et de prétendre devant elle que vous ne pouvez rien faire pour empêcher le... l'arrestation. C'est d'ailleurs vrai que vous ne pouvez rien si le colonel veut que les choses se passent ainsi. L'homme au couteau... Il résistera et ainsi il sera tué. Alors vous pourrez la promettre en secret à l'homme de Tbilissi... Mais ne la lui livrez jamais, alors vous le contrôlerez... Peut-être que vous le contrôlerez... mais j'en doute.

– Et si l'homme au couteau arrive à s'échapper?

– Si le colonel le permettait... il exigera un paiement.

– Lequel?

– Mzytryk. Maintenant ou plus tard... dans l'avenir. Tant que l'homme au couteau vit, Altesse, elle ne divorcera jamais – oubliez le saboteur, c'était une autre vie – et, les deux ans passés, elle ira le rejoindre, enfin si... s'il la laisse... rester ici. Je doute que même Votre Altesse... » Les yeux d'Ahmed se fermèrent et un frisson le secoua.

« Qu'est-il arrivé à Bayazid et aux bandits? Ahmed... »

Mais Ahmed ne l'entendait pas. Il voyait les steppes maintenant, les vastes plaines de son pays natal et de ses ancêtres, la mer d'herbe d'où ses ancêtres étaient partis pour chevaucher à la suite de Gengis Khan, et puis dans les pas de son petit-fils Kublai Khan et de son frère Hulagu Khan qui était descendu en Perse ériger une montagne avec les crânes de ceux qui s'étaient opposés à lui, Ici, en ce pays béni depuis l'Antiquité, songeait Ahmed, dans ces pays de vin, de chaleur, de richesse, de femmes et de biches pleines de sensualité et qu'on a toujours estimées, comme Azadeh... Ah! Maintenant je ne la prendrai jamais comme elle devrait l'être, en la traînant par les cheveux comme dépouille de guerre, en la jetant en travers d'une selle pour la chevaucher et la dompter sur des peaux de loup...

Très loin il s'entendit dire : « S'il vous plaît, Altesse, je voudrais vous demander une faveur, j'aimerais être enterré dans mon pays et suivant nos coutumes... » Alors je pourrais vivre à jamais avec les esprits de mes pères, pensa-t-il, tandis qu'il entendait dans sa tête l'appel de sa terre natale.

« Ahmed, qu'est-il arrivé à Bayazid et aux bandits quand vous vous êtes posés? »

Au prix d'un effort, Ahmed revint à la réalité. « Ce n'étaient pas des Kurdes, mais des montagnards qui prétendaient être kurdes, et l'homme au couteau les a tués tous, Altesse, car il avait une très grande brutalité. Dans sa folie, il les a tous tués – avec son couteau, un fusil, à main nue, à coups de pied, de banc, tous sauf Bayazid qui, à cause du serment qu'il vous a fait, n'avait pas attaqué.

– Il l'a laissé en vie? dit Hakim incrédule.

– Oui, Dieu lui donne la paix. Il m'a mis un fusil dans la main et a maintenu Bayazid près du canon, et je... » La voix se tut. Des herbes ondulantes l'appelaient maintenant...

« Tu l'as tué?

– Oh oui! En le regardant... en le regardant dans les yeux. » La colère faisait vibrer la voix d'Ahmed. « Ce fils... ce fils de chien m'a tiré dans le dos; deux fois, sans honneur, le fils de chien, ainsi il est mort sans honneur et sans... sans virilité, le fils de chien. » Les lèvres exsangues sourirent et il ferma les yeux. La mort approchait vite maintenant. « Je me suis vengé.

– Ahmed, dit précipitamment Hakim, qu'est-ce que tu ne m'as pas dit que j'ai besoin de savoir?

– Rien... » Au bout d'un moment, ses yeux s'ouvrirent et le regard de Hakim plongea dans l'abîme. « Il n'y a pas... pas d'autre dieu que Dieu et... » Un filet de sang coula au coin de sa bouche. « ... Je vous ai fait *k... kh...* » La fin du mot mourut avec lui.

Hakim était mal à l'aise sous ce regard figé.

« Docteur! » cria-t-il.

L'homme entra aussitôt, avec le garde. Le docteur ferma les yeux d'Ahmed. « Comme Dieu le veut. Que faut-il que nous fassions du corps, Altesse?

– Que faites-vous généralement des corps? »

Hakim reprit ses béquilles et s'en alla, suivi du garde. Ainsi, Ahmed, pensait-il, ainsi maintenant tu es mort et je suis seul, coupé du passé et sans obligation vis-à-vis de personne. Tu m'as fait *khan*? Est-ce cela que tu allais dire? Savais-tu qu'il y avait des judas dans cette chambre aussi?

Un sourire l'effleura. Puis son visage se durcit. Au tour maintenant du colonel Fazir et d'Erikki, l'homme au couteau, comme tu l'appelais.

Au palais : 18 h 48. Dans la lumière déclinante, Erikki était occupé à réparer avec de l'adhésif transparent un des trous laissés par une balle dans le pare-brise en plastique du 212. C'était difficile avec son bras en écharpe, mais sa main était robuste et la blessure à l'avant-bras superficielle, sans trace d'infection. Son oreille était soigneusement bandée, une partie des cheveux rasée de ce côté-là et hérissée. Il avait faim. Les heures de conversation avec Azadeh lui avaient donné une certaine paix.

C'est vrai, songea-t-il, une certaine paix, pas assez pour pardonner les massacres ni les dangers que je cours. Ainsi soit-il. C'est ainsi que les dieux m'ont fait et c'est ainsi que je suis. Oui, mais Ross et Azadeh? Pourquoi garde-t-elle le *kukri* près d'elle : « C'était son cadeau pour toi, Erikki, pour toi et pour moi.

– Ça porte malheur d'offrir un couteau sans recevoir aussitôt en échange de l'argent, rien qu'un symbole. Quand je le verrai, je lui donnerai de l'argent et alors j'accepterai son cadeau. »

De nouveau il pressa le démarreur. De nouveau le moteur se mit à tourner, puis s'étouffa et s'arrêta. Il alla s'asseoir au bord du cockpit et regarda le ciel. Le ciel ne lui répondait pas, ni le soleil couchant. Le plafond de nuages s'était dissipé à l'ouest, le soleil était bas sur l'horizon et les nuages menaçants. Les appels des muezzins commencèrent. Les gardes à la porte se tournèrent vers La Mecque et se prosternèrent; tout comme ceux qui se trouvaient dans le palais, ceux qui travaillaient dans les champs, dans la fabrique de tapis et dans les bergeries.

Machinalement, sa main se posa sur son poignard. Ses yeux instinctivement vérifièrent que la mitraillette Sten était toujours auprès de son siège de pilotage et armée d'un chargeur plein. Cachées dans la cabine, il y avait d'autres armes, les armes des montagnards : des AK47 et des M16. Il ne se rappelait pas les avoir prises ni les avoir cachées, il les avait découvertes le matin en inspectant les dégâts.

Avec le pansement qu'il avait sur l'oreille, il n'entendit pas la voiture arriver aussi tôt qu'il l'aurait fait normalement et il fut surpris lorsqu'elle apparut à la grille. Les gardes du *khan* reconnurent là les occupants, firent signe à la voiture de passer pour s'arrêter dans la cour près de la fontaine. De nouveau, il pressa le bouton du démarreur, de nouveau le moteur se mit en marche un moment, puis s'arrêta en faisant trembler toute la carcasse de l'appareil.

« Bonsoir, capitaine, dirent les deux hommes, Hashemi Fazir et Armstrong. Comment vous sentez-vous aujourd'hui? demanda le colonel.

– Bonsoir. Avec de la chance, d'ici une semaine je serai mieux que jamais, dit Erikki d'un ton affable, mais sur ses gardes.

– Les serviteurs disent que Leurs Altesses ne sont pas encore de retour : le *khan* nous attend, nous sommes ici sur son invitation.

– Ils sont à l'hôpital pour se faire radiographier. Ils sont partis pendant que je dormais. Ils ne devraient pas tarder. »

Erikki les observa. « Voudriez-vous prendre un verre? Il y a de la vodka, du whisky, du thé, et bien sûr du café.

– Merci, ce que vous avez, dit Hashemi. Comment va votre hélicoptère?

– Pas brillant, dit-il d'un ton écœuré. Voilà une heure que j'essaie de le faire démarrer. Il a eu une rude semaine. » Erikki les précéda sur l'escalier de marbre. « Tout le système électronique est en l'air, j'ai besoin d'un mécanicien. Comme vous le savez, notre base est fermée, j'ai essayé d'appeler Téhéran, mais une fois de plus le téléphone est en panne.

– Je pourrais peut-être vous trouver demain ou après-demain un mécanicien de la base aérienne.

– Vous pourriez, colonel? fit-il avec un grand sourire reconnaissant. Ça me donnerait un fichu coup de main. Et j'aurais besoin aussi de carburant, ce serait possible?

– Pourriez-vous voler jusqu'au terrain?

– Je ne m'y risquerais pas, même si je pouvais le faire démarrer : trop dangereux. Non, je ne prendrai pas de risque, répéta Erikki en secouant la tête. Il faut que le mécano vienne ici. » Il les précéda le long d'un couloir, ouvrit la porte du petit salon au rez-de-chaussée qu'Abdollah Khan avait réservé aux hôtes non islamiques. On l'appelait le salon européen. Le bar était bien fourni. Il y avait dans le réfrigérateur des bacs à glace pleins, glace confectionnée à partir d'une eau minérale, ainsi que des sodas et toutes sortes de jus de fruits – ainsi que des chocholats et que le *halva* qu'il avait adoré toute sa vie. « Je vais prendre une vodka, dit Erikki.

– Même chose pour moi, s'il vous plaît », dit Armstrong. Hashemi demanda un jus de fruit. « Je prendrai une vodka aussi, quand le soleil sera couché. » On entendait au loin l'écho assourdi des muezzins. « *Prosit!* Erikki trinqua avec Armstrong;

en fit poliment de même avec Hashemi et vida son verre de vodka d'un seul coup. Il s'en versa un autre. « Servez-vous, commissaire. » Au bruit d'une voiture, ils regardèrent tous par la fenêtre : c'était la Rolls.

« Excusez-moi deux minutes, je vais dire à Hakim Khan que vous êtes ici. » Erikki sortit pour accueillir Azadeh et son frère sur le perron. « Alors, les radios?

– Pas trace de lésion osseuse ni pour l'un ni pour l'autre, fit Azadeh, radieuse. Et toi, mon chéri, comment vas-tu?

– Très bien. C'est une bonne nouvelle pour vos dos, une très bonne nouvelle! »

Le sourire qu'il adressait à Hakim était sincère. « Je suis vraiment content. Vous avez des hôtes, le colonel et le commissaire Armstrong : je les ai mis dans le salon européen. » Erikki lut la fatigue sur le visage de Hakim. « Dois-je les prier de revenir demain?

– Non, non, merci. Azadeh, voudrais-tu leur dire que je serai là dans un quart d'heure mais qu'ils fassent comme chez eux. A tout à l'heure, au dîner. » Hakim la regarda effleurer Erikki au passage, sourire et s'éloigner. Comme ils ont de la chance de s'aimer si fort et comme c'est triste pour eux! « Erikki, Ahmed est mort. Je n'ai pas voulu l'annoncer encore à Azadeh. »

Erikki était plein de tristesse. « C'est ma faute s'il est mort... Bayazid... Il ne lui a pas laissé une chance. *Matyeryebyets!*

– Comme Dieu le veut. Allons parler un moment. » Hakim prit le couloir qui menait à la grande salle, s'appuyant de plus en plus lourdement sur ses béquilles. Les gardes restèrent à la porte, d'où ils ne pouvaient rien entendre. Hakim se dirigea vers une niche creusée dans le mur, posa ses béquilles, se tourna vers La Mecque, s'agenouilla en haletant de douleur et essaya de s'incliner. Même en forçant, il n'y réussit pas, et dut se contenter d'entonner la *shahada*. « Erikki, donne-moi la main, veux-tu? »

Erikki l'aida à se relever. « Tu ferais mieux d'y renoncer pour quelques jours.

– Ne pas prier? dit Hakim, stupéfait.

– Je voulais dire... Peut-être que le seul Dieu comprendra que tu dis simplement ta prière sans t'agenouiller. Tu vas aggraver l'état de ton dos. Est-ce que le docteur t'a dit ce que c'était?

– Il pense que ce sont des ligaments déchirés; j'irai à Téhéran dès que je le pourrai avec Azadeh pour consulter un spécialiste. » Hakim reprit ses béquilles. « Merci. » Après un moment de réflexion, il choisit un fauteuil au lieu des coussins sur lesquels il s'allongeait d'habitude et s'y installa, puis commanda du thé.

Erikki pensait à Azadeh. Il avait si peu de temps. « Le meilleur spécialiste du dos au monde s'appelle Guy Beauchamp, et il est à Londres. Il m'a guéri en cinq minutes après que les médecins eurent dit que je devrais rester allongé trois mois en traction ou bien garder une jointure bloquée. Ne crois pas un médecin ordinaire quand il s'agit de ton dos, Hakim. Ce qu'il peut faire de mieux, c'est apaiser la douleur. »

La porte s'ouvrit. Un serviteur apporta le thé. Hakim le congédia ainsi que les gardes : « Qu'on ne me dérange pas. » Le thé était brûlant, parfumé à la menthe, et on le buvait dans de petites tasses en argent. « Maintenant il faut régler ce que tu vas faire. Tu ne peux pas rester ici.

– Je suis d'accord, dit Erikki, heureux que l'attente fût enfin terminée. Je sais que je... que je suis une gêne pour toi maintenant que tu es *khan*.

– Une partie de l'accord d'Azahed avec mon père

et le mien, pour qu'il me pardonne et que je devienne son héritier, c'était le serment que nous avons prêté de rester à Tabriz, en Iran, pendant deux ans. Alors, bien que tu doives partir, elle ne le peut pas.

– Elle m'a parlé de ces serments.

– De toute évidence, tu es en danger, même ici. Je ne peux pas te protéger contre la police ni contre le gouvernement. Tu devrais partir tout de suite, quitter le pays. Au bout de deux ans, quand Azahed pourra partir, elle le fera.

– L'hélicoptère ne fonctionne pas. Fazir a dit qu'il espérait trouver un mécanicien demain, peut-être, et du carburant. Si j'arrivais à mettre la main sur McIver à Téhéran, il pourrait envoyer quelqu'un me prendre.

– Tu as essayé?

– Oui, seulement le téléphone ne fonctionne pas. J'aurais bien utilisé la radio à notre base, mais le bureau est totalement saccagé : j'ai survolé la base en revenant ici, tout est en l'air, pas de moyen de transport, pas de carburant. Quand j'aurai établi le contact avec Téhéran, McIver pourra m'envoyer un mécanicien ici pour réparer le 212. Bien que l'appareil puisse voler, peut-il rester où il est?

– Oui, bien sûr. » Hakim se versa encore du thé, convaincu qu'Erikki ne savait rien de l'évasion des autres pilotes et des hélicoptères. Mais ça ne change rien, se dit-il. « Il n'y a pas de ligne aérienne desservant Tabriz, sinon je t'aurais fait partir comme ça. Je crois pourtant que tu ne dois pas rester là. Tu cours un très grand danger, Erikki. »

Erikki plissa les yeux. « Tu es sûr?

– Oui.

– Quel danger?

– Je ne peux rien te dire; ça ne touche pas encore Azadeh, mais ça pourrait. Que ceci reste entre nous. je vais te passer une voiture : il y en a une vingtaine au garage, prends celle que tu veux. Qu'est-il arrivé à ta Land Rover? »

Erikki haussa les épaules. « C'est un autre problème. J'ai tué ces maudits moudjahidin qui m'ont pris mes papiers et ceux d'Azadeh, et puis Racoczy a fait sauter les autres.

– J'avais oublié Racoczy. Tu n'as pas beaucoup de temps », insista Hakim.

Erikki agita la tête pour dénouer ses muscles. « C'est un danger immédiat qui me menace, Hakim? »

Le regard de Hakim restait impassible. « Assez immédiat pour que je te conseille d'attendre la nuit, puis de prendre la voiture et de partir – et de quitter l'Iran le plus tôt possible, ajouta-t-il. Assez immédiat pour savoir que, si tu ne fais pas cela, Azadeh sera dans un bien plus grand péril. Assez immédiat pour savoir que tu ne devrais rien lui dire avant de partir.

– Tu le jures?

– Devant Dieu, je jure que c'est ce que je crois. »

Il vit Erikki hausser les sourcils et il attendit avec patience. Il aimait son honnêteté et sa simplicité, mais cela ne pesait pas lourd dans la balance. « Es-tu capable de partir sans la prévenir?

– A condition de le faire en pleine nuit, peu avant l'aube, dès l'instant qu'elle dort. Si je pars ce soir, en faisant semblant de sortir, en disant que je vais à la base, elle m'attendra et, si je ne reviens pas, ce sera très difficile – pour elle et pour toi. Le village la guette. Elle aura une crise de nerfs. Un départ clandestin serait préférable, juste avant l'aube. Elle dormira alors : le docteur lui a donné des calmants. Elle dormira et je pourrai lui laisser un mot. »

Hakim acquiesça, satisfait. « Alors, c'est réglé. » Il ne voulait pas voir Azadeh souffrir ni avoir de problèmes, pas davantage la faire souffrir ni lui en créer.

Erikki avait perçu ce qu'il y avait de catégorique dans son ton, et il savait sans le moindre doute maintenant que, s'il la quittait, il la perdrait à jamais.

Aux bains : 19 h 15. Azadeh se plongea dans l'eau chaude jusqu'au cou. Le bain était en très beau carrelage. C'était un carré de quinze mètres de côté, peu profond à une extrémité avec des plates-formes où on pouvait s'allonger, et l'eau chaude arrivait par des canalisations de la chaufferie voisine. La salle était grande et confortable, un endroit plaisant avec des miroirs qui vous avantageaient. Elle avait noué ses cheveux dans une serviette et elle était adossée à une des marches, les jambes allongées devant elle, laissant l'eau la détendre. « Que ça fait du bien, Mina », murmura-t-elle.

Mina était une belle et robuste femme, une des trois femmes de chambre d'Azadeh. Elle était debout dans l'eau au-dessus d'elle, vêtue d'un simple pagne, et elle lui massait doucement la nuque et les épaules. Dans les bains, il n'y avait qu'Azadeh et sa servante : Hakim avait envoyé le reste de la famille dans d'autres maisons de Tabriz « afin de préparer un jour de deuil convenable pour Abdollah Khan », telle avait été l'excuse, mais tous savaient bien que les quarante jours de délai lui donneraient le temps d'inspecter le palais tout à loisir et de redistribuer les appartements comme il lui plairait. Seul le vieux Khananum n'avait pas bougé, pas plus qu'Aysha et ses deux bébés.

Sans troubler la tranquillité d'Azadeh, Mina l'installa sur la marche supérieure où Azadeh s'allongea de tout son long, la tête confortablement posée sur un coussin. La servante pouvait ainsi lui frictionner la poitrine, les reins, les cuisses et les jambes et la préparer au vrai massage à l'huile qui viendrait plus tard lorsque la chaleur de l'eau aurait pénétré tout son corps.

« Oh! Que c'est bon », répéta Azadeh. Elle songeait combien c'était plus agréable que leur sauna : cette chaleur forte et brutale, et puis le redoutable plongeon dans la neige, avec le picotement revigorant qui s'ensuivait mais qui n'était pas aussi bon que ce qu'elle éprouvait là, la sensualité de l'eau parfumée, la douceur du silence, pas de choc, et que c'est bon... Mais pourquoi les bains sont-ils maintenant une place de village, pourquoi fait-il si froid et pourquoi entend-on le boucher et le faux mollah qui crie : « D'abord la main droite... Lapidez la putain! » Elle poussa un cri étouffé et sursauta.

« Oh! Je vous ai fait mal, Altesse, je suis désolée! dit Mina.

– Non, non, ce n'était pas toi, Mina. Ce n'était rien, rien du tout, continue, je te prie. » Les doigts apaisants reprirent leur tâche. Les battements de son cœur se calmèrent. J'espère que bientôt je pourrai dormir sans... sans le village. La nuit dernière avec Erikki, c'était déjà un peu mieux, dans ses bras c'était mieux, rien que d'être près de lui. Peut-être que ce soir ce sera encore mieux. Je me demande comment va Johnny. Il devrait être sur le chemin du retour maintenant, en route pour le Népal, en permission. Maintenant qu'Erikki est de retour, je suis de nouveau en sûreté, dès l'instant que je suis avec lui, près de lui. Toute seule je ne suis pas en sûreté, même avec Hakim. Je ne me sens plus en sûreté.

La porte s'ouvrit et Aysha entra. Elle avait le visage marqué par le chagrin, les yeux habités par la peur et le tchador noir la faisait paraître encore plus émaciée. « Bonjour, chère Aysha, qu'y a-t-il?

– Je ne sais pas. Le monde est étrange et je n'ai pas... je ne sais plus où j'en suis.

– Viens dans le bain », dit Azadeh, qui la plaignait : elle avait l'air si maigre, si vieille, si frêle et si désarmée. Difficile de croire que c'est la veuve de mon père et qu'à dix-sept ans elle a déjà un fils et une fille. « Entre dans l'eau, c'est si bon.

– Non, non, merci, je... je voulais simplement te parler. »

Aysha regarda Mina, puis baissa les yeux et attendit. Il y a deux jours, elle aurait simplement convoqué Azadeh qui serait venue aussitôt, qui se serait inclinée, agenouillée et aurait attendu ses ordres, comme maintenant elle s'agenouillait en quémandeuse. Comme Dieu le veut, songea-t-elle, sauf la terreur que m'inspire l'avenir de nos enfants je crierais de joie : c'en est fini de cette abominable puanteur, de ces ronflements qui me réveillaient, fini de ce poids qui m'écrasait, de ces gémissements, de cette rage et de ce désespoir de ne pas arriver à ce but qu'il n'atteignait que rarement. « C'est ta faute, ta faute... » Mais comment pouvait-ce être ma faute? Combien de fois l'ai-je supplié de me montrer ce qu'il fallait faire pour l'aider, j'ai essayé, essayé, et ça ne marchait que si rarement. Et puis, dès que le poids cessait de m'écraser, le ronflement commençait et je restais éveillée à baigner dans la sueur et la puanteur. Oh! Combien de fois ai-je eu envie de mourir!

« Mina, laisse-nous jusqu'à ce que je t'appelle », dit Azadeh. La servante obéit aussitôt. « Qu'y a-t-il, chère Aysha? »

La jeune femme tremblait. « J'ai peur, j'ai peur pour mon fils et je suis venue te supplier de le protéger.

– Tu n'as rien à craindre de Hakim Khan ni de moi, dit Azadeh avec douceur, rien. Nous avons juré devant Dieu de te chérir, ainsi que ton fils et ta fille. Tu nous as entendus, nous l'avons fait devant... devant ton mari, notre père, et nous avons renouvelé notre serment après sa mort. Tu n'as rien à craindre. Rien.

– J'ai tout à craindre, balbutia la jeune femme. Je ne suis plus en sûreté, mon fils non plus. Je t'en prie, Azadeh, est-ce que... est-ce que Hakim Khan ne pourrait pas... Je signerais n'importe quel papier lui donnant tous les droits qu'il veut, n'importe quel papier, tout ce que je veux, c'est vivre en paix et que mon fils grandisse et vive en paix.

– Ta vie est avec nous, Aysha. Bientôt tu verras combien nous serons heureux tous ensemble », dit Azadeh. Elle a raison d'avoir peur, pensa-t-elle. Hakim n'abandonnera jamais le *khanate* à quelqu'un qui ne soit pas de sa lignée si lui-même a des fils : il faut qu'il se marie maintenant, je l'aiderai à trouver une bonne épouse. « Ne t'inquiète pas, Aysha.

– M'inquiéter? Mais toi, Azadeh, tu es en sécurité, toi qui voilà quelques jours vivais dans la terreur. C'est moi maintenant qui ne suis plus en sûreté et qui vis dans la terreur. »

Azadeh la regarda. Elle ne pouvait rien pour elle. La vie d'Aysha était tracée : elle était la veuve d'un *khan*. Elle resterait au palais, surveillée, gardée, vivant du mieux qu'elle pourrait. Hakim n'oserait pas la laisser se remarier, il ne pourrait pas non plus lui permettre de renoncer aux droits d'un fils accordés devant témoins par la volonté de son mari mourant. « Ne t'inquiète pas, répéta-t-elle.

– Tiens, fit Aysha en tirant de sous son tchador l'enveloppe jaune. C'est pour toi.

– Qu'est-ce que c'est? »

Azadeh avait les mains mouillées et ne voulait pas la toucher.

La jeune femme ouvrit l'enveloppe et lui en montra le contenu. Azadeh ouvrit de grands yeux : son passeport, sa carte d'identité et d'autres papiers, ceux d'Erikki aussi, et tout ce que les moudjahidin leur avaient volé au barrage routier. C'était en effet un beau *pishkesh.* « Où les as-tu trouvés? »

La jeune femme était sûre que personne ne les écoutait, mais elle baissa quand même la voix. « Le mollah gauchiste, le même mollah du village, il les a donnés à Son Altesse, le *khan,* à Abdollah Khan il y a deux semaines, quand tu étais à Téhéran... Le même mollah qu'au village. »

Azadeh la regardait, incrédule. « Comment te les es-tu procurés? »

Nerveusement, la jeune femme haussa ses frêles épaules. « Le mollah savait ce qui s'était passé au barrage sur la route. Il est venu ici pour essayer de s'emparer de... de ton mari. Son Altesse... » Elle hésita, puis continua d'un ton haletant : « Son Altesse l'a renvoyé et il a gardé les papiers.

– As-tu d'autres papiers, Aysha? Des papiers personnels?

– Aucun qui te concerne ni qui concerne ton mari. » Elle tremblait de nouveau. « Son Altesse vous détestait tous si fort. Il voulait la destruction de ton mari, ensuite il allait te donner au Soviétique et ton frère devait être... châtré. Je sais tant de choses qui pourraient vous aider tous les deux, il y a tant de choses que je ne comprends pas. Ahmed... méfie-toi de lui, Azadeh.

– Oui, dit lentement Azadeh. C'est père qui a envoyé le mollah au village?

– Je ne sais pas. Je crois que oui. Je l'ai entendu demander au Soviétique de le débarrasser de Mahmud ah oui! c'était le nom de ce faux mollah. Peut-être Son Altesse l'a-t-il envoyé là pour vous supplicier, toi et le saboteur, et en même temps l'a-t-il envoyé à sa mort... Mais Dieu est intervenu. J'ai entendu le Soviétique accepter de lancer des hommes à la poursuite de ce Mahmud.

– Comment as-tu entendu cela? » demanda négligemment Azadeh.

D'un geste nerveux, Aysha resserra le tchador autour d'elle et s'agenouilla au bord du bain. « Le palais est une ruche pleine de trous par lesquels on peut écouter et regarder, Azadeh. Lui... Son Altesse n'avait confiance en personne, il espionnait tout le monde, même moi. Je pense que nous devrions être amies, alliées, toi et moi, nous sommes sans défense... Même toi, peut-être toi plus qu'une autre... si nous ne nous aidons pas l'une l'autre, nous serons tous perdus. Je peux t'aider, te protéger. » Des gouttes de sueur perlaient sur son front. « Je te demande seulement de protéger mon fils, je t'en prie. Je peux te protéger.

– Bien sûr que nous devrions être amies », dit Azadeh, ne croyant pas qu'elle fût l'objet d'aucune menace, mais intriguée à l'idée de percer les secrets du palais. « Tu me montreras ces endroits secrets et tu me feras profiter de ce que tu sais?

– Bien sûr. » Le visage d'Aysha s'éclaira. « Je te montrerai tout et les deux ans passeront vite. Oh oui! Nous serons amies.

– Quels deux ans?

– Les deux ans où ton mari sera absent, Azadeh. »

Azadeh se redressa soudain, pleine d'inquiétude. « Il s'en va?

– Bien sûr, fit Aysha en la regardant. Que peut-il faire d'autre? »

Dans le salon européen. Hashemi tendait à Robert Armstrong le message griffonné par Mzytryk que

Hakim venait de lui remettre. Armstrong y jeta un coup d'œil : « Désolé, Hashemi, je ne lis pas le turc.

– Ah! Pardon, j'oubliais. » Hashemi le lui lut en anglais. Les deux hommes virent l'air déçu d'Armstrong. « La prochaine fois, Robert, nous l'aurons. *Inch' Allah.* »

Inutile de s'inquiéter, songea Armstrong. De toute façon nous aurons Mzytryk une autre fois. Je l'aurai, et toi aussi, mon vieil ami Hashemi, tu as eu tort de tuer Talbot. Pourquoi as-tu fait ça? Par vengeance, parce qu'il connaissait beaucoup de tes secrets? Il ne t'aurait fait aucun mal, au contraire, il te faciliterait les choses et t'éviterait bien des erreurs. C'est moche, ce que tu as fait là! Tu ne lui as pas laissé une chance, pourquoi en aurais-tu eu une? Dès que mon retour est arrangé, tu as ton compte. Pas de raison de reculer davantage maintenant que Mzytryk sait que je suis après lui et que, bien à l'abri, il se moque de moi. Peut-être que les gros bonnets enverront la Special Branch ou bien une équipe d'agents à Tbilissi maintenant que nous savons où il est : quelqu'un l'aura, ce salaud. Même si ce n'est pas moi...

Il fut tiré de ses pensées par Hakim Khan qui disait : « Colonel, qu'est-ce que cette histoire de Yazernov et du cimetière de Jaleh? » et par Hashemi qui répondait d'un ton suave : « C'est une invitation, Altesse. Yazernov est un intermédiaire que Mzytryk utilise de temps en temps, il est accepté par les deux camps, lorsqu'un sujet d'importance pour les deux côtés doit être discuté. « Armstrong faillit éclater de rire. Hashemi savait aussi bien que lui que c'était la promesse d'une vendetta personnelle et bien sûr une application immédiate de la Section 16/a. C'était habile de la part de Mzytryk d'utiliser le nom de Yazernov et pas de Rakoczy.

« Dès qu'il sera opportun de rencontrer Yazernov! dit Hashemi. Je crois, Altesse, que nous ferions mieux de rentrer demain à Téhéran.

– Oui », dit Hakim. En revenant en voiture de l'hôpital avec Azadeh, Hakim avait décidé que la seule façon de répondre au message de Mzytryk et à ces deux hommes, c'était d'aller de l'avant. « Quand reviendrez-vous à Tabriz?

– Si cela vous convient, la semaine prochaine. Nous pourrions alors discuter des moyens de tenter Mzytryk jusqu'ici. Avec votre aide, il y a beaucoup à faire en Azerbaïdjan. Nous venons de recevoir un rapport selon lequel les Kurdes sont en rébellion ouverte aux abords de Rezaiyeh, qu'ils sont maintenant abondamment fournis en argent et en armes par les Irakiens – que Dieu les brûle jusqu'au dernier. Khomeiny a donné l'ordre à l'armée de les mater une fois pour toutes.

– Les Kurdes? fit Hakim en souriant. Même lui, que Dieu l'ait en Sa Sainte Garde, même lui n'y parviendra pas – pas une fois pour toutes.

– Cette fois-ci, il le pourrait, Altesse. Il a des fanatiques à lancer contre des fanatiques.

– Les Brassards verts peuvent obéir à des ordres et mourir, mais ils n'habitent pas ces montagnes, ils n'ont pas l'énergie des Kurdes ni leur goût de la liberté en attendant le paradis.

– Avec votre permission, Altesse, je ferai part de votre opinion.

– Y accordera-t-on plus de crédit, dit sèchement Hakim, qu'à celle de mon père, ou de mon grand-père, qui étaient du même avis que moi?

– Je l'espère, Altesse. Je l'espère... » Ces paroles furent noyées par le fracas du 212 qui démarrait, toussota, reprit un moment, puis s'arrêta de nouveau. Par la fenêtre, ils virent Erikki ôter le capot d'un des moteurs et examiner l'intérieur avec une torche électrique. Hashemi se retourna vers le *khan* qui était assis dans un fauteuil, très raide. Le silence s'alourdit, les trois hommes étaient plongés dans leurs pensées, toutes axées sur une forme ou une autre de violence.

Hakim Khan reprit avec prudence : « On ne peut pas l'arrêter chez moi ni sur mes terres. Bien qu'il ignore tout du télex, il sait qu'il ne peut pas rester à Tabriz, pas plus qu'en Iran, et ma sœur ne peut pas partir avec lui ni même quitter l'Iran pour deux ans. Il sait qu'il doit partir sans tarder. Son appareil est en panne. J'espère qu'il évitera d'être arrêté.

– J'ai les mains liées, Altesse. » Hashemi avait parlé d'un ton d'excuse et avec une apparente sincérité. « C'est mon devoir d'obéir à la loi de ce pays. » Il remarqua un grain de poussière sur sa manche et l'épousseta. Armstrong comprit aussitôt le message. Epousseter sa manche gauche signifiait : « J'ai besoin de parler à cet homme en tête-à-tête, il ne parlera pas devant vous. Trouvez une excuse et attendez-moi dehors. » Hashemi répéta, du même ton attristé : « C'est notre devoir d'obéir à la loi.

– Je suis certain, tout à fait certain, qu'il ne fait partie d'aucun complot, qu'il ne sait rien du départ des autres, et j'aimerais qu'on le laisse partir en paix.

– Je serais heureux d'informer la SAVAMA de vos désirs.

– Je serais heureux si vous faisiez ce que je suggère.

– Altesse, dit Armstrong, si vous voulez bien m'excuser, le problème du capitaine ne me concerne pas, et je ne voudrais pas risquer de faire chavirer le navire de l'Etat.

– Vous pouvez partir, commissaire. Quand aurai-je votre rapport sur les nouvelles mesures de sécurité?

– Il sera entre vos mains au retour du colonel.

– La paix soit avec vous.

– Et avec vous, Altesse. » Armstrong sortit, puis s'engagea dans le couloir vers le perron. Hashemi va mettre ce pauvre diable sur le gril, songea-t-il.

La soirée était agréable, l'air vif, il y avait à l'ouest une coloration rougeâtre. Ciel rouge le soir, pour le berger l'espoir, ciel rouge au matin, pour le berger un grain. « Bonsoir, capitaine, de vous à moi, si votre engin marchait, je vous conseillerais un voyage rapide jusqu'à une frontière. »

Erikki plissa les yeux. « Pourquoi? »

Armstrong prit une cigarette. « Le climat n'est pas très sain par ici, vous ne trouvez pas? » Il protégea de ses mains son briquet et l'actionna.

« Si vous allumez une cigarette, avec toute l'essence qu'il y a ici, le climat ne sera pas très sain de façon permanente ni pour vous ni pour moi. » Erikki pressa le bouton. Le moteur se mit à tourner parfaitement pendant vingt secondes, puis crachota de nouveau pour s'arrêter. Erikki jura.

Armstrong le salua poliment de la tête et revint à la voiture. Le chauffeur lui ouvrit la portière. Il s'installa, alluma sa cigarette et aspira une profonde bouffée, ne sachant trop si Erikki avait compris son message. Je l'espère. Je ne peux pas avouer que le télex est faux ni tout raconter sur le plan Ouragan, car ça me vaudrait de me retrouver contre le mur le plus proche accusé de trahison envers Hashemi et le *khan* et de m'être mêlé de ce qui ne me regarde pas : on m'a prévenu. C'est régulier : il s'agit de politique intérieure.

Bonté divine! J'en ai marre de tout ça! J'ai besoin de vacances. De longues vacances. Où? Je pourrais retourner à Hong-kong pour une semaine ou deux, retrouver mes vieux copains, les rares qui restent, ou peut-être aller jusqu'au Pays d'Enhaut pour skier. Ça fait des années que je n'ai pas skié, et je ne serais pas contre de la bonne cuisine suisse, des rösti et du saucisson, du bon café avec de la crème épaisse, et plein de vin! Voilà ce que je vais faire. D'abord Téhéran, puis une fois réglé l'affaire Hashemi, je disparais. Peut-être que je rencontrerai une gentille...

Mais les gens comme nous ne sortent pas du froid, ils ne changent pas. Que puis-je faire dans l'avenir pour me procurer de l'argent maintenant que ma pension iranienne est coupée et que ma pension de la police de Hong-kong vaut chaque jour un peu moins? « Bonjour, Hashemi, comment ça s'est passé?

– Très bien, Robert. Chauffeur, au QG. » Le chauffeur franchit en trombe la grande porte et dévala la route vers la ville. « Erikki va filer en douce au petit matin, juste avant l'aube. Nous le suivrons tant qu'il nous plaira et puis nous lui mettrons le grappin dessus, en dehors de Tabriz.

– Avec la bénédiction de Hakim?

– Bénédiction privée, scandale public. Merci, fit Hashemi en acceptant la cigarette, de toute évidence très content de lui. D'ici là, le pauvre garçon ne sera probablement plus de ce monde. »

Armstrong se demandait quel marché avait été conclu. « A la suggestion de Hakim?

– Bien sûr.

– Intéressant. » L'idée ne vient pas de Hakim. Qu'est-ce que mijote Hashemi maintenant? se demanda Armstrong.

« Oui, intéressant. Quand nous aurons grillé les moudjahidin ce soir et que nous serons sûrs que ce fou de Finlandais est hors du circuit, d'une façon ou d'une autre, nous rentrerons à Téhéran.

– Parfait. »

Téhéran. Maison de Bakravan : 20 h 06. Sharazad rangea la grenade et le pistolet dans son sac et le cacha sous des vêtements dans le tiroir de sa commode. Des vêtements qu'elle porterait plus tard sous son tchador, blouson de ski et gros chandail, pantalon de ski, elle avait déjà tout choisi. Elle portait maintenant une robe de soie vert pâle venant de Paris et qui soulignait sa silhouette et ses longues jambes. Son maquillage aussi était parfait. Un dernier coup d'œil à la chambre, puis elle descendit pour aller à la réception donnée en l'honneur de Daranoush Farazan, son futur mari.

« Ah! Sharazad! » Meshang l'accueillit à la porte. Il transpirait et dissimulait sa nervosité sous une bonne humeur feinte, ne sachant ce qu'il devait attendre d'elle. Tout à l'heure, lorsqu'elle était rentrée de chez le docteur, il avait commencé à la haranguer puis à brandir des menaces mais, à sa satisfaction, elle s'était contentée de baisser les yeux en disant docilement : « Inutile d'en dire davantage, Meshang. Dieu a décidé, excuse-moi, je te prie, je vais aller me changer. » Puis, maintenant, elle était ici, toujours docile.

Comme il se doit, songea-t-il. « Son Excellence Farazan mourait d'envie de te saluer. » Il lui prit le bras et la guida parmi la vingtaine d'invités qui occupaient la pièce, pour la plupart des amis à lui avec leurs épouses, Zarah, et quelques-unes de ses amies, pas un ami de Sharazad. Elle sourit à ceux qu'elle connaissait, puis concentra toute son attention sur Daranoush Farazan.

« Je vous salue, Excellence, dit-elle poliment en lui tendant la main. C'était la première fois qu'elle était si près de lui. Il était plus petit qu'elle. Elle abaissa son regard sur quelques mèches de cheveux teints qui couvraient mal sa calvitie, sur la peau grêlée, sur les mains rugueuses, elle sentit la mauvaise haleine du petit homme montant jusqu'à elle, comme le regard des petits yeux noirs. « La paix soit avec vous, dit-elle.

– Je vous salue, Sharazad, la paix soit avec vous, mais je vous en prie, je vous en prie, ne m'appelez pas Excellence. Comme... comme vous êtes belle.

– Merci », dit-elle et elle se vit retirer sa main, sourire et se planter devant lui avant de courir lui chercher un verre de jus de fruit, sa jupe volait au vent. Sharazad souriait à ses mauvaises plaisanteries, saluait les autres invités, faisant semblant de ne pas remarquer leurs regards appuyés et leurs rires étouffés, ses pensées concentrées sur l'émeute à l'université qui avait déjà commencé et sur la marche de protestation interdite par Khomeiny mais qui aurait quand même lieu.

De l'autre côté de la pièce, Zarah observait Sharazad, surprise de ce changement mais remerciant Dieu qu'elle eût accepté son sort et qu'elle obéît, ce qui leur rendrait à tous la vie plus facile. Que pourrait-elle faire d'autre? Rien! Et, pour moi, je ne peux rien faire non plus qu'accepter le fait que Meshang a une putain de quatorze ans qui a déjà sorti ses griffes et qui se vante de devenir bientôt sa seconde épouse.

« Zarah!

– Oui, Meshang, mon chéri.

– La soirée est parfaite, parfaite. » Meshang s'essuya le front et prit un verre de jus de fruit sur le plateau où se trouvaient aussi des coupes de champagne pour ceux qui en voulaient. « Je suis ravi que Sharazad ait retrouvé son bon sens car, bien sûr, c'est un excellent parti pour elle.

– Excellent », renchérit Zarah. Nous devrions remercier le ciel qu'il soit arrivé seul et qu'il n'ait pas amené l'un de ses mignons; c'est vrai, il a vraiment l'odeur des ordures qu'il vend. « Tu as tout arrangé à merveille, mon cher Meshang.

– Oui. Oui, en effet. Tout marche comme je l'avais prévu. »

Près de Jaleh. Pour gagner la petite piste d'atterrissage, jadis propriété d'un aéroclub peu fortuné et aujourd'hui abandonnée, Lochart avait contourné la ville et volé à basse altitude pour passer sous d'éventuels radars. Pendant tout le trajet depuis le puits d'Arcy 1908, il avait gardé sa radio branchée sur Téhéran International, mais les ondes étaient silencieuses, l'aéroport fermé car c'était jour férié, aucun vol n'était autorisé. Il avait pris soin d'arriver au coucher du soleil. Lorsqu'il coupa le moteur et qu'il entendit les muezzins, il fut ravi. Jusqu'à maintenant, tout allait bien.

La porte du hangar était rouillée. Il parvint à l'ouvrir non sans mal et il poussa le 206 à l'intérieur. Puis il referma la porte et commença sa longue marche. Il portait sa tenue de vol et, si on l'arrêtait, il comptait dire qu'il était un pilote d'une ligne commerciale dont la voiture était tombée en panne et qui allait passer la nuit chez des amis.

Comme il atteignait les faubourgs de Téhéran, les routes devinrent de plus en plus encombrées, avec des gens qui rentraient chez eux ou qui revenaient de la mosquée; il n'y avait dans cette foule rien de coloré ni de gai, rien qu'une sourde appréhension.

Il n'y avait guère de circulation à part des véhicules militaires bourrés de Brassards verts. Des tas de soldats, de policiers en uniforme. La circulation était réglée par de jeunes Brassards verts. La ville retrouvait son calme. Jamais une femme en tenue occidentale, toutes en tchador.

Quelques jurons sur son passage, mais pas beaucoup. Quelques salutations : son uniforme de pilote lui conférait un certain prestige. Lorsqu'il fut entré plus avant dans la ville, il trouva un bon endroit pour attendre un taxi, près de la rue du marché. Il acheta une bouteille de jus de fruit, prit un morceau de pain frais et le mâchonna. Le vent de la nuit commençait à se lever, mais le brasero étendait une chaleur accueillante.

« Bonsoir, vos papiers, s'il vous plaît. »

Les Brassards verts étaient des jeunes gens, comme lui, certains avec un début de barbe. Lochart leur montra sa carte d'identité dûment tamponnée et valide, et ils la lui rendirent après une brève discussion. « Pouvons-nous vous demander où vous allez? »

S'exprimant délibérément dans un farsi atroce, il répondit : « Visiter des amis, près bazar. Voiture en panne. *Inch' Allah.* » Il les entendit parler entre eux, disant que les pilotes n'étaient pas dangereux, que celui-ci était canadien – ne faisait-il pas partie du Grand Satan? Non, je ne crois pas. « La paix soit avec vous », dirent-ils et ils s'éloignèrent.

Il alla jusqu'au coin de la rue et observa la circulation, humant la forte odeur de la ville : un mélange d'essence, d'épices, de fruits pourris, d'urine, de corps mal lavés et de mort. Il aperçut soudain un taxi avec seulement deux hommes à l'arrière et un à l'avant, à un carrefour bloqué par un camion qui faisait demi-tour. Sans hésitation, il plongea au milieu des voitures, bouscula un homme sur son passage, ouvrit la portière arrière et s'engouffra dans le taxi, s'excusant abondamment en excellent farsi et suppliant les occupants de l'autoriser à les accompagner. Après quelques jurons et un bref marchandage, le chauffeur découvrit que le bazar se trouvait exactement sur la route dont il était convenu avec les autres, des voyageurs qui eux aussi s'étaient battus pour occuper une place. « Avec l'aide de Dieu, vous serez le second arrêt, Excellence. »

Ça y est, se dit-il, ravi, puis une autre pensée lui vint : j'espère que les autres ont réussi aussi. Duke, Scrag, Rudi, tous, Freddy et ce bon vieux Mac.

Aéroport international de Bahrein : 20 h 50. Jean-Luc, debout sur l'aire d'atterrissage des hélicoptères, braquait ses jumelles sur les deux 212 qui se trouvaient maintenant au bout de la piste, feux de navigation clignotant. Ils avaient été autorisés à se poser et approchaient rapidement. Auprès de lui, Mathias lui aussi regardait dans ses jumelles. Tout près, une ambulance, un médecin et le fonctionnaire de l'immigration, Yusuf. Le ciel était clair et constellé d'étoiles, la nuit agréable avec une brise tiède.

Le 212 de tête vira légèrement et Jean-Luc put lire les numéros d'immatriculation : G-UVX. Anglais. Dieu merci, ils avaient eu le temps à Jellet, songea-t-il, il reconnut Pettikin dans le cockpit, puis braqua ses jumelles vers l'autre 212 et vit Ayre et Kyle, le mécano.

Pettikin se posa. Mathias et Jean-Luc s'approchèrent, Mathias s'approchant de Pettikin et Jean-Luc de la porte de la cabine. Il l'ouvrit toute grande. « Salut, Genny, comment va-t-il?

– Il a l'air de ne pas pouvoir respirer. » Elle était blême.

Jean-Luc aperçut McIver allongé sur le plancher, un gilet de sauvetage sous la tête. Vingt minutes plus tôt, Pettikin avait signalé à la tour de Bahrein qu'un membre de son équipage, McIver, semblait avoir une crise cardiaque et il avait demandé d'urgence qu'un docteur et une ambulance viennent les accueillir. La tour avait aussitôt coopéré.

Le médecin s'engouffra devant lui dans la cabine

et s'agenouilla auprès de McIver. Un coup d'œil lui suffit. Il prit la seringue qu'il avait préparée. « Ça va le calmer tout de suite et dans quelques minutes nous l'aurons transporté à l'hôpital. » En arabe il appela les infirmiers qui arrivèrent au trot. Il aida Genny à descendre, rejointe maintenant par Jean-Luc. « Je suis le Dr Lanoire, voulez-vous me raconter ce qui s'est passé.

– C'est une crise cardiaque? demanda-t-elle.

– Oui, c'en est une. Ce n'est pas grave », dit le docteur, soucieux de la rassurer. Il était moitié français, moitié bahreinien, excellent médecin, et ils avaient eu de la chance de le trouver. Derrière eux, les infirmiers installaient McIver sur une civière et le descendaient avec douceur de l'hélicoptère.

« Il... mon mari, tout d'un coup a suffoqué en gémissant : " Je ne peux pas respirer ", puis il s'est plié en deux de douleur et s'est évanoui. » Elle essuya la sueur qui perlait au-dessus de sa lèvre, et continua du même ton neutre : « J'ai pensé que ce devait être une crise cardiaque et je ne savais pas quoi faire, et puis je me suis souvenue de ce que le vieux Dr Nutt avait dit quand il avait fait un jour une conférence pour les épouses : j'ai desserré le col de Duncan, nous l'avons allongé par terre et puis j'ai trouvé les... comprimés qu'il nous avait donnés, je lui en ai placé un sous le nez et je l'ai réduit en poudre...

– Nitrate d'amyl?

– Oui, oui, c'était ça. Le Dr Nutt nous en a donné deux à chacune en nous disant de bien les cacher et en nous expliquant comment s'en servir. Le médicament avait une odeur épouvantable mais Duncan a poussé un gémissement, il a presque repris connaissance, puis il s'est de nouveau évanoui. Mais il respirait, enfin un peu. C'était difficile de voir ou d'entendre dans la cabine, mais j'ai cru à un moment qu'il s'arrêtait de respirer et alors j'ai utilisé le dernier comprimé et ça a eu l'air de lui faire du bien. »

Le médecin n'avait cessé de surveiller le brancard. Dès qu'il fut bien installé en ambulance, il dit à Jean-Luc : « Capitaine, voulez-vous amener Mme McIver à l'hôpital dans une demi-heure, voici ma carte, on saura où je suis.

– Vous ne croyez pas, dit aussitôt Genny, que ce... »

Le docteur dit d'un ton ferme : « Vous nous aiderez davantage en nous laissant faire notre travail pendant une demi-heure. Vous avez fait le vôtre, je crois que vous lui avez sauvé la vie. » Il s'éloigna en courant.

CHAPITRE 26

Téhéran. Maison de Bakravan : 21 h 59. Zarah s'affairait autour de la table du dîner, s'assurant que tout était prêt. Il y avait des assiettes et des couverts, des serviettes de toile blanche, des plats de diverses sortes de *horisht,* des viandes et des légumes, des pains frais et des fruits, des douceurs et des condiments. Il ne manquait que le riz et on le servirait lorsqu'elle annoncerait que le dîner était prêt. « Bien », dit-elle au domestique et elle passa dans l'autre salon.

Leurs invités bavardaient déjà mais elle constata que Sharazad maintenant était un peu à l'écart, non loin de Daranoush, en grande conversation avec Meshang. Dissimulant sa tristesse, elle s'approcha d'elle. « Ma chérie, tu as l'air si fatiguée. Ça va?

– Bien sûr que ça va », lança Meshang avec une gaieté forcée.

Sharazad arbora un sourire, malgré sa grande pâleur. « C'est l'excitation, Zarah, c'est juste l'excitation. » Puis, s'adressant à Farazan : « Vous me permettez, Excellence Daranoush, je ne me joindrai pas à vous pour dîner ce soir.

– Pourquoi, qu'y a-t-il? demanda aussitôt Meshang. Tu es malade?

– Oh non, mon très cher frère, c'est juste l'excitation. » Sharazad se retourna vers le petit homme. « Peut-être me sera-t-il permis de vous voir demain? Peut-être pour dîner demain? »

Avant que Meshang pût répondre pour lui, Daranoush dit : « Bien sûr, ma chère », et puis il s'approcha, lui baisa la main et elle eut besoin de toute sa volonté pour ne pas avoir un haut-le-cœur. « Nous dînerons ensemble demain. Peut-être vous, Son Excellence Meshang et Zarah voudront-ils honorer de leur présence ma pauvre maison. » Il eut un petit rire. Son visage devint encore plus grotesque. « Notre pauvre maison.

– Merci. Je vais chérir cette pensée. Bonne nuit, la paix soit avec vous. »

Elle se montra tout aussi polie avec son frère et avec Zarah, puis tourna les talons et les quitta. Daranoush la regarda s'éloigner, suivant le balancement de ses hanches de jeune garçon et de ses fesses. Mon Dieu, regardez-la, se dit-il avec ravissement, l'imaginant nue et faisant des galipettes pour lui. C'est encore un meilleur arrangement que je ne l'imaginais. Par Dieu, quand Meshang m'a proposé ce mariage, je ne me suis laissé persuader que par la dot en même temps que par les promesses d'association politique dans le bazar : deux perspectives substantielles, comme elles doivent l'être pour une femme grosse de l'enfant d'un étranger. Mais maintenant, par Dieu, je ne crois pas que ce sera si difficile de coucher avec elle, de la faire me servir comme j'entends être servi et parfois de me donner des enfants. Qui sait, ce sera peut-être comme l'a dit Meshang : « Peut-être qu'elle perdra celui qu'elle porte. » Peut-être, peut-être bien.

Il se gratta distraitement jusqu'à ce qu'elle eût quitté la pièce. « Voyons, Meshang, où en étions-nous?

– Je vous parlais de la création d'une nouvelle banque... »

Sharazad referma la porte et monta d'un pas léger l'escalier. Jari était dans sa chambre, assoupie dans le grand fauteuil. « Oh! Princesse, comment...

– Je vais me coucher maintenant, Jari. Tu peux partir et je ne veux pas être dérangée par qui que ce soit et sous aucun prétexte. Nous parlerons au petit déjeuner.

– Mais, Princesse, je vais dormir dans le fauteuil, et... »

Sharazad tapa du pied, agacée. « Bonsoir! Et qu'on ne me dérange pas! » Elle tira bruyamment le verrou derrière Jari, ôta ses chaussures, puis, sans bruit, se changea. Maintenant le voile et le tchador. Elle ouvrit avec précaution la porte-fenêtre qui donnait sur le balcon et se glissa dehors. Les escaliers descendaient jusqu'à un patio et de là un passage conduisait à une porte de service. Elle fit glisser le verrou. Les gonds grincèrent. Puis elle se retrouva dans la ruelle et referma la porte. Comme elle s'éloignait en hâte, son tchador se gonfla derrière elle comme une grande aile noire.

Dans la salle de réception, Zarah jeta un coup d'œil à sa montre et s'approcha de Meshang. « Chéri, voudrais-tu qu'on serve le dîner maintenant?

– Dans un moment. Tu ne vois pas que Son Excellence et moi sommes occupés? »

Zarah soupira, puis s'éloigna pour parler à une amie mais s'arrêta en voyant le portier entrer l'air anxieux, chercher du regard Meshang, puis accourir jusqu'à lui et lui parler à l'oreille. Meshang pâlit. Daranoush Farazan resta bouche bée. Elle se précipita vers eux. « Que se passe-t-il? »

Meshang remuait la bouche mais aucun son ne sortait. Dans le silence qui soudain s'était abattu, le domestique affolé balbutia : « Les Brassards verts sont ici, Altesse, des Brassards verts avec... avec un mollah. Ils veulent voir Son Excellence tout de suite. »

Dans le grand silence, chacun se rappela l'arrestation de Paknouri, la convocation de Jared et toutes les autres arrestations, exécutions et autres bruits de terreur, les nouveaux comités, les prisons emplies d'amis, de clients et de relations. Daranoush crachait presque de rage à l'idée de se trouver ici, dans cette maison, à ce moment, il aurait voulu mettre en pièces ses vêtements parce qu'il avait stupidement accepté de s'allier à la famille Bakravan, déjà condamnée à cause des pratiques d'usurier de Jared – les mêmes pratiques dont tous les prêteurs du souk étaient coupables, mais Jared avait été pris! Fils d'un père brûlé, dire que j'ai accepté publiquement de me marier et en privé de participer aux projets de Meshang, des projets dont je vois maintenant, que Dieu me protège, qu'ils sont dangereusement modernes, dangereusement occidentaux et de toute évidence opposés au diktat et aux souhaits de l'imam! Fils d'un père brûlé, il doit bien y avoir un moyen de sortir de cette maison de damnés.

Quatre Brassards verts et le mollah attendaient dans la salle de réception, où le domestique les avait introduits, assis en tailleur et accoudés aux coussins de soie; ils avaient ôté leurs chaussures et les avaient laissées près de la porte. Les jeunes restaient bouche bée devant la richesse du décor, leurs fusils posés sur les tapis à côté d'eux. Le mollah portait une robe d'un très beau tissu avec un superbe turban blanc; c'était un homme imposant d'une soixantaine d'années avec une barbe blanche, d'épais sourcils bruns, un visage énergique et des yeux sombres.

La porte s'ouvrit. Meshang entra dans la pièce d'un pas d'automate. Il était blême et la terreur lui donnait la migraine. « Bonsoir... Bonsoir, Excellence...

– Bonsoir. Vous êtes Son Excellence Meshang Bakravan? » Meshang acquiesça sans un mot. « Alors bonsoir encore, que la paix soit avec vous, Excellence, veuillez m'excuser d'arriver si tard, mais je suis le mollah Sayani et j'arrive du *Komiteh.* Nous venons d'apprendre la vérité sur l'Excellence Jared Bakravan et je suis venu vous dire que, bien que ce soit la volonté de Dieu, Son Excellence n'a jamais été condamné d'après la loi, qu'il a été abattu par erreur, ses biens confisqués par erreur et que tout va vous être rendu sans tarder. »

Meshang le regardait abasourdi, muet de stupeur.

« Le gouvernement islamique est tenu de respecter la loi de Dieu. » L'air soucieux, le mollah poursuivit : « Dieu sait que nous ne pouvons contrôler tous les fanatiques, ni les gens simples et égarés. Dieu sait qu'il y en a qui par fanatisme commettent des erreurs. Et Dieu sait aussi qu'il y en a beaucoup qui utilisent la révolution pour le mal, en se cachant sous le manteau du patriotisme, beaucoup qui dénaturent l'islam pour servir leurs abominables desseins, beaucoup qui refusent d'obéir à la parole de Dieu, beaucoup qui cherchent à nous faire une mauvaise réputation, beaucoup même qui portent à tort le turban, beaucoup qui ne le méritent pas, même certains ayatollahs, même eux, mais avec l'aide de Dieu nous leur arracherons leurs turbans, nous purifierons l'islam, et nous écraserons le mal, où qu'il soit... »

Ces mots n'allaient pas jusqu'à Meshang. Il était assommé par l'espoir. « Il... mon père... Je... je récupère nos biens?

– Le gouvernement islamique est le gouvernement de la loi. La souveraineté appartient à Dieu seul. La loi de l'islam a une autorité absolue sur tous – y compris le gouvernement islamique. Même le Très Noble Messager, que la paix soit sur lui, s'est soumis à la loi que Dieu seul avait révélée, que Dieu seul a exprimée par la loi du Coran. » Le mollah se leva. « C'était la volonté de Dieu, mais Son Excellence Bakravan n'a pas été jugé conformément à la loi.

– C'est... c'est vrai?

– Oui, la volonté de Dieu, Excellence. Tout vous sera rendu. Votre père ne nous a-t-il pas généreusement soutenus? Comment le gouvernement islamique pourrait-il fleurir sans l'aide des commerçants du souk et sans leur soutien, comment pourrions-nous exister sans les commerçants pour combattre les ennemis de l'islam, les ennemis de l'Iran et les Infidèles... »

A l'entrée du bazar. Le taxi s'arrêta sur la place encombrée. Lochart descendit et régla la course tandis que deux candidats passagers, une femme et un homme, se frayaient un chemin jusqu'à la banquette qu'il venait de quitter. La place était pleine de gens qui allaient et venaient entre la mosquée, le bazar et les ruelles avoisinantes. Ils ne faisaient guère attention à lui, son uniforme et sa casquette lui ouvrant un passage. La soirée était fraîche et le temps couvert. Le vent s'était levé et agitait les flammes des lampes à huile aux étals des marchands. De l'autre côté de la place, c'était la rue où se trouvait la maison Bakravan. Il la traversa d'un pas vif, tourna le coin, s'écarta pour laisser passer le mollah Sayani et les Brassards verts, puis poursuivit son chemin.

Il s'arrêta devant la porte du grand mur, prit une profonde inspiration et frappa avec vigueur. Puis il frappa encore, puis encore. Il entendit des pas, aperçut un œil derrière le judas. « Concierge, c'est moi, Excellence capitaine Lochart », lança-t-il, tout joyeux.

La porte s'ouvrit toute grande. « Je vous salue, Excellence », dit le concierge, qui ne s'était pas encore remis du choc de l'arrivée brutale et du départ tout aussi brusque du mollah et des Brassards verts; et voici, par Dieu, une autre apparition, songea-t-il, l'Infidèle autrefois marié à la promise de Son Excellence.

Une rafale balaya les feuilles mortes dans le patio. Un autre serviteur abasourdi était planté devant la porte principale. « Je vous salue, Excellence, murmura-t-il, je... je vais dire à Son Excellence Meshang que vous êtes arrivé.

– Attends! » Lochart entendait maintenant le brouhaha des voix venant de la salle à manger, le tintement des verres, les rires d'une soirée. « Ma femme est-elle là?

– Votre femme? » Le serviteur retrouva non sans mal ses esprits. « Son... Son Altesse, Excellence capitaine, elle est allée se coucher. »

Lochart sentit son angoisse croître. « Elle est malade?

– Elle n'avait pas l'air malade, Excellence, elle est montée juste avant le dîner. Je vais prévenir Son Excellence Meshang que...

– Inutile de le déranger au milieu de ses invités, dit-il, ravi de cette occasion de la voir seule d'abord, je vais aller la voir, puis je descendrai m'annoncer plus tard. »

Le serviteur le regarda grimper les marches deux par deux, attendit qu'il eût disparu, puis se précipita pour trouver Meshang.

Lochart suivit un couloir, puis un autre. Il se forçait à marcher calmement, savourant d'avance la surprise qui allait être la sienne et sa joie, et ensuite il irait voir Meshang et Meshang écouterait leur plan. Enfin il arriva devant leur porte et tourna la poignée. Comme la porte ne s'ouvrait pas, il frappa et appela doucement : « Sharazad, c'est moi, Tommy. Sharazad? » Il attendit. Frappa. Attendit. Puis frappa un peu plus fort. « Sharazad!

– Excellence!

– Oh! Bonjour, Jari, dit-il, ne remarquant pas dans son impatience qu'elle tremblait. Sharazad, ma chérie, ouvre la porte, c'est moi, Tommy!

– Son Altesse a dit qu'il ne fallait pas la déranger.

– Elle ne voulait pas dire pour moi, bien sûr que non! Elle a pris un somnifère?

– Oh non, Excellence. »

Il fit soudain attention à elle. « De quoi as-tu si peur?

– Moi? Je n'ai pas peur, Excellence, pourquoi aurais-je peur? »

Il y a quelque chose de bizarre, se dit-il. Impatiemment, il se retourna vers la porte. « Sharazad! » Toujours rien. « C'est ridicule! » murmura-t-il. Sharazad! Il se retrouva à marteler la porte. « Oh! Bon sang!

– Qu'est-ce que tu fais ici? »

C'était Meshang, ivre de rage. Tout au bout du couloir, Lochart vit Zarah apparaître et s'arrêter. « Bon... Bonsoir, Meshang », dit-il, le cœur battant, essayant de prendre un ton raisonnable et poli. Mais pourquoi diable n'ouvre-t-elle pas cette porte? Ce n'est pas ainsi que ça devait se passer. Je suis revenu voir ma femme.

– Ce n'est pas ta femme, elle a divorcé, maintenant va-t'en! »

Lochart le regarda, abasourdi. « Bien sûr que c'est ma femme!

– Par Dieu, es-tu idiot? Elle *était* ta femme. Maintenant, quitte ma maison!

– Tu es fou, on ne peut pas la faire divorcer comme ça!

– Va-t'en!

– Va te faire voir! » Lochart se remit à marteler la porte. « Sharazad! »

Meshang se retourna vers Zarah. « Va chercher les Brassards verts! Va vite les chercher! Ils jetteront ce fou dehors!

– Mais, Meshang, ce n'est pas dangereux de les faire intervenir dans nos...

– Vas-y! »

Lochart devint furieux. Il donna un grand coup d'épaule dans la porte; elle frémit mais ne céda pas, alors il leva le pied et donna un grand coup de talon dans la serrure qui vola en éclats et la porte s'ouvrit toute grande.

« Va chercher les Brassards verts! hurla Meshang. Tu ne comprends donc pas qu'ils sont de notre côté maintenant, on nous a rendu nos biens... » Puis il se précipita à son tour. Il vit lui aussi que la chambre était vide, le lit vide, la salle de bain vide : elle ne pouvait être nulle part ailleurs. Lochart et lui se tournèrent vers Jari plantée sur le seuil et qui les contemplait d'un air incrédule, Zarah prudemment derrière elle dans l'entrée. « Où est-elle? cria Meshang.

– Je ne sais pas, Excellence, je ne l'ai jamais vue sortir, ma chambre est juste à côté et j'ai le sommeil léger! » Jari se mit à hurler tandis que Meshang la giflait à toute volée. Le coup l'envoya trébucher à quatre pattes.

« Où est-elle partie?

– Je ne sais pas, Excellence, je croyais qu'elle était au lit... » Elle poussa un cri au coup de pied que lui décochait Meshang dans les côtes. « Devant Dieu, je ne sais pas, je ne sais pas, je ne sais pas! »

Lochart était devant la porte-fenêtre. Elle s'ouvrit facilement, le loquet n'était pas mis. Aussitôt il fut sur le balcon, descendit l'escalier et arriva à la porte de derrière. Il revint à pas lents, désemparé. Meshang et Zarah le regardaient du haut du balcon. « La porte de derrière n'était pas fermée. Elle a dû sortir par là.

– Pour aller où? » Meshang était rouge de colère et Zarah se tourna vers Jari toujours à quatre pattes dans la chambre, gémissant et sanglotant de peur et de douleur. « Tais-toi, chienne, ou je te fouette. Jari! Si tu ne sais pas où elle est allée, où crois-tu qu'elle soit allée?

– Je... je ne sais pas, Altesse, sanglota la vieille femme.

– Réfléchis! hurla Zarah en la giflant.

– Je ne sais pas! cria Jari. Elle a été bizarre toute la journée, Excellence, bizarre, elle m'a renvoyée cet après-midi, elle est sortie toute seule et je l'ai retrouvée vers 7 heures et nous sommes rentrées ensemble, mais elle ne m'a rien dit, rien, rien...

– Par Dieu, pourquoi ne m'as-tu pas prévenu? s'écria Meshang.

– Prévenu de quoi, Excellence? Je vous en prie, ne me frappez plus! »

Meshang se laissa tomber sur un siège. Du brusque passage de la terreur totale, quand on lui avait annoncé l'arrivée du mollah et des Brassards verts, à l'euphorie totale en apprenant qu'il était pardonné et qu'on lui rendait ses biens, puis à sa fureur en trouvant Lochart, et Sharazad partie, tout cela l'avait profondément ébranlé. Ses lèvres remuaient, aucun son pourtant n'en sortait. Il vit Lochart questionner Jari mais sans comprendre ce qu'il disait.

Lorsqu'il était revenu en hâte dans la salle à manger pour annoncer en balbutiant la divine nouvelle, tout le monde s'était réjoui, Zarah avait pleuré de joie et l'avait embrassé tout comme les autres femmes et les hommes lui avaient chaleureusement serré la main. Tous, sauf Daranoush. Daranoush n'était plus là. Il s'était enfui. Par la porte de derrière. « Il est parti?

– Comme un sac plein de pets! » avait lancé quelqu'un.

Ils s'étaient tous mis à rire, soulagés à l'idée qu'ils ne risquaient plus d'être coupables de complicité, ravis en même temps de la façon inattendue dont Meshang avait retrouvé fortune et puissance. Quelqu'un avait crié : « Tu ne peux vraiment pas avoir Daranoush le Téméraire comme beau-frère, Meshang!

– Non, non, par Dieu, se rappelait-il avoir dit tout en vidant une coupe de champagne. Comment pourrait-on faire confiance à un homme pareil?

– Je ne lui confierais même pas un seau de pisse! Par le Prophète, j'ai toujours trouvé que Daranoush la Merde faisait payer trop cher ses services. Le bazar devrait réviser son contrat! »

Nouveaux applaudissements et approbation générale; Meshang avait bu une seconde coupe de champagne, épanoui devant les nouvelles des glorieuses possibilités qui s'ouvraient devant lui : le nouveau contrat pour les ordures du souk que lui, en tant qu'offensé, obtiendrait sans mal; un nouveau syndicat pour financer le gouvernement sous sa domination et des bénéfices accrus, de nouvelles associations avec des ministres plus importants qu'Ali Kia – où est-il, ce fils de chien? –, de nouveaux marchés dans les champs pétrolifères, des monopoles à décrocher, un nouveau parti pour Sharazad, ce serait si facile maintenant, car qui ne voudrait faire partie de sa famille, de *la* famille Bakravan? Plus besoin maintenant de payer une dot usuraire que je n'avais acceptée que sous la contrainte. Tous mes biens restitués, le domaine sur les rives de la Caspienne, des rues entières de maisons à Jaleh, des appartements dans la banlieue nord, des terres, des vergers, des champs et des villages..., tout cela me revient.

Et puis le domestique était venu anéantir sa joie, chuchotant que Lochart était revenu, qu'il était déjà dans sa maison, déjà en haut. Meshang s'était précipité dans l'escalier pour maintenant observer, désemparé, l'homme qu'il haïssait si fort en train de questionner Jari, Zarah écoutant de toutes ses oreilles.

Au prix d'un effort, il se concentra. Jari disait entre deux sanglots : « Je ne suis pas sûre, Excellence, elle... Elle m'a seulement... seulement dit que le jeune homme qui lui avait sauvé la vie à la première marche de protestation des femmes était un étudiant de l'université.

– Est-ce qu'elle l'a rencontré seule?

– Oh non, Excellence, non! Comme je l'ai dit nous l'avons rencontré pendant la marche et il nous a demandé de venir prendre un café pour nous remettre », dit Jari. Elle était pétrifiée à l'idée qu'on la surprenne en train de mentir, plus pétrifiée encore à l'idée de raconter ce qui s'était vraiment passé. Dieu me protège, pria-t-elle.

« Où est-elle allée? Où?

– Comment s'appelait-il, Jari?

– Je ne sais pas, Excellences, peut-être Ibrahim ou Ishmael, je ne sais pas. Je vous ai déjà dit, il n'avait aucune importance. »

Lochart était furieux. Pas d'indice. Rien. Où était-elle allée? Chez une amie? A l'université? A une autre marche de protestation? Il ne fallait pas oublier les rumeurs qui circulaient au souk à propos d'une nouvelle manifestation des étudiants, d'autres explosions auxquelles on s'attendait pour cette nuit, d'autres marches, ou contre-marches, les Brassards verts contre les gauchistes, mais toutes les marches non autorisées par l'imam interdites par le *Komiteh* et la patience du *Komiteh* arrivait à son terme. « Jari, tu dois bien avoir une idée, tu peux nous aider!

– Qu'on la fouette, lança Meshang, elle sait!

– Mais non, mais non..., dit Jari.

– Tais-toi, Jari! »

Lochart se tourna vers Meshang, le visage blême et marqué par la violence. « Je ne sais pas où elle est allée, mais je sais pourquoi. C'est toi qui l'as obligée à divorcer, et je jure devant Dieu que, s'il lui arrive malheur, n'importe quel malheur, *c'est toi qui paieras*!

– Tu l'as abandonnée, balbutia Meshang, tu l'as laissée sans un sou, tu l'as quittée...

– N'oublie pas, tu paieras! Et, si tu m'interdis l'accès de cette maison quand je reviendrai ou quand elle reviendra, Dieu, que cela retombe sur ta tête aussi! » Au bord de la folie, Lochart s'éloigna vers la porte-fenêtre.

« Où vas-tu? demanda Zarah.

– Je ne sais pas... Je... A l'université. Elle est peut-être allée rejoindre une autre marche, mais pourquoi se serait-elle enfuie pour ça?... » Lochart n'arrivait pas à exprimer sa vraie terreur : que la révolte de Sharazad fût si extrême qu'elle en avait perdu l'esprit, qu'elle allait se tuer, oh! pas un suicide, mais combien de fois dans le passé avait-elle dit : « Ne t'inquiète pas pour moi, Tony. Je suis une croyante, j'essaie toujours de faire l'œuvre de Dieu, et dès l'instant que je mourrai en faisant l'œuvre de Dieu, le nom de Dieu sur mes lèvres, j'irai au paradis. »

Mais notre enfant à naître? Une mère ne ferait pas

ça, elle ne le pourrait pas, n'est-ce pas, quelqu'un comme Sharazad?

Le silence régnait dans la pièce. Il resta planté là, pendant une éternité. Puis, tout d'un coup, son âme l'entraîna vers des eaux nouvelles. D'une voix étrangement claire, il déclara : « Je vous prends à témoin. J'atteste qu'il n'y a pas d'autre dieu que Dieu et que Mahomet est le prophète de Dieu... J'atteste qu'il n'y a pas d'autre dieu que Dieu et que Mahomet est le prophète de Dieu. » Et encore une troisième et dernière fois. Maintenant, c'était fait. Il était en paix avec lui-même. Il les vit le dévisager, ahuris.

Ce fut Meshang qui rompit le silence, il n'était plus en colère. « *Allah ou-Akhar!* Bienvenue. Toutefois dire la *shahada* n'est pas assez. Cela ne suffit pas.

– Je sais. Mais c'est le commencement. »

Ils le regardèrent disparaître dans la nuit, tous fascinés par ce qu'ils venaient de voir : une âme sauvée, un incroyant transformé en croyant, de façon inattendue. Tous étaient emplis de joie. « Dieu est grand!

– Meshang, murmura Zarah, est-ce que ça ne change pas tout?

– Si, enfin oui et non. Mais maintenant il ira au paradis comme Dieu le veut. » Soudain il se sentit très las. Son regard se tourna vers Jari et elle se remit à trembler. « Jari, dit-il du même ton calme, tu vas être fouettée jusqu'à ce que tu nous dises toute la vérité, tu te retrouveras en enfer. Viens, Zarah, il ne faut pas oublier nos invités...

– Et Sharazad?

– Comme Dieu le veut. »

A l'université – 21 h 48. Sharazad s'engagea dans la grande rue où se rassemblaient les Brassards verts et leurs partisans par milliers. La grande majorité étaient des hommes. Tous armés. Des mollahs les mettaient en rangs, les exhortant à maintenir la discipline, à ne pas faire feu sur les gauchistes à moins qu'on ne leur tirât dessus, à tâcher de les détourner du mal. « N'oubliez pas que ce sont des Iraniens, pas des étrangers sataniques. Dieu est grand... Dieu est grand...

– Bienvenue, mon enfant, dit un vieux mollah avec douceur, la paix soit sur toi.

– Et sur toi, dit-elle. Nous marchons contre les anti-Dieu?

– Oh oui! Dans un petit moment, nous avons le temps.

– J'ai une arme, dit-elle fièrement, en la lui montrant. Dieu est grand.

– Dieu est grand. Mais mieux vaut que le massacre cesse et que les égarés reconnaissent la Vérité, renoncent aux hérésies, obéissent à l'imam et retournent à l'islam. » Le vieil homme vit qu'elle était jeune et résolue, et cela l'emplit tout à la fois de joie et de tristesse. « Mieux vaut que le massacre cesse mais, si ceux de la Main Gauche ne cessent pas de s'opposer à l'imam, la Paix de Dieu soit sur lui, alors avec l'aide de Dieu, nous les précipiterons en enfer...

CHAPITRE 27

Palais de Tabriz : 22 h 05. Les trois hommes étaient assis devant le feu de bois, à boire leur café d'après le dîner et à regarder les flammes. La pièce était petite et richement ornée, chaude et intime, et un des gardes de Hakim était posté auprès de la porte. Mais il n'y avait pas de paix entre eux, même si tous prétendaient le contraire, pas plus maintenant que durant la soirée. Erikki, dans le feu, voyait l'embranchement de la route, toujours l'embranchement, d'un côté les flammes menant à la solitude, de l'autre à l'accomplissement – peut-être que oui et peut-être que non. Azadeh regardait le futur en essayant de ne pas le voir.

Hakim Khan détourna ses yeux du feu et lança le gant. « Tu as eu l'air absente toute la soirée, Azadeh, dit-il.

– Oui, je crois que nous sommes tous soucieux. » Son sourire manquait de conviction. « Penses-tu que nous pourrions parler en privé, tous les trois?

– Bien sûr. » Hakim fit signe au garde. « Je t'appellerai si j'ai besoin de toi. » L'homme obéit et referma la porte derrière lui. L'ambiance aussitôt changea dans la pièce. Maintenant ils étaient tous les trois des adversaires, ils en avaient tous conscience, tous étaient sur leurs gardes et prêts. « Oui, Azadeh?

– Est-ce vrai qu'Erikki doit partir tout de suite?

– Oui.

– Il doit y avoir une solution. Je ne peux pas supporter deux ans sans mon mari.

– Avec l'aide de Dieu, le temps passera vite. » Hakim Khan était assis très droit, très raide, la douleur atténuée par la codéine.

« Je ne peux pas supporter deux ans, répéta-t-elle.

– Il n'est pas possible de briser ton serment.

– Il a raison, Azadeh, fit Erikki. Tu as prêté serment librement, Hakim est le *khan* et le prix est... juste. Mais avec tous ces meurtres... il faut que je parte, c'est moi le responsable, ni toi ni Hakim.

– Tu n'as rien fait de mal, rien, tu as été obligé de me protéger et de te protéger toi-même; c'étaient des charognes acharnées à nous tuer, et quant au reste... tu as fait ce qui t'a semblé le mieux, tu n'avais aucun moyen de savoir que la rançon était en partie versée ni que mon père était mort... Il n'aurait pas dû faire tuer le messager.

– Ça ne change rien. Il faut que je parte ce soir. Nous pouvons l'accepter et nous en tenir là, dit Erikki, sans quitter des yeux Hakim. Deux ans seront vite passés.

– Si tu vis, mon chéri. » Azadeh se tourna vers son frère qui la regarda, avec le même sourire.

« Bien sûr, si je vis », dit-il avec un calme apparent.

Une braise tomba devant la cheminée et il se pencha pour la repousser. Il vit Azadeh qui regardait toujours Hakim et constata que lui non plus ne la quittait pas des yeux. Le même sourire calme, poli, la même inflexibilité.

« Oui, Azadeh? fit Hakim.

– Un mollah pourrait me relever de mon serment.

– Impossible. Ni un mollah ni moi ne pourrions faire cela, même l'imam ne serait pas d'accord.

– Je peux me relever moi-même. C'est une affaire entre Dieu et moi, je peux...

– Tu ne peux pas, Azadeh. Tu ne peux pas faire cela et vivre en paix avec toi-même.

– Je peux. Je peux le faire et être en paix.

– Tu ne peux le faire et rester musulmane.

– En effet, dit-elle simplement, je suis d'accord. »

Hakim eut un sursaut. « Tu ne sais pas ce que tu dis.

– Mais si, j'ai envisagé même cela. » La voix était sans timbre. « J'ai considéré cette solution et je l'ai trouvée supportable. Je n'endurerai pas deux années de séparation, pas plus que je ne supporterai la moindre tentative contre la vie de mon mari, ni ne te la pardonnerai. » Elle se redressa dans son fauteuil, bouleversée mais heureuse quand même d'avoir abordé ouvertement ce sujet, et en même temps effrayée. Une fois de plus, elle bénit Aysha de l'avoir prévenue.

« Je ne te laisserai dans aucune circonstance renoncer à l'islam », dit Hakim.

Elle se contenta de regarder les flammes.

Le champ de mines était tout autour d'eux et, bien que Hakim se concentrât sur elle, son instinct essayait de lire les pensées d'Erikki, l'homme au poignard, sachant que l'autre attendait aussi. Il jouait un tout autre jeu maintenant que le problème était posé. Aurais-je dû congédier le garde? se demandait-il, scandalisé par la menace de sa sœur, flairant le danger imminent. « Quoi que tu dises, Azadeh, quoi que tu essaies, pour le salut de ton âme je serais forcé d'empêcher une apostasie : par n'importe quel moyen. C'est impensable.

– Alors, je t'en prie, aide-moi. Tu es très sage. Tu es le *khan* et nous avons connu bien des épreuves ensemble. Je t'en supplie, cesse de menacer tout à la fois mon âme et la vie de mon mari.

– Je ne menace pas ton âme ni la vie de ton mari, répondit Hakim en regardant Erikki droit dans les yeux. Absolument pas.

– Quels étaient ces dangers dont tu parlais? demanda Erikki.

– Je ne peux pas te le dire, Erikki, dit Hakim.

– Voudriez-vous nous excuser, Altesse? Nous devons nous préparer à partir. » Azadeh se leva. Erikki en fit autant.

« Vous devez rester où vous êtes! lança Hakim, furieux. Erikki, vous la laisserez renier l'islam, son héritage, et ses chances de vie éternelle?

– Non, ça ne fait pas partie de mes projets », dit-il. Tous deux le regardèrent avec ahurissement. « Dis-moi donc quels dangers me menacent, Hakim.

– Quels projets? Tu as un plan? Pour faire quoi?

– Les dangers, parle-moi d'abord des dangers. L'islam d'Azadeh ne risque rien avec moi, je le jure sur mes propres dieux. Quels dangers? »

Il n'avait jamais été dans les intentions de Hakim de le leur dire, mais il était ébranlé maintenant par l'attitude intraitable de sa sœur, horrifié qu'elle envisageât de commettre l'ultime hérésie, pris au dépourvu par la sincérité de cet homme étrange. Il leur parla donc du télex, des pilotes et des appareils qui s'enfuyaient, de sa conversation avec Hashemi, observant que, bien qu'Azadeh parût aussi consternée qu'Erikki, sa surprise ne semblait pas réelle. On dirait qu'elle savait déjà, mais comment est-ce possible? Il poursuivit : « Je lui ai dit qu'on ne pouvait pas t'arrêter dans ma maison, sur mon domaine, ni à Tabriz, que je te donnerais une voiture, que j'espérais que tu éviterais l'arrestation et que tu partirais juste avant l'aube. »

Erikki était effondré. Le télex a tout changé, songea-t-il. « Alors ils vont m'attendre.

– Oui. Mais je n'ai pas dit à Hashemi que j'avais un autre plan, que j'ai déjà envoyé une voiture à Tabriz, que dès l'instant où Azadeh serait endormie je...

– Tu m'aurais laissée, Erikki? dit Azadeh, horrifiée. Tu m'aurais laissée sans rien me dire, sans me demander?

– Peut-être. Mais, Hakim, termine, je te prie, ce que tu disais.

– Dès l'instant où Azadeh serait endormie, je comptais vous faire sortir en cachette du palais pour gagner Tabriz où se trouve la voiture et vous diriger vers la frontière. J'ai des amis à Khoi et ils vous aideraient à la franchir, avec l'aide de Dieu », ajouta machinalement Hakim, grandement soulagé d'avoir eu la prévoyance de préparer ce plan de secours – au cas où on en aurait besoin. Nous y voilà, songea-t-il. « Tu as un plan?

– Oui.

– Quel est-il?

– S'il ne te plaît pas, Hakim Khan, que se passera-t-il alors?

– Dans ce cas je refuserai de l'autoriser et j'essaierai de l'arrêter.

– Je préférerais ne pas risquer ton déplaisir.

– Sans mon aide, vous ne pouvez pas partir.

– J'aimerais avoir ton aide, c'est vrai. » Erikki avait perdu confiance. Avec Mac et Charlie et les autres partis... Comment ont-ils pu faire si vite? Et pourquoi diable n'est-ce pas arrivé pendant que nous étions à Téhéran, mais loués soient tous les dieux, Hakim est *khan* maintenant et peut protéger Azadeh; il n'y a pas de doute sur ce que la SAVAK me fera si on m'attrape, quand on m'attrapera. « Tu avais raison quand tu parlais de danger. Tu crois que je pourrais me glisser dehors comme tu l'as dit?

– Hashemi a laissé deux policiers devant la porte. Je crois qu'on pourrait te faire sortir – il devrait être possible de détourner leur attention. Je ne sais pas s'il y en a d'autres sur la route de la ville, mais c'est possible, c'est plus que probable. Ils sont vigilants et si l'on vous arrête... C'est la volonté de Dieu.

– Erikki, dit Azadeh, ils s'attendent que tu partes seul et le colonel a accepté de ne pas te toucher à Tabriz. Si nous étions cachés à l'arrière d'un vieux camion, il nous suffirait d'un peu de chance pour les éviter.

– Tu ne peux pas partir », dit Hakim avec impatience, mais elle ne l'entendit pas. Elle pensait à Ross et à Gueng, à leur évasion précédente et au mal qu'ils avaient eu tous les deux alors que c'étaient des saboteurs et des combattants entraînés. Pauvre Gueng. Un frisson la parcourut. La route du Nord est aussi périlleuse que celle du Sud, il est si facile de nous tendre une embuscade, de dresser des barrages.

« Peu importe, murmura-t-elle. Nous arriverons là-bas. Avec l'aide de Dieu, nous nous évaderons.

– Par Dieu et le Prophète, s'écria Hakim, et ton serment, Azadeh? »

Son visage était très pâle maintenant et elle serrait les doigts pour ne pas trembler. « Je t'en prie, Hakim, pardonne-moi. Et si l'on m'empêche de partir maintenant avec Erikki, ou si Erikki ne veut pas m'emmener, je trouverai un moyen de m'échapper, je jure que je le ferai, je le jure. »

Elle jeta un coup d'œil à Erikki. « Si Mac et tous les autres se sont enfuis, on pourrait te prendre en otage.

– Je sais. Il faut que je parte le plus vite possible.

Mais il faut que tu restes. Tu ne peux pas renoncer à ta religion simplement à cause de deux ans, même si je n'ai aucune envie de te quitter.

– Est-ce que Tom Lochart laisserait Sharazad pendant deux ans?

– La question n'est pas là, dit patiemment Erikki. Tu n'es pas Sharazad, tu es la sœur d'un *khan* et tu as juré de rester.

– C'est une affaire entre Dieu et moi. Tommy n'abandonnerait pas Sharazad, répéta Azadeh avec obstination. Sharazad n'abandonnerait pas son Tommy, elle l'aime...

– Erikki, dit Hakim en les interrompant, il faut que je connaisse ton plan.

– Désolé, mais pour ça je ne fais confiance à personne. »

Le *khan* plissa les yeux et il lui fallut toute sa volonté pour ne pas appeler le garde. « Nous voilà donc dans une impasse. Azadeh, verse-moi du café, veux-tu? » Elle obéit aussitôt. Il regardait le grand gaillard debout, le dos au feu. « N'est-ce pas?

– Je t'en prie, résouds ce problème, Hakim Khan, dit-elle. Je sais que tu es un homme sage et que tu ne ferais pas de mal à Azadeh. »

Hakim accepta la tasse qu'elle lui tendait et la remercia; il regardait le feu, pesant le pour et le contre, il avait besoin de savoir ce qu'Erikki avait en tête, il voulait mettre un terme à tout cela, voir Erikki partir et Azadeh rester, rester comme elle l'avait toujours été, sage, douce, aimante, docile et musulmane. Il la connaissait trop bien pour être sûr qu'elle ne mettrait pas ses menaces à exécution, et il l'aimait trop pour la laisser faire.

« Peut-être cela te satisferait-il, Erikki : je jure devant Dieu que je t'aiderai, à condition que ton plan n'implique pas que ma sœur revienne sur son serment, ne la contraigne pas à devenir apostate, ne l'expose pas à un danger spirituel ni politique... » Il réfléchit un moment. « ... Qu'il ne nuise ni à elle ni à moi... et qu'il ait une chance de réussir. »

Azadeh se cabra. « Ce n'est pas une aide, ça, comment Erikki peut-il...

– Azadeh! fit sèchement Erikki. Où sont tes bonnes manières? Tais-toi. C'est à moi que le *khan* parlait, pas à toi. C'est mon plan qu'il veut connaître, pas le tien.

– Pardon, excuse-moi, je t'en prie, dit-elle aussitôt avec sincérité. Oui, tu as raison. Je vous présente mes excuses à tous les deux.

– Quand nous nous sommes mariés, tu as juré de m'obéir. Est-ce encore valable? » demanda-t-il sévèrement, furieux qu'elle eût failli ruiner son plan car il avait aperçu la lueur de rage dans le regard de Hakim et il avait besoin de le voir calme et non pas agité.

« Oui, Erikki », répondit-elle aussitôt, encore secouée par ce que Hakim avait dit, car cela fermait toutes les issues sauf celle qu'elle avait choisie – et ce choix la pétrifiait. « Oui, sans réserve, à condition que tu ne me quittes pas.

– Sans réserve? Oui ou non? »

Des images d'Erikki lui traversèrent l'esprit, sa douceur, son amour, son rire et tous les bons souvenirs, en même temps que la violence couvait toujours, une violence dont elle n'avait jamais été victime mais qui s'abattait sur quiconque la menaçait ou se dressait sur son chemin, Abdollah, Johnny, même Hakim – surtout Hakim.

Sans réserve, oui, avait-elle envie de dire, sauf en ce qui concerne Hakim, sauf si tu m'abandonnes. Il avait les yeux fixés sur elle. Pour la première fois, il lui fit peur. Elle murmura : « Oui, sans réserve. Je te supplie de ne pas me quitter. »

Erikki tourna son attention vers Hakim : « J'accepte ce que tu as dit, merci. » Il se rassit. Azadeh hésita, puis s'agenouilla auprès de lui, un bras appuyé sur ses genoux, cherchant le contact, espérant que cela chasserait sa peur et sa colère contre elle-même d'avoir perdu patience. Je dois devenir folle, se dit-elle. Dieu me protège...

« J'accepte les règles que tu as fixées, Hakim Khan, disait Erikki d'un ton calme. Malgré cela, je ne vais quand même pas te révéler mon plan... Attends, attends, attends! Tu as juré de m'aider si je ne te faisais pas courir de danger, et je ne le ferai pas. Au contraire, dit-il prudemment, au contraire, je vais t'exposer un plan hypothétique susceptible de satisfaire à toutes tes conditions. » Machinalement, Erikki commençait à caresser les cheveux d'Azadeh et sa nuque. Elle sentit sa tension se dissiper. Erikki surveillait Hakim, les deux hommes étaient prêts à exploser. « D'accord?

– Je continue.

– Supposons que mon hélicoptère soit en excellent état, que j'aie prétendu ne pas pouvoir le faire démarrer pour dépister tout le monde et pour qu'on s'habitue à l'idée d'entendre les moteurs démarrer et s'arrêter, supposons que j'aie menti à propos du carburant et qu'il y en ait assez pour voler une heure, largement assez pour aller jusqu'à la frontière et...

– Il y en a suffisamment? ne put s'empêcher de demander Hakim, à qui cette idée ouvrait de nouvelles perspectives.

– Dans le cas de cette histoire supposée, oui. » Erikki sentit les doigts d'Azadeh se crisper sur son genou et fit semblant de ne pas s'en apercevoir. « Disons que dans une minute ou deux, avant que nous allions tous nous coucher, je t'explique que je voudrais essayer encore de le faire démarrer. Disons que je le fais, que le moteur démarre et tourne assez pour se chauffer et puis s'arrête, personne ne s'en inquiéterait : la volonté de Dieu. Tout le monde penserait : est-ce que ce fou ne va pas nous laisser tranquilles, pourquoi ne renonce-t-il pas au lieu de nous empêcher de dormir? Disons alors que je remets le moteur en marche, que je mets toute la puissance et que je décolle. Dans cette hypothèse, je pourrais m'en aller en quelques secondes – à condition que les gardes ne tirent pas sur moi, et à condition qu'il n'y ait pas d'ennemis, de Brassards verts ni de policiers armés à la porte ou hors des murs. »

Hakim poussa un grand soupir. Azadeh s'agita un peu, on entendit le froissement de sa robe de soie. « Je prie pour qu'une telle supposition se réalise, dit-elle.

– Ce serait mille fois mieux qu'une voiture, dit Hakim, dix mille fois mieux. Tu pourrais faire tout le trajet de nuit?

– Je pourrais, à condition d'avoir une carte. La plupart des pilotes qui ont passé du temps dans une région gardent dans leur tête une bonne carte – bien sûr, tout cela est de la pure imagination.

– Oui, oui, bien sûr. Eh bien, alors, ton plan imaginaire n'est pas mal. Tu pourrais t'enfuir ainsi, si tu pouvais neutraliser les ennemis dans la cour. Maintenant, et toujours dans la même supposition, qu'adviendrait-il de ma sœur?

– Ma femme ne participe à aucune évasion, réelle ou imaginée. Azadeh n'a pas le choix : elle doit rester de son plein gré et attendre deux ans. » Erikki vit la stupéfaction de Hakim et sentit sous sa main la révolte d'Azadeh. Mais ses doigts ne cessaient pas de lui caresser les cheveux et la nuque, de la calmer, de l'apaiser et il poursuivit tranquillement : « Elle doit rester pour obéir à son serment. Elle ne peut pas s'en aller. Personne de ceux qui l'aiment, et surtout pas moi, ne la laisserait renoncer à l'islam pour deux ans. En fait, Azadeh, que tout cela soit imaginé ou non, c'est interdit. Tu comprends?

– J'entends, mon mari », dit-elle entre ses dents, si furieuse que c'était à peine si elle pouvait parler et se maudissant d'être tombée dans ce piège.

« Tu es liée par ton serment pour deux ans, ensuite tu peux partir librement. C'est un ordre! »

Elle leva les yeux vers lui et dit d'un ton sombre : « Peut-être qu'après deux ans je n'aurai plus envie de partir. »

Erikki posa sa grande main sur l'épaule d'Azadeh, laissant ses doigts courir sur sa nuque. « Alors, femme, je reviendrai te tirer par les cheveux. » Il avait parlé d'un ton calme et avec une telle force que cela la glaça. Elle baissa les yeux vers le feu, toujours appuyée contre sa jambe. Lui gardait une main posée sur son épaule. Elle ne fit pas un geste pour se libérer. Mais il savait qu'elle bouillait de rage. Il savait pourtant qu'il était nécessaire de dire ce qu'il avait dit.

« Veuillez m'excuser un moment », dit-elle d'une voix glacée.

Les deux hommes la regardèrent partir.

Lorsqu'ils furent seuls, Hakim dit : « Obéira-t-elle?

– Non, dit Erikki. Non, à moins que tu ne l'enfermes à clé et même dans ce cas... Non. Sa décision est prise.

– Jamais, jamais je ne la laisserai enfreindre son serment et renoncer à l'islam, tu dois le comprendre, même... même si je dois la tuer. »

Erikki le regarda. « Si tu lui fais du mal, tu es un homme mort... Si je suis encore en vie. »

Faubourgs nord de Tabriz : 22 h 36. Dans l'obscurité, la première vague de Brassards verts fonça sur la porte de la haute muraille, fit sauter les serrures et pénétra dans le patio tout en ouvrant le feu. Hashemi et Robert Armstrong étaient de l'autre côté de la place, relativement à l'abri derrière un camion. D'autres hommes rôdaient dans la ruelle pour couper toute retraite.

« Maintenant! » dit Hashemi dans son talkie-walkie. Aussitôt, le côté ennemi de la place fut inondé de la lumière des projecteurs montés sur des camions camouflés. Des hommes fuyaient partout mais la police et les Brassards verts ouvrirent le feu et la bataille commença. « Venez, Robert », dit Hashemi en l'entraînant prudemment vers la bataille.

Des informateurs avaient chuchoté que ce soir se tiendrait ici une réunion au sommet de dirigeants marxistes islamiques et que ce bâtiment était relié à d'autres de chaque côté de la place par tout un réseau de passages et de portes secrètes. Avec l'assistance de Hakim Khan, Hashemi avait déclenché là le premier d'une série de raids destinés à désactiver l'opposition gauchiste au gouvernement, à s'emparer des chefs, et à faire un exemple public – pour servir ses propres desseins.

Le premier groupe de Brassards verts avait nettoyé le rez-de-chaussée et les hommes chargeaient dans l'escalier, sans se soucier de leur sécurité. Les défenseurs, une fois revenus de leur surprise, ripostaient avec la même ardeur, ils étaient bien armés et bien entraînés.

Dehors, sur la place, c'était une sorte de répit : il n'y avait plus de défenseurs désireux de relever le gant ni de rallier ceux qui étaient coincés sans espoir entre les voitures dont certaines brûlaient déjà. La ruelle derrière l'immeuble était d'un calme inquiétant, la police et les Brassards verts en bloquaient les deux extrémités, bien retranchés derrière leurs véhicules. « Pourquoi attendons-nous ici comme des lâches d'Irakiens? lança un des Brassards verts. Pourquoi ne les attaquons-nous pas?

– Tu attends parce que ce sont les ordres du colonel, dit le sergent de police, tu attends parce que nous pouvons tuer tous ces chiens sans risque et que...

– Je ne suis sous les ordres d'aucun chien de colonel, je ne prends d'ordres que de Dieu! Dieu est grand! » Sur quoi, le jeune homme arma son fusil et quitta l'abri de la barricade pour se précipiter vers la porte de derrière de l'immeuble qui était leur objectif. D'autres suivirent. Le sergent les insulta en leur donnant l'ordre de revenir, mais ses paroles furent noyées par la fusillade qui s'abattit sur eux de petites fenêtres ménagées tout en haut des murs, une fusillade meurtrière.

Hashemi et les autres avaient entendu des coups de feu dans la ruelle et crurent que les assiégés avaient tenté une sortie. « Les chiens ne peuvent pas s'échapper par là, Robert, s'écria Hashemi, ravi, ils sont pris au piège! » D'où il était, il pouvait voir que l'attaque sur le bâtiment principal était repoussée. Il dit dans son talkie-walkie : « La seconde vague à l'assaut de l'immeuble du QG. » Aussitôt un mollah et un autre groupe de jeunes gens se précipitèrent sur la place en lançant leur cri de bataille. Robert Armstrong était consterné de voir Hashemi les lancer ainsi à l'assaut, sous le feu des projecteurs ils étaient des cibles si faciles. « Ne vous en mêlez pas, Robert! Par Dieu, j'en ai assez de vous voir intervenir, avait dit sèchement Hashemi quand Armstrong avait risqué quelques conseils. Gardez votre opinion pour vous, c'est une affaire intérieure, qui ne vous regarde en rien.

– Mais, Hashemi, toutes ces maisons ne sont pas hostiles ni marxistes, il doit y avoir des familles, peut-être des centaines d'innocents...

– Taisez-vous ou, bon sang, je considérerai cela comme de la trahison!

– Alors je vais rester en arrière. Je vais retourner surveiller le palais.

– Je vous ai dit que vous participeriez à l'attaque! Vous croyez que vous autres Britanniques vous êtes les seuls à pouvoir mater quelques révolutionnaires? Vous allez rester auprès de moi, là où je peux vous voir – mais, tout d'abord, donnez-moi votre arme!

– Hashemi...

– Votre arme! Par le Prophète, je n'ai plus confiance en vous. Votre pistolet! »

Il le lui avait donc donné, puis la rage d'Hashemi s'était calmée et il avait fait semblant de prendre tout cela en riant. Il ne lui avait quand même pas rendu son pistolet et Armstrong se sentait tout nu dans la nuit, craignant au fond d'avoir été trahi. Il le regarda, retrouva cette lueur étrange dans les yeux de Fazir, cette bizarre façon de crisper la bouche avec un peu de salive qui filtrait aux commissures des lèvres.

La rafale d'un feu nourri ramena son attention vers l'immeuble. Le tir d'armes automatiques dirigé contre les nouveaux attaquants venait des fenêtres d'en haut. De nombreux jeunes gens furent abattus mais certains pénétrèrent dans le bâtiment, le mollah parmi eux, venant en renfort des combattants encore vivants. Ensemble, ils écartèrent les corps qui bloquaient l'escalier et se frayèrent un chemin jusqu'au premier étage.

Sur la place, Hashemi était maintenant accroupi derrière une voiture, brûlant d'excitation et grisé par le sentiment qu'il avait de son pouvoir. « D'autres hommes dans le bâtiment du QG! » Jamais encore il n'avait commandé une bataille, pas plus qu'il n'avait participé à un combat. Tout son travail jusqu'à maintenant avait été secret, clandestin, seuls quelques hommes participaient à chaque opération : même avec ses assassins du groupe 4, tout ce qu'il avait fait, ç'avait été de donner des ordres bien à l'abri et d'attendre à l'abri, loin de l'action. Sauf la fois où il avait personnellement fait exploser la voiture piégée qui avait tué son ennemi de la SAVAMA, le général Janan. Par Dieu et par le Prophète, songeait-il, c'est pour ça que j'étais né : pour le combat et pour la guerre!

« Assaut général! » cria-t-il dans le talkie-walkie, puis il se redressa et hurla aussi fort qu'il put : « Assaut général! »

Des hommes chargèrent, jaillis de l'ombre. Des grenades passaient par-dessus les murs, tombant indifféremment dans des patios et par des fenêtres. Des explosions se succédaient et des tourbillons de fumée, de nouveaux coups de feu, des tirs de fusils et d'armes automatiques, d'autres explosions encore, puis une énorme déflagration dans le quartier général des gauchistes : une cache contenant des munitions et de l'essence avait sauté, anéantissant le dernier étage et presque toute la façade. La vague de chaleur déferla sur Hashemi, renversa Armstrong, et Mzytryk qui, bien à l'abri derrière une fenêtre de l'autre côté de la place, observait la scène à la jumelle, les vit clairement dans le faisceau des projecteurs et décida que c'était le moment.

« Maintenant! » dit-il en russe.

Le tireur d'élite auprès de lui tenait déjà sa cible dans son viseur télescopique, le canon de son fusil appuyé sur le rebord de la fenêtre. Il appuya aussitôt son index sur la garde de la gâchette, il sentit le doigt de Mzytryk sur la détente et commença le compte à rebours : « Trois... deux... un... feu! » Mzytryk pressa la détente. Les deux hommes virent la balle dum-dum toucher Hashemi entre les reins, le précipiter les bras en croix contre la voiture devant lui, puis ils le virent s'affaler dans la poussière.

« Bon! murmura Mzytryk, en regrettant seulement que sa vue ne fût pas assez bonne pour qu'il pût s'occuper lui-même du meurtrier de son fils.

« Trois... deux... un... » Le viseur vacilla. Les deux hommes jurèrent, car ils avaient vu Armstrong se retourner, regarder un instant dans leur direction, puis se jeter dans une brèche entre les voitures et disparaître derrière l'une d'elles.

« Il est près de la roue avant. Il ne peut pas s'échapper. Sois patient, tire quand tu pourras! » Mzytryk sortit en courant de la chambre sur le palier et cria en turc aux hommes qui attendaient en bas : « Allez! », puis il revint dans la pièce. Au moment où il franchissait le seuil, il vit le tireur faire feu. « Je l'ai eu », dit l'homme. Mzytryk braqua ses jumelles mais il n'arrivait pas à voir Armstrong. « Où est-il?

– Derrière la voiture noire : il a passé la tête une seconde par-dessus la roue avant et je l'ai eu.

– Tu l'as tué?

– Non, camarade général. J'ai fait très attention comme vous me l'aviez ordonné.

– Tu es sûr?

– Oui, camarade général, je l'ai touché à l'épaule, peut-être à la poitrine. »

Le bâtiment du quartier général était maintenant la proie des flammes, on ne tirait plus des maisons voisines que de façon sporadique : il restait quelques points de résistance, les attaquants l'emportant largement en nombre sur les défenseurs, mais les uns comme les autres pris dans une frénésie de brutalité. Des barbares, songea Mzytryk avec mépris, puis son regard revint au corps de Hashemi secoué de convulsions au bord du caniveau. Ne meurs pas trop vite, *matyeryebyets*. « Est-ce que tu vois l'Anglais?

– Non, camarade général, mais je couvre les deux côtés. »

Mzytryk vit alors l'ambulance délabrée arriver et des hommes portant des brassards de la Croix-Rouge se déployer avec des brancards pour commencer à ramasser les blessés, le gros de la bataille était passé. Je suis content d'être venu ce soir, pensa-t-il, encore bouillant de rage. Il avait décidé de diriger personnellement l'opération de représailles dès l'instant où le message de Hakim Khan était arrivé la veille. La « convocation » à peine déguisée – aussi bien que le rapport secret de Pahmudi sur les circonstances de la mort de son fils aux mains de Hashemi et d'Armstrong – l'avait mis dans une rage folle.

Il avait été simple de trouver un hélicoptère et de se poser la veille au soir juste en dehors de Tabriz, simple de monter une contre-attaque pour tendre une embuscade aux deux meurtriers. Simple aussi de prévoir sa vengeance qui renforcerait ses relations avec Pahmudi en le débarrassant de son ennemi Hashemi Fazir tout en épargnant bien des ennuis à ses moudjahidin et à ses tudehs. Et Armstrong, l'insaisissable agent du MI6, encore une élimination qui avait bien tardé : que maudit soit ce fornicateur d'être apparu comme un fantôme après toutes ces années.

« Camarade général!

– Oui, je le vois. » Mzytryk vit les hommes de la Croix-Rouge déposer Hashemi sur un brancard et l'emmener vers l'ambulance. D'autres passèrent derrière la voiture. Le repère en croix du viseur télescopique les suivit. L'excitation de Mzytryk montait. Le tireur d'élite attendait patiemment. Quand les hommes réapparurent, on les revit moitié portant, moitié traînant Armstrong. « Je savais bien que j'avais touché ce salaud », dit le tireur.

Au palais : 23 h 04. Sans bruit, l'éclairage phosphorescent, les lumières rouges du tableau de bord pour le vol de nuit s'allumèrent. Le doigt d'Erikki pressa le bouton du démarreur. Les réacteurs se mirent en marche, toussèrent, reprirent, hésitèrent tandis qu'il manœuvrait avec prudence les coupe-circuit. Puis il les poussa à fond. Les moteurs se mirent à tourner vraiment.

Dans l'avant-cour, des projecteurs étaient allumés à demi-puissance. Azadeh et Hakim Khan, enveloppés de lourds manteaux pour se protéger du froid de la nuit, l'observaient à quelques mètres des pales qui tournaient. A la porte, à une centaine de mètres de là, deux gardes et deux policiers de Hashemi le surveillaient aussi, mais nonchalamment. Il voyait le rougeoiement de leurs cigarettes. Les deux policiers mirent leur Kalashnikov en bandoulière et s'approchèrent.

Une fois de plus les moteurs se mirent à toussoter et Hakim Khan lança par-dessus le vacarme des réacteurs : « Erikki, laisse tomber pour ce soir ! » Mais Erikki ne l'entendit pas. Hakim s'éloigna en direction de la porte, suivi à regret d'Azadeh. Il marchait d'un pas lourd et maladroit. Il jura, pas encore habitué à ses béquilles.

« Je vous salue, Altesse, dirent poliment les policiers.

– Salut à vous. Azadeh, fit Hakim avec irritation, ton mari n'a aucune patience, il perd la tête. Qu'est-ce qui lui prend ? C'est ridicule de continuer à essayer les moteurs. A quoi cela l'avancerait-il, même s'il arrivait à les faire démarrer ?

– Je ne sais pas, Altesse. » Dans la pâle lumière, le

visage d'Azadeh était blême et elle était très mal à l'aise. « Il... depuis le raid, il est très difficile, très bizarre, et j'ai du mal à le comprendre... Il me fait peur.

– Ça ne m'étonne pas! Il ferait peur au diable.

– Excusez-moi, Altesse, dit Azadeh, mais en temps normal il... il ne me fait pas peur. »

Courtoisement les deux policiers tournaient les talons, mais Hakim les arrêta. « Avez-vous remarqué une différence chez le pilote?

– Il est très en colère, Altesse. Il est en colère depuis des heures. A un moment, je l'ai vu qui donnait des coups de pied dans l'appareil... Mais, s'il est différent, c'est difficile à dire. C'est la première fois que je le vois. » Le caporal avait une quarantaine d'années et voulait éviter les ennuis. Son compagnon était plus jeune et encore plus effrayé. Ils avaient pour consigne de surveiller et d'attendre jusqu'au moment où le pilote partirait en voiture, de ne pas s'opposer à son départ, mais de le signaler aussitôt par la radio de leur voiture au QG. Tous deux avaient bien conscience du danger de leur position : le bras du *khan* des Gorgons était encore très long. Ils savaient tous les deux que les serviteurs et les gardes du défunt *khan* qu'il avait accusés de trahison pourrissaient encore dans les cachots de la police. Mais ils savaient aussi que les services secrets les retrouveraient encore plus vite.

« Dis-lui d'arrêter, Azadeh, de couper le moteur.

– Jamais il n'a été... si en colère contre moi, et ce soir... » Elle en louchait presque dans sa rage. « Je ne pense pas que je puisse lui obéir.

– Tu le feras! »

Après un silence, elle reprit : « Même quand il est seulement un peu en colère, je ne peux rien faire avec lui. »

Les policiers virent sa pâleur et la plaignirent, mais

ils s'apitoyaient encore davantage sur leur propre sort : ils avaient entendu ce qui s'était passé dans la montagne. Dieu nous protège de l'homme au poignard! Qu'est-ce que cela doit être d'épouser un tel barbare qui, comme tout le monde le sait, a bu le sang des montagnards qu'il a massacrés, adore les esprits des forêts au mépris de la loi divine et se roule nu dans la neige en obligeant sa femme à en faire autant.

Les moteurs toussotèrent, s'arrêtèrent et ils virent Erikki hurler de rage et frapper à coups de poing la carlingue, cabossant l'aluminium tant il frappait avec vigueur.

« Altesse, avec votre permission je vais aller me coucher : je crois que je vais prendre un somnifère et j'espère que demain sera meilleur...

– Oui. Un somnifère est une bonne idée. Très bien. Je crains d'avoir à en prendre deux, mon dos me fait terriblement mal et je n'arrive plus à dormir maintenant sans en prendre. » Hakim ajouta avec colère : « C'est sa faute! Sans lui je ne serais pas dans cette douleur. » Il se tourna vers son garde du corps : « Allez chercher mes gardes à la porte, je veux leur donner des consignes. Viens, Azadeh. »

Il s'éloigna d'un pas mal assuré, Azadeh l'escortant docilement. Les réacteurs repartirent. Exaspéré, Hakim Khan se tourna vers les policiers. « S'il ne s'arrête pas dans cinq minutes, donnez-lui l'ordre de cesser de ma part! Par Dieu, cinq minutes! »

Mal à l'aise, les deux hommes les regardèrent s'en aller, le garde du corps avec les deux hommes de garde à la porte montant précipitamment les marches. « Si Son Altesse n'arrive pas à le mater, que pouvons-nous faire? dit l'aîné des policiers.

– Avec l'aide de Dieu, les moteurs continueront jusqu'à ce que le barbare soit satisfait, ou bien il les arrêtera lui-même. »

Les projecteurs dans l'avant-cour s'éteignirent. Au bout de six minutes, les réacteurs recommençaient à démarrer et à caler. « Nous ferions mieux d'obéir. » Le jeune policier était très nerveux. « Le *khan* a dit cinq minutes. Nous sommes en retard.

– Apprête-toi à courir et ne l'irrite pas inutilement. Ote le cran de sûreté. » Nerveux, ils approchèrent. « Pilote! » Mais le policier leur tournait toujours le dos, il était à moitié dans le cockpit. Fils de chien! Maintenant, ils étaient tout près des pales qui tournoyaient. « Pilote! lança le caporal.

– Il ne nous entend pas; qui entendrait quoi que ce soit? Avance, je vais te couvrir. »

Le caporal acquiesça, recommanda son âme à Dieu et plongea sous le tourbillon des pales. « Pilote! » Il dut s'approcher tout près pour le toucher. « Pilote! » Le pilote se retourna, le visage plissé, et dit quelque chose dans une langue barbare qu'il ne comprit pas. Avec un sourire forcé et une politesse non moins forcée, il dit : « Je vous en prie, Excellence pilote, nous considérerions comme un honneur si vous arrêtiez les moteurs, Son Altesse le *khan* l'a ordonné. » Il vit le regard vide, se rappela que l'homme au poignard ne parlait aucune langue civilisée, alors il répéta ce qu'il avait dit, en parlant plus fort et plus lentement et en s'accompagnant de signes. A son grand soulagement, le pilote hocha la tête d'un air d'excuse, abaissa quelques manettes et bientôt les moteurs ralentirent, tout comme les pales.

Dieu soit loué! Bien joué, songea le caporal. « Merci, Excellence pilote. Merci. » Très content de lui, il jeta un coup d'œil dans le cockpit. Le pilote lui faisait des signes, visiblement désireux de se concilier ses bonnes grâces, l'invitant à s'installer auprès de lui. Gonflé d'orgueil, il vit le barbare se pencher en désignant les instruments.

Incapable de maîtriser sa curiosité, le jeune policier passa sous les pales qui tournaient de plus en plus lentement et s'approcha de la porte du cockpit. Il se pencha pour mieux voir, fasciné par les rangées de contacts et de cadrans qui luisaient dans l'obscurité.

« Par Dieu, caporal, as-tu jamais vu autant de cadrans et de manettes? Tu as l'air tout à fait à ta place dans ce siège!

– Je voudrais bien être un pilote, dit le caporal. Je... » Il s'arrêta, stupéfait. Un brouillard rouge lui fit perdre le souffle et le plongea dans de profondes ténèbres.

Erikki avait cogné la tête du plus jeune contre celle du caporal, les assommant tous les deux. Les rotors s'étaient arrêtés. Il regarda autour de lui : rien ne bougeait dans l'obscurité, on voyait seulement quelques lumières qui brillaient au palais. Pas de regards ni de présences étrangères qu'il pût percevoir. Il fourra rapidement leurs armes derrière le siège du pilote. Il ne lui fallut que quelques secondes pour traîner les deux hommes dans la cabine et les allonger là, les forcer à ouvrir la bouche, leur faire avaler les somnifères qu'il avait volés dans l'armoire à pharmacie d'Azadeh et les bâillonner. Un instant pour reprendre haleine, puis il repartit dans le cockpit vérifier que tout était prêt pour le départ. Il revint alors dans la cabine : les deux hommes n'avaient pas bougé. Il s'adossa à la porte, prêt à les réduire au silence si besoin en était. Il avait la gorge sèche. La sueur perlait sur son front. Il attendit. Puis il entendit des chiens; sans bruit, il prépara le fusil mitrailleur. La patrouille de deux gardes armés avec des dobermans fit le tour du palais, mais sans s'approcher de lui.

Dans les faubourgs nord. L'ambulance délabrée cahotait dans les rues. A l'arrière se trouvaient deux infirmiers et trois brancards, Hashemi allongé sur l'un d'eux, hurlait, perdant son sang, toute une partie du dos arrachée.

« Au nom de Dieu, donnez-lui de la morphine », fit Armstrong, maîtrisant sa douleur. Il était affalé sur une civière, à demi adossé à la carrosserie, serrant un pansement contre la plaie qu'il avait dans le haut de la poitrine, sans se rendre compte que le sang jaillissait de la blessure qu'il avait dans le dos et saturait le pansement rudimentaire qu'un des infirmiers avait glissé à travers la déchirure de son imperméable. « Donnez-lui de la morphine! » répéta-t-il; il les maudissait en partie en anglais, furieux de leur stupidité; il était encore secoué par le choc de la balle et la brusquerie de l'attaque surgie de nulle part. Pourquoi, pourquoi?

« Qu'est-ce que je peux faire, Excellence? fit une voix dans l'obscurité. Nous n'avons pas de morphine. C'est la volonté de Dieu. » L'homme alluma une torche électrique, aveuglant à moitié l'infirmier, puis la braqua sur Hashemi, et ensuite sur la troisième civière. Le jeune là-bas était déjà mort. Armstrong vit qu'ils n'avaient pas pris la peine de lui fermer les yeux. Hashemi poussa de nouveau un cri étranglé.

« Eteins ta lampe, Ishmael, dit l'autre infirmier. Tu veux qu'on se fasse tirer dessus? »

Ishmael obéit. Il alluma une cigarette, toussa, écarta la bâche un moment pour voir où ils étaient. « Encore quelques minutes, avec l'aide de Dieu. » Il se pencha et secoua Hashemi, l'arrachant au calme de l'inconscience pour le faire revenir au tourment de sa souffrance. « Encore quelques minutes, Excellence colonel. Ne mourez pas encore. Encore quelques minutes et on va vous soigner. »

Une roue passa dans une ornière et une douleur déchirante traversa Armstrong. Lorsqu'il sentit l'ambulance s'arrêter, il en pleura presque de soulagement. Des hommes écartèrent la bâche, des mains sans douceur le prirent par l'épaule et l'installèrent sur un brancard. A travers la brume de sa douleur, il vit le brancard de Hashemi qu'on emportait dans la nuit, puis des hommes le soulevèrent sans ménagements, la douleur fut trop forte et il s'évanouit.

Les brancardiers enjambèrent le joub, franchirent la porte percée dans la haute muraille, s'engagèrent dans le corridor crasseux, descendirent un étage et débouchèrent dans une grande cave éclairée par des lampes à huile. Mzytryk dit : « Posez-le là ! » Il désigna la seconde table. Hashemi était déjà sur la première, lui aussi immobilisé par les sangles de son brancard. Mzytryk inspecta les blessures d'Armstrong, puis celles de Hashemi, les deux hommes toujours inconscients.

« Bon, dit-il. Attends-moi là-haut, Ishmael. »

Ishmael ôta son brassard de la Croix-Rouge et le jeta dans un coin avec les autres. « Beaucoup de gens de notre peuple ont été martyrisés dans ces bâtiments. Je doute qu'aucun ait échappé.

– Alors tu as été bien avisé de ne pas participer à la réunion. »

Ishmael remonta l'escalier pour rejoindre ses amis qui se félicitaient bruyamment d'avoir réussi à arrêter le chef ennemi et son chien courant, l'étranger. Tous étaient de fidèles combattants marxistes islamiques, pas un n'était infirmier.

Mzytryk attendit d'être seul, puis prit un petit canif et sonda sans ménagements la plaie de Hashemi. Le hurlement qu'il entendit lui fit plaisir. Lorsque les cris se calmèrent, il prit un seau d'eau glacée et le déversa sur le visage du colonel. Ses yeux s'ouvrirent et la terreur et la souffrance qu'il lut dans leur regard lui fit encore plus grand plaisir. « Tu voulais me voir, colonel? Tu as tué mon fils Fedor. Je suis le général Petr Oleg Mzytryk. » Il reprit son canif. Une horrible grimace crispa le visage de Hashemi et il se mit à hurler, criant et hurlant des mots incohérents, essayant de se libérer de ses liens.

« Voici pour mon fils... Et pour mon fils... Et pour mon fils... » Hashemi avait le cœur robuste et il résista des minutes, criant miséricorde, appelant la mort, demandant au dieu unique la mort et la vengeance. Il eut une mauvaise mort.

Un moment, Mzytryk resta planté devant lui, humant malgré lui cette puanteur. Il n'avait pas besoin de se forcer pour se rappeler ce que ces deux-là avaient fait à son fils pour l'entraîner jusqu'au troisième degré. Le rapport de Pahmudi avait été explicite. « Hashemi, te voilà récompensé, mangeur de merde », dit-il en lui crachant au visage. Puis il se retourna et s'arrêta. Armstrong avait repris connaissance et l'observait de son brancard, de l'autre côté de la cave. Le regard des yeux bleus était glacé. Le visage exsangue. Cette absence de peur le stupéfia. Je vais changer ça, songea-t-il en prenant son canif. Puis il remarqua que le bras droit d'Armstrong s'était libéré des courroies, et avant qu'il ait pu faire un geste, Armstrong avait atteint le revers de son imperméable et tenait maintenant tout près de sa bouche la capsule de cyanure qu'il contenait. « Ne bougez pas! » lui lança Armstrong.

Mzytryk avait trop d'expérience pour songer à se précipiter vers lui : il était trop loin. Dans sa poche il avait un pistolet, mais, avant de pouvoir le sortir, il était certain que les dents d'Armstrong écraseraient la capsule et trois secondes n'étaient pas un temps suffisant pour sa vengeance. Son seul espoir était que la douleur d'Armstrong allait le faire s'évanouir ou perdre sa concentration.

Quand le brancardier avait bouclé les courroies d'Armstrong dans l'ambulance, le blessé s'était instinctivement crispé de toutes ses forces afin de se donner juste assez d'espace pour libérer son bras, au cas où la douleur deviendrait intolérable. Il avait une autre capsule dissimulée dans le col de sa chemise. Il avait tremblé pendant toute l'agonie de Hashemi, remerciant Dieu du répit qui lui avait permis de libérer son bras au prix d'un terrible effort. Mais, dès l'instant où ses doigts avaient senti la capsule, sa terreur l'avait abandonné et avec elle sa souffrance. Il était en paix avec lui-même au bord de la mort, là où la vie est si profondément sublime.

« Nous sommes... nous sommes des professionnels, dit-il. Nous n'avons pas tué votre... votre fils. Il était vivant quand... quans le général Janan l'a remis à Pahmudi.

– Menteur! » Mzytryk sentit à quel point la voix était faible et il comprit qu'il ne devrait pas attendre beaucoup plus longtemps. Il se prépara.

« Lisez les documents... les documents officiels... La SAVAMA a dû en laisser... Et ceux de votre maudit KGB.

– Tu crois que je suis assez bête pour que tu puisses me dresser contre Pahmudi avant de mourir?

– Lisez les rapports, posez des questions, vous obtiendrez peut-être la vérité. Mais vous autres salauds du KGB, vous n'aimez pas la vérité. Je vous assure qu'il était vivant quand la SAVAMA l'a emmené. »

Mzytryk était ébranlé. Ce ne serait pas normal pour un professionnel comme Armstrong, près de la mort, de perdre son temps en lui conseillant de mener une telle enquête sans être certain du résultat. « Où sont les bandes? » dit-il en l'observant avec attention. Il voyait les yeux commencer à cligner, une immense fatigue envahir ce corps qui se vidait de son sang. C'était maintenant une question de secondes. « Où sont les bandes?

– Il n'y en avait pas... Pas au troisième degré. » Les forces d'Armstrong déclinaient. La douleur s'était évanouie maintenant... avec le temps. Il lui fallait à chaque seconde un effort de plus en plus grand pour se concentrer. Mais il fallait protéger les bandes, dont une copie était déjà en route vers Londres avec un rapport spécial. « Votre fils était brave et fort et il ne nous a rien livré. Ce que... ce que Pahmudi lui a arraché... je l'ignore... Les brutes de Pahmudi... c'était eux, ou bien votre racaille. Il était... vivant quand vos gens l'ont pris. Pahmudi l'a dit à Hashemi. »

C'est possible, songea Mzytryk, embarrassé. Ce mange-merde incompétent de Téhéran bousille depuis des années nos opérations en Iran, interprète mal les intentions du shah et casse notre travail. « Je le saurai. Par la tête de mon fils, je le saurai, mais ça ne t'aidera pas, camarade!

– Un service en mérite... en mérite un autre. C'est vous qui avez descendu Roger, Roger Crosse, hein? »

Mzytryk se mit à rire, trop heureux de se moquer de lui et d'exploiter l'attente. « C'est moi qui ai arrangé ça, oui, et AMG, tu te souviens de lui? Et Talbot, mais j'ai dit à Pahmudi d'utiliser ce mange-merde de Fazir pour ce 16/a. » Il vit le regard des yeux bleus se durcir et se demanda ce qu'il y avait derrière.

Armstrong fouillait sa mémoire. AMG? Ah oui! Alan Metford Grant : né en 1905, doyen de leurs agents du contre-espionnage. En 1963, en tant qu'informateur secret de Ian Dunross, il avait repéré une taupe dans la Noble Maison. Encore un de ma Special Branch qui s'est révélé être mon meilleur ami.

« Menteur! AMG s'est tué dans un accident de moto en 1963.

– On l'a aidé. Cela faisait un an au moins que nous avions un 16/a contre ce traître... et sa femme japonaise.

– Il n'était pas marié.

– Vous autres salopards, vous ne savez rien. Special Branch?

– Des têtes d'étron. Elle faisait partie des services secrets japonais. Elle a eu un accident à Sydney la même année. »

Armstrong se permit un petit sourire. L'accident de moto d'AMG avait été organisé par le KGB, puis remis en scène par le MI6. Le certificat de décès était authentique : c'était celui d'un autre, et Alan Metford Grand opère toujours avec succès avec un autre visage et une autre couverture dont même moi je ne sais rien. Mais une femme? Japonaise? Etait-ce un autre écran de fumée ou un autre secret?

Le passé appelait Armstrong. Au prix d'un effort, il concentra son esprit sur ce qu'il voulait vraiment savoir et vérifier s'il avait tort ou raison, il n'avait plus de temps à perdre. « Qui est le quatrième homme... Notre super-traître? »

La question retentit dans la cave. Mzytryk fut surpris, puis il sourit car Armstrong lui avait donné la clé qui lui permettrait de prendre psychologiquement sa revanche. Il lui donna le nom et vit le choc. Et le nom du cinquième homme, et même du sixième. « Le MI6 est infesté de nos agents, pas seulement de taupes, tout comme le MI5, la plupart de vos syndicats – Ted Everly est des nôtres, Broadhurst et Lord Grey... Tu te souviens de lui de

Hong-kong? Il n'y a pas que le Parti travailliste, même si c'est votre meilleur terrain. Des noms? dit-il, rayonnant. Regarde dans le *Who's Who*! La direction des banques, dans la City, au Foreign Office – Henley est encore un des nôtres, et j'ai déjà une copie de ton rapport – jusque dans les cabinets ministériels et peut-être même à Downing Street. Nous avons cinq cents professionnels à nous en Grande-Bretagne, sans compter nos propres traîtres. » Il eut un rire cruel.

« Et Smedley-Taylor?

– Oh oui! Lui aussi et... » Mzytryk se rembrunit soudain, de nouveau il était sur ses gardes. « Comment sais-tu pour lui? Si tu sais quelque chose... hein? »

Armstrong était satisfait. Fedor Rakoczy n'avait pas menti. Tous ces noms sur les bandes étaient déjà partis, déjà en sûreté, plus jamais on ne se fierait à Henley, pas même à Talbot. Il était content et triste, regrettant de ne pas être là pour les arrêter lui-même. Mais quelqu'un le fera. AMG le fera.

Ses yeux papillotèrent, sa main glissa de son revers. Mzytryk bondit aussitôt, très rapide pour un homme aussi corpulent, et vint bloquer le bras entre la table et sa jambe, écartant le revers. Maintenant Armstrong était impuissant, à sa merci.

« Réveille-toi, *matyeryebyets*! dit-il ravi, ayant déjà sorti son canif. Comment as-tu su pour Smedley? »

Mais Armstrong ne répondit pas. La mort était venue sans bruit.

Mzytryk était furieux. « Tant pis, inutile de perdre du temps », murmura-t-il tout haut. Ce salaud a plongé en enfer en sachant qu'il était l'instrument des traîtres. Comment savait-il pour Smedley-Taylor? Le diable m'emporte. Et s'il m'avait dit la vérité à propos de mon fils?

Dans un coin de la cave, il y avait un bidon d'essence. Il se mit à en asperger les corps. « Ishmael! » lança-t-il dans l'escalier. « Vous êtes prêts à partir? leur demanda Mzytryk.

– Oui, avec l'aide de Dieu.

– Avec l'aide de nous-mêmes aussi », lança Mzytryk. Il s'essuya les mains, épuisé mais satisfait de la façon dont la journée et la nuit s'étaient déroulées. Il n'y avait plus qu'un court trajet jusqu'aux faubourgs de Tabriz et son hélicoptère. Dans une heure – moins que cela –, il retrouverait sa datcha de Tbilissi et de Vertinskia. Dans quelques semaines, ce jeune chiot de Hakim arrivera, avec ou sans *pishkesh* : Azadeh. Si c'est sans, ça lui coûtera cher. « Mets le feu, dit-il sèchement, et on s'en va.

– Tenez, camarade général! fit Ishmael en lui lançant des allumettes. C'est votre privilège de terminer ce que vous avez commencé. »

Il craqua la première allumette sans résultat. Tout comme la seconde, mais la troisième s'alluma. Il recula vers l'escalier et la lança avec soin. Des flammes jaillirent jusqu'au plafond puis jusqu'aux poutres. Alors le pied d'Ishmael le frappa dans le dos et l'envoya la tête la première au bord des flammes. Affolé, Mzytryk se mit à hurler et à frapper sur le feu, puis il revint à quatre pattes vers l'escalier, s'arrêta un moment en tapant sur ses revers de fourrure, toussant et suffoquant dans les tourbillons de fumée noire et l'odeur âcre de la chair brûlée. Il parvint à se remettre debout. La première balle lui fracassa le genou, il poussa un hurlement et trébucha dans le feu, la seconde lui brisa l'autre jambe et le fit tomber. Impuissant, il essaya de frapper sur les flammes, ses hurlements noyés par le rugissement croissant de l'incendie et il ne fut plus qu'une torche.

Ishmael et son compagnon remontèrent en hâte

l'escalier jusqu'au palier, manquant se heurter presque avec les autres qui descendaient. Ils regardèrent abasourdis le corps convulsé de Mzytryk, les flammes maintenant léchaient ses bottes. « Pourquoi fais-tu ça? demanda l'un d'eux, abasourdi.

– Mon frère a été martyrisé en cette maison, tout comme ton cousin.

– Comme Dieu le veut, mais, Ishmael, le camarade général? Dieu nous protège, il nous a fourni de l'argent, des armes et des explosifs... Pourquoi le tuer?

– Pourquoi pas? N'était-il pas le fils d'un chien, un sataniste arrogant? Il n'était même pas un croyant, fit Ishmael avec mépris. Il y en a des douzaines d'autres, là d'où il vient il y en a des milliers. Ils ont besoin de nous mais nous n'avons pas besoin d'eux. Il méritait de mourir. Est-ce qu'il n'est pas venu me tenter? fit-il en crachant vers le corps. Les personnages importants devraient avoir des gardes du corps. » Une colonne de flammes monta jusqu'à eux; ils battirent en retraite précipitamment. Le feu avait pris dans l'escalier de bois et gagnait rapidement. Dans la rue, ils s'entassèrent tous dans le camion qui ne faisait plus semblant d'être une ambulance. Ishmael regarda une dernière fois les flammes qui dévoraient la maison et éclata d'un grand rire. « Maintenant ce chien brûle à son tour! Puissent tous les Infidèles périr aussi vite. »

Avant-cour du palais. Erikki était adossé au 212 lorsqu'il vit les lumières s'éteindre au premier étage des appartements du *khan*. Un examen attentif des deux policiers drogués qui dormaient d'un sommeil profond dans la cabine le rassura. Il referma sans bruit la porte, sortit de sa gaine son couteau et prit la mitraillette. Avec les gestes sûrs d'un chasseur de nuit, il se dirigea sans bruit vers le palais. Les gardes du *khan* en faction à la porte ne le virent pas passer : pourquoi se donneraient-ils le mal de le surveiller? Le *khan* leur avait clairement ordonné de laisser le pilote tranquille, de ne pas l'énerver, il ne tarderait sûrement pas à se lasser de jouer avec son appareil. « S'il prend une voiture, laissez-le. Si la police cherche des ennuis, c'est son problème.

– Oui, Altesse », avaient-ils dit tous les deux, enchantés de ne pas être responsables de l'homme au poignard.

Erikki se glissa par la porte principale et prit le couloir à peine éclairé aboutissant aux escaliers qui desservaient l'aile nord, loin de la partie occupée par le *khan*. Il monta sans bruit l'escalier et enfila un autre couloir. Il vit un rai de lumière sous la porte de leur suite. Sans hésiter, il pénétra dans l'antichambre et referma silencieusement la porte derrière lui. Il traversa la pièce jusqu'à la porte de leur chambre qu'il ouvrit toute grande. Il eut la mauvaise surprise de trouver là Mina, la servante d'Azadeh. Elle était agenouillée sur le lit où elle venait de masser Azadeh qui dormait d'un sommeil profond.

« Oh! Pardon, balbutia-t-elle, terrifiée qu'elle était par lui, comme tous les domestiques. Je n'ai pas entendu Votre Excellence. Son Altesse m'a demandé... m'a demandé de continuer aussi longtemps que je pouvais le massage, puis de dormir ici. »

Avec des traînées d'huile sur les joues et sur le pansement qu'il avait à l'oreille, Erikki avait l'air encore plus redoutable.

« Azadeh!

– Oh! Vous ne la réveillerez pas, Excellence, elle a pris... elle a pris deux somnifères et m'a demandé de l'excuser si vous...

– Habille-la! siffla-t-il.

– Mais, Excellence! » fit Mina, horrifiée. Son

cœur faillit s'arrêter de battre lorsqu'elle vit un couteau apparaître dans la main d'Erikki.

« Habille-la vite et, si tu fais un bruit, je t'étripe. Vas-y! » Il la vit se saisir du peignoir. « Pas ça, Mina! Des vêtements chauds, des tenues de ski – par tous les dieux, n'importe quoi mais que ce soit vite fait! » Il la surveilla, se postant entre elle et la porte pour lui bloquer la sortie. Sur la table de chevet, se trouvait le *kukri* dans sa gaine. Un frisson le parcourut, il détourna les yeux, et lorsqu'il fut sûr que Mina lui obéissait bien, il prit le sac d'Azadeh sur la table de nuit. Tous ses papiers étaient dedans : carte d'identité, passeport, permis de conduire, acte de naissance, tout. Bon, songea-t-il. Il bénit Aysha de ce cadeau dont Azadeh lui avait parlé avant le dîner et il remercia les dieux de son pays de lui avoir inspiré ce plan le matin. Ah! Ma chérie, tu ne croyais tout de même pas que j'allais te laisser?

Dans le sac se trouvait aussi une petite bourse à bijoux en soie qui semblait plus lourde que d'habitude. Il ouvrit de grands yeux en voyant les émeraudes, les diamants, les colliers de perles et les pendentifs qu'elle contenait maintenant. Le reste des bijoux de Najoud, pensa-t-il, les mêmes que Hakim avait utilisés pour négocier avec les montagnards et que j'ai repris à Bayazid. Dans le miroir, il vit Mina bouche bée devant toute cette richesse qu'il tenait à la main, Azadeh inerte et presque habillée. « Vite! » lança-t-il à son reflet.

A l'embuscade sur la route en bas du palais. Le sergent de police et son chauffeur attendaient dans la voiture garée sur le bas-côté et ils contemplaient le palais quatre cents mètres plus haut, que le sergent observait à la jumelle. A part les faibles lumières juste devant le pavillon d'entrée, pas trace de gardes ni de ses deux hommes. « Remonte là-haut, dit le sergent, mal à l'aise. Par Dieu, il se passe quelque chose! Ils sont ou endormis ou morts. Roule doucement et sans bruit. » Il plongea la main dans le baudrier auprès de lui et introduisit une cartouche dans la culasse du M16. Le chauffeur démarra et s'avança sur la route déserte.

A la grande porte. Babak, le garde, était adossé à un pilier derrière la lourde porte de fer fermée et verrouillée. Son compagnon, recroquevillé sur des sacs, dormait à poings fermés. A travers les barreaux de la grille, on pouvait voir la route enneigée qui descendait en lacet jusqu'à la ville. Derrière le bassin vide dans la cour d'entrée, à une centaine de mètres, se trouvait l'hélicoptère. La bise glacée agitait doucement les pales.

Il bâilla et tapa des pieds pour se réchauffer, puis il entreprit de se soulager à travers les barreaux, dirigeant distraitement son jet d'un côté, puis de l'autre. Tout à l'heure, lorsqu'ils avaient été congédiés par le *khan* et qu'ils avaient regagné leur poste, ils avaient constaté que les deux policiers avaient disparu. « Ils sont allés chercher de quoi manger ou faire un somme, avaient-ils dit. Dieu maudisse la police. »

Babak bâilla, attendant avec impatience l'aube où il serait relevé de son service pour quelques heures. Il n'y aurait que la voiture du pilote à laisser entrer juste avant l'aube, puis à refermer la grille et peu après il serait au lit auprès d'un corps tiède. Machinalement, il se gratta l'entrejambe et sentit un début d'érection. Il s'adosssa au pilier, vérifiant du regard que la lourde serrure de la grille était bien en place et que la petite porte de côté était également verrouillée. Puis à la lisière de son champ visuel, il perçut un mouvement : le pilote se glissait dehors par une petite porte du palais, un gros ballot sur l'épaule, il n'avait plus le bras en écharpe et il tenait un fusil à la main. Babak se reboutonna précipitamment, prit le fusil qu'il avait en bandoulière et s'enfonça davantage dans l'ombre du pilier. D'un coup de pied prudent il secoua l'autre garde qui se réveilla sans bruit. « Regarde, chuchota-t-il, je croyais que le pilote était toujours dans la cabine de l'hélicoptère. »

Ebahis, ils virent Erikki marcher dans l'ombre, puis traverser sans bruit l'espace découvert jusqu'à l'autre côté de l'hélicoptère. « Qu'est-ce qu'il transporte? Qu'est-ce qu'il a sur l'épaule?

– Ça ressemblait à un tapis, à un tapis roulé », murmura l'autre. On entendit s'ouvrir la porte du cockpit.

« Mais pourquoi? Par tous les noms de Dieu, qu'est-ce qu'il fait? »

Il n'y avait pas beaucoup de lumière, mais ils avaient l'œil acéré et l'ouïe fine. Ils entendirent une voiture qui approchait; toutefois, leur attention fut aussitôt distraite par le glissement de la porte de la cabine qu'on ouvrait. Ils attendirent, retenant leur souffle, ils le virent déposer ce qui semblait être deux paquets identiques sous le ventre de l'hélicoptère, puis se pencher sous la queue de l'appareil et réapparaître de leur côté. Il resta planté là un moment, regardant dans leur direction mais sans les voir, puis il ouvrit la porte du cockpit et monta avec le fusil, le tapis roulé maintenant calé sur le siège opposé.

Soudain les réacteurs s'allumèrent et les deux gardes sursautèrent. « Dieu nous protège, qu'est-ce qu'on fait?

– Rien, fit Babak nerveux. Le *khan* nous a dit exactement : " Laissez le pilote tranquille, quoi qu'il fasse, il est dangereux ", voilà ce qu'il nous a dit, n'est-ce pas? " Quand le pilote prendra la voiture peu avant l'aube, laissez-le partir. " » Il était obligé de parler fort pour dominer le hurlement des réacteurs. « On ne fait rien.

– Mais on ne nous avait pas dit qu'il allait faire redémarrer ses moteurs, le *khan* n'en a pas parlé, il n'a pas dit non plus que le pilote allait s'en aller avec des tapis.

– Tu as raison. Comme Dieu le veut, mais tu as raison. » Leur nervosité croissait. Ils n'avaient pas oublié les gardes jetés en prison et fouettés par le vieux *khan* pour avoir désobéi ou échoué dans une mission, ni ceux qu'avait bannis le nouveau *khan*. « Les moteurs ont l'air de tourner rond maintenant, tu ne trouves pas? » Ils levèrent tous deux la tête en voyant des lumières s'allumer au premier étage, l'étage du *khan*, puis ils sursautèrent car la voiture de police venait de s'arrêter brutalement devant la grille. Le sergent sauta à terre, une torche à la main. « Par Dieu, qu'est-ce qui se passe? cria le sergent. Ouvrez la grille! Où sont mes hommes? »

Babak se précipita vers la petite porte et tira le verrou. Dans le cockpit, les mains d'Erikki s'affairaient le plus vite possible, mais sa blessure au bras le gênait. La sueur ruisselait sur son visage où elle se mêlait à un filet de sang coulant de son oreille, là où le pansement s'était déplacé. Il haletait après sa longue course depuis l'aile nord avec Azadeh enroulée dans le tapis, impuissante et bourrée de somnifères, et il suppliait les aiguilles des cadrans de monter plus vite. Il avait vu les lumières s'allumer dans les appartements de Hakim, des têtes maintenant apparaissaient aux fenêtres. Avant de quitter leur suite, il avait soigneusement assommé Mina, espérant qu'il ne l'avait pas blessée, pour la protéger autant que lui-même de façon qu'elle ne donne pas l'alarme mais qu'on ne l'accuse pas non plus de complicité;

puis il avait enroulé Azadeh dans le tapis et attaché le *kukri* à sa ceinture.

« Allons », grommela-t-il à l'intention des cadrans, puis il aperçut deux hommes à la grille en uniforme de la police. L'hélicoptère fut soudain baigné du faisceau lumineux d'une torche et il sentit son estomac se serrer. Sans réfléchir, il saisit son fusil mitrailleur, passa le canon par le hublot du pilote et pressa la détente en visant le ciel.

Les quatre hommes se précipitèrent à l'abri tandis que des balles ricochaient sur les piliers de la grille. Dans sa panique, le sergent avait laissé tomber la torche, mais il avait eu le temps de voir deux corps immobiles et recroquevillés, ceux du caporal et de l'autre policier, écroulés sur le sol où il les avait crus morts. Quand la rafale s'arrêta, le sergent courut jusqu'à sa voiture pour prendre son M16.

« Tire, par Dieu », cria le chauffeur de la voiture. Encouragé, Babak pressa la détente, tirant n'importe où. Le chauffeur imprudemment s'avança à découvert pour ramasser la torche. Une nouvelle rafale jaillit de l'hélicoptère et il bondit en arrière. « Fils d'un chien de père... » Les trois hommes se blottirent à l'abri. Une autre rafale fit danser la torche, puis la fracassa.

Erikki voyant son plan d'évasion s'écrouler, le 212 formait une cible impuissante clouée au sol. Un instant, il songea à couper le contact; les aiguilles étaient encore bien trop bas. Puis il vida un chargeur sur la grille en hurlant un cri de bataille, poussa les manettes en avant et lança un cri de bête sauvage qui glaça le sang de ceux qui l'entendirent. Les réacteurs passèrent à pleine puissance, hurlant sous l'effort, tandis qu'il poussait le manche en avant et faisait décoller l'appareil de quelques centimètres; l'hélicoptère avança en cahotant, ses patins crissèrent sur le pavé de la cour, l'appareil rebondit, retomba, repartit et finit par décoller. A la grille, le chauffeur arracha le fusil des mains d'un garde et se précipita vers le pilier, regarda pour voir l'hélicoptère qui s'en allait et pressa la détente.

Au premier étage du palais, Hakim, les yeux rouges, se penchait à la fenêtre de sa chambre, arraché par le vacarme au sommeil que lui avaient enfin dispensé les somnifères. Son garde du corps, Margol, était auprès de lui. Ils virent le 212 manquer d'entrer presque en collision avec une petite cabane en bois, ses patins arrachant une partie du toit, puis continuer sa route et prendre de la hauteur en zigzaguant. Derrière le mur, il y avait la voiture de police, et la silhouette du sergent qui se découpait dans le faisceau des phares. Hakim le vit viser et pria le ciel pour que les balles manquent leur cible.

Erikki entendit des balles ricocher sur le métal, espéra qu'elles n'avaient rien touché de vital et vira dangereusement pour s'éloigner du mur vers un espace où il pourrait se glisser à l'abri du palais. Dans la brutalité de la manœuvre, le tapis enroulé qui enveloppait Azadeh bascula et vint bloquer les commandes. Un moment Erikki se crut perdu, puis il utilisa toutes ses forces pour la repousser et, dans son effort, sa blessure à l'avant-bras se rouvrit.

Il tanguait maintenant derrière l'aile nord, l'hélicoptère à peine à quelques mètres se dirigeait vers l'autre mur d'enceinte près de la hutte où Ross et Gueng s'étaient cachés. Comme il n'était encore qu'à quelques mètres d'altitude, une balle perdue transperça la porte pour venir se loger dans le tableau de bord en fracassant un cadran.

Quand l'hélicoptère eut disparu au regard de Hakim, il traversa en boitillant la grande chambre et sortit dans le couloir pour s'approcher des fenêtres qui donnaient de l'autre côté. « Tu le vois? demanda-t-il, épuisé par l'effort.

– Oui, Altesse, dit Margol. Là! »

Le 212 n'était qu'une forme noire contre les ténèbres, puis les projecteurs s'allumèrent et Hakim vit l'appareil passer à quelques centimètres au-dessus du faîte du mur et replonger derrière. Quelques secondes plus tard, l'appareil réapparut, gagnant de la vitesse et de l'altitude. A cet instant, Aysha arriva en courant, en larmes et criant : « Altesse, Altesse... Azadeh est partie, elle est partie... Ce démon l'a enlevée et Mina a été assommée... »

Hakim, toujours sous l'effet du somnifère, avait du mal à se concentrer, jamais ses paupières ne lui avaient paru si lourdes. « De quoi parles-tu?

– Azadeh est partie, ta sœur est partie, il l'a enroulée dans un tapis et il l'a enlevée, il l'a emmenée avec lui... » Elle s'arrêta, effrayée en voyant l'expression de Hakim, le visage blême dans la pâle lumière : elle ne savait pas qu'il avait pris un somnifère. « Il l'a enlevée!

– Mais ce... Ce n'est pas possible...

– Mais si, elle a été enlevée, et Mina est sans connaissance! »

Hakim la regarda d'un œil vague, puis balbutia : « Donne l'alarme, Aysha! Si elle a été enlevée... Par Dieu, donne... donne l'alarme! J'ai pris des somnifères et je m'occuperai de ce démon demain. Je ne peux pas maintenant, pas maintenant, mais envoie quelqu'un... prévenir la police... les Brassards verts... Donne l'alarme, il y a sur sa tête la rançon d'un *khan*! Margol, aide-moi à regagner ma chambre. »

Des serviteurs et des gardes affolés se regroupaient au bout du couloir et Aysha, toujours sanglotante, se précipita vers eux pour leur dire ce qui s'était passé et quels étaient les ordres du *khan*.

Hakim regagna à tâtons son lit et se rallongea, épuisé. « Margol, dis... dis aux gardes d'arrêter ces imbéciles qui étaient en poste à la grille. Comment ont-ils pu laisser ça arriver?

– Ils ne devaient pas bien veiller, Altesse. » Margol était certain qu'on allait les rendre responsables. Il fallait bien que quelqu'un le fût – et pourtant il était présent quand le *khan* leur avait dit de ne pas s'occuper du pilote. Il lança l'ordre et revint.

« Vous allez bien, Altesse?

– Oui, merci. Ne quitte pas la chambre... Eveille-moi à l'aube. Entretiens le feu et éveille-moi à l'aube. »

Hakim se laissa retomber dans le sommeil qui l'appelait, son dos ne le faisait plus souffrir et ses pensées revinrent à Azadeh et à Erikki. Lorsqu'elle était sortie de la petite pièce et qu'elle l'avait laissé seul avec Erikki, il avait laissé éclater son chagrin : « Il n'y a pas moyen de s'en sortir, Erikki. Nous sommes pris au piège, nous tous, toi, Azadeh et moi. Je ne peux toujours pas croire qu'elle renoncerait à l'islam, et en même temps je suis convaincu qu'elle ne m'obéira pas plus qu'à toi. Je n'ai pas envie de lui faire mal, mais je n'ai pas le choix, son âme immortelle est plus importante que sa vie sur terre.

– Je pourrais sauver son âme, Hakim. Avec ton aide.

– Comment? » Il avait vu la tension chez Erikki, son visage crispé, son regard bizarre.

« Enlève-lui l'envie de la détruire.

– Comment ça?

– Supposons que ce fou de pilote n'était pas un musulman mais un barbare, et si amoureux de sa femme qu'il devient un peu fou et qu'au lieu de simplement s'échapper, il l'assomme tout d'un coup, l'enlève, lui fait quitter contre son gré son pays en hélicoptère et ne la laisse pas revenir. Dans la plupart des pays, un mari... un mari peut prendre des mesures extrêmes pour garder sa femme, il peut même la forcer à obéir. Ainsi, elle n'aura pas enfreint son serment, elle n'aura jamais besoin de renoncer à l'islam, tu n'auras jamais besoin de lui faire mal et je garderai ma femme.

– C'est une tromperie, avait dit Hakim, abasourdi.

– Pas du tout, c'est une invention de l'esprit, une supposition, tout cela n'est qu'une supposition, mais c'est une hypothèse qui respecte les règles auxquelles tu as juré d'obéir, et personne ne croirait jamais que la sœur du *khan* des Gorgons enfreindrait de son plein gré son serment et renoncerait à l'islam pour un barbare. Personne. Même maintenant, tu n'es pas sûr qu'elle le ferait, n'est-ce pas? »

Hakim avait cherché les failles dans son raisonnement. Il n'y en a pas, avait-il conclu, stupéfait. Et ça résoudrait presque tout... Est-ce que cela ne résoudrait pas tout si cela arrivait? Si Erikki faisait cela sans qu'elle le sache et sans son aide, qu'il l'enlève... C'est vrai, personne ne croirait qu'elle aurait de plein gré enfreint son serment. Enlevée! Je pourrais le déplorer en public et me réjouir pour elle en secret, si je veux qu'elle parte et qu'il vive. Mais il le faut, c'est la seule solution : pour sauver son âme à elle, il faut que je le sauve, lui.

Dans la paix de sa chambre, il ouvrit un instant les yeux. Les lueurs des flammes dansaient au plafond. Erikki et Azadeh étaient quelque part là-haut. Dieu me pardonnera, songea-t-il, en sombrant dans le sommeil. Je me demande si je la reverrai jamais.

CHAPITRE 28

Téhéran. Près de l'université : 23 h 58. Dans le froid de la nuit, Sharazad attendait avec le groupe de Brassards verts qui protégeait le premier rang des islamiques rassemblés et vociférant. Ils étaient serrés, entonnant à l'unisson « *Allah-ou Akbar* », un barrage vivant contre les deux ou trois mille étudiants et agitateurs gauchistes qui descendaient la rue. Partout ce n'étaient que lampes électriques et torches enflammées, voitures qui brûlaient, fusils, bâtons, matraques. Ses doigts serrèrent le pistolet dans sa poche, tâtèrent la grenade prête dans l'autre. « Dieu est grand ! » hurla-t-elle.

L'ennemi approchait rapidement et Sharazad vit leurs poings crispés, elle sentit le tumulte monter dans les deux camps, les cris se faire plus rauques, la tension monter : « Il n'y a pas d'autre dieu que Dieu... » Leurs ennemis maintenant étaient si proches qu'elle en distinguait les visages. Elle comprit tout d'un coup que ce n'était pas une masse de révolutionnaires sataniques, mais pour la grande majorité des étudiants, des hommes et des femmes de son âge, les femmes ayant courageusement renoncé au tchador, réclamant les droits de la femme, le droit de vote, et tout ce qu'on leur avait légitimement cctroyé après d'âpres luttes.

Elle retrouvait la grisante excitation de la marche des femmes, toutes dans leurs plus beaux atours, les cheveux libres, qui réclamaient la liberté et la justice pour tous dans leur grande et nouvelle république islamique où elle, son fils à naître et Tommy vivraient à jamais heureux. Voilà que de nouveau se dressaient devant elle les fanatiques acharnés à mettre l'avenir en pièces, mais pour elle, cela ne comptait pas. Oh! Ibrahim, es-tu ici ce soir, pour les mener comme tu nous a menés? Es-tu ici une fois de plus à lutter pour la liberté, pour la justice et pour les droits des femmes, ou bien as-tu été martyrisé à Kowiss comme tu le voulais pour avoir tué ton fourbe de mollah qui a assassiné ton père, comme l'a été le mien? Mais... mais père a été tué par les islamiques, pas des gauchistes, songea-t-elle, désemparée. Et l'imam veut toujours obstinément que tout reste comme ce l'était au temps du Prophète... Et Meshang, et Tommy qu'on a forcé à partir. Ce divorce forcé et ce mariage forcé avec cet horrible vieillard!

Qu'est-ce que je fais ici? se demanda-t-elle dans le tohu-bohu. Je devrais être là-bas avec eux, je devrais être là-bas avec eux, pas ici... Non, non, pas là-bas non plus! Mon enfant, mon fils à naître, c'est dangereux pour lui...

Un coup de feu partit quelque part, puis d'autres, et la bousculade devint générale, ceux des premiers rangs essayant de battre en retraite et ceux de l'arrière essayant de se mêler au combat. Autour de Sharazad, c'était une charge aveugle. Elle se sentit pressée et poussée en avant, ses pieds touchant à peine le sol. Une femme auprès d'elle poussa un hurlement et disparut sous la cohue. Un vieil homme trébucha et disparut en murmurant la *shahada*, la faisant presque tomber. Un coude la frappa à l'estomac, elle cria de douleur et sa peur devint terreur. « Tommy! Au secours... », cria-t-elle.

A une centaine de mètres en avant, Tom Lochart était bloqué contre la devanture d'un magasin par les étudiants manifestants, son manteau déchiré, sa casquette à visière arrachée, plus désespéré qu'il ne l'avait jamais été. Depuis des heures, il parcourait les groupes d'étudiants, espérant contre tout espoir la retrouver, certain qu'elle était quelque part dans cette foule. Où irait-elle ailleurs? Sûrement pas à l'appartement de cet étudiant, celui dont Jari disait qu'elle l'avait rencontré. Cet Ibrahim, quel que fût son nom, ne signifiait rien. Mieux vaut qu'elle soit là-bas qu'ici, pensa-t-il, désespéré. Oh! Dieu, laissez-moi la trouver.

Des femmes passèrent en chantant, la plupart vêtues à l'occidentale, avec des jeans, des blousons, et puis il la vit. Il fonça dans la mêlée, mais une fois de plus il s'était trompé. Il s'excusa et repartit vers le côté, dans un cortège d'injures. Puis il crut de nouveau la voir, mais là encore il s'était trompé. La jeune femme portait les mêmes vêtements de ski que Sharazad, elle avait la même coiffure et à peu près son âge. Mais elle portait une bannière marxiste islamique et, furieux de s'être encore trompé, il la maudit, exécrant la stupidité de cette fille.

« Oh! Dieu, aide-moi à la trouver. Dieu est grand », murmura-t-il et, bien qu'il fût éperdu d'inquiétude, en même temps son cœur exultait. Devenir musulman va tout changer. Maintenant, ils m'accepteront, je serai l'un d'eux, je pourrai aller en pèlerinage à La Mecque, je pourrai prier dans n'importe quelle mosquée, la couleur ni la race ne veulent rien dire pour Dieu. Seule compte la foi. Je crois en Dieu et je crois que Mohammed était le prophète de Dieu. Je ne serai pas un fondamentaliste ni un chiite, je serai un sunnite orthodoxe. Je vais trouver un professeur pour apprendre l'arabe. Et je piloterai pour IranOil, pour le nouveau régime, et nous serons tous heureux, Sharazad et moi et...

Un coup de feu claqua tout près, et les flammes

d'une barricade faite de pneus qui flambaient s'élevèrent dans l'air, tandis que le petit groupe d'étudiants vociférants se jetait contre les Brassards verts, que d'autres coups de feu claquaient et que toute la rue maintenant n'était plus que cris, corps qui chargeaient les faibles piétinés dans la mêlée. Un groupe de jeunes déchaînés l'entraîna avec eux vers la bataille.

A quatre-vingts mètres de là, Sharazad hurlait, essayant à coups de pied et à coups de poing de se frayer un chemin vers le côté où elle serait relativement à l'abri. On lui avait arraché son tchador, son écharpe avait disparu; elle était meurtrie de partout et elle avait une douleur au ventre. La bataille faisait rage autour d'elle, personne ne sachant qui était ami ou ennemi, sauf les mollahs et les Brassards verts qui criaient en essayant de maîtriser l'émeute. Dans un rugissement qui vous déchirait les oreilles, la foule hésita un moment, puis avança. Les plus faibles tombèrent. Des hommes, des femmes.

Les étudiants résistaient désespérément, mais ils étaient débordés. Nombre d'entre eux furent piétinés. Ce fut le commencement de la débandade, la fuite.

Lochart profita de sa haute taille et de sa force pour gagner le côté de la rue : il était maintenant entre deux voitures, momentanément protégé. A quelques mètres, il aperçut une petite ruelle conduisant à une mosquée en ruine où il pourrait s'abriter. Devant lui, le réservoir d'une voiture explosa dans un jet de flammes. Les plus heureux furent tués sur le coup, les blessés se mirent à hurler. A la lueur des flammes, il crut apercevoir Sharazad, puis un groupe de jeunes qui s'enfuyaient déferla sur lui, un poing le frappa dans le dos, d'autres le bousculèrent pour passer et il tomba sous leurs bottes.

Sharazad n'était qu'à une trentaine de mètres,

échevelée, les vêtements déchirés, bloquée toujours dans la foule et entraînée dans son mouvement irrésistible, criant toujours au secours sans que personne l'entendît ni s'en souciât. « Tommy... Au secours... »

La foule s'écarta un instant. Elle plongea dans la brèche, avançant vers les boutiques fermées et les voitures en stationnement. Le tumulte diminuait. Des mains essuyaient la sueur et la crasse, des hommes apercevaient leur voisin. « Maudite putain communiste, cria un homme devant elle, les yeux presque exorbités de rage.

– Mais non, mais non, je suis musulmane », haleta-t-elle. Mais l'homme avait saisi son blouson de ski dont la fermeture était arrachée, il plongea la main et lui empoigna un sein.

– Traînée! Les femmes musulmanes ne s'exhibent pas; les femmes musulmanes portent le tchad...

– Je l'ai perdu... on me l'a arraché, cria-t-elle.

– Putain! Dieu te maudisse! Nos femmes portent le tchador.

– Je l'ai perdu... On me l'a arraché, répéta-t-elle en essayant de se libérer. Il n'y a pas d'autre...

– Traînée! Putain! Sataniste! » cria-t-il sans l'entendre, enflammé par sa colère en même temps que par le contact de son sein à travers la soie de sa blouse. Ses doigts griffaient le tissu, l'arrachèrent. Il sentait maintenant la rondeur du sein, son autre main l'attirant à lui afin de l'étrangler malgré les efforts qu'elle faisait pour se débattre. Autour d'eux, on les bousculait, on essayait de s'écarter : c'était difficile de voir dans l'obscurité déchirée seulement par la lueur des incendies. « Par Dieu, ce n'est pas une gauchiste, je l'ai entendue crier pour l'imam..., cria quelqu'un mais des clameurs devant noyèrent ses protestations, une nouvelle bataille éclata et des hommes se précipitèrent pour y participer ou battre en retraite.

Elle luttait contre l'homme avec ses ongles, ses pieds et sa voix, dans un ultime effort elle appela Dieu à l'aide, tenta de le frapper du poing, manqua son coup et se rappela son pistolet. Sa main le saisit, l'enfonça contre l'homme et pressa la détente. L'homme poussa un hurlement, la balle lui avait arraché presque tout l'entrejambe et il s'effondra en gémissant. Un brusque silence se fit autour d'elle. Elle s'écarta. Sa main émergea de sa poche, serrant toujours le pistolet. Un homme près d'elle s'en empara.

Elle contempla le regard vide de son agresseur qui se tordait et gémissait dans la poussière.

« Dieu est grand », balbutia-t-elle, puis elle remarqua le désordre de sa toilette et rassembla autour d'elle les pans de son blouson; elle leva les yeux et vit la haine qui l'entourait. « Il m'attaquait... Dieu est grand... Dieu est grand...

– Tu dis ça, mais tu es une gauchiste..., hurla une femme.

– Regardez ses vêtements, ce n'est pas l'une de nous... »

A quelques mètres à peine, Lochart se relevait, la tête endolorie, les oreilles bourdonnantes, à peine capable de voir et d'entendre. Au prix d'un grand effort, il se remit sur ses pieds, puis se fraya un chemin vers l'entrée de la ruelle et la sécurité. D'autre avaient eu la même idée et déjà l'entrée était bloquée. Puis la voix de Sharazad dominant par instants les clameurs lui parvint et il revint sur ses pas.

Il la vit aux abois, acculée contre un mur, une foule autour d'elle, ses vêtements en lambeaux, la manche de son blouson arrachée, le regard fixe, une grenade à la main. A cet instant, un homme fit un geste dans sa direction, elle tira la cuiller, l'homme s'immobilisa, la foule commença à hurler. Lochart franchit ce cordon pour arriver jusqu'à elle et saisit la grenade en rabaissant la cuiller. « Laissez-la », rugit-il en farsi. Il se planta devant elle pour la protéger. « Elle est musulmane, fils de chien, elle est musulmane, c'est ma femme, et je suis musulman!

– Tu es un étranger et par Dieu c'est une gauchiste! »

Lochart fonça sur l'homme et son poing qui tenait toujours la grenade s'abattit sur la bouche de l'homme, lui fracassant la mâchoire. « Dieu est grand », rugit Lochart. D'autres reprirent son cri, et même ceux qui ne le croyaient pas ne firent rien, effrayés qu'ils étaient par lui mais plus encore par la grenade. Serrant Sharazad contre lui de son bras libre, la guidant et la portant à moitié, Lochart se dirigea vers le premier rang, sa grenade prête.

« Je vous en prie, laissez-nous passer, Dieu est grand, la paix soit avec vous. » Le premier rang s'écarta, puis le suivant, et il continua en murmurant sans cesse « Dieu est grand... la paix soit avec vous » jusqu'au moment où il se retrouva dans la ruelle, trébuchant dans les ornières, heurtant çà et là des gens dans l'obscurité. Quelques lumières brillaient à l'extérieur de la mosquée. Il s'arrêta près de la fontaine, cassa la glace, et d'une main prit un peu d'eau pour s'asperger le visage.

« Oh! Tommy! s'écria Sharazad d'une voix lointaine et bizarre. D'où es-tu arrivé? D'où? Oh!... j'avais si peur, si peur.

– Moi aussi, balbutia-t-il, je t'ai cherchée pendant des heures, ma chérie. » Il l'attira contre lui. « Tu vas bien?

– Oh oui, oui. » Ses bras se refermèrent autour de lui, et elle enfouit son visage contre lui.

Des coups de feu éclatèrent de nouveau, d'autres

cris venant de la rue. Instinctivement, il la serra plus fort. Il ne sentait pas de danger ici : on apercevait seulement une foule qui courait dans la pénombre. Les coups de feu s'éloignaient et le bruit de l'émeute diminuait.

« Nous voilà enfin sauvés. Non, pas encore, il y a toujours la grenade : si je lâche la cuiller... » Au-dessus de la tête des passants, il aperçut de l'autre côté de la petite place un bâtiment en ruine auprès de la mosquée. Je peux m'en débarrasser là sans danger, se dit-il, ses pensées pas encore très claires, mais il serrait Sharazad contre lui et puisait des forces dans cette étreinte. La foule avait augmenté et envahissait maintenant la ruelle. Tant qu'il y aurait autant de monde, ce serait difficile et dangereux de se débarrasser de la grenade, alors il s'approcha de la fontaine où les ténèbres étaient plus épaisses. « Ne t'inquiète pas, nous allons attendre quelques instants, puis continuer. » Ils parlaient en anglais à voix basse : ils avaient tant à se dire, tant de questions à poser. « Tu es sûre que ça va?

– Oui, oh oui! Comment m'as-tu trouvée? Comment? Quand es-tu rentré?

– Je... je suis revenu ce soir et je suis allé à la maison, mais tu étais partie. » Puis il lança : « Sharazad, je suis devenu musulman. »

Elle le regarda, bouche bée. « Mais... mais c'était juste une ruse, une ruse pour leur échapper?

– Non, je le jure! C'est vrai. Je le jure. J'ai récité la *shahada* devant trois témoins, Meshang, Zara et Jari, et je crois. Je crois. Tout va bien se passer maintenant. »

Elle sentit son incrédulité disparaître en voyant la joie de Tom, le ton exultant dont il lui racontait ce qui s'était passé. « Comme c'est merveilleux, Tommy », dit-elle, folle de bonheur et en même temps profondément certaine que pour eux rien ne changerait. Rien ne changera jamais Meshang, pensa-t-elle. Meshang trouvera un moyen de nous détruire, que Tommy soit un croyant ou non. Rien ne changera. Le divorce sera toujours valable, le mariage aura lieu. A moins...

« Tommy, pouvons-nous quitter Téhéran ce soir? Pouvons-nous fuir ce soir, mon chéri?

– Ce n'est pas la peine, plus maintenant. J'ai des plans merveilleux. J'ai quitté la S-G. Maintenant que je suis musulman, je peux rester et piloter pour IranOil, tu ne comprends pas? » Tous deux ne faisaient plus attention à la foule qui s'écoulait, tous ces gens qui avaient hâte de rentrer chez eux. « Plus besoin de t'inquiéter, Sharazad. »

Quelqu'un trébucha et les bouscula, puis un autre. Une foule s'amassa, empiétant sur leur petit sanctuaire. Elle le vit repousser un homme et des gens se mirent à l'injurier. Vite elle lui saisit la main et l'entraîna dans le flot de la foule. « Rentrons chez nous, mon mari », dit-elle d'une voix plus forte en farsi, puis elle murmura : « Parle farsi », et un peu plus fort : « Nous ne sommes pas en sûreté ici, nous serons mieux pour parler à la maison.

– Oui, oui, femme. Il vaut mieux rentrer. » Sharazad était ici et demain apporterait d'autres solutions, ce soir il y aurait un bain, un repas, le sommeil, un sommeil sans rêves, ou seulement avec des rêves heureux.

« Si nous voulions partir ce soir en secret, nous le pourrions? Nous le pourrions, Tommy? »

L'épuisement l'accablait et il faillit lui crier qu'elle ne comprenait donc pas ce qu'il venait de lui dire. Mais au lieu de cela, il maîtrisa sa colère, et se contenta de dire : « Pas besoin de nous enfuir maintenant.

– Tu as raison, mon mari, comme toujours. Mais est-ce que nous le pourrions?

– Oui, oui, je pense que oui », dit-il d'un ton las, et il lui expliqua comment.

Elle rayonnait de bonheur maintenant, persuadée qu'elle arriverait à le convaincre. Demain, ils partiraient. Demain matin, je prendrai mes bijoux, nous raconterons à Meshang que nous le retrouverons au bazar à l'heure du déjeuner, mais à cette heure-là nous volerons vers le sud dans l'appareil de Tommy. Il peut aller dans les Etats du Golfe, au Canada, n'importe où. Là-bas on peut être musulman et canadien sans problème, m'a-t-on dit quand je suis allée à l'ambassade. Et bientôt, dans un mois, nous rentrerons en Iran et nous vivrons pour toujours ici.

Heureuse, elle se blottit encore plus contre lui, elle n'avait plus peur, certaine qu'elle était maintenant que leur avenir serait grandiose. Maintenant que c'est un croyant, il ira au paradis, Dieu est grand, Dieu est grand, et j'irai aussi, avec l'aide de Dieu, et nous laisserons derrière nous des fils et des filles. Et puis, quand nous serons vieux, s'il meurt le premier, le quarantième jour, je m'assurerai qu'on se souvient bien de son âme et ensuite je maudirai sa plus jeune ou ses plus jeunes épouses et leurs enfants, je mettrai mes affaires en ordre et j'attendrai paisiblement d'aller le rejoindre... à l'heure fixée par Dieu. « Oh! Tommy, je t'aime tant, je regrette si fort que nous ayons eu tant d'ennuis... tant d'ennuis à cause de moi... »

Ils émergeaient maintenant dans une rue. La foule était encore plus épaisse, encombrant toute la chaussée. Mais il y avait une légèreté chez tous ces gens, hommes, femmes, mollahs, Brassards verts, jeunes et vieux, le sentiment d'une vie bien passée à faire l'œuvre de Dieu. « *Allah-ou-Akbar!* » cria quelqu'un et le cri fut repris par mille gorges. Devant eux, un conducteur impatient bouscula des piétons qui en bousculèrent d'autres, lesquels en firent tomber d'autres au milieu des cris et des rires, Sharazad et Lochart parmi eux, sans que personne fût blessé. Il l'avait rattrapée et, riant tous les deux, ils restèrent un moment assis, la grenade toujours serrée dans la main de Tom. Ils n'entendirent pas le sifflement annonciateur : sans s'en rendre compte, en tombant il avait relâché la pression de ses doigts sur le levier, un instant seulement, mais c'était assez. Pendant une éternité il lui sourit, et elle lui sourit. « Dieu est grand », dit-elle joyeusement, et il lui répondit avec la même assurance. Au même instant, ils moururent.

Samedi 3 mars 1979

CHAPITRE 29

Al Shargaz : 6 h 34. Le bord du disque solaire parut à l'horizon et transforma l'obscurité du désert en une mer cramoisie, dont les reflets vinrent teinter la vieille cité portuaire et les bateaux plus loin dans le Golfe.

Des minarets les haut-parleurs lançaient les appels des muezzins à la prière, mais la musique de leurs voix ne charmait ni Gavallan ni aucun des autres membres de la S-G qui se trouvaient dans la véranda de l'hôtel Oasis à terminer rapidement leur petit déjeuner. « Ça porte sur les nerfs, Scrag, vous ne trouvez pas? fit Gavallan.

– Ça oui », dit Scragger. Avec Rudi, Lutz et Pettikin, ils partageaient la table de Gavallan, tous fatigués et démoralisés. Le succès presque total d'Ouragan tournait au désastre. Dubois et Fowler manquaient toujours; à Bahrein McIver n'était pas encore hors de danger. Tom Lochart était retourné à Téhéran, Dieu savait où. Pas de nouvelles d'Erikki ni d'Azadeh. La plupart d'entre eux n'avaient pas dormi la nuit précédente. Et le coucher de soleil aujourd'hui marquait toujours l'heure limite.

Depuis l'instant, la veille, où les 212 avaient commencé à atterrir, ils avaient tous aidé à les démonter, à ôter les rotors pour les entreposer dans les avions cargos lorsqu'ils arriveraient, s'ils arrivaient. La veille au soir, Roger Newbury était rentré de fort méchante humeur d'une réunion avec le ministre des Affaires étrangères au palais d'Al Shargaz. « Je ne peux absolument rien faire, Andy. Le ministre a dit que le sheik et lui ont été priés de passer une inspection personnelle de l'aéroport par le nouveau représentant ou ambassadeur iranien qui avait vu huit ou neuf 212 étrangers à l'aéroport, et qui prétendait qu'il s'agissait de leurs hélicoptères iraniens " piratés ". Le ministre a dit que bien entendu Son Altesse le sheik avait accepté : comment pourrait-il refuser? L'inspection aura lieu à la tombée du jour avec l'ambassadeur et je suis " cordialement invité " en tant que représentant de la Grande-Bretagne à un contrôle sévère des documents et, si on en trouve de suspects, mon vieux, ça va barder! »

Gavallan avait passé toute la nuit à essayer d'avancer l'arrivée des avions cargos, ou trouver des solutions de remplacement auprès de toutes les compagnies internationales auxquelles il avait pu penser. Il n'y en avait aucun de disponible. Le mieux que ces actuels affréteurs pouvaient faire, c'était « peut-être » d'avancer au lendemain dimanche midi l'heure prévue d'arrivée. « C'est bien notre chance, marmonna-t-il en se resservant du café. Quand on a besoin de deux 747, il n'y en a pas un seul – et, d'ordinaire, avec un seul coup de téléphone, on en trouve cinquante. »

Pettikin n'était pas moins inquiet, notamment de l'état de santé de McIver à l'hôpital de Bahrein.

On n'attendait pas de nouvelles avant aujourd'hui midi sur la gravité de sa crise cardiaque. « Pas de problème, avait dit Jean-Luc la veille au soir. Ils ont laissé Genny dormir dans la chambre voisine à l'hôpital, le médecin est le meilleur de Bahrein et je suis ici. J'ai annulé mon vol pour la France et j'attendrai, mais envoyez-moi de l'argent demain pour régler les notes. »

Pettikin jouait avec sa cuiller, il n'avait pas touché à son petit déjeuner. Il avait passé toute la journée de la veille et toute la soirée à aider à préparer les hélicoptères, si bien qu'il n'avait pas eu l'occasion de voir Paula qui repartait le matin pour Téhéran afin de continuer l'évacuation des ressortissants italiens. Elle ne reviendrait pas avant au moins deux jours. Gavallan avait ordonné à tous les participants d'Ouragan de ne pas se montrer dans la zone du Golfe pendant l'inspection. « On ne peut pas être trop prudent, leur avait-il dit. Pour le moment, tout le monde va partir. »

Plus tard, Pettikin avait dit : « Tu as raison, Andy; mais Tom et Erikki? Il faudrait laisser quelqu'un ici... Je ne demande pas mieux que de...

– Bon sang, Charlie, ça suffit, avait lancé Gavallan, furieux. Tu crois que je ne m'inquiète pas pour eux? Ni pour Fowler et Dubois? Il faut procéder point par point. Tous ceux qui ne sont pas indispensables partent avant le coucher du soleil, et tu en fais partie! »

Cela s'était passé vers 1 heure du matin dans le bureau, quand Pettikin était venu relever Scot qui, les yeux rougis par l'insomnie, continuait à monter la garde à la radio. Il était resté là toute la nuit. Pas d'appel. A 5 heures, Nogger et Lane l'avaient relevé et il était venu prendre le petit déjeuner pour retrouver Gavallan, Rudi et Scragger. « Rien de neuf pour les avions cargos, Andy?

– Non, Charlie, c'est toujours demain midi au plus tôt, avait répondu Gavallan. Assied-toi, prends du café. » Et puis l'aube était venue avec les muezzins. La psalmodie avait maintenant cessé. L'atmosphère se détendit sur la véranda.

Scragger se versa une autre tasse de thé, l'estomac toujours agité. De nouveau, un brusque frisson le secoua et il se précipita dans les toilettes. Le spasme se calma rapidement : il n'avait pas de sang dans ses selles et Doc Nutt avait dit qu'à son avis ce n'était toujours pas la dysenterie. « Ne vous surmenez pas pendant quelques jours, Scrag. J'aurai le résultat de tous les examens demain. » Il avait parlé à Doc Nutt des traces de sang dans son urine et de sa douleur à l'estomac depuis quelques jours. Le cacher aurait été impardonnable car cela aurait constitué un risque supplémentaire aussi bien pour ses passagers que pour son appareil. « Scrag, avait dit Doc Nutt, le mieux serait que vous restiez ici à l'hôpital quelques jours.

– Allez vous faire voir, vieux schnock! J'ai des choses à faire et des sommets à conquérir. »

En regagnant la table, il vit la triste humeur qui les accablait tous, mais il n'avait pas de solution. Rien à faire qu'attendre. Pas moyen de sortir parce qu'ils devraient passer en transit l'Arabie Saoudite, les Emirats ou l'espace aérien d'Oman, et pas question d'avoir une autorisation avant quelques jours. Il avait suggéré en plaisantant de remonter les hélicoptères, tâcher de savoir quand le superpétrolier britannique passait le détroit d'Ormuz, et puis de décoller et de se poser sur le navire. « ... On met les voiles pour débarquer à Mombasa au Nigeria après avoir contourné l'Afrique.

– Hé! Scrag, avait dit Vossy avec admiration, c'est super. Je ferais bien une petite croisière. Qu'est-ce que vous en dites, Andy?

– Nous nous ferions arrêter et jeter au trou avant même que les pales aient commencé à tourner. »

Scragger se rassit et chassa une mouche. Le soleil levant étant moins rouge maintenant et tous portaient des lunettes pour se protéger les yeux.

Gavallan termina son café. « Je passe au bureau au cas où je pourrais faire quelque chose. Si vous avez besoin de moi, je suis là-bas. Dans combien de temps aurez-vous fini, Rudi? »

Rudi était chargé de la préparation des hélicoptères pour le transbordement sur les avions cargo. « L'objectif était midi aujourd'hui. Ce sera midi. » Il avala sa dernière gorgée de café et se leva. « Il est temps de partir, *meine Kinder* ! » Des grognements et des sifflets accueillirent sa déclaration, mais, dans leur épuisement, tout cela était plutôt bon enfant. Ce fut un exode général vers les voitures qui attendaient dehors. « Andy, fit Scragger, je vous accompagne si vous êtes d'accord.

– Bonne idée, Scrag. Pas la peine que tu te joignes à l'équipe de Rudi puisque nous sommes en avance sur l'horaire. Pourquoi ne passes-tu pas au bureau un peu plus tard?

– Merci », fit Pettikin en souriant. Paula ne devait pas quitter son hôtel avant 10 heures, il aurait donc largement le temps de la voir. Pour dire quoi? se demanda-t-il en faisant adieu de la main.

Gavallan franchit la grille. L'aéroport était encore en partie dans l'ombre. Déjà quelques jets avec leurs feux de navigation allumés se préparaient, moteurs chauffant. L'évacuation de l'Iran était toujours la priorité. Il jeta un coup d'œil à Scragger, vit sa grimace. « Ça va?

– Oui, Andy. Juste une petite courante. J'ai déjà eu une attaque sévère en Nouvelle-Guinée, alors je fais toujours attention. Si je pouvais me procurer un peu de l'élixir du vieux Dr Collis Brown, je serais frais comme l'œil! » Il s'agissait d'un produit miracle et extrêmement efficace, inventé par le Dr Collis Brown, un médecin militaire anglais, pour combattre la dysenterie qui avait fait mourir des milliers de soldats durant la guerre de Crimée. « Six gouttes de la potion magique, ça vous remet un bonhomme sur pied!

– C'est vrai, Scrag, dit Gavallan d'un ton absent en se demandant si Fret PanAm n'avait pas d'annulations. Je ne voyage jamais sans mon Collis... Attendez un peu! fit-il, soudain radieux. La trousse de secours! J'en ai là-dedans. Liz en met toujours dans ma serviette. Du Collis Brown, du baume du Tigre, de l'aspirine, un souverain en or et une boîte de sardines.

– Des sardines?

– Au cas où j'aurais faim. » Gavallan était tout heureux de parler pour ne plus penser au désastre qui menaçait. « Liz et moi avons un ami commun que nous avons rencontré voici des années à Hongkong, un nommé Marlowe, un écrivain. Il en avait toujours une boîte avec lui, et des comprimés de fer en cas de famine. Liz et moi, ça nous faisait toujours rire. C'est devenu une sorte de symbole pour nous rappeler la chance qu'on a.

– Peter Marlowe? Celui qui a écrit *Changi*... L'histoire de camps de prisonniers à Singapour?

– Oui. Vous le connaissez?

– Non, mais j'ai lu son livre. Pas les autres, mais j'ai lu celui-là. » Scragger se rappelait soudain la guerre contre les Japonais, puis il pensa à Kasigi et à Toda-Iran. La veille au soir, il avait téléphoné aux autres hôtels pour contacter Kasigi et il avait fini par le retrouver inscrit à l'International. Il lui avait laissé un message mais l'autre ne l'avait pas encore rappelé. Il est probablement furieux que je l'aie laissé tomber, se dit-il, parce que nous ne pouvons pas l'aider à Toda-Iran. Bandar Delam et Toda-Iran, j'ai l'impression que c'était il y a deux ans et pas deux jours. Quand même, sans lui, je serais encore cloué à ce foutu lit.

« Dommage que nous n'ayons pas tous notre boîte de sardines, Andy, dit-il. Vous oubliez vraiment notre chance. Regardez la veine qu'on a eue de quitter Lengeh indemnes. Et le vieux Duke? Il sera bientôt en pleine forme. A un millimètre près il serait mort, mais il ne l'est pas. Même chose pour Scot. Et Ouragan! Tous les gars sont sortis et aussi nos hélicos. Erikki est en sûreté. Mac va s'en tirer, attendez un peu! Dubois et Fowler? Il faut bien que ça arrive quelquefois, mais ce n'est pas le cas, alors on peut encore espérer. Tom? Eh bien, c'est son choix. Il s'en tirera. »

Près de la frontière turco-iranienne : 7 h 59. A quelques centaines de kilomètres au nord, Azadeh s'abritait les yeux devant le soleil levant. Elle avait vu quelque chose briller dans la vallée en bas. Etait-ce un reflet sur un fusil ou sur un harnais? Elle prépara le M16 et prit ses jumelles. Derrière elle, Erriki était allongé sur des couvertures dans la cabine ouverte du 212, profondément endormi. Il était très pâle, il avait perdu beaucoup de sang, mais elle pensait qu'il allait bien. Dans les jumelles, elle ne vit rien bouger. Là-bas, toute la campagne était enneigée, avec quelques arbres de loin en loin. Un paysage désolé. Pas de village, pas de fumée. Une belle journée, mais très froide. Pas de nuages, le vent était tombé dans la nuit. Lentement, elle scruta la vallée. A quelques kilomètres, il y avait un village qu'elle n'avait pas encore remarqué.

Le 212 était posé sur un plateau rocailleux, dans un paysage montagneux. La nuit dernière, après leur fuite du palais, comme une balle avait fracassé un instrument, Erikki s'était perdu. Craignant d'épuiser tout son carburant et incapable de voler tout en étanchant le sang qui lui ruisselait du bras, il avait décidé de risquer un atterrissage et d'attendre l'aube. Une fois à terre, il avait tiré le tapis hors du cockpit et l'avait déroulé. Azadeh dormait encore d'un sommeil paisible. Il avait pansé sa blessure du mieux qu'il pouvait, puis avait de nouveau enroulé la jeune femme dans son tapis pour qu'elle ait chaud, avait sorti quelques armes et s'était adossé à un patin pour surveiller. Mais, malgré tous ses efforts, il n'arrivait pas à garder les yeux ouverts.

Il s'était réveillé en sursaut. Une fausse aurore éclairait le ciel. Azadeh était toujours pelotonnée dans son tapis, mais elle l'observait. « Alors, tu m'as enlevée! » Puis elle cessa de feindre la froideur et se précipita dans ses bras en l'embrassant et en le remerciant d'avoir trouvé une si brillante solution au dilemme qui se posait à tous les trois, récitant le discours qu'elle avait longuement répété : « Je sais qu'une femme ne peut pas faire grand-chose contre un mari, Erikki, pratiquement rien. Même en Iran où nous sommes civilisés, même ici, une femme, c'est presque un meuble, l'imam est très clair sur les devoirs de l'épouse. Et dans le Coran, ajouta-t-elle, dans le Coran et la Sharia, ses devoirs sont extrêmement clairs. Je sais aussi que je suis mariée à un non-croyant et je fais publiquement le serment que j'essaierai de m'échapper au moins une fois par jour pour essayer de tenir mon serment, j'ai beau savoir que tu me rattraperas chaque fois, que tu me garderas, que tu me battras, que je devrai obéir à tous tes ordres, je le ferai quand même. » Ses yeux brillaient de larmes de bonheur. « Merci, mon chéri, j'avais si peur...

– Tu aurais fait ça? Tu aurais renoncé à ton Dieu?

– Erikki, oh! combien j'ai prié que Dieu te guide.

– Tu l'aurais fait?

– Il est inutile, maintenant, de même penser à l'impensable, n'est-ce pas, mon amour?

– Ah! dit-il avec compréhension. Alors tu savais,

n'est-ce pas, tu savais que c'était ce qu'il fallait que je fasse?

– Je sais seulement que je suis ta femme, que je t'aime, que je dois t'obéir, que tu m'as emmenée sans mon aide et contre ma volonté. Nous n'aurons plus jamais besoin d'en discuter. S'il te plaît. »

Il la regarda, déconcerté, sans arriver à comprendre comment elle pouvait sembler si forte et être sortie si facilement du sommeil où l'avaient plongée les somnifères. Dormir! « Azadeh, il faut que j'aie une heure de vrai sommeil. Je suis désolé, mais je ne peux pas continuer. Si je ne dors pas une heure, rien à faire. Nous devrions être en sûreté ici. Monte la garde.

– Où sommes-nous?

– Toujours en Iran, mais près de la frontière. » Il lui tendit un M16 chargé, sachant qu'elle saurait s'en servir. « Une des balles a brisé mon compas. » Elle le vit se diriger d'un pas chancelant vers la cabine, prendre des couvertures et s'allonger. Il s'endormit aussitôt. En attendant le lever du jour, elle pensa à leur avenir et à leur passé. Restait encore à régler le problème de Johnny et rien d'autre. Comme la vie est étrange! J'ai cru mille fois que j'allais hurler, enroulée que j'étais dans cet horrible tapis, faisant semblant d'être droguée. Comme si j'allais être assez stupide pour prendre des somnifères au cas où je devrais l'aider à nous défendre! Il était si facile de tromper Mina et mon Erikki chéri, et même Hakim, qui n'est plus mon chéri. « Son esprit éternel est plus important que son corps provisoire! » Il m'aurait tuée, moi, sa sœur bien-aimée! Mais je l'ai dupé.

Elle était très contente d'elle et d'Aysha, qui lui avait confié à l'oreille les endroits d'où l'on pouvait écouter en secret, si bien que, lorsqu'elle était sortie en trombe de la chambre en feignant la plus grande colère, laissant Hakim et Erikki seuls, elle s'était précipitée pour entendre ce qu'ils se disaient. Oh! Erikki, j'étais horrifiée à l'idée que Hakim et toi ne croyiez pas que j'étais prête à enfreindre mon serment – et désespérée à l'idée que les indices que j'avais laissés devant toi toute la soirée n'allaient pas t'amener à ce parfait stratagème que tu as conçu. Mais tu m'as battue d'un point : tu as même arrangé le coup de l'hélicoptère. Comme tu as été habile, comme je l'ai été, comme nous l'avons été ensemble! Je me suis même assurée que tu m'apporterais mon sac avec les bijoux de Najoud que j'avais obtenus de Hakim, si bien que maintenant nous sommes riches aussi bien qu'en sûreté, à condition de pouvoir quitter ce pays abandonné de Dieu.

« Dieu a abandonné ce pays, ma chérie », avait dit Ross la dernière fois qu'elle l'avait vu à Téhéran, juste avant qu'il la quitte : elle ne pouvait supporter l'idée de partir sans lui dire adieu, alors elle était allée trouver Talbot pour lui demander où il était et, quelques heures plus tard, il était venu frapper à sa porte dans l'appartement où il n'y avait plus qu'eux deux. « Il vaut mieux que tu quittes l'Iran, Azadeh. Ton Iran bien-aimé est de nouveau plongé dans le malheur. Cette révolution est la même que toutes les précédentes : une tyrannie nouvelle remplace l'ancienne. Vos nouveaux dirigeants vont implanter leurs lois, leur version à eux des lois de Dieu, comme l'a fait le shah. Vos ayatollahs vivront et mourront comme vivent et meurent les papes, les uns sont bons, les autres mauvais et d'autres épouvantables. Quand Dieu le voudra, le monde deviendra un peu meilleur, la bête qui chez les hommes a besoin de mordre, de griffer, de tuer, de tourmenter et de torturer deviendra un peu plus humaine, elle s'apaisera un peu. Ce sont les gens qui bousillent le monde, Azadeh. Surtout les hommes. Tu sais que je t'aime?

– Oui, tu l'as dit au village. Tu sais que je t'aime?

– Oui. »

C'était si facile de replonger dans le temps, de retrouver leur jeunesse. « Nous ne sommes pas jeunes aujourd'hui, et il y a en moi une grande tristesse, Azadeh.

– Ça passera, Johnny, avait-elle dit, car elle voulait son bonheur. Cela passera comme passeront les malheurs de l'Iran. Nous avons connu pendant des siècles des périodes terribles, mais elles ont passé. » Elle se rappelait comme ils étaient restés assis tous les deux, sans se toucher, mais possédés l'un par l'autre. Puis, plus tard, il avait souri, il lui avait fait un petit salut nonchalant de la main et s'en était allé sans rien dire.

De nouveau cette lueur dans la vallée. L'angoisse la reprit. Puis un mouvement parmi les arbres et elle les aperçut. « Erikki! » Il se leva aussitôt. « Là-bas, deux hommes à cheval. On dirait des montagnards. » Elle lui tendit les jumelles.

« Je les vois. » Les hommes étaient armés et trottaient au fond de la vallée, vêtus comme des montagnards, restant à couvert lorsqu'ils le pouvaient. Erikki régla ses jumelles sur eux. De temps en temps, il les voyait lever les yeux dans leur direction. « Ils peuvent sans doute voir l'hélico, mais je doute qu'ils nous aperçoivent.

– Ils viennent par ici? »

Malgré son épuisement, il avait senti la peur dans sa voix. « Peut-être. Sans doute que oui. Il leur faudrait une demi-heure pour venir jusqu'ici, nous avons largement le temps.

– Ils nous cherchent. » Elle était toute pâle et s'approcha d'Erikki. « Hakim aura donné l'alerte partout.

– Il n'aura pas fait ça, il m'a aidé.

– Pour que tu t'échappes. » Elle promena un regard nerveux sur le plateau, sur la ligne des arbres et la crête des montagnes, puis ses yeux revinrent aux deux hommes. « Une fois ton évasion réussie, il se conduira comme un *khan*. Tu ne connais pas Hakim, Erikki. C'est mon frère, mais avant cela, il est *khan*. »

Dans les jumelles, il vit le visage à demi caché au bord de la route. Le soleil étincelait sur les fils téléphoniques. Son inquiétude s'accrut. « Ce sont peut-être juste des villageois que notre présence intrigue. Mais nous n'attendrons pas pour le savoir. » Il lui sourit d'un air las. « Tu as faim?

– Oui, mais ça va. » Elle se mit à rouler le tapis, un tapis ancien, sans prix, un de ceux qu'elle préférait. « J'ai plus soif que faim.

– Moi aussi, mais ça va mieux maintenant. Le sommeil m'a fait du bien. » Ses yeux parcoururent les montagnes, comparant ce qu'ils voyaient au souvenir qu'il avait de la carte. Un dernier coup d'œil aux hommes encore tout en bas. Pas de danger pour un moment, à moins qu'il n'y en ait d'autres, songea-t-il, puis il passa dans le cockpit. Azadeh fourra le tapis dans la cabine, puis referma la porte. Il y avait des traces de balles dans le métal, qu'elle n'avait pas remarquées encore. Il y eut un autre reflet du soleil sur du métal dans la forêt, beaucoup plus près, mais qu'ils ne virent ni l'un ni l'autre.

Erikki avait la tête endolorie et il se sentait faible. Il pressa le démarreur. Les pales aussitôt se mirent à tourner régulièrement. Une rapide inspection des instruments : le compte-tours était cassé, pas de compas, pas d'ADF. Certains instruments, il n'en avait pas besoin : le bruit des moteurs lui dirait quand les aiguilles se trouveraient dans le vert. Mais les aiguilles des jauges de carburant étaient bloquées à un quart plein. Pas le temps de vérifier ni de voir s'il y avait d'autres dégâts. Et d'ailleurs, s'il y en avait, que pouvait-il faire? Tous les dieux de mes ancêtres soient aujourd'hui de mon côté, j'aurai besoin de toute l'aide que vous pouvez me donner. Ses yeux aperçurent le *kukri* qu'il se rappelait vaguement avoir fourré dans la poche du siège. Machinalement, ses doigts le touchèrent. Il eut l'impression de se brûler.

Azadeh se précipita dans le cockpit, les tourbillons des rotors la giflaient, lui donnaient encore plus froid. Elle s'installa dans le siège et referma la porte, détournant les yeux du sang séché qui maculait le siège et le plancher. Son sourire disparut lorsqu'elle remarqua l'air bizarrement concentré d'Erikki, sa main presque posée sur le *kukri*. Elle se demanda une fois de plus pourquoi il l'avait emporté.

« Ça va, Erikki? » demanda-t-elle, mais il ne semblait pas l'avoir entendue. *Inch' Allah,* c'est la volonté de Dieu qu'il soit vivant et moi aussi, que nous soyons ensemble et presque sauvés. Et maintenant c'est à moi de porter le fardeau. Ce n'est pas encore mon Erikki, ni dans son aspect, ni dans son âme. Je crois entendre les mauvaises pensées qui se bousculent dans sa tête. Dieu nous protège. « Merci, Erikki », dit-elle, acceptant le casque qu'il lui tendait, se préparant déjà à la bataille.

Il s'assura qu'elle avait bouclé sa ceinture, et il régla le volume pour qu'elle pût l'entendre. « Tu m'entends?

– Oh oui, mon chéri. Merci. »

Son attention était surtout consacrée à surveiller le bruit des moteurs : encore une minute ou deux avant qu'ils puissent décoller. « Nous n'avons pas assez d'essence pour aller à Van qui est le terrain le plus proche en Turquie : je pourrais aller vers le sud, jusqu'à l'hôpital de Rezaiyeh pour avoir du carburant, mais c'est trop dangereux. Je vais voler vers le nord. J'ai vu un village dans cette direction et une route. C'est peut-être la route de Khoi à Van.

– Bon, dépêchons-nous, Erikki, je ne me sens pas en sûreté ici. Il n'y a pas de terrain dans les parages? Hakim a dû alerter la police qui a dû alerter l'aviation. Pouvons-nous décoller?

– Encore quelques secondes, les moteurs sont presque prêts. » Il vit son angoisse, sa beauté, et une fois de plus l'image d'elle et de John Ross ensemble s'imposa à son esprit. Il la chassa. « Je crois qu'il y a des terrains dans le secteur de la frontière. Nous irons aussi loin que nous pourrons. Je crois que nous avons assez de carburant pour franchir la frontière. » Il fit un effort pour prendre un ton léger. « Nous pourrons peut-être trouver un poste à essence. Crois-tu qu'ils accepteraient une carte de crédit? »

Elle eut un rire nerveux et souleva son sac, qu'elle brandit à bout de bras. « Pas besoin de carte de crédit, Erikki. Nous sommes riches... Tu es riche. Je parle turc et, si je n'arrive pas à supplier, à acheter ou à arroser quelqu'un pour que nous passions, je ne suis pas de la tribu des Gorgons! Pour aller où? A Istanbul? Tu as droit à de fabuleuses vacances, Erikki. Nous ne sommes sauvés que grâce à toi, c'est toi qui as tout fait, qui as pensé à tout!

– Non, Azadeh, c'est toi. » Toi et John Ross, aurait-il voulu crier, et il se retourna vers ses instruments pour cacher son visage. Sans Ross, Azadeh serait morte, donc je serais mort aussi, et je n'arrive pas à vivre en pensant à toi et lui ensemble. Je suis sûr que tu l'aim...

A cet instant, ses yeux incrédules virent les groupes de cavaliers émerger de la forêt à quatre cents mètres, des policiers parmi eux, et se mettre à galoper sur le plateau rocailleux. Ses oreilles lui dirent que les moteurs étaient au vert. Ses mains aussitôt mirent pleins gaz. L'appareil s'éleva avec une horrible lenteur : ils avaient cent fois le temps d'arrêter leurs chevaux, de viser et de tirer, n'importe lequel de cette douzaine d'hommes. « Regarde, le gendarme au milieu, le sergent. Il prend son M16 accroché à sa selle! »

Le temps brusquement s'accéléra et Erikki vira brutalement, s'éloignant d'eux, mais s'attendant que chaque seconde fût la dernière, puis ils se retrouvèrent plongeant vers le ravin au ras des arbres.

« Ne tirez pas, cria le sergent aux montagnards surexcités qui étaient au bord du ravin. Au nom de Dieu, je vous ai dit que nous avions l'ordre de les capturer, de la sauver, elle, et de le tuer, pas de la tuer! » A regret, les autres obéirent et, lorsqu'il arriva près d'eux, il vit que le 212 était déjà loin dans la vallée. Il prit son talkie-walkie et mit le contact : « QG. Ici le sergent Zibri. L'embuscade a échoué. Ses moteurs tournaient avant que nous arrivions en position. Mais il a dû quitter sa cachette.

« Dans quelle direction va-t-il?

– Il a tourné au nord, vers la route de Khoi à Van.

– Avez-vous vu Son Altesse?

– Oui. Elle avait l'air pétrifiée. Dites au *khan* que nous avons vu le kidnappeur l'attacher à son siège. on dirait qu'elle avait également les poignets ligotés. Elle... » La voix du sergent reprit avec excitation : « Maintenant l'hélicoptère a viré vers l'est. Il vole à deux ou trois kilomètres au sud de la route.

– Bon. Bien joué. Nous allons alerter l'aviation... »

Téhéran. QG des services secrets : 9 h 54. Suliman al-Wiali; un assassin du groupe 4, essayait de maîtriser le tremblement de ses doigts lorsqu'il prit le télex envoyé par le colonel de la SAVAMA : « Le chef des services secrets, le colonel Hashemi Fazir, a été tué hier soir en conduisant courageusement l'assaut victorieux contre le QG des moudjahidins gauchistes avec le conseiller Armstrong. Les deux hommes ont été dévorés par les flammes quand les traîtres ont fait sauter l'immeuble. Signé : le chef de la police de Tabriz. »

Suliman n'était pas encore remis de sa frayeur d'avoir été brusquement convoqué, pétrifié qu'il était à l'idée que le fonctionnaire avait déjà trouvé dans le coffre de Fazir des documents compromettants sur les assassins du groupe 4 : derrière lui le coffre était ouvert et vide. Certainement mon maître n'aurait pas été aussi négligent, pas dans son bureau! « C'est la volonté de Dieu, Excellence, dit-il en lui rendant le télex et en dissimulant sa rage. La volonté de Dieu. C'est vous le nouveau chef des services secrets, Excellence?

– Oui. Quelle était ton affectation?

– Je suis un agent, Excellence », lui dit Suliman, servile comme il convenait, et sans s'arrêter à cet emploi de l'imparfait. Sa peur commençait à le quitter. Si ces chiens se doutaient de quelque chose, je ne serais pas ici, raisonna-t-il, retrouvant sa confiance, je serais à hurler dans un cachot. Les misérables fils de chien ne méritent pas de vivre dans le monde des hommes. « Le colonel m'a ordonné de m'installer à Jaleh, de garder les oreilles et les yeux ouverts et de dépister les communistes. » Il conservait un regard impassible, méprisant cet homme pompeux assis au bureau de Fazir.

« Depuis combien de temps es-tu employé par le service?

– Trois ou quatre ans, je ne me rappelle pas exactement, Excellence, c'est sur ma carte. Peut-être cinq. Je ne me souviens pas. Ce devrait être sur ma carte, Excellence. Environ quatre ans. Je travaille dur, et je vous servirai de toutes mes forces.

– La SAVAMA absorbe les services secrets. Désormais c'est de moi que tu dépendras. Il me faudra des copies de tous tes rapports depuis le début.

– Comme Dieu le veut, Excellence, mais je ne sais pas écrire, moi, j'écris très mal, et Son Excellence Fazir ne demandait jamais de rapport écrit », affirma Suliman sans vergogne. Il attendit en silence, se dandinant sur ses pieds et jouant les imbéciles. SAVAK ou SAVAMA, ce sont tous des menteurs et, selon toute probabilité, ils ont dû comploter le meurtre de mon maître. Dieu les maudit : ces chiens ont ruiné le plan de mon maître. Ils m'ont dépouillé de l'admirable situation que j'avais! Une situation : de l'argent, du pouvoir et de l'avenir. Ces chiens sont des voleurs, ils m'ont dérobé mon avenir et ma sécurité. Je n'ai plus de travail maintenant, plus d'ennemis de Dieu à massacrer. A l'avenir, pas de sécurité... A moins...

A moins que je n'utilise mes ressources et mon talent et que je reprenne là où mon maître s'est arrêté!

Fils d'un père maudit, pourquoi pas? C'est la volonté de Dieu qu'il soit mort et que je sois vivant, que lui ait été sacrifié et moi pas. Pourquoi ne pas installer d'autres équipes? Je connais les techniques du maître et une partie de son plan. Mais encore, pourquoi ne pas faire une descente dans sa maison et vider le coffre dans la cave dont il n'a jamais su que je connaissais l'existence? Même sa femme ne sait pas qu'il existe. Maintenant qu'il est mort, ce devrait être facile. Oui, et je ferais mieux d'y aller ce soir, arriver le premier avant ce mangeur d'étrons de la main gauche. Quelles richesses ce coffre pourrait contenir! De l'argent, des papiers, des listes... Mon maître adorait les listes, comme un chien adore la merde! Que je sois sacrifié si le coffre ne contient pas une liste des autres groupes 4. Mon défunt maître ne projetait-il pas d'être l'al-Sabbah d'aujourd'hui? Pourquoi pas moi à sa place? Avec des assassins, de vrais assassins qui ne craignent pas la mort, qui cherchent le martyre comme passeport pour le paradis...

Il faillit éclater de rire. Pour le dissimuler, il rota.

« Pardon, Excellence, je ne me sens pas bien, est-ce que je peux partir...

– Où le colonel Fazir gardait-il ses papiers?

– Ses papiers, Excellence? Que je sois sacrifié, Excellence, mais comment un homme comme moi saurait-il s'il y a des papiers? Je ne suis qu'un agent, je lui faisais mes rapports et il me renvoyait, la plupart du temps, avec un coup de pied et une injure : ce sera merveilleux de travailler pour un homme véritable. »

Il attendit avec confiance. Qu'est-ce que Fazir aurait voulu que je fasse? Certainement que je le venge, c'est-à-dire liquider Pahmudi qui est responsable de sa mort – et ce chien qui ose s'asseoir à son bureau. Pourquoi pas? Mais pas avant d'avoir vidé le vrai coffre. « S'il vous plaît, Excellence, je peux partir? J'ai les entrailles pleines et je souffre d'un parasite. »

Ecœuré, le colonel leva les yeux de cette carte qui ne lui disait rien. Pas de dossiers dans le coffre, rien que de l'argent. Un merveilleux *pishkesh* pour moi, songea-t-il, mais où sont ses dossiers? Fazir devait bien avoir des dossiers quelque part. Chez lui? « Oui, tu peux partir, dit-il avec agacement, mais viens me faire ton rapport une fois par semaine. A moi, personnellement. Et n'oublie pas que, si tu ne fais pas un bon travail... Nous n'avons pas l'intention d'employer des tire-au-flanc.

– Oui, Excellence, certainement, Excellence, je vous remercie, Excellence, je ferai de mon mieux pour Dieu et pour l'imam, mais quand devrai-je venir faire mon rapport?

– Chaque semaine, le lendemain du jour saint. »

D'un geste agacé, le colonel le congédia. Suliman sortit en traînant les pieds, se promettant avant la date de son prochain rapport que ce colonel ne serait plus là. Fils de chien, pourquoi pas? Déjà mon pouvoir va jusqu'à Beyrouth et jusqu'à Bahrein.

Bahrein : 12 h 50. Au sud, à près de douze cents kilomètres de là, Bahrein embaumait sous le soleil, les plages envahies par les vacanciers du week-end, les planches à voile profitant de la douce brise, les tables à la terrasse de l'hôtel pleines d'hommes et de femmes à peine vêtus pour profiter du beau soleil du printemps. Parmi eux, Sayada Bertolin.

Elle portait par-dessus son bikini une robe bain de soleil transparente et buvait un citron pressé, toute seule à une table protégée du soleil par un parasol vert. Elle observait nonchalamment les baigneurs et les enfants qui jouaient dans les flaques – un petit garçon, le portrait même de son propre fils. Ce sera si bon de se retrouver à la maison, songea-t-elle, de tenir de nouveau mon fils dans mes bras et, oui, parfaitement, même de revoir mon mari. Ça fait si longtemps loin de la civilisation, de la bonne chère, des conversations agréables, du bon café, des croissants et du vin, des journaux, de la radio et de la télé, si loin de toutes ces choses merveilleuses qui nous paraissent toutes naturelles. Mais pas à moi. Je les ai toujours appréciées, et j'ai toujours travaillé pour un monde meilleur et pour la justice au Moyen-Orient.

Mais maintenant? Sa joie fut de courte durée.

Maintenant, je ne suis pas simplement une messagère et une sympathisante de l'OLP, mais un agent secret des milices chrétiennes libanaises, de leurs maîtres israéliens et de leurs maîtres de la CIA : Dieu merci, j'ai eu la chance de surprendre leurs conversations lorsqu'ils croyaient que j'étais déjà partie après avoir reçu l'ordre de regagner Beyrouth. Toujours pas de noms, mais j'en sais assez pour retrouver d'où ils viennent. Les chiens! Les abominables chiens! Des chrétiens! Des traîtres à la Palestine! Il y a encore Teymour à venger. Vais-je oser raconter cela à mon mari qui le dira aux autres membres du conseil? Non. Eux, ils en savent trop.

Elle regarda la mer et elle eut un choc. Parmi les amateurs de planche à voile, elle reconnut Jean-Luc qui fonçait vers la rive, gardant un superbe équilibre sur son frêle esquif. L'ultime seconde, il vira sous le vent, sauta sur le sable et laissa la voile s'effondrer. Elle sourit devant la perfection de la manœuvre.

Ah! Jean-Luc, comme tu t'aimes! Je dois admettre que tu as de la classe. Dans tous les domaines, tu es superbe : comme cuisinier, comme amant... Oui, mais seulement de temps en temps, tu n'as pas assez de variété ni d'expérience pour nous autres Moyen-Orientaux qui comprenons l'érotisme, et tu te préoccupes trop de ta propre beauté. « Je dois reconnaître que tu es beau », murmura-t-elle, fondant agréablement à cette idée. En amour, chéri, tu es au-dessus de la moyenne, mais pas plus. Tu n'es pas le meilleur. Le meilleur, c'était mon premier mari, peut-être parce qu'il était le premier. Et puis Teymour. Teymour était à venger. Ah! Teymour, je n'ai plus peur de penser à toi maintenant, maintenant que j'ai quitté Téhéran. Là-bas, je ne pouvais pas. Je ne t'oublierai pas, pas plus que ce qu'ils t'ont fait. Je te vengerai un jour.

Son regard suivait Jean-Luc, elle se demandait ce qu'il faisait ici, ravie de sa présence, espérant qu'il allait la voir, se refusant à faire le premier pas pour tenter le destin mais prête à attendre et à voir ce que le destin justement lui réservait. Elle se regarda brièvement dans son miroir, se remit un peu de rouge à lèvres, de parfum derrière les oreilles. Il arrivait de la plage. Elle fit semblant de concentrer son attention sur son verre, guettant son reflet, laissant faire le hasard.

« Sayada! Mon Dieu, chérie! Qu'est-ce que tu fais ici? »

Elle prit l'air surpris qui convenait; il se mit à l'embrasser. Elle eut sur ses lèvres un goût d'eau salée, il sentait l'huile solaire et la sueur et elle décida qu'après tout cet après-midi allait être parfait. « Je viens d'arriver, chéri. Je suis arrivée hier soir de Téhéran, dit-elle, un peu haletante. Je suis en liste d'attente sur le vol Moyen-Orient de demain pour Beyrouth... Qu'est-ce que tu fais ici, toi? C'est un vrai miracle!

– Absolument, quelle chance nous avons! Mais tu ne peux pas partir demain, demain c'est dimanche. Demain nous aurons un barbecue, et du homard et des huîtres! »

Il était plein d'assurance, délicieusement persuasif et elle songea : Pourquoi pas? Beyrouth peut attendre, j'ai attendu si longtemps, un jour de plus ne changera rien.

Et lui se disait : Comme c'est parfait! Ce week-end s'annonçait désastreux, mais voilà que maintenant il allait faire l'amour cet après-midi, puis la sieste. Plus tard je commanderai un dîner parfait, puis nous danserons un peu, nous nous aimerons tendrement, nous dormirons profondément, et nous serons prêts demain pour une autre journée parfaite. « Chérie, je suis désolé, mais il faut que je te quitte pour une heure, dit-il avec juste ce qu'il fallait de tristesse. Nous allons déjeuner ici. Tu es à cet hôtel? Parfait, moi aussi : chambre 1623. Vers 1 heure et demie, 2 heures moins le quart? Ne te change pas, tu es parfaite. D'accord? » Il se pencha pour l'embrasser, laissa sa main s'aventurer jusqu'à son sein, la sentit trembler et partit, ravi.

A l'hôpital : 13 h 16. « Bonjour, docteur Lanoire. Pour le capitaine McIver, c'est bon ou pas bon? » demanda Jean-Luc en français : le père d'Antoine Lanoire était de Cannes, sa mère de Bahrein, il avait fait ses études à la Sorbonne, fils d'un pêcheur illettré qui continuait à pêcher comme il l'avait toujours fait, qui continuait à vivre dans un taudis bien qu'il fût propriétaire multimillionnaire.

« Moyen.

– Moyen comment? »

Le docteur joignit les mains. C'était un homme distingué, d'une trentaine d'années, et qui parlait trois langues : l'arabe, le français et l'anglais. « Nous ne le saurons avec quelque précision que dans quelques jours : nous avons encore plusieurs examens à faire. Nous serons vraiment fixés lorsqu'on lui aura fait un angiogramme d'ici un mois; en attendant, le capitaine McIver réagit au traitement et ne souffre pas.

– Mais il va se rétablir?

– L'angine de poitrine est en général un mal très ordinaire. J'ai cru comprendre, d'après ce que m'a dit sa femme, que ces derniers mois il a été très tendu, que c'est encore pire depuis ces derniers jours à cause de l'opération Ouragan – et ça ne m'étonne pas. Un tel courage! Je le salue et vous aussi, et tous ceux qui y ont participé. En même temps je recommanderai vivement qu'on donne deux ou trois mois de congé à tous les pilotes et équipages. »

Jean-Luc rayonnait. « Pourriez-vous me mettre ça par écrit? Bien entendu, ces trois mois de congé de maladie devraient être avec plein traitement – et les indemnités.

– Bien sûr. Quel magnifique travail vous avez tous fait pour votre compagnie, en risquant vos vies. Vous devriez tous toucher une prime bien méritée! Je suis surpris que vous ne soyez pas plus nombreux à avoir des crises cardiaques. Les deux mois sont pour récupérer, Jean-Luc : il est essentiel qu'on vous fasse un bilan sérieux avant que vous recommenciez à voler.

– Nous pouvons tous nous attendre à des crises cardiaques? interrogea Jean-Luc.

– Non, non, pas tous, fit Lanoire en souriant. Mais ce serait sage de vous faire examiner sérieusement – à tout hasard. Vous savez que l'angine de poitrine est causée par un brusque blocage de la circulation? Une attaque, c'est quand la même chose arrive au cerveau. Les artères se bouchent et voilà! *Inch' Allah!* Ça peut arriver à tout moment.

– Ah oui? fit Jean-Luc, de plus en plus mal à l'aise. Merde alors! Ce serait bien ma chance d'avoir une crise cardiaque.

– Oui, dit le docteur impitoyable. J'ai connu des patients d'une trentaine d'années, à peine quarante ans, avec une tension parfaitement normale, un taux de cholestérol normal, des électrocardiogrammes normaux – mais pouf! » Il eut un geste expressif. « En quelques heures... Pouf!

– Pouf! Comme ça? » Jean-Luc s'assit, consterné.

« Je ne sais pas piloter, mais j'imagine que c'est une activité qui crée pas mal de tensions, surtout dans une région comme la mer du Nord. Et la tension est peut-être la cause principale de l'angine de poitrine, quand une partie du cœur meurt et...

– Mon Dieu, le cœur du vieux Mac est mort? dit Jean-Luc, bouleversé.

– Oh non! Rien qu'une partie. Chaque fois que vous avez une crise d'angine de poitrine, si légère soit-elle, une partie de votre cœur est perdue à jamais. Morte. » Le Dr Lanoire sourit. « Bien sûr, vous pouvez continuer pas mal de temps avant d'être à court de tissu cardiaque. »

Mon Dieu, songea Jean-Luc, écœuré, je n'aime pas ça du tout. La mer du Nord? Bon sang, je ferais mieux de demander un transfert avant même d'arriver là-bas! « Combien de temps Mac va-t-il rester à l'hôpital?

– Quatre ou cinq jours. Je vous conseillerai de le laisser aujourd'hui et de lui rendre visite demain, mais ne le fatiguez pas. Il doit avoir un mois de congé, et puis nous ferons d'autres examens.

– Quelles sont ses chances?

– C'est entre les mains de Dieu. »

Là-haut, sous la véranda d'une chambre agréable dominant les eaux bleues du golfe, Genny sommeillait dans un fauteuil, le *Times* de Londres apporté par le vol matinal de British Airways ouvert sur ses genoux. McIver était confortablement couché dans le lit bien propre. Un souffle de brise arrivant de la mer l'effleura et il s'éveilla. Le vent a changé, se dit-il. Nous retrouvons le vent du nord-ouest habituel. Tant mieux. Il se déplaça pour mieux voir le Golfe. Ce léger mouvement éveilla aussitôt Genny. Elle replia le journal et se leva.

« Comment te sens-tu, mon chou?

– Bien. Ça va maintenant. Plus de douleur. Juste

un peu fatigué. Je t'ai vaguement entendue parler au toubib, qu'est-ce qu'il disait?

– Tout semble aller. La crise n'était pas très forte. Il va falloir que tu te reposes quelques jours, puis un mois de convalescence, et puis d'autres examens : il était très encourageant parce que tu ne fumes pas et que tu es en bonne forme. » Genny était plantée devant le lit, à contre-jour, mais il distinguait son visage et voyait qu'elle était sincère. « Tu ne peux plus voler en tant que pilote, dit-elle en souriant.

– C'est embêtant, dit-il sèchement. Tu as pris contact avec Andy?

– Oui. Je l'ai appelé hier soir et ce matin et je recommencerai d'ici une heure environ. Toujours rien pour le jeune Marc Dubois ni pour Fowler, mais tous nos appareils sont bien arrivés à Al Shargaz et on est en train de les démonter pour les expédier demain par avion cargo. Andy était si fier de toi – Scrag aussi. Je lui ai parlé ce matin.

– Ce sera bon de revoir ce vieux Scrag, dit-il avec l'esquisse d'un sourire. Et toi, ça va?

– Oh oui! » Elle lui toucha l'épaule. « Je suis si heureuse que tu ailles mieux. Ça m'a vraiment donné un coup.

– A moi aussi, Gen. » Il lui sourit et lui tendit la main en disant d'un ton faussement bourru : « Merci, madame McIver. » Elle lui prit la main et la porta à sa joue, puis se pencha et lui effleura les lèvres des siennes, réchauffée par la tendresse qu'elle lisait sur son visage. « C'est vrai que ça m'a donné un coup », répéta-t-elle.

Il remarqua le journal. « C'est celui d'aujourd'hui, Gen?

– Oui, chéri.

– J'ai l'impression que ça fait des années que je n'en ai pas vu. Quoi de neuf?

– Toujours la même chose. » Elle replia le journal

et le mit de côté avec soin, ne voulant pas lui laisser voir l'article qu'elle lisait au cas où cela l'inquiéterait : « Chute de la Bourse à Hong-kong ». Ça va certainement affecter la Struan, ce salopard de Linbar, songea-t-elle, mais est-ce que ça va toucher aussi la S-G et Andy? Il n'y a rien que Duncan puisse faire, alors peu importe. « Des grèves, Callaghan qui esquinte encore plus la pauvre vieille Angleterre. On dit qu'il pourrait provoquer des élections anticipées cette année et que dans ce cas Maggie Thatcher a une bonne chance. Tu ne crois pas que ce serait formidable? Ça changerait d'avoir quelqu'un de raisonnable à la tête du gouvernement.

– Parce que c'est une femme? dit-il avec un sourire. Ce serait vraiment le loup dans la bergerie. Bonté divine, une femme comme Premier ministre! Je ne sais pas comment elle a réussi pour commencer à arracher le pouvoir aux mains de Heath... Si seulement ces foutus libéraux ne s'en mêlaient pas... » Il se tut, et elle le vit qui regardait vers la mer un navire qui passait.

Elle se rassit sans bruit et attendit, espérant qu'il allait se rendormir ou bavarder un peu, comme il lui plairait. Il doit aller mieux, il s'en prend déjà aux libéraux, pensa-t-elle, elle aussi se laissant aller à sa rêverie.

Il va y avoir un grand changement dans nos existences, indépendamment du fait de perdre l'Iran et toutes nos affaires ici, tout un tas de vieilleries, pour la plupart, qui ne me manqueront pas. A présent qu'Ouragan est fini – j'ai dû être folle pour suggérer ça mais, après tout, ça a si bien marché! Maintenant la plupart de nos gars sont en sécurité – je ne peux pas penser à Tom, penser à Marc, à Fowler, à Erikki, à Azadeh, à Sharazad, que Dieu les bénisse tous. Maintenant que nous avons récupéré presque tout notre équipement, notre part de la S-G vaudra bien quelque chose. Nous ne serons pas sans un sou et c'est une bénédiction. Je me demande combien nous pourrions tirer de nos actions? J'imagine que nous en avons? Et cette « chute de la Bourse »? J'espère que ça n'a pas encore tout flanqué par terre.

Il serait agréable d'avoir un peu d'argent, mais peu m'importe dès l'instant que Duncan va mieux. Peut-être qu'il va prendre sa retraite, peut-être que non. Je ne voudrais pas qu'il prenne vraiment sa retraite, ça le tuerait. Où allons-nous vivre? Près d'Aberdeen? Ou bien à Edimbourg, près de Sarah et de Trevor, ou bien à Londres, près de Hamish et de Kathy? Pas à Londres, ce n'est vraiment pas agréable là-bas, et il ne faut pas non plus que nous habitions trop près des enfants, je ne veux pas les embêter, même si ça pouvait être agréable de passer les voir de temps en temps, ou même de garder les petits. Je ne veux pas devenir une belle-mère assommante pour Trevor ni pour Kathy : c'est une fille si adorable. Je ne voudrais pas être seule. Je ne veux pas que Duncan...

Je ne veux pas revivre toute cette horreur, le vacarme dans l'obscurité où l'on ne voit rien, le hurlement des réacteurs, l'odeur de l'essence – Duncan qui haletait, et ne sachant pas s'il était vivant ou mort, criant deux fois : « Il est mort, il est mort » sans que personne l'entende, sans que personne l'aide de toute façon. Et ce cher vieux Charlie arrivant ici aussi vite qu'il le pouvait, et l'autre, le sergent iranien, comment s'appelait-il déjà? ah oui! Wazari, gentil, mais inutile. Mon Dieu, c'était horrible, horrible et ça a duré... Mais maintenant tout va bien et heureusement que j'étais là. Duncan va se rétablir, il le faut.

Je me demande ce qui va arriver à Wazari. Il avait l'air si affolé quand la police l'a emmené. Et est-ce que Jean-Luc n'a pas dit qu'ils allaient sans doute le relâcher et le confier à la garde d'Andy comme exilé politique, à condition qu'Andy garantisse de lui faire quitter Bahrein et de lui trouver du travail? Maudite révolution! C'est quand même dommage que je n'aie pas pu revenir ramasser certaines de mes affaires. Il y avait cette vieille poêle à frire qui n'attachait jamais, la théière de Grannie qui faisait du si bon thé, même avec des sachets et l'eau de Téhéran...

« Qu'est-ce qui te fait sourire, Gen?

– Oh! Je pensais qu'on allait rentrer chez nous. » Elle vit son regard changer et l'inquiétude la reprit. « Ce n'est pas si terrible, Duncan, de rentrer. Je te le promets. »

Après un silence, il acquiesça de la tête. « On va bien voir, Gen. Nous n'allons pas prendre encore de décision. Pas besoin de le faire avant un mois ou deux. D'abord, je vais me rétablir, et ensuite nous déciderons. Ne t'inquiète pas.

– Je ne m'inquiète plus maintenant.

– Bon. » Son regard de nouveau se tourna vers la mer. Je ne vais pas passer le reste de ma vie à me battre contre l'affreux climat anglais, ce serait terrible. Prendre ma retraite? Bon sang, il va falloir que je trouve quelque chose. Si je m'arrête de travailler, je vais devenir fou. Nous pourrions peut-être trouver un petit coin au bord de la mer pour passer l'hiver en Espagne et dans le midi de la France. Nous aurons largement assez d'argent maintenant qu'Ouragan a réussi. Neuf sur les dix 212! Magnifique! Je ne peux pas penser à Dubois, à Fowler, à Tom, à Erikki, à Azadeh, à Sharazad.

Son angoisse le reprit et en même temps un élancement dans la poitrine accrut encore son angoisse...

– A quoi penses-tu, Duncan?

– Que c'est une belle journée.

– Oui, oui, c'est vrai.
– Gen, tu veux essayer d'appeler Andy pour moi?
– Bien sûr. » Elle décrocha le téléphone et composa le numéro, sachant que cela ferait du bien à Duncan de parler un peu. « Allô? Allô, Scot, comment ça va... C'est Genny. »

Elle écouta, puis reprit : « Bon, ton père est là? » Elle écouta de nouveau, puis : « Non, dis-lui simplement que je l'ai appelé de la part de Duncan : il va bien et on peut le joindre ici au poste 455. Il veut juste lui dire bonjour. Veux-tu demander à Andy de rappeler quand il reviendra? Merci, Scot... Non, il va vraiment bien, dis-le à Charlie. Au revoir. »

Elle raccrocha, l'air songeur. « Rien de neuf. Andy est à l'aéroport international avec Scrag. Ils sont en train de voir ce Jap... – tu sais, celui de la Toda-Iran – désolée, je ne l'appellerais pas comme ça en face, mais c'est quand même ce qu'il est. Je n'arrive toujours pas à leur pardonner ce qu'ils ont fait pendant la guerre.

– Tu sais, Gen, dit McIver, il serait peut-être temps de le faire. Kasigi a bien aidé ce vieux Scrag. L'histoire des " péchés de leurs pères " ne tient plus debout. Nous devrions peut-être commencer une ère nouvelle. C'est ce qui nous attend, Gen, que cela nous plaise ou non, une ère nouvelle. Pas vrai? »

Elle le vit sourire et cela lui fit de nouveau monter les larmes aux yeux. Il ne faut pas que je pleure, tout va aller bien, l'ère nouvelle va être magnifique et il va aller mieux, il le faut. Oh... Duncan, j'ai si peur. « Tu sais, dit-elle d'un ton joyeux, quand tu seras en pleine forme, nous irons en vacances au Japon et là on verra.

– D'accord. Nous pourrions même retourner à Hong-kong. » Il lui prit la main et la serra, tous deux dissimulant leur peur de l'avenir, la peur que chacun avait pour l'autre.

CHAPITRE 30

Hôtel International d'Al Shargaz : 13 h 55. Kasigi slalomait entre les tables de la terrasse immaculée dominant la piscine. « Ah! Monsieur Gavallan, capitaine Scragger, désolé d'être en retard.

– Pas de problème, monsieur Kasigi, asseyez-vous, je vous en prie.

– Merci. » Kasigi portait un costume tropical clair et, même si ce n'était pas le cas, ne paraissait pas avoir chaud. « Désolé, j'ai horreur d'être en retard, mais dans le Golfe il est presque impossible d'être à l'heure. J'ai dû venir de Dubaï, et, vu la circulation... Je crois que les félicitations sont de mise. On m'a dit que votre Ouragan avait été un succès presque total.

– Il nous manque encore un appareil avec un équipage de deux pilotes, mais dans l'ensemble nous avons eu beaucoup de chance, dit Gavallan qui, pas plus que Scragger, n'éprouvait la moindre joie. Voudriez-vous commander à déjeuner ou prendre un verre? » Leur rendez-vous pour déjeuner était à 12 h 30 à la demande de Kasigi. D'un commun accord, Gavallan et Scragger n'avaient pas attendu et ils en étaient au café.

« Un cognac et de l'eau minérale dans un grand verre, je vous prie. Pas de déjeuner, merci, je n'ai pas faim. » Kasigi mentait courtoisement, ne voulant pas s'imposer l'embarras de déjeuner alors qu'ils avaient fini. Il sourit à Scragger. « Je suis bien content de voir que vous êtes sains et saufs et que vous avez pu faire sortir vos hélicoptères et votre personnel. Félicitations!

– Pardonnez-moi d'avoir éludé vos questions, mais maintenant vous comprenez.

– Dès l'instant où je l'ai appris, je l'ai compris, bien sûr. Santé! »

Kasigi but avidement l'eau minérale. « Maintenant que le problème Ouragan est réglé, monsieur Gavallan, peut-être que vous pourrez m'aider à résoudre mes problèmes à Toda-Iran?

– Ce serait avec plaisir, bien sûr, mais je ne peux pas. Je suis navré, c'est impossible. Tout simplement impossible, ce doit être évident maintenant.

– Peut-être peut-on rendre la chose possible, dit Kasigi sans sourciller. J'ai entendu dire que ce soir au coucher du soleil est la date limite pour sortir vos appareils, sinon ils seront saisis. »

Gavallan eut un petit geste de désinvolture polie. « Espérons que c'est encore une rumeur.

– Un de vos fonctionnaires à l'ambassade a annoncé à notre ambassadeur que c'était impératif. Ce serait une tragédie de perdre tous vos appareils après un tel succès.

– Impératif? Vous êtes certain? fit Gavallan, le cœur serré.

– Mon ambassadeur était tout à fait sûr, l'assura Kasigi avec un charmant sourire. Si je pouvais faire prolonger le délai de ce soir au coucher du soleil à demain à la même heure, pourriez-vous résoudre mes problèmes à Toda-Iran? »

Les deux hommes le dévisagèrent. « Vous pouvez le faire, monsieur Kasigi?

– Pas moi, mais notre ambassadeur pourrait y parvenir. J'ai rendez-vous avec lui dans une heure. Je vais lui demander : peut-être pourrait-il influencer l'ambassadeur d'Iran, ou bien le sheik, ou bien les deux. » Kasigi vit tout de suite une lueur d'intérêt dans le regard de Gavallan et il n'insista pas : c'était un pêcheur en eaux occidentales trop expérimenté. « J'ai une dette envers le capitaine Scragger. Je n'ai pas oublié qu'il m'a sauvé la vie et qu'il s'est détourné de sa route pour me conduire à Bandar Delam. Les amis ne devraient pas oublier les amis, n'est-ce pas? Au niveau des ambassadeurs... peut-être cela peut-il se faire. »

L'ambassadeur du Japon? Mon Dieu, serait-ce possible? Gavallan avait le cœur battant d'espoir. « Il n'y a aucun moyen que le nôtre puisse faire quelque chose, mon contact a été parfaitement clair. J'apprécierais toute l'aide que je pourrais obtenir. Vous croyez qu'il peut faire quelque chose?

– S'il le voulait, je crois qu'il le pourrait, dit Kasigi en sirotant son cognac. Tout comme vous pouvez nous aider. Mon président m'a demandé de le rappeler à votre bon souvenir et a mentionné votre ami commun, Sir Ian Dunross. » Il vit Gavallan réagir et ajouta : « Ils ont dîné ensemble il y a deux jours.

– Si je peux vous être utile... Quels sont exactement vos problèmes? » Où est le piège et qu'est-ce que ça coûte? songea Gavallan. Et où est Ian? Par trois fois j'ai essayé de le joindre sans y parvenir.

« J'ai besoin de trois 212 et de deux 206 à la Toda-Iran le plus tôt possible sous contrat pour un an. Il est essentiel que les installations soient terminées et le comité local m'a promis sa coopération... si nous commençons tout de suite. Sinon, ce sera désastreux. »

La veille au soir, l'ingénieur en chef Watanabe à Toda-Iran lui avait envoyé un télex codé : « Le chef du *komiteh*, Zataki, est fou de rage à propos du départ des hélicoptères S-G. Son ultimatum : ou bien nous reprenons immédiatement les travaux de construction pour lesquels il nous faut les hélicoptères, ou bien toute l'installation sera immédiatement nationalisée et " tous les étrangers qui se trouvent ici devront payer leur trahison ". L'heure H est fixée après les prières du soir, dimanche 4, heure à laquelle je dois me présenter devant le *komiteh*. Veuillez me donner vos instructions. »

Les coups de téléphone urgents presque toute la nuit à Osaka et à Tokyo n'avaient fait qu'accroître la rage de Kasigi.

« Yoshi, mon cher ami, avait déclaré avec une exaspérante politesse son cousin et suzerain Hiro Toda, j'ai consulté le syndicat. Nous sommes tous d'accord que nous avons de la chance de vous avoir sur place. C'est à vous de jouer. Nous sommes absolument convaincus que vous résoudrez ces problèmes – avant votre départ. » Le message était parfaitement clair : résolvez-les ou ne rentrez pas.

Il avait passé le reste de la nuit à essayer de trouver une solution. Puis, vers l'aube, il s'était rappelé une remarque de l'ambassadeur du Japon à propos du nouvel ambassadeur d'Iran qui lui donnait peut-être un moyen de prolonger le délai de Gavallan et de trouver une solution à son problème. « Pour être tout à fait clair, monsieur Gavallan », avait-il dit en riant presque d'une remarque aussi stupide – mais si nécessaire dans les négociations avec les Occidentaux – « il me faut un plan et des réponses pour demain soir.

– Pourquoi à cette heure-là, si je puis poser la question?

– Parce que j'ai pris des engagements envers un ami et que je dois les honorer, ce que bien sûr vous comprenez, dit Kasigi. Nous avons donc tous les deux une heure limite, la même. » Il jugea alors le moment venu de frapper fort pour s'assurer que le poisson était bien ferré. « Si vous pouvez m'aider, je vous en serai éternellement reconnaissant. Bien sûr, je ferai tout de toute façon pour persuader mon ambassadeur de vous aider aussi.

– Inutile de vous proposer un de nos appareils, il serait saisi aussitôt, inutile de vous proposer les 206 que nous avons laissés derrière nous : ils seront sûrement hors de combat également. La S-G n'est plus dans la course, pas plus que Bell, Gierney, ni aucune autre compagnie. Pourriez-vous trouver des ressortissants japonais qui soient pilotes d'hélicoptères?

– Non. Ils n'ont aucun entraînement. » Pas encore, songea Kasigi, furieux de nouveau contre le syndicat pour n'avoir pas eu la prévoyance de former les leurs. « Le personnel devra être étranger. Mon ambassadeur aurait facilité l'obtention de visas... vous savez bien sûr que Toda-Iran est un projet national », ajouta-t-il, sans se soucier d'exagérer. Il le sera bientôt quand tous les renseignements que j'ai seront dans les mains idoines. « Et les équipages français ou allemands? »

Au prix d'un effort, Gavallan cessa de se demander comment au niveau des ambassadeurs on pourrait s'arranger pour assurer la sécurité à ses hommes et à ses appareils, comment ils pourraient alors échapper au piège de Linbar et auraient les mains libres pour régler le problème d'Imperial Helicopters dans la mer du Nord, la crise de Hong-kong, la retraite anticipée de Linbar et la place que devrait occuper Scot pour s'assurer une future mainmise sur la compagnie. « Tant de merveilleuses possibilités », dit-il sans réfléchir, puis il se reprit pour se concentrer sur le problème de Toda-Iran. « Il y a deux aspects au problème. Tout d'abord l'équipement et les pièces détachées : si vous pouviez vous procurer une lettre de crédit à notre taux mensuel habituel, renouvelable aussi longtemps que vous utiliserez les appareils – quel que soit l'endroit où je puisse les trouver – avec la garantie que, si les autorités iraniennes les saisissent, vous assumerez tous les paiements de location en dollars en dehors de l'Iran et que vous rembourserez les propriétaires en cas de perte, je pourrai en trouver pour Toda-Iran dans... moins d'une semaine.

– Notre banque, dit aussitôt Kasigi, c'est la Sumitomo : je pourrai arranger un rendez-vous ce soir. Ce n'est pas un problème. Où trouveriez-vous les appareils ?

– En Allemagne ou en France : il n'est pas possible d'utiliser des appareils britanniques ou américains, même chose pour les pilotes. La France vaut probablement mieux à cause de l'aide accordée à Khomeiny. Elle pourrait peut-être les obtenir par des amis de l'aérospatiale. Et l'assurance? Ce sera impossible pour moi de vous obtenir une assurance en Iran.

– Je pourrai peut-être l'obtenir du Japon.

– Bon. Je n'aimerais pas faire voler des appareils non assurés. Point suivant : Scrag, disons que nous pourrions trouver les appareils, combien de pilotes et de mécanos nous faudrait-il?

– Eh bien, Andy, si vous pouviez les trouver, le mieux serait d'avoir dix pilotes qui travailleraient en rotation, et dix à quatorze mécanos basés hors d'Iran mais pas loin.

– Qui les paierait, monsieur Kasigi? Dans quelle monnaie et où?

– Dans la monnaie qu'ils voudraient, dans le pays et dans les conditions qu'ils voudraient. Tarifs habituels?

– L'Iran étant ce qu'il est, je crois que vous devriez proposer une “ prime de risque ”.

– Voudriez-vous envisager de régler tout cela pour moi, monsieur Gavallan, les problèmes d'équipement et de personnel, disons pour un supplément de 10 pour cent?

– Laissez tomber les pourcentages et n'oubliez pas que notre participation doit rester très discrète. Voici ce que je proposerai : notre opération devrait être contrôlée : la logistique – les pièces détachées et les réparations – depuis le Koweit ou Bahrein.

– Bahrein serait mieux, Andy, dit Scragger.

– Le Koweit est plus proche, dit Kasigi.

– Oui, dit Scragger, et par là même plus susceptible d'être soumis aux pressions iraniennes. Ce côté-ci du Golfe me paraît être exposé à des coups durs : il y a trop de chiites, généralement pauvres, et trop de sheiks qui sont sunnites. A court terme ou à long terme vous seriez mieux à Bahrein.

– Alors ce sera Bahrein, dit Kasigi. Monsieur Gavallan, puis-je avoir les services du capitaine Scragger pour un an afin de diriger l'opération – si les choses se concrétisent – au double de son salaire actuel? » Il vit Scragger plisser les yeux et se demanda s'il n'était pas allé trop loin trop vite, aussi ajouta-t-il d'un ton léger : « Si je vous demande de renoncer à vos premières amours, mon ami, ce n'est que justice que vous ayez des compensations.

– C'est une belle offre, mais, ma foi, je ne sais pas. Andy? »

Gavallan hésitait. « Ça voudrait dire quitter la S-G, Scrag, et cesser de voler. Vous ne pourriez pas diriger cinq appareils et piloter – et d'ailleurs vous ne pourriez jamais revenir en Iran, pas question. »

C'était vrai. Cesser de voler? Me voilà donc à un carrefour, moi aussi, songeait Scragger. N'essaie pas de prétendre que la malchance de Mac ne t'a pas flanqué un coup. Pourquoi est-ce que je me suis évanoui hier? Doc Nutt a dit que c'était la fatigue. Des clous, je ne me suis jamais évanoui de ma vie et, d'ailleurs, qu'est-ce que les médecins en savent? Un an à Bahrein? Ça vaut mieux que quelques mois en mer du Nord à redouter perpétuellement le nouvel examen médical. Ne plus piloter? Mon Dieu, je pourrais garder la main en faisant quelques petites excursions locales. « Il faut que j'y réfléchisse, mais merci de votre proposition, monsieur Kasigi.

– En attendant, monsieur Gavallan, pourriez-vous organiser le premier mois, par exemple?

– Oui. Avec un peu de chance, dans la semaine, je pourrais trouver assez d'appareils et de personnel pour que vous puissiez démarrer, et le reste d'ici une semaine ou deux pour un contrat de trois mois renouvelable. » Gavallan ajouta aussi délicatement qu'il le pouvait : « Dès l'instant que notre date limite est reculée. »

Kasigi dissimulait sa satisfaction. « Bon. Voulez-vous que nous nous retrouvions ici à 9 heures? J'amènerai M. Umura, qui est le président de la Sumitomo pour le Golfe, pour arranger les lettres de crédit à votre convenance, monsieur Gavallan.

– 9 heures pile. Vous pourriez peut-être expliquer à votre ambassadeur que, même si le délai de ce soir passe, nos avions cargos n'arriveront pas avant demain midi et que je ne pourrai pas les faire charger et décoller avant demain soir.

– Tout cela restera entre nous?

– Bien sûr. Vous avez ma parole. Scrag?

Kasigi entendit Scrag faire la même promesse et fut comme toujours stupéfait de voir les Occidentaux assez naïfs pour compter sur la « parole » de quelqu'un : la parole d'honneur. L'honneur de qui, et quel honneur? Parce que déjà un secret partagé n'est plus un secret et ne le sera jamais plus. Comme Ouragan : ç'avait été si facile de découvrir ce secret-là. « Nous pourrions peut-être prévoir l'horaire suivant : nous réglons ce soir les questions de finances et de lettres de crédit; vous commencez à prendre les dispositions pour les hélicoptères, les pièces détachées et les équipages, vous voyez comment diriger les opérations de Bahrein, les problèmes d'entrepôt, etc. – tout cela sujet à confirmation demain soir. Et à ce moment-là vous avez réussi à faire partir votre propre équipement, vous garantissez que Toda-Iran aura ses hélicoptères dans la semaine.

– Vous semblez très sûr de pouvoir prolonger le délai.

– L'ambassadeur peut, peut-être. Dès que je l'aurai quitté, je vous téléphonerai pour vous rapporter ce qu'il m'aura dit. Capitaine Scragger, vous serait-il possible de diriger un programme d'entraînement pour des pilotes japonais?

– Facile, à condition qu'ils parlent anglais et qu'ils aient au moins cent heures de vol sur hélicoptère. Il me faudrait un capitaine entraîneur et... » Scragger s'interrompit. Il venait soudain de penser que c'était la solution parfaite. « C'est une idée superbe. Je pourrais être examinateur : je peux signer leurs diplômes, et de cette façon j'aurais assez d'heures de vol dans les circonstances voulues. Parfait! dit-il, rayonnant. Je vais vous dire, mon vieux, si Andy peut arranger ça, je suis votre homme. » Il lui tendit la main et Kasigi la serra.

« Merci. Alors, monsieur Gavallan, nous tentons le coup?

– Pourquoi pas? » Gavallan tendit la main et sentit la poigne de fer de Kasigi; pour la première fois, il commença vraiment à croire qu'il y avait une chance. Kasigi est malin. Il a suivi la procédure classique des compagnies modernes japonaises : trouver des experts étrangers pour former des experts japonais sur place. A nous les bénéfices à court terme, à eux le marché à long terme. C'est un échange équitable. Et si Kasigi et son ambassadeur peuvent m'éviter la catastrophe, je ne vois pas d'inconvénient à en faire autant pour lui. « On va tenter le coup. »

Pour la première fois, Kasigi eut un vrai sourire. « Merci. Je téléphonerai dès l'instant où j'aurai des nouvelles. » Il s'inclina à moitié, puis s'éloigna.

« Tu crois qu'il va y arriver, Andy? demanda Scragger, plein d'espoir.

– Franchement, je n'en sais rien, dit Gavallan en hélant un serveur.

– Comment vas-tu résoudre ton problème à temps? »

Gavallan allait lui répondre, mais il s'arrêta. Il venait de remarquer Pettikin et Paula à une table auprès de la piscine, penchés l'un vers l'autre. « Je croyais que Paula repartait pour Téhéran ce matin.

– Tout à fait. Peut-être que le vol a été annulé ou qu'elle s'est fait porter pâle, dit Scragger.

– Comment ça?

– Quand il fait beau et qu'une nana a tout d'un coup envie de prendre son après-midi pour se baigner, faire l'amour ou simplement traînasser, elle appelle le bureau à l'heure du déjeuner pour dire qu'elle se sent très, très mal. » Scragger haussa les sourcils. « Les nanas un peu déprimées, c'est quelquefois très commode. Mais cette Paula, c'est autre chose : Charlie est foutu. »

Gavallan voyait sous le parasol leurs visages rayonnants de plaisir, oublieux du monde entier. Outre les soucis qu'il avait à propos de Dubois, d'Erikki et des autres, il avait lu l'article dans les journaux du matin sur la brusque chute de la Bourse à Hong-kong : « Un grand nombre des principales sociétés, avec à leur tête Struan, Rothwell-Gornt, Par-Con de Chine, ont perdu 30 pour cent au moins de leur valeur dans la journée, dans une chute brutale de tout le marché. La déclaration faite par le

Taipan, M. Linbar Struan, disant que ce n'était qu'un hoquet saisonnier, lui a valu un cinglant démenti du gouvernement et de ses concurrents. La presse à sensation était pleine de rumeurs concernant les accords internes entre les quatre grands. » Ce doit être pour ça que je n'arrive pas à joindre Ian. Est-il parti pour Hong-kong? Sacré Linbar! Son bilan de cette année va être rouge jusqu'en bas.

Il vit Pettikin poser une main sur celle de Paula : elle ne la retira pas. « Vous croyez qu'il va lui poser la question, Scrag?

– S'il ne le fait pas, c'est un goujat.

– Je suis d'accord. » Gavallan poussa un soupir et se leva. « Scrag, je ne vais pas attendre, signez l'addition puis descendez chercher Charlie, dites que je suis désolé mais j'ai besoin qu'il me retrouve au bureau dans une heure, après quoi il aura toute la journée pour lui, et puis trouvez Willi et Rudi. J'ai téléphoné à Jean-Luc, et à nous tous nous trouverons bien la solution dont Kasigi a besoin, s'il réussit. Ne leur dites pas pourquoi, simplement que c'est urgent et de la boucler. » Il s'éloigna. Un « oh! Monsieur Gavallan! » l'arrêta. C'était Wesson, l'Américain, qui se leva tout joyeux de sa table, la main tendue. « Vous avez bien le temps de prendre un verre?

– Bonjour, monsieur Wesson, merci, mais... Est-ce qu'on peut remettre à une autre fois? Je suis un peu pressé.

– Je pense bien, quand vous voudrez. » Wesson eut un large sourire et se pencha vers lui, baissant la voix comme un traître de mélodrame et, pour la première fois, Gavallan remarqua le petit appareil auditif que l'autre portait à l'oreille gauche. « Je voulais juste vous dire : félicitations!

– Nous... nous avons eu de la chance. Désolé, il faut que je file. Au revoir.

– Bien sûr, à bientôt. » Songeur, Wesson reprit son stylo et le fourra dans sa poche. Alors, Kasigi va essayer de tirer Gavallan du pétrin, songea-t-il, repartant vers l'hôtel. Je n'aurais jamais pensé à ça. Pas question que le nouveau régime coopère : Kasigi est un rêveur. Ce pauvre diable va devenir dingue. Toda-Iran est dans la merde et, même s'ils commencent tout de suite, il leur faudra des années pour que ces installations commencent à produire et tout le monde sait que le robinet du pétrole iranien va rester fermé, ce qui fera perdre au Japon quelque 70 pour cent de ses sources d'énergie; il va y avoir une nouvelle grimpée des prix mondiaux, une inflation plus accentuée... Le Japon est notre seul allié dans le Pacifique et les pauvres vont être coincés.

Bon sang, si la base de Gavallan à Lengeh est fermée, est-ce que ce n'est pas tout le champ de Siri qui est en danger? Comment Plessey va-t-il faire fonctionner Siri sans soutien d'hélicos? Et au niveau des ambassadeurs, hein? Intéressant. Comment ça va marcher? Qui fait quoi à qui? Est-ce que je passe tout ça à ce vieil Aaron? Ah! Le paquet, s'il y a quelqu'un qui peut s'y retrouver là-dedans, c'est bien lui. Il traversa le hall et gagna sa voiture, sans remarquer Kasigi dans une cabine téléphonique sur le côté.

« ... Je suis tout à fait d'accord, Ishii-*san*. » Kasigi s'exprimait d'un ton déférent en japonais, la sueur au front. « Veuillez informer Son Excellence que nous aurons notre matériel et les équipages, j'en suis certain... si vous pouvez arranger le reste. »

Il s'efforçait de garder un ton calme.

« Ah! Excellent, dit Ishii, de l'ambassade. Je vais tout de suite en informer Son Excellence. Et l'ambassadeur d'Iran? Avez-vous eu de ses nouvelles? »

Kasigi sentit le monde s'effondrer. « Il n'a pas accepté l'invitation?

– Non, je suis désolé, pas encore. Il est presque 3 heures. C'est très ennuyeux. Venez quand même au rendez-vous comme convenu. Merci Kasigi-*san*.

– Merci, Ishii-*san* », dit-il, maîtrisant sa rage. Il raccrocha doucement.

Dans le hall climatisé, il se sentit un peu mieux et passa à la réception. Là, il prit ses messages – deux appels de Hiro Toda lui demandant de rappeler –, puis il monta dans sa chambre et ferma la porte à clé. Il roula les messages en boule, les jeta dans la cuvette des toilettes et entreprit d'uriner dessus. « Cher et stupide cousin Hiro, dit-il tout haut en japonais, si tu sauves ton cou stupide, ce que je dois faire pour sauver le mien » – et puis il ajouta un flot d'injures en anglais car elles n'existaient pas en japonais – « ta famille sera débitrice de la mienne pendant huit générations pour tous les ennuis que tu m'auras causés. »

Il tira la chasse d'eau, ôta ses vêtements, prit une douche et s'allongea nu sur son lit dans la brise fraîche, soucieux de rassembler ses forces et de retrouver son calme pour le rendez-vous de la soirée.

La remarque accidentelle de l'ambassadeur du Japon qui avait mis en branle tout ce plan avait été faite à Roger Newbury lors d'une réception à l'ambassade britannique deux jours plus tôt. L'ambassadeur avait dit en passant que le nouvel ambassadeur avait déploré la fermeture de la Toda-Iran, qui aurait donné au nouvel Etat islamique une formidable position de puissance économique dans toute la région du Golfe.

« Il s'appelle Abadani, il a fait ses études à l'université, un doctorat de sciences économiques, bien sûr c'est un fondamentaliste, mais il n'est pas déchaîné. Il est très jeune, sans beaucoup d'expérience, mais c'est un diplomate de carrière, il parle bien l'anglais et il était à l'ambassade de Kaboul... »

Ces remarques sur le moment n'avaient guère intéressé Kasigi. Puis Ouragan s'était produit. Les télex de Téhéran étaient expédiés dans tout le Golfe, et on avait parlé d'une demande d'Abadani qui voulait inspecter les hélicoptères de Gavallan : une inspection fixée pour le soir et qui de toute évidence montrerait que les appareils avaient autrefois une immatriculation iranienne : « ... Et cela, Kasigi-*san*, provoquera un incident international, lui avait dit Ishii tard la veille au soir, car le Koweït, l'Arabie Saoudite et Bahrein vont se trouver impliqués – et ça, je peux vous l'assurer, tous préféreraient l'éviter, et surtout notre sheik. »

A l'aube, il était allé voir Abadani, avait expliqué l'attitude de Zataki et comment on pourrait reprendre les travaux de construction, ajoutant en grand secret que le gouvernement japonais envisageait de faire de Toda-Iran un projet national – couvrant donc ainsi à l'avenir tout financement – et qu'avec la coopération de Son Excellence Abadani, on pourrait reprendre le travail aussitôt à Bandar Delam.

« Un projet national? Dieu soit loué! Si votre gouvernement est officiellement derrière, cela réglerait à jamais tous les problèmes de financement. Dites-moi ce que je peux faire? N'importe quoi!

– Pour démarrer tout de suite, il me faut des hélicoptères, des pilotes et des équipages d'expatriés. La seule façon dont je puisse les trouver rapidement, c'est avec l'aide de S-G Helicopters et de M. Gaval... »

Abadani avait explosé. Après avoir écouté poliment et en feignant d'approuver une tirade sur la piraterie aérienne et les ennemis de l'Iran, Kasigi était revenu à l'attaque par la bande.

« Vous avez tout à fait raison, Excellence, avait-il

dit, mais il m'a fallu choisir entre encourir votre déplaisir en vous en parlant ou bien faillir à mon devoir envers votre noble pays. Le choix est simple : si je ne trouve pas d'hélicoptères, je ne peux pas redémarrer. J'ai essayé chez Guerney et chez les autres sans succès, et je sais maintenant que je ne peux en trouver rapidement que par l'intermédiaire de cet homme épouvantable – bien sûr juste pour quelques mois comme solution de remplacement en attendant que je puisse prendre mes dispositions pour trouver du personnel japonais. Si je ne redémarre pas tout de suite, cela va déchaîner ce Zataki, je vous assure que lui et son comité d'Abadan font la loi là-bas. Cela va choquer et embarrasser mon gouvernement, lui faire retarder la décision qui lançait totalement l'entreprise comme projet national et alors... » Il avait haussé les épaules. « Mon gouvernement m'a donné l'ordre qu'on abandonne Toda-Iran et qu'on commence la construction d'un nouvel ensemble pétrochimique dans une région sûre comme l'Arabie Saoudite; le Koweit ou l'Irak.

– L'Irak, sûr? Ces voleurs? L'Arabie Saoudite ou le Koweit? Par Dieu, ce sont des émirats décadents, prêts à être renversés par le peuple. C'est dangereux de vouloir faire des affaires à long terme avec les émirs, très dangereux. Ils n'obéissent pas à la loi divine. L'Iran aujourd'hui le fait. L'Iran, maintenant, est équilibré. L'imam, que la paix de Dieu soit sur lui, nous a sauvés. Il a donné l'ordre que le pétrole coule à flots. Il doit bien y avoir d'autres façons de trouver des hélicoptères et des pilotes! Gavallan et sa bande de pirates se sont emparés de biens qui nous appartiennent. Je ne peux pas aider les pirates à s'évader. Est-ce cela que vous voulez?

– Dieu me pardonne, je ne suggérerai jamais cela. Bien sûr, nous ne savons pas si ce sont des pirates, Excellence. J'ai entendu dire que c'étaient seulement de méchantes rumeurs répandues par d'autres ennemis qui veulent léser davantage encore l'Iran. Même si c'était vrai, mettriez-vous en balance neuf hélicoptères usagés contre trois milliards cent millions de dollars déjà dépensés et un autre milliard cent millions que mon gouvernement pourrait être convaincu d'engager?

– Oui, la piraterie est la piraterie, la loi est la loi, le sheik a accepté l'inspection, la vérité est la vérité. *Inch' Allah!*

– Je suis tout à fait d'accord, Excellence, mais vous savez que la vérité est relative, et que repousser le délai jusqu'à demain au coucher du soleil serait dans l'intérêt de votre pays... dans l'intérêt de l'imam et de votre Etat islamique.

– La vérité de Dieu n'est pas relative.

– Non, non, bien sûr, dit Kasigi, apparemment calme et maîtrisant de son mieux une profonde exaspération. Comment peut-on négocier avec ces abrutis qui utilisent leurs croyances comme couverture et " Dieu " chaque fois qu'ils veulent refuser un argument logique? Ils sont tous fous, ils ont des œillères! Ils ne veulent pas comprendre, comme nous autres Japonais, qu'il faut être tolérant envers les croyances d'autrui, que la vie n'est qu'un néant qui retourne au néant, que le paradis, l'enfer et Dieu ne sont que fumée d'opium émanant d'un cerveau égaré... jusqu'à preuve du contraire!

– Bien sûr que vous avez raison, Excellence. Ce ne seront pas ces appareils ni ces équipages : j'ai juste besoin provisoirement de ces contacts. » Il avait attendu, cajolé son interlocuteur, il avait écouté, puis joué son avant-dernière carte : « Je suis certain que le sheik et le ministre des Affaires étrangères considéreraient comme une immense faveur si vous remettiez l'inspection à demain, ce qui leur permettrait de se rendre à 8 heures ce soir à la réception que donne mon ambassadeur.

– La réception, monsieur Kasigi?

– Oui, c'est très brusque, mais terriblement important : il se trouve que je sais que vous êtes invité à titre tout à fait spécial. » Kasigi avait baissé encore le ton. « Je vous supplie de ne pas dire comment vous l'avez su, mais une fois de plus, en privé, je peux vous dire que mon gouvernement recherche des contrats pétroliers à long terme qui se révéleraient étonnamment profitables pour vous si l'Iran peut continuer à nous fournir. Ce serait un moment parfait pour...

– Des contrats à long terme? Je conviens que les contrats négociés par le shah ne valent rien, qu'ils sont partiaux et qu'on doit les dénoncer. Mais nous apprécions le Japon comme client. Le Japon n'a jamais essayé de nous exploiter. Je suis certain que votre ambassadeur ne verrait pas d'inconvénient à retarder sa réception d'une heure, juste après l'inspection. Le sheik, le ministre des Affaires étrangères, Newbury et moi pourrions venir directement de l'aéroport. »

Kasigi ne savait pas trop jusqu'où il oserait aller. Mais, pauvre ombre d'ambassadeur, songea-t-il, si tu ne recules pas l'heure de ton inspection, je serai vengé parce que tu m'auras fait commettre le seul péché que nous reconnaissons : l'échec. « L'Iran a de la chance d'être si bien représenté ici.

– Je viendrai certainement à la réception, monsieur Kasigi, une fois l'inspection faite. »

Kasigi alors avait abattu sa dernière carte avec toute l'élégance nécessaire : « J'ai le sentiment, Excellence, que bientôt vous serez personnellement invité dans mon pays pour rencontrer là-bas les dirigeants les plus importants, *les plus importants* – car vous comprenez bien sûr l'estime dans laquelle le

Japon tient votre État islamique – et pour inspecter les installations qui seraient précieuses pour l'Iran.

– Nous... nous avons certainement besoin d'amis sûrs », dit Abadani.

Kasigi l'avait observé avec attention mais sans voir de réaction. « En ces périodes troublées, il est essentiel de veiller sur ses amis, n'est-ce pas? On ne sait jamais quand le désastre peut vous frapper, qui que l'on soit. Vous ne trouvez pas?

– Notre sort est en effet dans les mains de Dieu. Dans ses seules mains. » Il y avait eu un long silence, puis Abadani avait ajouté : « Comme Dieu le veut. Je vais réfléchir à ce que vous m'avez dit. »

Et maintenant, dans la solitude de sa chambre d'hôtel, Kasigi avait très peur. La seule chose essentielle, c'est de t'occuper de toi. Si sage et si prudent qu'on soit, on ne sait jamais quand la catastrophe peut frapper, qui que l'on soit. Si les dieux existent, ils n'existent que pour nous tourmenter.

En territoire turc, à quelques kilomètres de la frontière : 16 h 23. Il avait atterri ce matin juste à la sortie du village, à moins de deux kilomètres à l'intérieur du territoire. Erikki aurait préféré, pour plus de sûreté, aller un peu plus loin, mais ses réservoirs étaient à sec. Il avait de nouveau été intercepté, cette fois par deux chasseurs et deux bombardiers Huey, et il avait dû les supporter plus d'un quart d'heure avant de pouvoir plonger de l'autre côté de la frontière. Les deux Huey ne s'étaient pas aventurés à sa poursuite, ils étaient restés à l'observer en position stationnaire, juste de leur côté de la frontière.

« N'y pense plus, Azadeh, avait-il dit, tout joyeux. Nous sommes sauvés maintenant. »

Mais ils ne l'étaient pas encore. Les villageois les

avaient entourés et la police était arrivée. Quatre hommes, un sergent et trois autres, tous en uniformes – froissés et mal coupés – avec des pistolets en bandoulière. Le sergent avait des lunettes de soleil pour se protéger des reflets sur la mer. Aucun d'eux ne parlait anglais. Azadeh les avait accueillis, selon le plan qu'Erikki et elle avaient mis au point, expliquant qu'Erikki, un citoyen finlandais, était employé par une compagnie britannique sous contrat avec Iran-Timber, que dans les émeutes et les combats en Azerbaïdjan près de Tabriz il avait vu sa vie menacée par les gauchistes, qu'elle, son épouse, avait été menacée à son tour et qu'ils s'étaient donc enfuis.

« Ah! *Effendi* est finlandais, mais vous êtes iranienne?

– Finlandaise par mariage, sergent *effendi,* iranienne de naissance. Voici nos papiers. » Elle lui avait tendu son passeport finlandais qui ne faisait aucune allusion à son défunt père, Abdollah Khan. « Pouvons-nous nous servir du téléphone, je vous prie? Nous pouvons payer, bien sûr. Mon mari aimerait appeler notre ambassade et aussi son employeur à Al Shargaz.

– Ah! Al Shargaz », fit le sergent en hochant la tête. C'était un homme trapu, rasé de près. « Où est-ce? »

Elle lui expliqua, très consciente de l'air qu'ils avaient, Erikki et elle. Erikki avec son pansement sale et taché de sang au bras et le bout d'adhésif collé à son oreille blessée, elle avec ses cheveux emmêlés, ses vêtements aussi sales que son visage. Derrière elle, les deux Huey tournaient toujours. Le sergent les observait d'un air songeur. « Pourquoi oseraient-ils envoyer des chasseurs dans notre espace aérien et des hélicoptères à votre poursuite?

– La volonté de Dieu, sergent *effendi.* Je crois

malheureusement que de ce côté-là de la frontière il se passe maintenant des choses bien étranges.

– Comment sont les choses de l'autre côté de la frontière? » Il fit signe à l'autre policier d'approcher du 212 et prêta une oreille attentive. Les trois policiers inspectèrent le cockpit. Des traces de balles dans la carlingue, du sang séché, des cadrans fracassés. L'un d'eux ouvrit la porte de la cabine. Des armes automatiques, de nouvelles traces de balles. « Sergent! »

Le sergent acquiesça mais attendit poliment qu'Azadeh eût terminé. Les villageois attendaient, les yeux ronds. Pas un tchador ni un voile parmi les femmes. Puis il désigna une des cabanes rudimentaires du village. « Veuillez attendre là-bas à l'ombre. » La journée était froide, le paysage couvert de neige et le soleil étincelait. Le sergent examina longuement la cabine et le cockpit. Il ramassa le *kukri,* le tira à moitié de sa gaine, puis le remit en place. Il fit signe à Azadeh et à Erikki d'approcher. « Comment expliquez-vous tous ces fusils, *effendi*? »

Mal à l'aise, Azadeh traduisit pour Erikki.

« Dis-lui qu'ils ont été abandonnés dans mon appareil par les montagnards qui ont tenté de s'en emparer.

– Des montagnards, dit le sergent. Je suis étonné que des montagnards aient abandonné ainsi une telle fortune. Pouvez-vous expliquer cela?

– Dis-lui qu'ils ont tous été tués par des loyalistes et que dans la bagarre j'ai pu m'échapper.

– Des loyalistes, *effendi*? Quels loyalistes?

– La police. La police de Tabriz, dit Erikki, douloureusement conscient du fait que chaque question les enfonçait davantage. Demande-lui si je peux utiliser le téléphone, dit-il à Azadeh.

– Le téléphone? Certainement. Le moment venu. »

Le sergent examina un moment les Huey qui tournaient toujours sur place. Puis son regard revint à Erikki. « Je suis heureux que la police se soit montrée loyale. Les policiers ont un devoir envers l'Etat, envers le peuple et le devoir de faire respecter la loi. Transporter des armes est contre la loi. Fuir des policiers qui font respecter la loi est un crime. N'est-ce pas?

– Oui, mais nous ne sommes pas des trafiquants d'armes, sergent *effendi,* nous ne fuyons pas non plus la police qui fait respecter la loi », avait dit Azadeh, encore plus apeurée. La frontière était si proche, trop proche. Pour elle, la dernière partie de leur évasion avait été terrifiante. De toute évidence, Hakim avait alerté la zone frontière : lui seul avait le pouvoir de déclencher une interception, tant au sol que dans les airs.

« Etes-vous armés? demanda courtoisement le sergent.

– Juste un couteau.

– Puis-je l'avoir, je vous prie? » Le sergent le prit. « Veuillez me suivre. »

Ils étaient allés jusqu'au poste de police, un petit bâtiment en brique avec des cellules, quelques bureaux et des téléphones auprès de la mosquée, sur la petite place du village. « Au cours de ces derniers mois, nous avons eu de nombreux réfugiés de toute sorte qui sont passés par chez nous : des Iraniens, des Anglais, des Européens, des Américains, beaucoup d'Azerbaïdjanais, beaucoup... Mais pas de Soviétiques. » Il rit de sa propre plaisanterie. « Beaucoup de réfugiés, riches, pauvres, bons, mauvais, beaucoup de criminels parmi eux. Les uns ont été renvoyés, les autres ont continué. *Inch' Allah,* hein? Veuillez attendre là. »

« Là » n'était pas une cellule mais une petite salle avec quelques chaises, une table et des barreaux aux fenêtres, beaucoup de mouches et pas d'issue. Mais la pièce était chaude et relativement propre. « Pourrions-nous avoir à manger et à boire et utiliser le téléphone, s'il vous plaît? demanda Azadeh. Nous pouvons payer, sergent *effendi.*

– Je vais vous commander quelque chose de l'hôtel. La nourriture est bonne et pas chère.

– Mon mari demande s'il peut se servir du téléphone.

– Certainement... le moment venu. » Le matin s'était passé ainsi, et on était maintenant en fin d'après-midi. Entre-temps, la nourriture était arrivée : du riz et du ragoût de mouton, du pain de campagne et du café à la turque. Elle avait payé en rials et le prix n'était pas exagéré. Le sergent les avait autorisés à utiliser le trou malodorant des cabinets à la turque ainsi que l'eau d'un réservoir et une vieille cuvette pour se laver. Il n'y avait pas de produits pharmaceutiques, rien que de la teinture d'iode. Erikki avait nettoyé ses blessures du mieux qu'il pouvait, grinçant des dents quand c'était douloureux. Puis, avec Azadeh auprès de lui, il s'était installé sur une chaise, les pieds sur une autre, et il s'était assoupi. De temps en temps, la porte s'ouvrait, et l'un ou l'autre des policiers entrait, puis ressortait. « *Matyeryebyets,* marmonna Erikki. Où pouvons-nous nous enfuir? »

Elle l'avait calmé, elle était restée près de lui, avait maintenu une grille d'acier sur ses craintes à elle. Il faut que je le soutienne, répétait-elle. Elle se sentait mieux maintenant, avec ses cheveux coiffés et flottant au vent, son visage propre, son chandail de cachemire bien brossé. Par la porte, elle entendait des murmures de conversation, de temps en temps une sonnerie de téléphone, des voitures et des camions qui passaient sur la route allant vers la frontière ou en revenant, des mouches qui bourdonnaient. La fatigue la gagna, et elle dormit d'un sommeil agité, peuplé de mauvais rêves : un bruit de moteurs et de fusillade, Hakim monté comme un cosaque les chargeait, Erikki et elle, enfouis jusqu'au cou dans la terre, les sabots les manquaient de peu, puis ils se retrouvaient libres, couraient vers la frontière qui n'était qu'hectares de barbelés, le faux mollah Mahmud et le boucher se dressaient soudain entre eux et le salut, et puis...

La porte s'ouvrit. Tous deux s'éveillèrent en sursaut. Un commandant en uniforme immaculé était planté là, l'air mauvais, flanqué du sergent et d'un autre policier. C'était un homme de grande taille au visage dur. « Vos papiers, je vous prie, dit-il à Azadeh.

– Je... je les ai donnés au sergent, commandant *effendi*.

– Vous lui avez donné un passeport britannique. Vos papiers iraniens. » Le commandant tendit la main. Azadeh ne fut pas assez rapide. Le sergent aussitôt s'avança pour empoigner le sac qu'elle avait en bandoulière et en vider le contenu sur la table. En même temps, l'autre policier s'approchait d'Erikki, la main posée sur le pistolet qu'il avait à la ceinture, et lui faisait signe de s'installer dans un coin contre le mur. Le commandant épousseta une chaise et s'assit. Il prit sa carte d'identité iranienne des mains du sergent, l'examina avec soin, puis regarda ce qu'il y avait sur la table. Il ouvrit le sachet à bijoux et ses yeux s'agrandirent. « Où avez-vous pris cela?

– C'est à moi. Un héritage de mes parents. » Azadeh était effrayée, ne sachant pas ce qu'il savait et elle avait vu la façon dont il la couvait du regard. Erikki aussi. « Mon mari peut-il utiliser le téléphone? Il voudrait...

– Le moment venu! On vous l'a dit bien des fois. Le moment venu, c'est le moment venu. » Le commandant referma le sac et le posa devant lui sur la table, puis son regard s'attarda sur ses seins. « Votre mari ne parle pas turc?

– Non, il ne le parle pas, commandant *effendi.* »

L'officier se tourna vers Erikki et dit en bon anglais : « Il y a un mandat d'arrêt contre vous émanant de Tabriz. Pour tentative de meurtre et enlèvement. »

Azadeh pâlit et Erikki maîtrisa son affolement du mieux qu'il put. « Pour avoir enlevé qui, commandant? »

Une expression agacée se peignit sur le visage de l'officier.

« N'essayez pas de jouer avec moi. Cette dame, Azadeh, la sœur de Hakim, le *khan* des Gorgons.

– C'est ma femme. Comment un mari peut-il...

– Je sais qu'elle est votre femme, par Dieu, vous feriez mieux de me dire la vérité. Le mandat dit que vous l'avez emmenée contre sa volonté et que vous vous êtes enfuis à bord d'un hélicoptère iranien. » Azadeh allait répondre, mais le commandant reprit : « C'est lui que j'ai interrogé, pas vous. Eh bien?

– C'était sans son consentement, mais l'hélicoptère est britannique et pas iranien. »

Le commandant le dévisagea, puis se tourna vers Azadeh. « Alors?

– C'était... c'était sans mon consentement...

– Mais quoi? »

Azadeh se sentait malade; elle avait la tête comme dans un étau, elle était désespérée. Les policiers turcs étaient connus pour leur inflexibilité, leurs pouvoirs étendus et leur brutalité. « S'il vous plaît, commandant *effendi,* nous pouvons peut-être parler en privé, vous expliquer?

– Nous sommes en privé maintenant, madame », dit sèchement le major, qui, sentant son angoisse et appréciant sa beauté, ajouta : « L'anglais est plus privé que le turc. Alors? »

D'une voix haletante, choisissant ses mots avec soin, elle lui raconta son serment à Abdollah Khan, sa conversation avec Hakim et le dilemme, comment elle était incapable de partir, incapable de rester, et comment Erikki, dans sa sagesse, avait tranché le nœud gordien. Des larmes ruisselaient sur ses joues. « Oui, c'était sans mon consentement, mais d'une certaine façon c'était avec consentement de mon frère qui a aidé Er...

– Si c'était avec le consentement de Hakim Khan, alors pourquoi a-t-il offert une grosse récompense pour la tête de cet homme, vivant ou mort? dit le major qui ne la croyait pas. Et pourquoi a-t-il fait rédiger le mandat d'amener à son nom en exigeant, si nécessaire, l'extradition immédiate? »

Elle était si abasourdie qu'elle faillit s'évanouir. Sans réfléchir, Erikki se précipita vers elle, mais le canon du pistolet vint s'enfoncer dans son ventre. « Je voulais simplement l'aider, dit-il.

– Alors restez où vous êtes! » En turc, l'officier dit : « Ne le tuez pas. » Puis il reprit en anglais : « Alors, Lady Azadeh? Pourquoi? »

Elle restait sans réponse. Ses lèvres s'agitaient, mais aucun son ne sortait. Erikki répondit à sa place : « Qu'est-ce qu'un *khan* pouvait faire d'autre, commandant? Il s'agit de l'honneur d'un *khan*, il ne peut pas perdre la face. En public il devait faire cela, n'est-ce pas, même si en privé il approuvait?

– Peut-être, mais assurément pas si vite, non, pas si vite, il n'aurait pas alerté les chasseurs ni les hélicoptères : pourquoi le faire s'il voulait que vous vous échappiez? C'est un miracle qu'ils ne vous aient pas obligé à vous poser, que vous n'ayez pas été abattu avec toutes ces balles que vous avez reçues. Tout cela me semble un ramassis de mensonges :

peut-être qu'elle a si peur de vous qu'elle ne dira rien. Maintenant, qu'est-ce qui s'est passé exactement? »

Désemparé, Erikki lui raconta. Il n'y a rien de plus à faire, songea-t-il. Lui dire la vérité et espérer. Il se concentrait surtout sur Azadeh, voyant l'horreur peu à peu l'envahir; pourtant, bien sûr que Hakim réagirait comme il l'avait fait. Le sang de son père ne coulait-il pas dans ses veines?

« Et les armes? »

Une fois de plus, Erikki raconta comment il avait été forcé de piloter les agents du KGB, il raconta l'histoire du sheik Bayazid, de son enlèvement, de la demande de rançon et de l'attaque sur le palais comment il avait dû les évacuer, et puis comment ils n'avaient pas tenu leur promesse, si bien qu'il avait dû les tuer.

« Combien d'hommes?

– Je ne me souviens pas exactement. Une demi-douzaine, peut-être plus.

– Vous aimez bien tuer, hein?

– Non, commandant, je déteste ça. Croyez-nous, je vous en prie, nous avons été pris dans un tourbillon, tout ce que nous voulons c'est qu'on nous laisse partir, je vous en prie, laissez-moi appeler mon ambassade... Ils répondront de nous, nous ne sommes une menace pour personne. »

Le commandant se contenta de le regarder. « Je ne suis pas d'accord, votre histoire est trop invraisemblable. Vous êtes recherché pour enlèvement et tentative de meurtre. Veuillez suivre le sergent », dit-il, et il répéta l'ordre en turc. Erikki ne bougea pas, les poings crispés, au bord d'exploser. Aussitôt, le sergent dégaina son arme, les deux policiers convergèrent vers lui d'un air menaçant et le commandant dit d'un ton sévère : « C'est un très grave délit que de désobéir à la police dans ce pays. Suivez le sergent! Suivez-le. »

Azadeh essaya de dire quelque chose, mais n'y parvint pas. Erikki repoussa la main du sergent, maîtrisa sa rage impuissante et essaya de sourire pour l'encourager. « Ça va », marmonna-t-il en emboîtant le pas au sergent.

La terreur d'Azadeh l'avait accablée. Elle avait les doigts qui tremblaient, ses genoux se dérobaient sous elle, mais elle voulait rester droite sur son siège, sachant qu'elle était sans défense, tant que le commandant était assis là en face d'elle à l'observer. *Inch' Allah,* songea-t-elle en le regardant, pleine de haine.

« Vous n'avez rien à craindre », dit-il. Puis il tendit la main et prit le sachet de bijoux. « Je vais le mettre au coffre. » Il se dirigea vers la porte, la referma derrière lui et s'engagea dans le couloir.

La cellule, au fond, était petite et crasseuse, c'était plus une cage qu'une pièce, avec un matelas, des barreaux à la petite fenêtre, des chaînes attachées à une énorme cheville scellée dans le mur, un seau à l'odeur empestée dans un coin. Le sergent claqua la porte et la ferma à clé sur Erikki. A travers les barreaux, le commandant dit : « N'oubliez pas, le... confort de Lady Azadeh dépend de votre docilité. » Il s'éloigna.

Seul maintenant, Erikki se mit à arpenter sa cage, examinant la porte, la serrure, les barreaux, le plancher, le plafond, les murs, les chaînes... cherchant une issue.

Aéroport d'Al Shargaz : 17 h 15. A mille six cents kilomètres de là, au sud-est, à l'autre bout du Golfe, Gavallan était dans un bureau du QG, attendant avec angoisse auprès du téléphone, une heure avant le coucher du soleil. Il avait déjà la promesse d'un 212 d'une compagnie de Paris, de deux 206 d'un ami de l'Aérospatiale à des tarifs raisonnables. Scot était dans l'autre bureau, à écouter la radio HF avec Pettikin à l'autre téléphone. Rudi, Willi Neuchtreiter et Scragger étaient à l'hôtel, occupant d'autres téléphones pour recruter des équipages éventuels, prendre les dispositions logistiques à Bahrein. Toujours pas de nouvelles de Kasigi.

Le téléphone sonna, Gavallan s'en empara, espérant contre tout espoir avoir des nouvelles de Dubois et de Fowler, ou bien que c'était Kasigi. « Allô?

– Andy, c'est Rudi. Nous avons trois pilotes de la Lufttransportgesellschaft et ils promettent aussi deux mécanos. 10 pour cent au-dessus du tarif, deux mois de travail, deux mois de congé. Ne quittez pas, on m'appelle sur l'autre ligne, je vous retéléphone, à tout à l'heure. »

Gavallan prit des notes sur son bloc, son angoisse lui donnait des brûlures d'estomac et cela le fit penser à McIver. Lorsqu'il lui avait parlé un peu plus tôt, il n'avait pas évoqué des problèmes de délai, ne voulant pas l'inquiéter davantage, promettant que, dès que leurs hélicos seraient sortis, il prendrait le premier avion pour Bahrein afin d'aller le voir. « Ne t'inquiète pas, Mac, je ne saurais vous remercier assez, Jimmy et toi, pour tout ce que vous avez fait... »

Par la fenêtre, il apercevait le soleil qui déclinait à l'horizon. Il y avait de l'activité sur l'aéroport. Il vit un 747 d'Alitalia se poser, et cela lui rappela Pettikin et Paula; il n'avait pas encore eu le temps de lui demander où il en était. Tout au bout de la piste, dans la zone de fret, ses huit 212 avaient un air squelettique sans leurs rotors ni leurs pales, les mécaniciens encore occupés à mettre des pièces en caisse. Bon sang, où diable est Kasigi? Il avait essayé de l'appeler à plusieurs reprises à l'hôtel, mais il était sorti, et personne ne savait où il était ni quand il rentrerait.

La porte s'ouvrit. « Papa, dit Scot, Linbar Struan au téléphone.

– Dis-lui d'aller se faire voir... Attends, reprit aussitôt Gavallan. Dis-lui que je ne suis pas encore rentré, mais que, dès mon arrivée, je le rappellerai. » Il marmonna un chapelet de jurons chinois. Scot repartit en hâte. De nouveau le téléphone sonna. « Gavallan.

– Andrew, ici Roger Newbury, comment ça va? »

Gavallan se mit à transpirer. « Allô, Roger, quoi de neuf?

– L'heure limite, c'est toujours le coucher du soleil. L'Iranien a insisté pour passer ici me prendre d'abord; alors je l'attends : nous sommes censés aller ensemble retrouver le sheik à l'aéroport. Nous arriverons quelques minutes en avance, puis nous irons tous les trois jusqu'à la zone de fret pour attendre Son Excellence de mes deux...

– Et la réception chez l'ambassadeur du Japon?

– Nous sommes tous censés y aller après l'inspection : Dieu sait ce qui se passera à ce moment-là, mais... ce n'est pas à nous de raisonner. Je suis désolé, nous avons les mains liées. A bientôt.

Gavallan le remercia, raccrocha et s'essuya le front.

De nouveau le téléphone. Kasigi? Il décrocha. « Allô?

– Andy? Ian... Ian Dunross.

– Mon Dieu, Ian. » Gavallan sentit ses soucis s'envoler. « Je suis si heureux de vous entendre, j'ai essayé de vous joindre plusieurs fois.

– Oui, désolé, je n'étais pas là. Comment ça va? »

Gavallan le mit au courant avec précaution. Puis il parla de Kasigi. « Nous avons à peu près une heure jusqu'au coucher du soleil.

– C'est une des raisons pour lesquelles j'ai appelé. C'est moche pour Dubois, Fowler et McIver, je garde les doigts croisés. Lochart a l'air d'avoir craqué, quand l'amour s'en mêle... » Gavallan entendit son soupir, mais sans savoir comment l'interpréter. « Vous vous souvenez de Hiro Toda, de Toda Shipping?

– Bien sûr, Ian.

– Hiro m'a parlé de Kasigi et de leurs problèmes à la Toda-Iran. Ils sont dans un drôle de pétrin, alors tout, tout ce que vous pouvez faire pour les aider, je vous en prie, faites-le.

– Compris. J'ai travaillé là-dessus toute la journée. Est-ce que Toda vous a parlé de l'idée de Kasigi à propos de leur ambassadeur?

– Oui, Hiro m'a appelé personnellement : Il m'a dit qu'il ne demande qu'à nous aider, mais que c'est un problème iranien et que, pour être franc, ils ne s'attendent pas à grand-chose étant donné que les Iraniens sont tout à fait dans leur droit. « Le visage de Gavallan exprima sa consternation. « Aidez-les de votre mieux. Si Toda-Iran est nationalisée, eh bien, tout à fait entre nous... » Dunross passa au shanghaien : « Le bas-ventre d'une estimable compagnie serait mortellement atteint. » Puis il revint à l'anglais. « Oubliez que je vous ai parlé de ça. »

Gavallan n'avait plus que de vagues souvenirs du shanghaien, mais il comprit. Il ne savait pas que la Struan était impliquée : Kasigi n'en avait jamais parlé. « Kasigi aura ses hélicos et ses équipages même si nous ne tenons pas le délai et que nos appareils soient saisis.

– Espérons que non. Ensuite, avez-vous lu les

journaux à propos de la chute de la Bourse à Hong-kong?

– Oui.

– C'est plus important que ce que l'on a dit. Quelqu'un met vraiment le paquet et Linbar a le dos au mur. Si vous réussissez à sortir les 212 et que nous ayons toujours la tête hors de l'eau, il faudra annuler les X63. »

Gavallan sentit sa température monter d'un cran. « Mais, Ian, avec ces appareils-là, je peux river le monopole d'Imperial en assurant aux clients un meilleur service, une meilleure sécurité, et...

– Je suis bien d'accord, mon vieux. Mais, si vous ne pouvez pas les payer, vous ne pouvez pas les avoir. Désolé, mais c'est comme ça. La Bourse s'est emballée, c'est pire que jamais, ça gagne le Japon et nous ne pouvons pas nous permettre de voir Toda plonger là-bas non plus.

– Peut-être que nous aurons de la chance. Je n'ai pas envie de perdre mes X63. Au fait, avez-vous entendu que Linbar donne au Profitable un siège au conseil?

– Oui. Une idée intéressante. » C'était dit d'un ton neutre et Gavallan ne pouvait détecter si c'était positif ou négatif. « J'ai entendu parler par une voie détournée de leur entrevue. Si vous réussissez aujourd'hui, vous comptez être à Londres lundi?

– Oui. J'en saurai plus au coucher du soleil ou demain à la même heure. Si tout va bien, je passerai voir Mac à Bahrein, puis cap sur Londres. Pourquoi?

– Il se peut que je vous demande d'annuler Londres et de me retrouver à Hong-kong. Il s'est passé quelque chose de très curieux – à propos de Nobunaga Mori, d'autres témoins avec Profitable Choy quand David MacStruan est mort. Nobunaga, voilà deux jours, est mort brûlé dans sa maison de Kanazawa – c'est à la campagne juste en dehors de Tokyo –, il est mort dans des circonstances assez bizarres. J'ai reçu au courrier d'aujourd'hui une lettre très curieuse. Je ne peux pas en discuter par téléphone, mais c'est fichtrement intéressant. »

Gavallan retint son souffle. « Alors David... ça n'était pas un accident?

– Il faut attendre pour voir ça, Andy, en attendant qu'on se rencontre... soit à Tokyo, soit à Londres le plus tôt possible. Au fait, vous savez que Hiro et moi nous comptions rester à Kanazawa la nuit où Nobunaga est mort, et au dernier moment nous n'avons pas pu.

– Mon Dieu, c'est de la chance.

– En effet. Bon, il faut que j'y aille. Y a-t-il autre chose que je puisse faire pour vous?

– Rien, à moins que vous ne m'obteniez une prolongation jusqu'à dimanche soir.

– Je travaille toujours là-dessus, ne craignez rien. Je suis navré pour Dubois, Fowler et McIver... Jusqu'à lundi on prendra les messages pour moi à ce numéro à Tokyo... »

Ils se dirent adieu. Gavallan fixait toujours le téléphone. Scot arriva avec d'autres nouvelles sur des possibilités de pilotes et d'appareils, ce fut à peine s'il entendit son fils. C'était donc un meurtre, après tout. Mon Dieu! Au diable Linbar, son dos au mur et ses mauvais investissements. D'une façon ou d'une autre, il me faut ces X63.

De nouveau le téléphone. La ligne était mauvaise et son interlocuteur avait un fort accent : « Un appel de l'inter en PCV pour *effendi* Gavallan. »

Son cœur bondit. Erikki. « Ici *effendi* Gavallan, j'accepte l'appel. Pouvez-vous parler plus fort, je vous prie, je vous entends à peine. Qui m'appelle?

– Un moment, je vous prie... » Tout en attendant avec impatience, il regardait la porte au bout de la piste que le sheik et les autres utiliseraient si Kasigi échouait et que l'inspection eût lieu. Il s'arrêta presque de respirer en voyant approcher une grosse limousine avec un pavillon shargazi sur l'aile, mais la voiture passa dans un nuage de poussière et, à l'autre bout du fil, une voix qu'il entendait à peine dit : « *Effendi,* c'est moi, Marc, Marc Dubois...

– Marc? Marc Dubois? » balbutia-t-il et il faillit laisser tomber le téléphone. « Bonté divine! Marc? Ça va, où diable êtes-vous, et Fowler? Où êtes-vous donc? » Il ne comprit rien à la réponse. « Redites-moi ça!

– Nous sommes à Kor al-Amaya... » Kor al-Amaya était une énorme plate-forme pétrolière irakienne, longue de huit cents mètres, tout au bout du Golfe, à l'embouchure des eaux du Chatt al-Arab qui séparaient l'Irak de l'Iran, à huit cents kilomètres environ au nord-ouest. « Vous m'entendez, Andy? Kor al-Amaya... »

Sur la plate-forme de Kor al-Amaya. Marc Dubois lui aussi essayait de se contrôler et de ne pas crier dans le téléphone. L'appareil était dans le bureau du directeur de la plate-forme, il y avait plein d'Irakiens et d'expatriés dans le bureau d'à côté qui pouvaient entendre. « Cette ligne n'est pas très privée... Vous comprenez? ajouta-t-il en français.

– Oui, mais, bon sang, qu'est-ce qui s'est passé? On vous a repêchés? »

Dubois s'assura qu'on ne l'entendait pas et dit prudemment : « Non, mon vieux, j'étais à court de carburant et voilà que le pétrolier *Oceanrider* est apparu et je me suis posé dessus, un atterrissage parfait, évidemment. Nous allons tous les deux très bien, Fowler et moi, pas de problème! Tout le monde, Rudi, Sandor et Pop?

– Ils sont tous ici à Al Shargaz, tous, votre groupe, celui de Scrag, Mac, Freddy, sauf Mac qui, pour l'instant, est à Bahrein. Maintenant que vous êtes tirés d'affaire, le bilan d'Ouragan, c'est dix sur dix : Erikki et Azadeh sont en sûreté à Tabriz... »

Gavallan allait dire que Tom, resté en Iran, risquait sa vie mais, comme ni lui ni Dubois n'y pouvaient rien, il se contenta de dire d'un ton joyeux : « C'est merveilleux que vous soyez sains et saufs, Marc. Votre appareil est en état?

– Bien sûr, je... j'ai juste besoin de carburant et d'instructions.

– Marc, vous avez une immatriculation britannique maintenant... Attendez... c'est G-HKVC. Balancez vos anciens numéros et mettez ceux-ci. Ça n'a pas été facile et nos précédents hôtes ont inondé le Golfe de télex demandant à tous les gouvernements de saisir nos appareils. Ne descendez à terre nulle part. »

Dubois était redevenu sérieux. GolfeHôtelKiloVictorCharlie, compris. Andy, le bon Dieu était avec nous parce que l'*Oceanrider* agit sous pavillon libérien et son capitaine est britannique. Une des premières choses que j'ai demandées, ça a été un pot de peinture... Vous comprenez?

– Compris, formidable, continuez!

– Comme il voyageait en direction de l'Irak, j'ai jugé préférable de ne pas bouger et de rester tranquille avant de vous avoir parlé, et c'est la première fois... » Par la porte entrouverte, Dubois vit le directeur irakien qui approchait. D'une voix beaucoup plus forte maintenant, et d'un ton légèrement différent, il reprit : « Cette affectation sur l'*Oceanrider* est parfaite, monsieur Gavallan, et je suis heureux de vous dire que le capitaine est enchanté.

– D'accord, Marc, je vais poser les questions.

Quand le navire doit-il finir de charger, et quelle est sa prochaine destination?

– Sans doute demain, dit-il en saluant poliment l'Irakien qui s'assit derrière son bureau. Nous devrions être à Amsterdam comme prévu. » Les deux hommes avaient du mal à s'entendre.

« Croyez-vous que vous pourriez rester pendant tout le trajet? Bien sûr, nous réglerions votre passage.

– Je ne vois pas pourquoi ce ne serait pas possible. Je crois que cette expérience va devenir une affectation permanente. Le capitaine trouvait très commode la possibilité de jeter l'ancre au large et pourtant d'aller faire une petite visite au port, mais franchement les armateurs ont commis une erreur en demandant un 212. Un 206 serait beaucoup mieux. Je crois qu'ils vont demander une diminution. » Il entendit le rire de Gavallan et cela lui fit plaisir. « Il vaut mieux que je raccroche, je voulais simplement faire mon rapport. Fowler envoie son meilleur souvenir et, si c'est possible, je vous appellerai du navire quand nous passerons devant vous.

– Avec un peu de chance, nous ne serons plus ici. On va charger les caisses demain sur l'avion cargo. Ne vous inquiétez pas, je suivrai *Oceanrider* pendant tout le trajet. Quand vous aurez passé Ormuz et que vous serez sorti des eaux du Golfe, demandez au capitaine de nous contacter par radio ou par télex à Aberdeen. D'accord? J'affecte tout le monde à la mer du Nord en attendant que tout ça soit réglé. Oh! Vous devez être à court d'argent, alors signez pour tout et je rembourserai le capitaine. Comment s'appelle-t-il?

– Tavistock, Brian Tavistock.

– Compris. Marc, vous ne savez pas combien je suis heureux.

– Moi aussi. A bientôt. » Dubois raccrocha le combiné et remercia le directeur.

« Un plaisir, capitaine, répondit l'homme. Est-ce que tous les gros pétroliers vont avoir leur propre hélicoptère ?

– Je ne sais pas, monsieur. Ce serait commode pour certains. Non ? »

Le directeur eut un petit sourire. C'était un homme de haute taille, entre deux âges, avec une formation et un accent américains. « Il y a un patrouilleur iranien stationné dans leurs eaux territoriales à surveiller l'*Oceanrider*. Curieux, hein ?

– En effet.

– Heureusement, il reste dans leurs eaux territoriales, et nous dans les nôtres. Les Iraniens s'imaginent qu'ils possèdent le Golfe arabique, nous avec, le Chatt, et les eaux du Tigre et de l'Euphrate jusqu'à leur source, mille cinq cents et plus de trois mille kilomètres.

– L'Euphrate est si long que ça ? demanda Dubois, redoublant de prudence.

– Oui, il prend sa source en Turquie. Vous n'êtes jamais allé en Irak ?

– Non, monsieur. Malheureusement. Peut-être pour mon prochain voyage.

– Bagdad est une ville superbe, l'ancienne comme la moderne – tout comme le reste de l'Irak, ça vaut la visite. Nous avons des réserves de pétrole de neuf milliards de tonnes et deux fois autant qui attendent d'être découvertes. Nous avons beaucoup plus de valeur que l'Iran. C'est nous que la France devrait soutenir, pas Israël.

– Moi, monsieur, je ne suis qu'un pilote, dit Dubois. Je ne fais pas de politique.

– Pour nous, ce n'est pas possible. La politique, c'est la vie : nous l'avons découvert durement. Même dans le jardin d'Eden : saviez-vous que des gens vivent ici depuis plus de soixante mille ans? Le jardin de l'Eden était à un peu plus de cent cinquante kilomètres d'ici : un peu plus haut dans le Chatt, là où le Tigre et l'Euphrate se rejoignent. Ce sont nos ancêtres qui ont découvert le feu, inventé la roue, les mathématiques, l'écriture, le vin, le jardinage, la culture... Les jardins suspendus de Babylone étaient ici. Shéhérazade racontait ses histoires au calife Haroun al-Rachid, il n'avait pour égal que votre Charlemagne. C'est ici que se trouvaient les plus puissantes des civilisations antiques, Babylone et l'Assyrie. Même le déluge a commencé ici. Nous avons survécu aux Sumériens, aux Grecs, aux Romains, aux Arabes, aux Turcs, aux Anglais et aux Perses, conclut-il en crachant presque le dernier mot. Nous continuerons. »

Dubois acquiesça prudemment. Le capitaine Tavistock l'avait prévenu : « Nous sommes dans les eaux irakiennes, la plate-forme est territoire irakien, mon garçon. Dès l'instant où vous passez la planche, vous êtes livré à vous-même, je n'ai plus aucune juridiction, compris?

– Je veux simplement donner un coup de téléphone. Il le faut.

– Et si vous utilisiez mon radio-téléphone lorsque nous passerons devant Al Shargaz au retour?

– Il n'y aura pas de problème, lui avait dit Dubois, très sûr de lui. Pourquoi y en aurait-il? Je suis français. »

Lorsqu'il avait fait son atterrissage forcé sur le pont du pétrolier, il avait dû parler au capitaine d'Ouragan et des raisons de l'opération. Le vieil homme s'était contenté de pousser un grognement. « Je ne sais rien de tout ça, mon garçon. Vous ne m'avez rien dit. Pour commencer, vous feriez mieux de passer un coup de peinture sur votre immatriculation iranienne et de mettre un G devant ce que vous voulez à la place; demandez au peintre de mon bateau de vous aider. En ce qui me concerne, si on m'interroge, c'est une expérience que les armateurs ont imposée : vous êtes arrivé à bord au cap, je ne vous aime pas du tout et nous nous parlons à peine. D'accord? » Le capitaine avait souri. « Ravi de vous avoir à bord; j'étais dans les patrouilleurs pendant la guerre, j'opérais sur la Manche. Ma femme est de l'île d'Ouessant, près de Brest – on se glissait là de temps en temps discrètement pour se ravitailler en vin et en gnole, tout comme mes ancêtres pirates le faisaient. Grattez un Anglais, vous retrouverez un pirate. Bienvenue à bord. »

Dubois maintenant attendait en observant le directeur irakien. « Je pourrai peut-être utiliser de nouveau le téléphone demain, avant le départ?

– Bien sûr. N'oubliez pas, tout a commencé ici... Tout finira ici. *Salam!* » Le directeur eut un sourire étrange et lui tendit la main. « Bonne chance!

– Merci, à bientôt. »

Dubois sortit et descendit l'escalier jusqu'au pont, ayant hâte de se retrouver à bord de l'*Oceanrider*. A quelques centaines de mètres au nord, il aperçut le patrouilleur iranien, une petite frégate qui dansait dans la houle. « Espèce de con », marmonna-t-il.

Il fallut à Dubois près d'un quart d'heure pour regagner son navire. Il vit Fowler qui l'attendait et lui annonça la bonne nouvelle. « C'est rudement bien pour les gars, fichtrement bien, mais tout le trajet jusqu'à Amsterdam sur ce rafiot? » Fowler se mit à grommeler, mais Dubois avança jusqu'à la proue et se pencha au bastingage.

Tout le monde était saint et sauf! Je n'aurais jamais cru qu'on y arriverait tous. Jamais, songea-t-il joyeusement. Quelle chance formidable! Willi et Rudi vont croire que c'était une bonne préparation, mais pas du tout, c'était un coup de chance. Ou

Dieu. Dieu a parfaitement calculé pour que l'*Ocean-rider* soit à deux minutes. Merde, il ne s'en est pas fallu de beaucoup, mais enfin c'est fini. Et maintenant? Dès l'instant qu'on n'a pas trop gros temps, que je n'ai pas le mal de mer, que ce vieux rafiot ne coule pas, il ne va pas être si mal d'avoir deux ou trois semaines sans rien à faire, rien d'autre qu'à réfléchir, manger, dormir, jouer un peu au bridge et dormir et faire des projets. Et puis Aberdeen et la mer du Nord et les parties de rigolades avec Jean-Luc, Tom Lochart et Duke et les autres, et puis en route pour... en route pour où? Il serait temps que je me marie. Merde, j'ai pas envie de me marier pour le moment. Je n'ai que trente ans et jusqu'à maintenant je l'ai évité. Ce serait bien ma chance de tomber sur cette sorcière parisienne en vêtements d'ange qui se servira de ses ruses pour me mettre dans un tel état qu'elle anéantira mes défenses et brisera mes résolutions! La vie est trop bonne, beaucoup trop bonne, c'est trop rigolo de draguer!

Il se tourna pour regarder vers l'Ouest. Le soleil descendait vers la terre à l'horizon, une terre morne, plate et assommante. Je voudrais bien être à Al Shargaz avec les copains.

Hôpital International d'Al Shargz : 18 h 01. Starke était assis dans la véranda du premier étage, regardant lui aussi le soleil qui déclinait, mais ici le coucher de soleil était magnifique sur une mer calme, sous un ciel sans nuages, les reflets du soleil dans l'eau le faisait cligner des yeux malgré ses lunettes noires. Il avait son pantalon de pyjama, le torse enveloppé de pansements et sa blessure cicatrisait bien; bien qu'il fût encore faible, il essayait de réfléchir et de faire des plans. Il y avait tant de sujets de réflexion : est-ce qu'on a réussi à sortir nos appareils ou pas?

Dans la chambre, derrière lui, il entendait Manuela qui discutait dans un mélange d'espagnol et de texan avec son père et sa mère, là-bas, à Lubbock. Il leur avait déjà parlé; il avait parlé à ses parents et aux enfants, Billyjoe, la petite Conroe et Sarita : « Alors, papa, quand est-ce que tu rentres? Il y a un nouveau cheval, c'est formidable à l'école, et aujourd'hui, il fait une chaleur à tomber! »

Strake souriait à demi, mais n'arrivait pas à s'arracher à ses appréhensions, c'était si loin de là-bas à ici, tout était étranger, même en Angleterre. Ensuite Aberdeen et la mer du Nord? Cela m'est égal pour un mois ou deux, mais ce n'est pas un truc pour moi, ni pour les gosses, ni pour Manuela. Il est clair que les gosses aiment le Texas, tout comme Manuela maintenant. Elle a raison mais, bon sang, je ne sais pas où j'ai envie d'aller ni ce que je veux faire. Il faut que je continue à voler, c'est tout ce que je sais faire. Mais où ça? Pas en mer du Nord ni au Nigeria qui sont maintenant les secteurs clés pour Andy. Peut-être une de ses petites filiales en Amérique du Sud et en Indonésie, en Malaisie ou à Bornéo? J'aimerais bien rester avec lui si je pouvais, mais il y a les gosses, l'école et Manuela.

Il fallait peut-être oublier l'étranger et rentrer aux Etats-Unis? Non, il était resté trop longtemps parti, trop longtemps ici.

Par-delà la vieille ville, son regard allait se perdre dans les lointains du désert. Il se rappelait les fois où le soir il avait dépassé le seuil du désert, parfois avec Manuela, parfois seul, où il allait là-bas rien que pour écouter. Pour écouter quoi? Le silence, la nuit, les étoiles qui s'appelaient l'une l'autre? Pour rien? « Tu écoutes Dieu, avait dit le mollah Hussain.

Comment un Infidèle peut-il faire ça? Tu écoutes Dieu.

– C'est toi qui le dis, mollah, pas moi. »

Drôle de bonhomme, il m'a sauvé la vie, à moi qui lui ai sauvé la sienne, j'ai failli mourir à cause de lui et de nouveau j'ai été sauvé, puis il nous a tous libérés à Kowiss : bon sang, il savait que nous quittions Kowiss pour de bon, j'en suis sûr. Pourquoi nous a-t-il laissés partir, nous les grands satanistes? Et pourquoi me répétait-il sans cesse d'aller voir Khomeiny? Et l'imam n'a pas raison, pas du tout.

Qu'est-ce qui m'arrive?

Il y a là-bas ce je ne sais quoi du désert qui existe pour moi. La paix totale, l'absolu. Et juste pour moi – pas pour les gosses, ni pour Manuela, ni pour personne d'autre – rien que moi... Je ne peux expliquer ça à personne, surtout pas à Manuela, pas plus que je ne pourrais expliquer ce qui s'est passé à la mosquée de Kowiss pendant l'interrogatoire.

Je ferais mieux de foutre le camp, sinon je suis perdu. La simplicité de l'islam fait paraître tout si simple, si clair, si bien et pourtant...

Je suis Conroe Starke, Texan, pilote d'hélicoptère, avec une femme formidable, des gosses merveilleux, et ça devrait suffire, bon Dieu, non?

Troublé, il regarda la vieille ville, ses minarets et ses murailles que rougissait déjà le couchant. Par-delà la ville, le désert et, plus loin, La Mecque. Il savait que c'était la direction de La Mecque parce qu'il avait vu le personnel de l'hôpital, des médecins, des infirmières et les autres s'agenouiller pour la prière dans cette direction. Manuela réapparut sur la véranda, l'arrachant à ses pensées, elle s'assit auprès de lui et le ramena à la réalité.

« Ils t'envoient leurs affections et demandent quand nous rentrons. Ce serait une bonne idée d'aller les voir, tu ne trouves pas, Conroe? » Elle le vit hocher la tête, mais d'un air absent, puis elle regarda du côté où était tourné son regard, sans rien voir de spécial. Rien que le soleil qui se couchait. Bon sang... Elle dissimula son inquiétude. Il se remettait parfaitement, mais il n'était plus le même. « Il ne faut pas vous inquiéter, Manuela, avait dit Doc Nutt, c'est sans doute le choc de la balle, la première fois c'est toujours un peu traumatisant. Il y a ça, et puis Dubois, Tom, Erikki, toute cette attente, cette inquiétude, cette absence de nouvelles... Nous sommes tous tendus, vous, moi, tout le monde... cela nous a tous touchés de façon différente. »

Afin de cacher son inquiétude, elle se pencha au balcon pour regarder la mer et les bateaux. « Pendant que tu dormais, j'ai trouvé Doc Nutt. Il dit que tu peux partir dans quelques jours, demain si c'est important, mais il faut que tu y ailles doucement pendant un mois ou deux. Au petit déjeuner, Nogger m'a dit que le bruit court qu'on va tous avoir au moins un mois de vacances payées. Ça n'est pas formidable? Avec ça et ton congé de maladie, on a largement le temps de rentrer à la maison, hein?

– Bien sûr. Très bonne idée. »

Elle hésita, puis se retourna pour le regarder. « Qu'est-ce qui te tracasse, Conroe?

– Je ne sais pas très bien, mon chou. Je me sens en pleine forme. Ce n'est pas ma blessure. Je ne sais pas.

– Doc Nutt a dit que c'est normal que tu te sentes bizarre quelque temps, chéri, Andy a dit qu'il y a de bonnes chances qu'il n'y ait pas d'inspection, qu'on attend les avions cargos sûr pour demain midi, et nous ne pouvons rien faire, rien de plus... » Le téléphone sonna dans la chambre et elle alla répondre, tout en continuant : « ... Aucun de nous ne peut en faire plus que ce que nous faisons. Si nous arrivons à partir, nous et nos hélicoptères, je sais qu'Andy trouvera des appareils pour Kasigi et des pilotes et alors... Allô? Oh! Bonsoir... »

Starke entendit sursauter son cœur. Tout excitée, Manuela lui cria : « Conroe, c'est Andy, il vient d'avoir un coup de fil de Marc Dubois qui est en Irak, sur un bateau, lui et Fowler, ils ont fait un atterrissage urgent sur un pétrolier et ils sont sains et saufs en Irak. Oh! Andy, c'est formidable! Quoi? Oh! Bien sûr, il va bien, et je... Et Kasigi?... Attendez... Oui, mais... Entendu. »

Elle raccrocha et revint en courant. « Toujours rien de Kasigi, Andy a dit qu'il était pressé et qu'il rappellerait. Oh! Conroe... » Elle s'agenouilla auprès de lui, les bras autour de son cou, le serrant très doucement, pleurant des larmes de joie. « J'étais inquiète pour Marc et ce vieux Fowler, j'avais si peur qu'ils soient perdus.

– Moi aussi... moi aussi. » Il sentait le cœur de Manuela qui battait et le sien aussi. « Bon sang, marmonna-t-il, pouvant à peine parler. Allons, Kasigi... appelle, Kasigi... »

QG d'Al Shargaz. Aéroport international : 18 h 18. Gavallan était à la fenêtre du bureau et regardait la voiture officielle de Newbury, arborant un petit Union Jack, franchir la porte. La voiture pila sur la route périphérique devant le bâtiment : un chauffeur en uniforme, deux silhouettes à l'arrière. Il hocha la tête. Il s'aspergea le visage d'un peu d'eau froide et s'essuya.

La porte s'ouvrit. Scot entra, accompagné de Charlie Pettikin. Tous deux étaient très pâles. « Pas d'inquiétude, dit Gavallan, entrez. » Il revint vers la fenêtre en essayant de paraître calme et resta là à se sécher les mains. Le soleil était près de l'horizon.

« Pas la peine d'attendre ici, allons à leur rencontre. » D'un pas ferme, il les précéda dans le couloir. « C'est formidable, pour Marc et Fowler, n'est-ce pas?

– Magnifique, dit Scot d'une voix sans timbre. Dix hélicos de sortis sur dix, papa, on ne peut pas faire mieux. Dix sur dix. »

Ils traversèrent le couloir et pénétrèrent dans le grand hall. « Charlie, comment va Paula?

– Elle... elle va bien, Andy. » Pettikin était stupéfait du sang-froid de Gavallan et un peu envieux. « Elle... elle a décollé pour Téhéran il y a une heure, je ne pense pas qu'elle revienne avant lundi, encore qu'il y ait une possibilité pour demain. » Dieu maudisse Ouragan, songea-t-il, accablé, ça a tout gâché. Je sais bien qu'un cœur faible n'a jamais conquis une belle dame. Bon sang, qu'est-ce que je peux faire? Qu'ils mettent la main sur nos hélicos, S-G est foutu, plus de travail, pas de pension, je n'ai presque pas d'économies. Je suis tellement plus âgé qu'elle et... Merde, après tout! Bêtement, je suis content : maintenant je ne peux plus lui gâcher la vie et de toute façon, elle serait folle de dire oui. « Paula va bien, Andy.

– C'est une chic fille. »

Le hall était encombré. Ils traversèrent la grande salle rafraîchie par les climatiseurs et sortirent dans la chaleur du couchant sur les marches du perron. Gavallan s'arrêta, stupéfait. Tous les membres du contingent de la S-G étaient là : Scragger, Vossi, Willi, Rudi, Pop Kelly, Sandor, Freddy Ayre et tous les autres et tous les mécanos. Tous immobiles, suivant des yeux la voiture qui approchait. Elle s'arrêta devant eux.

Newbury descendit. « Bonjour, Andrew », dit-il, mais ils étaient tous pétrifiés, car Kasigi était auprès de lui, pas l'Iranien. Kasigi était rayonnant et Newbury dit d'un ton perplexe : « Je ne comprends vraiment pas ce qui se passe, mais l'ambassadeur, l'ambassadeur d'Iran, a annulé à la dernière minute, tout comme le sheik, et M. Kasigi m'a prié de venir à la réception japonaise, si bien qu'il n'y aura pas d'inspection ce soir... »

Gavallan poussa un hourra, et puis ils étaient tous à taper dans le dos de Kasigi, à le remercier, à parler, à rire, à trébucher, et Kasigi disait : « ... Il n'y aura pas d'inspection demain, même si nous devons le kidnapper... » D'autres rires éclatèrent et des acclamations, et Scragger dansait en imitant la cornemuse. « Hourra, pour Kasigi... »

Gavallan se fraya un chemin jusqu'à Kasigi, le serra contre lui en criant dans le vacarme : « Merci, merci. Vous aurez certains de vos appareils dans trois jours et le reste à la fin de la semaine... » Puis il ajouta : « Bonté divine, laissez-moi une seconde, bonté divine, il faut que je prévienne Mac, Duke et les autres, après je vous invite à fêter ça... »

Kasigi le regarda s'éloigner puis il sourit tout seul.

A l'hôpital : 18 h 32. Tout tremblant, Starke raccrocha le combiné, rayonnant de bonheur, et revint à la véranda. « Bon sang, Manuela, ça y est, pas d'inspection ! Ouragan a réussi : Andy ne sait pas comment Kasigi s'y est pris, mais il a réussi et... Oh ! Bon sang ! » Il la prit par la taille et s'adossa à la balustrade. « Alors Ouragan a réussi, nous voilà sauvés, on va filer et maintenant on peut faire des projets. Kasigi, cet enfant de salaud, il a réussi ! *Allah-ou Akbar* », ajouta-t-il tout triomphant, sans réfléchir.

Le soleil touchait l'horizon. De la ville monta la voix d'un muezzin, rien qu'un, une voix pure qui appelait à la prière. Ce son emplit ses oreilles et son être et il écouta. Il oubliait tout le reste, son soulagement et sa joie se mêlant aux paroles simples et à l'infini – et il s'éloigna d'elle. Désemparée, elle attendit, seule. Elle attendit dans le soleil couchant, ayant peur pour lui, triste pour lui, sentant que l'avenir était en train de se jouer. Elle attendit comme seule une femme le peut.

L'appel cessa. Tout maintenant était très calme, très tranquille, très silencieux. Starke vit la vieille ville dans toute son antique splendeur, au-delà le désert, et l'infinité qui s'étendait au-delà de l'horizon. Le bruit d'un jet qui décollait, l'appel des oiseaux de mer. Puis le peut-peut d'un hélicoptère quelque part et il se décida.

« Toi, lui dit-il en parsi, toi, je t'aime.

– Toi, je t'aime pour toujours », murmura-t-elle au bord des larmes. Puis elle l'entendit soupirer et sut que de nouveau ils étaient ensemble.

« Il est temps de rentrer, ma chérie. » Il la prit dans ses bras. « Il est temps pour nous tous de rentrer chez nous.

– Chez nous, c'est où tu es », dit-elle, n'ayant plus peur.

Hôtel Oasis : 23 h 52. Dans l'obscurité, la sonnerie du téléphone retentit, tirant Gavallan d'un profond sommeil. Il décrocha d'une main tâtonnante et alluma sa lampe de chevet. « Allô?

– Allô, Andrew, c'est Roger Newbury, désolé de vous appeler si tard mais...

– C'est très bien, j'avais dit d'appeler jusqu'à minuit, comment ça s'est passé? » Newbury avait promis de l'appeler pour lui raconter la réception. Normalement, Gavallan aurait été éveillé, mais ce soir-là il les avait laissés festoyer peu après 10 heures et, quelques secondes plus tard, il était profondément endormi. « Et pour demain?

– Je suis ravi de vous annoncer que Son Excellence Abadani a accepté une invitation du sheik à passer la journée à chasser au faucon à l'oasis d'Al Sal; il sera isolé toute la journée. Personnellement, je ne lui fais pas confiance, Andrew, et nous vous conseillons fortement de faire filer vos appareils et votre personnel le plus vite et le plus discrètement possible, et puis de tout fermer ici pour un mois ou deux en attendant que nous puissions vous donner le signal de reprendre. D'accord?

– Oui, excellente nouvelle, merci. » Gavallan se rallongea, il se sentait un homme nouveau, prêt à céder à la séduction du sommeil. « J'avais déjà prévu de fermer, dit-il avec un formidable bâillement. Tout le monde aura évacué avant le coucher du soleil. » Il avait perçu le ton nerveux de Newbury, mais il mit cela sur le compte de l'excitation, étouffa un autre bâillement et ajouta : « Scragger et moi serons les derniers : nous prenons l'avion pour Bahrein avec Kasigi pour aller voir McIver.

– Bon. Comment diable vous êtes-vous arrangé pour Abadani, je n'en sais rien – et je ne veux pas le savoir non plus – mais nous vous tirons collectivement un coup de chapeau. Maintenant... maintenant ça m'ennuie d'annoncer de mauvaises nouvelles en même temps que les bonnes, mais nous venons d'avoir un télex de Henley à Tabriz. »

Gavallan n'avait plus du tout sommeil. « Des ennuis?

– J'en ai peur. Ça paraît bizarre, mais voilà ce que dit le télex. » Il y eut un froissement de papier puis : « Henley dit : “ Nous apprenons qu'il y a eu hier soir une sorte d'attaque contre la vie de Hakim Khan, et le capitaine Yokkonen est censé être impliqué dans l'affaire. La nuit dernière il s'est enfui vers la frontière turque à bord de son hélicoptère, emmenant contre son gré sa femme Azadeh. Un mandat d'arrêt pour tentative de meurtre et enlèvement a été lancé à la demande de Hakim Khan. Il y a pas mal de luttes actuellement entre des factions rivales à Tabriz, ce qui rend assez difficile d'envoyer un rapport précis. Dès que possible des détails supplémentaires vous parviendront. " C'est tout ce qu'il y a. Etonnant, non? » Un silence. « Andrew? Vous êtes là?

– Oui... Oui, je suis là. Je... j'essayais de rassembler mes esprits. Il n'y a pas de chances qu'il s'agisse d'une erreur?

– J'en doute. J'ai envoyé un message urgent pour avoir plus de détails. Nous aurons peut-être quelque chose demain. Je vous conseille de contacter l'ambassadeur de Finlande à Londres. Alertez-le. Le numéro de l'ambassade est 1-7668888. Désolé pour tout cela. »

Gavallan le remercia et, hébété, raccrocha le combiné.

Dimanche 4 mars 1979

CHAPITRE 31

Au village turc : 10 h 20. Azadeh s'éveilla en sursaut. Un moment, elle n'arrivait plus à se rappeler où elle était, puis elle vit la chambre – petite, sinistre, deux fenêtres, une paillasse sur un lit dur, des draps propres mais rugueux et des couvertures – et elle se rappela que c'était l'hôtel du village où la veille au soir, au coucher du soleil, malgré ses protestations car elle ne voulait pas quitter Erikki, elle avait été escortée par le commandant et un policier. Lequel commandant, sans se soucier des prétextes qu'elle inventait pour refuser, avait insisté pour dîner avec elle dans le minuscule restaurant qui s'était aussitôt vidé dès leur arrivée. « Il faut bien que vous mangiez quelque chose pour garder vos forces. Asseyez-vous, je vous en prie. Je commanderai ce que vous prenez pour votre mari et je le lui ferai porter. Vous voulez bien?

– Oui, s'il vous plaît », dit-elle, toujours en turc, et elle s'assit, comprenant la menace implicite. « Je peux payer. »

L'ombre d'un sourire passa sur ses lèvres. « Comme vous voulez.

– Merci, commandant *effendi*. Quand mon mari et moi pourrons-nous partir?

– J'en discuterai avec vous demain, pas ce soir. »

Il fit signe au policier de monter la garde à la

porte. « Maintenant nous allons parler anglais, dit-il, en lui tendant son étui à cigarettes en argent.

– Non, merci. Je ne fume pas. Quand pourrai-je récupérer mes bijoux, s'il vous plaît, commandant *effendi* ? »

Il choisit une cigarette et se mit à en taper le bout sur l'étui tout en la regardant. « Dès qu'il n'y aura plus de risque. Je m'appelle Abdul Ikail. Je suis en poste à Van et responsable de toute cette région, jusqu'à la frontière. » Il prit son briquet, exhala un peu de fumée, sans jamais la quitter des yeux. « Vous n'êtes jamais allée à Van?

– Non, jamais.

– C'est une petite bourgade endormie. Ça l'était, reprit-il, avant votre révolution, bien que ça ait toujours été difficile sur la frontière. » Il tira une nouvelle bouffée de sa cigarette. « Des indésirables de chaque côté voulant traverser ou s'enfuir. Des contrebandiers, des trafiquants de drogue, d'armes, des voleurs, toute la charogne qu'on peut imaginer. » Il disait cela d'un ton nonchalant, des volutes de fumée ponctuaient ses paroles. L'air était lourd dans la petite salle qui sentait la vieille cuisine, les corps mal lavés et le tabac refroidi. Elle était pleine d'appréhension et ses doigts se mirent à jouer avec la courroie de son sac.

« Vous êtes déjà allée à Istanbul? demanda-t-il.

– Oui. Oui, pendant quelques jours quand j'étais petite fille. J'y suis allée avec mon père, il avait ses affaires là-bas et puis on m'a mise dans un avion pour aller à l'école en Suisse.

– Je ne suis jamais allé en Suisse. Je suis allé à Rome une fois en vacances. A Bonn, pour suivre un cours de police, un autre à Londres, mais jamais en Suisse. » Il fuma un moment, perdu dans ses pensées, puis écrasa sa cigarette dans un cendrier ébréché et fit signe au patron de l'hôtel qui attendait servilement près de la porte de venir prendre sa commande. La cuisine était primitive mais bonne et on les servait avec une grande humilité, ce qui acheva de la troubler. De toute évidence, le village n'était pas habitué à une si auguste présence.

« Inutile d'avoir peur, Lady Azadeh, vous n'êtes pas en danger, lui dit-il, comme s'il lisait ses pensées. Au contraire. Je suis heureux d'avoir l'occasion de vous parler, il est rare qu'une personne de votre... de votre qualité passe par ici. » Pendant le dîner, patiemment et poliment, il la questionna sur l'Azerbaïdjan et sur Hakim Khan. Lui-même se livrait très peu, refusait de discuter du problème d'Erikki ou de ce qui allait se passer. « Ce qui arrivera arrivera. Racontez-moi encore une fois votre histoire.

– Je... je vous l'ai déjà racontée, commandant *effendi*. C'est la vérité, ce n'est pas une histoire. Je vous ai dit la vérité, tout comme mon mari.

– Bien sûr, dit-il en mangeant voracement. Répétez-la-moi quand même. »

Elle avait donc obéi, apeurée, lisant dans son regard où elle voyait le désir, bien qu'il se montrât toujours très cérémonieux. « C'est la vérité, dit-elle, touchant à peine les plats devant elle, son appétit disparu. Nous n'avons commis aucun crime, mon mari n'a fait que se défendre et me défendre moi... devant Dieu.

– Dieu, malheureusement, ne peut pas témoigner pour vous. Bien sûr, dans votre cas, j'accepte ce que vous dites comme ce que vous croyez. Ici, heureusement, nous sommes davantage de ce monde, nous ne sommes pas des fondamentalistes, il y a une séparation entre l'islam et l'Etat, et pas d'hommes pour se proclamer intermédiaires entre Dieu et nous et notre seul fanatisme est pour conserver notre mode de vie comme nous l'aimons – et empêcher qu'on nous impose les lois ou les croyances d'autrui. » Il s'arrêta, tendant l'oreille. Marchant jusqu'ici, dans la lumière déclinante, ils avaient entendu une fusillade lointaine et des tirs de mortier. Maintenant, dans le silence du restaurant, cela recommençait. « Sans doute des Kurdes qui défendent leur foyer dans les montagnes, fit-il avec une grimace de dégoût. Il paraît que Khomeiny envoie votre armée et des Brassards verts contre eux.

– Alors c'est une nouvelle erreur, dit-elle. C'est ce que dit mon frère.

– Je suis d'accord. Ma famille est kurde. » Il se leva. « Un policier sera devant votre porte toute la nuit. Pour vous protéger, dit-il avec le même étrange demi-sourire qui la perturbait tant. Pour votre protection. Veuillez rester dans votre chambre jusqu'à ce que je... jusqu'à ce que je vienne ou que je vous envoie chercher. Votre docilité aide votre mari. Dormez bien. »

Elle avait donc gagné la chambre qu'on lui avait donnée et, constatant qu'il n'y avait pas de serrure ni de verrou sur la porte, elle avait coincé une chaise sous le bouton. La chambre était froide, l'eau dans la cruche glacée. Elle se lava et se sécha, puis pria, ajoutant une prière spéciale pour Erikki, puis s'assit sur le lit.

Avec grand soin, elle ôta l'épingle à chapeau en acier de quinze centimètres cachée dans la doublure de son sac et l'étudia un moment. La pointe était acérée comme une aiguille. Elle la glissa sous son oreiller, comme Ross le lui avait montré : « Comme ça, c'est sans danger pour toi, avait-il dit avec un sourire, un ennemi ne la remarquerait pas et tu peux la sortir facilement. Une belle jeune femme comme toi devrait toujours être armée, à tout hasard.

– Mais, Johnny, jamais je ne pourrai... jamais.

– Tu pourras quand – si le moment vient jamais, et il faut t'y préparer. Dès l'instant que tu es armée, apprends à te servir de l'arme, quelle qu'elle soit, et accepte l'idée que tu peux avoir à tuer pour te protéger et alors plus jamais, jamais tu n'auras besoin d'avoir peur. » Pendant ces mois magnifiques dans les hautes terres, il lui avait montré comment s'en servir. « L'enfoncer de quelques centimètres au bon endroit est plus que suffisant : c'est assez mortel... » Elle l'avait toujours sur elle depuis lors, mais jamais elle n'avait eu à s'en servir – pas même au village.

Ses doigts touchèrent la tête de l'épingle. Peut-être ce soir, se dit-elle. *Inch' Allah!* et Erikki? *Inch' Allah!* Puis elle se souvint d'Erikki qui disait : « Azadeh, *Inch' Allah*, c'est très bien et c'est une bonne excuse, et de temps en temps Dieu, quel que soit le nom qu'on lui donne, a besoin d'un coup de main terrestre. »

Oui, je te promets que je suis prête, Erikki. Demain est demain et je t'aiderai, mon chéri. J'arriverai à te tirer de là.

Rassurée, elle souffla la bougie, se recroquevilla sous les couvertures, toujours vêtue de son chandail et de son pantalon de ski. Le clair de lune entrait par les fenêtres. Bientôt elle se réchauffa. La chaleur, l'épuisement et la jeunesse l'amenèrent à un sommeil sans rêves.

Dans la nuit elle s'éveilla soudain. Le bouton de la porte tournait doucement. Sa main prit l'épingle et elle resta allongée là, à surveiller la porte. La poignée tourna jusqu'au bout, la porte bougea un peu mais à peine, maintenue fermée par la chaise qui maintenant craquait sous la poussée. Au bout d'un moment, la poignée revint sans bruit dans sa position première. De nouveau le silence. Pas de bruit de pas ni de souffle. Le bouton de la porte ne bougea plus. Elle sourit. C'était Johnny aussi qui lui avait montré comment disposer la chaise. Ah! Mon chéri, j'espère que tu trouveras le bonheur que tu cherches, songea-t-elle, puis elle se rendormit, face à la porte.

Maintenant elle était éveillée et reposée et savait qu'elle était beaucoup plus forte que la veille, plus prête à la bataille qui allait bientôt commencer. Elle se demanda ce qui l'avait tirée de son sommeil. Les bruits de la circulation et des marchands ambulants. Non, ce n'était pas ça. Puis on frappa à la porte.

« Qui est là?

– Le commandant Ikail.

– Un moment, je vous prie. »

Elle enfila ses bottes, rajusta son chandail et ses cheveux. Puis elle ôta la chaise. « Bonjour, commandant *effendi.* »

Il jeta un coup d'œil amusé à la chaise. « Vous avez été bien avisée de bloquer la porte. Ne recommencez pas... sans autorisation. » Puis il l'examina. « Vous semblez reposée. Bon. J'ai commandé pour vous du café et du pain frais. Que voudriez-vous d'autre?

– Simplement qu'on nous laisse partir, mon mari et moi.

– Vraiment? » Il entra dans la chambre, puis il referma la porte, prit la chaise et s'assit, le dos à la lumière du soleil qui entrait par la fenêtre. « Avec votre coopération, ça pourrait s'arranger. »

Lorsqu'il était entré dans la chambre, elle avait discrètement battu en retraite. Maintenant elle était assise au bord du lit, sa main à quelques centimètres de l'oreiller. « Quelle coopération, commandant *effendi*?

– Il serait sans doute préférable de ne pas avoir de confrontation, dit-il bizarrement. Si vous coopérez... et si vous rentrez à Tabriz de votre plein gré ce soir, votre mari restera sous notre garde cette nuit et sera renvoyé à Istanbul demain.

– Envoyé où à Istanbul? s'entendit-elle demander.

– D'abord en prison – pour plus de sûreté – où son ambassadeur pourra le voir et si c'est la volonté de Dieu, ensuite on le relâchera.

– Pourquoi devrait-il aller en prison? Il n'a rien fait...

– Sa tête est mise à prix, mort ou vif. » Le commandant eut un petit sourire. « Il a besoin de protection : il y a des dizaines de vos ressortissants dans le village et dans les environs, tous au bord de la famine. Est-ce que vous n'avez pas besoin de protection, vous aussi? Ne seriez-vous pas la victime parfaite pour un enlèvement, est-ce que le *khan* ne paierait pas tout de suite une grosse rançon pour libérer son unique sœur? Hein?

– Je retournerai volontiers si cela doit aider mon mari, dit-elle aussitôt. Mais si je reviens, quelle... quelle garantie ai-je que mon mari sera protégé et envoyé à Istanbul, commandant *effendi*?

– Aucune. » Il se leva et se planta devant elle. « L'autre hypothèse, c'est que si vous ne coopérez pas de votre plein gré, on vous renverra à la frontière aujourd'hui et que lui... lui devra tenter sa chance. »

Elle ne se leva pas. Elle n'ôta pas sa main de sous l'oreiller. Elle ne le regarda pas non plus. Je le ferais volontiers, mais une fois que je serai partie, Erikki sera sans défense. Coopérer? Cela veut-il dire coucher avec cet homme de mon plein gré? « Comment dois-je coopérer? Que voulez-vous que je fasse? » demanda-t-elle, furieuse de trouver qu'elle parlait d'une plus petite voix maintenant.

Il dit en riant : « Que vous fassiez ce que toutes les femmes ont du mal à faire : être docile, faire ce qu'on vous dit sans discuter et ne plus essayer de jouer au plus malin. » Il pivota sur ses talons. « Vous allez rester ici à l'hôtel. Je reviendrai plus tard. J'espère que d'ici là vous serez prête... à me donner la réponse que j'attends. » Il referma la porte derrière lui.

S'il essaie de me forcer, songea-t-elle, je le tuerai. Je ne peux pas coucher avec lui en échange : mon mari ne me le pardonnerait jamais, je ne me le pardonnerais jamais non plus, car nous savons tous les deux que ça ne garantirait pas sa liberté ni la mienne et que, même si cela nous l'assurait, il ne pourrait pas vivre en le sachant et il voudrait se venger. Je ne pourrais pas le supporter non plus.

Elle se leva, s'approcha de la fenêtre et regarda l'animation dans le village, les montagnes enneigées qui l'entouraient, la frontière là-bas, si proche.

« La seule chance, Erikki, c'est que je retourne là-bas, murmura-t-elle. Je ne peux pas, sans l'approbation du major. Même comme ça... »

Au poste de police : 11 h 58. Poussée par les grands poings d'Erikki, l'extrémité inférieure de la barre de fer au centre de la fenêtre se détacha avec une petite avalanche de ciment. Il s'empressa de la remettre en place, puis il regarda par la porte de la cage dans le couloir : pas signe d'un geôlier. Il s'empressa de replacer les petits fragments de maçonnerie autour de la base. Il s'était acharné sur ce barreau presque toute la nuit, comme un chien sur un os. Maintenant il disposait d'une arme, d'un levier pour ployer les autres barreaux.

Ça me prendra une demi-heure, pas davantage, se dit-il. Il se rassit sur sa couchette, satisfait. Après lui avoir apporté son dîner la veille au soir, le policier l'avait laissé seul, se fiant à la solidité des barreaux. Le matin, on lui avait apporté du café qui avait un goût abominable avec un quignon de pain, et l'homme l'avait dévisagé sans comprendre lorsqu'il avait demandé à voir le commandant et à voir sa femme. Il ne connaissait pas le mot turc pour « commandant », pas plus qu'il ne connaissait le nom de l'officier, mais, lorsqu'il avait désigné son revers en mimant le rang, les gardes avaient compris et s'étaient contentés de hausser les épaules, ajoutant quelques mots turcs qu'il n'avait pas compris, puis ils étaient repartis. Le sergent n'était pas revenu.

Azadeh et moi, songea-t-il, nous savons tous les deux ce que nous avons à faire. Mais, si on la touche, si on lui fait du mal, aucun lieu ne sauvera celui qui l'aura touchée tant que je vivrai. Je le jure.

La porte au bout du couloir s'ouvrit. Le commandant s'avança vers lui. « Bonjour, dit-il, fronçant le nez devant l'odeur abominable.

– Bonjour, commandant. Pourriez-vous me dire où est ma femme et quand vous nous laisserez partir?

– Votre femme est dans le village, en sûreté, reposée. Je viens de la voir. » Le commandant l'examina d'un air songeur, remarqua la terre qu'il avait sur les mains, jeta un coup d'œil au verrou de la porte, aux barreaux de la fenêtre, au plancher et au plafond. « Sa sécurité et la façon dont elle est traitée dépendent de vous. Vous comprenez?

– Oui, oui, je comprends fort bien. Et vous, en tant que plus haut gradé de la police ici, je vous tiens pour responsable d'elle. »

Le commandant se mit à rire. « Ah bon! dit-il d'un ton narquois, puis son sourire disparut. Il semble préférable d'éviter une confrontation. Si vous coopérez, vous resterez ici cette nuit, demain je vous enverrai sous bonne garde à Istanbul – où votre ambassadeur pourra vous voir s'il le veut – afin que vous soyez jugé pour les crimes dont vous êtes accusé ou bien que vous soyez extradé. »

Erikki ne voulait pas discuter de ses problèmes. « J'ai amené ma femme ici contre son gré. Elle n'a rien fait de mal, elle devrait rentrer. Peut-on l'escorter? »

Le commandant l'observa. « Ça dépend de votre coopération.

– Je vais lui demander de rentrer. J'insisterai, si c'est ça que vous voulez.

– Je pourrais la renvoyer, fit le commandant. Mais bien sûr il est possible qu'entre ici et la frontière, ou même en sortant de l'hôtel, elle soit de nouveau “ enlevée ”, cette fois par des bandits, des bandits iraniens, dangereux, ils la garderaient prisonnière dans les montagnes pendant un mois ou deux, pour finir par obtenir une rançon du *khan*. »

Erikki était blême. « Que voulez-vous que je fasse?

– Pas loin d'ici, il y a la voie ferrée. Ce soir, on pourrait vous faire sortir d'ici en cachette et vous emmener sans risque à Istanbul. Les accusations contre vous pourraient être étouffées. On pourrait vous donner une bonne situation à piloter, à entraîner nos pilotes... Pendant deux ans. En échange, vous accepteriez de devenir pour nous un agent secret, vous nous fourniriez des renseignements sur l'Azerbaïdjan, notamment sur ce Soviétique dont vous avez parlé, Mzytryk, des renseignements sur Hakim Khan, où et comment il vit, comment pénétrer dans le palais... Et tout ce qu'on vous demanderait.

– Et ma femme?

– Elle reste à Van de son plein gré, otage de votre conduite... pour un mois ou deux. Ensuite elle pourra vous rejoindre là où vous serez.

– A condition qu'aujourd'hui on la ramène sous

escorte à Hakim Khan, sans qu'on lui fasse rien et que j'en aie la preuve, je ferai ce que vous me demandez.

– Ou bien vous acceptez ou vous refusez, dit le commandant avec impatience. Je ne suis pas ici pour discuter avec vous !

– Je vous en prie, elle n'a rien à voir avec aucun des crimes que j'ai pu commettre. Je vous en prie, laissez-la partir. Je vous en prie.

– Vous croyez que nous sommes idiots ? Vous êtes d'accord ou non ?

– Oui ! Mais d'abord je veux qu'elle soit en sûreté. D'abord !

– Peut-être aimeriez-vous d'abord la voir souillée pour commencer. »

Erikki plongea vers lui à travers les barreaux et toute la porte de la cage trembla sous le choc. Mais le commandant s'était mis hors de portée et riait de voir cette grande main impuissante qui cherchait à l'attraper. Il avait bien jugé la distance, il avait trop d'entraînement pour se laisser surprendre, c'était un policier trop expérimenté pour ne pas savoir comment agacer, menacer et tenter, comment railler, exagérer et utiliser les peurs et les craintes du prisonnier, comment déformer la vérité pour franchir le rideau des inévitables mensonges et demi-vérités, pour arriver à la vraie vérité.

Ses supérieurs lui avaient laissé le choix de décider que faire de ces deux-là. Maintenant, sa décision était prise. Sans hâte, il dégaina son pistolet et le braqua sur le visage d'Erikki. Et il ôta le cran de sûreté. Erikki ne recula pas, ses grandes mains serraient toujours les barreaux, il haletait.

« Bien, dit calmement le commandant en rengainant son arme. On vous a prévenu qu'elle serait traitée conformément à votre conduite. » Il s'éloigna. Quand Erikki se retrouva seul, il essaya d'arracher de ses gonds la porte de la cave : elle gémit mais tint bon.

Aéroport international d'Al Shargaz : 16 h 39. Assis derrière le volant de sa voiture, Gavallan vit le panneau de la soute d'un 747 cargo se refermer sur la moitié des 212, avec des caisses de pièces détachées et de rotors. Des pilotes et des mécaniciens chargeaient fébrilement le second cargo, encore une carlingue de 212 à embarquer, une douzaine de caisses et des piles de valises. « Nous sommes à l'heure, Andy, dit Rudi qui commandait le chargement. Dans une demi-heure.

– Bon, fit Gavallan en lui tendant les papiers. Voici les autorisations d'embarquement pour tous les mécanos.

– Pas pour les pilotes?

– Non. Tous les pilotes sont sur le vol British Airways. Assurez-vous qu'à 6 h 10 ce soir ils soient à l'immigration. British Airways ne peut pas reculer l'heure de départ. Assurez-vous qu'ils sont tous là, Rudi. Il faut qu'ils prennent ce vol : je l'ai garanti.

– Ne vous inquiétez pas. Et Duke et Manuela?

– Ils sont déjà partis. Doc Nutt est parti avec eux, donc ils sont lancés. Je... je crois que c'est tout.

– Scrag et vous prenez toujours le vol de 6 h 35 pour Bahrein?

– Oui. Jean-Luc nous attendra là-bas. Nous emmenons Kasigi pour mettre sur pied son affaire et préparer les appareils dont il aura besoin pour Toda-Iran. Je viendrai vous dire au revoir.

– On se reverra à Aberdeen. » Rudi lui serra la main et s'éloigna. Gavallan embraya, fit grincer les vitesses en jurant, puis regagna le bureau.

« Rien de neuf, Scrag?

– Non, non, toujours rien, mon vieux. Kasigi a

appelé. Je lui ai dit que ça marchait pour lui, je lui ai donné les immatriculations des hélicos, les noms des pilotes et des mécanos. Il m'a dit qu'il prenait le même vol que nous pour Koweit ce soir, ensuite il ira jusqu'à Abadan, puis à la Toda-Iran. » Scragger était aussi inquiet que les autres de l'air qu'avait Gavallan. « Andy, tu as bien couvert toutes les possibilités?

– Est-ce que je l'ai fait? J'en doute, Scrag, je n'ai pas encore fait sortir Erikki et Azadeh. »

Pendant la nuit, Gavallan avait appelé tous les gens importants auxquels il pouvait penser. L'ambassadeur de Finlande avait été très choqué : « C'est impossible! Un de nos ressortissants n'a pas pu être impliqué dans une pareille affaire. Impossible! Où serez-vous à la même heure demain? » Gavallan le lui avait dit et avait vu la nuit tourner à l'aube. Pas d'autre moyen de contacter Hakim Khan que par Newbury, qui s'en occupait.

Gavallan contempla l'aéroport. Une journée tranquille, normale. Je ne sais pas quoi faire. « Je ne sais pas quoi faire, Scrag. Je ne sais vraiment plus quoi faire. »

Au poste de police du village turc : 17 h 18.
« ... Tout à fait comme vous dites, *effendi*. Vous prendrez les dispositions nécessaires? » dit le commandant dans l'appareil d'un ton déférent. Il était assis derrière la seule table, dans le petit bureau minable, le sergent debout auprès de lui, le *kukri* et le couteau d'Erikki posés devant lui. « ... Bon, oui, oui, d'accord. *Salam*. » Il raccrocha, alluma une cigarette et se leva. « Je retourne à l'hôtel.

– Bien, *effendi*. » Une lueur d'amusement s'alluma dans les yeux du sergent, mais il prit grand soin de la dissimuler. Il regarda le commandant rajuster sa tunique, se recoiffer et mettre son fez. Il lui enviait son rang et son autorité. Le téléphone se mit à sonner. « Police, oui?... Bonjour, sergent. » Il écouta avec une stupeur grandissante. « Mais... oui... oui... très bien. » Il raccrocha. « C'était... c'était le sergent Kurbel à la frontière, commandant *effendi*. Il y a un camion de l'aviation iranienne avec des Brassards verts et un mollah qui viennent prendre l'hélicoptère et le prisonnier et sa femme pour les ramener en Ir...

– Au nom de Dieu, explosa le commandant, qui a laissé des ennemis franchir notre frontière sans autorisation ! Il y a des ordres précis en ce qui concerne les mollahs et les révolutionnaires !

– Je ne sais pas, *effendi*, dit le sergent, affolé par cette rage soudaine. Kurbel a simplement dit qu'ils brandissaient des documents officiels et qu'ils insistaient : tout le monde est au courant pour l'hélicoptère iranien, alors il les a laissés passer.

– Ils sont armés?

– Il n'a pas dit, *effendi*.

– Rassemblez vos hommes, tous vos hommes, avec des mitraillettes.

– Mais... mais le prisonnier?

– Ne vous en occupez pas! » dit le commandant qui sortit en jurant.

A la lisière du village : 17 h 32. Le camion de l'aviation iranienne était un engin à quatre roues motrices, moitié blindé, moitié camion; il quitta la petite route qui n'était guère plus qu'une piste tracée sur la neige, changea de vitesse et se dirigea vers le 212. Le policier qui veillait sur l'appareil s'avança à la rencontre du véhicule.

Une demi-douzaine de jeunes gens armés, portant des Brassards verts, sautèrent à terre, suivis de trois hommes sans armes en uniforme de l'aviation iranienne et d'un mollah. Le mollah prit la Kalashnikov qu'il avait en bandoulière. « *Salam.* Nous sommes ici pour reprendre notre bien au nom de l'imam et du peuple, dit le mollah d'un ton pompeux. Où sont l'auteur de l'enlèvement et la femme?

– Je... je ne suis au courant de rien. » Le policier était déconcerté. Ses ordres étaient clairs : monter la garde et éloigner tout le monde jusqu'à nouvel avis. « Vous feriez mieux d'aller d'abord au poste de police pour vous renseigner là-bas. » Il vit un des hommes de l'aviation ouvrir la porte du cockpit et se pencher à l'intérieur, pendant que les deux autres déroulaient des tuyaux d'essence. « Hé! Vous trois, vous n'avez pas le droit d'approcher l'hélicoptère sans autorisation! »

Le mollah se dressa devant lui. « Voici notre autorisation! » Il brandit des documents sous le nez du policier, puis se lança dans une nouvelle tirade car l'autre ne savait pas lire.

« Vous feriez mieux d'aller d'abord au poste... », balbutia-t-il, puis, à son grand soulagement, il aperçut la voiture de police qui dévalait la petite route dans leur direction en arrivant du village. Elle fit une embardée dans la neige, dérapa sur quelques mètres et s'arrêta. Le commandant, le sergent et deux policiers en descendirent, fusils à pompe à la main. Entouré de ses Brassards verts, le mollah vint au-devant d'eux, nullement effrayé.

« Qui êtes-vous? demanda brutalement le commandant.

– Mollah Ali Miandiry, du *komiteh* de Khoi. Nous sommes venus reprendre possession de notre propriété, de l'auteur de l'enlèvement et de la femme, au nom de l'imam et du peuple.

– De la femme? Vous voulez dire Son Altesse, la sœur de Hakim Khan?

– Oui. Elle.

– L'imam? L'imam qui?

– L'imam Khomeiny, la paix soit avec lui.

– Ah! L'ayatollah Khomeiny, dit le commandant, scandalisé par ce titre. Quel peuple? »

Toujours aussi brutalement, le mollah tendit les papiers dans sa direction. « Le peuple d'Iran. C'est de lui que vient notre autorité. »

Le commandant prit les documents, les parcourut rapidement. Il y en avait deux, en partie hâtivement griffonnés. Le sergent et ses deux hommes s'étaient écartés, encerclant le camion, mitraillette à la main. Le mollah et les Brassards verts les observaient avec mépris.

« Pourquoi n'est-ce pas sur le formulaire légal? dit le commandant. Où sont le cachet de la police et la signature du chef de la police de Khoi?

– Nous n'en avons pas besoin. C'est signé par le *komiteh*.

– Quel *komiteh*? J'ignore tout des *komitehs*.

– Le *komiteh* révolutionnaire de Khoi a autorité sur cette région et sur la police.

– Cette région? Cette région est la Turquie?

– Je voulais dire autorité sur la région jusqu'à la frontière.

– Mais l'autorité de qui? Où est votre autorité? »

Un frémissement parcourut les jeunes gens. « Le mollah vous l'a montré, dit l'un d'eux avec des airs de matamore. C'est le *komiteh* qui a signé le papier.

– Qui a signé? Vous?

– Moi, dit le mollah. C'est légal. Parfaitement légal. Le *komiteh* est l'autorité. » Il vit les hommes de l'aviation qui le dévisageaient. « Qu'est-ce que vous attendez? Refaites le plein de l'hélicoptère! »

Avant que le commandant ait pu dire un mot, l'un

d'eux dit avec déférence : « Excusez-moi, Excellence, le tableau de bord est dans un triste état, certains des instruments sont cassés. Nous ne pouvons pas faire voler cet appareil avant de l'avoir vérifié. Il serait plus prudent de...

– Cet Infidèle l'a piloté depuis Tabriz sans risque, de nuit et de jour, il s'est posé sans dommage, pourquoi ne pouvez-vous pas le piloter de jour?

– C'est simplement qu'il serait plus prudent de vérifier avant le décollage, Excellence.

– Plus prudent? Pourquoi? dit brutalement un des Brassards verts en s'approchant de lui. Nous sommes entre les mains de Dieu à faire l'œuvre de Dieu. Voulez-vous retarder l'œuvre de Dieu et laisser l'hélicoptère ici?

– Bien sûr que non, bien...

– Alors obéissez à notre mollah et refaites le plein! Maintenant!

– Oui, oui, bien sûr, dit docilement le pilote. Comme vous voudrez. » Les trois hommes se précipitèrent pour obéir – le commandant horrifié de voir que le pilote, un capitaine, s'en laissait imposer si facilement par le jeune voyou qui le regardait maintenant d'un air de défi.

« Le *komiteh* a juridiction sur la police, *agha*, expliquait le mollah. La police a servi ce démon de shah et elle est donc suspecte. Où est l'auteur de l'enlèvement et la... la sœur du *khan*?

– Qu'est-ce qui vous autorise à franchir la frontière pour demander quelque chose? fit le commandant avec une fureur glacée.

– Au nom de Dieu, ceci m'y autorise! » Le mollah du doigt désigna les documents. Un des jeunes gens arma son fusil.

« Ne faites pas ça, le prévint le commandant. Vous tirez un seul coup de feu sur notre sol, nos forces franchiront la frontière et brûleront tout entre ici et Tabriz!

– Si c'est la volonté de Dieu! » Le mollah le dévisagea, l'air tout aussi résolu : il méprisait le commandant et ce régime sans force que représentaient pour lui l'homme et l'uniforme. La guerre maintenant ou plus tard ne changeait rien pour lui. Il était entre les mains de Dieu, il faisait l'œuvre de Dieu et la parole de l'imam les conduirait à la victoire, par-dessus toutes les frontières. Le temps de la guerre n'était pas venu, il y avait trop à faire à Khoi, des gauchistes à maîtriser, des révoltes à mater, des ennemis de l'imam à détruire, et pour cela, dans ce pays de montagnes, chaque hélicoptère était sans prix.

« Je... je revendique la possession de ce qui nous appartient », dit-il d'un ton plus raisonnable. Il désigna l'immatriculation. « Ce sont des numéros iraniens, c'et la preuve que l'appareil nous appartient. Il a été volé à l'Iran : vous devez savoir qu'il n'avait pas l'autorisation de quitter l'Iran, légalement il nous appartient toujours. Ce mandat, dit-il en désignant les documents que tenait toujours le commandant, ce mandat est légal. Le pilote a enlevé la femme, nous allons donc prendre possession d'eux aussi. Je vous en prie. »

Le commandant était dans une situation intenable. Il ne pouvait absolument pas remettre le Finlandais et sa femme à des gens qui n'avaient aucune autorité légale à cause d'un document illégal. Ce serait un grave manquement au devoir et cela fort justement lui coûterait sa tête. Si le mollah voulait forcer les choses, il devrait résister, défendre le poste de police, mais de toute évidence il n'avait pas assez d'hommes pour le faire et la confrontation tournerait à son désavantage. Il était également convaincu que le mollah et les Brassards verts étaient prêts à mourir sur-le-champ, ce qui n'était pas son cas à lui.

Il décida de tenter un coup. « L'auteur de l'enlèvement et Lady Azadeh ont été envoyés ce matin à Van. Pour les extrader, il faut vous adresser au QG de l'armée, pas à moi. Là, l'importance de la sœur du *khan* fait que c'est l'armée qui a pris possession d'eux deux. »

Le visage du mollah se figea. Un des Brassards verts dit d'un ton maussade : « Comment savons-nous que ce n'est pas un mensonge? » Le commandant se retourna vers lui, le jeune homme recula d'un pas, les Brassards verts derrière le camion le mirent en joue, les aviateurs désarmés s'aplatirent contre le sol, terrifiés, et le commandant porta la main à son pistolet.

« Arrêtez! » dit le mollah. Il fut obéi, même par le commandant furieux contre lui-même d'avoir laissé son orgueil et ses réflexes l'emporter sur son sens de la discipline. Le mollah réfléchit un moment, envisageant les possibilités. Puis il dit : « Nous allons nous adresser à Van. Oui, nous le ferons. Mais pas aujourd'hui. Aujourd'hui nous allons reprendre notre bien et repartir. » Il était planté là, les jambes un peu écartées, son fusil en bandoulière, rayonnant de confiance.

Le commandant fit un effort pour dissimuler son soulagement. L'hélicoptère n'avait aucune valeur pour lui ni pour ses supérieurs, sa présence était extrêmement embarrassante. « Je conviens que c'est une immatriculation iranienne, dit-il sèchement. Quant à la propriété, je n'en sais rien. Si vous signez un reçu en laissant en blanc le nom du propriétaire, vous pouvez le prendre et partir.

– Je veux bien signer un reçu pour notre hélicoptère. »

Au dos du mandat, le major griffonna quelque

chose qui lui donnait satisfaction et qui satisferait peut-être le mollah. Ce dernier se retourna en regardant d'un air méprisant les aviateurs qui s'empressaient d'enrouler de nouveau les tuyaux à carburant. Le pilote était planté auprès du cockpit, époussetant la neige sur son uniforme. « Vous êtes prêt, maintenant, pilote?

– Quand vous voudrez, Excellence.

– Tenez », dit le commandant au mollah en lui tendant le document.

Avec un mépris à peine dissimulé, le mollah le signa sans le lire. « Vous êtes prêt, pilote? dit-il.

– Oui, oui, Excellence, oui. » Le jeune capitaine regarda le commandant et celui-ci vit ou crut voir la désolation dans son regard et la supplication muette pour un asile politique qu'on ne pouvait pas lui accorder. « Je peux démarrer?

– Démarrer, dit le mollah d'un ton impérieux. Bien sûr. » Quelques secondes plus tard, les moteurs se mirent à tourner, les pales prirent de la vitesse. « Ali et Abrim, vous retournez à la base avec le camion.

Docilement, les deux jeunes gens montèrent avec le chauffeur de l'aviation. Le mollah leur fit signe de partir et aux autres d'embarquer dans l'hélicoptère. Les pales brassaient l'air, il attendit que tout le monde fût dans la cabine, puis il ôta le fusil qu'il avait en bandoulière, s'assit auprès du pilote et referma la porte.

L'appareil décolla pesamment et s'éloigna. Furieux, le sergent le mit en joue avec sa mitraillette. « Je peux faire sauter ce ramassis d'étrons en plein ciel, commandant.

– Oui, oui, nous le pourrions. » Le commandant prit son étui à cigarettes. « Mais nous laisserons cela à Dieu. Peut-être Dieu le fera-t-il pour nous. » D'une main qui tremblait encore, il alluma une cigarette et regarda le camion et l'hélicoptère qui s'éloignaient. « Ces chiens ont besoin d'une leçon. » Il se dirigea vers la voiture et y prit place. « Déposez-moi à l'hôtel. »

A l'hôtel. Azadeh, penchée à la fenêtre, scrutait le ciel. Elle avait entendu le 212 démarrer et décoller et nourrissait l'impossible espoir qu'Erikki avait réussi à s'échapper. « Oh! Dieu, faites que ce soit vrai... »

Les villageois eux aussi regardaient le ciel et elle vit à son tour l'hélicoptère qui se dirigeait vers la frontière. Son estomac se serra. A-t-il échangé sa liberté contre la mienne? Oh! Erikki...

Puis elle vit la voiture de police déboucher sur la place, s'arrêter devant l'hôtel, et le commandant en descendre, rajustant son uniforme. Elle se crispa. Résolument, elle ferma la fenêtre et s'assit sur la chaise en face de la porte, près de l'oreiller. Elle attendit. Elle attendit. Des pas. La porte s'ouvrit. « Suivez-moi, dit-il. Je vous en prie. »

Un moment, elle ne comprit pas. « Quoi?

– Suivez-moi, je vous prie.

– Pourquoi? demanda-t-elle, méfiante, s'attendant à un piège et ne voulant pas laisser là l'épingle qui la sauverait peut-être. « Qu'est-ce qui se passe? C'est mon mari qui pilote l'hélicoptère? Il retourne là-bas. C'est vous qui l'avez renvoyé? » Elle sentait son courage l'abandonner rapidement, son angoisse à l'idée qu'Erikki s'était livré pour la sauver la rendait fébrile. « C'est lui qui pilote?

– Non, votre mari est au poste de police. Les Iraniens sont venus réclamer l'hélicoptère, et vous deux aussi. » Maintenant que la crise était passée, le commandant se sentait très bien. « L'appareil avait une immatriculation iranienne, aucune autorisation pour quitter l'Iran, ils avaient donc des droits sur lui. Maintenant, suivez-moi.

– Où cela, je vous prie?

– J'ai pensé que vous aimeriez peut-être voir votre mari. » Le commandant éprouvait du plaisir à la regarder, il savourait le danger, se demandant où elle avait caché son arme secrète. Ces femmes ont toujours une arme, un venin quelconque prêt pour les violeurs insouciants. Il est facile d'y remédier si on est prêt, si on guette leurs mains et qu'on ne dorme pas. « Eh bien?

– Il y a... il y a des Iraniens au poste de police?

– Non. Nous sommes en Turquie, pas en Iran, aucun étranger ne vous attend. Venez, vous n'avez rien à craindre.

– Je... j'arrive tout de suite. Tout de suite.

– Oui, vous allez venir... Tout de suite, dit-il. Vous n'avez pas besoin de sac, prenez votre blouson. Mais faites vite avant que je change d'avis. » Il vit la lueur de fureur qui passait dans ses yeux et il s'en amusa. Cette fois, elle obéit, furibonde, passa son blouson et descendit l'escalier, furieuse d'être désarmée. Elle traversa la place auprès de lui, sous le regard des habitants. Ils entrèrent dans le poste et la pièce qu'elle connaissait déjà. « Veuillez attendre ici. » Puis il ferma la porte et passa dans le bureau. Le sergent lui tendit le téléphone. « C'est le capitaine Tazanak pour vous, l'officier de service au poste frontière, commandant. »

« Capitaine? Commandant Ikail. Jusqu'à nouvel avis, la frontière est fermée à tous les mollahs et Brassards verts. Arrêtez le sergent qui en a laissé passer quelques-uns voilà deux heures et expédiez-le à Van dans les conditions les plus inconfortables possibles. Un camion iranien revient vers la frontière. Ordonnez qu'on le retienne une vingtaine d'heures avec les hommes qui l'occupent. Quant à vous, vous risquez la cour martiale pour ne pas avoir appliqué les consignes concernant le passage d'hommes armés! » Il raccrocha et regarda sa montre. « La voiture est prête, sergent?

– Oui.

– Bien. » Le commandant franchit la porte et suivit le couloir jusqu'à la cage, le sergent sur ses talons. Erikki ne se leva pas. Seul son regard bougea. « Maintenant, monsieur le pilote, si vous êtes prêt à être calme, à vous maîtriser et à cesser d'être stupide, je m'en vais amener votre femme pour vous voir.

– Si vous ou quiconque touche à elle, grommela Erikki, je jure que je vous tuerai, que je vous mettrai en pièces.

– Je reconnais que ce doit être difficile d'avoir une femme comme elle. Mieux vaut en avoir une laide qu'une comme elle. Maintenant voulez-vous la voir ou non?

– Qu'est-ce que j'ai à faire?

– Soyez calme, dit le commandant avec agacement, maîtrisez-vous et cessez d'être stupide. » Au sergent, il dit en turc : « Allez la chercher. »

Erikki s'attendait à une catastrophe ou à une ruse. Mais il la vit au bout du couloir, il constata qu'elle était saine et sauve et il faillit sangloter de soulagement, tout comme elle.

« Oh! Erikki...

– Ecoutez-moi tous les deux, fit sèchement le commandant. Bien que vous nous ayez causé beaucoup de difficultés et de complications, j'ai décidé que vous disiez tous les deux la vérité. On va vous envoyer aussitôt sous escorte à Istanbul, discrètement, où on vous remettra à votre ambassadeur, discrètement... pour que vous soyez expulsés, discrètement. »

Ils le dévisagèrent, abasourdis. « On va nous libérer? dit-elle, s'accrochant aux barreaux.

– Immédiatement. Nous comptons sur votre discrétion. Cela veut dire pas de fuites, pas de bavardages en public ni en privé à propos de votre évasion ni de votre escapade. Vous êtes d'accord?

– Oui, bien sûr, fit Azadeh. Mais... ce n'est pas une ruse?

– Non.

– Mais... mais pourquoi? Pourquoi après... Pourquoi nous laissez-vous partir? balbutia Erikki qui n'en croyait pas ses oreilles.

– Parce que je vous ai mis à l'épreuve tous les deux, que vous avez tous deux passé ces épreuves, que vous n'avez commis aucun crime que nous jugerions comme tel – vos serments sont entre vous et Dieu et ne concernent aucun tribunal – et que, heureusement pour vous, le mandat d'arrêt était illégal et donc inacceptable. Un *komiteh*! » marmonna-t-il avec écœurement, puis il remarqua la façon dont ils se regardaient. Un moment, il les considéra avec quelque chose comme du respect. Et un peu d'envie.

Curieux que Hakim Khan ait laissé un *komiteh* émettre une mandat et le signer, et non pas la police, ce qui aurait rendu l'extradition légale. Il fit signe au sergent. « Sortez-le de là. Je vous attends tous les deux dans le bureau. N'oubliez pas que j'ai encore vos bijoux à vous rendre. Et les deux couteaux. » Il s'éloigna à grands pas.

La porte de la cage s'ouvrit bruyamment Le sergent hésita, puis partit. Ni Erikki ni Azadeh ne le virent partir, ils ne remarquaient pas non plus la puanteur crasseuse de la cellule, ils n'avaient d'yeux que l'un pour l'autre, elle juste en dehors, toujours cramponnée aux barreaux, lui juste à l'intérieur, cramponné aux barreaux de la porte. Ils ne faisaient pas un geste. Ils souriaient simplement.

« *Inch' Allah*? dit-elle.

– Pourquoi pas? » Et puis, toujours déconcertés d'avoir été libérés par un honnête homme qu'Erikki aurait volontiers mis en pièces quelques instants plus tôt, il se souvint de ce que le commandant venait de dire à propos de sa femme et comme elle était désirable. Malgré toute l'envie qu'il avait de ne pas gâcher ce miracle, il lança : « Azadeh, j'aimerais laisser ici toutes les mauvaises pensées. Est-ce possible? Dis-moi pour John Ross? »

Son sourire ne vacilla pas, mais elle comprit qu'ils étaient au bord du gouffre. Et elle y sauta avec confiance, heureuse de l'occasion qui s'offrait. « Il y a longtemps, quand nous nous sommes rencontrés, je t'ai dit qu'autrefois je l'avais connu quand j'étais très jeune, dit-elle d'un ton tendre, dissimulant son angoisse. Au village et à la base, il m'a sauvé la vie. Quand je le reverrai, si je le revois, je lui sourirai et je serai heureuse. Je te supplie d'en faire autant. Le passé est le passé et devrait rester le passé. »

Accepte-le, Erikki, pensait-elle, sinon notre mariage sera bientôt fini, tu rendras notre vie insupportable, tu ne voudras pas de moi auprès de toi. Alors je rentrerai à Tabriz commencer une autre vie, c'est la triste vérité, mais c'est ce que j'ai décidé de faire. Je ne veux pas te rappeler la promesse que tu m'as faite avant notre mariage, je ne veux pas t'humilier – mais comme c'est moche de ta part d'oublier; je te pardonne seulement parce que je t'aime. Mon Dieu, les hommes sont si étranges, si difficiles à comprendre, je vous en prie, rappelez-lui son serment!

« Erikki, murmura-t-elle, laisse le passé rester avec le passé. S'il te plaît! » Du regard, elle le suppliait comme seule une femme peut supplier.

Mais il évitait ses yeux, consterné par sa propre stupidité et sa jalousie. Azadeh a raison, se criait-il. C'est le passé. Azadeh m'a parlé de lui honnêtement et je lui ai librement promis que je pourrai vivre avec ça. C'est vrai qu'il lui a sauvé la vie. Elle a raison, mais quand même, je suis sûr qu'elle l'aime. Il baissa les yeux vers elle, vers son visage, eut l'impression qu'une porte claquait dans sa tête, il la ferma et jeta la clé. La chaleur d'autrefois l'envahissait, le purifiant. « Tu as raison et je suis d'accord! Tu as raison! Je t'aime... Toi et la Finlande à jamais! » Il la souleva et l'embrassa, elle lui rendit son baiser, puis elle se cramponna à lui tandis que, plus heureux qu'il ne l'avait jamais été, il la portait sans effort dans le couloir. « Est-ce qu'ils ont des saunas à Istanbul, crois-tu qu'ils vont nous laisser donner un coup de fil, juste un... »

Mais elle n'écoutait pas. Elle souriait toute seule.

Hôpital International de Bahrein – 18 h 03. La sonnerie assourdie du téléphone retentit dans la chambre de Mac et Genny fut tirée de son agréable rêverie. Mac sommeillait dans un fauteuil auprès d'elle dans l'ombre de la véranda. Elle se leva sans bruit, pour ne pas le réveiller et décrocha. « Ici la chambre du capitaine McIver, fit-elle doucement.

– Oh! Désolé de vous déranger, est-ce que je pourrais parler au capitaine McIver? Ici l'assistant de M. Newbury à Al Shargaz.

– Désolée, il dort. C'est Mme McIver. Est-ce que je peux prendre un message pour lui? »

La voix hésita. « Vous pourriez peut-être lui demander de me rappeler. Bertram Jones.

– Si c'est important, vous feriez mieux de me le dire. »

Une nouvelle hésitation, puis : « Très bien. Je vous remercie. C'est un télex pour lui de notre QG de Téhéran qui dit : " Veuillez informer le capitaine D. McIver, directeur général d'IHC, qu'un de ses pilotes, Thomas Lochart, et sa femme, ont été tués

accidentellement au cours d'une manifestation. " »
La voix reprit : « Désolé pour cette mauvaise nouvelle, madame McIver.
– C'est bien. Merci. Je préviendrai mon mari. Merci beaucoup. » Elle raccrocha sans bruit. Elle s'aperçut dans un miroir : elle était d'une extrême pâleur.
Oh! Mon Dieu, je ne peux pas laisser Duncan me voir maintenant, sinon... « Qui était-ce, Gen? cria McIver, encore à demi endormi.
– C'est... Ça peut attendre, mon chou. Rendors-toi.
– C'est bien, pour les examens, n'est-ce pas? » Les résultats étaient excellents.
« Magnifique... je reviens tout de suite. » Elle passa dans la salle de bains, ferma la porte et s'aspergea le visage d'eau. Je ne peux pas lui dire, ce n'est pas possible... Il faut le protéger. Est-ce que je devrais appeler Andy? Un coup d'œil à sa montre. Pas possible, Andy va déjà être à l'aéroport. Je... je vais attendre qu'il arrive, voilà ce que je vais faire... J'irai à sa rencontre avec Jean-Luc et... il n'y a rien à faire jusque-là... Mon Dieu, mon Dieu, pauvre Tommy, pauvre Sharazad... Pauvres amours...
Les larmes ruisselaient maintenant et elle ouvrit le robinet pour masquer le bruit de ses sanglots. Lorsqu'elle revint sur la véranda, McIver dormait à poings fermés. Elle s'assit et regarda le coucher du soleil, sans le voir.

Aéroport international d'Al Shargaz : coucher du soleil. Rudi, Lutz, Scragger et les autres attendaient devant la porte d'embarquement, leurs regards anxieux tournés vers le hall encombré par la foule des passagers qui arrivaient ou embarquaient. « Dernier appel pour le vol British Airways 532 à destination de Rome ou de Londres. Embarquement immédiat. » Par les grandes vitres, on apercevait le soleil presque à l'horizon. Ils étaient tous nerveux. « Andy aurait dû garder Johnny et le 125 en secours, bon sang, murmura Rudi avec agacement sans s'adresser à personne en particulier.

– Il devait l'envoyer au Nigeria, dit Scot, prenant sa défense. Le Vieux n'avait pas le choix, Rudi. » Mais il vit que Rudi n'écoutait pas, alors il haussa les épaules et dit à Scragger : « Tu vas vraiment renoncer à voler, Scrag? »

Le vieux visage ridé se crispa. « Pendant un an, juste un an... Bahrein, c'est formidable pour moi, Kasigi est un chic type et je ne vais pas renoncer complètement à voler, fichtre non. Ce n'est pas possible, mon garçon. Ça me donne la chair de poule rien que d'y penser.

– A moi aussi. Scrag, si tu avais mon âge, est-ce que tu... » Il s'interrompit car une hôtesse de la British Airways franchissait la barrière et s'avançait d'un pas furieux vers Rudi : « Capitaine Lutz, il faut absolument embarquer tout de suite! L'avion a déjà cinq minutes de retard. Nous ne pouvons pas attendre davantage! Il faut que vous embarquiez avec vos amis tout de suite, sinon nous partirons sans vous!

– Très bien, Scrag, dis à Andy que nous avons attendu le plus longtemps possible. Si Charlie n'arrive pas, fous-le au trou! Sacré Alitalia qui est en avance. Tout le monde à bord. » Il tendit sa carte d'embarquement à la séduisante hôtesse, franchit la barrière et attendit de l'autre côté pour vérifier qu'ils étaient bien tous là : Freddy Ayre, Pop Kelly, Willy, Ed Vossi, Sandor, Nogger Lane, Scot le dernier, traînant aussi longtemps qu'il pouvait. « Scrag, dis au Vieux que c'est d'accord pour moi.

– Bien sûr, mon garçon. » Scragger lui fit un geste d'adieu, puis tourna les talons, se dirigeant vers sa propre porte d'embarquement à l'autre bout du terminal où Kasigi l'attendait déjà; son visage s'éclaira soudain lorsqu'il vit Pettikin qui arrivait en courant dans la foule, tenant Paula par la main, Gavallan à vingt pas derrière eux. Pettikin embrassa rapidement la jeune femme et se précipita vers la porte.

« Bon sang, Charlie...

– Il ne faut pas m'en vouloir, Scrag, j'ai dû attendre Andy », dit Charlie, hors d'haleine. Il tendit sa carte d'embarquement, lança un baiser à Paula, franchit la barrière et disparut.

« Salut, Paula, que se passe-t-il? »

Paula était hors d'haleine elle aussi, mais radieuse. Elle le prit par le bras avec un petit haussement d'épaules : « Charlie m'a demandé de passer son congé avec lui, *caro*, en Afrique du Sud. J'ai de la famille près du Cap, une sœur, alors j'ai dit : pourquoi pas?

– Pourquoi pas, en effet! Est-ce que ça veut dire que...

– Désolé, Scrag! » cria Gavallan en les rejoignant. Il était essoufflé mais paraissait vingt ans de moins. « Désolé, j'ai passé une demi-heure au téléphone; il semble que nous ayons perdu ce foutu contrat ExTex saoudien et une partie de la mer du Nord. Au diable tout ça... Bonne nouvelle! » Il rayonnait, derrière lui le soleil effleurait l'horizon. « Erikki a appelé alors que j'avais déjà un pied dehors, il est sain et sauf, comme Azadeh, ils sont sains et saufs en Turquie et...

– Alleluia! » lança Scragger. Et, du fond de la salle d'embarquement, on entendit monter de grandes acclamations des autres, qui venaient d'apprendre la nouvelle par Pettikin.

« ... Et puis j'ai eu un appel d'un ami du Japon. Combien de temps avons-nous encore?

– Largement vingt minutes, pourquoi?

– Tu viens de manquer Scot, il m'a dit de te transmettre un message : " Dis au Vieux que c'est d'accord. " »

Gavallan sourit. « Bien. Merci. » Il avait retrouvé son souffle. « Je te rejoins, Scrag. Attendez-moi, Paula, j'en ai pour une minute. » Il se dirigea vers le comptoir de la Japan Airlines. « Bonsoir, pourriez-vous me dire, s'il vous plaît, quand est votre prochain vol de Bahrein pour Hong-kong? »

La jeune femme frappa les touches de l'ordinateur. « 11 h 42 ce soir, *sayyid.*

– Excellent. » Gavallan prit ses billets. « Annulez ma place sur le vol de la British Airways pour Londres ce soir et mettez-moi sur le... » La voix des haut-parleurs appelant à la prière vint noyer la fin de sa phrase. Le silence aussitôt tomba sur l'aéroport.

Là-haut, dans les vastes étendues des monts Zagros, à huit cents kilomètres au nord, Hussain Kowissi sauta à bas de son cheval, puis aida son jeune fils à faire agenouiller le chameau. Il portait par-dessus sa robe noire un manteau en peau de mouton kash'kai, un turban blanc, sa Kalashnikov en bandoulière. Tous deux étaient graves, le visage du petit garçon gonflé par toutes les larmes qu'il avait versées. Ils attachèrent les bêtes, trouvèrent leur tapis de prière, se tournèrent vers La Mecque et commencèrent à prier. Un vent âpre gémissait autour d'eux, soufflant la neige des congères. Le coucher de soleil était à demi obscurci par la lourde masse des nuages gonflés de neige et de tempête. Ils eurent bientôt dit leur prière.

« Mon fils, nous allons camper ici cette nuit.

– Oui, père. » Docilement, le jeune garçon aida à décharger, une larme coulant encore sur sa joue.

Hier, sa mère était morte. « Père, est-ce que ma mère sera au paradis quand nous arriverons là-bas?

– Je ne sais pas, mon fils. Oui, je le crois. » Hussain essayait de ne pas montrer son chagrin. L'accouchement avait été long et pénible, il n'avait rien pu faire pour l'aider que lui tenir la main, et prier qu'elle et l'enfant fussent épargnés et que la sage-femme fût habile. La sage-femme était habile, mais l'enfant était mort-né, l'hémorragie ne cessait pas et ce que Dieu avait ordonné arriva.

Comme Dieu le veut, avait-il dit. Mais pour une fois cela ne l'avait pas aidé. Il l'avait enterrée avec l'enfant mort-né. Plein de tristesse, il était allé trouver son cousin – lui aussi un mollah – il leur avait donné à sa femme et à lui ses deux tout jeunes fils à élever, et sa place à la mosquée en attendant que la congrégation lui choisisse un successeur. Puis, avec le fils qui lui restait, il avait tourné le dos à Kowiss.

« Demain, nous redescendrons dans les plaines, mon fils. Il fera plus chaud.

– J'ai très faim, père, dit le petit garçon.

– Moi aussi, mon fils, dit-il avec bonté.

– Nous allons bientôt devenir des martyrs?

– Quand Dieu le voudra. » Le jeune garçon avait six ans et il y avait bien des choses qu'il avait du mal à comprendre, mais pas cela. A l'heure fixée par Dieu, nous irons au paradis où tout est chaud et vert, où il y a plus de vivres qu'on ne peut en manger et une eau fraîche et pure à boire. Mais eux... « Est-ce qu'il y a des joubs au paradis? » demanda-t-il de sa petite voix frêle, en se blottissant contre son père pour se réchauffer.

Hussain passa un bras autour de lui. « Non, mon fils, je ne crois pas. Il n'y a pas de joubs et on n'en a pas besoin. » Il continuait à nettoyer son fusil avec un bout de tissu huilé. « Pas besoin de joubs.

– Ce sera très bizarre, père, très bizarre. Pourquoi sommes-nous partis? Où allons-nous?

– D'abord, au nord-ouest, un long chemin, mon fils. L'imam a sauvé l'Iran, et les musulmans au nord, au sud, à l'est et à l'ouest sont assiégés par leurs ennemis. Ils ont besoin d'aide et d'assistance, et de la Parole.

– L'imam, que la Paix de Dieu soit avec lui, c'est lui qui t'a envoyé?

– Non, mon fils. Il n'ordonne rien, il ne fait que guider. Il faut que je fasse librement l'œuvre de Dieu, de mon plein gré, un homme est libre de choisir ce qu'il doit faire. » Il vit le petit garçon froncer les sourcils et il le serra tendrement contre lui. « Maintenant, nous sommes les soldats de Dieu.

– Oh! Bon, je serai un bon soldat. Est-ce que tu me raconteras pourquoi tu as laissé partir ces satanistes, qui étaient à notre base, et pourquoi tu les as laissés emporter nos machines volantes?

– A cause de leur chef, le capitaine, dit Hussain avec patience. Je crois qu'il était un instrument de Dieu, il m'a ouvert les yeux. Le message de Dieu me disait que je devais chercher la vie et pas le martyre, laisser à Dieu le temps du martyre. Et aussi parce qu'il m'a remis entre les mains une arme invincible contre les ennemis de l'islam, les chrétiens et les juifs : la certitude de considérer la vie individuelle comme sacro-sainte. »

Le petit garçon étouffa un bâillement. « Qu'est-ce que ça veut dire, sacro-saint?

– Ils croient que la vie d'un individu est sans prix, celle de n'importe quel individu. Nous savons que toute vie vient de Dieu, appartient à Dieu, retourne à Dieu, qu'une vie n'a de valeur que si l'on fait l'œuvre de Dieu. Tu comprends, mon fils?

– Je crois, dit le jeune garçon, très fatigué maintenant. Dès l'instant que nous faisons l'œuvre de Dieu, nous allons au paradis, et le paradis, c'est pour toujours.

– Oui, mon fils. En utilisant ce que le pilote m'a enseigné, un croyant peut terrasser dix millions d'Infidèles. Nous répandrons cette parole, toi et moi... » Hussain était très content que son but fût aussi clair. C'est curieux, songea-t-il, que cet homme, Starke, m'ait montré la voie. « Nous ne sommes ni de l'Est ni de l'Ouest, seulement de l'islam. Tu comprends, mon fils? » Mais il n'y eut pas de réponse. Le petit garçon dormait à poings fermés. Hussain le serra contre lui, regardant le soleil mourir. Le bord du disque disparut à l'horizon. « Dieu est grand, dit-il aux montagnes et au ciel et à la nuit, il n'y a pas d'autre dieu que Dieu... »

IMPRIMÉ EN FRANCE PAR BRODARD ET TAUPIN
Usine de La Flèche (Sarthe).
LIBRAIRIE GÉNÉRALE FRANÇAISE - 6, rue Pierre-Sarrazin - 75006 Paris.
ISBN : 2 - 253 - 04771 - 6

Œuvres de James Clavell

Shōgun, *t. 1 et 2*

nᵒˢ 5789 et 5790

Dans les années 1600, John Blackthorne, un navigateur anglais, aborde aux côtes du Japon.

Dans ce pays inconnu, mystérieux, en proie à de sauvages divisions féodales et où s'accomplit l'irrésistible ascension de Toranaga, qui deviendra « Shōgun », le maître du Japon, John Blackthorne va vivre une extraordinaire aventure. D'une foule de personnages vivants et divers, pères jésuites, guerriers, prostituées, se détache la figure de la très belle Mariko, épouse d'un samourai, qui s'éprend de Blackthorne. Leur amour sera semé de guets-apens, d'intrigues cruelles et d'assassinats...

Dans cette vaste saga, deux civilisations s'affrontent. Le Japon révèle aux yeux d'un Occidental tous ses contrastes : sa férocité et les rites de sa politesse, les raffinements de son érotisme et sa fascination de la mort.

Caïd

n° 5916

Des milliers de prisonniers pourrissent au milieu de la jungle, livrés dans le camp de Changi aux brutalités des Japonais, à la faim, au désespoir, à la dégradation, à la mort lente... Mais, Changi, c'est aussi une impitoyable école de survie.

Et qui sera le plus capable de survivre, sinon le plus rusé, le plus fort, le plus dénué de préjugés ? Autrement dit celui que l'on appelle le Roi, le « Caïd » du camp, malin comme un singe, cruel comme un rat, et pourtant honnête à sa manière, loyal à sa façon.

Caïd est un roman tantôt hallucinant d'horreur, tantôt débordant d'humour. C'est aussi un témoignage lucide sur la condition de l'homme, de l'homme dépouillé, réduit à sa plus simple expression, et qui, plongé dans l'abjection d'un univers terrifiant d'absurdité, retrouve au fond de l'avilissement le signe même de sa grandeur — l'amitié, la camaraderie, la virilité, l'espérance.

Taï-pan

n° 6339

26 janvier 1841. — Le cœur de Dirk Struan bat d'exaltation. La guerre contre la Chine s'est déroulée comme il l'a voulu. La victoire est telle qu'il l'a prévue : Hong Kong, l'île chinoise, est enfin cédée à la Grande-Bretagne.

Hong Kong n'est que quelque quatre-vingts kilomètres carrés de montagnes rocheuses, mais il y a la plus majestueuse rade du monde. Et c'est pour Struan le marchepied de la Chine. Dirk Struan est le « Taï-pan », le chef suprême de la plus puissante et la plus redoutable des compagnies commerciales d'Extrême-Orient. Pour concrétiser tous les espoirs qu'il a mis dans Hong Kong, pour conserver la prééminence de sa compagnie, Dirk Struan va se déchaîner...

Ouragan I, *Azadeh* n° 6494

L'Iran, février 1979. — Tout fermente et bouillonne. Il s'abat sur le pays la vague d'un fanatisme qui n'épargne personne. C'est dans ces affrontements que se trouve pris le personnel de S-G Helicopters, une société d'hélicoptères de service qui assure la liaison entre différentes installations pétrolières. Devant la menace d'une nationalisation de sa compagnie, Gavallan décide de sauver tout à la fois ses collaborateurs et ses hélicoptères : c'est le plan Ouragan qui prévoit une évacuation éclair des pilotes, des techniciens et des appareils. Il y a là toute une foule de personnages pris par la magie de ce pays des Mille et Une Nuits, mais emportés aussi par cet ouragan qui les entraînera vers la mort ou le salut.

30/6535/6